MARTA QUEROL nace en Valencia y estudia Ciencias Económicas y Empresariales. Tras más de veinte años como profesional reconocida en el mundo de la Gestión de la Calidad, un golpe emocional le abre los ojos a su verdadera vocación, la literatura. *El final del ave Fénix*, su ópera prima, queda finalista en el Premio Planeta de 2007, y se convierte en un best seller cuando su autora decide publicarla en formato digital. Columnista en el periódico *Las Provincias* durante cuatro años, participa en diversas publicaciones, programas de radio y tertulias culturales.

Para más información, visita su web: *martaquerol.es*. También puedes seguirla en las redes sociales: facebook (Marta Querol Benèch) y twitter (@Marta_Querol).

1.ª edición: noviembre 2012

© Marta Querol, 2012
© Ediciones B, S. A., 2012
    para el sello B de Bolsillo
    Consell de Cent, 425-427 - 08009 Barcelona (España)
    www.edicionesb.com

Printed in Spain
ISBN: 978-84-9872-716-6
Depósito legal: B. 8.245-2012

Impreso por NOVOPRINT
            Energía, 53
            08740 Sant Andreu de la Barca - Barcelona

Todos los derechos reservados. Bajo las sanciones establecidas en el ordenamiento jurídico, queda rigurosamente prohibida, sin autorización escrita de los titulares del copyright, la reproducción total o parcial de esta obra por cualquier medio o procedimiento, comprendidos la reprografía y el tratamiento informático, así como la distribución de ejemplares mediante alquiler o préstamo públicos.

El final del ave Fénix

MARTA QUEROL

WITHDRAWN

La sangre que fluye
por estos dedos que escriben,
la alimentáis vosotros,
con amor y paciencia.

A Álvaro, y a mis hijas.

Pronto os fuisteis.
Pero aún me acompañáis.
A vosotros dos. En mi corazón, siempre.

M. Querol

Prólogo

Otra noche más. Tal vez fuera la última. Envuelta en la luz mortecina de aquella habitación la veía respirar desde mi cama, gemela a la suya, con esa dificultad propia de quien está llegando a su final, pero con la determinación de quien nunca se ha rendido. Obstinada hasta el último aliento, luchadora infatigable, su imagen ya no mostraba ni un leve atisbo de la bella y enérgica mujer que había sido. La mirada ida, los ojos entrecerrados, las pupilas dos alfileres negros en un mar profundo. La boca entreabierta dibujaba un rictus amargo y sus labios de corcho ajado no eran capaces de aceptar las gotas de agua que vertía sobre ellos con un suave paño de algodón. Eran los efectos de la medicación.

Sin embargo, al mirarla, yo no veía ese horror. Mis ojos traspasaban aquella agonía hasta ver su alma en estado puro. Lo mejor de su ser. Lejos de impresionarme o provocarme disgusto, sentía una necesidad desbordante de estar junto a ella, de besarla, de abrazarla. La muerte andaba cerca, dispuesta a robarme lo poco que me quedaba de ella; la podía oler, y yo no podía desperdiciar ni un segundo del tiempo que aún pudiéramos compartir.

Me habían asegurado que ya no sentía nada. Según el médico que le conectó la bomba infusora, Elena, mi madre, estaba inconsciente, casi en coma barbitúrico. Pero yo no quería creerlo. Habíamos salido el viernes del hospital para instalarnos en casa y estábamos tan solo a martes. En aquel momento, que parecía ahora tan lejano, ella estaba lúcida. De hecho, volvíamos a casa por decisión suya; no quería morir en el hospital.

Recuerdo al bueno del doctor Paredes, cuando vino a verla con su desparpajo habitual, acostumbrado a disfrazar la realidad de esperanza, dispuesto a contarnos alguna nueva historia. Esta vez ella no le dejó seguir su ritual. Ni siquiera le dio una oportunidad para cambiar de tema o desviar la atención. Mi mano sujetaba la suya mientras yo permanecía de pie junto a su cama, y cuando ella habló no pude percibir ni un leve temblor. Siempre había sido directa y esta vez no iba a ser diferente. Le miró a los ojos y con gran serenidad sentenció:

—Sé que estoy en estado terminal, así que no me engañes y dime cuánto me queda.

El doctor Paredes tuvo que coger una silla y sentarse. Parecía que todos sus años de experiencia se hubiesen evaporado.

Debía de rondar los cincuenta y contaba con una reputación que traspasaba fronteras, pero su aspecto era juvenil y el trato cercano. Su corta melena oscura, en la que ya apuntaba alguna que otra cana, le daba una imagen entre bohemia y seductora. En su estrecho rostro todo parecía más grande, los ojos pardos, la nariz aguileña y esa sonrisa guasona, a veces pícara, que le daba un aire poco formal, incluso divertido. Más de una vez pensé que si se hubieran conocido en otras circunstancias y con la edad adecuada, habrían hecho buena pareja. Resultaba difícil creer que aquel hombre socarrón y divertido fuera además un excelente profesional que se movía con sobriedad y precisión entre la vida y la muerte de forma habitual.

Llegamos a él en unas circunstancias algo peculiares. Lo conocimos dos años después de que mi madre ingresara de urgencia convencida de que tenía una gastroenteritis, para enterarse al poco de que aquellos intensos dolores eran provocados, en realidad, por un cáncer de ovario en fase III. Después de muchos tratamientos y tras una arriesgada operación, había acabado discutiendo con el que hasta entonces había sido su médico. Perdió la confianza en él y eso era lo peor que le podía suceder a mi madre con nadie, en cualquier circunstancia. Fue difícil traspasar su expediente a otro oncólogo, pero al final lo conseguimos.

Todo el mundo decía que el doctor Paredes era el mejor, así que llegamos a él con parte del trabajo hecho y la esperanza de que quisiera continuar lo que su antecesor empezó.

De eso hacía seis años, y durante ese tiempo nos habíamos visto con él casi todas las semanas. Los tres, en una pequeña sala, hablábamos de la vida, los colegios de los hijos, los viajes, las anécdotas... y de leucocitos, hematíes, marcadores... La amarga visita a la consulta de nuestro amigo el doctor Paredes era como entrar en el túnel del terror de un siniestro parque de atracciones. Llegabas con ganas de verle, pero angustiada. El estómago, encogido por la incertidumbre de no saber qué te ibas a encontrar, aunque —tras leer el duplicado de la analítica que a escondidas siempre pedíamos en el laboratorio— algo barruntabas. Hacías cola. A veces durante horas. Y por fin te daban tu entrada al carrusel: «Elena, ya puedes pasar», decía Esther, la enfermera, con sonrisa dulce. El estómago se te encogía aún más y el corazón se detenía en un latido.

Uno de esos días, acababa de entrar una pareja en la consulta. A los pocos minutos la mujer salió corriendo, presa de un ataque de histeria. El doctor Paredes había tenido que salir tras ella por el pasillo ante el asombro de los que esperábamos. Con su habilidad natural y ese encanto del que siempre hacía gala, había conseguido que aquella señora volviera a la consulta con la compostura apenas recuperada, donde su marido, a quien le había confirmado un diagnóstico de cáncer, aguardaba sereno.

Sí, así transcurrían las esperas en la cola del tren del terror. Una vez que entrabas, el recorrido por las «atracciones» comenzaba con los saludos de rigor, divertidas anécdotas familiares, comentarios sobre algún viaje o conferencia... A duras penas se conseguía aliviar la tensión, pero le daba un aire de falsa normalidad a la situación. La siguiente parada eran las analíticas y pruebas diagnósticas, con resultados a veces buenos, pero las más de las veces malos, muy malos. Ahí pasabas del miedo al horror; del horror a la desesperación; de la desesperación al abatimiento... y a la resignación. Y, poco a poco, volvías a remontar lo descendido. A un ritmo lento, pero remontabas. Todo tenía solución, aunque nunca sabíamos con seguridad cuál era la que iba a funcionar.

Cáncer... En esta enfermedad que tan poquitos se atreven a pronunciar, no hay dos pacientes iguales, ni dos células iguales, así que las estadísticas estaban muy bien, pero nunca sabías a qué grupo ibas a pertenecer con cada tratamiento, si al mayoritario con resultados positivos, pocos efectos secundarios y muy esperanzadores, o si, por el contrario, serías un dato más que pasaría a engrosar las tristes excepciones. Sin embargo, el doctor Paredes lo tenía claro; casi siempre había una esperanza razonable. Tú podías estar entre los elegidos. Sus argumentos, siempre impecables, siempre con el mismo entusiasmo, como si no fuera el cuarto tratamiento fallido... Y lo lograba, te devolvía la esperanza, volvías a ver la luz al final del túnel. A fin de cuentas, desde que la desahució aquella doctora ya olvidada habían pasado seis años, y ahí estábamos. Mala hierba nunca muere y esas cosas. Un par de bromas más y a casa. Salías del túnel, en alguna ocasión, incluso mejor que cuando entrabas.

Al ver despedirse a la gente de la consulta, salvo alguna excepción, nadie podría imaginar el drama que se había vivido en su interior. Por algo era una eminencia en su campo.

No trabajaba solo. Le respaldaba un equipo espléndido, como en la Fórmula Uno, cada cual con su cometido preciso, con su estilo particular. Pero él era el *Number One*; así lo habíamos bautizado nosotras, y lo sabía.

El *Number Two*, como le gustaba autoproclamarse con humor al doctor Valerón, le seguía muy de cerca. Eran la esperanza y la resignación. Complementarios, opuestos y ambos necesarios. Llegado el momento, Valerón sería nuestro salvoconducto hacia la paz. Nadie controlaba los paliativos como él pero, tal vez por eso, no era el más popular. Su aspecto tampoco ayudaba. Alto y delgado, enjuto, con una barba raída y bastante calvo, vestía siempre de oscuro. Su imagen parecía no preocuparle lo más mínimo. Las enfermeras lo apodaban con cariño el Seminarista, todo un contraste con la alegría y vivacidad que destilaba el doctor Paredes. Su carácter tan serio y pausado hacía juego con su camisa, pero cuando llegabas a conocerlo te impresionaba su inmensa humanidad, su preocupación sincera por sus pacientes, incluso su fino y peculiar sentido del humor. Si el doctor Paredes ya no era capaz de hacer nada más, aún podías contar con el doctor Valerón. Yo sospechaba que con sus propios pacientes funcionaban a la inversa e intercambiaban los papeles. Todo era posible.

«¿Cuánto me queda?» La última pregunta flotaba en el ambiente, viscosa. La luz seguía tenue, igual que cuando el doctor entró en la habitación, y sin embargo el aire se había vuelto tan denso que la estancia parecía más oscura. Para el doctor Paredes aquella situación no era nueva. A su manera, venía a despedirse. Pero, con toda su experiencia y conocimiento del ser humano, la pregunta le sorprendió con la guardia baja. Los dos habían hecho un pacto médico-paciente: la tendría informada de todo, no le ocultaría la verdad y, llegado el momento, le daría una buena muerte.

Claro que aquellos tiempos en que se hablaba de la muerte con el convencimiento de que tardaría mucho en llegar estaban muy lejanos. Ahora, la realidad era otra y se hacía mucho más difícil hablar de ella. Sentado frente a nosotras, el experto doctor parecía haberse encogido a pesar de su altura; su porte arrogante había dado paso al cansancio. Se lo había prometido y no podía engañarla. La miró con tristeza antes de contestar:

—Esto no me lo esperaba, Elena. Suelo ser yo el que toma las riendas en estas situaciones. Nunca dejas de sorprenderme. —Me pareció que se le quebraba la voz y tomó aire con esfuerzo—. Sé que hicimos un trato —continuó—, y hasta ahora lo he cumplido, pero en estos momentos te puedo asegurar que me resulta muy duro. Es difícil saber cuánto tiempo te queda, pero poco, tal vez semanas... —Bajó la vista, mirando algún rincón perdido en el suelo.

La habitación se quedó muda; a través del silencio se percibía el rumor de los carros de las enfermeras recogiendo las últimas bandejas de la cena; el borboteo del oxígeno agitaba el agua. Las lágrimas brotaban de mis ojos de forma involuntaria, resbalaban silenciosas por mis mejillas, incontroladas. No quería llorar, no tenía derecho a llorar.

De pronto, recordé una de las consultas de finales de agosto, cuando las cosas ya estaban muy feas. Entonces, la mayoría de las veces acudía yo sola; ella no estaba en condiciones de hacerlo. Me desesperé; su hígado estaba muy afectado y por esas fechas habíamos descubierto que la metástasis había saltado a los pulmones. Una «suelta de globos», lo había llamado el especialista al ingresarla en Urgencias con cuarenta y un grados centígrados de fiebre y neumonía. La neumonía se había podido controlar, pero el neumólogo me avisó de que sería temporal.

De vuelta a casa, la fiebre, aunque menos elevada, no desaparecía. Acudí entonces al doctor Paredes, nuestro salvador, como el que va a un santón con poderes más allá de lo humano, esperando oír que aquella «suelta de globos» era reversible, que se había aprobado algún medicamento milagroso..., pero no fue así. Me confirmó con una brusquedad inusual que la situación era muy grave. Si el tratamiento que íbamos a probar no funcionaba, no llegaría a final de año. «Tu madre no llegará a Navidad»; esas fueron sus palabras.

Regresé a aquella habitación de hospital y traté de centrarme. ¿En qué fecha estábamos? ¡Mediados de noviembre! Tragué saliva con dificultad. Siempre había oído que los especialistas se equivocaban muy poco en sus previsiones. ¿Sería posible que no llegara a Navidad? No. No podía ser, no podía estar tan cerca...

Mi madre me apretó la mano con suavidad, como si supiera lo que yo pensaba. Siempre lo sabía. En la otra mano, su fiel compañero, un rosario misionero, se desmayó sobre la colcha. Hizo un último esfuerzo y con la voz rota volvió a tomar la iniciativa en la conversación:

—Ya sabes lo que te pedí, Fernando. No quiero sufrir, dame una buena muerte.

Aquel ruego nos hizo estremecer. El doctor asintió y respiró hondo de nuevo. Los ojos le brillaban. A mí empezaron a fallarme las fuerzas, las piernas no me sostenían. Pero Paredes había recuperado el dominio de la situación y continuó hablando. Los paliativos eran la especialidad del doctor Valerón y él se ocuparía de evitarle sufrimientos, en la medida de lo posible, a partir de ese momento. Quedaba una cuestión importante y el doctor Paredes, que en los momentos trascendentes no perdía el tiempo en divagaciones, la planteó sin vacilar:

—¿Qué prefieres hacer, Elena? Puedes quedarte en el hospital todo el tiempo... que necesites. —El eufemismo me hizo estremecer—. Y, si decides irte, os explicaremos los procedimientos que hay que seguir.

—Quiero morir en casa —contestó en tono de súplica.

Los dos se volvieron hacia mí. Me sentía avergonzada por mis lágrimas y la voz no me salía de la garganta. Empequeñecí de repente.

—¿Te ves con fuerzas para afrontar esto en casa? —preguntó preocupado el doctor Paredes. Había sido testigo de mi deterioro físico y mental, y parecía dudar de que fuera capaz de soportar lo que vendría de allí en adelante.

Solo pude asentir.

—Tendrás la ayuda que necesites, Lucía —aseguró con afecto, antes de levantarse para salir de la habitación y de nuestras vidas.

Desde la última recidiva, un año y medio atrás, habíamos vivido las dos en un constante ir y venir de su casa al hospital y del hospital a su casa. Yo apenas veía a mi familia. Pasaba por mi domicilio a recoger algo de ropa y volvía al de mi madre. Su habitación era nuestro cuartel general, pero aquello no se podía prolongar en el tiempo. Iba de su casa al trabajo. Del trabajo a mi casa. Cambio de ropa, besos, y vuelta a su casa. Cada día me levantaba más agotada. Los pocos ratos que pasaba en mi domicilio me los reprochaba yo misma por desatender a mi madre, y si me iba con ella, me mortificaba por abandonar a mi familia. No era la única que sufría. Cuando me quedaba a dormir con ella, era mi madre quien se culpaba por separarme de ellos, y cuando me iba, cada segundo sin mí —decía— se le hacía insoportable.

La única solución era buscar un lugar lo bastante grande para todos, donde se pudiera montar una habitación-hospital sin que el resto de la familia se resintiera por ello. Lo logramos. Encontramos un piso maravilloso, justo en la misma calle en la que vivíamos, en un tiempo mínimo. Parecía un milagro. Preparamos una habitación con todo lo necesario para poder atenderla y nos instalamos. Desde su cama alcanzaba a ver la calle, flanqueada por árboles frondosos cuyas copas ascendían hasta el piso superior, inundando de vida sus tristes pupilas. Era una habitación espaciosa y llena de luz. Pero sobre todo, ya no me veía obligada a partirme en pedazos. Eran dos casas en una, con solo cruzar el umbral de la habitación.

Y a esa casa, la casa de todos, debíamos volver ahora para ponerle punto y final a su historia. La decisión no podía ser solo mía. Entre Mario y yo estaba hablado y nos habíamos puesto de acuerdo. Sabíamos que para las niñas podía ser duro, pero se lo haríamos lo más llevadero posible. Ellas, aunque no eran conscientes de la gravedad, no ignoraban que su abuela llevaba muchos años enferma. No habían dejado de verla en todo ese tiempo, y no les resultó extraña la evolución de su aspecto. Habían asistido a esa lenta metamorfosis día a día, aceptándola con naturalidad. Ni siquiera les desconcertó lo mucho que cambiaba de peinado. Hasta que ingresó por última vez en el hospital, todos los días pasaban a su habitación a verla y darle un beso. Para ella, sus nietas eran su orgullo y su alegría, y el solo hecho de escuchar sus risas y sus juergas desde su cama le suponía una inyección de vida en esos momentos tan duros. Así que estaba claro, allí íbamos a volver.

En muchas ocasiones, durante aquellas largas tardes de enfermedad, había intentado remover el pasado, pero se lo impedí. Cuando uno siente la muerte junto a su cama, intenta apurar el tiempo para calmar sus remordimientos o concluir discusiones que quedaron a medias. Sin embargo yo no creía que aquello le fuera a ayudar; el pasado no tenía remedio y lo importante era que estábamos juntas, más unidas que nunca, y que por fin, aunque tarde, se daba cuenta de que nadie la había querido como yo la quería. Los recuerdos se habían convertido en presente, y su vida, en las páginas de un libro en el que ella se empeñaba en buscar un final que ya estaba escrito.

El viernes fue el día de la partida del hospital. Las enfermeras de la segunda planta nos despidieron con evidente tristeza. Éramos veteranas después de seis años de entradas y salidas, pero ellas también lo eran y sabían que esa salida sería la última. Aun así, nada hacía pensar cómo iba a precipitarse todo.

Me preocupaba no ser capaz de manejar las cosas yo sola una vez en mi domicilio, y me asustaba la incertidumbre sobre los acontecimientos próximos. En el hospital siempre podías echar mano de ayuda profesional, pero ahora estaría sola.

Intenté no amilanarme. Hacía días que era yo quien le inyectaba las dosis de morfina y había aprendido algunas técnicas de enfermería elementales; no tendría más que seguir en casa la rutina del hospital.

El fin de semana mi madre lo pasó consciente, aunque apenas fue capaz de comer y cada vez pedía la morfina con mayor urgencia. Me miraba a los ojos, con una expresión entre dulce y asombrada, y me susurraba aquello tantas veces repetido en los últimos meses: «Me quieres mucho, ¿verdad, hija?» Así era; lástima que no se hubiera dado cuenta hasta tan tarde.

Habíamos llegado a un punto en el que apenas podía separarme de su lado porque se desesperaba, a pesar de que nunca estaba sola. Su amiga Adela venía todos los días a casa y habíamos encontrado un ángel, María José, que comenzó a relevarme en el hospital mientras yo iba a trabajar, y que luego continuó cuando nos trasladamos a casa. Ella la cuidaba de día; yo lo hacía por las tardes y las noches. Pero aun así, mi madre quería sentirme a su lado, tocarme en todo momento. El jueves ya informé en el trabajo de que no sabía cuándo volvería, aunque muy pocos estaban al tanto de la enfermedad de mi madre. El tiempo que quedara, necesitaba pasarlo junto a ella.

Hasta el domingo a mediodía no parecía haber cambiado nada. Imaginé que todavía podíamos compartir muchos días juntas, incluso semanas. Pero del domingo al lunes las cosas fueron de mal en peor. La lucha interna me estaba matando poco a poco, también a mí. ¿Había llegado el momento? ¿Qué debía hacer? Mi madre se ahogaba, no encontraba una posición en que ponerla para aliviarla y lograr que respirara con menos dificultad, y entendí que era el momento de llamar al doctor Valerón. Ese mismo lunes le pusieron la bomba infusora y poco a poco fue tranquilizándose, perdiendo fuerza, se apagaba... El aumento de la medicación la había dejado en ese estado que los médicos llaman vegetativo.

Vegetativo.

—Lucía, descansa —me dijo Valerón con cariño, cuando vino a comprobar cómo iba todo—. Ella no sufre ya.

—Pero ¿está consciente?

—No. No puede oírte, ni verte. No siente nada.

Yo no lo podía asimilar. Ahora entendía por qué hay familias que van durante años al hospital a ver a un ser querido en coma, y le saludan, le cuentan cosas, le leen... Yo hablaba con ella como si nada hubiera cambiado. Mi corazón me decía que su espíritu seguía en aquel cuerpo desmadejado y que podía oírme, sentir mi presencia. Yo también estaba tan cansada... Ocho años de lucha contra el cáncer son muchos años, y algunos habían sido tan difíciles...

A decir verdad, mi madre no había tenido nada fácil en su vida. Se vio obligada a luchar desde niña y seguía luchando camino de la muerte.

En los últimos años habíamos tenido mucho tiempo para hablar. Muchas noches en vela de confidencias y verdades. A pesar de ello, sentía que me quedaba mucho por decirle y ya no disponíamos de tiempo. Estábamos solas, como todas las noches, la tenue luz de la habitación parecía irse apagando poco a poco, igual que su vida. Decidí escribirle una carta con todo aquello que ella me había aportado a lo largo de los años, su auténtico legado. Quería que supiera que, a pesar de todas nuestras diferencias, era lo más importante que me había pasado en la vida, todo lo que yo había llegado a ser se lo debía a ella. No importaba nada más. No podía dejarla morir sin asegurarme de que su espíritu se iba tranquilo, de que no dejaba ninguna cuenta pendiente después de una vida de batallas. Comencé a escribir; con el corazón, con las entrañas; todo mi amor se condensó en aquellas líneas que mis ojos no llegaban a ver, inundados por unas lágrimas apenas retenidas. Seguía con su respiración laboriosa; nada había cambiado. La boca reseca, entreabierta; los ojos perdidos en la nada, ni un parpadeo; solo el jadeo constante y pesado de la respiración.

—Me han dicho que no me oyes, pero yo no les creo. Tengo muchas cosas que decirte y muy poco tiempo...

Y así, atravesando mi llanto sordo, comencé a leerle la carta. Su respiración seguía penosa, como único gesto de vida; la cara, inexpresiva. Hasta que una lágrima salió de aquellos ojos secos y vidriosos y comenzó a rodar con lentitud por su mejilla. ¿Eran imaginaciones mías? Un reflejo del lagrimal, me dirían después los médicos. Pero para mí no lo fue. Era mucho el amor que había en esa carta, amor que forzó una lágrima de quien sin duda todavía era capaz de sentir y amar, con mayor intensidad que en muchos otros momentos más lúcidos de su vida. La abracé, y le supliqué con todo mi amor que no luchara más. Que por una vez en su vida se rindiera, que se dejara ir. La muerte venía a buscarla para terminar con su sufrimiento y no la iba a encontrar sola. Cada una en su cama, pero juntas, con las manos entrelazadas, como tantas otras noches. Estaba preparada para su viaje más largo y yo estaría en su adiós. Terminé como pude la lectura, y por última vez, le pedí que no luchara:

—Descansa, mamá..., duerme en paz..., yo estoy contigo... No tengas miedo. Te quiero... No pudiste hacerlo mejor... Siempre estarás conmigo.

Sentía su mano dulce y cálida sobre la mía. Yo la acariciaba con mimo. Su respiración no variaba. A las tres de la madrugada apagué la luz, siempre acariciando su mano. Sobre las seis y media, un escalofrío me recorrió el cuerpo. Su mano, aún caliente, estaba inerte. Sentí que la vida había abandonado aquel cuerpo rozándome para despedirse. Me había escuchado. Se había rendido. En ese instante, su vida se me reveló como un jeroglífico del que acabara de encontrar la clave. Y lloré en silencio, entre el dolor y el alivio, durante un tiempo que no fui capaz de calibrar. Me acerqué a su cama, despacio, y apoyé mi cabeza en su pecho para comprobar que ya no respiraba. No, descansaba, para siempre. Bajé el respaldo de la cama, incorporado desde hacía días. Le quité la sonda, coloqué sus piernas con suavidad, la tapé, le cerré los ojos y la besé. Las lágrimas no paraban de fluir de mis ojos, silenciosas, como un vaso desbordado.

¿Qué hora era? Me había parecido oír la puerta, luego debían de ser las ocho menos cuarto, que era cuando Carmela, la chica, llegaba. Las niñas estaban a punto de despertarse y no quería que notaran nada. Salí con cuidado de la habitación y cerré la puerta. Me dirigí primero a mi dormitorio para confirmarle a Mario que todo había terminado; había que intentar que se fueran al colegio como cualquier día. Hablé con Carmela y, entre todos, conseguimos que las niñas salieran de casa sin saber que nunca más volverían a ver a su abuela.

De golpe, salí de mi nube mística, esa que me había mantenido unida en espíritu a lo que quedaba de vida en aquel cuerpo enfermo, y me di cuenta de que había mucho por hacer. Y con la lucidez recuperada, los pies firmes en la tierra y la mente clara, seguí convencida de que lo de la noche anterior no fue un sueño ni un acto reflejo. Mi madre comprendió de la primera a la última palabra que le dediqué esa madrugada. La lágrima no fue fortuita. Me escuchó y me hizo caso: dejó de luchar. Por primera y última vez en su vida. Una vida por la que ya no podía hacer nada más que, por fin, entenderla y encargarme de que tuviera la despedida que se merecía.

PARTE I

INFANCIA

1

El 2 de noviembre de 1934 comenzaron los dolores de parto. Ya era hora, pensó Lolo con rabia mientras se agarraba con fuerza el vientre. El 3 de febrero de ese mismo año se había casado con Gerard Lamarc, un joven y apuesto francés, y lo último que hubiese querido era concebir un hijo tan pronto. Dolores contaba diecinueve años, estaba en plena juventud y la noticia del embarazo la pilló por sorpresa.

Nacida en Ávila, en el seno de una familia muy estricta, Dolores Atienza era la menor de cuatro hermanos. Su padre, don Gonzalo, era militar. De mano firme y correa suelta, a sus hijos varones los había criado siguiendo el popular dicho español de entonces, *la letra* —y la disciplina— *con sangre entra*, lo que venía a ser lo mismo que a correazo limpio. Quedó viudo con cuatro niños pequeños y pronto pidió el traslado a Alicante, donde un familiar le había buscado una esposa joven y dispuesta que le cuidara de la casa y los hijos, algo muy habitual en aquellos tiempos. Hubo suerte y la mujer elegida resultó ser una persona excepcional, una verdadera madre para aquellos cuatro niños, huérfanos, con un padre que paraba poco en casa y que, cuando lo hacía, parecía continuar arengando a la tropa. Ascensión, que así se llamaba, era paciente y sumisa, condiciones necesarias para sobrevivir al carácter intempestivo y colérico de don Gonzalo, y le encantaban los niños. No era fuerte y siempre temió no poder engendrar, así que para ella fue una alegría encontrarse con aquellos niños aún por criar. La convivencia junto a don Gonzalo no iba a ser un camino de rosas, Ascensión lo sabía, pero ¿quién tenía un camino de rosas en aquellos años? Ella, una mujer sencilla, no le pedía demasiado a la vida, y recibía mucho más de lo soñado. Aceptó aguantar a aquel hombre, diez años mayor que ella y de modales rudos, como el justo precio a la tan deseada maternidad, aunque ella no hubiera concebido.

Dolores, que contaba solo tres años cuando su madre murió, casi no recordaba a la mujer que la trajo al mundo. Su nueva madre, una joven dulce y buena, de finas maneras y educación impecable, se convirtió en su refugio y punto de referencia en aquella casa con exceso de testosterona.

Lolo, como la apodaron desde pequeñita, rara vez sufría las presiones y castigos físicos a los que su marcial padre sometía a sus hermanos. Ella sabía cómo aplacarlo. Era una niña tranquila, dulce y de apariencia sumisa, que daba pocos problemas. Tenía cara de ángel; el pelo suave y castaño se ondulaba creando bucles amplios y brillantes que caían hasta media espalda. La cara era un óvalo perfecto de un blanco translúcido, con una amplia frente muy proporcionada que parecía un lienzo donde se dibujaran aquellos ojos de un azul clarísimo, en los que siempre se adivinaba un ligero desdén. Sus andares pausados le daban un aire ingrávido. Y ya a temprana edad era consciente de sus encantos, moviéndose con una gracia innata, esa que muchas mujeres adultas se esfuerzan por conseguir y nunca logran.

No era de extrañar que aquel gigante con botas y correa de cuero ablandara su autoridad cuartelaria ante aquella jovencita angelical. Lolo no le temía. Muy al contrario, sentía adoración por él y sabía cómo salirse siempre con la suya, sin aspavientos ni rabietas, bordeando los límites de la férrea disciplina paterna.

Desde muy niña admiró su marcialidad, con aquel porte que le daba el almidonado uniforme a pesar de su oronda figura. Lolo gustaba de acariciar las dos estrellas de seis puntas que adornaban su guerrera, casi tanto como tirarle del fino bigote, siempre tieso, que se erguía sobre las comisuras de los gruesos labios, aunque esto último a su padre le resultaba insoportable. La niña pensaba que debía de ser el hombre más importante del ejército; ignoraba que el bronceado de su tez evidenciaba las largas horas pasadas en el patio, lejos de puestos de auténtica responsabilidad. En realidad no era más que teniente, mandaba más en casa que en el cuartel, y si gozaba de una economía saneada era por la herencia dejada por su difunta esposa.

A don Gonzalo no le pasaba desapercibida aquella devoción de su hija, e hinchaba el pecho, ufano, esperando sus muestras de admiración; y la niña, más consciente que él de la situación, manejaba su dulzura con mano de hierro para conseguir sus propósitos.

Sus hermanos no tenían tanta suerte y Lolo, que los adoraba, conforme fue creciendo aprendió a utilizar también sus habilidades para apaciguar los arranques de su colérico padre y librarlos de más de una paliza. Era cómplice en sus juegos y salidas, cubriendo sus escapadas para evitarles un castigo seguro. Compartían conversaciones y confidencias, especialmente con Javier, que la precedía en edad.

La familia disfrutaba de una posición acomodada, por encima de lo permitido por la mera condición de militar del padre, y así Dolores se crio con doncella y cocinera, a las que manejaba y ordenaba con una firmeza impropia de una niña. Había heredado el famoso genio de los Atienza y la belleza de su difunta madre. Una combinación peligrosa.

Desde niña tuvo claro que esa era la vida para la que había nacido. Eran tiempos difíciles, con unas marcadas diferencias sociales de las que la pequeña Lolo fue consciente muy pronto, y su determinación fue mantenerse siempre en el lado afortunado.

A los dieciséis años ya sabía lo que quería para su futuro; y para conseguirlo debía salir del hogar paterno, donde sus ansias de libertad estaban coartadas. Adoraba a su padre, pero no el control al que los sometía y que, llegada a esa edad en que uno empieza a tener voluntad propia, le pesaba tanto o más que a sus hermanos, que por ser hombres tenían cierta libertad de movimiento. Ahora era ella la que se encontraba recluida en un aburrido cuartelillo del que luchaba sin éxito por escapar. Madura y decidida a pesar de su juventud, tenía claro que la única salida decente en aquellos tiempos era casarse. Estaba convencida de que no le sería difícil encontrar el hombre adecuado.

Con los años se había convertido en una joven atractiva, con una gran seguridad en sí misma. Sus proporciones eran perfectas. Más alta que la media, presumía de unas piernas largas y bien torneadas, terminadas en unas proporcionadas caderas, una cintura menuda y un pecho generoso y bien puesto que había aprendido a lucir con la discreción justa y necesaria. Siempre mantenía un aire altivo y distante, que desaparecía a voluntad cuando dispensaba su codiciada sonrisa.

Tenía un gusto exquisito para la ropa, elegante, sobrio y femenino, el complemento perfecto para la delicada educación que se habían esmerado en darle. Su formación había sido corta en ciencias pero selecta en humanidades. Declamaba, tocaba el piano, bailaba, bordaba y escribía con una letra digna de una princesa. Una auténtica dama. Su capacidad para seducir era infinita y, sabedora de ello, estaba dispuesta a utilizarla.

Muchos jóvenes y no tan jóvenes pretendían su favor. Compañeros y amigos de sus hermanos habían intentado acercarse, armados de valor, a la joven y distante Lolo, pero ninguno reunía los requisitos que ella buscaba. Demasiado inmaduros, demasiado sosos, demasiado pobres... Debía elegir bien a su futuro marido. Su atractivo era tal, que incluso algún compañero de su padre la miraba con anhelo, aunque sabiendo cómo se las gastaba don Gonzalo se cuidaban de hacer ningún comentario. Y tampoco ella les daba alas, que aquellos, por supuesto, eran demasiado mayores.

La Nochevieja de 1932 iba a ser muy especial. Su padre había accedido a que cenara en el Club de Regatas con los mayores. Acababa de cumplir diecisiete años y su puesta de largo ya había sido un pequeño acontecimiento en la alta sociedad alicantina. La fiesta de Fin de Año tenía que ser la guinda a su entrada en sociedad. Estaba emocionada, convencida de que ese iba a ser su día. Y no se equivocó.

Tenía que darse prisa en organizarlo todo. Urgía un viaje a Madrid para buscar el vestido adecuado. El de su puesta de largo, aunque precioso, le había parecido algo soso. Esta vez no sería así. Convenció a su madre para que fueran las dos, acompañadas por la doncella, a Marbel, su modisto favorito.

Fueron recibidas por el diseñador en persona en el amplio

salón del *atelier*, y las modelos comenzaron a desfilar con los diseños preseleccionados siguiendo sus indicaciones. Lolo contenía la respiración. Era un sueño. Sedas, tafetanes, tules, encajes... Las veía deslizarse frente a ella, como hadas en un bosque encantado, etéreas. Parecía que no tocaban el suelo. Y de pronto, lo vio. Aquel iba a ser su vestido. Su billete al futuro.

Se lo probó con gran nerviosismo. Estaba preciosa, con la melena suelta sobre la espalda y el vestido de piel de ángel azul cobalto deslizándose sobre las curvas de su silueta, sin ceñirla, gracias a un discreto drapeado que lo recogía a un lado. Lolo contempló su figura reflejada en el azogue y sonrió para sí. Su cuerpo se dibujaba bajo la tela a poco que se usara la imaginación, justo lo que buscaba. Ascensión asintió complacida. Habría que hacerle un par de ajustes, pero nada de importancia.

A su padre no le causó la misma impresión cuando por fin consiguió que se lo enseñaran. Se lo ocultaron hasta la misma noche de su estreno, conscientes de que mostrárselo antes supondría no llegar a lucirlo nunca. Tampoco a él le preocupaba mucho el tema, solo era una niña con un vestido nuevo, se decía. Hasta que la vio lista para la fiesta. Montó en cólera. No quería dejarla salir así, pero Ascensión consiguió calmar su ira como tantas otras veces, aunque esta no fue nada fácil. Al final lograron salir de casa, con don Gonzalo refunfuñando. Su hermano Javier tampoco estaba muy conforme con aquella explosión de feminidad en la que se había convertido su hermana pequeña por obra de un trozo de tela azul cobalto y se afanaba por cruzarle el abrigo. Pero ella estaba feliz.

Llegaron pronto, aún no eran las ocho y media, pero pasaron horas, o eso le pareció a Lolo, sin que nadie se acercara a su mesa. Al menos, alguien interesante. Se sentía decepcionada. Varios jóvenes lo habían intentado, pero la fiera mirada de su padre los había disuadido de inmediato. Al fin, durante el baile que siguió a las uvas, se le acercó un joven para preguntarle si le concedía ese baile. Ella apenas levantó la cabeza, simulando poco interés, aunque su acento le había llamado la atención y se sentía intrigada por quien se había atrevido a romper el cerco invisible que el gesto duro de su padre había establecido alrededor de su mesa. Vio a un hombre moreno, atractivo, enfundado en un traje impecable. Miró a su madre, obvió a su padre y accedió. Su hermano Javier intentó retenerla, pero Lolo fue más rápida.

—¿Quién es? —preguntó su madre con interés—. ¿Lo conocéis? Es muy guapo.

—¡Pero qué dice, madre! Es un asqueroso gabacho. Además, tiene fama de mujeriego —respondió con desprecio Javier, que casi no podía aguantarse en la silla.

—No hagas caso de habladurías —le advirtió con un suave ademán de su mano enguantada—. La gente tiende a criticar, y no siempre lo que cuentan es cierto.

—¡Como la toque lo mato! —murmuró don Gonzalo, con los puños apretados sobre la mesa.

—¡Antes lo mato yo! —Javier no les quitaba los ojos de encima, mientras permanecía sentado en el borde de la silla.

—¡Ya está bien de matar! ¡Cómo sois! Dolores ha crecido y debe empezar a relacionarse con jóvenes de su edad. Y tú, Javier, siéntate bien o acabarás con las posaderas en el suelo.

Ajenos al interés que habían suscitado, Lolo y su desconocido admirador charlaban muy animados mientras bailaban. Parecía que hubieran bailado juntos toda la vida, los ojos de ella clavados en los de él, unidos por un hilo invisible. Sentía en la cintura la leve presión de sus dedos, que, con un imperceptible movimiento, la acariciaban allí donde su cadera iniciaba su camino. La llevaba con tanta suavidad como decisión. Era él quien mandaba en aquel girar acompasado, y ella se dejaba llevar. Fue un flechazo.

Lolo sabía que no tardarían en partir y había tensado bastante la cuerda. Era hora de volver a casa y pidió que la acompañara a la mesa.

—Por cierto, no me ha dicho cómo se llama —dijo, coqueta, mientras recorrían la sala.

—Yo sí que sé cómo se llama usted, señorita Atienza.

—Pues entonces, me lleva usted ventaja. —Su pícara y divertida mirada incitaba a mucho más de lo que aquel joven podía esperar de aquella noche.

—Me llamo Gerard Lamarc. —Su pronunciado acento francés se marcó en cada erre de su nombre—. Nos volveremos a ver, señorita Atienza, se lo aseguro. Gracias por este baile.

Se cuadró chasqueando sus talones y le besó la mano ceremonioso, sin dejar de mirarla a los ojos. Dolores sintió, muy a pesar suyo, cómo un escalofrío ascendía por su piel, desde el dorso de esa mano en que se posaron aquellos labios, subiendo poco a poco por su brazo, hasta erizarle el pecho y explotar en el rubor de sus mejillas. Nunca había experimentado nada igual. Había perdido el dominio de la situación.

Gerard era el menor de dos hermanos, de padre francés y madre española. Vestía siempre como un dandi, con aires de gran señor a pesar de su juventud, y su atractivo acento a Lolo le pareció irresistible. Su familia se dedicaba a la producción y comercio de artículos para bebés y había conseguido una cierta posición.

Dolores lo tuvo claro desde la noche que le conoció. Aquel era el hombre con el que se iba a casar, aunque él aún no lo supiera, y su familia tampoco.

La verdad es que no le costó demasiado seducirlo, pero su noviazgo fue muy accidentado y su madre jugó un papel crucial para convencer a los hombres de la familia de que los dejaran en paz. A fin de cuentas pertenecía a una familia conocida y respetada, además de católica, que tenía una buenísima posición, y ante todo Lolo lo quería con desesperación. ¿Qué problema le veían? Su fama de mujeriego no era ni mejor ni peor que la de tantos otros jóvenes de su época.

A su padre no le agradaba, recelaba de los extranjeros, y para su hermano era un granuja y un sinvergüenza, pero Lolo ya lo había decidido. Su matrimonio con el joven francés Gerard Lamarc era la guinda con la que tanto había soñado, su salvoconducto a una nueva y prometedora existencia. Cuando los padres del joven se presentaron para pedir su mano, don Gonzalo, incapaz de negarle nada a su hija e influenciado por su esposa, aceptó aunque con poco convencimiento y tuvo que ser Ascensión quien aportara la parte cordial en aquel encuentro. Javier, indignado ante la claudicación del hombre de la casa, prefirió organizarse un pequeño viaje para no estar allí, incapaz de quedarse sin liarla.

La boda con Gerard, aunque se celebró con discreción, fue un pequeño acontecimiento en Alicante. Se oían tambores de guerra y la familia Atienza estaba en el punto de mira desde que don Gonzalo se había acogido a la llamada Ley Azaña* para no jurar fidelidad a la República. Por otro lado, los alardes burgueses no estaban bien vistos. Las calles no resultaban seguras y no era momento de hacer grandes exhibiciones. Dolores se tuvo que conformar con una celebración más sencilla e íntima de lo que le hubiera gustado.

Podría parecer que su fría determinación racional sobre cómo debería ser su futuro era lo único que la había impulsado a los brazos de Gerard. Pero lo cierto era que se había enamorado hasta la médula. Su voz profunda, sus maneras aristocráticas, su autoridad, todo en él la atraía con una fuerza y una pasión con la que ella no contaba. Solo oírle hablar con aquella voz aterciopelada podía derretir su voluntad como manteca al sol.

La boda se prolongó toda la tarde. Los dos eran consumados bailarines y en ese día tan suyo mostraron a los pocos elegidos, entre familiares y amigos, que eran la pareja perfecta. En todos los sentidos.

Pero faltaba la última prueba. Durante el noviazgo, los escarceos habían sido muchos, tal vez más intensos de lo considerado correcto para la prudencia y el decoro de la época, pero hasta esa noche no se habían contemplado desnudos, tal y como su deseo les había urgido tantas veces. Esa noche sus cuerpos quedaron grabados a fuego el uno en el otro. Gerard, como Javier había apuntado durante la cena de Fin de Año, era un joven con experiencia y, aunque para ella era la primera vez, la pasión la desbordó eliminando todo sentido del pudor. No era una novia de su época. No era una inocente jovencita asustada, acompañando los envites de su amado escondida tras un lienzo blanco. Arrancadas las ropas sin pudor, los dos sudaban mientras recorrían con sus labios cada rincón del cuerpo del otro. Gerard estaba fuera de sí, desbocado

*. La llamada Ley Azaña admitía el retiro, con el sueldo íntegro, de todos los generales y oficiales que no quisiesen prestar juramento de fidelidad a la república. (*N. de la A.*)

ante la tórrida respuesta de Lolo, y no la oyó susurrándole, avisándole de que parara antes de que fuera tarde. El cimbreante cuerpo de Dolores no parecía estar de acuerdo con las palabras que escapaban entrecortadas, moviéndose sin parar y gimiendo de placer. Pero ella insistía, bajito, como un siseo, «no sigas... no sigas... sal antes de que sea tarde». Era imposible. Ni un huracán los habría podido despegar; entre sus cuerpos no había espacio ni para su propia transpiración.

Salía el sol por la ventana cuando, exhaustos, se dejaron caer uno al lado del otro. Lolo tenía las mejillas arreboladas y el corazón le palpitaba con fuerza. Casi podía oírlo, pero su mente ya no percibía el calor de su cuerpo. Su lado racional y frío la despejó de golpe, como una bofetada. Se levantó al instante y fue al baño. Se escuchaba la profunda respiración de Gerard, sumergido en ese sueño al que lleva el placer intenso. Se lavó con fuerza. No debía quedar ni rastro de aquella pasión. Ella, que lo tenía todo calculado, no contó con su atracción por Gerard y con aquellas sensaciones que nunca antes había experimentado. Ahora solo quedaba esperar. Y rezar para que no sucediera.

2

Pero sucedió. Al principio no pudo reaccionar. Pensó que tal vez fuera un error, o que quizá no prosperara. Pero no, aquello iba adelante sin remedio, así que intentó hacerse a la idea. Tampoco sería tan malo, se decía. Era el ideal de todas las jóvenes de su edad, aunque ella no entendiera muy bien por qué. Se debatía entre la ilusión, la curiosidad y la rabia. Tan pronto imaginaba cómo sería, qué carita tendría, como pensaba en la forma de acabar con ello, de detenerlo. Conforme los meses transcurrieron y la barriga comenzó a asomar deformando su esbelto cuerpo, su humor empeoró. No podía soportar mirarse al espejo. Ni mucho menos que la miraran. ¿Cómo podía ninguna mujer sentirse feliz con aquella deformidad a cuestas?, repetía ante el horror de las mujeres de la casa.

Solo le quedaba resignarse. Si hubiera reaccionado antes, tal vez hubiera podido remediarlo. Había oído «cosas», pero ya era tarde. Ella, que lo había previsto todo con tanto cuidado, no contó con enamorarse hasta el punto de no ser capaz de llevar las riendas.

El embarazo se convirtió en un auténtico revés. Cortó sus alas, que no sus ansias por volar. Intentaba hacer vida normal, pero Gerard no la dejaba. Cuando por fin había escapado de su casa y del control de su padre, se encontraba de nuevo recluida por culpa de un bebé que no había buscado. Por las noches, muy a pesar suyo, Lolo se veía obligada a recogerse pronto mientras Gerard, de punta en blanco y bien perfumado, se divertía con los amigos.

O eso decía. Dolores no podía soportarlo. ¿Adónde iba? ¿Qué hacía?

Los celos comenzaron a aparecer. No se veía atractiva con aquella protuberancia horrorosa enfundada en ropa amorfa y su supuesto instinto maternal no era capaz de aliviar su angustia. Aquello tenía que salir, cuanto antes. Y hasta que eso llegara, decidió controlar a Gerard como fuera, vigilarlo. Comenzó a obsesionarse con saber dónde andaría, con quién estaría cuando no lo retenía a su lado. Y ahí se iniciaron los recorridos nocturnos por los bares y restaurantes de la ciudad, tratando de encontrar a Gerard y espiar sus movimientos. Por supuesto ella no conducía, ninguna mujer de la época lo hacía; tuvo que convencer al chófer para que la llevara. Pero no dudó de que aquel infeliz, aun a riesgo de perder su empleo, obedeciera sin rechistar, experta como era en dar órdenes sin opción a réplica.

Lolo sospechaba que los encantos de Gerard no eran apreciados por ella en exclusiva, y no le costó intuir cuál había sido su recorrido; Alicante no era muy grande. Ordenó dirigir el coche hacia el Casino. Y esperó. Una hora. Dos. El corazón le latía con fuerza. La garganta, seca y atenazada hasta el dolor. De vez en cuando el chófer hacía algún leve intento de disuadirla y volver a casa, pero ella no estaba dispuesta a marcharse. Sabía que tenía que estar allí. Por fin, pasada la media noche, lo vio salir junto con otro amigo y dos jovencísimas acompañantes. Los cuatro reían con la potencia suficiente para que sus carcajadas abofetearan la cara tensa de Dolores. Parecía que él les estaba contando algo divertido.

Apretó la mandíbula y con los puños se golpeó repetidas veces la barriga, golpes lentos y amargos. Esperó a que cruzara a su acera y entonces salió del coche. Él se quedó impasible, mirándola. Se volvió a sus acompañantes y con una sonrisa les dijo: «*Bon soir, mes chéries.*» Fue como una bofetada. Gerard solo utilizaba el francés cuando intentaba impresionar. Lolo quería gritar, pegarle, pero su garganta seguía seca y oprimida. Las palabras se rompían en sus entrañas sin poder salir, paralizadas por la ira. Él la sujetó del brazo con firmeza, clavó su mirada en ella y sin parpadear sentenció:

—Que sea la última vez, ¿está claro? No puedes salir de noche en tu estado.

Como un viento helado, aquellas palabras le produjeron un escalofrío. Desde ese día, su obsesión fue precipitar el final de su embarazo. Aquel niño o lo que fuera no la mantendría más tiempo alejada de Gerard. Daba largos paseos, llevaba ropa más apretada de lo aconsejable y seguía trabajando en el negocio familiar de confección infantil.

El negocio, aunque se llamara Manufacturas Lamarc, era de su suegra, doña Elvira. Mujer adelantada a su tiempo, había montado una empresa de lencería infantil en la que su marido, monsieur Jean-Pierre Lamarc, colaboraba sin mucho interés. La que contrataba, compraba, supervisaba las prendas, en definitiva, la que controlaba el negocio era ella, la gran doña Elvira Llaneza, como la conocían en toda la comarca de La Marina. La mitad de las señoras de los pueblos de alrededor cosían para ella en sus domicilios. Enérgica y decidida, vestía de luto riguroso, el pelo siempre recogido en un moño prieto, sin adornos. Tuvo el primer coche de la ciudad y viajaba a Mataró, Tarrasa o Sabadell en busca de hilaturas y encajes, siempre acompañada por su chófer Félix, en una época en la que las mujeres no trabajaban, ni mucho menos viajaban acompañadas de otra compañía masculina que no fuera la de su marido. Aun así, nunca se oyó un rumor, ni el más leve, relacionado con ella. Era la ventaja de ser tan fea y poco femenina. Ninguna mente calenturienta osó insinuar que pudiera existir el menor comportamiento indecoroso entre doña Elvira y su chófer.

Mientras tanto, monsieur Lamarc permanecía en el Casino de tertulia con los amigos y, de camino a casa, pasaba por el despacho para comprobar que todo estaba en su sitio.

Gerard, heredero de aquel pequeño imperio, era la alegría del matrimonio. Desde que su hermano mayor muriera en la Primera Guerra Mundial con honores de héroe, Gerard, que era el favorito de la casa, se había convertido en el rey.

A Lolo le gustó el negocio desde el principio. Para ella era un pasatiempo para el que tenía cualidades evidentes. Sabía distinguir la calidad de los tejidos, puntillas y encajes con facilidad, y siempre había tenido muy buen gusto. Aquello podía levantar rumores entre sus amistades, pero le importaba poco con tal de estar cerca de Gerard. Además, le hacía sentirse interesante y algo transgresora. Ni siquiera su avanzado estado de gestación le impidió seguir yendo al negocio familiar, ante el disgusto de su propia familia. Tampoco hacía una jornada muy larga, pero al menos esas horas se mantenía cerca de su adorado marido y no se aburría en casa.

Es más, aquello le serviría para acelerar el parto. Estaba empeñada, tenía que parir ya, como fuera. Gerard viajaba cada vez más a menudo, y con la excusa del embarazo no permitía que le acompañara. Murcia, Madrid o Barcelona eran destinos frecuentes y Lolo sospechaba, con el alma recomida, que no se limitaba a trabajar. Le habían llegado rumores de que en Murcia visitaba con asiduidad el Teatro Romea, donde se representaba una obra de Alejandro Casona con una de las actrices más conocidas del momento al frente del reparto, y alguna meritoria que parecía ser del agrado de Gerard.

A la mañana siguiente de volver de uno de esos viajes, tuvieron una fuerte discusión llena de reproches y evasivas. Dolores salió de casa de estampida, dando un portazo, mientras Gerard terminaba su café, y se dirigió a Manufacturas Lamarc con la determinación de acabar con aquella barriga a la que hacía responsable de sus desdichas, por las buenas o por las malas. Ese día se afanó en subir resmas de tejido a los estantes más altos, algo que nunca hacía ella. Eran grandes y pesadas, y aunque alguna dependienta intentó impedírselo, ella siguió con determinación con aquella esforzada tarea, espantándolas como si fueran bichos peligrosos. En uno de esos movimientos notó una punzada aguda y un líquido tibio comenzó a serpentear por sus piernas. Se sujetó el vientre con las dos manos, doblada por el dolor.

Había roto aguas. ¡Por fin había llegado el momento! Se sentó y pidió ayuda. Tenía contracciones, el niño venía y parecía que tenía prisa. Mientras Félix la llevaba a casa, la encargada avisaba al médico, a la comadrona y por supuesto a su amado Gerard, que había llegado a la empresa algo después que Dolores.

El parto, en contra de lo que en un principio pareció, fue largo y muy doloroso. Después de dieciséis horas de esfuerzos, gritos y sudores, por fin, salió. Lolo quedó exhausta.

—¡Es una niña preciosa! —anunció la comadrona. Pero Lolo

no reaccionó. La bañaron y vistieron con esmero. Si algo había en aquella casa, era la ropa de bebé más dulce y exquisita.

La comadrona se acercó a Dolores y, con suavidad, le preguntó:

—Señora, ¿quiere coger a la niña? ¡Es tan linda!

—No, ahora no... Quiero descansar —respondió, fría, sin volver la cara—. ¿Está sana?

—Perfecta. Ha pesado más de cuatro kilos y es rubita —dijo la matrona tendiéndole a la niña con cuidado—, parece...

—Ya le he dicho que ahora no —la interrumpió Dolores, tajante—. Necesito descansar. Tengo todo el tiempo del mundo por delante para verla.

La comadrona se retiró sin añadir nada más, mientras contemplaba con ternura y cierta lástima al bebé que llevaba entre sus brazos. No parecía haber llegado en un buen día.

Desde mucho antes de aquel momento, todo estaba preparado y pensado en la casa. Habían traído un ama de cría y contratado una niñera. En los planes de la bella Lolo no entraba darle el pecho, ni mucho menos pasar una mala noche, y ese fue el destino de la pequeña.

A la mañana siguiente Lolo amaneció de mejor humor. Se sentía cansada, pero feliz. Por fin quiso ver a la niña y recibió con curiosidad a una muñeca rubita y gordota que el ama de cría le dejó en los brazos. Después de todo, no era tan malo, se dijo, y ya estaba fuera, aunque su abdomen seguía pareciéndole una monstruosidad. La apoyó en su regazo y la miró con ternura. Dos cosas tenía claras; una, que a la niña no le iba a faltar de nada; y dos, que ella no iba a cambiar sus planes ni su forma de vida. Había llegado el momento de volver a ser la Lolo de antes, y recuperar los meses que había perdido por aquel estúpido e inoportuno embarazo.

Volvería a ser la sombra de Gerard. No pensaba separarse de él. Se acabaron las salidas nocturnas con los amigos, los viajes de negocios sin ella. Era muy joven, tenía mucho por vivir y un marido al que recuperar, si es que lo había perdido, así que su pequeña nueva responsabilidad no iba a estropearle los planes.

A la niña le pusieron Elena, en recuerdo de la fallecida madre de Dolores. No fue del agrado de todos. En la familia de Lolo le tenían cierta aprensión al nombre. No porque no gustara, sino porque todas las Elenas de la familia habían muerto jóvenes. Dolores no escuchó, alegando que no eran más que supercherías absurdas; y con los nombres de Elena Ascensión se quedó la recién nacida.

Convertida en el juguete de la familia, buena y tranquila, apenas se la oía. Era una niña sana y rolliza, que fue criada por su ama hasta que cumplió un año. Durante el día, Lolo la vestía, le ponía lindos lazos y salía a pasearla junto con la niñera. «¡Qué niña más linda!», era el comentario que se repetía a cada paso mientras caminaban bajo las palmeras de la Explanada, aprovechando el benigno invierno alicantino. Lolo devolvía una sonrisa helada. Era agradable ver cómo todos adulaban a la pequeña Elena, pero por otro lado, le revolvía su orgullo. Cierto que era una niña preciosa; pero ¿y qué?, comentaba a veces por lo bajo con su doncella. Como tantos otros niños, todos eran parecidos. En cambio, como ella había pocas y apenas se fijaban ya, rumiaba con nostalgia. Se sentía desplazada a un segundo plano, mortificada de forma constante por su nuevo papel de madre.

A la vuelta de uno de esos paseos, Lolo, harta de verse relegada a un discreto papel secundario en la representación de cada tarde, decidió que había llegado el momento de recuperar su protagonismo social. No podía seguir ejerciendo de madre primeriza mientras el mundo ponía a su alcance todo tipo de emociones. Había recuperado las formas de antes de su embarazo y tenía veinte maravillosos años que estaba dispuesta a disfrutar.

Durante la comida, empezó a sondear a Gerard con un coqueto mohín.

—Gerard, mi vida, la casa se me cae encima. La niña ya está criada, sana y fuerte, y yo necesito hacer algo. Además, te echo de menos...

Gerard conocía aquella mirada. Dio un sorbo al vino meneando levemente la cabeza. Sabía que no tenía nada que hacer.

—¿No crees que es demasiado pronto?

—No, qué va, yo estoy perfectamente y la niña... —se entretuvo con un pequeño bocado y prosiguió— estará atendida. Además, no hace falta que vaya a primera hora. Le daré su paseo y luego me acercaré al negocio. Trabajas muy duro y yo podría descargarte de alguna tarea. Tu madre está mayor, y desde que tu padre murió estás cargando tú con todo. Además, casi no nos vemos y así estaríamos más cerca...

Gerard lo supo en cuanto se planteó la conversación. Dolores siempre lograba sus propósitos y volvió al negocio, mientras la pequeña Elena quedó al cuidado de su ama de cría. Los días transcurrieron ágiles y las noches, intensas. Y si algo tuvo claro fue que no se quedaría embarazada en mucho tiempo; ya sabía qué hacer para que eso no sucediera. Nada volvería a dejarla en el dique seco mientras ella pudiera evitarlo.

Su vida retornó a la deseada vorágine junto a su esposo anterior a su preñez. A pesar de los tiempos que corrían, los fines de semana era difícil encontrarlos en casa. Comidas en el Club de Regatas, cenas en casa de algún amigo, bailes, partidas de póquer... Se levantaban tarde y con pocas ganas de niña. La pequeña Elena llevaba su vida y sus progenitores la suya en dos mundos paralelos. En realidad no le faltaba de nada, salvo el afecto de sus padres. ¡Qué poco de realidad había en aquella vida mundana y frívola! La relación entre el matrimonio se sostenía por la tenacidad de Lolo y su constante cerco a Gerard, que trataba sin éxito de romperlo.

Como padre, Gerard era frío y distante. Los niños no eran lo suyo y su hija no era diferente para él. Un pequeño incordio, con probabilidades de crecer. Como marido, sabía ser galante y detallista cuando quería para, al segundo siguiente, volverse duro y despiadado. Esto desconcertaba a Lolo, que nunca estaba segura del terreno que pisaba. Sus celos iban en aumento, cosa que Gerard no soportaba, aun cuando los sabía bien fundados. Y comenzó a agobiarse.

La primera gran crisis se había producido cuando Elena apenas había cumplido los ocho meses. Su madre había salido de compras y su padre dejó nota de que tenía que arreglar unos asuntos fuera de la ciudad. Lo esperaban en casa para cenar, como otras veces, pero era tarde y no llegaba. Sonó el teléfono y Dolores, que ya estaba sentada a la mesa, dio un brinco tirando la silla al suelo con un gran gesto de alivio. Había costado un buen número de gestiones, pero su marido había conseguido que le instalaran uno de los pocos aparatos que había en todo Alicante. Ella misma contestó sin dejar a la doncella tocar el auricular. Pero no era Gerard. La operadora le pasó a su suegra, doña Elvira, que comenzó a hablar bastante alterada.

—Dolores —dijo; nunca la llamaba Lolo—, ¿se puede poner mi hijo? —La cara de Lolo dibujó primero una mueca de desilusión para pasar en décimas de segundo a otra de fastidio.

—No está —contestó sin disimular su enfado y con el mismo tono directo y falto de cortesía de su suegra—, no sé nada de él desde esta mañana.

Se hizo un silencio al otro lado del teléfono.

—Elvira, ¿ha pasado algo? —Su voz perdió altanería y ganó nerviosismo—. ¿Qué sabe?

—Ha desaparecido el dinero de la caja. Era la recaudación de la semana.

—¿Nos han robado? —preguntó asombrada Dolores—. Si es que cada vez hay más gentuza por las calles. Lo habrá denunciado ya, supongo.

—Bueno... me han comentado que Gerard estuvo a primera hora de la mañana en la tienda. Creo que fue él quien cogió el dinero. Por eso llamaba. Pensé que tendría que solucionar algún problema y me preocupé.

—¡Algún problema! Hace más de doce horas que no sé nada de él, ¡y ahora usted me dice que se ha llevado el dinero de la caja! —estalló—. Seguro que está por ahí, gastándoselo con alguna furcia.

—Cállate, Dolores, que nos están escuchando. Desvarías. Seguro que no tardará en llegar. Cuando lo veas dile que me llame; o mejor, que se pase a verme. —Su suegra colgó sin más explicaciones. Las llamadas a través de la telefonista resultaban siempre indiscretas.

Al colgar, Dolores no supo qué hacer. La cena estaba servida. Comenzó a andar a un lado y otro de la mesa. De su plato al de Gerard. Del plato de Gerard al suyo. Decidió pedir ayuda a Javier. Seguro que él sabría dónde encontrarlo.

Mandó a la doncella a buscarlo, a pesar de lo avanzado de la hora, y como era de esperar, la visita produjo un sobresalto en casa de sus padres tanto por la hora como por el tono vacilante y preocupado de la muchacha.

En cuatro zancadas Javier se plantó en casa de su hermana, dejando atrás a Clara, incapaz de seguir la marcha del hermano de su señora a pesar de sus flamantes dieciséis años.

En cuanto llegó, Dolores explicó como pudo lo poco que sabía ante la cara sanguínea de su hermano.

—¡Maldito bastardo! ¡Nunca debiste casarte con él! ¡Como lo encuentre, lo mato!

—Por Dios, Javier, cálmate, en realidad no sabemos qué ha podido pasar...

Dolores se asustó. Tal vez avisar a su hermano no había sido buena idea. Lo odiaba desde antes de que fueran novios.

—En menos de una hora sabré dónde está, y más le vale que no me lo eche a la cara. —Y salió dando un portazo.

Una hora y media más tarde regresó. Estaba rojo, congestionado.

—¡Por Dios, dime qué ha pasado! —suplicó Lolo, alarmada ante la expresión de su hermano.

—¿De verdad quieres saberlo? —La vena del cuello le estallaba.

—¿Le has hecho algo? —preguntó horrorizada. Casi lo afirmó, convencida de que su hermano lo había encontrado con otra y lo había matado. Un sudor frío recorría su espalda.

—¡Y todavía se preocupa por él! —exclamó Javier levantando los brazos hacia el techo, como pidiendo ayuda a un ser invisible—. No, no le he hecho nada. Se ha librado porque se fue esta mañana ¡a París! —gritó, descargando su puño sobre la mesa—. ¿Me oyes, hermana? Se ha largado a París de buena mañana con una sobrina de la Guevara, porque si lo llego a pillar antes de salir... Acaba de terminar la temporada en el Romea y se la ha llevado con el dinero que le ha robado a su propia madre. ¿Se puede ser más ruin? ¡Menudo sinvergüenza el gabacho de mierda! ¡Pero qué ves en él!

Las manos de Dolores acudieron a su boca para reprimir un grito.

—¡No es verdad! —negó, rotunda—. ¡Te lo estás inventando para que lo deje! ¡Nunca te gustó! —Las lágrimas se apoderaron de sus ojos, después de todo un día de contenerlas a base de esperanzas infundadas y explicaciones absurdas.

—Ojalá no fuera cierto. Pero lo es. Puedes esperarle sentada. Tal vez no vuelva. Casi sería lo mejor... —masculló Javier.

Las desbordadas lágrimas de Lolo rodaban ya por sus mejillas. ¿Qué había hecho mal? ¿Había perdido atractivo? La culpa era de aquella niña. En su mente se repetía la idea de que desde que nació, Gerard ya no la miraba igual. La amargura se iba apoderando de ella, en una espiral que la ahogaba. Intentó reaccionar. ¡Pero qué tonterías se le ocurrían! La niña... la niña... no tenía nada que ver, ¿o sí? Miró a su hermano, desolada. Él la abrazó, acariciándole la cabeza con su enorme mano.

—¿Quieres venir conmigo a casa? —le propuso, algo más calmado—. No es bueno que te quedes en este estado.

—Yo... No, esperaré. Tiene que llamar, seguro que llama —balbuceó.

—Pues hermanita, ya puedes sentarte y tomártelo con calma, porque la noche será larga.

Javier se fue meneando la cabeza y levantando los brazos en un gesto de impotencia.

Al día siguiente Dolores seguía sin saber nada de su marido. No había dormido en toda la noche. Llamó a la doncella, le ordenó que recogiera sus cosas y las de la niña y, resignada a que su esposo no volvería, se fue a casa de sus padres. Era sábado.

El lunes por la mañana apareció Gerard en la tienda de su madre como si tal cosa. Entró silbando y fue directo a darle un beso en la arrugada frente.

—¡Hola, madre! —saludó, como cualquier otro día—. ¿Qué tal todo por aquí?

—¡Tendrás cara dura! —le recriminó con dureza—. ¿Dónde te habías metido? ¿Qué has hecho con el dinero? Buena la has armado: Dolores se ha ido a casa de sus padres.

—Ya, eso me ha dicho Clara.

—¿Y qué te parece?

—No se preocupe, madre, lo arreglaré. —Su tono era tranquilizador, carente de toda preocupación o pesar—. El dinero lo necesitaba, pero sabe que se lo devolveré, como siempre.

—¿Es cierto que te has ido a París con una jovencita?

—¡Ah... París! —suspiró guiñándole un ojo y pronunciando con un empalagoso deje afrancesado—. Me voy, madre. Luego hablamos.

—No te la mereces —sentenció doña Elvira doblando un juego de canastilla.

La realidad era que cuando el dinero se agotó, Gerard dejó a su bella acompañante plantada en lo alto de la Torre Eiffel y regresó a Alicante, ufano como un pavo real ante su hazaña. Pensar en la cara que iban a poner sus amigos del Casino cuando lo contara le hacía feliz. Ni por un momento asomó un mínimo gesto de remordimiento a su pétreo rostro. Ni el recuerdo de su mujer, ni el de la joven incauta de la Torre Eiffel, que en esos momentos debía de estar echando sapos y culebras por su boca de piñón, le afectaron el ánimo.

Esta vez no había inventado ninguna excusa como en otras ocasiones. Pero todo había sido tan rápido que no le había dado tiempo, y además Dolores cada vez lo marcaba más y era difícil engañarla. En realidad Lolo era la esposa perfecta, siempre lo reconocía ante sus amigos, pero él necesitaba otras sensaciones. Sonrió complacido al recordar aquella escapada.

Gerard conocía lo suficiente a su familia política como para saber que no podía presentarse en aquella casa a por Dolores, sin más, y salir indemne, sin antes tenerla de su parte. Podían pegarle un tiro, que el carácter de los Atienza era imprevisible y el del hijo ya superaba al del padre. Decidió escribirle una nota y hacérsela llegar por medio de una de sus amigas.

Dolores recibió la nota pero, presa de orgullo y resentimiento, se negó a leerla. Fue Ascensión quien la convenció:

—Hija, el matrimonio no es fácil. Los hombres, a veces, hacen cosas que no comprendemos, pero perder los nervios solo contribuye a empeorar las cosas. Yo también he tenido que girar la cabeza hacia otro lado, o quitarles hierro a actitudes o comentarios poco considerados. Tu padre... Bueno, que no hay matrimonio fácil. Se aprende a vivir con ello. Tienes que madurar y aprender tú también a mirar para otro lado.

—Pero madre, ¡ya no me quiere! Me ha dejado por una jovencita y no llevamos ni dos años casados.

—El amor no tiene nada que ver con esto. Si no quieres tirarlo todo por la borda, tendrás que aguantar. Aunque debes ponerle las cosas difíciles durante un tiempo para que te respete. Esa joven, la de París, no es nadie. Dicen que la ha dejado plantada allí, y la pobre ha tenido que recurrir a la embajada española para regresar. —Le acarició el pelo—. Tú también eres joven y hermosa, y tu sitio está en tu casa, con tu marido.

Si Javier la hubiera oído, le habría montado una buena. De hecho, la montó cuando oyó a Dolores decir que hablaría con Gerard, pero sabía que no la convencería.

Su madre la dejó partir con tristeza y resignación. Era el dolor de una mujer que ya no podía remediar las penas de la niña que la había cautivado cuando ella llegó para hacerse cargo de los hijos de don Gonzalo. Una niña que, de pura perfección, parecía irreal, alguien que siempre viviría en un cuento donde no cabría la maldad, lo burdo, lo grosero. Sin embargo, Dolores no había tenido suerte al elegir marido. Pero como muy bien sabía Ascensión, había muchas otras mujeres que padecían lo mismo a diario sin plantearse siquiera pedir explicaciones y que cambiarían sus vidas por la de Lolo sin dudarlo. Aunque en su desdicha no lo apreciara, seguía siendo una privilegiada. Ascensión se frotó con cuidado el brazo izquierdo, todavía entumecido por el último golpe recibido.

Para Dolores fue la primera de otras muchas rupturas y la concreción de su recelo hacia la pequeña Elena, a la que imaginaba como la semilla de la discordia. Había sido madre por accidente. La maternidad le había llegado demasiado pronto, sin darle tiempo a madurar, y el embarazo había sido un castigo, paliado en parte tras el nacimiento. A su mente atormentada volvía con insistencia la idea de que todo había comenzado con ella, haciéndola responsable de sus desdichas. Aquella niña había venido al mundo para alejar a Gerard de su lado. Su corazón, llevado por sus pensamientos, se distanciaba cada vez más del de su hija, en una lucha sin cuartel entre su conciencia y su rencor.

Elena no llegaba a comprender las apariciones estelares de Lolo en su vida, ni sus repentinos cambios de humor, pero en su tierno cerebro le iba haciendo un lugar especial, anhelando cada nuevo instante en que aquella bella mujer le dedicaba sus cada vez más escasos mimos y atenciones.

3

Mientras a Dolores se le retorcían las entrañas en la antesala del parto, a menos de cien kilómetros, en un rico pueblo de La Albaida valenciana, un niño asistía asombrado a una tremenda discusión entre su padre y su tía, mientras su ropa y la de su hermana eran embutidas con violencia en una pequeña bolsa de mano.

Carlos era el menor de cuatro hermanos. Su padre, José Luis Company, un hombre bueno y afable, de poco carácter, se había quedado viudo cuando sus dos hijos mayores, Roberto y Carmen, tenían doce y diez años; en cuanto a los pequeños, Lucía contaba tres años y Carlos tan solo seis meses. Para el padre había sido un desastre. No se sentía con fuerzas para sacar adelante a los más pequeños y, en un gesto que la honró, su cuñada Carmen, que no había podido tener hijos, se ofreció a llevarse a los pequeños a vivir con ellos a Onteniente. Gozaba de una posición acomodada gracias a un próspero negocio de salazones y podría mantenerlos sin dificultad.

Así que los cuatro hermanos fueron separados de forma drástica; los dos mayores se quedaron a vivir en Valencia con su padre y los dos pequeños, en Onteniente con sus tíos maternos, Carmen y Francisco que, a su manera, pronto sintieron a los niños como propios. Con ellos permanecieron durante más de dos años, en un ambiente oscuro, rancio y severo, pero bien alimentados y vestidos.

En ese año de 1934 en que Elena veía la luz en Alicante, José Luis Company volvía a casarse por consejo de su hermana, monja en un convento de teresianas, que veía con dolor cómo su hermano se regodeaba en su pena, añorando a los pequeños e incapaz de salir a flote aunque fuera por sus hijos. Como ya pasara con el abuelo de Elena, se acordó un matrimonio de conveniencia en el que su hermana actuó de casamentera. La elegida, Ángela, era viuda también, sin hijos, y su única familia estaba lejos.

José Luis lo meditó mucho y llegó a la conclusión de que era lo mejor para la familia. Tenía un pequeño negocio de venta de máquinas de coser que daba para mantenerlos a todos con dignidad. Podría reunir a sus hijos, darles una madre, y Ángela parecía una buena mujer. Él no necesitaba demasiado, solo la tranquilidad de espíritu que la vuelta de los niños, y quizá también su nueva esposa, le iban a dar.

La última vez que vio a los pequeños, Carlos acababa de cumplir tres años y no le reconoció. Él era un hombre afectuoso y sensible y en ese viaje había vuelto de Onteniente llorando en silencio, roto por el dolor y la amargura ante la turbada mirada de sus dos hijos mayores. La idea de la boda le dio una luz de esperanza. Su alegría era inmensa ante la perspectiva de volver a tener a Lucía y a Carlos en casa.

Pero no imaginó la violenta reacción que provocaría en los cimientos de su familia política. Primero, por pretender casarse a los dos años y poco de enviudar, algo imperdonable para su cuñada. Y segundo, por osar llevarse a los niños que con tanta generosidad habían recogido en su casa de Onteniente y a los que habían llegado a considerar como algo suyo.

Superados por el odio y la soberbia, y ante la perspectiva de que se los arrebataran, decidieron poner las cosas difíciles exigiendo unas compensaciones económicas irracionales y nada caritativas teniendo en cuenta sus pregonadas convicciones religiosas. Parecía una trata de ganado. La discusión resultó brutal y los niños fueron sacados en volandas con apenas un hatillo de ropa y el catón con el que habían enseñado a leer a Lucía.

José Luis no se dejó avasallar. Aunque no era un hombre enérgico, concentró todas sus fuerzas para salir de aquella casa con sus hijos, dejando en la puerta a una cuñada amenazándole airada, mientras su cuñado le apuñalaba la espalda con la mirada. Tenía claro que iba a volver a reunir a sus hijos y a llevar una vida apacible y normal, aunque eso le supusiera romper con la mitad de la familia.

La boda, muy discreta, se celebró por fin dando paso a un periodo de felicidad y unión familiar para los Company. De sus tíos de Onteniente no volvieron a tener noticias, aunque los pequeños, por indicación de su padre, siempre enviaban tarjetas de felicitación en las fechas señaladas. Nunca obtuvieron respuesta. Atormentados por la soledad, sus tíos no se resignaron a la pérdida de aquellos dos pequeños, los únicos que podrían tener jamás, y levantaron un muro de orgullo y resentimiento que les impidió hacer el menor gesto para volver a verlos. Ni siquiera se dignaron contestar aquellas tiernas notas con letra de niño que acababan invariablemente en la basura.

La casi nueva familia vivía en un piso amplio y cómodo, sin lujos, pero donde los mayores tenían cada uno su habitación y los pequeños compartían otra, muy luminosa. Había un baño completo y un pequeño aseo junto a la cocina. Ángela cocinaba, arreglaba la casa y cuidaba con esmero de los pequeños. Era corpulenta y no muy agraciada, pero resultaba acogedora y cálida. Le gustaba cantar y acompañaba las tareas domésticas con sus alegres coplillas. Todo un contraste para los pequeños, acostumbrados a la fría y austera disciplina a la que se habían visto sometidos en Onteniente, en una casa cuyo único sonido de fondo era el tictac de un vetusto carillón. Se sentían felices con aquel inesperado cambio.

Los tres mayores ya iban al colegio, unos con más fortuna que otros. Roberto era aplicado y su expediente académico era bueno, aunque discreto. Nunca había dado un problema, ni había dicho una palabra más alta que otra. Era el más parecido al padre. Carmencita no había nacido para estudiar, pero era voluntariosa y muy imaginativa, por lo que las monjitas decidieron pronto asignarle otro tipo de labores. Su cuerpo crecía a un ritmo más rápido que su razón, anclada en una infancia dulce y despreocupada. Y Lucía, además de trabajadora y tenaz como su hermano, estaba dotada de una inteligencia brillante. Sus notas eran destacadas ya a esa corta edad, y leía y escribía sin dificultad.

En medio de esa monotonía, Carlos era la nota de color. Era

un niño despierto y travieso, que llevaba loca a Ángela y que no tenía ningunas ganas de que le llegara la hora de ir al colegio como sus hermanos. Le resultaba más divertido cazar lagartijas cuando salían de paseo al parque, para soltarlas en la cocina de casa y ver cómo Ángela se volvía loca persiguiendo primero a la lagartija y después a él. Nunca llegaba a pillarlo, siempre se agotaba antes.

—¡Demonio de niño! —era la exclamación diaria, a veces enfadada, a veces divertida.

Pero esa tranquilidad les iba a durar poco. Los acontecimientos que iban a desatarse cambiarían su vida, como la de otros muchos españoles, de forma irremediable. El levantamiento del 18 de julio de 1936 fue un drama nacional, y un drama personal.

El negocio del padre se fue a pique y tuvieron que dejar su casa para trasladarse primero a una planta baja y luego a un pequeño piso cercano a las vías del tren, sin calefacción ni cuarto de baño. Había apenas un minúsculo retrete en la galería y un lavabo en uno de los dormitorios. Para bañarse calentaban el agua al fuego y llenaban una gran tina de latón en medio de la cocina por la que tenían que pasar uno detrás de otro. La casa tenía tres cuartuchos, uno de ellos con solo una pequeña abertura a la altura del techo que daba a la habitación de al lado. En uno dormía el matrimonio; en el más luminoso, que además tenía el lavabo, dormían las niñas; y en la habitación contigua, la del ventanuco interior, dormían los chicos, Carlos y Roberto.

Aunque parecía el reparto de habitaciones más lógico, a Lucía y a Carlos se les hizo muy cuesta arriba. Cada uno de ellos se llevaba casi diez años con su nuevo compañero de cuarto y tenían muy poco en común. Ellos, en cambio, se habían criado juntos y mantenían una relación muy especial. Cada noche esperaban a que se durmieran todos y cuchicheaban a través de la pequeña abertura que comunicaba las dos habitaciones buscando mutuo consuelo.

En dos años habían cambiado tres veces de casa, se habían encontrado con un padre, una madre y dos hermanos que les doblaban la edad. Y por si fuera poco, ahora estaban en guerra.

La situación iba de mal en peor. Roberto y Carmencita tuvieron que dejar el colegio, Roberto para ponerse a trabajar de dependiente junto con su padre para sacar adelante a la familia, y

Carmencita para ayudar en la casa, aunque tampoco en el colegio adelantaba.

Carlos pronto se acostumbró a campar a sus anchas. En 1937 ya había comenzado a ir al colegio, pero en cuanto salía de clase se iba con los amigos a jugar en la calle o en las vías del tren. Al poco tiempo, las actividades escolares cesaron y su vida, cuando las alarmas antiaéreas y los bombardeos lo permitían, se trasladó casi por completo a la calle. A pesar de su corta edad tenía mucho genio, y era decidido y temerario. Le encantaba bajar a las vías con los amigos. Jugaban a pillar y a las tabas, aunque la zona era poco recomendable y hacía muchísimo frío. La prohibición de que se acercara por allí era tajante, pero no había nada que le tentara más que desafiar las reglas, y las vías del ferrocarril eran un sitio fantástico para jugar.

Había una zona con vagones abandonados, su centro de reunión favorito. Una tarde plomiza de 1938, mientras jugaban al escondite entre los herrumbrosos contenedores, oyeron unas voces roncas que parecían salir de uno de los vagones cercanos. Carlos y sus amigos se acercaron con cuidado, ocultándose entre los montones de piedras y traviesas que tan bien conocían. Aun sin saber lo que ocurría, podían oler el peligro, pero la curiosidad era más fuerte que el miedo. En la oscura tarde, aquel vagón desprendía un tenue resplandor. Alcanzaban a ver el interior, aunque con dificultad. Alumbrado tan solo por lo que parecían un par de quinqués, dentro se distinguían dos grandes figuras fantasmagóricas, dos sombras que golpeaban sin piedad a otro hombre que permanecía sentado y maniatado en un asiento pegado a la ventanilla.

No podían entenderles, parecían interrogar a aquel desdichado, pero les oían reír con claridad. Una risa cruel y desencajada, que crecía con cada nuevo golpe y recordaba el rugir de una fiera hambrienta. Carlos se acercó mientras el resto de los críos permanecía petrificado por el miedo. El más pequeño acababa de orinarse en los pantalones.

Carlos se quedó quieto unos segundos, hipnotizado por el vaivén de la luz vapuleada por las sombras, pero no conseguía ver con claridad. A sus siete años era más alto que la media, pero no tanto como para alcanzar la ventanilla del vagón. El frío le hizo reaccionar; se subió a unas traviesas amontonadas a dos metros de distancia y observó. La iluminación era escasa pero suficiente para ver cómo golpeaban en la cara al maniatado. A los hombres los veía de espaldas, dos figuras corpulentas con sendas casacas de tipo militar; pero al pobre desgraciado lo veía de frente, con gran claridad a pesar de la mugre que empañaba los cristales. Tenía toda la cara teñida de rojo. La sangre chorreaba desde la sien, donde se abría una brecha profunda, y se confundía con la que brotaba por su nariz y por la boca. Parecía que le faltaba un ojo, aunque tenía la cara tan desfigurada que no lo podía asegurar. Carlos contuvo la respiración, sobrecogido e inmóvil.

Y entonces, ocurrió. A Carlos no le dio tiempo ni a parpadear. Sin dejar sus risas y vocerío, uno de los dos hombres le puso una pistola en la boca al desdichado y disparó. La ventanilla en la que reposaba la cabeza deforme se llenó de sangre, mezclada con trozos más densos. Carlos tuvo una arcada y notó cómo el vómito le subía por la garganta. Del impulso perdió el equilibrio y se cayó del montón de traviesas. El estruendo hizo que los dos hombres se giraran en su dirección moviendo las linternas y Carlos pudo ver sus caras. Sus amigos habían desaparecido nada más oír el disparo. Salieron corriendo, cada uno hacia su casa, sin parar, sin darse la vuelta y sin dejar escapar ni un grito de horror de sus comprimidas gargantas. Tan solo sus pequeñas y veloces pisadas cortaban el silencio. Ahora era Carlos el que corría como nunca lo había hecho. Seguía sufriendo náuseas y conforme corría, cada golpe de sus pies en la grava le retumbaba en las sienes como aquel disparo que acababa de escuchar. Una y otra vez veía aquella cabeza reventando contra el cristal como una macabra carcasa explotando ante sus ojos.

Llegó a su casa sin mirar atrás, mucho después de que hubiera dejado de oír tras de sí las pesadas carreras de sus perseguidores y dando un rodeo para evitar que averiguaran dónde vivía. Empapado en sudor, llamó a la puerta con los nudillos, indeciso. No sabía qué decir, convencido de que en su cara podrían leer el horror que acababa de presenciar. Además, le tenían prohibido jugar en las vías de la estación; pero eso ahora no le preocupaba.

Hubo suerte, fue Lucía quien abrió la puerta.

—¡Pero ¿qué te ha pasado?! —susurró Lucía, consciente por la expresión de su hermano de que, fuera lo que fuese lo que había ocurrido, más valía que no trascendiera.

—No puedo... no, no puedo... En el vagón...

—¿Has estado jugando en las vías? ¡Sabes que lo tenemos prohibido! Es muy peligroso. —Le empujó hacia dentro—. ¡Uf! Hueles fatal. ¿Has devuelto?

Carlos asintió. Sus ojos empezaban a empañarse. Lucía lo cogió de la mano y lo acompañó a su habitación.

—Papá y Roberto no han vuelto de la tienda, y mamá Ángela y Carmencita están en la cocina preparando la cena. Quítate la camisa y lávate un poco en mi cuarto. Yo te traigo ropa limpia.

La palabra «cena» le provocó una nueva arcada. ¿Cómo se iba a sentar a la mesa? Obedeció a Lucía. Se quitó la ropa y se lavó. El agua estaba helada, casi tanto como él, pero sirvió para despejarle y sacarle del estado de impresión en que se encontraba. Se puso la ropa limpia y Lucía escondió la sucia. Aún percibía el olor a vómito.

Pasadas las ocho y media llegaron José Luis y Roberto. Traían mala cara. Los habían despedido de la tienda en la que trabajaban desde hacía un par de meses. La desolación era total e hizo que, por el momento, no repararan en la palidez de Carlos.

—Pero ¿dónde te habías metido? Estaba a punto de mandar a Carmencita a buscarte. —Ángela lo vio de espaldas mientras llevaba los platos para la cena—. No te he oído llegar. ¡Hale, todo el mundo a la mesa!

—¿Qué hay? —preguntó Lucía para distraer la atención de la cara de su hermano, aunque sabía la respuesta sin un ápice de duda. No era capaz de sumar cuántos platos de lentejas había comido desde que comenzara la guerra. Las odiaba. ¿De dónde salían tantas?, se preguntaba siempre que veía el contenido pardusco de su plato.

—Lentejas —le confirmó Carmencita con inocencia.

—Yo... no tengo hambre —dijo Carlos con desgana.

—¿Estás enfermo? Tienes mala cara. Claro, todo el día corriendo por ahí. Aún te pasa poco. Si no quieres cenar, a la cama, que con lo poco que hay, no está para desperdiciarlo.

Carlos se levantó de la mesa sin mirar a nadie. En la oscuridad de su cuarto no podía pensar en otra cosa que no fuera aquel vagón. No volvería allí, nunca. Temblaba. A la imagen de la cabeza reventada le sucedían los rostros de los dos milicianos. Las expresiones de sus caras, sus ojos agudos, las mejillas picadas de viruela del más alto, el que disparó, escrutando la oscuridad más allá de la ventana del vagón. Un escalofrío recorrió su espalda. Tal vez le hubieran visto. Tal vez no los hubiera despistado y supieran quién era y dónde vivía.

Mientras él intentaba apartar la estación y el miedo de sus pensamientos, su padre compartía con el resto de la familia la última desgracia. Los habían despedido, tendría que buscar otra ocupación. Conservaban un par de máquinas de coser de cuando tenían la tienda y José Luis comentó animoso que podrían confeccionar albornoces. También sabía dónde vendían retales de piel, restos de los que se usaban en otras industrias, y con eso podrían hacer bolsos. Intentó transmitir optimismo, pero no consiguió engañar a nadie. Venían tiempos duros para la familia Company. Terminaron sus lentejas con la mirada perdida en aquella masa marrón, como una alegoría del oscuro y espeso futuro que les esperaba. Al menos ese día habían tenido un plato caliente que llevarse a la boca.

Recogieron la mesa y se fueron temprano a dormir. Cuando la casa quedó en silencio Lucía se levantó sigilosa, sacó la ropa sucia de su hermano y se fue a la cocina para lavarla. Carlos no se había podido dormir y al oír los suaves pasos de su hermana la siguió.

—¡Burro! ¡Me has asustado! —se sobresaltó Lucía—. Como nos pillen, nos va a caer una buena.

—¿Qué haces, hermanita?

—Voy a lavar la ropa que traías, así no preguntarán. Huele que apesta. Lo malo es que no queda más que un retalito de jabón y como lo acabe... Ya te las apañarás para conseguirme otra, ¿eh?

—Qué buena eres, Lucía.

—Vale, vale, menos pamplinas. ¿Me lo vas a contar o no?

—No puedo hablar de ello. —Se estremeció—. Tengo miedo, y a ti también te iba a dar miedo, así que para qué. ¿Qué ha dicho papá?

—Le han vuelto a despedir. A Roberto también. La tienda ya no daba para dos bocas más. Se ha quedado el dueño solo. Pero no te preocupes, papá ha tenido una idea genial. ¡Vamos a hacer bolsos, y albornoces! Será divertido y saldremos adelante, ya lo verás.

—¿Y dejaremos de comer lentejas?

Lucía se rio bajito. Siempre conseguía sacarle una sonrisa.

—Eso no lo sé. Se reproducen solas.

Escurrió la ropa, la tendió y se volvió muy seria a Carlos.

—Prométeme que no volverás a jugar en las vías.

—Lo prometo.

—Pero «de verdad», no como a mamá Ángela. Me he asustado mucho al verte. No podría soportar que te pasara nada.

—Lo prometo, de verdad.

—¿Hermanito y hermanita hasta el final?

—Hermanito y hermanita hasta el final.

4

Cuando la guerra estalló en julio de 1936, Elena contaba una edad —un año y medio— que la salvaguardaba de preocupaciones, pero a la familia Lamarc se le pusieron las cosas muy cuesta arriba. No tenían problemas económicos, pero la escasez reinante de muchos artículos hacía que el dinero tampoco fuera una gran solución. No había mucho en que gastarlo.

Gerard había obtenido la nacionalidad española pero sin renunciar a la francesa, una ventaja para moverse con cierta libertad aunque procurando no hacerse notar. Sin embargo su anonimato duró poco, para su desgracia; Félix, el chófer, los había denunciado y como resultado les confiscaron el negocio y el famoso coche de doña Elvira. Además, cada vez eran más frecuentes los rumores de que lo iban a llamar a filas.

Y así fue. A Gerard no tardó en llegarle una comunicación para que se incorporara a las tropas del Frente Popular. Dejando a un lado sus preferencias por un bando u otro, él no tenía madera de héroe. Con uno en la familia se había cubierto el cupo, y ese estaba bajo tierra. Así que procedía salir de allí lo antes posible, aunque lo declararan en rebeldía. Era el momento de abandonar el país. Tenía familiares y amigos en Francia que podrían acogerlos.

Doña Elvira, obstinada, se negó a dejar la ciudad, pero animó a su hijo a que huyera con su familia. No quería guardar otra medalla en un cajón. Ella se quedó con sus dos fieles sirvientas a la espera de que las cosas mejoraran. A ella nadie la sacaba de su casa, faltaría más.

Por su parte, don Gonzalo, aunque militar, estaba ya retirado desde la Ley Azaña y no tuvo que incorporarse a filas. Monárquico de convicción y católico hasta el tuétano, se sentía más cercano a los rebeldes que al Frente Popular, aunque nunca se había pronunciado en ninguna dirección.

Javier, sin embargo, lo tenía muy claro. Su juventud y arrogancia le hacían sentirse invulnerable, expresando sus opiniones contrarias a la República sin ningún recato; incluso en alguna ocasión había llegado a las manos. Para él, la defensa de todo aquello que estimaba sagrado era superior a cualquier otra consideración, y ponía en ello toda la fuerza de sus veinticinco años.

No fue de extrañar que se metiera en problemas. Se corrió la voz de que Javier Atienza era de los nacionales y tuvo que esconderse, muy a su pesar, hasta que lo pudieron sacar de Alicante. Dos registros sufrieron en su casa en los que don Gonzalo, como militar en la reserva, tuvo que hacer valer todos sus contactos en el ejército para que redujeran la presión a la que lo sometían, tras explicar que hacía tiempo que no sabía dónde estaba su hijo. A Ascensión aquellas violentas incursiones le destrozaban los nervios, convencida de que terminarían por encontrar el falso fondo de la alacena de la cocina, en la que de pie y a duras penas se encajaba Javier en cuanto se escuchaba el más leve ruido en la escalera. Pero si por él fuera, habría salido a partirse la cara y las costillas si se terciaba.

Su padre no se resignaba a contemplar pasivo la situación, militar como era de toda la vida; no se iba a quedar con los brazos cruzados aunque tuviera que actuar a escondidas. Se las ingenió para sacar de la ciudad a algunas personas que veían su vida amenazada por el curso de los acontecimientos. Entre ellos, por supuesto, se encontraban su adorada Lolo con su familia, que partieron con destino a Francia en barco con bandera argentina, a principios de 1938; y Javier, que empeñado en unirse al Frente Nacional prefirió salir hacia Sevilla, junto con un vecino que había llegado huyendo de su pueblo, Onteniente.

Javier, conforme embarcaba, iba gritando «¡Arriba España!» ante el estupor de su padre, que intentaba callarlo como podía temeroso de que lo descubrieran por culpa de la maldita arrogancia, y de nada sirvieran el tiempo y el esfuerzo dedicados a preparar aquella huida. Pero por suerte para todos, era muy temprano, y los pocos transeúntes que se encontraban en las inmediaciones del barco tenían otras cosas de las que preocuparse.

Lolo, Gerard y la pequeña Elena partieron hacia Francia. Hicieron una parada en Palma de Mallorca, de ahí a Barcelona y por fin llegaron a su destino. El viaje fue duro. Encerrados en las bodegas del barco, hacinados con otras personas que compartían destino, apenas podían respirar. No les dejaron subir a la cubierta en la inacabable travesía y la comida, por llamarla de alguna manera, apenas si llegaba a apagar los rugidos de sus tripas. El frío en la húmeda bodega era insoportable y el hedor acre a sudor se mezclaba con el del vómito de algún vecino indispuesto.

Gerard, aprensivo como era, no fue capaz de consolar o animar a su descompuesta esposa, que parecía que fuera a desmayarse de un momento a otro. Eso repetía Dolores, «ojalá me desmayara y despertara al llegar a destino». Elena, demasiado pequeña para apreciar las calamidades, solo notaba el hambre y el frío. Al olor se acostumbró pronto y el ambiente no le pareció tan inhóspito. Había muchas cosas para investigar y la gente que los acompañaba era amable y dulce con ella. A todos inspiraba ternura aquella bolita rubia que curioseaba entre cuerdas, cajas y sacos. La esperanza de aquel variopinto grupo era que pronto llegarían a Francia y desembarcarían en un lugar civilizado donde continuar sus vidas de la forma más parecida a la que habían conocido.

Pero su llegada a puerto no fue como Gerard había imaginado. El muelle estaba atestado de gente que iba y venía sin destino aparente, sucia y malencarada según su apreciación, hormigas huyendo del fuego sin que les hubieran trazado su camino.

Los desembarcaron a empujones, como si de enchiquerar ganado se tratara, y conforme bajaban iban separando a los hombres de las mujeres y los metían en barracones. Los campamentos de exiliados estaban abarrotados de gente de todo tipo. Republicanos, comunistas, socialistas, algunos mineros a los que el levantamiento les había pillado en zona nacional; religiosos, sacerdotes y familias burguesas huyendo de la zona roja; y, como en todo conflicto, maleantes sin convicciones buscando nuevos horizontes lejos de sus perseguidores de uno u otro color. El trato era duro y sin contemplaciones, pero al menos les daban de comer. En las últimas semanas el hambre se había convertido en una dolorosa compañía.

Lolo, abrazada a su hija, más para consolarse que para protegerla, no podía creer la situación en que se encontraban. No deberíamos haber dejado Alicante, se reprochaba mirando con horror los sabañones de sus manos, antes blancas e inmaculadas.

Pero Gerard no se iba a quedar quieto. Él no era como aquella chusma, contaría después a sus amigos. Era francés, estaba en Francia y lo iba a hacer valer. Consiguió hablar con uno de los guardias explicándole, en perfecto francés, que se había cometido un error, ellos iban a casa de unos familiares en Lyon. El guardia no estaba muy convencido, o si lo estaba no lo iba a poner fácil, pero Gerard no había salido de Alicante con lo puesto, ni mucho menos. Sacó unos francos, se los ofreció al uniformado, y al poco tiempo se encontraba en la estación más cercana, acompañado por su mujer y su hija, a las que había costado lo suyo encontrar en los barracones de mujeres. Por fin podrían salir hacia Marsella, donde tenía buenos amigos que además le debían algún favor y estaba seguro de que los acogerían bien. Allí terminaría su pesadilla.

A pesar de la esperanza que se abría ante sus ojos, Dolores no dejaba de temblar; no sabía si de hambre, de frío o de miedo. Solo habían pasado dos días en el campamento, pero le parecían toda una vida. Se le habían agrietado sus finas manos, ahora llenas de marcas rojas dolorosas, y no sentía los pies debido al intenso frío. Elena parecía una bola saltarina, con su abrigo gris, su gorro, su bufanda y guantes de lana, sin parar de moverse, pero había conseguido que a ella no le salieran sabañones.

Gerard no se equivocó. En Marsella los acogieron con los brazos abiertos. Parecía que las cosas se iban a arreglar y, pronto, aquel desagradable viaje quedaría olvidado.

Sin embargo, al poco tiempo de llegar Elena empezó a toser con insistencia. Cosa rara en ella, no tenía apetito y se mostraba más retraída de lo habitual.

—Dile a la niña que pare de molestar —ordenó Gerard.

—Gerard, no lo puede evitar. Se habrá resfriado.

—Pues dale algo para que se calle. No puedo leer el periódico con este concierto.

—La verdad es que ya lleva varios días así. No tiene muy buena cara. Deberíamos llamar a un médico —comentó pensativa—. Marie conocerá alguno.

—¿Y a qué esperas? ¿O es que lo tengo que hacer todo yo? —le increpó mientras pasaba las hojas de su diario con gesto amplio.

Dolores habló con Marie y llamaron a un médico. Después de examinar a la niña y de hacerle unas preguntas a Dolores con Marie de traductora, el galeno dio un paso atrás, preguntó por el lavabo con gesto grave y desapareció sin más explicaciones.

Dolores estaba cada vez más nerviosa. Algo malo pasaba.

—Marie, ¿ha dicho algo más? —inquirió Dolores, preocupada.

—No. No te agobies, que enseguida vuelve y nos lo explica todo.

El médico volvió con el semblante sombrío.

—Debo volver a mi consulta. Hay que hacerle la prueba de la tuberculina. Es posible que en el campamento hayan estado expuestos a enfermos tuberculosos y se hayan infectado. Estaré de vuelta en una hora. No es necesario que les diga que deben observar rigurosas medidas higiénicas y profilácticas para evitar el contagio, aunque es posible que ya se hayan contagiado.

Marie lo tradujo todo. Dolores se dejó caer en una silla.

Tuberculosis.

No era posible. Era una enfermedad de pobres. Dolores expresó sus temores: si la niña se había infectado, seguro que ellos también. El doctor les había dicho que tendrían que hacerse todos la prueba. Se echó las manos a la cara, asustada. Había que esperar, se dijo. Aún no era seguro. Había que tener confianza.

El resultado fue indiscutible. La niña estaba infectada, pero ellos no. Había que empezar a medicarla de inmediato y continuar por lo menos durante seis meses.

Dolores respiró hondo, algo más tranquila. Al menos no estaban todos infectados. Y Elena era fuerte, siempre rolliza y con buen color. Seguro que se pondría bien. Tampoco tenían mucho que hacer mientras la guerra no terminara y eso no se sabía cuánto tiempo iba a durar.

De esta forma, Elena volvió a quedarse aislada, sin apenas contacto con nadie. La doncella le daba de comer, la bañaba, la sacaba a pasear... Veía a sus padres desde cierta distancia y apenas recibió un beso o sintió una mano sobre la suya que no fuera la de la doncella. Para el verano estaba repuesta, por lo menos en lo que tocaba a los síntomas. En ese momento no lo sabían, pero sus pequeños pulmones habían quedado afectados para siempre.

Allí permanecieron hasta el final de la enfermedad, llevando una vida tranquila, sin salidas, ni celos, ni peleas, disfrutando de uno de los periodos más armoniosos de su procelosa vida en común.

Pero a Dolores esos seis meses se le hicieron pesados y tediosos. No hablaba francés y se sentía desplazada. Tomó una decisión. Había recibido carta de Javier y le comentaba que las cosas en la zona nacional, que cada vez era más grande, habían mejorado mucho. Dolores quería regresar. Sabía que muchos de sus conocidos se habían trasladado a Sevilla y le propuso a Gerard volver a España.

—Tú te has vuelto loca. Debes de haber cogido alguna enfermedad rara que te ha afectado al cerebro. Aquí estamos de maravilla.

—*Tú* estás de maravilla, pero *yo* estoy harta. No tengo nada que hacer, solo puedo hablar contigo y con Marie, y me aburro. Quiero ir a Sevilla. Sé que muchos de nuestros amigos están allí y la guerra pronto acabará. Lo que ocurre es que eres un cobarde y temes que te declaren en rebeldía.

—Yo no pienso moverme de aquí. Tú haz lo que quieras, querida.

—¿Que me vaya yo sola, con la niña?

—Si quieres... —le dijo con sorna—, pero dudo que seas capaz.

—No me conoces —le desafió Dolores, decidida.

Sí la conocía, pero él no se la iba a jugar. Si ella quería irse, era su problema.

Dolores organizó sola el viaje de regreso. Irían en tren hasta Biarritz, tal y como su hermano le indicaba en su última carta; de allí a San Sebastián y el resto sería más fácil. Cuando lo tuvo todo preparado, cogió a Elena, dos maletas pequeñas con lo imprescin-

dible y se marchó. Gerard las acompañó a la estación a regañadientes, más por la insistencia de sus amigos que por interés en
despedirse de ellas. En el fondo se sentía humillado; la partida de
su mujer y su hija ponía de manifiesto su cobardía.

El viaje fue muy largo y pesado. Esta vez Lolo llevaba comida suficiente para ella y la niña, al menos para el trayecto, y el
traqueteo del tren se le hizo más llevadero que la pesada atmós-
fera de la bodega del barco. Recordarlo le provocó náuseas, pero
conforme pasaban por pueblos y ciudades su corazón se iba en-
sanchando.

Su llegada a Sevilla fue bien distinta al desembarco en Francia.
Sonrió. Para empezar, no hacía ni la mitad de frío. Odiaba el frío.

Y en cuanto al alojamiento, su hermano le había enviado información de un hotel en el que alojaban gratis a las familias que habían
tenido que salir huyendo, con el compromiso de cobrar una vez
acabada la guerra y recuperados sus bienes. Se presentó allí con Elena y no tuvo ningún problema. El hotel era como la casa de Valencia
y Alicante en Sevilla. Conocía a la mitad de los que allí se encontraban. ¡Menudo cambio respecto a los últimos meses! A pesar de la
tragedia, se respiraba un ambiente de optimismo y camaradería que
hacía confiar en el futuro.

Por las tardes se reunían en el gran salón del hotel para compartir sus experiencias y escuchar por la radio la evolución de la guerra.
Se hacía un silencio absoluto, interrumpido tan solo por las sordas
pisadas de algún niño corriendo, y se coreaban con emoción los
avances del Frente Nacional, viendo más cerca el momento del regreso a casa en cada línea traspasada. El 30 de marzo cayó Valencia,
y poco después Alicante. La noticia de la victoria de los rebeldes se
extendió con rapidez. Por fin podían volver a casa.

Pero no todos. Gerard estaba todavía declarado en rebeldía, y
debía esperar a que las cosas se calmaran, así que Dolores y la
pequeña Elena tuvieron que seguir solas.

Llegaron al puerto de Alicante la madrugada del 24 de junio de
1939, la noche de San Juan. Alicante era una fiesta entre los escombros. La guerra parecía un mal sueño.

La vuelta a la normalidad iba a ser dura. Habría que luchar para
sacar adelante el negocio en un país mutilado y en el que la renta

había caído un veinticinco por ciento en los últimos tres años. Dolores se preguntaba qué habría sido de su suegra; qué quedaría de su pequeño imperio.

Doña Elvira, sobria en gustos y poco exigente, había sobrevivido sin apenas cambiar su rutina, salvo por el negocio que estuvo cerrado y confiscado durante el tiempo que duró la guerra. Había pasado hambre, como todos, pero sus costumbres austeras se lo hicieron más llevadero que a otros y el pequeño deterioro que sufrió su aspecto quedó disimulado tras su fealdad natural.

En cuanto se resolvió la contienda, no se quedó parada. Reivindicó la devolución de su empresa y el coche que, sin saber cómo, había aparecido en el consulado francés. La empresa estaba destrozada, las mesas y estantes rotos, las paredes, con pintadas que solo leerlas le hizo persignarse, y no quedaba nada de género, ni un botón. Sería como empezar de cero y la pillaba mayor, pero le sobraban redaños para hacerlo.

También pasó por la Comisaría de Abastos para recoger la cartilla de racionamiento que había pedido al Auxilio Social para ella y sus sirvientas. Se bastaba y se sobraba para salir adelante, tan solo la mantenía intranquila la ausencia de su hijo y su familia.

Por eso, la llegada de su nuera y nieta fue el mejor regalo de su vida. Hacía mucho que no recibía noticias suyas. Estaban sanas y salvas, y según informaron, su hijo también. Decidió que hasta que la situación se normalizara y Gerard volviera, se quedarían con ella. Estarían bien atendidas.

La familia de Dolores también las aguardaba con expectación. Pero su padre, don Gonzalo, no pudo reprimir su sarcasmo al preguntar por Gerard:

—¿Y el valiente de tu marido? ¿Escondido en alguna cloaca?

—Padre, no diga esas cosas. Gracias a él estamos vivas.

—Nosotros nos quedamos y no nos ha pasado nada. —Prefirió cambiar de tema—. Tu hermano Javier estuvo combatiendo en el frente y le han condecorado. Llegará la próxima semana.

—Y usted, madre, ¿está bien? No tiene buena cara.

—Es la edad. No te preocupes por mí. Elena ha crecido mucho y tiene muy buen aspecto. Nadie diría lo que ha tenido que pasar. ¿Está bien del todo?

—Sí, es muy fuerte. Se lo come todo. Pero está muy pesada, siempre agarrada a mí. —Se la separó con un gesto seco—. No se suelta de mis faldas. Y eso que durante el tratamiento casi no me acercaba a ella.

—¡No hables de esa forma, Dolores! —la recriminó Ascensión, con disgusto—. Pobrecita, debe de haberlo pasado muy mal.

—¡Pero si ella no se ha enterado de nada! ¡Yo sí que lo he pasado mal!

—Bueno, hija, bueno, no te pongas así. —Su madre siempre intentaba apaciguar los ánimos—. ¿Os quedaréis en casa hasta que vuelva Gerard?

—¡Ah! Pero ¿la gallina va a regresar? —volvió a la carga su padre.

—¡Padre! —le reprendió Dolores molesta, para continuar la conversación ignorando la pregunta—. No, me quedaré con doña Elvira. Hay que volver a poner el negocio en marcha y está sola. Así se me pasará el tiempo más rápido hasta que vuelva.

Su padre estalló.

—¡No puedo más! Me alegro mucho de que estéis bien, hija, pero me voy antes de que diga alguna barbaridad.

—Dolores, no le hagas caso. Es militar, no puede evitarlo. Más vale que cuando vuelva Gerard no se deje ver mucho por aquí durante un tiempo. Y mucho menos si Javier anda cerca. Bueno, mi niña, necesito descansar. Un beso, hija.

Su madre no tenía buena cara. Ella llevaba encima dos guerras, la de fuera y la de dentro de casa, y cada día se le hacía más duro sobrellevar la que no acababa.

Salieron de la casa, Dolores cabizbaja. Elena seria y con el morro apretado en un puchero. Había prestado atención y era muy perceptiva al tono y las formas. No le pasó inadvertido el disgusto de su madre cuando Ascensión la nombró.

En cuanto a Dolores, tampoco la visita la tranquilizó. Su padre nunca perdonaría a Gerard. Que fuera un mal marido podía entenderlo, pero que fuera un cobarde no tenía justificación posible.

Ella esperaba que regresara pronto de Francia. Lo echaba mucho de menos. De pronto, un vacío se apoderó de su estómago. ¿Volvería? ¿Y si no lo hacía? ¿Qué iba a ser de ellas? En eso no se había parado a pensar. La idea de que Gerard pudiera quedarse en Francia para siempre la descompuso.

Fue su suegra la que la tranquilizó.

—No te preocupes, Dolores, volverá. En cuanto solucione sus papeles lo tendrás aquí. ¿Dónde va a estar mejor que con su familia?

Doña Elvira conocía bien a su hijo. Lo quería y lo disculpaba, pero no se engañaba. Sabía que pronto no tendría lo suficiente para llevar el tipo de vida que le gustaba y tendría que volver. En Marsella dependía de otros, mientras que en Alicante era alguien. No había duda, o poco lo conocía, o regresaría muy pronto.

5

Para los Company, la situación se había vuelto muy dura. Casi no tenían para comer, así que todo valía. Las peladuras de patatas, fritas o asadas, se habían convertido en un manjar. Y el solo recuerdo de aquellas lentejas de las que tanto se habían quejado hacía gruñir sus huecos estómagos. El problema no era solo económico, sino también de escasez. Valencia era zona roja y el frente republicano iba de mal en peor. Apenas quedaban manos para trabajar las huertas cercanas y lo cosechado era confiscado para abastecer a las tropas. No había mucha información oficial sobre cómo avanzaba la contienda, pero los rumores hablaban de una pronta entrada de los nacionales en Valencia. Mientras la guerra acabara, a ellos poco les importaba.

Se hizo difícil encontrar algunos artículos de primera necesidad como huevos, pan o leche, incluso en el mercado negro, y si los había era a un precio exorbitado. La desnutrición era el común denominador de todos los que continuaban con su vida en aquella ciudad sin ley.

Las comidas se habían convertido en una caja de sorpresas. Nunca sabían qué iba a aparecer en la mesa, si es que aparecía algo. Una noche, mamá Ángela los llamó a cenar. Como todos los días, se sentaron sin rechistar; el hambre apretaba. Habían conseguido boniatos y los iban a preparar hervidos. Ya estaban todos sentados, pero Carmencita, que se había convertido en la cocinera de la familia, no salía de la cocina.

—¡Carmenciiitaaaa! ¿Pasa algo? ¡Estamos todos en la mesa!

—No, nada. ¿Qué va a pasar? —se la oyó contestar con dulzura desde la cercana cocina—. Ya voy, ya.

Por fin apareció con la fuente humeante en las manos y la depositó, ceremoniosa, en el centro de la mesa sin mirar a nadie en particular. Las cinco cabezas descendieron al unísono siguiendo la trayectoria de la blanca fuente de loza, y de inmediato cinco pares de ojos se volvieron como un resorte hacia Carmencita, que se había dirigido a su sitio sin que pareciera extrañada de la situación. En medio de la fuente, había un boniato; un único y arrugado boniato.

—¿Qué ha pasado? —preguntó Ángela.

—¿Solo hay un boniato para todos? —preguntó Carlitos mirando la reluciente bandeja con los ojos muy abiertos mientras tragaba saliva ante la visión de la miniatura que tenía delante.

—Es *mu* raro —respondió Carmencita con su media lengua infantil, sin inmutarse—, pero conforme hervían, se han empezado a encoger y encoger y encoger... y solo ha sobrevivido este. ¿Lo voy partiendo?

José Luis no daba crédito. Se armó una buena alrededor de la mesa. Todos empezaron a hablar a la vez, reprochándole que se hubiera comido el resto de los boniatos que tanto les había costado conseguir. Pero Carmencita seguía con su cara de ángel sin pestañear, firme en su posición de que los boniatos habían menguado. José Luis tuvo que poner orden, como padre de familia, con las pocas energías que le quedaban.

—¡A callar! —gritó.

Todos enmudecieron. Oírle levantar la voz era tan poco habitual como comer decentemente.

—Esto no puede seguir así. Hasta que consigamos que la situación mejore, Carmencita irá todos los días al cuartel a pedir las sobras del rancho. Deben de ser los únicos que aún comen algo. Lucía, tú la acompañarás. No quiero que vaya sola.

—¿Mendigar? —preguntó Lucía con timidez y nerviosismo.

—Qué remedio. Mirad cómo estáis. Apenas os aguanta la ropa sobre los huesos. Tenemos que salir adelante y si hay que mendigar, se mendiga. Pero no os hagáis ilusiones, que los militares tampoco van sobrados.

Así lo hicieron. Cada día a partir de entonces, a las dos y media, las hermanas acudieron con un gran cesto a los cuarteles de la Ciudadela a pedir las sobras del rancho de los soldados. Carmencita había cumplido los diecisiete y era una jovencita muy guapa, morena, con grandes ojos oscuros y una larga y suave trenza que le llegaba casi hasta la cintura y que a ella le gustaba pasar sobre su hombro hacia delante. Los soldados la miraban y tonteaban con ella, pero Carmencita no llegaba a darse cuenta. Su edad física y su edad mental no habían evolucionado al mismo ritmo, y en su ingenuidad infantil no captaba tras aquellos amables cumplidos las insinuaciones de los jóvenes y desesperados reclutas.

Los soldados insistían, sin llegar a saber si era que la joven no se enteraba o si se hacía la interesante. Carmencita, con su inocencia infantil, sonreía con dulzura. Y Lucía, que a pesar de ser mucho más pequeña se daba perfecta cuenta del sentido de las palabras de sus benefactores, se escondía detrás de ella impresionada por los uniformes y avergonzada por tener que ir a pedir comida y aguantar aquellos comentarios sobre su hermana. Era tímida pero orgullosa, y la situación la abochornaba. Sobre todo cuando, al darse la vuelta para irse, le llegaba el final de alguno de aquellos obscenos requiebros. Menos mal que parecía transparente y no reparaban en ella, pero estaba claro que su padre la había enviado con Carmencita para evitar males mayores.

A pesar del mal trago diario que a Lucía le suponía su excursión al cuartel, lo cierto fue que desde que empezaron a visitarlo su alimentación mejoró mucho.

La familia intentaba salir adelante como podía. La idea de José Luis de tejer albornoces y hacer bolsos con retales no resultó tan absurda como podía parecer en un principio. Todos ayudaban. Los mayores a tiempo completo y los pequeños cuando terminaban de repasar las lecciones bajo la tutela de Ángela. Seguían estudiando por insistencia de José Luis y para disgusto del pequeño Carlos, que esperaba cada tarde el momento de plantar los libros y ayudar a sus hermanos mayores.

Carlos resultó ser un manitas. Le gustaba la tarea, era habilidoso e imaginativo, y por fin podía aportar algo a la familia.

Con los primeros ahorros, compraron una gallina y varios

conejos, que se criaban en la galería. Así obtuvieron huevos frescos, un lujo después de tanta penuria, y la posibilidad de comer conejo en caso de apuro. Carlos disfrutaba persiguiendo a la gallina por el escaso espacio de la casa, exasperando tanto a Ángela como a Lucía, que se afanaba en repetir las tablas de multiplicar.

A diferencia de su hermano menor, Lucía odiaba aquellos animales, a pesar de que gracias a ellos su estado físico había mejorado. Todavía sufría llagas tras las orejas por la falta de vitaminas, pero su raquitismo había remitido. Aun así, solo pensar en limpiar los excrementos le hacía vomitar. Una parte del escaso alimento que ganaba por un lado, terminaba perdiéndolo sin remedio por el otro.

Un día, a Carlos no se le ocurrió otra cosa que darle de comer a la gallina los hilos que se desprendían de los retales. Pita, pita, pita... La gallina se los iba comiendo y Carlos no paraba de reír. Llegó a pensar que le debían de gustar, así que le siguió dando. Hasta que un buen día, encontraron a la gallina muerta. La encontró Ángela en la galería. Un drama para la familia y una decisión que tomar.

—Nos la comemos —decidió Carmencita, sin dudarlo.

—¿Y si ha muerto por alguna enfermedad? —razonó Roberto, que era el más sensato—. Podemos ponernos malos.

—Tal vez debamos buscar un veterinario. —José Luis coincidía siempre con su hijo.

Carlos se había acercado con disimulo a la puerta de la casa, dispuesto a salir corriendo. Algo le decía que la alimentación de los últimos días de aquel desdichado animal tenía mucho que ver con su prematura e inesperada defunción.

—Pero seguro que no estaba enferma. Si tenía muy buena cara —insistía Carmencita, que ya la veía asada, en sopa, con migas...

—Tal vez si la trinchamos sabremos qué ha pasado —apuntó Lucía, mirando de reojo a Carlos.

—Sería lo mejor, ¿no os parece? —terció Ángela.

Después de mucho debatir decidieron que lo mejor era desplumarla y abrirla, por si se veía algo. Y vaya si lo vieron. El pobre animal tenía una pelota de hilos en el estómago, y uno de ellos se le había quedado enredado en la garganta. No sabían si reír o llorar. ¡Al final iban a poder comerse la gallina!

—¡Caaaaarlos! —fue lo siguiente que se escuchó tras las expresiones de alivio—. ¡¿Dónde te has metido?! ¡Demonio de niño! ¡Esto ha sido cosa suya, seguro!

Pero Carlos ya no estaba allí. Lucía, que había guardado silencio durante las discusiones previas, barruntaba lo ocurrido. Había visto a Carlos dándole a la gallina «gusanitos» de albornoz. Miró al techo y volvió sus ojos a la gallina. Ella le avisó, pero no la escuchó. Como siempre, trató de cubrir a su hermano.

—Puede que haya picado de los hilos que tirábamos a la basura... —explicó.

No sirvió de mucho. Todos tenían claro quién había sido el culpable. Pero el objeto de sus iras ya andaba lejos. Se había escabullido mientras debatían sobre la causa del desgraciado fin de la gallina.

Comenzó a caminar sin rumbo con la sola idea de dejar pasar el tiempo hasta que se tranquilizara el ambiente. Con las manos en los bolsillos, pateaba los adoquines sueltos que encontraba intentando acertar en los agujeros de las paredes cercanas. Las calles estaban desoladas y en algunos edificios los impactos de mortero habían abierto enormes huecos en las paredes. Curioseaba en los que estaban a poca altura, y en alguno entraba e investigaba recogiendo tesoros: un par de balas medio clavadas en la pared, un plomo pequeño, una correa de cuero... De pronto, dio un respingo. De uno de aquellos boquetes, grande como la entrada de una cueva y que se encontraba a unos veinte metros más adelante de su posición, vio salir a un grupo de hombres enfundados en enormes casacas militares. Su instinto le hizo frenar el paso. Hablaban con voz potente, podía oír con claridad la discusión que mantenían aunque le costaba entenderla ya que algunos hablaban con un acento muy raro. Contuvo la respiración. A uno de aquellos hombres no era la primera vez que lo veía. En otro lugar, en un vagón de tren, iluminado por el resplandor de un candil... Sus piernas perdieron fuerza. Estaban parados, discutiendo frente al boquete por el que habían emergido. Quería volverse despacio para salir corriendo antes de que le vieran, pero era tanto el miedo a delatar su presencia que no se movió mientras su pequeño corazón golpeaba con insistencia contra sus costillas. Su inmovilidad no le sirvió de mucho. Uno de aquellos hombres levantó la cabeza y, al verlo, le gritó:

—¡Tú, niño, qué estás mirando!

Los demás se volvieron hacia él y uno de ellos frunció el gesto entornando los ojos.

—¡Es él! —gritó—. ¡El *mocossso* de la vía del tren!

Carlos no esperó un segundo más para salir corriendo impelido por una fuerza desconocida. Tres de los cinco hombres salieron tras él. Eran rápidos y sus zancadas iban devorando la distancia entre ellos y el niño. Carlos apretó aún más la carrera. Sentía retumbar las botas de sus perseguidores en su propio cuerpo, y el chocar de las piezas metálicas de los abrigos se enganchaba a su cogote. Resoplaba para no ahogarse cuando las sirenas de aviso llenaron la calle con su siniestro ulular. En las últimas semanas había tenido que ir tres veces al refugio antiaéreo.

Uno de los perseguidores dio el alto.

—¡Bombardeo! ¡Tenemos que irnos! ¡Dejadlo!

Pero uno de ellos siguió corriendo. Era el del vagón.

—¡Yuri! —le reconvino el que parecía mandar—. ¡Que lo dejes!

Carlos sintió tras de sí, horriblemente próxima, la exclamación enfurecida de su perseguidor al abandonar su presa y una retahíla de exabruptos en un idioma que no entendió, que concluyó en una amenaza en un pobre castellano:

—¡Te *encontrarré*! ¡Me oyes! ¡Te *encontrarré*!

Los demás se acercaron hasta donde estaba el tal Yuri y le sujetaron del brazo. Carlos siguió corriendo mientras los gritos de Yuri se alejaban.

—No pueden encontrarnos aquí —insistió con dureza el que estaba al mando, recuperándose del esfuerzo de la carrera—. Esto se acaba, camaradas, tenemos que largarnos antes de que entren los nacionales. No vale la pena arriesgarnos por ese crío.

—Me ha *rreconocido*. Me vio, *ahorra* estoy *segurro* de que me vio.

—¡Y qué más da! Solo es un niño y pronto estaremos muy lejos. Además, si hasta hoy no había dicho nada, ¿cómo lo va a hacer ahora? Debe de estar cagado de miedo.

Así era. Carlos estaba descompuesto. Sabía que no llegaría al refugio a tiempo y cuando por fin dejó de escuchar el ruido de las botas a su espalda se cobijó en un edificio que parecía abandonado. Pronto, el silbido de los obuses rompió el silencio. No muy lejos ya sonaban las explosiones. En la soledad de aquel lúgubre patio, bajo la escalera que aún se mantenía en pie, se sentó en el suelo con las rodillas frente a su cara y comenzó a llorar. Estaba asustado, agotado. Las piernas le temblaban sin parar a consecuencia del esfuerzo y el sudor empapaba toda su ropa. Hasta tal punto estaba mojado que pensó que se acababa de orinar. Pero no, los zapatos estaban secos, solo era sudor. Y todo eso por la maldita gallina. Si no la hubiera palmado, seguiría tan tranquilo en su casa, se repetía entre sollozos. Esperó allí acompañado por su soledad, envuelto en sombras, durante horas. Apenas había comido y el hambre lo devoraba. Echó mano de la correa de cuero que había encontrado un rato antes y la chupó con avidez. Las correas de cuero ya le habían aliviado las ganas de comer en otras ocasiones. El sabor acre mezclado con la saliva segregada distraía el vacío de su estómago, y cuando el miedo le atacaba clavaba los dientes con fuerza y apretaba los párpados. Así estuvo hasta que de nuevo sonó la señal emitida por la Defensa Civil anunciando el final del bombardeo.

Pero el miedo lo mantuvo paralizado. Siguió acurrucado, aferrado a la reblandecida correa de cuero, aunque no había más remedio que abandonar el precario escondite; no podía quedarse allí para siempre y pronto sería noche cerrada y el alumbrado público, diezmada su intensidad, apenas mordía la oscuridad que lo bañaba todo.

Armándose de valor se acercó despacito a la entrada, con sus sentidos alerta ante el más mínimo movimiento. Oyó voces y retrocedió de inmediato, manteniéndose muy pegado a la pared. Pero la voz era de mujer y los pasos se apresuraban en otra dirección. Mejor, prefería salir mientras hubiera gente en la calle que encontrarse solo. Asomó la cabeza, y miró a ambos lados. Una pareja que se había guarecido en algún lugar cercano caminaba hacia donde debían de ir en el momento del aviso. Carlos respiró hondo y volvió a echar a correr. Aunque no viera a nadie, quería llegar a casa cuanto antes.

Entró en su portal tres horas más tarde. Llamó a la puerta con poco convencimiento. En algún momento tenía que volver, y después de la tarde que había pasado la bronca era un mal menor. Imaginar lo que hubiera pasado si el tal Yuri le hubiese alcanzado le provocó nuevas palpitaciones. Pero ya estaba en casa y una gallina no iba a poder con él. Confiaba en que la primera impresión hubiera pasado y, entre la alarma antiaérea y el tiempo transcurrido, las aguas se hubieran calmado.

Lo recibieron a pescozones, pero más enfadados por el susto que les había dado al no aparecer y pillarle fuera de casa el bombardeo, que por la pobre gallina. Estaban todos demasiado emocionados con el futuro culinario del desdichado animal como para castigar al improvisado matarife por su hazaña. Y la preocupación por su ausencia les había quitado fuerzas para reprenderlo con mayor dureza. Durante el bombardeo llegaron a pensar que no volverían a verlo, así que a duras penas pudieron disimular su alegría.

Carlos no contó nada de lo ocurrido en su accidentada salida. Pero la cara del que ya tenía nombre no se le olvidó en mucho tiempo.

Mientras los Company salían adelante como podían, en Onteniente, su familia política tampoco lo estaba pasando bien. Al ser una zona industrial donde imperaban condiciones de trabajo muy duras, los obreros habían acogido la República en muchos casos con sed de venganza, y la guerra convirtió las libertades en expolios revolucionarios, apropiándose de fábricas y comercios por la fuerza.

Los tíos Carmen y Francisco eran industriales y pronto se vieron despojados de su negocio de salazones. Pero lo más preocupante fue que en el levantamiento del 18 de Julio, Onteniente quedó en zona roja y ellos temieron por su vida. Algunos amigos suyos fueron detenidos, la iglesia había sido saqueada e incendiada y su párroco estaba desaparecido; se rumoreaba que fueron a buscarlo una noche para darle un paseo del que no regresó. Y en todo el pueblo eran bien conocidas sus creencias religiosas, además de su trato poco caritativo con los obreros de la empresa de salazones. Tenían que salir de allí lo antes posible.

Francisco tenía un hermano en Alicante y decidieron que lo mejor sería esconderse en su casa, un piso céntrico, bastante grande. Justo en el de abajo vivía un matrimonio mayor con el que mantenían muy buena relación. Él, militar de carrera, era un hombre influyente en la ciudad, con muchos contactos, y su condición de militar le daba acceso a ciertas prerrogativas. Eran don Gonzalo Atienza y su esposa.

A don Gonzalo ya le habían comentado la precaria situación en que se encontraba el hermano de su vecino y buscó la forma de sacarlo de Alicante para llevarlo a zona nacional. Con ello don Gonzalo también se la estaba jugando, pero no era la primera vez que lo hacía. Además, tenía que sacar a Javier, a quien cada vez se hacía más difícil ocultar. Consiguió que los admitieran en un barco con bandera argentina atracado en el puerto de Alicante y, escondidos en la bodega, llegaron a tierras andaluzas. Mientras que Javier Atienza se quedó en Sevilla, Francisco siguió hasta Ubrique. Partió él solo con el dinero que había podido sacar de Onteniente y su mujer permaneció con sus cuñados en Alicante.

Francisco y Carmen nunca olvidarían la ayuda de don Gonzalo, y se sentirían en deuda de por vida. Los destinos de los Atienza y los Company se habían cruzado dejando una profunda huella de gratitud.

Mientras Francisco se abría camino en Ubrique, su esposa no terminaba de encajar en casa de su familia política. Se sentía como una intrusa. Estaba habituada a vivir sola con su marido, y el bullicio de aquella casa le parecía insoportable. Además, con su agrio carácter y acostumbrada a dar órdenes, no se amoldaba a una realidad en la que ella no era la señora de la casa y donde percibía una falta insoportable de disciplina en los niños. La relación se fue tensando, haciéndose cada vez más difícil para todos, hasta que pasó lo inevitable. En aquel piso no podía haber más que una señora de la casa, y no había duda de quién era. Carmen se vio forzada a abandonar la morada de sus cuñados.

¿Qué podía hacer? ¿Adónde podía ir? A Onteniente era imposible, la matarían. Ni siquiera sabía si su casa seguiría en pie, y le faltaban medios y valor para reunirse en Ubrique con su marido. La desesperación hizo presa en ella. Solo le quedaba una salida viable. Pero ¿cómo iba a pedirle cobijo a su cuñado José Luis, después de todos los desplantes que le había hecho? No habían consentido en volver a ver a sus sobrinos desde que se los llevaron de su casa. Tampoco habían contestado a ninguna de las cartas o felicitaciones que ellos les habían enviado. Lo lógico sería que la echaran a patadas en cuanto la vieran ante la puerta, pero era la única salida que le quedaba a Carmen, su única familia cercana. De algo tendría que servir haber acogido a los niños cuando su cuñado lo necesitó; se lo debía.

Y con ese convencimiento se tragó su orgullo y se presentó sin más, con una pequeña maleta, en casa de José Luis Company.

Eran las cuatro de la tarde cuando sonó el timbre de la puerta. No esperaban a nadie. No eran tiempos de visitas.

—Buenas tardes, señora. ¿Qué desea?

—Tú eres Carmencita, ¿verdad? ¿No me recuerdas? —Habló deprisa, con un deje de súplica—. Soy tu tía Carmen, la de Onteniente. ¿Está tu padre?

Como la casa no era grande, José Luis ya había reconocido aquella voz que tan sombríos recuerdos le traía. Ángela no había llegado a conocerla, pero el gesto de asombro y disgusto de su marido le hizo intuir que no se avecinaba nada bueno y prefirió recluirse en la cocina.

José Luis se dirigió a la puerta decidido a mandarla de vuelta por donde había venido, pero antes de que pudiera decir o hacer nada, su cuñada se le echó en los brazos llorando sin parar.

—¡Ayúdame! ¡Ayúdame! —suplicó—. No tengo adónde ir. ¡Nos lo han quitado todo! ¡Si no me ayudas, me entregaré! ¡Seguro que me matan!

Aquel llanto, sentido y desesperado, conmovió el alma de José Luis, y a pesar de todo lo pasado, de no disponer de espacio, ni de dinero, ni de comida, no pudo negarse. La acomodaron en la habitación de las chicas, en la cama de Lucía, que pasó a dormir con su hermana, aunque ya eran las dos bastante mayorcitas y a duras penas cabían en tan poco camastro.

Ángela lo aceptó con resignación. Casi no hablaban entre ellas y la convivencia en la casa se hizo más densa, aunque la recién llegada había aprendido la lección de Alicante y no se atrevía a quejarse de nada. Colaboraba en cuanto podía, incluso con los bolsos y albornoces, gracias a lo cual conseguían comer a diario, aunque fuera poco.

La guerra seguía, los nacionales avanzaban y las cosas en la ciudad empeoraban cada día. Los bombardeos eran frecuentes, ya que la vecina estación del ferrocarril era objetivo militar, lo mismo que el aeropuerto de Manises. Las sirenas sonaban en plena madrugada y tenían que salir corriendo a cobijarse en los refugios. Alguna vez el aviso no había dado tiempo a que todos llegaran a guarecerse. En una de esas ocasiones, la onda expansiva hizo saltar a Lucía por los aires hasta estamparla contra los escalones. Allí se apretujaban como podían, medio adormilados los pequeños, rezando los mayores, hasta que sonaba de nuevo la sirena.

Hacía tiempo que nadie se atrevía a jugar en aquellas vías del ferrocarril que tan terribles recuerdos traían a Carlos. Por las calles se veía pasar a grupos de milicianos con sus grandes botas, y en los vagones abandonados resonaban disparos y ráfagas de metralleta que ya no husmeaba nadie.

Las cosas iban muy mal en el frente republicano; llamaron a filas a todo hombre que tuviera edad para empuñar un arma, y así fue como José Luis y su hijo Roberto se vieron metidos de lleno en la contienda. A Roberto lo mandaron a conducir camiones. No tenía carné, pero daba igual. Todos aprendían rápido.

Y a José Luis, con cincuenta años cumplidos, lo enviaron al frente. Nunca contó nada, pero aunque su ausencia fue breve porque la guerra estaba en las últimas, el hombre que regresó ya no era el mismo. Lo vieron entrar sucio y demacrado, apenas capaz de arrastrar los pies y lleno de piojos. Ángela lo miró con ternura y no quiso preguntar. Sus ojos le hablaban de horrores que no quería recordar. José Luis volvió mudo y su mirada tierna se quedó en las trincheras. Lo que no había logrado el hambre, lo había logrado la guerra.

Valencia cayó el 30 de marzo de 1939. No quedaba nada que defender, ni que conquistar. La situación era extrema, y la entrada del ejército nacional fue recibida con vítores y gritos de «¡Viva España!» que, por razones que Lucía y Carlos no llegaban a entender, habían estado prohibidos en la zona roja hasta ese momento. Incluso algunos salieron gritando «¡Abajo las lentejas!». Era el fin de la guerra y el inicio de una nueva época.

6

Para alivio de todos, la guerra había acabado, pero sus secuelas estaban presentes en cada esquina. La escasez era enorme y en casa de los Company la situación no había mejorado. Lucía, siempre el eslabón más frágil de la cadena familiar, padecía anemia y avitaminosis. Estaba flacucha y enclenque, y en su antes hermosa melena se abrían claros indiscretos en un cabello débil y ralo. A Carlos también se le marcaban las costillas bajo la piel, aunque había crecido bastante y su pelo rubio había aguantado mejor que el de su hermana.

En los mayores el menoscabo había sido menor, sobre todo en Carmencita, que siempre metida entre pucheros se las había arreglado para comer un poquito más que el resto, haciendo bueno el dicho de que *quien parte y reparte, se queda con la mejor parte*. La Comisaría de Abastos distribuyó cartillas de racionamiento y comenzaron a repartirse algunos víveres, pero la situación seguía siendo dramática. Además, por si faltara algo, estalló la Segunda Guerra Mundial, en la que la inesperada neutralidad de España evitó una nueva tragedia pero la hundió en un aislamiento de consecuencias nefastas. La miseria reinante en la ciudad contrastaba con un incipiente mercado negro en el que algunos encontraron la forma de salir de su precaria situación.

Así las cosas, la aparición del tío Francisco de vuelta de Ubrique acompañado de una gran cesta navideña fue como un milagro. Recaló primero en Alicante, pensando que su esposa seguiría allí, pero le informaron de su partida hacia Valencia y allí solo podía estar en un sitio. Traía un jamón entero, embutidos, naranjas y una especie de patata verde con escamas que no habían visto en su vida. Eran chirimoyas, y en su afán devorador estuvieron a punto de dejarse alguna muela con las negras pepitas de aquel extraño fruto. Tanta era su ansia que en pocos minutos se sintieron ahítos. Sus estómagos habían menguado al mismo ritmo con que el hambre había ido creciendo.

Francisco venía a recoger a su esposa, a la que hacía más de un año que no veía, para volver a Onteniente donde le habían asegurado que podría recuperar su negocio de salazones. Se sentía en deuda y a falta de capacidad para expresar sus sentimientos, aquellos presentes eran la mejor carta de agradecimiento, aunque en un principio pensó que los destinatarios de aquellos manjares serían otros. No imaginaba que su esposa había tenido que dejar Alicante.

Le sorprendió que su cuñado la hubiese acogido después de su negativa a mantener ningún contacto con él o con sus sobrinos, pero así eran las cosas. Contra todo pronóstico, habían sido capaces de convivir en paz en tiempos de guerra, sin reproches ni recriminaciones, y no parecía existir ningún motivo para continuar guardándose rencor. La generosidad que habían demostrado en circunstancias tan dramáticas había sido ejemplar.

La vida fue volviendo a la normalidad, y se reanudaron actividades interrumpidas por la guerra. Las iglesias y los colegios se abrieron de nuevo, y de esta manera Carlos y Lucía retomaron su rutina escolar. Lucía, aunque más recuperada, seguía acusando los estragos de la hambruna. Tenía poco pelo, llagas detrás de las orejas y los huesos seguían destacando en su piel translúcida. Su aspecto desgarbado la había convertido en el blanco de las burlas de sus compañeros, aunque más les valía hacerlo cuando Carlos no estuviera cerca.

Uno osó llamarla «espantajo» cuando volvía a casa y tuvo que salir corriendo para escapar de un enfurecido Carlos, pero no lo consiguió. Carlos había corrido mucho en la guerra, era rápido y ágil. No tardó en pillarlo. Lo agarró por detrás, enganchándolo de los tirantes del pantalón, lo tumbó en el suelo y lo arrastró hasta un montón de excrementos de caballo junto a la acera. Cuanto más pataleaba el niño, más se rebozaba ante la mirada impasible de su captor. Se armó un gran revuelo y pronto apareció la madre de la pringada criatura, gritando que lo soltara y que tendría que pagarle el jabón para arreglar aquel desastre. Daba agonía ver al pobre niño, todo embadurnado de mierda. Pero cuando intentaron alcanzar a Carlos, este se esfumó. Los tiempos de guerra lo habían espabilado mucho. Lucía lo observaba todo entre el regocijo y el miedo, segura de que aquel estúpido no volvería a insultarla. Nadie reparó en ella. Pasar desapercibida en ocasiones como esa era incluso de agradecer.

La vuelta a la escuela fue un alivio para Lucía. Le gustaba estudiar y era la primera de su clase. Los días se le pasaban volando. Todo lo contrario que Carlos, que se pasaba la mayor parte del tiempo en penitencia. Le costaba adaptarse de nuevo a la disciplina y los horarios. Se sentía encerrado y no congeniaba con los curas. Siempre se metía en líos y estaba en el punto de mira cuando se producía cualquier travesura.

Nunca se supo qué pasó, pero Carlos fue expulsado del colegio por haber pateado a un religioso, al parecer sin motivo. Corrían rumores por el colegio de que alguno tenía las manos demasiado largas, pero nadie se atrevía a mencionarlo en voz alta. Y fue la sotana hacia la que apuntaban esos rumores la que dio con sus faldones en el suelo, bajo los puntapiés de un Carlos fuera de sí. Cierto que era un chico revoltoso, pero nunca había agredido a nadie sin más y tenía fama de noble; solo peleaba para defenderse o para proteger a otro. Nadie investigó si él o algún amigo suyo se habían visto en apuros con el agredido. Carlos actuó como de costumbre, sin atender a las consecuencias. La expulsión fue inmediata, y tuvo que abandonar el colegio apenas comenzado el curso.

Lucía también tendría que dejar el colegio, pero por motivos muy diferentes. Quería estudiar bachillerato y prepararse para el Examen de Estado, pero a su padre no le alcanzaba el dinero para pagárselo. Sus días en la escuela, salvo que ocurriera un milagro, estaban contados, y su prometedor futuro académico se estrellaría contra un muro.

Corría el mes de diciembre de 1940. La tarde era soleada y la gente paseaba por las calles del centro. Se celebraba la fiesta de la Inmaculada Concepción y la familia Company también había salido a disfrutar de la placidez vespertina. Tampoco había muchas alternativas. José Luis charlaba en armonía con Ángela. Carmencita iba a su lado distraída, observando las palomas que bebían en una fuente cercana. Carlos, unos pasos más adelante, hacía rabiar a Lucía deshaciéndole el lazo de su vestido cada vez que se descuidaba.

De pronto, José Luis se desplomó. No articulaba palabra, sus ojos estaban en blanco y su barbilla caída vibraba con ligeros impulsos. Ángela comenzó a gritar pidiendo socorro. Carmencita lo miraba con horror, paralizada. Lucía lloraba y Carlos había salido disparado al bar más cercano para pedir ayuda.

Cuando la ambulancia llegó, ya era tarde. José Luis Company había muerto por una apoplejía. Tenía cincuenta y dos años y mucho sufrimiento a sus espaldas.

La tragedia volvía a sus vidas y el fantasma de la incertidumbre planeaba sobre su futuro con más fuerza que nunca, sumiéndolos en una tristeza intolerable. En los últimos años habían pasado muchas penurias, y ahora su padre se había ido al otro mundo dejándoles un vacío doloroso y una situación muy complicada.

Ángela estaba hundida. Viuda por segunda vez, con cuatro niños a los que sacar adelante, sin trabajo ni familia cercana en la que apoyarse. No sabía qué iba a hacer. Tal vez volver a Cartagena con los niños.

Había que dar la noticia a sus tíos y Roberto, como nuevo páter familias, fue el encargado de enviarles un telegrama. Eran sus parientes más cercanos y debían saberlo. Carmen y Francisco acudieron desde Onteniente para el velatorio y el funeral. La noche prometía ser larga y triste y aun sabiéndolo, nadie presagiaba cuánto.

En un principio, todo parecía normal. Roberto, manteniendo el tipo, intentaba consolar a Ángela, y Carmencita se había retirado a su habitación con los pequeños. De pronto, ante la perplejidad de Ángela, la tía Carmen tomó las riendas de la situación.

—Te has quedado en una posición muy delicada, Ángela. ¿Tienes algo ahorrado? —La miraba sin vacilar, con un gesto carente de compasión—. Cuatro niños son muchos para mantener y, además, no son tuyos.

Desde su cuartucho, los tres hermanos, acurrucados unos contra otros para despistar el frío, podían oír con claridad la conversación.

—Yo ya no soy un niño, puedo trabajar —intervino Roberto, tratando de pasar por alto la parte más cruel del comentario de su tía—. Y Carmencita también.

—¡Eres un iluso! ¿Dónde van a querer a la tonta de Carmencita? Y con los pequeños, ¿qué vais a hacer? —Era la voz aguda y seca de su tío Francisco. Carmencita bajó la cabeza al escuchar las despectivas palabras de su tío y Lucía la abrazó con cariño.

—Además, estos niños necesitan disciplina y mano firme; hay que meterlos en cintura y tú eres demasiado blanda, como lo era el pobre José Luis, que en paz descanse. Siempre fue demasiado débil. Si alguien no lo remedia, Carlos acabará mal. ¡Lo han expulsado del colegio por agredir a un cura! —Conforme lo decía, Carmen se santiguó.

Ángela levantó la cabeza despacio, mirándola con horror.

—Algo le habría hecho —contestó con seguridad—. Lo conozco bien. Carlos no se mete en líos si no le atacan primero.

—¡Siempre defendiéndolo! —espetó Carmen—. ¡Justo a eso me refería! Así no llegará a ninguna parte. Te falta carácter para enderezar a ese. Conocemos un internado muy bueno en Onteniente, donde harán de él un hombre de provecho. Todavía estamos a tiempo. Y Lucía es una buena estudiante. Hay que prepararla para que pueda hacerse un porvenir, es fea y no será fácil casarla. Se van a venir a vivir con nosotros. En cuanto a los otros dos, también vendrán a Onteniente. Podrán vivir con sus tías, que están solteras y tienen una casa grande, y Roberto trabajará en la fábrica de salazones.

—Pero ¿qué estás diciendo? Todavía no está enterrado José Luis, y ya estás llevándote a los niños... —Ángela a duras penas podía hablar. Aquello era una pesadilla.

—Son los hijos de mi hermana —sentenció, arrastrando las palabras; en su tono se traslucía una cierta satisfacción, la de quien consigue cobrarse una pieza largo tiempo acechada—, tengo una responsabilidad. Y tú no tienes con qué mantenerlos. Qué digo mantenerlos, ¡no puedes ni mantenerte a ti misma! —Su voz destilaba desprecio.

Desde su cuarto, los niños no daban crédito a sus oídos. No solo habían perdido a su padre, sino que iban a perder a lo más parecido a una madre que habían conocido. No comprendían cómo su tía Carmen, a la que habían escondido en su casa en el peor momento de su vida, con la que habían compartido lo poco que de alimento llegaba a su mesa, estaba dispuesta a dejar en la calle a la mujer que con tanta generosidad la había acogido.

—No tengo adónde ir —balbuceó Ángela.

—Ese no es nuestro problema. Debemos pensar en los niños. Mañana que preparen las cosas y volveremos a Onteniente.

Roberto, callado hasta entonces, se levantó con lentitud, se aproximó al pequeño aparador donde reposaba una foto de toda la familia, con su padre sentado en el centro, y, acariciándola con mimo, dijo con determinación:

—Nosotros no nos vamos a ninguna parte. Ahora soy yo el cabeza de familia. Carmencita, aunque no lo crean, puede trabajar. Sabe hacer muchas cosas. Y yo ya estoy trabajando. Mamá Ángela necesita un sitio donde vivir y nosotros no la vamos a dejar sola. Si así lo quieren, pueden llevarse a Lucía y Carlos con ustedes; ellos deben continuar estudiando, y no podríamos hacernos cargo, pero nosotros nos quedamos. Y no hay más que hablar.

—¡Te has vuelto loco! La muerte de tu padre te ha trastornado. Mañana verás las cosas de otra manera. —Su tío Francisco lo miró furioso, no daba crédito a la rebelión de su joven sobrino.

—Estoy perfectamente. No voy a dejar a mamá Ángela. Ya me ha oído, tío Francisco.

Ángela no salía de su asombro. Era violento ser el centro de tanta batalla en aquella esperpéntica situación pero, en medio del intenso dolor, las palabras de Roberto eran un bálsamo en su agotado y maltrecho corazón. La tía Carmen meneó la cabeza con los labios apretados y los ojos diminutos clavados en su sobrino.

—No es decente que vivas con esta señora bajo el mismo techo.

—Es la viuda de mi padre. Ha sido mi madre durante muchos años.

—No tenéis ninguna relación sanguínea, y tú ya eres un hombre hecho y derecho. —La malicia flotaba en cada palabra—. Habrá habladurías.

—Fuera... de... esta... casa. —El tono de Roberto, más firme y sereno que su propio pulso, no admitía contestación—. Después del entierro podrán recoger a Carlos y Lucía. Tendrán sus cosas preparadas.

A ellos nadie les había pedido opinión. Lucía y Carlos, abrazados el uno al otro, permanecieron inmóviles sentados en el camastro durante horas.

Carmencita se puso a doblar la ropa, preparando las bolsas para su partida en cuanto el silencio se llevó las amargas palabras que habían escuchado. Necesitaba hacer algo, sentirse ocupada para no pensar. Ya eran las cinco de la mañana. Pronto amanecería.

Los pequeños se sentían orgullosos de su hermano Roberto. Hacía falta mucho valor para enfrentarse a sus tíos como lo había hecho. No era justo que pretendieran dejar en la calle a mamá Ángela. Pero ¿y ellos? ¿Por qué permitía que se los llevaran de nuevo? No conseguían comprender cuál era la diferencia. Ellos comían poco y habían hecho bolsos y albornoces; también eran útiles... Solo pensar en volver a Onteniente les daba escalofríos, pero sus tímidos argumentos no fueron aceptados por su hermano. Estaba decidido.

Por la mañana, después del funeral y de riguroso luto, Lucía y Carlos partieron con sus tíos al lugar del que habían venido hacía seis años. La despedida fue dramática, como no podía ser de otra manera. Pero Carmen y Francisco ni se inmutaron. Parecía no correr sangre por sus venas. Se sentían satisfechos con el desenlace, y en su fuero interno dudaban de la capacidad de Roberto para sacar adelante la casa. Pronto no le quedaría otro remedio que pedirles ayuda. Y entonces se harían las cosas a su manera.

La vida en Onteniente era tal y como Lucía y Carlos la recordaban. No parecía haber cambiado, salvo por el abandono en las calles del pueblo. Pero ellos no eran los mismos. Sobre todo Carlos. Se había vuelto díscolo y desobediente, además de revoltoso, que siempre lo había sido. Era su forma de rebelarse contra la situación que le tocaba vivir. Las broncas y peleas con sus tíos eran continuas. Se sentía apresado, a veces creía que le faltaba el aire y se escapaba. No podía soportar las repetidas descalificaciones hacia la figura de su padre, que tanto había hecho por ellos.

Una mañana de verano de 1943, después de una terrible discusión, se fue corriendo a la Glorieta, en la parte alta del pueblo. Era una hermosa plaza rodeada de árboles y presidida por una amplia fuente de piedra. Le gustaba ir allí a ver las carpas con sus brillantes tonos rojos y echarles cualquier cosa que encontrara, desde bayas hasta migas de pan duro para observar cómo se abalanzaban, avariciosas, a devorarlo. Ese día, acalorado como estaba, se quitó los zapatos y los calcetines, se arremangó los pantalones, se metió en la fuente y se puso a perseguir las carpas. Tenía doce años y no se le ocurrió mejor forma de descargar su furia. Los paisanos que sesteaban tranquilos en los bancos cercanos se espabilaron ante el alboroto de sus chapoteos y comenzaron a increparle. Pero él no escuchaba. Se sentía libre y feliz corriendo por la fuente y viendo las estelas rojas huir veloces de sus pies. Lo hacía con cuidado; el fondo estaba muy resbaladizo, con un tacto baboso.

La policía no tardó en aparecer, y ante su negativa a salir de la fuente uno de los uniformados tuvo que arremangarse para sacarlo de allí. Aún le costó un par de movimientos trincarlo, pero lo agarró y en el forcejeo terminaron los dos dando con sus huesos bajo el agua. El cabo Santonja estaba muy enfadado, y los espectadores que se habían arremolinado alrededor de la fuente se debatían entre la reprobación por la desvergüenza de Carlos y la guasa por el involuntario chapuzón del policía. Lo llevaron al calabozo mientras se revolvía como una lagartija, y se presentaron en casa de sus tíos para informarles de lo sucedido, de la multa que tenían que pagar y para avisarles de que fueran a recogerlo.

Lucía oyó cómo su tía contestaba que no pensaba pagar la multa, le dejaría pasar la noche en el calabozo para que escarmentara.

No se lo pensó. Ella hacía todos los días la compra y sabía dónde estaba el dinero. Se fue al municipio, preguntó a cuánto ascendía la multa, pagó las diez pesetas y lo sacó. Cuando Carlos apareció en casa, nadie preguntó cómo había salido del calabozo y él trató de no hacerse notar.

Al poco tiempo de su hazaña en la fuente de la Glorieta, Carlos contrajo el tifus. La fiebre era altísima. Deliraba. En la casa todos hablaban en susurros, como si hubiera muerto alguien. La tía Carmen no paraba de rezar, con el semblante ensombrecido y un gesto de doloroso recogimiento. Lucía la observaba. Parecía que sí tenía corazón. O eso creyó, hasta que pudo escuchar su plegaria con claridad, arrodillada en un reclinatorio que tenían frente a un pequeño altar en su habitación.

—Señor mío Jesucristo, que sufriste en la cruz para redimirnos de nuestros pecados, limpia el alma de mi sobrino Carlos, y si su destino es perderse, llévatelo ahora antes de que sus pasos nos avergüencen y te ofendan.

Aquella despiadada plegaria golpeó su cabeza como una maza y Lucía supo que si quería que su hermano sanara no debería moverse de su lado. Ella lo cuidaría. No lo iba a perder. Ya había perdido demasiado. Se mantuvo a su lado bajándole la fiebre con paños de agua fría, que iba refrescando sin parar conforme se caldeaban, tanto de día como de noche. Y siguió las instrucciones del médico a rajatabla.

La enfermedad no pudo con él.

—Mala hierba nunca muere —sentenció la tía Carmen.

—Carlitos no es malo —lo defendió su hermana.

—Es Barrabás.

—Pero qué cosas dice, tía Carmen.

No era un niño fácil. La enfermedad mermó algo su capacidad de lucha, pero solo por un tiempo. Estaba harto de sus tíos, de cómo los trataban. Se daba cuenta de que los habían encasillado. Él era el malo, guapo y burro que no llegaría a nada en esta vida, más que a ser un bala perdida. Y Lucía era la buena, lista y fea cuyo destino era estudiar y cuidar de sus tíos cuando se hicieran mayores, ya que nunca se iba a casar. Y esa era la cantinela que escuchaban a diario, la que presagiaba una muerte temprana para él y una estéril soltería para su hermana. Ninguno de los dos estaba de acuerdo con aquella visión. A los dos hermanos se les hacía insoportable asumir el papel que les habían adjudicado.

Su único descanso entre tanta tensión eran las vacaciones de verano, cuando iban a una pequeña casita que tenían en las afueras de Alicante y a la que de vez en cuando también acudía la familia Atienza. El orondo don Gonzalo Atienza había ayudado a evacuar a su tío Francisco durante la guerra y desde entonces su familia se sentía en deuda perenne con ellos, habiéndoles ofrecido la posibilidad de disfrutar las vacaciones en su casa de verano, de por vida. No iban con frecuencia, pero algunos días de verano se dejaban caer por allí.

La casa era fresca y blanca, con un patio interior lleno de albahacas y azahar, donde las lagartijas se paseaban cimbreantes por las paredes encaladas. Tenía una gran balsa en la que podían bañarse. Carlos era un consumado nadador y se sentía feliz jugando en el agua con su hermana.

Uno de esos veranos, don Gonzalo y su mujer vinieron acompañados de una niña gordita y pecosa. No tendría más de diez años; era muy tímida y algo estirada y los miró con curiosidad. Dos largas trenzas muy bien peinadas enmarcaban su cara redonda, y no se separaba de su muñeca. Se llamaba Elena Lamarc. Ni a Carlos ni a Lucía les llamó demasiado la atención, pero ella sí que se fijó en aquel niño rubio de clarísimos ojos azules con un gracioso hoyuelo en el centro de su mentón. Era muy guapo, pero parecía un poco bruto. Aunque le propusieron que nadara con ellos, Elena rechazó tímida aquella invitación. El profundo y opaco color verde musgo del agua no la seducía, y solo pensar que la vieran en ropa de baño la hacía ruborizarse.

Carlos y Lucía no sabían muy bien qué pintaba aquel matrimonio mayor, un verano tras otro en la casa de veraneo de sus tíos a mesa y mantel. No supieron hasta mucho después que tal vez su tío Francisco siguiera con vida gracias a aquel señor bigotudo y barrigón, cuya voz resonaba por el patio.

7

De vuelta en Alicante, los Lamarc también volvían a una anormal normalidad, con la guerra ya acabada. Gerard, cuando tuvo claro que ya no le buscaba nadie por disidente en las filas republicanas, regresó con más pena que gloria. Y, como siempre que se ausentaba por el motivo que fuera, parecía que nunca se hubiera ido por más que su suegro se lo recriminara a la menor oportunidad.

Poco a poco el dinero que parecía haberse esfumado durante la guerra comenzaba a aflorar con discreción. Algunos se estaban haciendo de oro con el estraperlo, y otros habían conseguido preservar su fortuna de los saqueos y las confiscaciones o habían recuperado lo expoliado.

El negocio de los Lamarc era de los que comenzaban a remontar. Gerard no había perdido el tiempo durante su estancia en Francia, compró artículos que en España no eran fáciles de encontrar incluso antes de la guerra, y que en esos momentos era imposible conseguir. Los pedidos llegaban a buen ritmo, y a pesar del cerrojazo económico en que se encontraba España el empresario se había movido con astucia, estableciendo contactos con diplomáticos extranjeros para vender fuera de sus fronteras y, a su vez, traer a través de ellos los codiciados productos que se vendían en el mercado negro. Los amigos que durante los peores momentos de la guerra le habían acogido en Marsella junto con su familia, también le habían ayudado presentándole a comerciantes y empresarios con el compromiso de poder participar después en los beneficios que obtuviera. Gerard Lamarc, que era hombre avispado, se había provisto en Francia de algunos artículos que sabía iban a escasear aunque no tuvieran nada que ver con su negocio, como pastillas de jabón, perfumes, medias, chocolate o queso. Se las ingenió para pasarlos por la frontera, y en el mercado negro los vendía a muy buen precio a aquellos que podían permitírselo. Aun así, el despegue definitivo no les llegó hasta que acabó la Segunda Guerra Mundial.

Durante esos años de posguerra, Alicante se les fue quedando pequeña, tanto en lo profesional como en lo social. Los estragos de la guerra se dejaban notar más que en otras grandes ciudades y Dolores se lamentaba de su situación, aun siendo consciente de que era mucho mejor que la de otros. Se imponía un cambio y había que hacerlo bien, aprovechando la pequeña fortuna que habían conseguido reunir. Lo que empezó como una venta esporádica de los productos traídos de Francia en el mercado negro era ya una lucrativa actividad paralela a Manufacturas Lamarc, de la que Dolores ni conocía los detalles ni los quería saber. Nadie preguntaba qué tenían que ver la mantequilla o los costosos perfumes con las canastillas de bebé, ni por qué un ingeniero había transformado el cuartito archivador en algo parecido a una cámara frigorífica industrial. Allí entraban mercancías de todo tipo sin que se cuestionara por qué medios llegaban, y desaparecían con la misma fluidez, dejando unos ingresos considerables al margen de la caja oficial del negocio.

Por aquel entonces, Valencia comenzaba a despuntar tímidamente como ciudad industrial y la distancia a sus proveedores de tejidos era menor que desde Alicante. El matrimonio Lamarc conocía bien la ciudad y tenía buenos amigos; la decisión estaba clara. Dejarían la pequeña y paralizada Alicante. Doña Elvira estuvo de acuerdo, era lo bastante lista como para saber que era necesario, pero se negó a abandonar la ciudad. No la dejó durante la guerra y ahora tampoco estaba dispuesta a hacerlo. Permanecería allí y controlaría los trabajos repartidos por los pueblos de la zona como había hecho siempre. Su marido, también como siempre, no dijo nada.

A partir de ese momento, Gerard pasó a estar al frente de la empresa. El cambio iba a ser costoso en muchos aspectos, pero para cuando se decidieron el negocio y sus «satélites» crecían a buen ritmo, habiéndose convertido en el mayor exportador de ropa infantil, si no el único, de España merced a sus contactos y, en consecuencia, en un reputado empresario. Nadie ponía en duda el origen de sus ganancias habida cuenta del próspero negocio que regentaba, aunque algunos se asombraban de su facilidad para conseguir materiales que estaban fuera del alcance de otros industriales del ramo. Cuando su negocio de confección comenzó a demandar una atención exclusiva debido a su crecimiento, decidió «traspasar» su lugar en el mercado negro a uno de los *elementos* que le había estado proveyendo, un tipo desagradable pero buen negociador y con contactos en el puerto y aduanas. Debía liquidar los flecos de esa etapa, centrándose de nuevo en la actividad origen de Lamarc, con la mirada puesta en un futuro prometedor, en una ciudad más grande y con mayor proyección.

Mientras Gerard trabajaba por hacer crecer su negocio y buscaba nuevos pueblos más cercanos a su próximo destino donde pudieran coserles las prendas, Dolores tenía un nuevo y ambicioso proyecto entre manos: el de aterrizar en Valencia con la dignidad que merecían.

Pero su ímpetu se vio frenado de forma inexplicable. Se levantaba con náuseas y falta de vitalidad, pero lo achacó al poco descanso y a los efectos de la guerra. Ella, que había conseguido sortearla de canto, se decía, no iba a caer ahora. Pero lo cierto era que no se encontraba bien.

Siguió con su actividad sin prestarse demasiada atención hasta que, a las dos semanas de la propuesta de Gerard, comenzó a notarse algún otro síntoma que le resultaba familiar. Su pecho había cambiado, aumentando en volumen y firmeza, y tenía un retraso de cinco días. Ella, que era como un reloj. No podía ser. Habían tomado sus precauciones, pero los síntomas que su cuerpo le mostraba no dejaban mucho espacio a la esperanza.

Fue a su ginecólogo, sola, rezando para que sus sospechas no fueran ciertas. Pero después de realizarle las pruebas oportunas, le confirmó lo evidente: estaba embarazada, otra vez.

A partir de ahí, no oyó una palabra más. Veía al médico hablar y hablar, pero no podía oírle. Quería llorar, pero sus ojos estaban secos, ásperos. Salió de la consulta desencajada. Anduvo por la calle con determinación, protegida del viento frío por un abrigo de lana que no conseguía calentar su corazón helado. Siguió caminando con la vista fija en el pavimento, como si en el cemento gris alguien hubiera escrito la solución a sus preocupaciones. Se paró frente a una tienda diminuta cuya luna sucia reflejó la imagen de su todavía esbelta figura. Sus manos dibujaron con lentitud su pecho, su vientre, sus caderas. Luego se echó la melena a la espalda y emprendió el camino de vuelta a casa con la cabeza erguida.

Cuando llegó, fue derecha a su cuarto. Quedaba una hora para que Gerard volviera del trabajo y Elena estaba en el colegio. Estaría sola todavía un buen rato. Se quitó el abrigo y entró en el baño. Se sujetó con ambas manos al lavabo, contemplando con dureza la imagen que el espejo le devolvía. Comenzó a saltar, con fuerza. Se apoyaba en el lavabo para coger impulso y se dejaba caer a plomo, cada vez con más fuerza, cada vez con más rabia. Cuando no pudo más, comenzó a golpearse con el puño en el bajo vientre. Y así continuó sin saber por cuánto tiempo. Estaba empapada, descompuesta. Se dio una ducha. No podían verla en ese estado.

Durante la comida intentó comportarse con normalidad. Gerard hablaba sin parar de las visitas que había realizado y de los nuevos contratos. Dolores seguía la conversación fingiendo interés. Notaba pequeñas gotas de transpiración en su labio superior. De momento no sentía nada raro, solo agotamiento y el conocido malestar en el estómago. Le temblaban las piernas y tenía náuseas, pero no dijo nada. La opresión en su pecho tampoco la dejaba hablar.

Cuando Gerard se fue, salió disparada a su cuarto. Lo poco que había comido salió en dos arcadas, pero comenzó de nuevo a repetir la operación, a pesar del temblor que recorría su cuerpo. Desde la cocina se oían los golpes. La cocinera miró a Clara con cara de interrogación.

—¿No vas a ver qué le pasa?

—Si necesitara algo, me llamaría —contestó Clara, con su habitual prudencia.

—Pero ¿qué está haciendo?

—No lo sé. Está un poco rara. Pero no es asunto nuestro, ¿verdad? —le cortó arqueando ambas cejas.

Dolores estaba agotada. Se tumbó en la cama, sollozando exhausta. ¿Cuánto tendría que esperar? Tal vez todo aquel esfuerzo no hubiera servido de nada. Tal vez tuviera que buscar otra solución. Tal vez... El cansancio la venció y se quedó dormida. No oyó el teléfono cuando Gerard llamó para decir que tenía trabajo y no iría a cenar.

Clara había recogido a Elena en el colegio, y ya estaba bañada y cenada. La pequeña había preguntado por su madre al entrar; quería contarle su última nota, pero Clara le dijo que no se encontraba bien y estaba descansando, algo nada habitual a esas horas. Nunca dormía siesta, se levantaba demasiado tarde como para volver a acostarse.

Dieron las nueve, hora a la que solían sentarse a cenar. Clara no sabía qué hacer, pero al final se decidió a llamar a la puerta con los nudillos.

—Señora, ¿necesita alguna cosa? ¿Quiere que le traiga algo de cena?

Dolores se despertó sobresaltada y miró su reloj. Eran las nueve, pero no había oído llegar a Gerard.

—¿El señor ya está en la mesa? —preguntó, mientras se incorporaba presurosa arreglándose la ropa.

—No, llamó diciendo que no vendría a cenar. —Aquel era el tipo de preguntas que incomodaban a Clara. Por tiempo que pasara, no se terminaba de acostumbrar.

—¿No le dijo nada más?

—No, señora. ¿Quiere que le prepare algo?

—No, no tengo hambre.

—Elenita preguntó por usted.

—Gracias, Clara.

Se levantó de la cama. Las náuseas y el temblor de piernas seguían acompañándola. Pero ahora tenía otra preocupación. Gerard. Descolgó el teléfono y pidió el número del despacho. La operadora lo dejó sonar más de veinte veces, para confirmarle que allí no había nadie. Era evidente que no estaba trabajando. ¿Qué podía hacer? En esos momentos, Elena llamó a la puerta.

—Mami, ¿estás bien? Clara me ha dicho que ya te habías despertado.

—No estaba durmiendo, mi vida, solo descansando. Pasa.

Cuando Elena entró pudo ver los ojos enrojecidos de su madre, la palidez de su rostro. Se preocupó. Acercándose, la abrazó.

—¿Estás enferma, mami? ¿Quieres que llame al médico?

—¡Pero qué cosas tienes! ¡Qué sabrás tú de médicos! —La alarmada vocecita de la niña la había conmovido—. Solo me he enfriado un poco, eso es todo.

—¿Y papi? Es tarde y todavía no ha venido.

—Eso querría saber yo. ¿Tú has oído a Clara cuando papá ha llamado?

—No, he estado todo el rato en mi cuarto. ¡Huy, casi se me olvida! ¡Me han puesto un diez en un dictado! ¡La mejor nota de la clase!

—Pues qué bien —le dijo con media sonrisa, más parecida a una mueca—. A saber qué dictados os harán con seis años. Entonces ¿no has oído nada?

—No, mami. —Elena bajó la cabeza con tristeza.

—Tienes que irte a la cama, es tarde.

—Buenas noches, mami. Te quiero mucho. —Elena se abrazó al cuello de su madre.

Aquellas dulces palabras la emocionaron. Toda la tensión le salió de golpe y empezó a llorar. Elena nunca la había visto así.

—Pero mamá... ¿qué te pasa? ¿Qué he dicho? —La niña la miró compungida—. No llores, me estoy asustando.

Dolores respiró hondo con dificultad y se secó las lágrimas con el dorso de la mano.

—No me hagas caso. Es que estoy floja y lloro por cualquier cosa. Anda, a la cama, que mañana hay cole.

Elena le dio un beso dulce y se fue. Se había quedado intranquila, pero no sabía qué podía hacer. Y también estaba dolida. Mientras pensaba en ello en la cama el cansancio fue venciendo a la niña y no tardó en dormirse.

Pero Dolores no podía dormir. No paraba de pensar en Gerard. Y en el embarazo. Había ido dos veces al baño, con pinchazos en el bajo vientre, pero de momento no había manchado. Se debatía entre meterse en la cama o vestirse y salir a buscarlo. Pero esto último era una locura. Era tarde, hacía frío y no sabía por dónde empezar. Recordó cómo se había enfadado la última vez que fue a buscarlo al Casino. También entonces estaba embarazada, aunque esta vez fuera ella la única que lo supiera. La debilidad la hizo desistir.

Se lavó la cara, se peinó, se puso uno de sus camisones favoritos y la bata de terciopelo. Esperaría. Se fue al salón, se sirvió un whisky y se sentó. Oyó dar las once. Y las doce. Y la una. Tenía la mirada perdida en el cristal de la licorera cuando oyó el tintinear de las llaves.

Gerard entró con sigilo y se dirigió a la habitación. Estaba vacía. Pasó al baño, se quitó la corbata y se lavó la cara. Dolores no se movió, aunque la sangre le hervía. Gerard salió de la habitación y reparó en la tenue luz del salón.

—¿Qué haces aún levantada, Dolores?

—Buenas noches, Gerard. ¿Has perdido tus modales?

Dolores intentó que su voz sonara tranquila.

—Perdona, estoy muy cansado. Si no te importa, me voy a dormir.

—¿Dónde has estado?

—Tenía trabajo.

—Te llamé y no estabas.

—Pasó Gaytán por el despacho y nos fuimos a picar algo. ¿Se puede saber qué te pasa?

—¿Que qué me pasa? ¡¿Que qué me pasa?! ¡Estoy enferma! Creo que tengo fiebre. ¡Te he estado llamando sin dar contigo y apareces a estas horas oliendo a alcohol y a perfume!

Muy a su pesar, había perdido los nervios. Pero Gerard no se inmutó.

—Ahora parece que eres tú la que ha perdido sus modales. No grites; te va a oír el servicio.

Era probable que el servicio les hubiera oído, la casa no era demasiado grande, pero de ser así no dieron ninguna muestra de ello. Sin embargo, Elena sí que se había despertado. Tenía el sueño ligero y se había acostado preocupada. Se asomó a su puerta. La voz de su madre se oía con claridad. Estaba gritando, fuera de sí. A su padre, en cambio, no alcanzaba a oírle. La discusión no se prolongó demasiado. Gerard la dio por zanjada yéndose a dormir.

Dolores permaneció llorando, sentada en una esquina del sofá. Elena dudaba si acercarse o no. Sentía el impulso de correr hacia su madre, pero tenía miedo. No debía estar allí. Pero no soportaba verla llorar, y se decidió. Entró despacito en el salón y luego corrió hacia ella.

—No llores, mami. No llores —le dijo abrazándola compungida.

Dolores se abrazó a ella. Lo necesitaba. Elena le acariciaba el pelo con dulzura. Era una estampa rara, como el negativo de una foto. Dolores se fue tranquilizando y comenzó a reaccionar.

—Lenita, es muy tarde. No puedes estar levantada a estas horas —le dijo mientras se limpiaba las lágrimas con el dorso de la mano.

—Me desperté, os oí discutir. ¿Por qué os habéis enfadado? —preguntó con timidez.

—No son cosas de niños, Elena. Papá no se ha portado bien y yo me he disgustado, pero eres todavía pequeña para entenderlo. Anda, vete a la cama.

Elena se giró con lentitud y volvió a su cama, convencida de que su padre no podía ser bueno si hacía sufrir de esa manera a su madre. Ella la cuidaría siempre, se dijo.

Esa noche, aun en la misma cama, entre Gerard y Dolores había kilómetros de distancia.

Cuando se despertó con pinchazos agudos en el vientre, Gerard ya se había ido. Notó una ligera humedad entre sus piernas. Su instinto le hizo juntarlas con fuerza, pero enseguida se levantó. Debía ir al baño sin perder un segundo. Y, por fin, lo comprobó. Estaba sangrando.

No supo si reír o llorar. Lo había conseguido. Ahora solo quedaba ir a la consulta de su ginecólogo para terminar de solucionarlo con la mayor discreción. Sería sencillo convencerle de que no dijera nada, no le había pasado desapercibido cómo la miraba. Era su debilidad.

No se equivocó. Se mostró compungida y triste, y cuando su ginecólogo le confirmó el fatal desenlace de su embarazo, rompió a llorar.

—No se preocupe, señora Lamarc. Es usted muy joven, y podrá tener todos los niños que quiera.

—Gracias. Es usted muy bueno conmigo. ¿Puedo pedirle un favor? —Le miró de frente con sus ojos claros y vidriosos—. No había llegado a decírselo a mi marido. Estaba de viaje. Y ahora, esto... Prefiero que no sepa nada, y evitarle este dolor.

—Es usted muy valiente. Qué suerte tiene Gerard. Pero será duro sobrellevarlo sola. Sabe que me tiene a sus pies. —En aquellas palabras había una carga de intención que Dolores ya conocía y que ignoró como tantas otras veces.

Le había salido redondo.

Estuvo una semana en reposo, muy a su pesar, pero la advertencia de su médico había sido rotunda. Si no guardaba reposo, podría llegar a ser necesario ingresarla y la convalecencia sería más larga. Además, se vería obligada a dar demasiadas explicaciones.

Intentó aprovechar ese tiempo de forzado descanso para pensar en la nueva casa y en su obsesión: cómo mantenerse cerca de Gerard, cuyas salidas nocturnas eran cada vez más frecuentes. Necesitaba encontrar la forma de recuperarlo, si es que aún estaba a tiempo. Tal vez el cambio de ciudad sería bueno para todos.

En cuanto se restableció, encaminó sus esfuerzos a encontrar una casa adecuada a sus pretensiones. Hizo un par de viajes a Valencia y no tardó en encontrarla.

Era un ático inmenso en una finca señorial próxima a la Gran Vía, con una gran escalera de mármol blanco y un ascensor de madera forrado de espejos, un lujo poco frecuente. La terraza, enorme, estaba rodeada de una balaustrada de piedra blanca. Tenía un detalle que le pareció perfecto, una barra de obra donde poder atender a sus compromisos en las noches estivales.

Por lo demás, la casa estaba para tirar abajo. Habría que hacer una inversión considerable, aunque eso no le impresionó. Si algo sabía hacer bien, era gastar y dar órdenes.

Tan solo tenía un pequeño inconveniente y era que el dueño no la quería vender, a pesar de que Dolores desplegó todos sus encantos, incluidos los financieros. Pretendía alquilarla. Podría haber buscado otra, pero esa era la casa. Tenía que serlo.

«¿Qué más da?», argumentaría después; en realidad muchos de sus amigos vivían alquilados, era algo muy habitual. Congenió enseguida con el propietario, un hombre encantador, y pronto llegaron a un acuerdo. Solo quedaba convencer a Gerard de que alquilara aquella mansión. Era evidente que invertir una fortuna en una casa que no iba a ser suya era una temeridad, pero ¿a quién le importaba?

Al principio su marido, mucho más práctico, se opuso. Pero, como en tantas otras ocasiones, al final accedió. Él no tenía tiempo para buscar alternativas y discutir con Dolores en ese tipo de asuntos era inútil. A Gerard le interesaba dar una imagen de gran industrial, y una casa como esa contribuiría a fomentarla. En Alicante había comenzado a relacionarse con personas influyentes, y debía mantener una apariencia de solvencia y poder delante de sus compromisos. En su casa se habían cerrado negocios importantes con miembros destacados del nuevo Régimen y también con personajes de oficio poco claro pero siempre muy lucrativo, y esperaba que su nuevo destino fuera su despegue definitivo en el mundo de los grandes negocios.

Dolores no prestaba mucha atención a aquellas visitas que hablaban en voz baja entre humo de puros y vasos de whisky —de los que tampoco se preguntaba su procedencia en tiempos en que hasta encontrar arroz era un milagro—. Era feliz en su papel de anfitriona perfecta. No había duda de que aquellas reuniones les reportaban beneficios más allá de lo económico. Y si algo siempre valoraba Gerard en ella era su saber estar. Le encantaba exhibirla delante de sus amigos.

De hecho, estos contactos habían sido cruciales para culminar su proyecto de traslado. Su éxito profesional y económico era indudable, pero la vida de lujos y fiestas que llevaban no era gratis, y su negocio resultó ser insuficiente para afrontar los gastos necesarios y dar el gran salto. Los números no salían y Gerard no dudó en pedir la colaboración de alguno de sus poderosos amigos, seguro de compensarlos en un breve plazo. Dolores, ajena a estas dificultades, se dedicó en cuerpo y alma a preparar su nueva morada, como siempre sin reparar en presupuestos.

La casa fue su gran obra. Encargó la rehabilitación al mejor decorador de la ciudad. El recibidor, de grandes dimensiones, daba paso al salón a través de unas puertas de nogal labradas a modo de celosía, hechas a medida. Las paredes se vistieron de sedas adamascadas gris perla, con grandes cuarterones de madera hasta media altura. Un gran espejo de caoba del siglo XVIII presidía el salón, sobre una imponente consola a juego, aprovechando los más de tres metros de altura del techo, y lo flanqueaban sendos sillones gustavianos tapizados en un terciopelo verde inglés. Lámparas de cristal de Bohemia y objetos antiguos se repartían por la estancia en su justa medida, dándole un aspecto de salón palaciego.

Había dirigido a los obreros y profesionales como su padre a los soldados en el cuartel. Era innegable que había heredado sus dotes de mando. Cuando terminó de decorar el piso, se sintió satisfecha. Aquella era la casa que siempre había soñado. Solo tenía una pega: no era suya. Pero entonces no la preocupó ese pequeño detalle. No sabía lo equivocada que estaba.

La búsqueda de un local para la empresa fue más sencilla. Encontró un amplio y luminoso bajo con entresuelo, no muy lejos de la casa. En el bajo se podían acondicionar el pequeño taller y el almacén, mientras que el entresuelo, con dos habitaciones amplias con ventanas a la calle, parecía estar esperándolos desde hacía tiempo. Allí tendría su despacho Gerard y en el otro se instalaría ella, con una ventana a la parte más amplia, donde estarían las mesas para diseño y patronaje. Dolores era feliz, había logrado todo lo que había ambicionado y nada ni nadie se lo iban a estropear.

La mudanza fue agotadora, aunque la mayor parte de los muebles se quedó en Alicante. Todo en aquella casa, salvo algún regalo de sus padres, se había elegido con esmero, como piezas de un delicado puzle en el que no hubiera lugar para la añoranza.

Salvo para Elena. Le dolía dejar su ciudad y los pocos amigos que tenía. Le costaba relacionarse, se había convertido en una niña gordita, grande y callada, a la que las demás miraban con asombro y cierto temor. Pero a ella nadie le había pedido su opinión.

Entró en la nueva casa con curiosidad y escepticismo, y conforme avanzaba sentía que se iba encogiendo. Era como *Alicia en el País de las Maravillas* después de haberse comido la galleta. Una cosa estaba clara, si hasta ahora su presencia captaba una atención discreta, a partir de ese momento Elena fue consciente de que iba a ser transparente, invisible.

Corrió por la casa inspeccionando cada una de las habitaciones, abriendo y cerrando puertas entre suspiros y caras de asombro, hasta llegar a su cuarto. Nadie le dijo cuál era, pero no tuvo duda. Había llegado. Tenía muchísima luz, una gran estantería para libros y sus juguetes que se habían salvado milagrosamente en el éxodo familiar. ¿Qué más podía pedir? Enseguida se sintió como en casa. A pesar de su corta edad, le encantaba leer. Sus libros eran su tesoro y allí estaban todos. Pasó la mano por los lomos, acariciando a sus buenos amigos escondidos tras las tapas.

Su otra afición era escuchar a los mayores. Se sentaba en un rincón apartado, con alguna muñeca o con uno de sus libros, mientras miraba con interés las idas y venidas de sus padres. Confiaba en que aquella morada de ensueño le trajera momentos muy felices. Después de Alicante, Marsella, Sevilla y su vuelta a Alicante, aquella casa en Valencia sería su hogar definitivo.

Cuando la Segunda Guerra Mundial acabó, Gerard, que había tenido que aguantar con el negocio sujeto por las riendas, organizó viajes a Londres, París y Nueva York en busca de contactos para situarse en aquellos mercados. Su doble nacionalidad y los contactos con personal de las embajadas de esos países le facilitaron una envidiable libertad de movimientos. Viajaba mucho, a veces solo, otras acompañado por una insistente Dolores que no soportaba aquellas largas ausencias. Y entre viaje y viaje, su vida transcurría a gran velocidad, sin apenas tiempo para reparar en Elena, aquella niña que iba creciendo en un mundo imaginario.

8

La pequeña Elena no tardó en darse cuenta de que nada había cambiado salvo el decorado. Sus padres continuaron con su vida de idas y venidas, trabajo y fiestas, y ella siguió sola en su rincón, ahora más amplio y luminoso pero igual de solitario.

—Mami, ¡qué guapa estás! ¿Adónde vas?

—Tenemos una cena, cariño. No dejes las cosas por en medio. Ya sabes que no me gustan los trastos; y recuerda que nos levantaremos tarde. No nos molestarás, ¿verdad, mi vida?

Elena miró al suelo avergonzada. No, no les molestaría, nunca lo hacía.

La doncella la acostó pronto, pero no pudo dormirse. Imaginaba a sus padres bailando, riendo con sus amigos. Le gustaba divagar, soñar despierta con escenarios rebosantes de luz y risas de felicidad; la excitación ante esas imágenes alejaba el sueño de la cabecera de su cama.

De repente la vibración de un golpe seco llegó hasta ella, como un portazo cuya expansión absorbió su mullida cama. Todavía era pronto para que sus padres regresaran. Hacía un rato había oído dar las once y cuarto en el carillón de la entrada y no solían llegar hasta la madrugada. Pero no había duda, su habitación había temblado. Se levantó de la cama, con sus trenzas despeinadas, los pies descalzos asomando bajo el largo camisón. Era verano y hacía calor, las puertas y ventanas estaban abiertas. Le pareció oír voces. Algunas le eran desconocidas y su tono le produjo un escalofrío. Se acercó con sigilo hasta el quicio de la puerta que daba al salón y permaneció inmóvil, escuchando. Su madre lloraba. La curiosidad y la preocupación la estaban matando. Su padre hablaba bajo, con furia contenida. Oyó a su madre alto y claro:

—¡No lo hagas! ¡Nos vas a meter en un lío! Vas a tirar por la borda todo lo que hemos conseguido.

—Cállate de una vez, te van a oír. ¡Ya está bien de numeritos! Esto no es asunto tuyo, así que vete a la habitación y no se te ocurra salir. —A pesar del tono quedo de su padre, Elena se estremeció ante la dureza con que se dirigía a su madre.

La vio salir presurosa y tapándose la boca con una mano. Había alguien más en la biblioteca, aunque a través de la rendija de la puerta solo atisbaba un ángulo del salón y no podía ver quién era. Estaba nerviosa y asustada, y no solo por la posibilidad de que la pillaran. Su padre volvió de la biblioteca acompañado por dos hombres vestidos de esmoquin. Uno mayor, de gesto adusto y ademanes toscos. El otro, que podía ser su hijo por el parecido, estaba pálido y asustado. Sudaba y tenía la mirada vidriosa. La conversación era tensa. En un momento, el hombre mayor le entregó a Gerard algo parecido a un hatillo. La discusión parecía ser sobre aquel objeto, envuelto en un pañuelo que algún día debió de ser blanco. Gerard desplegó el pañuelo con cuidado, y Elena pudo ver cómo una pieza negra y metálica aparecía entre los pliegues de la tela. Era un revólver. Le temblaban las piernas; temerosa de caerse, se apoyó en la pared, perdiendo su línea de visión pero atenta a cada palabra de la conversación.

—Guárdala bien —ordenó aquel hombre—. Volveré a por ella.

—¡Pero Julián, el comisario es un buen amigo mío!

—Y por eso no sospechará de ti. Me lo debes. No hagas que te lo recuerde. No es mucho lo que te pido, solo que la guardes hasta que pase el temporal.

—Y yo, *padrre*, ¿qué hago?

Ignoraron la pregunta. El que hablaba con dificultad era el joven. Parecía trastornado. Elena nunca había visto a nadie en ese estado. Se preguntó si estaría enfermo.

—Julián, el comisario no ignora que tú y yo somos amigos, y no tardará en averiguar que estuvimos juntos esta noche.

—Tú sabrás cómo manejarlo, que en peores te las has visto.

Ahora nos vamos. Nadie nos vio entrar y no nos verán salir, así que nunca hemos estado aquí. Está claro, ¿verdad?

Elena seguía pegada a la pared. Tragaba saliva con sumo cuidado, hasta los movimientos de su garganta parecían retumbar en la penumbra.

Volvió a su cama de puntillas y cerró los ojos con fuerza. Tenía muchísimo miedo y no podía decírselo a nadie. Tendría que pasarlo sola. Temblaba, y no era capaz de distinguir si era por el sudor frío que la cubría o por el miedo que la atenazaba. Así permaneció largas horas, recitando de cabeza las tablas de multiplicar para evadirse hasta que, de madrugada, el agotamiento pudo con ella.

La despertó con un sobresalto el timbre del teléfono. Se incorporó por instinto para tratar de oír la conversación.

—Residencia de los Lamarc, dígame. Sí... el señor... sí, enseguida le aviso, señor comisario.

Elena se estremeció. No lo había soñado. Lo de la noche anterior era cierto. ¿A santo de qué iba a llamar el comisario de buena mañana, si no? La doncella fue a llamar a su padre. Gerard se acercó a regañadientes, se puso al teléfono y habló en voz baja, así que Elena, aunque aguzó el oído, solo consiguió entender el final de la conversación, pero cuando colgó el teléfono ella ya había salido al pasillo para oír mejor y fue testigo de cómo su padre le indicaba a Clara que el señor comisario vendría a comer. Los temores de la noche anterior la invadieron de nuevo.

Aún no había visto a su madre. Era temprano para los horarios de la casa; solo acababan de dar las nueve. Clara la vio.

—¡Niña, qué haces en el pasillo descalza! Venga, ponte las zapatillas. ¿Tienes hambre?

Elena sonrió. Cómo la conocía Clara. Sí, tenía hambre. Los nervios le abrían el apetito y había pasado muchos. Además, comiendo se sentía feliz.

—¿Qué quieres desayunar?

—Patatas fritas.

—¿Patatas fritas?

—Sí, muchas patatas fritas.

Clara se encogió de hombros y desapareció por el pasillo.

Elena desayunó una fuente de patatas fritas enorme. De una sentada. Le supieron a gloria y le hicieron olvidar, al menos de momento, los sucesos de la noche anterior.

Cuando por fin vio a su madre, pudo comprobar que no presentaba su mejor cara. Estaba claro que ella tampoco había dormido mucho. Se acercó a darle un beso, que Dolores recibió con indiferencia.

—Hoy comerás en la cocina —comentó, ausente. Se la veía preocupada—. Tenemos una comida de mayores. Clara ya lo sabe.

¡Ugh, comer! En esos momentos pensaba que no volvería a comer nunca más. Tenía las patatas hechas una cataplasma en su barriga. Pero aún faltaba mucho para la hora de la comida.

El comisario llegó puntual, y la cordialidad de su saludo no parecía indicar que su visita tuviera ninguna relación con los acontecimientos de la noche anterior. Elena respiró algo más aliviada. Durante la comida no pudo enterarse de nada. Observaba la cara de Clara conforme salía y entraba de la cocina, por si su rostro dejara adivinar el ambiente que se respiraba en el comedor. Pero todo parecía normal.

La sobremesa se hacía en el salón o la biblioteca, donde los mayores se tomaban una copa mientras charlaban. Elena tenía prohibida la entrada a la biblioteca, pero del salón no le habían dicho nada. Le gustaba sentarse en una pequeña silla junto al ventanal, donde la luz partía las sombras con precisión, para leer tranquila. Era su rincón favorito y allí se fue al terminar de comer, como siempre con un libro, aunque esta vez no leía. Esa tarde la tertulia no fue en la biblioteca, y aunque al igual que otros días Elena resultó ser transparente, allí estaba para no perder detalle de la conversación.

Hablaban de algo que había pasado la noche anterior. Alguien había muerto y el comisario pensaba que el sospechoso pertenecía al círculo de sus padres. Alguien que respondía a la descripción del joven que ella vio la noche anterior en su casa y que parecía enfermo había sido visto huyendo del lugar del crimen. Elena apenas se atrevía a respirar. Seguía en su rincón, mirando un libro que no veía. Habían buscado el arma sin encontrarla, explicó el comisario mientras seguía con la mirada a Lolo, que servía con aparente indiferencia dos copas de coñac. Incluso habían registrado la casa del sospechoso, continuó, pero nada hallaron.

El comisario preguntó sin rodeos:

—Gerard, ¿tú no sabrás nada de esto?

—¡Cómo se te ocurre! —exclamó—. ¿Por qué me lo preguntas?

—Sé que sois muy amigos. Tal vez te haya contado algo, o te haya pedido ayuda... Creo que ayer cenasteis juntos. —Era evidente que el comisario sabía más de lo que había dejado entrever.

—¡Por Dios, Ernesto! —exclamó Lolo, con convicción—. La gente no va por ahí contando esas cosas. Y además, nosotros también somos muy buenos amigos, ¿verdad?

Elena, incapaz de soportar más aquella tensión, se sintió flaquear y el libro cayó de sus manos. Los tres se volvieron.

—Pero ¿qué estás haciendo aquí? —Dolores la miró con reprobación—. Estas no son conversaciones para niños.

—Solo leía, mami, lo siento. No quería molestar.

Recogió su libro con premura y salió precipitada de la habitación, sin mirarlos a la cara.

Cuando el comisario se fue, los Lamarc volvieron a discutir. Era la tarde libre del servicio y no se molestaron en bajar la voz. Dolores no paraba de andar por la habitación. Elena podía oír sus pasos. Salió de su habitación como la noche anterior y volvió a su escondite. Solo veía a Gerard, encolerizado.

—¡Cállate de una vez! ¡Estás histérica! Lo único que tenemos que hacer es esperar.

—¡Pero ¿y si el comisario vuelve?! Alguien pudo verlos entrar anoche. ¡Sería terrible!

—Si fuera así, Ernesto habría insistido, y no lo ha hecho. Y se lo debemos a Julián.

—Julián es un impresentable. Un mafioso grosero y sin clase.

—Pues cuando nos prestó dinero para ampliar el negocio y nos pasó productos para venderlos en el mercado negro no te pareció tan malo. Si no fuera por él, seguiríamos en Alicante.

—Se lo hemos devuelto todo y además con intereses. ¡No le debemos nada!

—¡Ya está bien! Qué sabrás tú lo que debemos o dejamos de deber. Me vas a volver loco. Y deja de chillar. ¿Dónde está Elena?

Se dirigió hacia la puerta del pasillo y Elena salió corriendo como pudo. Entró en la cocina, sacó una caja de galletas y se sentó.

Oyó a su padre que la buscaba.

—Estoy aquí, papá —contestó sin levantar la cabeza.

—¿Se puede saber qué haces en la cocina? Pensé que estabas en tu cuarto.

—Tenía hambre y vine a merendar.

—Siempre estás comiendo. Cada día estás más gorda. ¿No te ves?

El miedo dio paso al dolor. Nunca le decían nada agradable. Era un objeto más de la casa y, para colmo, feo. Una pieza que no encajaba en el puzle, como los muebles que se habían quedado en Alicante.

Aquel episodio acabó cuando el tal Julián regresó a recoger su «regalito». Nunca más lo volvieron a mencionar, pero para Elena el mundo en que vivían sus padres dejó de ser color de rosa.

Desde que se instalaron en Valencia dos años atrás, su vida no había cambiado demasiado. El negocio había crecido tanto que demandaba mucha dedicación, más de la que Lolo estaba dispuesta a dar. Para ella no había sido nunca una obligación, sino una forma interesante de ocupar su tiempo. Además, los celos la llevaban a seguir y vigilar a Gerard, pendiente de cualquier conversación o gesto, y su marido ya no lo soportaba. Las discusiones eran cada vez más frecuentes, y trabajar juntos se había convertido en una contienda insoportable para Gerard.

Le rondaba una idea desde hacía tiempo. En uno de sus viajes a Nueva York, le había impresionado la tienda de un cliente judío. Se trataba de un espacio inmenso en el que se podía encontrar todo lo necesario para la infancia, desde cunas y carros de paseo hasta juguetes, pasando por la canastilla y —por supuesto— ropa. Era un local comercial especializado en la infancia, y en España no existía nada igual.

Pensó que era el momento de llevarlo a cabo. Daría salida directa a sus productos y si Dolores se encargaba de la tienda la tendría ocupada a una cierta distancia, evitando el marcaje que le estaba ahogando.

Cuando le expuso la idea, Lolo la recibió con júbilo. Gerard no paraba de hablar del proyecto de la tienda.

Se llamaría Bebé Parisién.

Le habían comentado algo sobre un local disponible muy bien situado, en uno de los cruces más transitados de la ciudad, el que daba a San Vicente, María Cristina y la Bajada de San Francisco. Lolo tenía un nuevo reto entre manos y estaba feliz. Llevaba tiempo con la sensación de no encontrar su lugar. La mayoría de sus amigas estaban criando, ahora tocaba ser madre, y tal vez a sus veintinueve años fuera el momento de plantearse volver a tener niños, al menos para llevar el ritmo de sus amigas. Pero primero había que montar ese fantástico negocio del que no paraban de hablar.

Para la primavera de 1945 la tienda estaba lista. A la inauguración acudieron todas las personalidades de la ciudad. Como había apuntado Gerard, no había nada igual en todo el país. El local tenía cuatrocientos metros cuadrados repartidos entre el sótano, la planta baja y un entresuelo abierto al bajo, en forma de balconada, desde el que se podía contemplar toda la planta. Los distintos tipos de artículos estaban dispuestos por zonas, y en cada una de ellas una dependienta uniformada atendía a los invitados, mostrándoles las excelencias de los productos.

Aquello era un éxito, aunque no todo se había hecho al gusto de Dolores. Ella preferiría haber contratado dependientas de más edad, pero exceptuando a la encargada, el resto eran jóvenes más atractivas de lo soportable.

Terminaron picando algo con los más allegados en Chacalay. Pidieron champán. Lolo los miraba complacida, y decidió que aquel era el momento ideal. Con un gesto de la mano rechazó la copa que le brindaban, y con dulzura y cierta picardía, dijo:

—Yo... no debo beber.

—¡Pero tenemos que brindar! —exclamó su amiga Lotita—. Hay que celebrarlo.

—¿No te encuentras bien? —preguntó Gerard, molesto.

—Pues para no encontrarse bien, está resplandeciente —saltó uno de sus amigos.

—Venga, venga, que luego se lo cree y en casa no hay quien la aguante.

Todos rieron. Lolo los miraba divertida, encantada de ser el centro de atención. Respiró hondo antes de continuar.

—En mi estado, no debo beber, no sería bueno... —Una amplia sonrisa iluminó su rostro, mientras se divertía al ver las caras de asombro de los que la acompañaban.

Se hizo un silencio momentáneo, para a continuación abalanzarse todos sobre ella, con efusivos abrazos y felicitaciones.

—¡Qué callado te lo tenías!

—¿De cuánto estás? Se llevará un año y poco con el nuestro.

—De cuatro meses cumplidos.

Gerard se había quedado mudo. No le gustaban los niños, o por lo menos las niñas. Lolo lo sabía y decírselo delante de sus amigos había sido un golpe bajo, una forma de frenar su reacción. Aun así, pensándolo con frialdad, le vendría bien para despegársela. Cada vez le costaba más hacer sus escapadas. De los que estaban allí con él, varios tenían lío fijo pero a él eso no le iba, prefería la variedad, y desde que Lolo se había dedicado a montar Bebé Parisién había podido volver a sus correrías, sobre todo en Madrid, donde en Pasapoga había levantado su ánimo sin que Dolores, ajena a esas actividades, objetara nada. Pero con la tienda terminada, un hijo podría ser un buen entretenimiento.

Para Gerard, la esposa era una cosa y una mujer otra. La esposa debía ser alguien a quien pudiera lucir, bella, elegante, educada y discreta. Lolo era su porcelana de Sèvres, la envidia de sus amigos. Pero a pesar de su indudable belleza, ya no le atraía como antes. Su ego necesitaba otro tipo de hembras, esas que obedecían al chascar los dedos, las que le adulaban y se sometían de una forma que solo ciertas mujeres consentían en aquella época.

—¿No estás contento? —Era Lolo la que le hablaba, mirándolo con sus fríos ojos azules clavados en los suyos—. Te has quedado muy callado.

—Claro que sí. Pero me has pillado por sorpresa. Podrías habérmelo dicho en casa. Felicidades, querida. Brindo por mi futuro hijo, porque esta vez, seguro será un varón. Y brindo por el futuro de Bebé Parisién. Parece que se va a hacer bueno el dicho de que todos los niños vienen con una *baguette* bajo el brazo.

Cómo habían cambiado las cosas, pensaba Lolo. Lo que hacía

unos años había sido su mayor pesadilla, ahora era su esperanza. Ese niño obligaría moralmente a Gerard hacia ella. No era tonta y se daba perfecta cuenta de sus ausencias. No se atrevería a abandonarla con dos hijos, uno de ellos pequeño, ya que a los ojos de sus amigos dejaría de ser un caballero. Y si fuera niño, tendría alguien en quien apoyarse en el futuro. Esta vez sí que estaba preparada para ser madre, a su manera.

9

A Elena la noticia la pilló por sorpresa. Tenía casi once años, y si algún día se había planteado tener un hermanito, ya ni se acordaba. No imaginaba en qué le podría afectar. Era difícil tener menos atención de la que ya tenía, pero aun así, la idea de compartir con un bebé las migajas de cariño que recibía de su adorada madre la intranquilizó. Su relación con ella había empeorado con el transcurrir de los años. Elena había desarrollado un carácter fuerte aunque inseguro y plantaba cara como mecanismo de defensa.

El embarazo fue bueno. A la ausencia de molestias físicas se unió la resignación de Dolores ante el hecho de que nunca tendría a Gerard para ella sola. Eran muchos los líos de los que había tenido noticia en esos años, y llegado ese momento de su vida, el embarazo ya no lo asociaba a un alejamiento de su marido. «Las otras solo son pasatiempos», comentaba con las amigas. Ella, Dolores Atienza, era la única señora Lamarc. Y alguna de esas amigas estaba peor. Todas las tardes, a las cinco, quedaba con ellas en un salón de té. Recordó cómo la semana anterior Lotita Vidal había llegado desconsolada.

—¿Qué te ocurre? ¿Qué ha sucedido?

—¡No puede ser! ¡Esto no me puede pasar a mí!

—Tranquilízate y dinos qué ocurre.

—Alfonso ha dejado a la Pardo.

—Pero ¡eso es fantástico! Llevaban más de tres años, te temías lo peor, ¿por qué te pones así?

—¡No os dais cuenta! Ellos no cambian... Encontrará a otra,

y habrá que montarle un piso, y regalarle el visón, y las joyas... ¡Volver a empezar! La Pardo ya lo tenía todo. Me había acostumbrado a esa rutina. No podré soportar volver a pasar por todo de nuevo.

Esas situaciones se planteaban con frecuencia, y la palabra «separación» nunca salía a relucir. Ellas eran alguien mientras estuvieran al lado de sus importantes maridos, y sus maridos necesitaban a una mujer decente y presentable al lado. Vivían bien, disfrutaban de consideración social y sus hijos tenían el futuro asegurado. De todas ellas, la única que trabajaba era Lolo y por supuesto por puro esnobismo. Era su pasatiempo. Nadie iba a romper la baraja.

Los devaneos de Gerard con unas y otras había llegado a aceptarlos como un mal menor en comparación con los que tenían a «la querida» fija e instalada. Aun así, no era un consuelo para ella, enamorada hasta la médula de su marido como lo estaba, y los celos, acumulados durante años, le habían agriado el carácter. Las conversaciones eran cada día más sarcásticas y duras, y por eso creyó que quizás un nuevo hijo lograría el cambio en él que tanto deseaba.

En el último mes de embarazo Dolores llamó a Elena para informarle de los acontecimientos futuros.

—Elena, dentro de un mes nacerá el bebé y va a necesitar toda mi atención. Como ya se habrá terminado el colegio, hemos pensado que hasta septiembre, cuando vuelvan a comenzar las clases, puedes ir a Alicante con la abuela Elvira. Lo entiendes, ¿verdad?

—Pero mamá... —No, no lo entendía.

—No hay peros que valgan. Y siéntate bien, me pones nerviosa dejada caer de cualquier manera. Eres una señorita. ¡Endereza esa espalda! ¡Junta las piernas!

Elena corrigió su postura e intentó volver al tema.

—Pero yo podría...

—¿No me entiendes cuando hablo? ¿Desde cuándo me replicas? Cada día te comportas peor. No hay más que hablar.

Elena se fue a su cuarto, aguantando las lágrimas. No era más que un estorbo. ¿Así que ahora su madre se iba a dedicar a cuidar al bebé? En los borrosos recuerdos de su más tierna infancia, el único perfil que dibujaba con claridad era el de su ama de cría y a

Clara, la criada. Cómo habían cambiado las cosas. Ella pensaba que podría cuidar de su hermano, sacarlo a pasear, ser como una segunda madre para él... En lugar de eso, aún no había nacido y ya la había echado de casa. Las cosas no empezaban bien.

Esta vez, todo fue diferente. El parto, bastante más rápido que cuando nació Elena, fue en el hospital. Y como todos deseaban, fue un niño, al que llamaron Gerard, para satisfacción de su progenitor. Era delgadito y todo el mundo afirmaba que era un calco de su padre. Elena lo miraba con curiosidad y recelo.

—¿Puedo cogerlo?

—¡No! ¡Ni se te ocurra! Eres una manazas. Solo falta que se te caiga.

—¿Por qué me dices esas cosas? —Elena tenía lágrimas en los ojos.

—¿Qué cosas? No dramatices, que llevas una temporada que lloras por cualquier tontería. Solo te digo la realidad. Eres torpe, te tropiezas con todo. Cualquiera diría que estás cegata. Como dice tu padre, te tropiezas con una raya pintada en el suelo.

—Creo que no veo bien. —Se esforzó para no llorar.

—¿Qué intentas? ¿Llamar la atención?

—No, mamá, lo digo de verdad. No veo bien. Me cuesta mucho leer y tengo que pegar la nariz al libro para conseguir ver algo. —Se estaba derrumbando—. Pero no le importa a nadie...

—Eres una insolente. Lo que dices es absurdo; para no ver, sacas unas notas estupendas. —Dolores levantó los ojos hacia el techo con resignación, como pidiendo paciencia a algún duende invisible—. Está bien, antes de enviarte a Alicante te llevaré a un oculista. Solo falta que haya que ponerte gafas, con lo horrible que estás. Anda, ahora vete, que vas a despertar al pequeño Gerard. —Se volvió hacia el nido, extendiendo su mano hasta tocar la diminuta cabeza—. Es guapo, ¿verdad?

Elena ya no la oyó. Se había dado la vuelta, las lágrimas resbalaban por sus mejillas. Y estaba furiosa con ella misma. Desde que tenía aquella cosa roja y asquerosa cada mes, que tanto revuelo había provocado entre las mujeres de la casa, las lágrimas tenían vida propia, en lugar de obedecer a sus órdenes como en otros tiempos.

A pesar de aquella promesa en el hospital, no llegó a ir al oculista. La enviaron a Alicante, donde su abuela paterna la recibió con júbilo. La anciana adoraba a aquella niña inteligente y despierta. Era muy madura para su edad y eso le gustaba a doña Elvira, que nunca había sido mujer amante de pamplinas o ñoñerías. Ahora, el cincel de los años había limado las aristas de su carácter y presumía de ser una abuela consentidora. Para Elena fue un bálsamo dentro de la humillación que sentía al verse repudiada.

Mientras, en Valencia, Dolores disfrutaba por fin de la maternidad. El niño era precioso, como un querubín, el pelo rizadito y la cara muy blanca. Lo llevaba con tantos lazos y perifollos que casi parecía una nena, para disgusto de su padre. Aunque seguía con el ama de cría y el resto del servicio, ahora era ella la que se ocupaba de algunas tareas, como bañarlo y acostarlo. Era su consuelo en la soledad diaria. Gerard cada día hablaba menos y viajaba más.

Al volver de Alicante, Elena notó algunas diferencias en las costumbres de la casa. El pequeño Gerard dormía con sus padres, cosa que ella nunca había hecho, y su madre se ocupaba en gran medida de él. Todo eran halagos y mimos. Sin embargo, ella solo recibía recriminaciones y críticas.

—Parece que te haya mandado a una granja. Has vuelto hecha un animal —fue el recibimiento de su madre—. ¿Dónde has dejado tus modales? Tu abuela Elvira nunca fue muy fina, pero tú la vas a superar.

—La abuela es buena —replicó Elena en su defensa, levantando el tono.

—Te malcría, te lo consiente todo y no te enseña nada útil.

—He practicado matemáticas con ella. Soy muy buena en mates.

—Y muy contestona también. ¡Qué interesante! ¿Y para qué le sirven a una señorita las matemáticas? ¿Vas a llevar la caja de un colmado?

—¡Te odio! —le espetó Elena, antes de salir corriendo.

No, cajera no; ella quería estudiar una carrera. Aunque todavía era una niña, comenzaba a tener las ideas muy claras. Era la primera de su clase. Y eso que iba un curso adelantada porque el correspondiente a su edad le resultaba demasiado sencillo y se aburría. Le habían pasado los exámenes de los dos cursos a la vez y los había superado sin dificultad. A las niñas de su clase les caía mal. Era una empollona, grande y fuerte, con un carácter un poco huraño, siempre a la defensiva.

Pero, aun en esas circunstancias, volver al colegio fue una bendición. Le gustaba ir a clase, aprender. Y además las monjas le habían dado numerosos premios: *setones* de urbanidad, reconocimientos, bandas... Al menos allí, entre los severos muros escolares, era alguien. Además de ser delegada de clase, ayudaba en las misas y en el rosario, que se rezaban en latín. Se sabía las letanías como ninguna. Sentía que tenía un papel importante, allí no era transparente.

Conforme el pequeño Gigi crecía, las diferencias entre ambos aumentaban. Su hermano no tenía nada que ver con ella. Era flacucho y lánguido. Los mimos lo estaban volviendo apocado, se quejaba de todo y comía muy mal. Su apariencia de fragilidad conmovía a su madre, que sentía la constante necesidad de protegerlo. Justo lo contrario de lo que le inspiraba su hija, que con su robustez y su carácter parecía autosuficiente y fuerte, capaz de protegerla incluso a ella ante cualquier problema, a pesar de su corta edad.

Por lo demás, la vida transcurría como siempre, con viajes, fiestas, celos y discusiones. Conforme los años pasaban, la precoz madurez de Elena ofrecía a su madre un discreto paño de lágrimas para sus penas.

Gerard seguía con sus escapadas, con una técnica cada vez más sofisticada. Evitaba coger su coche, para que no lo pudieran reconocer, y en su lugar se acercaba a la Plaza del Caudillo paseando, daba un par de vueltas para despistar y alquilaba uno de los ostentosos Dodge que allí se exponían. Le conocían bien; era uno de sus mejores clientes. Pero aun así, no conseguía despistar a Dolores. Elena solo tenía catorce años, pero se veía obligada a acompañar a su madre en las salidas nocturnas tras los pasos de su padre. Lo seguían en taxi y Elena, libreta en ristre, tenía que anotar los sitios y las horas en los que su padre entraba y salía. Nunca entendió para qué.

Elena sufría. ¿Cómo era posible que su padre estuviera haciendo esas cosas a la familia? Horrorizada, lo veía salir de los cabarés con alguna flamante señora colgada literalmente de su brazo. Mientras, su madre, dentro del coche, no dejaba de insultarlo:

—¿Ves, Elena, como yo tenía razón? ¡Es un sinvergüenza!

—Mamá, no llores, no se lo merece.

—Pero es que me duele tanto...

—¿Y por qué no lo dejas?

—¡Pero qué barbaridades dices! —era su respuesta—. Yo lo quiero con toda mi alma. Y además, ¿qué iba a ser de nosotros? ¿Qué pensarían nuestras amistades?

—Pues no puedes seguir así, mamá, te estás volviendo loca.

Su madre se volvió hacia Elena y le dio una bofetada. Elena parpadeó desconcertada.

—¡No me vuelvas a decir eso! ¡Yo no estoy loca!

—Pero... —Confusa, se llevó la mano a la mejilla—. Mamá...

—Perdóname, mi vida, perdóname, no quería pegarte. ¡Estoy tan nerviosa! Esto es insoportable. ¡Mira! Van a coger un coche. ¿Adónde irán ahora? Sígales, rápido. ¿Lo has apuntado todo, Lenita?

—¿Está segura, señora? —El taxista la miró con hastío a través del retrovisor; llevaba horas de persecución y, por buena que resultara la carrera, no le compensaba el mal rato que estaba pasando—. Es muy tarde y no son horas para que una señora de su clase ande por ahí con una cría.

—Disculpe, ¿alguien le ha pedido su opinión?

El taxista arrancó murmurando por lo bajo y siguió al Dodge hasta un céntrico hotel donde el portero recibió a Gerard y a su acompañante con muestras de confianza.

—Señora, aunque se empeñe yo no puedo pasarme la noche aquí, haciendo guardia. Mi turno terminó hace dos horas y en mi casa se estarán preguntando dónde estoy, así que usted dirá: o se bajan aquí, ahora, o las llevo adonde me digan.

—Mamá, por favor, escúchame... Vámonos a casa... Estás cansada y esto no soluciona nada. —A Dolores no le quedaban fuerzas para discutir, tan solo asintió con los ojos arrasados por las lágrimas—. Por favor, llévenos a la dirección de donde salimos.

Elena había tomado las riendas. No era la primera vez en ese tipo de situaciones. Así que de allí se fueron a casa. Estaba agotada, tenía sueño, pero a la vez la rabia la invadía arrancando el sueño de sus ojos: indignada por la actitud de su padre, por el sufrimiento de su madre, por la bofetada... No sabía qué pasaría por la mañana, pero hubiera preferido evaporarse y no ver a nadie. En medio de esa confusión y de los sentimientos encontrados que enmarañaban su entendimiento ni siquiera se planteaba cómo su madre era capaz de arrastrarla de noche a perseguir a su padre por esos sitios. A veces soñaba que se montaba en un tren y huía de allí, para siempre.

Cuando Gerard llegó por la mañana, duchado, afeitado y perfumado, Dolores se plantó delante de él y sin mediar palabra le dio una fuerte bofetada con toda la mano abierta. Sus uñas quedaron impresas en la cara de Gerard como lunas rojas, pero él no se inmutó. Esbozó una leve mueca, entre irónica y despectiva, pero no se movió. La rabia de Dolores se desbordaba por todo su cuerpo. Levantó la mano de nuevo para darle otra bofetada, pero esta vez Gerard le sujetó el brazo con fuerza, hasta doblárselo.

—No sigas por ese camino, *querida*, que tienes las de perder.

—¡Eres un sinvergüenza! ¿Cómo te presentas aquí a estas horas, después de estar toda la noche con una puta?

Ahora fue él quien le devolvió la bofetada.

—¡Tú no eres quién para insultar a nadie! No tienes ni idea. ¡Qué sabrás tú de lo que he estado haciendo!

—Lo sé muy bien... —contestó mientras llevaba su mano a la inflamada mejilla—. Yo no puedo seguir así. ¡Nos vamos de casa!

Gerard ya había pasado por eso otras veces y, al igual que en las anteriores ocasiones, manejó la situación hasta calmarla lo suficiente como para que no llevara a cabo su amenaza. Él no tenía intención, de momento, de separarse. Ninguna de sus «amigas» era presentable en sociedad, y Lolo desempeñaba muy bien su papel.

Elena, como siempre, lo había oído todo. La bofetada que su madre recibió la sintió en sus carnes con mayor fuerza que la que la noche anterior le habían propinado a ella. ¿Cómo se atrevía, aquel bruto, a ponerle la mano encima?

Se cruzó con él en el pasillo y se lo quedó mirando con tanto odio que Gerard sintió un escalofrío.

—Parece que has visto al diablo —le dijo, con sorna.

—Tal vez... No eres bueno, padre. Si vuelves a pegarle...

—Pero ¿qué dices, insensata? No te metas donde no te llaman.

—Mamá no se merece que la trates así.

—Tú qué sabrás. Eres una insolente que no valora lo que tiene.

Ese día, en la cena, el silencio dolía. A Elena le costaba soportarlo. *Clinc...*, *clinc...* Solo se oía el tintinear de su cuchara tropezando en el fondo del plato.

—Elena, no hagas ruido con los cubiertos. Es de mala educación.

De nuevo el silencio. Aquellos vacíos a Elena la ponían nerviosa.

—Ayer me dieron las notas del trimestre. Tengo siete dieces y un nueve.

Gerard seguía cenando, muy tieso, con la mirada clavada en Dolores. Solo acertó a decir:

—Pues qué lástima, ¿no?

Elena tragó saliva. ¿Había algo que pudiera hacer para arrancar un gesto de cariño o al menos de orgullo de su padre? Intentó proseguir con aparente normalidad, aunque el dolor la invadía de nuevo.

—El curso que viene me gustaría prepararme para ingresar en la universidad.

—¿Qué dices? No me vengas con tonterías. Si te aburres, te apuntas a piano. —Su padre hizo una pausa mientras Clara retiraba los platos y prosiguió despectivo—: ¿Para qué tienes que estudiar? Tú a cuidarte más y a encontrar marido.

—Pero yo quiero estudiar. ¡Sirvo para estudiar! —afirmó Elena con desesperación.

—Tú harás lo que yo te diga, ¡y punto! Además, eres muy joven todavía.

—Por cierto, el lunes tienes hora con el oculista. —Dolores trató de cambiar de tema; no le gustaba nada el cariz de aquella conversación—. ¿No decías que veías mal? A lo mejor es que lees demasiado.

—Gracias, mamá. Y si no puedo estudiar, ¿qué voy a hacer?

—Ya te lo he dicho —Gerard diseccionaba el pollo sin mirar

el plato, mientras sus ojos se clavaban en los de Elena—. Tendrías que buscar un marido con una buena posición, alguien que pueda darte la vida a la que estás acostumbrada.

—Y hasta entonces puedes dedicarte a bordar tu ajuar —añadió Dolores ante la horrorizada cara de su hija.

—Para plantearme eso sí que soy todavía demasiado joven. —Estaba roja y a su tensa mandíbula le costaba masticar—. No sé ni cómo se os ocurre —continuó; ella no iba a darse por vencida, y pensaba dejarles muy claro cómo veía las cosas—, pero de lo que no tengo duda es de que, cuando me case, será por amor, y me importa un bledo la posición o el dinero que tenga.

—¡Elena! ¡No seas insolente! No has aprendido nada. —Su madre meneaba la cabeza de un lado a otro—. Te gusta veranear en Formentor, ¿verdad? Y esos trajes tan divinos que llevas... ¿Vas a renunciar a todo esto? ¿Qué piensas hacer? Dime.

—Trabajaré. Me mantendré por mí misma.

—Lo que me faltaba por oír. ¿Puedo cenar en paz? Estoy harto de estupideces e inconveniencias. Claro, como no te enteraste de lo que fue la guerra, te permites el lujo de no apreciar tu situación.

—Pues según tengo entendido, vosotros tampoco os enterasteis mucho... —replicó Elena creciéndose.

—Vete a tu cuarto, ¡ya! —Gerard se dirigió a Dolores con dureza—: ¿Estás segura de que ha ido al colegio? ¡Es peor que un cabo de gastadores! —El estruendo de los cubiertos de Gerard al caer sobre la loza les hizo dar un respingo.

Elena no terminó su plato. Se levantó sin abrir la boca, y se fue a su cuarto, ciega de rabia. Como tantos otros días.

El lunes a primera hora fueron por fin al oculista. La visita confirmó los temores: Elena tenía siete y nueve dioptrías de miopía en cada ojo, que tal vez podrían haberse evitado si le hubieran prestado atención antes.

—¿Cómo no la han traído antes? Esta joven no ve nada.

—Bueno... Er... —Dolores se incomodó ante la pregunta del médico—. Siempre ha sido buena estudiante. No parecía tener problemas.

—Hay que ponerle gafas, y por desgracia van a ser muy gruesas. Aun así no se le podrá corregir del todo la visión, pero al menos verá mejor.

Su madre se encogió de hombros y Elena asintió ante la confirmación de lo evidente.

Era lo que le faltaba. Sería el hazmerreír de la clase, se lamentó. Pero al menos, podría estudiar. Se había pasado años encorvándose cada vez más sobre sus preciados libros, hasta casi besarlos para poder leerlos. Nadie había reparado en ello y ahora era tarde.

De vuelta en casa, vieron una nota de Gerard. Le había surgido un imprevisto y se había marchado a Madrid. Estaría en el Palace. Otra vez se había ido. Elena no se extrañó de la reacción de su madre.

—¡Clara! Venga enseguida.

Clara acudió al instante.

—¿Cuándo dejó el señor esta nota?

—La dejó esta mañana. Se fue muy temprano, pero ustedes no la vieron al salir.

—¡Maldita sea! Prepáreme una maleta para tres días. Incluya ropa de diario y dos trajes de fiesta. Me voy unos días a Madrid. El señor ya está allí.

—Sí, señora. ¿La acompañará Elena?

—No. Me voy sola.

El pequeño Gerard apareció corriendo, y saltó a sus brazos.

—¡Mamiiii, mamiiiita!

—¿Cómo está mi niño? ¡Buf, cómo pesas ya! Estás muy mayor, Gigi —dijo emocionada, apretándolo en sus brazos.

—¿Juegas conmigo?

—No, mamá tiene que preparar unas cosas. Me voy de viaje a Madrid con papi y tengo mucha prisa. Tengo que llegar al tren de las tres y media.

—¡No quiero que te vayas! —renegó agarrándose con fuerza.

—Ya lo sé, pero papi también querrá verme, ¿verdad? No lo voy a dejar solito, ¿a que no? Tú te quedarás con Elena. Y Clara y Leo os cuidarán. Además, volveremos prontito. —Le dio un beso y lo dejó en el suelo.

Elena contemplaba la escena entre la ternura y los celos. A ella nunca la habían cogido así. Recordó las pocas veces en que ella había hecho algo parecido; su madre la había apartado para que no se le arrugara el vestido. Siempre la asaltaba la misma amarga pregunta: ¿por qué? Había tantas cosas que no entendía...

Como lo más reciente que había tenido que asimilar. Desde hacía un tiempo, cuando salían juntas, Dolores le insistía en que no dijera que era su hija.

—Elena, recuerda, si nos encontramos con alguien que no nos conozca, somos hermanas.

—Pero ¿por qué, mamá? —le preguntó, atónita.

—Bueno, es evidente, Elena. Me haces mayor. Las madres con niñas de tu edad son más mayores. Yo todavía soy joven y tú... eres tan grande —explicó con una mueca—, que seguro que me echan años.

—¿Y cómo quieres que te llame?

—Lolo.

—Pero no te importa que Gerard te llame mamá.

—¡No entiendes nada! Tu hermano tiene cuatro años. Es evidente que soy su madre, ¿no te parece?

Elena volvió al presente con la punzada de los celos abriendo brecha, convencida de que se avergonzaba de ella. Sin embargo, con su hermano todo era distinto. No había más que ver aquella escena.

Clara le preparó el equipaje y Elena la acompañó a la estación. En el primer momento Dolores pensó en que la llevara el chófer, pero la cara de asombro de él y el temor a las habladurías le hicieron decidirse por el tren. Además, no sabía qué ocurriría.

Llegó a Madrid y se dirigió al Palace. Preguntó por la habitación de su marido mostrando el libro de familia para identificarse.

—El señor Lamarc no nos informó de su llegada —titubeó un recepcionista entrado en años—. ¿La espera?

—¡Por supuesto! —respondió, rotunda.

—Habitación 511. En estos momentos no está, señora Lamarc —le puntualizó—. Tome la llave. Enseguida le llevarán su equipaje.

Dolores subió y abrió con decisión la puerta. La habitación estaba limpia y ordenada. Las toallas, dobladas en el baño. La cama abierta. Era evidente que ya habían hecho la cobertura. Se dirigió al armario donde los trajes de su marido, de un planchado impecable, se alineaban equidistantes en lustrosas perchas de madera. Registró los bolsillos de cada una de las chaquetas. No había nada. Encontró la maleta y su maletín, y también los inspeccionó. La maleta estaba limpia, pero por fin en el maletín encontró una caja de cerillas. En letras doradas se leía: «Pasapoga.» Era la sala de fiestas más famosa de la capital.

Dolores deshizo su maleta, sacó el vestido de lamé que Clara le había preparado con pulcritud, su chal de gasa negro con incrustaciones de plata y unos zapatos también plateados con un tacón de vértigo. Lo dejó todo preparado sobre la cama, respiró hondo y cogió el teléfono:

—Buenas noches, soy la secretaria del señor Lamarc. Llamaba para confirmar que su mesa está reservada... Sí, eso es, a las once, para dos. Imagino que no habrán cometido ningún fallo... Bien, la mesa de siempre, con un centro de camelias y champán muy frío... Muy bien, gracias.

Colgó el auricular, roja de ira. Se sentó ante el escritorio y en un gesto de furia arrasó el tablero. Las pocas cosas que en él reposaban salieron volando. Se ahogaba, tenía el pulso muy acelerado y le faltaba la respiración. Se tomó una pastilla. Hacía tiempo que se medicaba a escondidas.

Serénate, se dijo, esto no ha acabado. Le quedaban dos horas y media por delante para recuperarse y arreglarse. Tenía que estar deslumbrante. Se bañó con agua muy caliente. Eso la relajaría. Salió de la bañera, se secó y se puso crema por todo el cuerpo. Su piel adquirió un brillo aterciopelado. Se maquilló con esmero, como si fuera la anfitriona de una gran fiesta, y se puso el vestido. Tenía un favorecedor escote por delante y uno más provocativo en la espalda. Al cuello, una flor a modo de gargantilla, también de lamé.

Cepilló su melena cobriza con decisión y se miró al espejo satisfecha. Necesitaba algo así. Llamó a recepción y pidió un taxi.

—Buenas noches, a Pasapoga, por favor.

—Bien, señora.

El taxista la observó por el espejo retrovisor.

—Disculpe que se lo diga, señora, pero creo que en ese sitio no dejan entrar a mujeres solas.

Dolores observaba la calle, ausente.

—No se preocupe, mi marido me espera allí.

—Si me permite el atrevimiento, su marido es muy afortunado. Pero si fuera yo no la dejaría ir sola ni en taxi —afirmó con énfasis.

—Es usted muy amable —contestó sonriendo. Necesitaba todo su aplomo para entrar allí y ese buen hombre estaba contribuyendo a devolvérselo.

—Ya estamos, señora. Aquí es.

—¿Cuánto le debo?

—Nada, hoy invita la casa. No todos los días tengo la suerte de llevar a una mujer como usted en mi taxi. —El hombre se bajó del coche solícito y le abrió la puerta.

—Muchas gracias, es usted encantador —le agradeció sincera.

Se dirigió a la entrada con paso firme, empujada por la admiración de aquel buen hombre. Pero el portero del local se interpuso, cortándole el paso con educación.

—Disculpe, señora, imagino que espera a su pareja.

—Pues no, mi pareja me espera dentro.

—Ejem, ¿está usted segura?

—¡Por supuesto! Soy doña Dolores de Lamarc y mi marido me espera. ¿O cree que me he arreglado así para hablar con usted? —Y con un gesto decidido lo apartó a un lado y entró sin darle tiempo a reaccionar.

La sala era amplia y bulliciosa. La orquesta Gran Casino tocaba *La Vie en Rose*, algunas parejas bailaban. La luz era más intensa sobre la orquesta y la pista de baile, mientras que las mesas se mantenían en cierta penumbra, alumbradas por coquetas lamparitas con pantallas de pergamino.

Dolores recorrió el salón con la mirada, y no tardó en localizar un centro de camelias y una champañera plateada. De espaldas a ella, la cabeza morena y engominada de Gerard se inclinaba sobre una joven con un sofisticado moño y exceso de maquillaje. Durante un segundo, Dolores se preguntó cómo podía preferir Gerard una mujer como aquella. No se dio tiempo a contestar. Bajó los escalones con calma, se dirigió hasta la mesa, se paró frente a los dos, muy estirada, y espetó con dureza pero controlando el volumen para que solo la oyeran ellos:

—¿Esta es tu fulana de Madrid? Te creía con mejor gusto. Antes las elegías con un poco de clase. —Con serenidad, se volvió hacia la joven del moño—. Si no le importa, ¿puede largarse?

Gerard comenzó a levantarse, y sin que le diera tiempo a reaccionar, Dolores le asestó un puñetazo con tal fuerza que lo tiró al suelo. La sala enmudeció. Incluso la Gran Casino dejó de tocar. Todos se volvieron hacia su mesa. La joven ahuecó de inmediato, mientras un par de camareros sujetaban a Dolores.

—¡Suéltenme ahora mismo! ¡Soy la señora de Lamarc!

Los camareros miraron atónitos a Gerard, mientras se levantaba del suelo estirándose la chaqueta, a la espera de sus instrucciones.

—Señor Lamarc, ¿está usted bien? ¿Quiere que llamemos a la policía?

—¿Es usted imbécil? ¡Es mi mujer! Y la policía no tiene por qué intervenir en esto, ¿no le parece?

Los camareros soltaron de inmediato a Dolores y volvieron a su tarea como si no hubiera pasado nada. La orquesta reanudó la pieza en el mismo compás en que la había interrumpido. Gerard se sacudió el traje, se arregló la pajarita y miró a Dolores.

—Estás muy guapa, querida. Hacía tiempo que no te veía así.

—Ahora se ve que miras otras cosas.

—¿Cómo se te ha ocurrido venir aquí, tú sola? —Parpadeaba tratando de convencerse de que no era una visión, aunque el dolor en su mandíbula le daba una pista—. Siéntate, ya hemos dado bastante el espectáculo.

—No pienso sentarme en la misma silla que la fulana que se acaba de ir. —Se mantenía digna y altiva frente a él, aguantándole la mirada.

—Disculpe, ¿puede traer otra silla a la señora? —solicitó Gerard con naturalidad, mientras se palpaba la dolorida mandíbula.

Se sentaron frente a frente. Dolores estaba un poco impresionada por su propia reacción, pero sobre todo por la de Gerard, que la miraba con las cejas enarcadas y la boca dibujando un gesto de divertida admiración.

Dolores era una mujer de armas tomar; esa era una de las cosas que aún le atraían de su mujer. Hablaron durante largo rato. Gerard le aseguró que era la primera vez que quedaba con aquella mujer, aseguró que solo la quería a ella, rogó que le perdonara, prometió que nunca más volvería a suceder... Lo de siempre. Las lágrimas afloraron a sus ojos cuando mencionó la posibilidad de perderla. Dolores se fue derritiendo como el hielo en un brasero.

Por fin abandonaron la sala, la Gran Casino tocaba un fox americano y de la tranquilidad aparente que se respiraba en el ambiente nadie hubiera deducido la escena que se había producido un rato antes. Eso sí, todas las miradas siguieron con curiosidad e interés la salida de aquella peculiar y espléndida pareja.

Cuando llegaron a la habitación del Palace, Gerard cogió en brazos a Dolores, la llevó a la cama y la amó como ya no recordaba.

PARTE II

JUVENTUD

10

La vida de Lucía y Carlos nada tenía que ver con todo aquel lujo, recluidos en Onteniente en un ambiente cada vez más opresivo. Sus días transcurrían sin pena ni gloria. Acudían a clase en la Academia Atenea, la mejor del pueblo, pero mientras Lucía se afanaba por estudiar y prepararse para su acceso a la universidad, su hermano seguía siendo la oveja negra de la clase, como si los años no pasaran.

Las notas de Carlos eran tan malas que sus tíos obligaban a su hermana a darle lecciones de composición que Carlos siempre resolvía copiando textos de alguno de los libros de la casa. Pero la inteligente jovencita lo pillaba siempre.

A él le gustaba leer novelas americanas. Las del Oeste, como las de Zane Grey, eran sus favoritas. *Los jinetes de la pradera roja* la había leído tres veces, y se imaginaba viajando a Estados Unidos a conocer aquellos pueblos indómitos. Tenía una imaginación muy productiva y lo mismo se veía tirando flechas que disparando un Winchester.

Pero lo único que llegó a disparar fue su tirachinas. Se había convertido en un experto. Los fabricaba con gomas y era capaz de matar a una mosca en vuelo. También acudía a los billares, donde era un consumado jugador de futbolín. Estas actividades le resultaban mucho más atractivas que las clases en la academia, a la que acudía más por la insistencia de su hermana que por otra cosa, escabulléndose siempre que la ocasión lo permitía.

Para su disgusto, no siempre disponía del dinero necesario

para esos entretenimientos; sus tíos intentaban sujetar las riendas de su desbocado sobrino, pero ya se las arreglaba él para conseguirlo. Uno de esos días en que había quedado en los billares con su panda de amigos, aprovechando que sus tíos habían salido, se metió en su cuarto en busca de la caja en la que guardaban el dinero. Sabía que la escondían allí, pero tenía que darse prisa. No salían muy a menudo y cuando lo hacían no era por mucho rato.

La encontró en el fondo del viejo armario. Lo normal era que hubiera estado cerrada, pero para su sorpresa no lo estaba, era su día de suerte. Cogió lo justo para esa tarde, se lo metió en el bolsillo, guardó la caja de nuevo en el armario y se dirigió a la puerta que había dejado cerrada al entrar. La abrió y de pie, ante él, aparecieron las figuras sombrías de sus tíos, mirándolo severos.

—¿Qué hacías en nuestro cuarto? —Era su tío quien lo interrogaba.

Carlos tragó saliva y sus ojos calibraron con rapidez el hueco disponible para salir huyendo.

—Os estaba buscando...

—Ya, con la puerta cerrada...

Carlos, cauteloso, dio un paso atrás.

—Vacíate los bolsillos.

—¿Por qué? —preguntó intentando ganar tiempo.

—Porque lo digo yo. —En la mirada de su tío se reflejaba una siniestra satisfacción—. Para tu información, la policía está de camino.

—¿La policía? —Carlos dio un respingo, palideció y un leve temblor se adueñó de su labio superior.

—Sí, vimos luz en nuestro cuarto y pensamos que habría entrado un ladrón, así que avisamos a la policía. —La explicación, poco creíble, fue la aportación de su tía Carmen.

Las cinco pesetas que había cogido eran ascuas en su bolsillo. Con un rápido movimiento intentó salir corriendo como tantas otras veces, pero en esta ocasión no le salió bien. Su tío lo enganchó de un brazo antes de que pudiera escabullirse.

Sonó la aldaba en la gruesa puerta de madera.

Toc, toc, toc.

Su tío le agarraba con fuerza de un brazo mientras Carlos se retorcía como una sanguijuela intentando liberarse. Los siniestros golpes volvieron a resonar en la estancia.

Toc, toc, toc.

Tal y como su tía había afirmado, era la policía.

—Buenas tardes, nos han avisado de un robo... —dijo saludando un agente uniformado, mientras sus vivos ojos miraban alrededor buscando indicios de algún delito. Todo parecía en orden.

—Pues sí, ha sido el niño. Le hemos pillado robando y nos tememos que no es la primera vez. —Los tres lo miraron. El policía observó la figura pálida y encogida de Carlos.

—¿Lo han visto?

—No, pero estamos seguros de que ha cogido dinero de la caja.

—Hijo, ¿es eso verdad? —El ceño fruncido del policía se encaró con unos y otros.

Carlos no podía hablar. Se daba cuenta de que aquello había sido una trampa y él había picado como un pardillo. La rabia y el miedo lo paralizaban.

La cara de su tía dibujaba un profundo gesto de disgusto, el semblante serio, pero en sus ojos se adivinaba un brillo de complacencia.

—Yo... no. No sé...

—¿Tienen alguna prueba? —preguntó el policía, al que aquello empezaba a resultarle incómodo.

—La caja está en el armario. Había doscientas cincuenta pesetas justas —recalcó— cuando salimos. Podemos sacarla, contarlo y ver si está todo. Si falta algo, habrá que mirarle en los bolsillos.

El policía se dirigió al armario y sacó la caja. Contó el dinero: quedaban doscientas cuarenta y cinco pesetas.

—Faltan cinco —sentenció.

—Carlos, vacíate los bolsillos. —La imperiosa voz de su tía sonó fría, carente de emoción—. ¡Ya!

Carlos obedeció, echó mano a su bolsillo y dejó con lentitud las cinco pesetas encima de la cómoda. Sus mejillas ardían como si tuviera brasas sobre ellas.

—Bueno, ya han aparecido. ¡Menudo pícaro! —exclamó riendo el policía, tratando de restarle importancia—. Imagino que no querrán poner denuncia...

—Se equivoca —afirmó su tío con vehemencia—, queremos denunciarlo.

—Pero ha sido una chiquillada y ustedes han recuperado su dinero. Imagino que le pondrán un castigo ejemplar al muchacho —insistió el policía, con una fingida gravedad en su tono.

—No se esfuerce, queremos denunciar el robo. Seguro que no ha sido el primero y se merece un buen escarmiento. No se creerá usted que es la primera vez que nos falta dinero...

—Lo que ustedes digan —dijo el uniformado, recuperando su marcialidad—. En ese caso tendrán que acompañarme todos a la comisaría.

Carlos se había quedado congelado. Cuando salieron de la casa comenzaba a oscurecer, pero la calle todavía estaba muy concurrida. Sujeto por el policía y su tío, y escoltado por su tía, realizó el recorrido hasta la comisaría desafiando a cualquiera que osara mirarle. Los vecinos murmuraban a su paso, con cara de desaprobación. Era de sobra conocido por todos.

Lucía llegó a casa más tarde.

—¡Carlos! ¡Tía Carmen! ¿Hay alguien en casa?

Nadie contestó. Se dirigió a la cocina y se sirvió un vaso de leche. A esas horas su tía solía estar allí. Se entretuvo doblando ropa, pero anochecía y comenzó a preocuparse. Vagó un rato por la casa, se sentó a estudiar. Cerró el libro. Su corazón cada vez latía más rápido y su gesto se constriñó. Miró la foto en que aparecían juntos y meneó la cabeza. Aquello empezaba a darle muy mala espina. Decidió salir a buscarlos, pero en ese momento aparecieron sus tíos.

—¡Hola! ¡Buenas noches! Ya empezaba a preocuparme. Carlitos no está, no sé qué le ha podido pasar pero ya debería haber llegado. Voy a salir a buscarlo.

—No hace falta que vayas.

El tono de su tío Francisco le heló la sangre.

—Pero... ¿qué ha pasado? —preguntó con un nudo en la garganta—. ¿Está bien?

—Le hemos pillado robando y lo hemos denunciado a la policía. Esta vez va a aprender la lección.

—No es verdad. No puede ser verdad. Ustedes no son capaces de hacer algo así. Sé que está siendo problemático, pero él no es malo. Solo está desorientado...

La voz de Lucía se iba quebrando conforme observaba el gesto impasible de sus tíos. No había lugar a dudas, lo habían hecho.

—Pero ¿qué será de él? —farfulló.

—Lo juzgarán y es probable que lo envíen a un correccional —contestó Francisco sin inmutarse—. Según he oído, algún comerciante le va a denunciar también por robarle fruta de la tienda.

—¡No, por favor, no lo hagan! Yo hablaré con él, les prometo que no volverá a hacer nada igual. Se lo juro.

—¡No jures, niña! Ni tú ni nadie puede controlar a esa criatura infernal. Necesita un escarmiento y se lo vamos a dar. Es una pena que no tome ejemplo de ti, siempre tan buena y cariñosa.

Era extraño que Carlos no le tuviera manía a Lucía. Desde pequeño había estado oyendo lo buena y lista que era su hermana, siempre comparándolos. Pero nunca esos comentarios hicieron mella en la entrañable relación que compartían.

Carlos fue enviado tres meses a un correccional. Tenía trece años, a punto de cumplir catorce.

Era un lugar horrible, donde la mayoría de los reclusos eran huérfanos de delincuentes que intentaban sobrevivir en las calles pillando de aquí y de allá. Aun así, su carisma le reportó cierta popularidad y respeto entre el resto de los muchachos. Aprendió a jugar al póquer, comenzó a fumar y también practicó algo que ya dominaba: defenderse a puñetazo limpio. No le gustaban las peleas, pero tampoco las rehuía, y su altura y agilidad le daban cierta ventaja frente a sus adversarios. Si se trataba de hacerse respetar a golpes, a él no le iban a asustar.

Esos tres meses le hicieron pensar mucho. Se daba cuenta de que algunos de aquellos chicos eran carne de cañón y terminarían muriendo jóvenes. Él era consciente de que no era uno de ellos, tenía a su alcance oportunidades que ninguno de ellos habría soñado, pero tendría que andar con más cuidado si no quería terminar igual. Tal vez sacara algo positivo de aquel espantoso lugar. A pesar de lo largos que se le hicieron los días, el final de su condena llegó. El cambio era de una cárcel a otra; salir del correccional y perder de vista a los crueles celadores que los aterrorizaban de día y de noche era un alivio, pero la idea de volver a Onteniente con sus tíos se le hacía igual de insoportable. Su único consuelo era pensar en su hermana.

Lucía acompañó a sus tíos a recogerlo al correccional. Lo vio salir muy cambiado. Había crecido mucho y estaba más delgado. Se fundieron en un abrazo.

—¿Estás bien? —le susurró sin soltarlo.

—Sí, hermanita.

—¿Te... te han hecho algo? —se atrevió a preguntarle al oído mientras permanecían abrazados. Había pensado mucho en esos meses y había oído historias horribles.

—No, Lucía —respondió apretando con fuerza los ojos ante la preocupación de su hermana y meneando la cabeza—, a mí no, pero no hablemos de eso, ahora ya estoy fuera. —La separó un poco para poder contemplarla—. Has crecido mucho.

—Tú también. Cada día estás más guapo. Y eso que ese corte de pelo no te favorece nada —bromeó.

—Y tú más, tontaina. —La golpeó en un hombro.

Sus tíos parecían no existir.

—Carlos, sube al coche. No tenemos todo el día.

Fue lo único que escuchó de ellos. El viaje de vuelta lo hicieron en silencio.

—¿Sabes algo de Roberto y Carmencita? —le preguntó Carlos a Lucía en voz baja.

—Carmencita está en un convento, trabaja con las monjas. Y Roberto sigue en la papelera. Por lo que sé, mamá Ángela está muy enferma.

Aunque hablaban casi en susurros, el agudo oído de su tía estaba atento a cualquier comentario.

—¡No quiero oír ese nombre! —saltó su tía—. Tu hermano es una vergüenza para la familia y para nosotros no existe. Sois afortunados de que os hayamos acogido. El día de mañana vosotros dos heredaréis todos nuestros bienes, siempre que observéis una conducta decente, por supuesto. Pero tenedlo muy claro, esa señora no es nada vuestro. Vuestra verdadera familia somos nosotros.

Volvieron a quedarse en silencio. Pero los dos iban pensando en lo mismo. Ya encontrarían la forma de ir a ver a mamá Ángela, antes de que fuera tarde.

No tuvieron que esperar mucho. Al poco tiempo de que Carlos saliera del correccional, a su tía Carmen le detectaron un cáncer de pecho. Había que operarla y en Onteniente no era posible. Iba a necesitar cuidados médicos continuados y la recomendación fue clara, tenían que trasladarla a Valencia, con urgencia.

11

Así que ese mismo año de 1946 se produjo la vuelta a Valencia. Habían ahorrado algún dinero y todavía disponían de la industria de salazones, que era un negocio próspero y saneado. En realidad, su tío Francisco llevaba tiempo pensando en retirarse. Se sentía mayor y no confiaba en que ninguno de sus sobrinos quisiera dedicarse a ello; la idea de ponerlo en venta no era nueva. Consiguieron venderlo a muy buen precio, y comenzaron a vivir de las rentas. Don Francisco, consciente además de los tiempos que se le avecinaban, no se quedó parado y se dedicó a prestar dinero a un tipo de interés muy elevado a aquellos que lo necesitaban y que no conseguían hacerse escuchar por los bancos. Se convirtió en usurero. En su particular sentido de la moral, la usura era una actividad caritativa justificada.

Compraron un piso céntrico, no muy grande, al lado del ayuntamiento. La ciudad había cambiado mucho desde la guerra. Parecía otra. Solo la luz ya le daba otra alegría. Carmen prefería no pensar en ello. Recordar los tiempos de la guerra le provocaba una leve punzada de remordimiento.

A Lucía le vino muy bien el traslado. Tenía que presentarse al Examen de Estado que con tanto esfuerzo había preparado en la Academia Atenea. El nivel no era el mismo que en las academias de la capital, pero ella había estudiado a conciencia y confiaba en sus posibilidades. Con tanto ajetreo había perdido un año, pero no le importaba, se sentía capaz de recuperarlo.

A Carlos lo matricularon interno en los escolapios, otra vez un colegio religioso. Sus tíos confiaban en que hicieran de él un hombre en el poco tiempo de estudiante que le quedaba, aunque con todo lo vivido era mucho más maduro que sus futuros compañeros de clase. Protestó, aunque sabía que no le iba a servir de nada.

Con la tía Carmen enferma, el tío Francisco no quería preocuparse por las andanzas de su díscolo sobrino. Tenerlo interno era una preocupación menos, y les quedaba la esperanza de que el ambiente religioso calara en su indómito espíritu y tal vez lo acercara a lo que ellos consideraban una vida digna y decente.

Para Carlos y Lucía el regreso a Valencia les brindaba la oportunidad de volver a ver a su familia. Se las arreglaron para ir a visitarlos en secreto, mientras su tía permanecía en el hospital. Roberto no los esperaba.

—¡Dios mío, sois vosotros! ¡Venid aquí! —exclamó, fundiéndose con ellos en un sentido abrazo—. ¿Cómo habéis venido? ¿Lo saben los tíos?

—Bueno, en realidad nos hemos trasladado a vivir a Valencia. Hemos llegado esta semana —le aclaró Lucía—. A la tía Carmen le detectaron un cáncer de pecho y había que operarla aquí. Está en el hospital. Ellos no saben que hemos venido. No nos habrían dejado. ¿Cómo está Ángela?

—Muy mal, Lucía, muy mal —contestó con tristeza.

—¿Podemos pasar a verla?

—¿Estáis seguros? —preguntó con gesto sombrío—. No creo que os reconozca.

—Es igual. Yo quiero verla —dijo Lucía, decidida.

Carlos no estaba muy convencido, pero entró también.

Pasaron a la habitación. Era pequeña y se mantenía en penumbra, iluminada apenas por una lamparita de mesa. Las sombras invitaban al silencio. En un pequeño sillón, a los pies de la cama, había una mujer algo gruesa de rasgos delicados con un rosario en la mano. Era una hermana de Ángela venida desde Cartagena.

Mamá Ángela no les reconoció. Lucía le cogió una mano y la miró con ternura. Qué injusta había sido la vida con aquella buena mujer, y ahora la muerte no parecía portarse mucho mejor. Qué triste fue llegar y verla en ese estado; esperaban que estuviera consciente. Le dieron un beso y se despidieron de ella. Sabían que no volverían a verla.

—Lucía, no quiero envejecer. No quiero llegar nunca a ese estado.

—Yo tampoco, Carlos. Prefiero morirme.

Para Roberto fue un consuelo volver a ver a sus hermanos y saber que podía contar con ellos en caso de necesidad. Eran la única familia verdadera que le quedaba y ahora volvía a tenerla cerca.

Al poco tiempo, Ángela falleció y Roberto se quedó solo. Pudo volver con sus tíos, pero ni se le pasó por la cabeza. Nunca podría perdonarles su comportamiento con su madrastra, con su madre.

En casa de sus tíos también pintaban bastos. La salud de su tía Carmen empeoraba. Tras la operación no tardó en recaer, y los médicos no se ponían de acuerdo sobre el tratamiento adecuado.

Lucía tuvo que hacerse cargo de dirigir la casa y cuidar de su tía. Además, planchaba y preparaba la ropa de su tío a diario, ya que no consentía que nadie más tocara sus cosas. A la joven apenas le quedaba tiempo para estudiar, pero lo sacaba de donde fuera; para ella era prioritario y si no podía dormir, pues no dormía.

Su tío no comprendía aquella obsesión de Lucía con el Examen de Estado, pero ella tenía claro que era su carta de libertad. Estaba muy agradecida a sus tíos y les tenía un cariño sincero, pero no era feliz con ellos y esperaba llegar a tener un trabajo y una familia propia, muy lejos de su agobiante influencia.

El famoso examen era muy difícil. Los estudios los pagaba el Estado y tenían que hacer una buena criba para que solo quedaran los mejores. Ella tenía confianza en sus posibilidades, era un reto para el que se había preparado a conciencia, y lo consiguió. En 1947 comenzó sus estudios universitarios; en clase, además de ella solo accedieron dos chicas más.

Su hermano seguiría en los escolapios hasta los diecisiete, edad con la que también se presentó al dichoso examen, pero sin éxito. Lo suyo no era estudiar. Suspender el examen, si bien no fue una sorpresa, sí que supuso un revés. No poder ingresar en la universidad como había hecho su hermana le obligó a plantearse el futuro inmediato en unos términos muy diferentes a los previstos.

Su tío no consentiría que se quedara en casa o por las calles sin hacer nada, y él no tenía claro qué quería hacer.

Se apuntó a la escuela militar convencido de que en el ejército podría labrarse un futuro. Tuvo suerte, le cayó en gracia al comandante y lo cogió de chófer privado. Le gustaba conducir, le encantaban los coches y hacer recados para su superior le permitía llevar una vida más libre que el resto de sus compañeros de cuartel. Pero con todo, lo mejor era el uniforme. Llevaba a las chicas de calle y sabía aprovechar las oportunidades que se le presentaban.

Convertido ya en un muchacho de más de metro noventa, ojos azules y tez morena, su mayor afición era coquetear con las jovencitas del barrio que bebían los vientos por él. No necesitaba hacer ni el más mínimo gesto para que cualquier grupo que pasara por su lado tonteara de forma evidente. Algunas intentaban trabar amistad con Lucía para estar cerca de Carlos. Pero por muy bien que le quedara el uniforme, lo suyo no era seguir la carrera militar. Volvió a chocar con la disciplina.

Lucía comenzó sus estudios universitarios con dedicación, a pesar de la que se le exigía en casa. Seguía ocupándose de las cosas de su tío y de cuidar a su tía, cuya salud empeoraba en lenta agonía. Francisco le rogó a su sobrina que durmiera junto a su tía para atenderla por las noches. Dormían, o lo intentaban, en la misma habitación; cuando no era su tía la que la despertaba para pedirle una tila o cualquier otra cosa, era ella la que se levantaba sobresaltada, esperando sentir su aliento con la duda de si habría muerto. Así pasaron los meses, hasta que en julio de 1948, por fin, expiró.

Carlos y Lucía quedaron a merced de su tío. No sabían cuál sería su decisión respecto a su futuro ya que ambos pensaron que tal vez quisiera volver a Onteniente, cosa a la que ninguno de ellos estaba dispuesto. Nada le ligaba a Valencia ya. Carlos, además, estaba convencido de que sin su tía para atemperar los ánimos, su tío lo echaría de casa más temprano que tarde.

Pero ninguna de sus suposiciones fue acertada. Su tío Francisco les dejó claro que seguirían todos juntos, ya que así se lo había hecho prometer su difunta esposa en su lecho de muerte. No lo recibieron como una buena noticia.

Lucía se convirtió en la señora de la casa y asumió su papel con firmeza. En las tareas domésticas ayudaba una joven venida de Alcoy, que durante la semana se quedaba interna y los fines de semana regresaba a su pueblo. Lucía, conociendo cómo se las gastaban los hombres, sentó a su tío y a su hermano en el salón de la casa y con gran seriedad les dijo que como alguno de ellos osara poner una mano encima a la criada, se las tendrían que ver con ella. No estaba dispuesta a tolerar ningún desmán. Aunque era pequeñita, cuando se ponía seria parecía crecer dos palmos.

Por parte de su tío no habría hecho falta la advertencia. Aunque su sobrina no era consciente de ello, sus intenciones no iban dirigidas hacia el servicio. Lucía siempre había sido cariñosa y atenta con él y con su tía. Se había criado con ellos y su agradecimiento era sincero. Sin embargo, su tío veía en su joven sobrina de hermosa cabellera negra y ojos despiertos una grata compañía junto a la que acabar sus días.

La joven era ajena a las miradas de su tío, y Carlos no paraba en casa lo suficiente para darse cuenta. En la universidad, Lucía había hecho amistad con algunos compañeros de clase. Compañeras había pocas. A veces la acompañaban hasta su casa, lo que encendía la ira de su tío, quien trataba de disimularla como podía.

—¿De dónde vienes?

—De la universidad, como siempre. ¿De dónde voy a venir?

—Se ha hecho un poco más tarde. Te has entretenido.

—Bueno, al salir de clase hemos tomado un café.

—¿Hemos? ¿Con quién has estado? ¿Con ese imbécil que te tocaba la espalda?

—Pero ¿qué dices? Julio tan solo me ha acompañado a casa al salir de clase. Es lo normal. Y, además, no tengo que darte explicaciones.

—¡Mientras vivas conmigo me darás las explicaciones que te pida! —Agarraba los brazos del sillón como si le retuvieran de saltar sobre ella. Pero Lucía continuaba con sus quehaceres como si tal cosa. Eran discusiones que se repetían día tras día y sabía manejarlas.

Y luego estaban las broncas que se producían con Carlos, de cuya vida su tío no sabía nada. Lucía tenía que estar a las nueve y media en casa, que era la hora de la cena. Carlos acudía a cenar más o menos puntual, para a continuación salir disparado. Tenía orden de estar de vuelta a las once, pero nunca llegaba a esa hora. Aun así, a las once en punto su tío pasaba el cerrojo de forma que ya no pudiera entrar. Lucía, al igual que cuando eran pequeños, esperaba a que su tío se durmiera para levantarse y volver a descorrer el cerrojo.

A don Francisco se le hacía insoportable aquel descontrol. Veía que Lucía se convertía en una mujer e intentaba por todos los medios mantenerla apartada de la vista de otros jóvenes, o por lo menos que su apariencia fuera lo menos llamativa posible. Le prohibió llevar medias de seda y la obligaba a comprarse ropa digna de un orfanato. La joven empezó a dar clases particulares para sacarse un dinero y poder comprarse las cosas que le gustaban. Aunque tuviera que esconderlas.

Todas las mañanas, al despedirse, Lucía se acercaba a darle un beso a su tío. Para él, era su regalo diario. La abrazaba, acariciaba su pelo, lo olía y la veía partir con sus medias de algodón y su falda de franela gris. Olía a limpio, a lavanda, a jabón de pastilla y leche caliente. Impregnado en su aroma conseguía pasar el día hasta volverla a ver por la tarde. Entonces, se apostaba en la ventana para espiar su llegada, para aquilatar cada gesto sin ser visto, empaparse de sus andares y medir sus pasos pequeños. A veces la veía acercarse primero al colmado, antes de subir, para comprar alguna cosa para la cena y la vigilaba hasta que volvía a salir y se dirigía al portal.

—Buenas tardes, señorita Lucía.

—Buenas tardes, Pepa.

—¿Qué será hoy?

—Los tomates tienen buena cara. Póngame un kilo. Y ese queso... ¿qué tal es?

—Buenísimo. ¡Qué buen ojo tiene, niña! —La tendera cogió el queso para cortar un pedazo, con cara de satisfacción—. Como con lo de su tío.

—¿Lo de mi tío? —preguntó Lucía perpleja.

—Claro, ¿no dicen en el barrio que se va a casar con él? —le comentó, como quien comparte un preciado tesoro—. Es usted muy buena, sacrificando su futuro para no dejarlo solo. Con lo que ha pasado el pobre... —La tendera seguía hablando mientras seleccionaba tomates de su cesto.

Pero Lucía había palidecido. Por vez primera tomó conciencia, con horror, de la situación. Dio media vuelta y salió de allí sin los tomates ni el queso. La tendera, sorprendida, la vio salir, dejando los tomates en la báscula y el queso en el mostrador.

—¡Señorita Lucía! ¡Que se deja los tomates! —gritó, mientras los metía con prisa en una bolsa de papel.

Francisco observó cómo Lucía salía con las manos vacías del colmado y se iba en dirección contraria. Se levantó nervioso. La vio ausente, distinta a cuando había entrado, sus pasos seguían siendo pequeños pero los pies no se alzaban del suelo. No entendía qué había podido pasar.

Lucía necesitaba que le diera el aire y pensar. Su tío era cuarenta y un años mayor que ella. ¿Era posible que hubiera interpretado mal sus cuidados y amabilidad? ¿Cómo se le había podido pasar por la cabeza que ella pudiera casarse con él? Por fin, a las nueve y cuarto entró en casa. Su tío estaba muy alterado.

—¿Qué te ha pasado? Me pareció verte llegar hará un par de horas, pero no debías de ser tú. Me tenías muy preocupado.

Se acercó para darle un beso y Lucía dio un paso atrás. No pudo soportar que la tocara.

—Déjeme, tío Francisco.

—Pero ¿qué modales son estos? Algo te ha pasado.

—Sí, tiene razón, he conocido a un chico y me gusta mucho —respondió mirándolo de frente.

—¡Qué dices! ¿Quién es?

—No es asunto suyo, tío Francisco.

—¡No te habrá tocado! —masculló apretando los puños.

—Le repito que no es asunto suyo. —Dejó su rebeca en un perchero junto a la entrada y caminó hacia la cocina. El ruido de la puerta la hizo girarse.

—¡Buenas noches! ¡Vaya ambiente más serio! —Carlos acababa de entrar—. Parece que se ha muerto alguien.

—Tu hermana se ha liado con Dios sabe quién.

—¡Hombre, mi hermanita tiene novio! Y yo sin saberlo. Si es que ya no me cuentas nada. Pues habrá que celebrarlo, ¿no?

—¡No bromees con esto! —gritó dando una palmada sobre la mesa camilla—. ¡Esto es muy serio! No voy a consentir que se convierta en una perdida.

—Pero venga, tío, que tiene veinte años, que se le va a pasar el arroz.

—Pues sí que estamos bien —terció Lucía—, ¿me estás llamando vieja, hermanito?

—¡Callaos de una vez! —interrumpió Francisco—. ¡Tú, tú... todo lo que eres me lo debes a mí! Y pretendes dejarme solo. Nunca debería haberte dejado estudiar. Tu obligación era quedarte aquí, conmigo, para cuidarme. Pero tenías que estudiar. ¡No quiero verte!

—Tío Francisco, está desvariando, pero ¿qué ha pasado? —Carlos se volvió hacia su hermana con gesto interrogativo—. Lucía, ¿se encuentra bien?

—Sí, Carlos, no te preocupes, voy a decirle a Paqui que ponga la cena. Esta discusión se ha terminado y no quiero volver a oír hablar del tema.

Si Lucía tenía claro lo que quería y aún más claro lo que no quería, Carlos no terminaba de encontrar su sitio. Había tenido un par de empleos, pero en ninguno había durado. Un día leyó un anuncio en el periódico. Buscaban un vendedor o vendedora de artículos de peluquería para la provincia. No era un trabajo muy masculino, muchos lo considerarían poco digno, pero el sueldo era prometedor y se hablaba de comisiones. Se pedía disponibilidad para viajar y vehículo propio. Vehículo, de momento, no tenía, pero ganas de moverse y ganar dinero, todas las del mundo.

Se presentó a la entrevista. No parecía haber muchos candidatos, un par además de él que le doblaban la edad. Él se desenvolvió con soltura y tenía una mirada que inspiraba confianza. Sobre todo a las mujeres. El gerente observó cómo su secretaria contemplaba al apuesto joven y tuvo claro que era su hombre. Ninguna peluquera se resistiría a aquella fuerza de la naturaleza. Sabía que tendría las ventas del año aseguradas.

Salió de la entrevista con el puesto adjudicado; no se lo podía creer. Solo había un problema. Necesitaba un vehículo y no tenía mucho dinero ahorrado de sus trabajos anteriores. Pero si algo tenía era imaginación y recursos. Se dedicó a visitar tiendas de vehículos de ocasión. Los coches superaban su presupuesto. Empezaba a desanimarse cuando se topó con una Lambretta de segunda mano. No estaba en muy buen estado, pero él era un manitas y había aprendido mecánica en sus tiempos de conductor en el ejército. Además, el precio entraba en su exiguo presupuesto. No tenía muchas posibilidades más, una motocicleta también era un vehículo y nadie le preguntó qué tipo de vehículo tenía. Si la pagaba a plazos, podría comprarla.

Con ella recorrió la provincia visitando peluquerías y salones de belleza. Su patrón no se había equivocado, vendía por castigo y de propina se llevaba más de un revolcón cuando la peluquera lo merecía. Lo esperaban con ilusión y a su partida dejaba suspirando a empleadas y clientas. El negocio era completo.

Su tío insistía en que aquello no era una ocupación muy digna, le avergonzaba, y a fuerza de insistir y de hablar con amigos y conocidos le consiguió un empleo de vendedor en una fábrica de motores. Ahora podría comprobar si sus méritos comerciales se debían solo a su mano con las mujeres o si había algo más detrás. A Carlos no le pareció mal, ya que la paga era mejor pero, como bromeaba con los amigos, ya podía ser buena, porque perdía mucho en otros terrenos.

Los comienzos fueron duros. Era más sencillo vender productos de peluquería, pero pronto comenzó a conocer las prestaciones de aquellos motores y sus dotes comerciales hicieron el resto. Tenía olfato para la venta. Y muchas ideas en su joven cabeza. Se le ocurrían mil y una oportunidades de negocio, pero eran sueños que, estaba convencido, algún día haría realidad. Estaba seguro de ello. Solo necesitaba que llegara su momento.

Apenas llevaba dos meses en su nuevo trabajo y ya se conocía la mayoría de los talleres de la zona. Siempre acudía solo, pero ese día su hermana le había pedido que la acercara al centro y, como le pillaba de camino, le acompañó a una visita cuya dirección le habían facilitado en la oficina.

—Espérame aquí. Enseguida vuelvo —le dijo Carlos bajando de la furgoneta de la empresa.

Hacía calor y Lucía prefirió apearse. Era un pequeño taller de desguace de aparatos y máquinas de diverso tipo, y desde la puerta se escuchaba el chirriar de las sierras radiales y otras máquinas. Al menos, pensó, allí dentro no hacía sol.

El taller estaba abierto al exterior. Era como un gran garaje, cuya entrada debía cerrarse con la puerta herrumbrosa que asomaba bajo el dintel de cemento desconchado. Lucía se asomó. Había tres hombres trabajando y uno de ellos hablaba con Carlos. Olía a metal quemado y aceite. Se quedó en una esquina discreta, a la sombra, con su bolsito negro entre las manos; le incomodaba que la vieran y pudieran decirle algo. Todavía recordaba los soeces comentarios de los soldados cuando acompañaba a su hermana a por comida a la puerta del cuartel.

Carlos terminó de hablar con aquel hombre.

—¡Paco! ¡Johan! ¡Traed la carretilla y ayudad al chico a bajar el nuevo motor! —gritó el que debía de ser el jefe.

Los dos hombres dejaron sus herramientas y se dirigieron hacia la entrada, siguiendo a Carlos que ya iba camino de la puerta trasera de la furgoneta. Carlos abrió la puerta y les indicó a los dos hombres que tuvieran cuidado.

—No se preocupe, conocemos nuestro trabajo. ¿Verdad, Johan?

—Sí —contestó su compañero.

Carlos lo miró con curiosidad. Era un tipo corpulento e igual de alto que él, aunque mayor. Lo tenía de espaldas.

—Les echo una mano, venga —se ofreció Carlos poniéndose a un lado mientras metían las palas bajo el motor para sacarlo—. ¡Yaaaa está!

—Bien. —Parecía que Paco mandaba al otro—. Bájalo ya, Johan.

—Ya, ya lo sé, *Pacco* —contestó, seco.

Carlos sintió un escalofrío. Aquella voz... Se giró para observarlo, pero no se atrevió a hacerlo de frente. Se mantuvo de medio perfil, mirando por el rabillo del ojo. Conocía aquella voz y conocía ese perfil. Era imposible. ¿Cuánto tiempo había pasado? ¿Once años? Pero eran los mismos ojos, la misma cara picada de viruela aunque los huesos estuvieran más cubiertos de carne. Se le escapó una exclamación que, aunque contenida, captó la atención del que llamaban Johan. El hombre levantó el rostro y entornó los ojos para mirar con más agudeza a Carlos, al que pudo ver apenas dos segundos porque ya se había distanciado volviendo hacia el taller.

—Lucía, sube al coche, ¡rápido!

—Pero ¿qué pasa? ¿Ya has terminado?

—Luego hablamos, ahora vete para allá.

Lucía le hizo caso y salió. Carlos solo pensaba en marcharse de allí lo antes posible. No tenía claro si el tal Johan le había reconocido o no, pero no se iba a quedar a averiguarlo.

—Pues ya está, señor Morán. Firme este albarán de entrega y listo.

—Espere, que voy a por un bolígrafo —contestó Morán, con calma.

—Creo que tengo uno por aquí. —Carlos buscó nervioso en el bolsillo de su chaqueta, mientras se volvía para ver dónde andaba el ruso—. Tome. Es que tengo un poco de prisa. —Se volvió a girar y vio a Paco entrando con la transpaleta y el motor, pero Yuri, o Johan, o como demonios se llamara, no aparecía—. Ese Johan... ¿hace mucho que trabaja con usted? —le preguntó al dueño.

—Un par de años. Es alemán. Estuvo en Rusia, durante la guerra. Es un tío raro, pero trabaja bien. —Terminó de firmarle el papel, le dio las letras y le tendió la mano.

Carlos no paraba de mirar hacia la entrada. No veía a su hermana, ni a Yuri. Cada vez estaba más nervioso.

—Pues me voy ya. Ha sido un placer hacer negocios con usted. —Le dio la mano, respondiendo a su saludo, y se apresuró hacia la salida. Conforme se acercaba pudo ver, aterrado, cómo su hermana charlaba con Yuri—. ¡Lucía! ¡Te dije que me esperaras en la furgoneta! Nos vamos.

—Carlos, no seas grosero. Estaba hablando con este hombre tan simpático. Es alemán, pero habla un montón de idiomas y...

—¡Que subas al coche! —le gritó nervioso.

—Ya voy, chico, ya voy... Pues sí que te ha entrado prisa. —Lucía subió a la furgoneta, molesta por la brusquedad de su hermano.

—Simpática tu *herrmana*. Y muy *habladorra*. —Yuri hizo una pausa sin dejar de mirar a Carlos que, a pesar de un miedo que parecía venir de las profundidades de su alma, se mantenía tieso y con la mirada al frente—. Has *crresido* mucho, mocoso.

—No sé de qué me habla. No nos conocemos. —Le mantuvo la mirada—. Y no me gusta que un desconocido hable con mi hermana.

—¿*Desconosido...*? *Mejjorr* así. Debe ser bonita la calle San *Visente*, ¿verdad? —Carlos tragó saliva, pero esta vez prefirió no decir nada.

Se giró para irse, pero Yuri le agarró del brazo.

—Espero que no le hayas dicho nada al señor Morán. Por tu bien y el de tu simpática *herrmana*. Sé dónde vives. Me entiendes, ¿verdad?

—Ni se te ocurra acercarte a mi hermana, ni a mi casa. —Carlos sacó fuerzas de flaqueza y se deshizo de aquella garra con un movimiento brusco—. Yo no diré nada, pero como te vea rondando, te juro que te arrepentirás. Tienes más que perder tú que yo. —Carlos subió al coche y arrancó a toda prisa.

—No te entiendo, Carlos. Era un poco brusco, pero se le ve un hombre que lo ha pasado mal. Le he comentado que tengo un amigo alemán, como él, y lo quiere conocer. Le he dado nuestra dirección, por si necesita algo. Me ha dado pena.

—Lo sé, lo sé... Pero hazme caso, Lucía. Lo conozco y no es quien dice ser. Nunca, me oyes, nunca vuelvas a acercarte a él. —La expresión de su cara le dejó claro a Lucía que la determinación de sus palabras no era casual—. No puedo explicarte más, pero es un hombre muy peligroso.

—Lo que tú digas, Carlos. Cuando te pones misterioso me das miedo.

Siguieron su camino, sin volver a mencionarlo. Aquel episodio de su vida quedaba cerrado.

12

Desde que había vuelto de Madrid, el matrimonio Lamarc parecía atravesar un periodo de concordia. Dolores se mostraba solícita y encantadora con Gerard y este, aunque se mantenía en su estilo duro y poco efusivo, la obsequiaba con joyas, flores o perfumes, que dejaban sin aliento a la impresionable Lolo.

Dolores le había contado a su hija la escena de Pasapoga sin escatimar un detalle. Elena no era capaz de comprender qué impulsaba a su madre a permanecer al lado de aquel monstruo. Tampoco entendía la nueva armonía reinante en la casa, pero en cualquier caso, bienvenida fuera. Mejor eso que las truculentas escenas de celos que se habían sucedido con demasiada frecuencia en los últimos años.

Un mes después de su regreso, durante la cena, Gerard les tenía preparada una sorpresa.

—He hablado con los Leblanch y los Arrate. Comentaban que hace mucho que no organizamos nada y que los chicos ya están criados, así que hemos pensado que podríamos hacer un viaje todos juntos.

—¿Un viaje? ¿De verdad? Pero ¿dónde? ¿Cómo? —Lolo estaba emocionada. Hacía tiempo que no viajaban si no era por trabajo. Necesitaba saber los detalles.

—¿Iremos todos? —preguntó Elena con ilusión contenida.

—¡Pero qué dices! Vosotros os quedaréis con Clara, Leo y Nati. A la vuelta, os recogeremos para irnos a Formentor. Pero este viaje es solo para nosotros. —Lolo parecía una cría, dando palmas y jugueteando con los cubiertos. Gerard echó mano al bolsillo interior de su chaqueta. Con gran ceremonia y gesto divertido sacó un abultado sobre—. Aquí están los billetes.

Lolo saltó de su sitio para arrebatárselos, pero sin éxito.

—*Chsss, chsss...* Pero bueeeeno, ¿qué modales son estos? Estamos cenando, querida.

—Venga, no seas malo, déjamelo ver —imploró.

Elena observaba la escena sumida de nuevo en la indiferencia. Ojalá durara aquella tregua. El pequeño Gerard no había prestado demasiada atención, solo había oído palabras sueltas, pero estaba encantado de ver a su madre tan contenta.

—¡Qué bien, mami! ¡Nos vamos!

—No, mi vida, ya has oído a papá. Es un viaje de mayores, pero volveremos enseguida para estar con mi niño.

Ante aquellas palabras, Elena apretó los cubiertos en sus puños y miró primero a su hermano y luego a su madre.

—¡Ay, Elena, no me mires con esa cara! —Dolores la había pillado.

No sabía disimular, era transparente. Su cara lo decía todo sin que pudiera evitarlo. En realidad, tampoco quería. Esperaba hacerles consciente del daño que tantas veces le hacían con sus comentarios. Su padre prosiguió sin mostrar ningún signo de darse por enterado.

—La idea ha sido de Chimo. Nos iremos en julio. Todo el mes.

—¡Huuy! ¡Pero ¿adónde vamos?! ¡Me va a dar algo!

—Bueno, si quieres saberlo... te lo diré. Tenemos pasajes para el *S.S. United States*. Nos vamos a Nueva York. Saldremos de Southampton, así que hemos pensado ir primero unos días a Londres, antes de embarcar.

—¡Nueva York! ¡Londres! ¡El *S.S. United States*! ¡Madre mía! Tendré que ir a Madrid a comprarme ropa. ¡Te quiero, te quiero, te quiero! —Lolo se abalanzó sobre Gerard comiéndoselo a besos.

—Vale, no seas empalagosa. —Las efusiones no eran lo suyo—. Pues ya lo sabes. ¡A prepararte! —Miró su reloj con indiferencia—. Ahora tengo que salir. He quedado con Chimo y Vicente para ultimar los detalles. No me esperes levantada, puede que vuelva tarde.

Dolores dio un respingo. No era momento de pedir explicaciones, pero la salida a esas horas no procedía, según sus propias palabras parecía estar todo organizado.

—Pero cómo te vas a ir ahora. ¡Tenemos que celebrarlo! —improvisó con rapidez—. Voy a servir un par de whiskies para brindar por el *S.S. United States*. Niños, a la cama que ya es hora.

—Buenas noches, hasta mañana, mamá. Hasta mañana, papá.

—Buenas noches, Elena.

—Me tomaré esa copa, Lolo, pero luego me voy. Ya habíamos quedado esta mañana. Intentaré no llegar muy tarde.

No había solución. Se iba a marchar y ella quería saber adónde.

—Bueno, y... ¿por qué no llamamos y les decimos que nosotras vamos también? Lo podríamos celebrar todos juntos... —insistió.

La cara de Gerard cambió. Su mirada se tornó dura, el tono áspero:

—¿Qué pasa ahora, Dolores? ¿Acaso no has entendido lo que te he dicho? Pensaba que te había alegrado la sorpresa.

—Sí, sí, claro... Es solo que estoy tan contenta que quería celebrarlo contigo. No me apetece que te vayas. Pero no te preocupes. Brindemos por el viaje.

—Por el *S.S. United States* —brindó Gerard, sin entusiasmo.

—Y por lo mucho que te quiero —apostilló Dolores con tristeza.

—Pues brindemos también por eso.

Gerard apuró su copa y se dispuso a marcharse. Ella lo contempló con ansiedad, sus ojos tratando de retenerlo, de impedirle que saliera. Pero se fue.

Se retorció las manos, incapaz de soportar la sospecha. Necesitaba saber adónde iba. Salió detrás de él. Se quitó los zapatos y con las llaves aferradas en su puño bajó las frías escaleras de mármol pegada a la pared, siguiendo la lenta estela luminosa del ascensor.

Gerard salió de la finca. Dolores lo siguió descalza, su desasosiego era mayor que su impresión al contacto con el sucio suelo. Se mantuvo a cierta distancia aprovechando las zonas de penumbra, que en su calle eran muchas. Habían cambiado las farolas de gas por eléctricas, pero eran pocas y su luz, muy tenue.

Consiguió llegar al cruce con la Gran Vía. Gerard estaba en la esquina de enfrente, buscando un taxi. Se había encendido un cigarro. Levantó el brazo. Un taxi pasó de largo, pero unos metros más adelante se detuvo a muy poca distancia de Dolores, que se camufló bajo el dintel de una portería cercana. Estaba al borde de la histeria. Era muy aprensiva y la sensación de sus delicados pies al pisar el áspero y basto suelo le producía escalofríos.

Gerard se acercó a la ventanilla del taxi.

—Buenas noches, caballero. ¿Adónde va? Ya iba de retirada y no pensaba coger a nadie.

—Voy al Molino Rojo.

—¡Ah! Pues entonces suba, que le llevo. Igual me quedo un rato por allí.

Dolores tragó saliva. Ya no sentía sus pies, solo aquella sensación familiar de rabia subiéndole por las mejillas. Pensó en coger otro taxi para seguirlo, pero no llevaba bolso, ni zapatos. Por la acera de enfrente paseaba un matrimonio. Los conocía bien. No podían verla así. Se apretó aún más contra el hueco entre la gran puerta de madera y el marco de piedra. Miró el cielo estrellado pidiendo ayuda, la barbilla le temblaba y en sus ojos las lágrimas querían asomar. Por una vez pensó con sensatez. No serviría de nada seguirle al Molino Rojo, allí solo se iba a una cosa; era uno de los cabarés más conocidos de la ciudad. Lo único razonable era volver a casa, a ser posible sin que nadie la viera, y hacer como que no sabía nada.

Volvió sobre sus pasos con lentitud. Por más que lo intentaba, no conseguía hacerse a la idea de que Gerard necesitaba frecuentar otro tipo de mujeres. Tenía ganas de llorar. Hacía menos de una hora le había hecho el mejor regalo del mundo y sin embargo ahora se dirigía a un cabaré a liarse con Dios sabía quién. Subió en el ascensor y el espejo fue cruel con ella. Le arrojó la imagen de una mujer desencajada, rozando la locura.

Entrar en casa la reconfortó. Cogió los zapatos que la esperaban junto a la puerta. No se los puso, su necesidad de hablar urgía más que la de devolver la blancura a sus delicados pies. Necesitaba desahogarse y solo había un paño disponible para verter sus lágrimas. Entreabrió la puerta del cuarto de Elena y asomó la cabeza.

—Lenita..., ¿estás dormida?

Escuchó un sollozo sordo, contenido. Elena estaba llorando.

—No, mamá... Estaba muy asustada. Vi tus zapatos en la puerta y no te encontraba. No sabía qué había pasado. Pensé, pensé... —Rompió a llorar con más fuerza.

Dolores entró y se sentó en la cama junto a ella.

—Es tu padre, que me trastorna. —El dolor en sus palabras era tal que llegaba hasta el corazón de Elena como un estilete—. Le he seguido hasta que ha cogido un taxi, pero no me he atrevido a seguirle.

Elena se enjugó las lágrimas, aliviada, pero no quería escucharla. Otra vez no.

—Se ha ido al Molino Rojo —continuó—, es un cabaré. Seguro que allí lo conocen. Hasta es posible que esté liado con alguna pelandusca de esas. ¿Por qué me hará esto?

Elena permaneció en silencio, su mirada clavada en el techo. No sabía qué decir, aunque no era necesario que dijera nada. Su madre esperaba que la escuchara y que no le discutiera.

—Pero en el fondo —prosiguió Lolo después de un breve silencio— me quiere. Fíjate qué viaje me ha preparado. Las otras solo son un entretenimiento. Él me quiere a mí, ¿verdad, Elena?

Elena escuchaba horrorizada, segura de que ninguna de sus compañeras de clase había oído o visto la mitad de las cosas que ella había tenido que ver y oír. Y ella tampoco quería saber nada más. Cada día estaba más convencida de que su padre era un monstruo.

—Mamá, pero ¿por qué no nos marchamos? —se atrevió a decir al fin.

—¡Siempre me dices lo mismo! No entiendes nada. ¡Este es mi imperio! Me ha costado mucho construirlo y no lo voy a perder. Además, ¿no me has oído? ¡Tu padre me quiere solo a mí! Y nos vamos a ir a Nueva York. Va a ser un viaje maravilloso. Duérmete, y no le digas nada a tu padre. No sé para qué te cuento estas cosas. No me ayudas nada.

Elena se dio la vuelta hacia la ventana, inmersa en su propia tristeza. No entendía nada. ¿Cómo miraría a la cara a su padre al día siguiente? ¿Para qué se lo contaba su madre? Ella no quería saber, le dolía saber, y era consciente de que no había solución.

Pero por la mañana las cosas se ven de otra manera. Su padre se levantó de buen humor y nadie habría dicho que Dolores conocía su escarceo nocturno. Todos se comportaban con una normalidad apabullante. Todos menos Elena, que miraba a su padre como si se tratara de Jack *el Destripador*.

Los preparativos del crucero fueron un motivo de distracción. Organizaron el viaje a Madrid, al que sí la acompañó su hija. Dolores tenía planificada la ruta de tiendas. Zapatos, bolsos, trajes... Aprovechó para comprarle también ropa a Elena, aunque era algo complicado.

—Elena, ¿te gusta este traje?

—Es muy bonito, mamá.

—Te he dicho mil veces que no me llames mamá —le recriminó con un leve zarandeo—. No sé si te vendrá. Deberíamos ponerte a dieta. Pruébatelo y saldremos de dudas.

—Pero parece muy caro...

—No seas ordinaria. ¿Desde cuándo me ha preocupado eso? Ve a probártelo y no digas más tonterías.

Cabizbaja, se fue al probador. Le estaba muy justo. La dependienta se acercó, solícita.

—No se preocupe, se lo podemos sacar un poquito de cada lado, así, en definición, y le quedará perfecto.

Dolores miraba a Elena embutida en el traje, con cara de disgusto.

—No tiene remedio —suspiró meneando la cabeza y alzando la vista—. Me han comentado que aquí cerca hay un endocrino muy bueno, ¿no es así? —comentó dirigiéndose a la dependienta.

—Sí, tiene la consulta al volver la esquina, vienen de toda España a visitarlo.

—¿Has oído, Elena? Podemos pedirle hora. La verdad es que estás tremenda, querida. Qué pena de *tailleur*.

—Por favor, ahora no, ma... Dolores. —Elena tragó saliva, apretó los puños y volvió al probador aplastada por la humillación.

Se miró en el espejo. Se veía horrible. Su pelo se había oscurecido, pesaba ochenta kilos a sus quince años, y por si fuera poco le habían puesto unas gafas con cristales de un dedo y medio de grosor, tras los cuales sus enormes ojos verdes quedaban reducidos a dos puntitos al final de un túnel. Era muy alta, pero con su metro setenta y su volumen tenía un aspecto desgarbado.

Todo lo contrario que su madre. Con su cintura de avispa, siempre perfecta y con esa elegancia innata. Tal vez lo del endocrino no fuera mala idea, se dijo. Podría funcionar, aunque no tenía muchas esperanzas.

Consiguieron hora para dos días después. La visita fue larga. El médico les preguntó muchas cosas, incluidas algunas sobre la convivencia doméstica y las posibles situaciones de tensión que pudieran afectar a Elena. Dolores negó que existiera nada que pudiera preocupar a su hija, a la que no dejaba hablar por más que intentaba meter baza en la conversación.

—Ha sido una niña sana y feliz. Vive como una princesa y come como una reina —aseguró en tono de broma—. Su hermano, en cambio, está delgadito y es la misma casa para todos.

Elena no estaba de acuerdo con aquella exposición, pero no podía decir nada. Según la teoría de ese médico, la ansiedad podía influir en los hábitos alimenticios, provocaba la necesidad de comer de forma compulsiva. Nunca se había parado a pensarlo, pero Elena reflexionó, el médico tenía razón: muchos de sus disgustos se le pasaban comiendo. Tendría que ser consciente de ello y controlarse. Si algo tenía, era una voluntad inquebrantable.

Volvieron de Madrid con un baúl nuevo lleno de ropa, una dieta rigurosa y la ilusión de un futuro más bello.

Por fin llegó el día de la partida. Lolo estaba emocionada. Para ella era una nueva luna de miel. Todo iba a ser perfecto. Aunque, de momento, los preparativos habían resultado un poco engorrosos.

Gerard estaba atónito ante el despliegue que se extendía por el salón de la casa.

—¿Me puedes explicar qué es todo esto? —preguntó mientras

hacía una circunferencia en el aire con el dedo índice, abarcando la extensión de bultos que se esparcían ante él.

—¿A qué te refieres, Gerard? —replicó Dolores con inocencia.

Mientras, se afanaba de un lado para otro terminando de cerrar baúles, sombrereras, bolsas, dando órdenes aquí y allá... Casi no se podía andar por la habitación.

—Me refiero a todos estos bártulos. ¿Nos volvemos a mudar y no me he enterado?

—¡Qué cosas tienes! —exclamó con una risa—. Nos vamos un mes de crucero y hay que llevar muchas cosas. Otras las compraremos en Londres.

—¡Pero qué dices! ¿Más? No tienes límite. Vamos a necesitar una docena de porteadores donde vayamos para mover todo esto. Se va a hundir el barco.

—Bah, una vez a bordo, con todo colocado, ni te enteras. No protestes tanto. ¿No te gusta verme guapa?

—A mí como me gustas es sin ropa, así que si es por eso... —afirmó, mientras desde atrás le agarraba los dos pechos.

—¡Pero qué bruto eres! —Se revolvió, ruborizada—. Suéltame, gamberro, que tengo que terminar de ordenar y nos pueden ver. Ya tendremos tiempo en el barco... —Desbordaba felicidad. Había pasado mucho tiempo sin esas confianzas.

Llamaron a la puerta. Era su coche para llevarlos al aeropuerto.

—¡Gigi, mi niño! ¿Dónde estás? ¡Los papás ya se van!

Elena salió de su cuarto para despedirse. Al pequeño Gerard lo trajo Clara de la mano. Estaba llorando.

—¡Mami, no te vayas! ¡No quiero! —Se abrazó a su madre, entre lágrimas.

—Pero Gerard, solo son unos días. Antes de que te des cuenta estaremos de vuelta. Y además, te quedas con Elena.

—Claro —trató de animarle su hermana—, no te preocupes, haremos un montón de cosas.

—¡Pero yo quiero ir con mi mamá!

Gerard, que los contemplaba con irritación, creyó llegado el momento de intervenir y poner fin a aquella ridícula escena. Se agachó, cogió a su hijo por los hombros con firmeza y en un tono seco y pausado, remarcando las sílabas, le espetó:

—Vas a dejar de llorar y a darle un beso a tu madre ahora mismo. ¿Me oyes?

Gerard se estremeció. Se quedó mudo, aunque no podía controlar los hipidos. Los mocos le caían por la nariz.

—Límpiate los mocos. Y despídete de tu madre. ¡Ya!

Clara se apresuró a limpiarle la nariz. Lolo intervino para suavizar la tensión.

—Venga, Gigi, que no te quiero ver llorar. Ya veréis, antes de que os deis cuenta habremos vuelto cargados de regalos. Besitos a todos. Portaos bien y ayudad a Clara. —Se abrazó al pequeño Gerard. Lo besó y le alborotó los rizos. Parecía más tranquilo.

Se acercó a Elena y la abrazó. Elena estaba seria, con aire preocupado. No le hacía gracia que su madre estuviera sola con su padre tan lejos de ella.

—Cuídate, mamá. Y al llegar, llámame para que sepa que estás bien.

—No te preocupes, cariño, todo irá bien. Y tú, a ver si sigues tu dieta.

—Adiós, niños, hasta la vuelta —fue la única despedida de su padre.

Ni se acercó a ellos. Mejor, pensó Elena. Le daba aprensión.

La estancia en Londres fue breve, pero intensa. Tanto ellas como ellos se llevaban a las mil maravillas, compartían gustos y confidencias. Visitaron la ciudad, fueron al teatro y, sobre todo, de compras. Como muy bien había apuntado Gerard, no tenían medida. Fueron unos días de risas, armonía y mucho, mucho gasto. A Lolo nunca le preocupó el dinero, sabía que lo tenía y que lo podía gastar. Y desde luego, esta era la ocasión perfecta.

Por fin llegó el momento de embarcar. Se trasladaron a Southampton. El bullicio era tremendo. Familias enteras se despedían intercambiando muestras de cariño. Los equipajes parecían afanarse en subir a los camarotes por sí mismos, ocultando con su altura a los esforzados maleteros que los acarreaban.

Lolo miraba a su alrededor regocijada, aunque con gesto sereno y porte majestuoso. Como si fuera un crucero más para ella. Las señoras de su clase no mostraban sus emociones en público, ni para bien ni para mal.

Subieron al barco y entraron en el gran *hall*. Su cabeza se movió con lentitud revisando cada detalle de aquel palacio, con un brillo infantil en los ojos. Sus camarotes, situados en la cubierta de estribor, eran amplios y muy luminosos. Las paredes forradas en madera, las lujosas alfombras y tapices, los espejos... No faltaba un detalle. Tenía fama de ser el mejor crucero del momento, después de los problemas del *Queen Mary*, y no era una exageración.

Dolores estaba segura de que aquel sería un viaje inolvidable, y lo fue.

13

Tras la partida de sus padres, Elena tomó una determinación. No seguiría siendo la joven gordita y fea a la que nadie hacía caso. El viaje a Madrid con su madre había sido la gota que había colmado el vaso de sus complejos.

Le habían prescrito una rigurosa dieta y se la tomó muy en serio. Su madre le había dejado una pequeña cantidad de dinero por si surgía alguna contingencia y para satisfacer los caprichos de Gigi, y ella prefirió darle mejor uso. Se compró libros de nutrición y de educación física. No se encontraba con fuerzas para apuntarse a un polideportivo. Y no estaba bien visto. En verano recibía lecciones de tenis en Formentor y no se le daba mal; sus piernas eran potentes y sus brazos fuertes, aunque con su volumen y su poca vista no reunía demasiadas cualidades para los deportes. Era lo más cerca que había estado de realizar algún ejercicio. Tal vez en su cuarto, con aquellos libros de rutinas y lejos de la vista de todos, podría ponerse en forma.

A Nati le habían dado indicaciones estrictas sobre la nueva dieta a la que Elena debía ceñir su alimentación, según las instrucciones del endocrino. Seguirla no iba a ser sencillo, ya que al pequeño Gerard continuarían haciéndole bizcochos, galletas o pasteles. Su hermano no comía mucho y no era cuestión de que también lo pusieran a dieta. Y hasta entonces, cuando no la veían, solía terminar con el plato de su hermano. Como decían en el colegio, tirar comida era un pecado, y ella no quería pecar. Pero ahora su determinación era absoluta.

Había otro tema, además de su físico, que la preocupaba. Las clases habían terminado y, después de las muchas discusiones con sus padres y a pesar de su insistencia, sabía que no le dejarían continuar sus estudios. Había acabado el bachillerato antes de tiempo, a razón de dos cursos por año, y en sus planes no entraba pasarse los días bordando, por más que su madre la hubiera puesto cada tarde a coser su ajuar.

La ausencia de sus padres era un buen momento para ver cómo funcionaba el negocio. Si le gustaba, ya los convencería a su regreso para trabajar con ellos. Esa sí que le pareció una buena opción: por las mañanas se acercaría a Manufacturas Lamarc y por las tardes pasaría por Bebé Parisién. Eso iba a hacer.

El primer día, al verla entrar sola, los empleados se sorprendieron.

—Buenos días, señorita Lamarc. ¿Usted por aquí?

—Buenos días, señor Solís. Mis padres me sugirieron que viniera para informarles durante su ausencia de la marcha del negocio —aseguró; no era cierto, pero lo dijo con toda la vehemencia de que fue capaz—, y de paso que fuera conociendo el funcionamiento —añadió veloz.

—Ah..., muy bien. Pero es usted muy joven y esto le resultará bastante aburrido. —El señor Solís intentó quitársela de en medio sin demasiadas contemplaciones—. Seguro que tiene otras cosas más interesantes que hacer. —Y, concluida la frase, regresó a sus números.

Elena se sintió incómoda. Era tímida y le había costado mucho dar ese paso. Respiró hondo con la mayor discreción que pudo y se armó una vez más de valor, a pesar del dolor de estómago que parecía devorar su ombligo, para dirigirse con decisión y aplomo al contable imitando el altivo y respetado estilo de su madre:

—No se preocupe por mi aburrimiento, señor Solís. Si quisiera hacer otra cosa no estaría aquí y mi padre querrá saber cómo van las cosas en su ausencia, ¿no le parece? —Hizo una pausa y tragó saliva. Notaba que le faltaba el aire.

—Entiendo —reculó el señor Solís observándola por encima de sus gafillas—. Imagino que querrá ver el taller.

—Bueno, me gustaría hacerme una idea general y luego ya veré dónde profundizar más —contestó aliviada al comprobar que las aguas volvían a donde ella quería.

El contable se despojó de sus gafas, se ajustó el nudo de la corbata y la guio por la empresa, mostrándole los distintos puestos y tareas y contestando la riada de preguntas que Elena le iba haciendo. En el gabinete de diseño se detuvieron más tiempo. Los dibujos llenaban las paredes de vivos colores y, sobre ellos, diminutos retales prendidos con alfileres formaban un vistoso mosaico. Elena lo admiró, complacida. Tenía mano para dibujar; hacía un par de años que al salir del colegio iba con regularidad a una academia y sus trabajos eran destacados por sus profesores. Nunca se había molestado en enseñarlos en casa. ¿Para qué?

La única respuesta recibida ante su interés por el dibujo fue «vaya forma tonta de perder el tiempo».

La visita le pareció apasionante. Podía ser una buena forma de encaminar sus pasos para el futuro. Pronto acabaron el paseo por el taller y el almacén, que no eran demasiado grandes, y se dirigieron a las oficinas.

—Pues ya está, ya lo ha visto todo —concluyó el señor Solís con cierto fastidio.

—¿Y la parte contable?

—¿Qué es lo que quiere saber? —preguntó enarcando las cejas; ni se le había ocurrido que a la joven pudiera interesarle «su» territorio.

—Me gustaría que me explicara las distintas partidas, cómo se llevan las cuentas, las compras, las ventas...

—Todo eso es muy complicado para usted, señorita Lamarc. No se ofenda, pero la contabilidad no es cosa sencilla.

—Usted no se preocupe por eso. Hoy solo quiero hacerme una idea general, como ya le he dicho, y los números no me asustan.

Y el señor Solís le expuso con bastante desgana el funcionamiento del negocio y cómo se llevaban las cuentas. No tuvo que explicarle las cosas dos veces, Elena era inteligente y rápida de entenderas. Se daba cuenta de que necesitaría algunas clases de contabilidad si quería comprender bien cómo funcionaba todo aquello, pero eso no la arredraba. Los números siempre habían sido lo suyo.

Salió de allí con una expresión luminosa en el rostro. Se imaginaba diseñando, vendiendo, dirigiendo. Le gustaba todo. Aún le quedaba visitar la tienda por la tarde, pero ya tenía un nuevo brillo en sus ojos. Allí había estado muchas veces y las dependientas la conocían bien, sería menos violento que en Lamarc. Pero quería pasar una tarde entera sin su madre cerca, viendo entrar a la gente, escuchando sus comentarios, lo que les gustaba y lo que no.

A las cinco en punto traspasó la puerta. Había una clienta atendida por Teresa, la encargada, que al verla entrar le hizo un gesto cariñoso. Ella le respondió de igual forma y se colocó en un mostrador cercano. Prefería no dar pie a que le preguntaran sobre su visita a la tienda. Bastante mal lo había pasado con el señor Solís.

Poco después de las cinco y media comenzaron a llegar clientes. En un momento la tienda era un hervidero de gente y las dependientas no daban abasto. Era el comercio más popular de su ramo, hasta el punto de que alguna vez había tenido que acudir la policía municipal a regular la entrada por las colas que se formaban. Elena, sin pensárselo dos veces, se puso a atender a una señora que ojeaba despistada los estantes de la tienda mientras balanceaba adelante y atrás un cochecito de bebé.

—¿Puedo ayudarla en algo?

—Sí, estaba buscando un par de juegos de cuna —respondió la mujer sin mucha seguridad.

Elena observó el cochecito; el bebé era recién nacido. Tendría como mucho un mes. La ropa de cuna no debía de ser para él.

—¡Qué niño más guapo! ¿Qué tiempo tiene?

—Casi dos meses —le respondió orgullosa contemplando a la criatura.

—Está precioso. Se cría muy bien por lo que veo. —Sonrió ante el sincero sentimiento de la madre—. Y los juegos de cuna, ¿cómo le gustarían? ¿Es hermanito o hermanita?

—Pues no sé... no llevo una idea fija. Son para niña. Enséñeme lo que tenga.

—No se preocupe, tenemos auténticas maravillas.

Elena se dirigió a los cajones de bandeja que tenía a su espalda y le fue sacando juegos. Con bodoques, con puntillas, bordados... Mientras se los mostraba, se interesó por el pequeño y su hermana. Le encantaban los niños, así que las palabras le brotaban sin dificultad. Le vendió tres juegos de cuna, en lugar de dos, un par de vestidos para la niña y los peleles a juego para el niño, además de varios pares de baberos y peúcos.

Cuando la señora se fue, el resto de las dependientas la miraban asombradas. Aquella mosquita muerta acababa de hacer una venta increíble en un tiempo récord. Teresa se acercó a felicitarla para regocijo de Elena, que desconocía la palabra «elogio».

Se sentía satisfecha. Se daba cuenta de que, a pesar de su timidez, tenía instinto para la venta. No le había costado mucho captar las necesidades de la clientela, aunque en el primer momento ni la propia señora lo tuviera claro.

Salió de la tienda contenta. Tan contenta, e inmersa en sus pensamientos, que no vio al joven que en ese momento giraba la esquina a grandes zancadas y se lo comió.

—¡Huy! Disculpe, no le había visto —exclamó apurada.

—Disculpe usted. Ando siempre demasiado rápido. Nos conocemos, ¿verdad?

Elena levantó la cabeza y lo miró. Aquellos ojos azules... los conocía. No los había olvidado desde que fuera a Alicante un verano con sus abuelos. Aunque el pelo se le había oscurecido y estaba altísimo, no había duda: era aquel niño revoltoso que tanto la había impresionado. Enrojeció. El corazón le latía con fuerza.

—La pequeña Lamarc, ¿verdad? Bueno, ya no tan pequeña.

Elena enrojeció aún más. Era horrible. Él también la veía gorda.

—Bueno, me refiero a que ha crecido mucho. Ya no es usted una niña. ¿Cuántos años tiene? —Elena estaba tan aturdida, que Carlos pensó que no le reconocía—. Perdone, no se acordará de mí. Soy Carlos Company. Nos conocimos en Alicante.

—Ahora que lo dice, me parece recordar... —mintió—. ¿Qué hace aquí? Porque usted vivía fuera de Valencia, ¿verdad?

—Es una historia muy larga, y me gustaría contársela con calma, pero ahora tengo prisa. Vivo aquí al lado, al volver la esquina. ¿Y usted?

—Yo no, pero esta es la tienda de mis padres... —Hizo un gesto para señalar el inmenso escaparate.

—¿Viene usted a menudo?

—A partir de ahora, sí. Quiero decir... er... bueno... he terminado el colegio y puede que les ayude en el negocio. —Se sintió estúpida, todo le sonaba mal.

—Pues entonces, seguro que nos volvemos a ver. Adiós, Elena.

—Adiós.

Elena se fue deprisa, sin mirar atrás, sintiendo el rubor de sus mejillas como si fuera fuego y su corazón a punto de estallar. Podría decirse que había sido el día más feliz de su vida. Entró en casa canturreando.

—¡Gigiiiiii! ¿Dónde está el rey de la casa?

Su hermano apareció corriendo.

—¡Hola, Lenita!

—¿Ya te has bañado? Pues hale, en un ratito cenamos.

—Buenas noches, señorita Elena. Empezaba a preocuparme. —Clara miró su viejo reloj y enarcó una ceja—. Son más de las ocho.

—Hola, Clara. Ha sido un día maravilloso. He estado toda la tarde en la tienda. ¡Y no sabes cuánto he vendido! Además, tengo un montón de ideas. En cuanto terminemos de cenar me pondré a dibujar.

—La veo muy contenta. Da gusto verla así.

—Sí, Clara. ¡Lo estoy! ¿Qué tenemos hoy de cena?

—Le toca puré de calabacín y pechuga a la plancha.

—¡Estupendo! Pues cenaremos en cuanto esté. ¿Han llamado mis padres?

—Hoy todavía no.

Los dos hermanos cenaron juntos y cuando terminaron Elena llevó a Gerard a la cama.

—Léeme un cuento, Lenita.

—Hay que dormir —le dijo subiendo el embozo—. Y yo tengo cosas que hacer.

—Léeme un cuento, anda —insistió—. ¿No echas de menos a mamá?

—Sí, mucho, pero en un par de semanas estará aquí. Verás qué rápido se pasan.

Elena cogió un libro y comenzó a leer. A cada personaje le daba su entonación, como si interpretara una obra de teatro. No llevaba ni diez minutos cuando los ojos de Gigi no soportaron el peso del sueño y su respiración acompasada le indicó a Elena que podía cerrar el libro. Lo miró con ternura. En parte lo envidiaba. Su niñez no había tenido nada que ver con la de ella, y a sus cinco años ignoraba la tormentosa relación que mantenían sus padres. Pero observando su apariencia frágil, todo lo contrario que ella, no le extrañaba que su madre lo protegiera tanto. Aunque a ella también le habría gustado un trato así.

Apagó la luz, salió del cuarto y cerró la puerta.

Ya en su habitación, sacó sus lápices y su bloc de dibujo. Necesitaba plasmar en papel todas aquellas ideas que habían inundado su imaginación en su primer contacto intenso con el mundo real. Pero no era lo único que le venía a la mente. Unos pícaros ojos azules no la dejaban concentrarse. Se sentía avergonzada por la falta de desparpajo que había exhibido y por su aspecto. Seguro que le había parecido gorda y ridícula. Pero eso iba a cambiar. Estaba decidida.

Esa noche durmió inquieta. Soñó que dirigía una empresa enorme, se vio estilizada, luciendo un traje de chaqueta de *tweed* que le había visto muchas veces a su madre; daba órdenes sin parar a unos y otras mientras bocetos llenos de colores caían del cielo, como una lluvia de papel que alfombraba el suelo, las mesas, las máquinas; ella reía dando vueltas sobre sí misma. Hasta que al pisar uno de ellos patinó y cayó aparatosamente al suelo. El sueño se pobló de risas crueles, presididas por la de su madre señalándola con el dedo índice.

Cuando despertó, los tres dibujos que había hecho la noche anterior descansaban sobre su escritorio; una sensación de vértigo agarrotaba su estómago. Después de aquel día tenía decidido que su futuro estaría ligado a aquel negocio, pero algo le decía que el camino no sería fácil.

Siguió yendo en las siguientes semanas, sin faltar un solo día. Al regreso de sus padres sabría lo suficiente como para defender sus posibilidades.

Mientras, al otro lado del Atlántico, los Lamarc disfrutaban de los días y las noches neoyorquinas. El viaje incluía una estancia larga en Nueva York, fuera del barco, al que regresarían para la vuelta a casa. Estaba resultando un viaje formidable, en todos los sentidos. Gerard y sus amigos aprovecharon para concertar algunas reuniones de negocios, con empresarios y con la oficina comercial del consulado. Las mujeres habían pedido citas en los más famosos salones de belleza y *boutiques* de la Quinta Avenida. Por las noches cenaban en los mejores restaurantes y acudían a las salas de fiestas de moda.

Era la última noche antes de embarcar de nuevo para volver a Southampton. Habían salido los tres matrimonios a celebrarlo, aunque no querían volver muy tarde. Pasadas las doce volvieron al hotel. Pidieron las llaves, pero Gerard les propuso a ellos que se quedaran tomando una última copa en el bar. Ellas se subieron a sus habitaciones. Había que preparar el equipaje.

Tan pronto quedaron solos, Gerard los miró con sorna:

—Pero qué pasa, ¿nos vamos a ir de aquí sin haber probado el material?

—¡Ja, ja! ¡Qué bruto eres! Si te oyera Lolo.

—Bueno, pero ¿estáis de acuerdo o qué?

—Faltaría más. ¿Tú qué dices, Chimo? No te veo muy convencido.

—Yo estoy cansado y prefiero quedarme.

—Ya, cansado. Que le tienes más miedo a Sita que a un *nublao*.

—¡No digas tonterías! Nos vamos mañana y estoy agotado, pero por mí no dejéis de hacerlo.

—No te preocupes, que lo haremos por ti y por nosotros, ¿verdad? —Rieron con ganas.

—Buenas noches, mañana me lo contáis con pelos y señales.

—Si quieres, los pelos te los podemos traer. Las señales no. —Volvieron a reír.

—¡Fantasmas, que sois unos fantasmas! Hasta mañana —se despidió.

Fueron a la recepción del hotel y pidieron información sobre dónde encontrar las mujeres más bellas de la ciudad.

Lolo se desmaquilló y organizó las maletas. Parte del equipaje lo habían dejado en el barco, donde pernoctaba el resto de los pasajeros, pero Gerard se empeñó en pasar su estancia en la Gran Manzana, en un lujoso y céntrico hotel, para descansar de la travesía. No era mucho, pero el problema era guardar todo lo comprado en esa semana intensa, inolvidable. Se acostó y no tardó en dormirse. No echó en falta a Gerard, no era la primera noche que subía más tarde.

Habían dado orden de que los despertaran a las nueve y a la hora en punto sonó el teléfono. Dolores lo dejó sonar pero nadie lo cogió y al final alargó el brazo hasta descolgar.

—*Yes, thank you* —respondió, aún somnolienta.

No hablaba inglés, pero sabía cuatro cosas para desenvolverse. Se desperezó y miró a su alrededor buscando a Gerard. Pero no estaba. En realidad su lado de la cama estaba vacío y, aún peor, intacto. Una sensación conocida comprimió su pecho. Estaba en Nueva York, a punto de volver al barco, y no tenía ni idea de dónde estaba su marido. Cogió el teléfono y pidió que le pusieran con la habitación de Sita.

—*Hello?*

—¡Sita, soy Lolo! ¿Está Chimo contigo?

—Tranquila, Lolo, ¿qué te pasa? Claro que está conmigo.

—Gerard... no ha venido a dormir.

—Chimo subió poco después que nosotras, pero no me comentó nada.

—Sita, no puedo más —dijo angustiada—. No sé qué hacer. En dos horas tenemos que dejar la habitación y volver al barco. ¿Y si no ha vuelto?

—Siempre vuelve, Lolo. Intenta serenarte —dijo Sita para tranquilizarla.

—¡No puedo! ¡No... puedo! —Su voz sonaba ahogada. Le faltaba el aire—. Sita..., no me encuentro bien. Me duele... el pecho. Estoy... ahogándome... —No pudo seguir hablando. Se tumbó en la cama y dejó caer el teléfono.

—¡Lolo! ¿Qué te pasa? ¡Contesta, Lolo! —Sita se dirigió a su marido—. ¡Chimo, ven corriendo! A Lolo le ha pasado algo.

—¿Qué ocurre? ¿Por qué gritas?

—Es Lolo. Gerard no ha ido a dormir. Estaba hablando con

ella y parece que le ha dado un ataque. He oído un golpe y ya no me ha contestado. ¡Llama a un médico! ¡Yo voy a su habitación!

Sita se vistió con rapidez y salió a toda prisa, mientras Chimo llamaba a recepción solicitando un médico.

Gerard se despertó en la otra punta de la ciudad. Miró su reloj, no sin dificultad. Era muy tarde. Le dolía la cabeza y estaba desorientado.

En el baño contiguo el correr del agua en una ducha le hizo recordar que no estaba solo. La habitación era amplia, decorada en terciopelo rojo, detalles dorados y muchos espejos. Hummm. Miró los espejos y evocó las imágenes que había visto reflejadas en ellos horas antes. Aquella joven rubia de piel blanquísima le había hecho todo aquello que podía imaginar y su entrepierna reaccionó ante aquellos recuerdos recientes. Pero no era el momento. Él también necesitaba una ducha y tendría que ser rápida y bien fría si quería despejarse. Desde South Street Seaport hasta el Waldorf había media hora en taxi, y antes de ir al hotel debía hacer algo para salir del lío en que se había metido.

Su acompañante salió del baño cubierta tan solo con una *négligé* rosa pálido que velaba con sutileza sus pechos y el pubis rubio. Su sonrisa le invitaba a quedarse pero Gerard, con un gesto de pena, la besó y le dijo en un inglés meloso y afrancesado:

—Lo siento, querida, pero debo irme. —Y saltó de la cama para ir al baño.

Al partir, dejó cien dólares en la mesilla. Una auténtica fortuna.

Gerard había ideado un plan. Duchado y perfumado, confiaba en que el famoso olfato de Lolo no apreciara los efluvios propios de aquella noche; pero había una pega difícil de resolver. Seguía de esmoquin.

Cogió un taxi en la puerta y fue derecho a Saks Fifth Avenue. Estaban abriendo las puertas cuando llegó. Se compró un traje y una corbata. No podía aparecer con la misma ropa que la noche anterior. De allí, en dos zancadas se plantó en Tiffany.

—Buenos días, ¿le puedo ayudar, caballero?

—Seguro que sí, querida. Tengo que hacerme perdonar algo muy gordo, ¿qué me puede ofrecer? —Le hizo un gesto de complicidad. La dependienta le devolvió la sonrisa, divertida.

Sacó una bandeja de terciopelo negro donde se alineaban pulseras de brillos tornasolados. Las había tipo *rivière*, dobles, de brillantes combinados con piedras de color... Era difícil decidir. Debían de costar una fortuna, pero no quedaba más remedio. La *rivière* de oro blanco era perfecta. Se la empaquetaron con el típico envoltorio azul claro, sello de la casa, pagó con un hondo suspiro. Cogió otro taxi y a las once y dos minutos entraba en el hotel.

En el ascensor iba tranquilo. Aunque al llegar a su habitación la tranquilidad se esfumó. La puerta estaba entreabierta y se percibía cierta agitación en el interior. Empujó con cautela.

Lolo yacía en la cama. A su lado, sentada, Sita le sujetaba una mano y Mimí hablaba con un caballero de aspecto serio.

—¿Qué ha pasado? ¿Quién es este hombre? —Conforme lo decía, dejó la bolsa con su esmoquin detrás de un mueble junto a la entrada, quedándose con el pequeño paquete azul de Tiffany.

—¡Dios mío, Gerard! ¿Dónde te habías metido? ¡Nos has dado un disgusto de muerte!

—No podía dormir y salí a dar un paseo —explicó, flemático—. Quería despedirme de la ciudad.

Mimí y Sita contemplaron el lado de la cama sin deshacer y se miraron con disgusto.

—A Lolo le ha dado un ataque de ansiedad. Creímos que era un infarto, pero gracias a Dios no lo ha sido. Le han inyectado un tranquilizante y parece que está mejor.

—Pero Lolo, mi vida, no tenías por qué preocuparte. Estaba nervioso con la partida y no he podido dormir, así que he salido temprano. Quería buscar un recuerdo de nuestra estancia, pero no me imaginaba que te fuera a causar tanta preocupación.

Lolo giró la cabeza con lentitud. Sita, Mimí y el médico se habían retirado con discreción. Estaba más tranquila. Lo miró a los ojos. Se había cambiado de ropa, no llevaba el esmoquin, aunque el traje no le sonaba. Era parecido a uno que se había traído, pero estaba tan confusa...

Gerard la abrazó.

—Lolo, mi pequeña Lolo. ¡Si no he dejado de pensar en ti! Paseando por las calles buscaba un regalo digno de tu hermosura y de este viaje maravilloso. He tardado porque he tenido que esperar. Tiffany no abre hasta las diez.

Lolo abrió los ojos con incredulidad, mientras Gerard balanceaba la bolsa de papel azul y lazo blanco frente a su cara.

—¿Es eso cierto? —Su voz era apenas perceptible—. ¿No me engañas?

—Míralo tú misma —contestó Gerard sin titubear.

Lolo se incorporó con lentitud. Estaba algo mareada. Aceptó el paquete con manos temblorosas. Al abrir el estuche de terciopelo, la *rivière* resplandeció como un faro en la oscuridad. Sus ojos se abrieron como platos, a pesar de la medicación.

—Pero... pero... esto es increíble. Debe de costar una fortuna, ¿cómo...?

Se echó a llorar y se abrazó con fuerza a Gerard. Él la consoló, acariciándole el pelo con dulzura.

—Venga, venga... Tú vístete tranquila, que yo terminaré de cerrar el equipaje. Cómo has podido pensar... —le reprochó meneando a uno y otro lado la cabeza.

Se sentía satisfecho. Había superado otro escollo que había estado a punto de ser el definitivo. Y se llevaba una nueva muesca en el cinturón.

14

Dolores y Gerard entraron en casa a la hora de cenar. El chófer tuvo que hacer cuatro viajes en el ascensor para poder subir el equipaje.

—¡Ya estamos aquí! ¿No sale nadie a recibirnos?

El pequeño Gerard corrió a su encuentro.

—¡Mami! ¡Mami! ¡Ya estáis aquíii! —gritó mientras saltaba a sus brazos—. ¿Qué me habéis comprado? ¿*Traís* muchas cosas?

—Gerard, pequeño monstruo, se dice «traéis» —le espetó su padre—, y además, ¿qué forma de saludar es esa?

Dolores ya se había agachado para abrazarlo y darle besos.

—¡Pues claro, mi vida! ¡Montones de regalos! Pero hasta mañana no abriremos el equipaje. Ahora es muy tarde y estamos agotados. ¿Me has echado de menos?

—Claro, mami. ¿No puedo verlos hasta mañana? —insistió.

—¿Estás sordo o qué te pasa? —gruñó Gerard a su hijo—. Ya te ha dicho que no. Estamos muy cansados. Dolores, dile a Nati que prepare unos sándwiches. Tengo hambre.

Elena entraba en ese momento.

—¡Mamá, papá! ¡Qué bien que ya habéis vuelto! Os he echado tanto de menos. —Abrazó con fuerza a su madre—. ¡Tengo tanto que contaros! Y me imagino que vosotros también. He hecho muchas cosas. Ahora os las enseñaré. Y os he preparado algo de cena. Nati ya se fue y me hacía ilusión prepararla yo.

—Para, Elena, para y respira. ¡Qué verborrea! Déjame que te vea... Creo que has crecido. —Dolores la analizó centímetro a centímetro—. Te veo distinta. ¿Es posible que hayas adelgazado un poco?

—Sí, he seguido la dieta con rigor. Me siento mucho mejor —afirmó orgullosa—. Y voy a seguir así.

—Te veo muy animada. Parece que te ha ido muy bien sin nosotros —apreció su madre con cierto retintín.

—No, mamá, qué cosas dices; no es eso, pero me he esforzado mucho. Dejadme que os enseñe lo que he hecho.

—Ahora no. Si no os importa, vuestra madre y yo vamos a comer lo que sea que hayas preparado y nos vamos a descansar. Mañana será otro día.

—Yo casi me daría un baño antes, lo necesito.

Clara apareció en ese momento.

—Buenas noches, bienvenidos. ¿Cómo están? ¿Han disfrutado del viaje?

—Buenas noches, Clara. Estamos algo cansados. ¿Por aquí todo tranquilo?

—Sí, señora. Se han portado muy bien. Elena ya es toda una mujer.

—Me alegra oír eso. Me gustaría darme un baño antes de cenar.

—Al oírles llegar me tomé la libertad de preparárselo.

—Clara, es usted única. No sé qué haríamos sin usted. Gigi, tú a la cama, que ya habrás cenado. Un besito de buenas noches.

—¡Pero me quiero quedar con vosotros! —rezongó el niño, obstinado.

—Te han dicho que a dormir. ¿No lo has entendido?

Cuando su padre hablaba, Gerard enmudecía. Dio media vuelta y se fue a regañadientes.

La cena estuvo muy animada, contando todo tipo de anécdotas, describiendo el barco, Londres, Nueva York... Elena escuchaba embelesada, soñando que algún día ella también viajaría a sitios así.

No parecía momento para comentarles su frenética actividad durante su ausencia. Les tenía preparada una sorpresa: una carpeta llena de bocetos y la propuesta ilusionada de comenzar a trabajar en serio en el negocio. Pero era importante hacerlo en el momento oportuno, y ese no lo era. Mejor guardarse la impaciencia en un bolsillo.

Al día siguiente se levantaron tarde, todavía afectados por la diferencia horaria, y se prepararon para ir a trabajar. Elena también se había vestido. Había llegado el momento.

—¿Os puedo acompañar? —preguntó tensa.

—¿Adónde? —le preguntó su madre, extrañada.

—Pues... al taller.

—¿Al taller? —Dolores miró a Gerard con gesto interrogativo—. ¿Para qué?

—Mientras habéis estado fuera se me ocurrió que si no voy a estudiar una carrera, tal vez podría ayudaros. He estado yendo a la tienda y a Lamarc, y la verdad es que me gusta mucho. Además, he dibujado unos bocetos que quizá se puedan confeccionar.

Lo soltó todo de un tirón. El estómago le dolía por los nervios. No tenía ni idea de cómo se lo iban a tomar. Mientras terminaba la frase había abierto la carpeta de dibujo que sujetaba bajo el brazo y extendía sobre la mesa del recibidor los numerosos diseños que había esbozado.

—¿Qué dices que has hecho? —preguntó su madre contrariada, con la vista fija en ella en lugar de en los dibujos—. ¡Pero qué forma de perder el tiempo!

—Dolores, espérate a que los veamos —Gerard había cogido un par y los revisaba con detenimiento—. Parecen buenos. La verdad es que no están mal... Hummm... Algunos se podrían aprovechar.

—¡Gracias, papá! —Elena estaba emocionada; era la primera vez que le oía a su padre algo positivo—. ¿De verdad crees que son buenos?

—No me agobies. Solo he dicho que no están mal. Pero eso no quiere decir que me parezca bien esta idea absurda. Tú eres una señorita y deberías dedicarte a otras cosas.

—Pero mamá trabaja contigo y la abuela Elvira siempre trabajó. No sé por qué para mí tiene que ser diferente.

—Eso es cierto —reconoció pensativo al escuchar el nombre de su madre—. Bien, déjame meditarlo. Pero hoy te quedas —afirmó señalando con el dedo hacia el suelo de la vivienda—. Va a ser un día complicado, con muchas cosas por revisar, y no te quiero incordiando. Esto me lo llevo. —Se puso su chaqueta para salir y metió los dibujos en la carpeta.

Los ojos de Elena brillaban húmedos. Eso no era un no, así que le quedaba una esperanza. Se volvió hacia su madre, radiante, esperando una mirada de complicidad o aprobación, pero lo que vio no le gustó. La observaba seria, incluso con recelo. ¿Por qué? No quiso darle importancia. Estaba demasiado emocionada.

Dolores partió hacia Bebé Parisién y Gerard hacia Manufacturas Lamarc. Tanto en uno como en otro sitio, la huella de Elena había quedado impresa. Los empleados apenas intercambiaban un gesto con el señor Lamarc, pero con Dolores sí que hablaban y le comentaron cómo se había desenvuelto Elena, su facilidad para aprender y su innato sentido comercial. A la vista del revuelo, Elena se había quedado corta en sus explicaciones.

La forma de asimilar las andanzas de Elena fue muy diferente por parte de cada uno de sus progenitores. Mientras Gerard pensó que tal vez podría salir algo positivo de aquel inesperado interés por el negocio, Dolores se sintió molesta por la forma en que hablaban de Elena las dependientas. No parecían haberla necesitado en su ausencia. ¿Qué podía saber Elena del negocio? Nada. *Ella* era el espíritu de la tienda y nadie iba a cambiar eso. A Elena no la quería allí quitándole protagonismo como cuando era un bebé.

Esa tarde llegó el momento esperado, sobre todo para el pequeño Gerard, que ya no podía aguantar más, de repartir los regalos. Todo eran exclamaciones. Gigi trotaba como loco con un coche de carreras, mientras Elena se probaba un precioso vestido al que habría que hacerle algún arreglo. La habitación de sus padres se había convertido en un bazar, llena de bullicio, movimiento y color. Y en medio de ese jaleo, Dolores sacó la *rivière* de Tiffany. Se hizo el silencio; incluso el pequeño Gerard, al percibir la expectación en el ambiente, dejó de correr por la habitación y se volvió para ver cuál era el motivo de tanto silencio.

—¡Mamá, qué barbaridad! —exclamó Elena llevándose una mano a la boca—. ¿La habéis comprado también? ¡En Tiffany!

—¡A que es preciosa! Ha sido un regalo de tu padre, como

recuerdo del viaje. —La intensidad de su voz fue disminuyendo conforme acababa la frase.

Elena trasladó por inercia su centro de atención desde el brillo de la deslumbrante *rivière* a la mirada de su padre. No le pasó desapercibido el gesto socarrón y prepotente que tan bien conocía. Allí había algo más que no le habían contado. Y no tenía ningunas ganas de saberlo.

—Sí, mamá, es preciosa... Como tú.

—Siempre me dices cosas lindas. Por cierto, hoy también me han contado muchas cosas de ti en Bebé Parisién. Parece que no has parado.

—Puedo decir lo mismo. Tienes al señor Solís muy impresionado. El lunes podrías venir conmigo al taller.

—¡¿De verdad?! ¡Gracias, papá!

—Pero no quiero que me des la lata. Buscaremos algo que puedas hacer sin molestar.

—No creo que haya mucho que pueda hacer, pero si tú lo dices... —concedió con poco convencimiento. Pero al terminar la frase una sonrisa de complacencia y un brillo en su mirada borraron el mohín de desdén que había acompañado a cada palabra.

El sábado por la tarde, aprovechando el buen tiempo, Dolores, Elena y el pequeño Gerard se fueron al parque de Viveros. Mientras Gigi perseguía a las palomas, Dolores tanteó a su hija.

—Así que el lunes empezarás a trabajar con tu padre...

—Eso parece. ¡Estoy emocionada! —Elena a punto estuvo de tirar su refresco—. De momento tengo mucho que aprender, pero espero adquirir experiencia y poder hacer algo importante el día de mañana, vivir de ello.

—¡Ja! No seas ilusa. Da gracias a que te deja entretenerte. Yo no creí que fuera a permitirlo. Pero en cuanto a vivir de ello, a mí nunca me ha pagado y he realizado tareas de mucha relevancia y responsabilidad.

—Bueno, pero es distinto. El negocio es de los dos, y de él vivís los dos. Es como si en cierta forma cobraras.

—Vivimos *todos* del negocio, tú también, no lo olvides. Pero ya que hablamos de esto... Me alegra que vayas a Lamarc. Puedes aprender mucho... y me puedes ayudar. Tu padre es algo especial, ya lo sabes, y con tu presencia allí, yo estaré más tranquila. Necesito que lo controles.

—¿Qué quieres decir? —Un velo de preocupación cruzó el rostro de Elena.

—Ya sabes cómo es. No puedo confiar en él. Estando tú cerca no se atreverá a irse con otras. Y si vieras que hace algo raro o que sale entre horas, podrías avisarme.

—Parecía que desde que habíais vuelto de Madrid estabais a partir un piñón —apuntó Elena con retintín. Empezaba a sentirse incómoda. Su madre seguía con la vista las evoluciones de su hermano, tratando de no cruzarse con su mirada.

—¡Gerard! ¡No toques a las palomas, que son muy sucias! En este viaje —comenzó indecisa— ocurrió algo. Lo pasé muy mal. No estoy segura, pero... una noche no vino a dormir. El último día. No sé dónde estuvo. Solo sé que cuando desperté, no estaba. Me entró un ataque de pánico y tuvieron que llamar al médico. ¡Fue horrible! —Hizo una pausa. Los ojos se le llenaron de lágrimas al recordar aquellos momentos de angustia. Prosiguió con cautela—: Apareció poco después, dijo que había salido a pasear porque no podía dormir, buscaba un recuerdo del viaje, un regalo para mí. Eso dijo... Pero no sé qué pensar. Tengo tanto miedo a perderle. Ya no sé cuándo miente o cuándo dice la verdad.

—Me imaginaba que algo había pasado. Y muy gordo tuvo que ser para taparlo con una *rivière*. Es un manipulador.

—Elena, no eches más leña al fuego. No estoy segura de lo que pasó, todo cuadraba, la explicación, su ropa... Y ya hemos hablado mucho de esto. ¿Lo vigilarás por mí? —suplicó.

—Claro, mamá, siempre lo he hecho —le aseguró con dulzura y resignación—. Por ti, lo que sea.

—Sabía que podía confiar en ti. A tu hermano, ni palabra. Míralo, angelito, es tan frágil.

—Bueno, como cualquier niño de seis años.

No la escuchó.

—Pobrecito, le tiene un miedo. Más vale que esté a buenas con su padre, si no no sé qué será de él el día de mañana.

—Es curioso, mamá, a mí nunca me has inculcado eso.

Seguía con la mirada fija en el pequeño Gerard.

—¿Sabes lo que le dijo ayer a Leo, cuando lo iba a llevar al parque? Que la chaqueta que le había sacado no combinaba con los pantalones. ¡Tiene tan buen gusto! Es un niño sensible; con un sentido de la estética impropio para su edad. —La devoción que sentía por su hijo se podía apreciar en cada gesto, en cada palabra—. Nos parecemos mucho. No de físico, que es como su padre. Pero yo, a su edad, tenía la misma sensibilidad.

—Ya vale, mamá, ya vale. Lo vas a volver tonto con tanto jabón. —No pudo evitar sentir una punzada de celos—. Estaré pendiente de papá en el taller, aunque no será fácil. Una cosa, ¿alguna tarde podría ir a la tienda? —Intentó sonar indiferente—. Se aprende mucho escuchando a las clientas.

Su interés en Bebé Parisién no era solo profesional. Se había encontrado más de una vez con Carlos Company. Vivía justo encima de la tienda, así que, aunque paraba poco en casa, por fuerza tenía que pasar por allí. Ella le había visto a él más veces que él a ella. Pero le daba igual.

—No puedes estar en dos sitios a la vez, y si vas a Bebé Parisién no podrás vigilar a tu padre. Parece que no te hayas enterado de nada.

—Pero es que...

—Elena, me has dicho que lo harías por mí. —Ahora sus ojos sí se posaron en los de Elena, presionándola—. Solo puedo confiar en ti.

—Pero el horario de la empresa es distinto al de la tienda. Terminan antes y podría pasarme al acabar.

—Mucho quieres trabajar tú, y todavía no has empezado. Las cosas no son tan fáciles. —Se estaba hartando de tanta insistencia—. Ya veremos si das para tanto.

Elena no respondió. Pensaba en aquellos ojos azules.

Volvieron hacia casa paseando. Dolores más tranquila, convencida de que tendría a su marido vigilado, y Elena expectante por el futuro que se le presentaba.

El lunes salió con su padre hacia el taller. Emocionada, con una sonrisa esperanzada iluminando sus ojos tras sus gruesas gafas, emprendió el camino. Su padre apenas le habló en todo el tiempo que caminaron hombro con hombro rumbo a Lamarc, pero a ella no le importó. Sus ilusiones eran mejor compañía.

Antes de entrar, su padre y nuevo jefe la detuvo.

—Elena, dejemos las cosas claras —la amenazó con un dedo largo y tieso—. No quiero verte, no quiero enterarme de que estás. Puedes ponerte con la diseñadora, con el señor Solís o en el almacén, me da igual, pero yo necesito concentración y no quiero que me molestes. Ha quedado claro, ¿verdad?

—Meridiano, papá.

Lo tenía clarísimo. Pasar desapercibida era su especialidad desde pequeña. Ver, oír y callar. Y así pensaba seguir.

El día fue largo. Le dio para mucho. Incluso para observar cómo su padre deslizaba su brazo hasta la parte baja de la espalda de Pilar, una de las jóvenes que trabajaba en el almacén de repaso. Un latigazo de rabia y asco la sacudió, pero se abstuvo de hacer ni un gesto. Reflexionó, era mejor no decirle nada a su madre. ¿Para qué quería espiarlo? Era poco probable que su padre pudiera hacer nada más gordo que lo ya hecho, y a pesar de todo ella seguía con él. Visto lo visto, sería mejor callarse. Lo difícil era reprimirse y no largarle cuatro cosas a su padre en aquel mismo momento, pero aguantó.

A las cinco y media, un timbrazo y el bullicio a su alrededor anunciaron la hora de irse a casa. Su padre se iba a quedar hasta más tarde pero le ordenó con claridad a Elena que se fuera, que ya no eran horas de seguir allí. Elena decidió pasar por Bebé Parisién. Mientras se dirigía a la salida pudo ver que Pili seguía recogiendo la mesa de repaso. Era la única que quedaba.

—Pilar, ¿no termina? Ya es tarde. No queda nadie.

—Solo me falta ordenar la mesa de empaquetado y me voy —contestó mientras doblaba unas telas con exasperante lentitud.

—Me quedo a ayudarla —afirmó Elena avanzando hacia ella.

—No, por favor, no se moleste. Lo hago todos los días. —Las manos de Pili se habían paralizado.

—Pero entre las dos acabaremos antes —insistió, tozuda.

—Ya, bueno, pero no creo que al señor Gerard le guste verla a usted haciendo esto, es mi trabajo. Será mejor que se vaya antes de que su padre salga de su despacho. Yo termino enseguida y me voy también. Se lo agradezco, pero de verdad, no se preocupe, señorita Elena.

Pili sí que parecía preocupada, miraba constantemente en dirección a la escalera y le brillaba el labio superior.

—Pues entonces me voy, Pilar. Adiós, hasta mañana.

Conforme se alejaba de Manufacturas Lamarc y avanzaba hacia Bebé Parisién, luchaba por no dar media vuelta y pillarlos in fraganti. No serviría de nada, se repetía. Sería un trago horrible, su padre se enfurecería y cuando eso ocurría daba miedo, y Pilar... Era una pobre infeliz que a buen seguro no había tenido mucha opción. O eso quería creer. Sacudió levemente la cabeza, se aferró a su bolso y aceleró.

En diez minutos se plantó en la tienda. Su madre estaba allí dando órdenes para que doblaran unas mantitas y cambiaran de sitio los biberones. Al verla entrar se enfadó.

—¿Qué haces aquí? ¿Cómo no estás con tu padre?

—Se han ido todos. Papá se ha quedado terminando unas cosas y me ha dicho que me fuera.

—¿Y dices que se ha quedado solo?

—Bueno, sí, supongo...

—¿Solo lo supones? —presionó Dolores—. ¿No lo sabes? Explícate.

—He salido con los demás, no sé si he sido la última, pero ya se iban todos. Por eso me ha dicho que me fuera. —Se esforzó por sonar convincente.

—Pues si te ha pedido que te fueras, es porque quería ocultar algo.

—No, mamá. No quiere tenerme cerca, no te calientes la cabeza. ¿Qué iba a querer ocultar? Ya sabes que cuando empiezas así sufres mucho.

—Tienes razón, hija. Eres muy sensata. Son tonterías. Por cierto, ¿por qué has venido aquí? Estarás cansada. No hacía falta.

—No, qué va. No me han dejado trabajar demasiado. Pensé que podría echar una mano. —No apartaba los ojos del escaparate conforme hablaba. Miró su reloj. Era pronto para que Carlos pasara.

—Pues para querer ayudar estás más pendiente de la calle y de la hora que de lo que pasa en la tienda. Te noto rara. ¿Esperas a alguien?

—No, mamá. Solo miraba cuánto tiempo queda para cerrar. ¿Tú te vas a quedar?

—No. En cuanto consiga que estas inútiles pongan esto en orden, me voy a casa. Les he dicho tres veces cómo quiero que coloquen los biberones. ¿No hablo lo bastante claro o tienen un problema auditivo? —Levantó un poco la voz para que la escucharan con nitidez.

Las dependientas se apresuraron a colocar las cosas como les había indicado. A Elena la incomodaban aquellas situaciones, pero admiraba la firmeza de carácter de su madre y la naturalidad con que expresaba sus deseos, sin importarle nada más.

En ese momento le pareció ver una silueta familiar a la izquierda de la puerta de la tienda. El corazón empezó a palpitarle con rapidez. Aunque no lo distinguía bien, sí vio que hablaba con una joven. ¡Claro, cómo no lo había pensado antes! Seguro que tenía novia.

A Dolores no le pasaron por alto el cambio de expresión de su hija ni la forma en que fue aproximándose a la luna del escaparate. Fingía arreglar unos maniquíes, pero era evidente que su interés estaba más allá de la tienda. Ella también se acercó. Conocía a ese joven. Era el sobrino de don Francisco y le acompañaba su hermana Lucía.

—¿Sabes quién es?

Elena dio un respingo. No se había dado cuenta de que su madre estaba justo detrás de ella.

—Ehhh..., sí..., creo que es de los Company. Lo vi alguna vez cuando íbamos a casa de su tío, en Alicante.

—Está hecho un hombre. Muy guapo, por cierto —observó Dolores, pendiente de la reacción de Elena.

—Sí —suspiró con la mirada perdida—, muy guapo.

—Te veo muy interesada. No sabía que andaba por aquí.

—Me lo encontré por casualidad, vive aquí al lado. ¡Se acordaba de mí! —afirmó sin poder reprimir su entusiasmo.

—Pues ya tiene mérito, porque ha pasado mucho tiempo y con las gafas y lo que has cambiado cualquiera te reconoce.

No sabía si lo decía con segundas o no, pero no le importó. Estaba demasiado contenta. Al acercarse se había dado cuenta de que la joven con la que hablaba era Lucía Company. ¡Qué alivio! No tardaron en irse en dirección a su casa. Elena no se decidió a salir y saludarlo. Le dio vergüenza. No solo por él, sino por la presencia vigilante de su madre. Lo vio partir, ya no tenía motivo para quedarse y lo cierto era que estaba rendida.

—Creo que volveré a casa contigo. Empiezo a notar el cansancio.

Dolores y Elena partieron juntas. Cuando llegaron, Gerard no había regresado aún; hacía más de dos horas que se había cerrado la empresa.

—Voy a llamarle al despacho.

—¿Para qué, mamá? Déjalo estar.

—Ya debería haber vuelto a casa. Decías que se habían ido todos.

—No empecemos, no empecemos... Puede haber ido a Chacalay con algún amigo. Suele hacerlo. —Elena no creía que su padre cogiera el teléfono. Tanto si estaba allí, como si no estaba.

—¡Qué ganas tengo de que nos vayamos de vacaciones! —exclamó Dolores, exasperada—. En Formentor me siento más tranquila. Lejos de conocidos y conocidas.

—No hemos vuelto a Alicante, a casa de don Francisco.

—Hija, no compares. Formentor es algo especial. A tu padre le gusta salir a pescar con el barco. Y el ambiente del hotel es digno de un crucero. No hay nada mejor. —Se volvió para mirarla, inquisitiva—. Nunca habías mostrado interés en ir a Alicante. Pensé que te aburrías.

—Sí, para mí era aburrido. Me he acordado al ver a Carlos Company y a su hermana.

Tampoco ella estaba muy segura de que Carlos pasara los veranos en Alicante. Le había contado que trabajaba de viajante y que con su tío no se llevaba muy bien. A falta de saber adónde iría Carlos en verano, Formentor no era una mala opción aunque era pronto para pensar en eso. De momento le quedaban por delante una o dos semanas de duro trabajo y pensaba empaparse de todo.

Por las mañanas se ponía con el contable y por las tardes ayudaba en diseño para, al terminar, volver a la tienda. Pero la contabilidad cada vez le apasionaba más. Su mente lógica lo asimilaba todo con rapidez. Pronto supo hasta el más pequeño detalle de Lamarc, y ahí comenzaron sus preocupaciones.

Por más vueltas que le daba, las cuentas no le salían. El negocio iba muy bien, no había duda, pero aun así le parecía insuficiente para llevar el tren de vida que disfrutaban. ¿Cuánto podía haber costado el crucero a Nueva York? ¿Y la *rivière*? Por no hablar de la ropa, las fiestas, el barco, la cocinera, Clara, Leo... No, aquello no era cualquier cosa. Ignoraba si sus padres habían invertido alguna vez en bienes duraderos, algo había oído de unos terrenos en Tarragona aunque no estaba muy segura, pero, gastar, vaya si gastaban.

Nunca se había cuestionado cómo podían pagar todos los lujos que disfrutaban. Y al comprobar las cuentas con el señor Solís le asaltaron preguntas que no se había planteado en su joven y despreocupada cabeza hasta entonces.

Se propuso averiguar algo más, aunque no sabía muy bien cómo. Sus padres nunca hablaban de dinero, decían que no era elegante.

A la hora de cenar, el tema de conversación giró alrededor de las cercanas vacaciones estivales.

—¿Cuándo nos vamos? —preguntó Elena.

—La semana que viene. Gigi, come, que estás haciendo bola.

—¿Cuánto tiempo estaremos? ¿Todo el mes?

—Hasta septiembre. Siempre vamos todo el verano pero este año con el crucero no ha podido ser. ¿Por qué lo preguntas?

—Por nada. La verdad es que es un sitio precioso. Debe de ser muy caro.

—Nunca me lo he planteado —dijo Lolo, deteniéndose a dar un sorbo a su copa—, y no entiendo que te lo preguntes tú ahora. Me parece extraño. Has cambiado mucho desde que volvimos del viaje. Estás desconocida.

Hasta ese momento Gerard no había abierto la boca. Observaba con detenimiento el rostro en apariencia tranquilo de Elena.

Ni era normal en ella hacer tantas preguntas, ni había mostrado nunca interés en la economía familiar.

—¿Qué tal te ha ido el día en la empresa, Elena? —Un viento frío recorrió la mesa hasta Elena.

—Muy bien —tragó con dificultad—, papá.

—Has pasado la mayor parte del tiempo con el señor Solís, ¿no?

—Sí. La contabilidad es muy interesante y se me da bien.

—Tal vez creas que se te da bien —siguió diciendo; sus ojos verdes eran dos taladros socavando los de Elena—, y en realidad no has entendido nada.

Elena se dio cuenta de que debía cambiar de tema. O enmudecer. A su padre no le había hecho ninguna gracia su repentino interés por el coste de la vida. Temió que no le dejara seguir aprendiendo en el negocio si se daba cuenta de que estaba husmeando en la contabilidad. Hizo como si no hubiera escuchado la última observación y se dirigió a su madre.

—Lo decía, mamá, porque no podré ir con lo mismo del año pasado. —Su tono afectado le dio un aire superficial a la conversación—. La ropa se me ha quedado grande y estaría ridícula.

—Cierto. Parece que la dieta te está yendo muy bien. Aunque tampoco hace falta que te quedes como un fideo. Ya estás bien así. Tendremos que probarte, no te va a sentar bien nada, e ir de compras.

—Sí, y algún bañador —remató, para dejar claro cuál era su interés en el tema.

La cena prosiguió en calma. Nadie volvió a hablar del asunto, pero a Elena no se le fue de la cabeza. Estaba decidida a controlar el dinero que salía de Manufacturas Lamarc y Bebé Parisién y adónde iba a parar.

Aquella preocupación no era gratuita. Unos meses atrás, su amiga Berta Aguilar había perdido a su padre y, además del dolor por la ausencia, su madre había tenido que afrontar una serie de deudas que la obligaron a vender su casa. Berta nunca había vivido al nivel de Elena, aunque a veces intentara aparentar más de lo que era; seguir el ritmo de los Lamarc no estaba al alcance de todos. Pero los Aguilar tampoco parecían tener ningún problema económico, disfrutaban de una posición desahogada, o eso le parecía a ella, y fue testigo de cómo Berta tuvo que empezar a trabajar en el colegio para pagarse las clases, mientras su madre se ofrecía como costurera. Ni la madre ni la hija se preocuparon nunca de esos temas.

Por primera vez ella se preguntaba qué pasaría con su familia si su padre desapareciera. Necesitaba saberlo antes de que fuera tarde.

15

Mientras Elena se preocupaba por la economía familiar, a Carlos le iba muy bien con la venta de motores. Le daba para mantenerse con holgura, pagarse algunos pequeños vicios y divertirse con los amigos, que de momento era su principal preocupación, superado el incidente del taller. Seguía viviendo a su manera, pasando más tiempo fuera de casa que dentro de ella.

No era el único. Desde el día en que le habían vaticinado su futuro como esposa de su tío Francisco, Lucía tampoco paraba entre las cuatro paredes. Salía con amigos y retrasaba el regreso a casa, aunque eso supusiera discusiones constantes.

Llegó un punto en el que don Francisco, incapaz de aguantar los celos y el desgobierno bajo su techo, se escapaba con frecuencia a su casa de verano en Alicante buscando un poco de paz de espíritu.

Para Carlos y Lucía también llegaba de la mano de esas ausencias su remanso de paz. Se quedaban solos con la criada. Comían de capricho, dejando a un lado la austeridad impuesta por su tío y su mal disimulada tacañería. Carlos, tortilla de patata, y Lucía, carne frita con patatas. Después del hambre que habían pasado, aquello era el paraíso.

Su hermano Roberto mantenía el contacto con ellos. Todavía trabajaba en la papelera y viajaba por toda España. Se acercaba el verano y Lucía no soportaba la idea de pasar las vacaciones en Alicante con su tío, pero terminadas las clases no era fácil que le consintiera quedarse en Valencia. Pensó que sería una buena idea acompañar a Roberto en sus viajes. Ese verano iría al norte y ella no había tenido muchas oportunidades de viajar. Aunque era posible que Francisco, quien se inventaba absurdos pretextos para castigarla prohibiéndole salir a la calle los fines de semana, tampoco la dejara ir.

Lucía no se equivocó. Al principio, su tío montó en cólera. Roberto era para él un renegado, alguien indigno de ser considerado *familia*. Pero Lucía le amenazó con buscar un trabajo para quedarse en Valencia. Con habilidad le hizo ver a su tío que si se iba con Roberto, al menos no andaría por ahí con sus «malditos compañeros universitarios», como él los llamaba; y por otro lado, el que ella empezara a trabajar podría convertirse en un nuevo peligro. Al final, muy a su pesar, su tío accedió, aunque confió en que su negativa a pagarle los gastos la disuadiera. Él no iba a subvencionar a quien le dejaba solo. Pero a Lucía ni siquiera eso la amilanó. Era una hormiguita y tenía algo de dinero ahorrado. No necesitaba demasiado.

En cuanto a Carlos, tenía claro que de allí no le movía nadie. Aunque no se pudiera permitir grandes lujos, no dependía de su tío para quedarse. Y su tío no tenía ningunas ganas de pasarse el verano discutiendo con su sobrino así que los dos, por una vez, estaban de acuerdo.

Carlos tenía muchos proyectos. Varios llevaban faldas. Y uno lo tenía justo debajo de casa. Le intrigaba aquella jovencita Lamarc. La había visto varias veces en la tienda. No podía explicar la atracción que sentía, pero desde el primer día en que coincidió con ella en Alicante no la había olvidado. Las gafas no le favorecían, aunque cuando se lo encontraba se las quitaba con rapidez y dejaba a la vista unos ojos grandes, de un verde profundo, y una divertida mirada de miope. De lejos parecía muy estirada, pero con él se mostraba vulnerable, insegura.

Como la discusión de Lucía y su tío podía ir para rato, decidió pasar por la tienda y averiguar qué haría la joven Lamarc ese verano. Tal vez tuviera oportunidad de hablar con ella a solas. Eran las siete de la tarde y cerraban a las siete y media.

Bajó por la escalera saltando los peldaños de dos en dos con sus largas piernas. Llegó a la calle y se dirigió a Bebé Parisién. Le encantaba aquel lugar. Era más que una tienda, nunca había visto nada parecido. El enorme escaparate, sellado por amplias lunas en las que apenas se notaba el paso de una a otra, se convertía en un gran escenario acristalado que contrastaba con las estrechas ventanas del resto de los comercios. Los techos eran altísimos, con tallas modernistas. Llegaba hasta el entresuelo, donde se extendía un balcón en toda la pared interior. El escaparate lo delimitaban unas columnas retorcidas, adornadas con motivos infantiles como serpentinas blancas enredándose en el intenso azul de las columnas. Nunca había entrado. No se le había ocurrido ninguna excusa creíble. Pero cada vez que pasaba se fijaba en todos los detalles. Era el tipo de comercio que a él le gustaría montar.

Sabía de la relación entre su tío Francisco y el abuelo Atienza. Su tío le había contado mil veces cómo don Gonzalo lo había sacado de Alicante durante la guerra, salvándole la vida. Fue cuando su tía Carmen apareció de repente en su casa, unos tiempos que prefería no recordar. Desde entonces estaban en deuda con los Atienza, una deuda que parecía no terminarse de pagar nunca y que era la que les había llevado durante muchos veranos a compartir el mismo techo.

A pesar de ello, la señora Lamarc siempre lo miraba con desdén, como si oliera mal. Miraba así a la mayoría de la gente que no pertenecía a su círculo. Una mujer demasiado altiva para su gusto.

Ensimismado en sus pensamientos, llevaba un rato parado delante del escaparate. Elena lo había visto, pero al tenerlo enfrente, tan cerca, con la mirada fija en la tienda, se asustó. ¿Qué miraba con tanto interés? A ella desde luego no. Estaba segura de que ni siquiera la había visto. Pensó en acercarse al escaparate como si estuviera arreglando algo, pero se notaría mucho. ¿Y si a él se le ocurría entrar? De solo pensarlo se puso roja como un tomate. Lo mejor sería recoger sus cosas y salir de la tienda como si no lo hubiera visto. Después de todo, ya era hora de volver a casa.

Entró en la trastienda a por su bolso, les dio un par de instrucciones a las dependientas, guardó sus gafas y se despidió.

Carlos seguía con la vista fija en el escaparate cuando tintinearon las campanas de la puerta. Se volvió y vio a Elena. Estaba distinta, más delgada, más adulta, más mujer. Y se había quitado las gafas, pensó divertido. Como no hiciera algo, se marcharía sin decirle nada. Imaginaba que le había visto desde dentro por el detalle de las gafas, aunque se alejaba con paso firme. Parecía llevar un escudo protector.

—¡Elena! ¡Señorita Elena!

—¿Sí?

—¿Se acuerda de mí?

—Sí, claro. No hace tanto que nos vimos. Vivía por aquí, ¿verdad?

—Justo aquí arriba. Tú vienes mucho por la tienda, ¿no? Bueno, me refiero a que la última vez que nos cruzamos también salías de aquí. Puedo tutearte, ¿verdad?

—Err..., sí, ¿por qué no? Desde que acabé el colegio vengo por las tardes, a última hora. El resto del día estoy en la empresa con mi padre. Ahora tengo que volver a casa. Me alegro de haberte visto. —Hizo ademán de marcharse, algo nerviosa.

—¿Vas andando?

—Sí, es un paseo agradable. —Se mordió el labio inferior, arrepentida al momento de la cursilada.

—¿Te importa que te acompañe?

—Tendrás cosas que hacer. No te preocupes. —De nuevo se mordió el labio y sus mejillas se colorearon.

—¡Qué va! Hasta las nueve y media no tengo que estar en casa.

—Gracias. Eres muy amable. —Su corazón latía con fuerza.

Por el camino no dejaron de hablar. De sus trabajos, de sus hermanos, de sus vidas. Elena se sentía incómoda y feliz al mismo tiempo. Nunca había hablado de su vida con ningún chico. Ni con ninguna chica.

Él la observaba con poco disimulo. Elena había adelgazado, y aquellos ojos verdes eran los más grandes que había visto nunca. Su cara pecosa le daba un aire travieso que la mirada miope convertía en ingenuidad. Era una mezcla maravillosa.

Llegaron al portal demasiado pronto.

—Pues aquí vivo yo. —Elena señaló con un brazo el enorme portón de madera.

—Menuda casa. Las puertas son impresionantes, parece un palacio.

—Ya. Sí que es bonita. Vivimos en el ático. Te invitaría a subir, pero deben de estar esperándome, y... bueno, no son muy hospitalarios.

—¿Qué haces este verano?

—Siempre vamos al hotel Formentor.

—¿Dónde está eso?

—Pues en Palma de Mallorca. ¿No lo conoces? —Se extrañó—. Es un hotel fantástico. El año pasado coincidimos con Ava Gardner y el príncipe Rainiero.

—La señorita Lamarc se codea con la *crème de la crème* —bromeó Carlos—. Debo sentirme honrado de que me haya dirigido la palabra en esta tarde soleada. Tal vez la apunte en el calendario...

—¡No te rías de mí! —Su cara era una amapola—. Es la verdad.

—¿Y cuándo os vais?

—La semana que viene. ¿Tú vas a ir a Alicante con tu tío?

—¿Aún te acuerdas de la casa de veraneo?

—Un poco, recuerdo que pasabais allí los veranos.

—Este año prefiero quedarme en casa. Mi tío sí que irá, y mi hermana saldrá de viaje con Roberto, mi hermano mayor, a conocer la zona norte. Dicen que es muy bonita.

—¿Tú no vas con ellos?

—Tengo trabajo y además me encanta estar en casa, a mis anchas. Me gustaría verte cuando vuelvas.

No podía ser verdad. Tal vez se estuviera riendo de ella. Era demasiado fea para que un chico como él se fijara en alguien así. Elena no se daba cuenta de que estaba convirtiéndose en una bellísima mujer. Su metro setenta y dos era muy superior a la media. Y aunque aún le sobraba algo de peso, empezaba a estar muy proporcionada. Su problema era que nunca nadie le había dicho nada bonito más allá del infeliz de Luisito, un amigo de Formentor que la perseguía con insistencia y a cuyo criterio ella no daba ningún valor; había llegado a verse deforme, incapaz de reunir ninguna cualidad física aceptable.

—Será fácil. Volveré a la tienda. Seguro que nos encontramos.

—¿Tienes teléfono? Qué tontería, la gente como tú tiene teléfono —rectificó, algo apurado—. Si me lo das, podría llamarte a finales de agosto, ¿te parece bien?

—Sí, claro, ¿por qué no?

Carlos hizo gesto de besarla en la mejilla y Elena le tendió la mano muy ceremoniosa.

—Señora marquesa —improvisó él con una aparatosa reverencia ante el gesto distante de ella—, beso sus pies.

—¡No te burles de mí! —De nuevo la grana inundó sus mejillas.

—Adiós, señorita Lamarc —cantó con retintín—. Hasta pronto.

Elena entró en el portal espiando por el rabillo del ojo la figura de Carlos en el quicio de la puerta. Aquello era un sueño, ¿o una pesadilla? No, fuera lo que fuese, era un sueño.

Entró en casa canturreando y se fue derecha al tocadiscos. Eligió uno de Humberto Lozán. Le encantaban aquellos ritmos latinos. Comenzó a cantar y bailar por la casa. «Corazón... de melón, de melón, melón, melón, melón, melón... corazón...»

—¡Hola, Clara!

—Hola, Elena.

—¿Qué ha hecho Nati para cenar? —le preguntó mientras giraba alrededor de ella cogida a su cintura y repitiendo el estribillo.

—No lo sé. La veo muy contenta. ¿Ha tenido un buen día?

—¡El mejor!

Siguió canturreando y bailando por toda la casa. Debió de poner la canción más de quince veces.

—¡Elena! ¡¿Te has vuelto loca?! ¡No puedo soportarlo más! —protestó su madre saliendo de su habitación—. O quitas ese disco o lo rompo. Debo de haberlo oído un millón de veces. Con lo bien que estábamos antes de que llegaras. Pero ¿qué te han dado hoy?

Elena no hizo caso. Estaba demasiado contenta como para que nadie le aguara la fiesta. Su única sombra entre tanta alegría era pensar que mientras estuviera en Formentor no podría ver a Carlos, pero aún quedaba una semana para su partida y podrían volver a coincidir.

Carlos también se marchó ligero y feliz. Había conocido a muchas chicas, pero ninguna le había dejado la más mínima huella. Sin embargo, Elena era diferente. Nunca se había sentido así, se le hacía raro. No sabía si comentarlo con Lucía; tampoco ella había tenido muchas experiencias como para aclararle si aquello que notaba podía llamarse amor. Había llegado a convencerse de que no existía. Nunca había visto una pareja que se profesara eso que la gente definía como amor. Lo de su tío y su tía había sido algo tan frío que más bien parecía un contrato de convivencia. Nunca vio una muestra de ternura o afecto entre ellos. A su madre no la conoció, y la relación de su padre con Ángela, aunque amable, no parecía basada en el amor. Carecía de referentes.

Llegó a casa a la hora de cenar, como siempre. Pero esta vez no salió corriendo tras el postre. Necesitaba hablar con su hermana. Su tío se iba a su habitación nada más terminar y era cuando ellos aprovechaban para hacerse confidencias.

—¿Cómo ha acabado la discusión, Lucía?

—Como siempre. Al final me he salido con la mía —dijo con una sonrisa.

—Es que te cuestiona todo lo que haces. No sé qué le pasa.

—Yo sí. Que no me pliego a sus pretensiones.

—¿Sus pretensiones?

—Sí. Según me dijeron, tenía planeado que me casara con él.

—¡Pero eso es una locura! Es nuestro tío y ¡casi podría ser tu abuelo! ¿No habrá intentado...?

—No, no, ya sabes cómo es. Y yo me mantengo lo más alejada que puedo, no soporto que me roce. No le veo la mirada limpia.

—Y tu novio, ¿qué dice?

—¿Qué novio?

—Ese que le pone tan nervioso.

—¡Ja! No existe. Me lo inventé para que me dejara en paz. —Rio divertida—. Aunque en realidad...

—¿Qué?

—Pues sí que he conocido a un chico. Me va a dar clases de inglés, aunque es alemán. Lo conocí con Mari Paz, tomando un refresco. Iba con un amigo y nos invitaron —suspiró—. Es altísimo. Yo a su lado parezco un pigmeo. Bueno, como a tu lado, aunque me parece que es incluso más alto que tú.

—¡Joder, Lucía, no será el del taller!

—¿El del taller? —Se quedó pensativa—. ¡No, hombre, no! Ni me acordaba ya de él, aunque ya me contarás qué perra te dio con aquel pobre hombre. Es un alemán que está estudiando español aquí, ya te hablé de él, Klaus. Y la verdad es que me lo recordó un poquito.

—Mira la mosquita muerta. Conque clases de inglés, ¿eh?... ¿Para qué?

—En cuanto termine la carrera, me iré al extranjero. Lejos del tío y de todo esto.

—¿Y lejos de mí? ¿Qué haré yo sin ti?

—Anda, guasón, que solo seguro que no estarás.

—Ya... —Carlos suspiró con tal fuerza que Lucía sintió su aliento en la cara.

—Huy, huy, huy..., esa mirada es nueva. A ti te pasa algo.

—Ya...

—Venga, desembucha.

—Hoy he acompañado a su casa a Elena Lamarc. ¿La recuerdas?

—¿A esa estirada?

—No es tan estirada, yo creo que es una pose para ocultar su timidez.

—Hummm... Esto parece serio. Nunca habías hablado así de una chica, y mira que me has hablado de muchas.

—Es distinta. Me gusta hablar con ella. Es interesante y muy independiente. Se ha puesto a trabajar en la empresa de su padre, y también va a la tienda.

—Seguro que se está deslomando, pobrecita —bromeó Lucía limpiándose la frente de un imaginario sudor.

—No te burles. Se lo ha tomado muy en serio.

—Tú sí que te lo has tomado en serio, hermanito.

Lucía tenía razón, como siempre.

16

Nada más llegar al hotel Formentor, Juanito, el portero, salió a recibirlos.

—Bienvenidos, señores Lamarc. Les echábamos de menos. Permítanme su equipaje. ¡Miguel —gritó, tras dar un silbido—, el equipaje de los Lamarc!

El botones se apresuró a sacar los baúles, ocho, de los coches, intentando acomodarlos en el carrito portaequipajes. Eran buenos clientes y sus propinas eran famosas.

Cada vuelta a Formentor era como un reencuentro familiar. Todos se conocían. El personal llevaba años trabajando en el hotel, algunos desde su apertura. Eran excelentes profesionales que habían soportado los altibajos de aquel prestigioso establecimiento. Las dos guerras y los altísimos costes de mantenimiento habían afectado la estabilidad del hotel. En el 36 había pasado a ser propiedad del Crédito Balear, y así se había mantenido desde entonces. Por tanto, a pesar de su fama y de su lustrosa clientela, los empleados eran conscientes de que mimar a sus huéspedes era la única garantía de supervivencia.

Entre los alojados se podían identificar grupos muy diferenciados: las celebridades del cine o la cultura, en su mayoría extranjeros que, salvo alguna excepción, no se relacionaban demasiado con el resto; los científicos y políticos de renombre, que compartían tertulias y actividades entre ellos; y las familias de clase alta, que pasaban sus vacaciones estivales en aquel marco privilegiado, observando con discreción al resto de la fauna que los rodeaba. Este era el caso de los Lamarc y de unos pocos más con los que habían entablado amistad. A sus grandes amigos los Leblanch los habían conocido allí.

Para Elena, aquello era el paraíso. Le encantaba pasar los días al sol, navegando en el velero de su padre, el *Capricornio*. Lo tenía amarrado en el puerto de Valencia, y lo llevaba al Club de Palma de Mallorca justo antes de llegar a Formentor. Aunque, como decía Dolores, Gerard era un marinero de agua dulce y la travesía hasta Palma y la vuelta a Valencia las hacía el patrón que tenía contratado todo el año. Le gustaba pescar, pero los duros trabajos a los que el mantenimiento de un velero obligaba no eran de su gusto. Así que prefería pagar a alguien que se encargara de esos menesteres. Gerard llegaba cuando todo estaba listo para zarpar, los aparejos de pesca preparados y la nevera portátil abastecida.

Era un velero precioso, con trece metros de eslora y cuatro de manga, que había pertenecido a Alfonso XIII. Sus más de dos metros de quilla dificultaban el atraque en puertos de pequeño calado, y por eso se veía obligado a tener el amarre en Palma.

Las salidas en el barco se habían convertido en una de las actividades más esperadas por los amigos y conocidos de los Lamarc, que se disputaban un hueco en cada oportunidad. Entre ellos se encontraban algunos jóvenes para los que no había pasado desapercibido el nuevo atractivo de Elena. Uno de sus más tenaces admiradores era Luisito, un joven madrileño que siempre había tenido debilidad por ella. Pero ese verano ya fue obsesión. A Elena le caía bien, aunque para disgusto de Luis su aprecio no llegaba más allá.

En cuanto Luisito vio a Elena descendiendo por las escaleras camino de la playa, con aquellos *shorts* blancos sobre un bañador rojo anudado al cuello y la espalda al aire, las piernas comenzaron a temblarle. Era delgado y poca cosa, por eso le seguían llamando Luisito, cosa que a él no le hacía ninguna gracia. Elena, sin tacones, le sobrepasaba un palmo, pero a Luis no le importaba. Para él era una diosa.

—¡Elena! ¡Elena! ¡Aquí abajo! ¡Soy Luis!

Elena le saludó desde lo alto. Bajaba las escaleras con toda la gracia con la que se podían bajar las famosas «escaleras del pavo». Las llamaban así porque los escalones eran demasiado amplios para bajarlos apoyando cada vez un pie en cada peldaño, pero no lo suficiente para dar un paso y cambiar de pie. Así que uno parecía un pavo. Se bajaba el pie derecho un peldaño y se le unía el izquierdo en el mismo escalón. Se volvía a bajar el derecho al siguiente peldaño y de nuevo se unía el izquierdo. Así durante un largo recorrido hasta el mar. Luisito solo veía aquellas larguísimas piernas acercándose cada vez más.

—¡Hola, Luisito! Ya estamos aquí otro verano más —le saludó conforme dejaba su último contoneo en aquella peculiar escalinata.

—No me llames Luisito, que no soy ningún niño —refunfuñó en un intento de mostrarse duro, a pesar de su indisimulable impresión al verla—. Cada año estás más guapa. Tenía muchas ganas de verte, Elena.

—No me digas esas cosas, que me sonrojo —le cortó—. Para mí siempre serás Luisito. Venga, vamos a buscar una tumbona para dejar las cosas. ¡Tengo unas ganas de bañarme! El agua me llama. ¡Qué calor!

—Es verdad. Está casi tan espléndida como tú.

—Mira que eres cursi —dijo con fastidio, a la defensiva—. Déjate de pamplinas y aguántame la bolsa. Este sitio está bien.

Sacó la toalla, se quitó los *shorts* y sin pensárselo dos veces salió corriendo hacia el agua.

—¡Espera, Elena, espera, no corras tanto! ¡El agua está muy fría!

Ya era tarde. Elena se había zambullido y nadaba tranquila en las aguas transparentes. Se sentía feliz. Podía percibir el olor del mar, más intenso que el de los frondosos pinos que rodeaban aquella ensenada; el suave romper de las olas en la orilla... Se sabía afortunada y tal vez en esos instantes fuera más consciente de ello que en ningún otro, lejos de peleas, sospechas o intrigas.

—¡Venga, Luisito! ¡Está estupenda!

Luis, a regañadientes, fue metiendo su enclenque figura en el agua. Iba con sumo cuidado, intentando retrasar todo lo posible el fatídico momento en que sus vergüenzas tomaran contacto con aquel líquido helado, por más que aquella diosa acuática le intentara convencer de lo contrario.

Elena no lo dudó, aquel joven indeciso necesitaba una ayudita para disfrutar en plenitud del agua y ella se la iba a dar. Nadó hacia él con fuerza y comenzó a chapotear a su lado.

—¡Para, Elena, para! ¡Está helada! —exclamó, intentando huir. Pero ella era más rápida que él.

—¡Venga, nada conmigo, que lo peor ya ha pasado!

Era cierto. Estaba empapado por completo. Estuvieron nadando y riendo durante un buen rato.

—¿No estás cansada? Yo estoy agotado. No sé cuánto rato llevamos en el agua, pero nos vamos a arrugar como una pasa.

—A mí me ha sabido a poco, pero si quieres salimos ya. Me encanta tumbarme al sol.

—¿Y tus padres? ¿No bajan hoy?

—Mi padre se fue al Club Náutico para ver cómo está el barco. Le gusta tenerlo preparado para cuando vaya a sacarlo. Y mi madre se ha quedado con mi hermano Gerard organizando su equipaje.

—La verdad es que tenéis un barco precioso. Siempre hay cola para salir con vosotros a navegar y bañarse en las calas.

—Pues ya sabes, cuando quieras, te vienes.

—Llevaba esperando este momento desde que llegué. Bueno, no me refiero a que me invites al barco, sino a verte. Te he escrito varias cartas, pero no me has contestado ninguna.

Elena se había secado con la toalla y, acostada sobre la tumbona, su palidez resplandecía entre las pieles morenas que la rodeaban. Siguió hablando como si no le hubiera oído.

—Qué gusto da sentir el sol sobre la piel... Hummm... estoy en la gloria. A ver si me pongo morenita pronto, que parezco una acelga pocha.

—No me escuchas o no me quieres escuchar. Dije que te escribí varias cartas y no me has contestado ninguna.

—Ya lo sé, Luisito. —Le encantaba hacerle rabiar—. He tenido un invierno muy atareado. Además, las cosas que me escribes seguro que no van en serio.

—Elena, claro que van en serio. Sueño contigo, pienso en ti a todas horas, eres tan... tan... Eres mi diosa.

—¿Ves como eres un cursi? Yo no soy tan nada de nada, y

desde luego eso de diosa me suena a radionovela. Siempre hemos sido amigos, y ya está. Venga, cállate de una vez y vamos a disfrutar del sol.

Luis no pudo decir nada más. Tal vez durante la noche encontraría algún momento más romántico en el que acercarse.

Uno de los camareros que atendían en el bar de la playa se aproximó para preguntarles si querían tomar algo.

—Para mí una limonada, por favor —pidió Elena.

—Para mí también. Y las apunta las dos a mi habitación.

—Luis, déjalo. La mía la anota a la 204, de los Lamarc.

—Ni se le ocurra —le indicó el joven al camarero, impostando la voz—. Yo soy un caballero y no puedo permitir que pagues tu limonada.

—Señorita Elena, usted me dirá. —El camarero los miró irritado.

—Antonio, ya me ha oído. Habitación 204.

El servicial Antonio tenía muy claro que con la señorita Elena no se discutía. Llevaba el tiempo suficiente como para saber que los Lamarc no daban su brazo a torcer.

Firmaron cada uno su cuenta y el camarero se fue. Elena tomó buena nota. Nunca se había parado a pensarlo. Consideró que tal vez fuera mejor no tomar más que lo imprescindible. Con lo que acababa de firmar, en Valencia podrían haber ido a merendar cinco amigas.

En este viaje Elena estaba decidida a sacar cuentas. Averiguar el precio del hotel fue sencillo, y calcular los dos meses a media pensión la dejó sin aliento. Ahora acababa de comprobar cómo algo tan natural y cotidiano como ir pidiendo limonadas, patatas fritas o frutos secos a lo largo de la mañana podía incrementar su particular contador.

Se acercaba la hora de comer, tenía que subir a cambiarse. Además, temía que Luis pudiera ir en serio e intentara profundizar en la incómoda conversación que mantenían hacía unos momentos. Su experiencia con el sexo masculino se limitaba a perseguir a su padre de antro en antro y a su conversación con Carlos el día que la acompañó a casa. Carlos... Sus pensamientos se fueron lejos, a Valencia, a aquel portal en el que, con guasa, le había besado la mano. Suspiró mientras recogía la toalla.

—¿Es por mí ese suspiro? —La cara de Luis se había iluminado.

—No, Luis. No suspiraba, solo respiro fuerte. Voy a cambiarme, que he quedado con mi madre en que comeríamos juntas en la terraza. Ya nos vemos luego. Adiós, Luisito.

Lo dejó con la palabra en la boca, sin darle tiempo a reaccionar.

Elena subió a la habitación. Su madre estaba vistiendo a Gerard.

—Hola, mamá. ¿Por qué no habéis bajado a la playa? Hace un día precioso.

—Ya, pero el agua debe de estar helada. Tu hermano se puede resfriar.

—Venga, mamá, que todo el mundo se baña y no pasa nada. ¡Estaba buenísima! Déjale que esta tarde se venga conmigo un ratito.

—¿Seguro que está buena? —preguntó Gerard con cierta aprensión.

—Que sí, chiquitín, que sí. Hasta Luisito se ha bañado.

—¡Hombre, Luisito! —terció Dolores—. ¿Sigue igual de pesadito contigo?

—Pues yo diría que un poquito más, pero es buen chico.

—Sí, pero quiere algo más. Como no te lo quites de encima te pide en matrimonio. Aunque bien pensado, no estaría mal. Es de una familia estupenda de Madrid. Su madre es un encanto, aunque demasiado cursi para mi gusto.

—Eso no lo digas ni en broma. Yo creo que tiene una visión equivocada de las cosas. Pero no es nada serio. Se le pasará.

—Ya lo veremos. —Dolores contemplaba sin disimulo la figura de su hija.

Elena se cambió de bañador, se vistió y bajaron juntas a la terraza.

—¿Y papá? ¿Vendrá a comer?

—Pues no lo sé. No lo ha dicho, claro, pero yo no pienso esperarlo. Ya sabes que cuando va al puerto nunca se sabe lo que puede tardar. Este último patrón necesita que se le diga todo, no tiene iniciativa ni es capaz de hacer nada por sí solo.

—¿Cuánto cobra por ese trabajo? —se interesó Elena.

—Ni idea. ¿Qué más da? Le pagamos el mantenimiento de todo el año y no da un palo al agua. En julio hizo la travesía desde el Club Náutico de Valencia y debería tenerlo más que preparado. Tiene un buen sueldo, total, para rascarse la barriga la mitad del año.

—¿Cuánto cobrará? —insistió—. ¿Más que Clara o Nati?

—Pero qué perra te ha cogido. Creo que sí, que cobra más. Estás un poco impertinente con este tema.

—Lenita, no te preocupes, ¿que no ves que somos muy ricos?

—Este es mi niño, mira cómo lo sabe. Eso es lo que tienes que hacer, no preocuparte y disfrutar. Te estás volviendo muy ordinaria.

Se sentaron a comer sin noticias de Gerard. En el comedor coincidieron con los habituales. Se saludaban corteses, con leves inclinaciones de cabeza. Entre ellos, Luisito con sus padres. Era como un girasol. Daba igual el punto de la terraza en el que estuviera, la cabeza de Luisito siempre miraba en dirección a Elena.

—¿Lo ves, mamá? No deja de mirarme. Me pone muy nerviosa.

—Hija, es normal. Tú has mejorado bastante, sois casi de la misma edad y aquí tampoco hay mucho donde elegir. Tal vez no sería mala idea que le dieras una oportunidad.

—¡Pero mamá, si es bobo! Además, le saco una cabeza. Menuda pareja íbamos a hacer.

—Solo digo que podrías intentarlo. A lo mejor te gusta.

Elena no estaba por la labor. Más bien sería cuestión de dejarle las cosas claras lo antes posible. Como decía la abuela Elvira, *más valía ponerse una vez colorao que ciento amarillo*. Aunque mucho se temía que para convencer a Luisito tendría que ponerse colorada más de una vez.

La tarde transcurrió tranquila. Bajaron a la playa y descansaron bajo la sombra de los parasoles de caña. Elena se durmió. El agua la dejaba con una agradable sensación de cansancio y la siesta de la tarde era uno de los momentos más placenteros en esos días de ocio y relax.

El pequeño Gerard se debatía entre sus ganas de levantar un

castillo de arena y la sensación de asco que le producía contemplar sus manos embadurnadas de arena. Después de varios intentos, en los que tenía que lavarse las manos cada vez que añadía un poco de arena, desistió y se decidió a entrar en el agua. Dolores lo vigilaba, pendiente de que no molestara a los que les rodeaban y de que no se adentrara demasiado en el agua.

Así transcurrían los días en Formentor, en una sosegada rutina. Las noches, en cambio, eran una auténtica exhibición. La gente solía arreglarse, unos días de cóctel, otros de gala, y un par de noches había fiesta de disfraces. Lolo y Elena se llevaban ropa suficiente como para no repetir.

Era un momento esperado el de encontrarse todos con sus mejores galas, sobre todo para los más jóvenes. Para la cena Elena se puso un vestido con el cuerpo ceñido y falda amplia. Era rosa pálido, sin mangas, con el escote tipo barca, y la falda se abría en varias capas de tul en *dégradé* hacia el blanco. Aunque era el primer día de playa, ya había cogido algo de color. Se ponía morena enseguida. El rosa favorecía a su tez dorada. Por primera vez en años, se sentía segura. La falda le disimulaba sus redondeces y al mirarse al espejo se gustó. Bajó al comedor con cierta altivez, tratando de no fijarse en las miradas que se levantaban a su paso, pero su seguridad duró tan solo unos cuantos peldaños; al sentirse observada, su olvidada vergüenza subió por la escalera con más rapidez que aquella con la que la joven bajaba.

Iban a entrar en el salón cuando vieron llegar a Gerard todavía con la ropa del barco.

—¡No os preocupéis, enseguida bajo! —les dijo desde lejos, saludando con la mano.

—Las nueve y míralo con qué pinta llega —se lamentó Dolores—. Parece mentira. Conoce bien cuál es el horario. En fin, entremos al comedor. Ya bajará.

Gerard tardó unos cuarenta minutos más. Entró en el comedor con paso seguro y se detuvo en un par de mesas para saludar.

—Ya era hora. Resulta bochornoso estar cenando solas. Eres el único que faltaba.

—He tenido que organizarlo todo. Este patrón es un inútil

completo. Tendré que buscar otro antes de que acaben las vacaciones. Pero ya estoy aquí. Estás muy guapa, Lolo.

—Lo dices para que no me enfade por tu retraso.

—Lo digo porque es verdad. Y mañana cuando salgamos en el barco me lo agradecerás. —Le cogió la mano y se la besó.

Elena sintió esa conocida punzada. Cuando su padre desplegaba sus artes era porque algo a su alrededor estaba podrido.

Tras la cena, llegó el baile. Al pequeño Gerard ya lo habían acostado. Elena observó a sus padres. Eran una pareja de película. Mirándolos, ensimismada, no vio cómo dos jóvenes se levantaban casi a la vez y se dirigían hacia ella. Uno era Luisito, por supuesto, pero no llegó a la mesa. Se le adelantó un joven alto, algo mayor y con una apariencia imponente que casi lo arrolló.

—Buenas noches, ¿me concede este baile?

Elena lo miró estupefacta. Nunca la habían sacado a bailar.

—Buenas noches... ¿Me decía algo? —Vaya estupidez, pensó. Pues claro que le decía algo. Se pellizcó la pierna y compuso una sonrisa tensa.

—Sí, claro. Le preguntaba si me concedería este baile —repitió divertido.

—Ehhh... yo... Sí, claro, muchas gracias. —Volvió a ponerse roja. ¿Por qué le había dado las gracias? Como no llevaba las gafas, no lo había visto bien. Al ponerse de pie y mirarlo de frente sintió un escalofrío. Los ojos verdes le recordaban en algo a los de Carlos. También era muy alto, quizás algo menos, y endiabladamente guapo.

—No recuerdo haberla visto antes. ¿Es familia de los Lamarc?

—Sí, claro, soy Elena Lamarc. Hace años que veraneamos aquí —contestó, un poco molesta.

—No puede ser. ¿Eres Elena? ¿Elena Lamarc?

Ya estaban otra vez con lo mismo, pensó.

—Pues sí, ¿quién iba a ser si no? Usted tampoco me suena —dijo para contrarrestar.

—Tutéame, por favor. Soy Javier Granados. También vengo desde hace años, pero tú hasta el año pasado eras una cría. Por eso no coincidíamos.

No apartaba sus ojos de los de ella, mientras con su brazo en la cintura la llevaba con suavidad al compás de la música. Debía de tener al menos veinte años. Y se había fijado en ella. Su corazón latía con fuerza.

—¿Me permites que te diga que eres la chica más bonita de la noche?

Elena se ruborizó. Javier la miraba de una forma...

—Si eres de los Granados, entonces eres de Valencia.

—Sí, como vosotros.

La música paró. Luisito se apresuró a acercarse.

—¡Cambio de pareja!

—Luis, no seas grosero. ¿No ves que estamos hablando?

—No te preocupes, Elena —suavizó Javier—. Voy a por algo de beber y vuelvo. ¿Un refresco?

Elena miró a sus padres, que bailaban. La noche estaba resultando muy especial.

—Prefiero champán. Gracias.

Javier se alejó sonriente.

—¿Champán? —cuchicheó Luisito—. ¿Te has vuelto loca? Como se enteren tus padres...

—No tienen por qué enterarse. Tú sí que pareces mi padre. ¡Qué pesado!

Javier volvió en el momento en que acababa de nuevo la música. Luis no se separaba de Elena.

—¿Te apetece salir al jardín? Hace una noche preciosa —propuso Javier.

—Sí, además aquí hace un calor...

Ignoraron a Luis, que los miraba con rencor, y salieron a la terraza. Hablaron de los veranos en Formentor, de sus familias. Tenían muchos amigos comunes a pesar de no haberse conocido antes. Frecuentaban los mismos sitios y les gustaban las mismas cosas. Elena estaba impresionada. En algunos momentos le venía la imagen de Carlos a la cabeza, pero no conseguía retenerla.

Mientras hablaban, Javier se aproximó poco a poco a Elena. Hacía rato que su primera copa de champán había dejado de ser la única. Él le cogió la mano y a Elena se le paró la respiración. ¿Qué debía hacer? ¿Retirar la mano? ¡Por supuesto! Pero no lo hizo. Se quedó inmóvil, escuchando a Javier, que no parecía ser consciente del paso que había dado.

Luisito no pudo más. Irrumpió en la terraza.

—¡Elena! —gritó, desencajado.

—¡Qué susto me has dado! ¿Se está quemando algo?

Javier no le soltó la mano. Miraba a Luisito desafiante.

—Tus padres te buscaban y no deberías estar aquí sola —le recriminó.

—No estoy sola. Y estoy perfectamente. ¿Qué hora es?

—La una y cuarto.

—¡Madre mía! Nunca me había acostado tan tarde. Lo siento, Javier, tendré que irme.

—Más lo siento yo. Ha sido una velada maravillosa. Buenas noches.

Se acercó con lentitud y le dio un beso en la mejilla, junto al lóbulo de la oreja. Elena no sabía si era el champán, la luna o el perfume del galán de noche que impregnaba la terraza. Empezaba a darse cuenta de que ya no era una niña y su cuerpo experimentaba sensaciones.

Volvieron al salón y se dirigieron a la mesa de sus padres. Javier se presentó.

—Tienen una hija encantadora. Espero que podamos coincidir por aquí más a menudo.

Dolores lo miró con desdén. Lo conocía, su padre era un golfo y, según todos los indicios, el hijo lo superaba con creces. Corrían rumores de que se jugaba cantidades enormes al póquer. Era curioso que esto la escandalizara, convivía con un ejemplar de la misma especie.

—Gracias, nos preguntábamos dónde se había metido. Es muy joven para estar todavía aquí a estas horas. —A Dolores no le pasó desapercibido el intenso rubor en las mejillas de su hija—. Elena, creo que ya ha sido suficiente por hoy. Da las buenas noches y sube a tu cuarto.

—Mamá, tal vez Javier pueda venir mañana con su familia en el *Capricornio*.

—Lo siento, pero no va a poder ser. Ya hemos quedado con Chimo y Sita para salir mañana, y pasado vendrá Luisito con sus padres. Tal vez otro día.

—Seguro que sí —contestó Javier, cortés—. Gracias de todas formas y buenas noches.

Javier observó con gesto de satisfacción a Elena hasta que desapareció de su vista. Luisito hacía lo mismo, y al cruzar sus miradas de vuelta al salón Javier le dirigió una mueca de desprecio sacudiendo una brizna inexistente de su chaqueta.

17

Por la mañana los despertaron temprano. Habían encargado un picnic que recogieron en el comedor durante el desayuno y el coche les esperaba para llevarlos al puerto de Palma. Los Leblanch iban con sus dos hijas de doce y catorce años y con el pequeño, que era de la edad de Gigi.

Llegaron al embarcadero y subieron la comida. Los Leblanch habían comprado también una empanada y algo de dulce.

—Bernardo, suelte amarras. Nos vamos.

—Sí, señor Lamarc. ¿Hacia dónde quiere que vayamos?

—Hacia Portocolom y Porto Cristo. Las calas son magníficas. ¿Me ha preparado los aparejos y el cebo?

—Tengo el cebo, pero no he sacado los aparejos.

—¿Y en qué está pensando? —dijo Gerard con enfado—. ¿Tengo que decirlo todo?

—Pensé que, como venían las señoras, no practicaría la pesca.

—Pues piensa poco y mal, Bernardo. Hay tiempo para todo. En cuanto salgamos de puerto lo prepara. ¡Y rápido! —Se dirigió a la proa para recoger el cabo que le lanzaban desde el muelle—. ¡Chimo! ¡Ayúdame con las defensas!

—¡Voy! ¡Cuando me digas!

Bernardo desatracó el velero para salir del pantalán. Una vez en mar abierto su jefe gobernaría el barco y a él más le valía disponer los aparejos rápido o se buscaría un problema.

Dolores, Sita y las niñas se habían colocado en la proa, mientras los niños observaban las maniobras desde la cubierta de popa.

Navegaron durante una hora. Soplaba suave de barlovento, y mientras el barco se mecía apacible, ellas charlaban animadas. La llegada de Ava Gardner había sido el acontecimiento de la semana, y todas sus andanzas y correrías eran tema de conversación entre los huéspedes del Formentor. Elena, en cambio, no hablaba. Estaba muerta de sueño y le dolía la cabeza. Recordaba la noche anterior como un sueño del que la habían despertado demasiado temprano.

En la popa, Gerard conversaba con Chimo, mientras manejaba con destreza el timón. Bernardo y el grumete se ocupaban de las velas y cabos.

A mediodía llegaron a su destino, una cala de agua azul intenso y suaves olas, donde fondeaban un par de barcos.

—¡Suelte el ancla!

—¡Sí, señor!

—¿Quién se tira el primero?

El hijo de Chimo ni se lo pensó. Casi no había terminado la frase y ya había saltado de la cubierta al agua.

—Venga, Gerard, no seas melindroso y tírate de una vez. Fíjate con qué facilidad lo ha hecho Chimo.

—No me gusta el agua fría. —Se cruzó de brazos con la cara contraída por la determinación—. Y aquí está muy hondo.

Había empezado a nadar a finales del último verano y todavía no se sentía seguro. Su hermana, con paciencia, le había enseñado a flotar primero y a nadar después, pero siempre en la orilla de la playa o en la piscina, cerca del bordillo. Las profundidades le miraban como si se lo quisieran tragar.

—¡Solo está fría al principio! —le gritó su amigo Chimo desde el agua—. ¡Luego ni te enteras! ¡No tengas miedo!

El niño se acercó titubeando al borde y, antes de que se diera cuenta, su padre lo enganchó por las axilas y lo lanzó a más de un metro de la embarcación. Gerard se sumergió de golpe y salió bufando y resoplando.

—¡Que me ahogo! —gritó mientras luchaba por mantener la cabeza fuera del agua—. ¡Socorro!

—¡Ja, ja, ja! ¡Parece un boquerón! No te preocupes, que te echamos el salvavidas. ¡Qué asco de niño!

—¡¿Por qué me has tirado?! —Se agarró a duras penas—. ¡Te odio!

—¡Ya será menos! —Su padre reía con ganas.

—Cómo eres —observó Chimo—. Vaya susto le has dado.

—Ni caso, Chimo. Tiene que espabilar, que se pasa la vida bajo las faldas de su madre y me lo va a hacer maricón.

—Calla, hombre, siendo tú su padre, ¿cómo va a ser maricón? A poco que se te parezca...

Volvieron a reír.

—Pues no le veo mucha traza. Si no fuera porque es mi vivo retrato pensaría que es hijo de algún modisto de esos a los que Lolo tanto venera.

—Por Dios, Gerard, Dolores no ha tenido ojos para otro hombre en su vida. No sé cómo te aguanta. —Chimo bajó la voz—. ¿Se ha enterado de la última?

—¿Cuál es la última? —preguntó Gerard con media sonrisa.

—No te hagas el ingenuo conmigo, que nos conocemos. Tu entrada anoche en el comedor dio mucho que hablar.

—Bernardo, pregúnteles a las señoras si quieren tomar algo. Un refresco, o champán... —Esperó a que Bernardo se alejara para proseguir su conversación—. Pues no sé por qué.

—¿Quieres hacerme creer que estuviste hasta esas horas «arreglando» el barco? ¡Venga ya!

—Bueno, algo arreglé —contestó, haciéndose el interesante.

—No sé cómo lo consigues. ¿La conozco?

—Sí, hombre, no es nueva. Es Pili.

—¿Pili? ¿Aquí, en Palma? ¿Cómo ha venido?

—Le he pagado el viaje. Se aloja en un hotelito muy mono, pero nos vemos aquí —dijo señalando con un dedo el camarote—. No sabes lo que da de sí el vaivén de las olas. Pensé alojarla en Pollensa, pero nos conoce mucha gente. Y el barco es un picadero de cojones sin que nadie nos vea entrar o salir.

—Es que no cambias.

—Tú tampoco vas manco, no te hagas la mosquita muerta conmigo que nos conocemos.

—Bueno, alguna canita al aire echo, pero no me gusta repetir, no sea que me aficione y la líe. Y Sita no es como Lolo. Si se entera, me mata.

—Dolores es de armas tomar y Elena casi es peor.

—¿Yo? ¿Peor que quién? —Elena acababa de aparecer por babor y había llegado al final de la conversación.

—¿Qué se te ha perdido por aquí? Creíamos que estabais tomando el sol.

—Y lo estamos. Marga me ha pedido su toalla y he venido a por ella. La dejó en el camarote... No me has contestado.

—Nada, le decía a Chimo que sois muy puntillosas. Todo tiene que estar siempre perfecto y en eso tú eres incluso peor que tu madre. De todas formas es de mala educación escuchar las conversaciones ajenas.

Elena entró a buscar la bolsa de Marga. Las cosas de las señoras estaban en el camarote de proa. Estaba como siempre, aunque algo llamó su atención: los cojines que el patrón colocaba de cualquier manera sobre la colcha ahora parecían dos rombos perfectos, uno apoyado encima del otro con un claro toque femenino. Se rascó la nariz, pensativa.

Cogió la toalla y fue al baño. En una esquina del diminuto lavabo había unas horquillas para el pelo. Ni su madre ni ella usaban ese tipo de horquillas. Eran negras y ellas las gastaban rubias. Podían ser de Sita o de sus hijas, aunque no había visto que las llevaran.

Se las guardó en el bolsillo. Salió del baño y volvió a cubierta. Estaba ante el eterno dilema. ¿Qué hacer? Debía mantener la calma. Tal vez no fueran de una de las amiguitas de su padre y fuera cosa de Bernardo. Pero algo le decía que era lo de siempre. Recordaba la cena y cómo había estado de empalagoso su padre. Le daba asco.

—¿Qué pasaba? —La sorprendió la voz de Gerard—. Estábamos pensando si entrábamos a buscarte por si te habías perdido.

—No, no me he perdido, y además he encontrado lo que buscaba y lo que no esperaba encontrar.

—Qué enigmática. No te entiendo.

—Ya. Mejor así. —La cara de Elena se había ensombrecido y su tono rayaba en la insolencia—. Voy a llevar la toalla.

—Huy, huy, huy... Algo no va bien —comentó Gerard—. ¿No te lo decía yo? Peor que su madre. Es un sabueso.

—¿No habrá encontrado nada?

—Revisé el camarote y estaba limpio, pero cualquiera sabe. Parece mentira, con lo poco que ve, y que siempre lo pille todo. Pero sé que no dirá nada.

—¿No?

—No. Con tal de no herir a su madre, lo que sea. Pero esto, por si acaso, lo arreglo yo antes de bajar del barco, que nunca se sabe.

—No lo dudo, después de lo de Nueva York te creo capaz de arreglar cualquier cosa.

A las dos y media sacaron el picnic, la empanada y bebidas para todos. El mar abría el apetito y los niños se echaron sobre la comida como lobos.

—¡Pero bueno, pareja, un poco de educación! —les frenó Dolores dándoles un leve golpe en el dorso de sus ávidas manos—. Primero cogemos los mayores y luego vosotros. ¡Faltaría más! ¿Un trozo de empanada, Sita?

—Sí, gracias, Lolo. Tiene una pinta estupenda.

—¿Y tú, Elena?

—No, mamá. De momento no.

—¡Ah! Es verdad, no me acordaba de tu régimen. Tu picnic está en la cesta; es el que lleva la cruz.

—Elena, te has quedado estupenda. —Sita siempre la apoyaba—. No adelgaces más.

—Ya será menos —contestó Elena con timidez.

—De verdad que no. Estás preciosa —insistió Sita.

—Bueno, aún le sobran unos kilos —la rectificó Dolores cogiendo con cuidado un pedazo de empanada—. Sigue teniendo cara de bollo.

—¡Pero qué dices, Lolo! Si es igualita a Ingrid Bergman.

—Qué buena eres, Sita. Ya quisiera yo...

—Pues no lo digo yo. Lo dice todo el hotel. Se corrió la voz de que —paró unos segundos para comerse una aceituna y siguió—, además de Ava, había venido la Bergman y cuando quise enterarme de por dónde andaba, resulta que se referían a ti. Tienes como locos a todos los jóvenes pero, como Luisito te persigue, no se atreven a acercarse. —Sonrió mirando al cielo con gesto de resignación—. He oído sus comentarios y los de su madre.

—Alguno sí que se ha atrevido —apuntó Dolores con sarcasmo—. Incluso demasiado.

—¿Y quién ha sido el joven afortunado? —se interesó Sita.

—Javier Granados.

—¿Granados? El hijo de... —Sita no terminó la frase, como si su gesto de preocupación le impidiera decir el nombre.

—El mismo.

—¿Qué pasa? —Elena se puso alerta—. Estáis muy misteriosas.

—Pues, hija, que más te vale tener cuidado. Ya no eres una niña pero ese es mucho hombre para ti. A su lado, tu padre es un monje cartujo. —Su madre la miró sin parpadear.

—No te creo. Porque su padre tenga mala fama él no tiene por qué ser igual.

—¡Es peor! Se rumorea que están al borde de la quiebra y que los dos tienen graves deudas de juego. Además... —En el tono de Sita había un poso de preocupación—. Si no me equivoco, ese Javier tiene novia en Valencia.

—Hola, cariño —dijo Lolo, levantando la vista—, ¿un poco de empanada?

Acababan de aparecer Gerard y Chimo por estribor.

—Sí, gracias. Ya tenía hambre.

—Hay que guardarle un trozo a Bernardo y al otro jovencito... ¿cómo se llama, querido?

—Qué más da —dijo displicente—. Con Bernardo tendré que hablar. Me da en la nariz que ha traído alguna amiga suya al barco.

—¡No es posible! —exclamó Dolores indignada.

—No estoy seguro, pero tengo alguna sospecha —afirmó Gerard con la mirada turbia.

—Pero ¡eso no lo podemos consentir! ¡Bernardo, venga aquí enseguida! —estalló Dolores antes de que su marido pudiera reaccionar.

—¡Cállate, Dolores! Estas cosas las arreglo yo a mi manera.

—¿Me llamaban? —preguntó Bernardo aproximándose al grupo.

—Ehhh... Sí. ¿Por qué no coge un par de trozos de empanada? Está muy buena —se apresuró a terciar Elena, que le tendió la bandeja con amabilidad. Ya no le quedaba ninguna duda del origen de las horquillas, y sabía quién iba a pagar el pato. Por lo menos que comiera bien antes de que le echaran a los tiburones. Estaba dolida con su madre por el comentario. ¿Cómo podía comparar al galante Javier con el sinvergüenza de su padre? Que Dios le conserve la vista, se dijo.

La tarde transcurrió entre baños y risas. Volvieron a puerto a las seis y media, agotados.

—Id bajando —apremió Gerard—, que yo tengo que tratar unas cosas con Bernardo.

Chimo se acercó a Gerard y le dijo entre dientes:

—No serás capaz de endosarle el muerto. —Los ojos de Chimo se entornaron para bucear en los de su amigo.

—Tú calla y déjame a mí —respondió Gerard con un gesto de complicidad.

A Elena le preocupaba Bernardo. Siempre era el abogado de las causas perdidas, pero en este caso se sentía impotente. Se despidió de él, segura de que no lo volvería a ver.

Todos bajaron del barco y se dirigieron a los coches. Chimo y el grumete cargaron las bolsas. Gerard se quedó a bordo.

—Bernardo, termine de limpiar dentro, y luego baldee la cubierta. —Hizo una pausa estudiada—. Estoy muy descontento con su trabajo. Hay que decírselo todo. No puedo depender de un patrón carente de iniciativa. Si sigue así lo más probable es que no acabe las vacaciones a nuestro servicio.

Bernardo se quedó mirándolo desafiante.

—Señor Lamarc, creo que no debería hablarme así. He demostrado que soy una persona discreta, de confianza. —Calló durante unos segundos, imitando el tono de su patrón—. Usted ya me entiende.

La voz le temblaba y su falta de seguridad era patente.

—Yo le entiendo y espero que usted —replicó presionando su dedo índice sobre la camiseta blanca de Bernardo, en el centro del pecho— me entienda a mí. Yo también soy muy discreto y tengo amigos incluso más discretos que yo que me aprecian lo suficiente como para, con una única llamada telefónica, eliminar de mi horizonte cualquier nubarrón que pueda estropearme el día. —Ni su voz ni su gesto mostraron emoción alguna—. Es bonito trabajar de patrón de barco, ¿verdad? Salir a navegar..., la vida en el puerto... Sería una pena no poder continuar en la isla. Es maravillosa, ¿no está de acuerdo?

A Bernardo se le heló la sangre. Su jefe no estaba fanfarroneando, ni eran bravuconadas. Acababa de constatar que las historias que se contaban del señor Lamarc eran ciertas, y como no se anduviera con cuidado acabaría mal.

—No se preocupe, señor Lamarc, yo nunca haría nada que pudiera perjudicarle —reculó.

—Por su bien, eso espero. Déjelo todo impecable. Puede que volvamos mañana. Adiós, Bernardo.

Fue la última vez que Bernardo osó hablar de nada que no estuviera relacionado con el barco o la mar. Y fue su último verano con los Lamarc.

18

Para Elena, Formentor había cambiado. Ella había cambiado. No quería creer a Sita, pero sí se daba cuenta de que ya no era el patito feo, o alguien como Javier no se hubiera fijado en ella. Mientras se duchaba para bajar a cenar no podía dejar de pensar en él. En cierta medida se sentía incómoda, como si estuviera traicionando algo o a alguien.

Pensó en Carlos. ¿Qué estaría haciendo?

No había ningún compromiso entre ellos. Solo la había acompañado una vez a casa y no habían tenido más que una conversación intrascendente. Entonces, ¿por qué tenía esa sensación? Cierto que junto a él se había sentido como nunca antes con nadie, pero no era más que un amigo. Se lavó la cara con agua fría y se la secó con fuerza. Javier regresó a sus pensamientos. Se estremeció al recordar la forma en que sus ojos le dibujaron el cuerpo, cómo la había abrazado mientras bailaban, su voz profunda susurrándole al oído... Tenía una clase y un porte de los que solo podían presumir los hombres de mundo. Pensar que habría conocido a un montón de chicas y sin embargo se había fijado en ella era un sueño; y el sueño iba a repetirse esa misma noche.

Carlos, como le dijera a Elena, pasaba el verano en Valencia. Estaba resultando un agosto muy agobiante y el número de visitas de trabajo se había reducido. Su hermana seguía de viaje con Roberto y, con su tío refugiado en Alicante, tenía la casa para él solo.

Como la chica también se había ido a Alicante con su tío se tenía que hacer cargo de las tareas de la casa. No le importaba. Con la limpieza no era muy exigente y había descubierto que la cocina no solo le gustaba, sino que se le daba bien. Sus amigos habían podido comprobarlo. Hacían un fondo, compraban en el cercano Mercado Central y Carlos se encargaba de preparar una suculenta cena, o unos pinchos.

Cuando podía, iba con los amigos a la piscina del balneario de Las Arenas, que era el lugar de moda. Allí, además de aliviar los calores, podían disfrutar de la visión de jóvenes en bañador emulando a Esther Williams entre risas y chapoteos. Carlos, Jordi y Boro las observaban divertidos, como niños tras el cristal de una pastelería.

—¿Has visto a esa?

—¿A cuál?

—La del bañador verde.

—Está cañón.

—Va con otra amiga. La morena del gorrito.

—Pues nosotros somos tres, así que id buscando a otra o alguno tendrá que sujetar la vela.

—Por mí no os preocupéis. Id con ellas y luego me lo contáis —comentó Carlos sin interés.

—¡Venga ya! Tú estás muy raro... —observó Boro.

—Es que tanta peluquera lo ha dejado seco —se choteó Jordi.

—Pues a mí me da que es otra la que lo tiene encandilado —dijo Boro, perceptivo.

—Dejadme en paz, que sois un coñazo. Tanto hablar, tanto hablar, ya se os han adelantado aquellos dos merluzos —se burló Carlos.

—Ostras, Carlos, pues es verdad. Te apuesto dos duros a que se los quitan de encima en menos de diez minutos.

—Los apuesto, pero a que en cinco las tenemos aquí.

—Imposible. ¿Tú qué dices, Jordi?

—A mí no me queda ni un chavo, así que no apuesto. Yo controlo el tiempo.

En ese momento Carlos se levantó, se acercó al borde de la piscina, se tiró de cabeza al agua y se acercó buceando hacia las dos jóvenes. Como quien no quiere la cosa, tropezó con una de ellas y salió a la superficie, disculpándose. Comenzaron a hablar. Su amiga se acercó también y los pardillos que las habían abordado primero se quedaron con tres palmos de narices.

Jordi y Boro lo vieron salir de la piscina seguido por las dos jóvenes. Parecía que las llevara enganchadas con una cuerda.

—¡Qué tío! ¡Nos las ha traído a domicilio! —exclamó Jordi por lo bajo viéndolo acercarse.

—¿Qué tal lo he hecho? —preguntó Carlos con naturalidad—. ¿Cuánto he tardado?

—Ehhh... Cuatro minutos. Todo un récord —contestó Jordi, pasmado de su cara dura al preguntarlo delante de ellas.

—Os presento a Mayte y Pepa. Estos son mis amigos Jordi y Boro.

Se habían puesto en pie.

—Me cronometran el tiempo que aguanto bajo el agua —aclaró Carlos.

—¡Es increíble! ¡Cuatro minutos! Qué pulmones...

—Bueno, la verdad es que habría aguantado más, pero me he chocado con una de vosotras. Querréis beber algo, ¿verdad? Os invitamos a una limonada. Mientras voy a por ellas podéis sentaros aquí, con nosotros. Boro, anda, apoquina que te toca a ti.

Jordi y Boro, que ya conocían su habilidad con las mujeres, no se asombraron, aunque esta vez se había superado. Las limonadas corrieron a cargo de Boro, que había perdido la apuesta.

Carlos volvió con los refrescos. Los cuatro mantenían una animada conversación. Sonrió. Él no necesitaba nuevas amigas. Pensaba en Elena y en qué le diría cuando la volviera a ver.

—Carlos, no te quedes ahí *pasmao* y trae esas limonadas, que con el calor que hace estas preciosidades se están deshidratando —vocalizó con un punto de chulería que siempre le salía cuando piropeaba.

—Tomad —dijo entregando un vaso helado a cada una de las jóvenes—. Voy a por las otras dos.

—¿Tú no quieres una?

—No, me tengo que ir ya. Nos vemos esta noche.

Mayte y Pepa se miraron consternadas, y Boro y Jordi le suplicaron con la mirada que no se fuera. Estaban seguros de que les faltaba media horita para conseguir que se quedaran con ellos, pero si Carlos se iba ahora, lo más seguro era que salieran disparadas.

—Pero Carlos, si no hay nada que hacer. ¿Dónde vas a estar mejor con el calor que hace?

—Lo siento, pero es que me falta por hacer algunas compras antes de que cierren.

—Nosotras también nos tenemos que ir. Nos esperan para comer y se ha hecho un poco tarde.

—Si os apetece —dijo Carlos apresurándose—, podemos quedar esta tarde en la plaza de la Virgen para tomar una horchata.

—Tenemos que consultarlo en casa, pero si nos dejan, acudiremos a las seis.

—Muy bien, allí estaremos.

—Hasta luego.

—Adiós, gua-pí-si-mas —se despidió Jordi, remarcando las sílabas.

—Carlos, eres un cabrón. ¿Para qué dices que te vas? ¿Que no sabes que te las llevas detrás? Nos las has *espantao* y la cosa prometía.

—No os preocupéis, esta tarde las volveréis a ver —les tranquilizó.

—Eso si vienen. —Boro tenía sus dudas.

—Vendrán —afirmó con condescendencia.

—¿Y tú? ¿Vendrás? Te veo muy rarito. Boro va a tener razón. ¿Qué te ha pasado?

—Qué pesados estáis, joder. No me pasa nada. Si os empeñáis en que vaya, iré. Pero sería mejor que fuerais solos, sobra uno.

—¿Te vas ya, de verdad, o solo ahuecabas el ala para dejarnos vía libre?

—No, me iba ya. Quiero comprar en el mercado, que tengo la despensa vacía y luego hay mucho gorrón suelto que se presenta sin avisar —les dijo mientras le daba un empujón a Boro que casi lo tira a la piscina.

Se rieron con ganas.

—Nos vemos.

Boro y Jordi se miraron. Carlos había cambiado. Pero era muy reservado, no hablaba de sus cosas. Nunca fanfarroneaba de sus conquistas y eso que habían sido muchas. En realidad, no estaban muy seguros de conocerlo bien. Era un buen tipo, de corazón generoso. No era el típico casanova pero se dejaba querer, ya que las mujeres lo perseguían sin remedio. Por eso lo de ahora no les cuadraba. Tal vez tuviera algún problema personal que no les hubiera contado. O quizá se hubiese enamorado. Creían conocer a sus amigas, al menos a la mayoría, pero no se les ocurría quién podría ser la afortunada.

Carlos también estaba asombrado. Mientras se cambiaba en los vestuarios recapacitaba sobre su actitud. Se sentía sereno. Con un equilibrio interior que no había conocido hasta entonces. Era divertido salir con chicas y hacer nuevas amigas, pero ahora mismo no necesitaba nada. Se sentía bien. ¿Enamorado? Tal vez sí, tal vez no. Nunca había creído que existiera ese sentimiento, así que no estaba seguro, pero sabía que con quien le apetecía estar era con Elena, y ella no estaba allí.

El tranvía llegaba a la puerta del balneario cuando él salía. Se subió de un salto y se agarró a la barandilla. Le venía justito para no darse con el techo. El recorrido se le hizo largo y pesado. Olía a humanidad y hacía muchísimo calor. Pero era el medio más barato para ir a la playa. La moto la sacaba lo justo, y si iba con amigos preferían ir todos juntos.

Llegó a su parada, frente a su casa, frente a Bebé Parisién. Tal vez fuera cosa del destino que la tienda de los Lamarc estuviera en aquel lugar. No se entretuvo, lo que de verdad le interesaba no estaba allí. Se encontraba a muchos kilómetros, en un lugar al que no creía poder ir jamás, rodeada de lujos y gente elegante.

Así era, Elena estaba rodeada de lujos, pero ese año era el primero en que ella tomaba conciencia de esa realidad, del nivel de vida en que se desenvolvía, y había llegado a la conclusión de que ese nivel de vida pendía de un hilo. Cualquier pequeño traspié en el negocio, un descenso de ventas, un incremento de costes y se verían en serias dificultades. Nada podía hacer allí para evitar el desenfreno gastador en que su familia navegaba, pero de vuelta a Valencia no podría olvidar ese asunto. De momento disfrutaría de un verano que estaba resultando mucho más emocionante de lo previsto.

Se cepilló la melena con energía hasta verla brillar. Faltaba poco para bajar al comedor y quería estar preciosa aunque esa noche la cena no fuera de gala. Su hermano Gerard la observaba sin pestañear.

—¿Qué miras, Gigi? Me estás poniendo nerviosa.

—Lo siento, Lenita, es que estás muy guapa. ¿Hoy subirás tan tarde como ayer?

—Pues no lo sé —respondió sonriente, reconfortada ante el halago sincero de su hermano—, pero ¿a ti qué más te da, chiquitín?

—¡No me llames chiquitín! —refunfuñó—. Es que anoche lo pasé muy mal. Oía ruidos y había sombras en la habitación.

—¿Ves como eres un chiquitín? No pasa nada. Como dice la abuela Elvira, el miedo está en un montón y cada uno coge el que quiere. Los ruidos y las sombras son normales —aseguró para tranquilizarlo—. Tienes la ventana abierta y estamos rodeados de árboles. Ciérrala y dejarás de ver esas cosas, pero te vas a ahogar con el calor que hace.

—¡Que no soy chiquitín! Solo tengo miedo.

Llamaron a la puerta.

—¿Estáis ya? —Elena oyó la voz de su madre procedente de la puerta—. Es hora de cenar.

—Sí, mamá, ya vamos. —Salieron de la habitación, Elena cerró y alcanzó a su madre que avanzaba hacia la escalera.

—Venga, que ya es tarde. Qué guapo estás, Gigi. Te estás haciendo un hombrecito. —Levantó la cabeza y no pudo evitar una exclamación de sorpresa—. ¡Elena! ¿Adónde crees que vas? ¡Te has arreglado demasiado! Cámbiate ahora mismo y ponte algo más normalito. Parece mentira que a estas alturas no tengas ni idea de cómo debes ir en cada ocasión. Y tienes diez minutos, si tardas más no te molestes en venir a cenar. Tu padre ya está abajo y no quiero una escenita.

—No me voy a cambiar. —Ella misma se asombró de su atrevimiento, pero hasta sus ojos echaban chispas—. Así voy bien.

—¡Pero quién te has creído que eres para hablarme así! O te cambias —las palabras salieron a rastras de la boca perfilada de Dolores—, o no bajas a cenar. Tú eliges.

Después del interés que había puesto para estar perfecta, su madre no podía decirle eso.

—No pienso cambiarme. Voy perfectamente. —Su tono iba subiendo, sus uñas se clavaban en sus propias palmas de la fuerza con que apretaba los puños—. Tú también te has arreglado. Lo que pasa... lo que pasa es que te da rabia verme guapa. Siempre he sido el patito feo y ahora que ya no lo soy... —agregó fuera de sí—, ¡no puedes soportarlo!

—¡Cállate! —se revolvió Lolo—. A tu cuarto. Diré que te suban un sándwich a la habitación.

—¡No, mamá, no me hagas esto! ¡Quiero bajar! ¡Tengo que bajar!

—¿Ah, sí? ¿A qué viene tanto interés? No vas a bajar mientras mantengas esa actitud. ¡Vete a tu habitación!

—Mami, no gritéis, dejad de discutir —imploró Gerard, asustado.

—¡Mira lo que has hecho! Pobre Gigi. No pasa nada, mi vida, vete al comedor que ahora bajo yo.

—¿Y Lenita?

—Bueno, eso va a estar más complicado. Tu hermana me ha faltado al respeto y merece un escarmiento.

—Eso no es verdad. ¡Yo no te he faltado al respeto!

—¡Cállate, insolente! —En un segundo la mano crispada de Dolores blandió el aire y la bofetada resonó en el pasillo.

Elena hizo esfuerzos para no derramar una lágrima. Tan solo la miró a los ojos, con la cara roja de ira.

—Ahora vete a tu cuarto —la conminó su madre con las mejillas encendidas, señalando en dirección a la puerta de madera que acababa de cerrar—. No me obligues a repetirlo.

Elena dio media vuelta muy erguida, sin bajar la cabeza, y con los pies convertidos en bloques de cemento se dirigió a su habitación. La mejilla le ardía, la cabeza también. Entró, se tiró sobre la cama y se echó a llorar. Toda la tarde esperando la hora de la cena para ver a Javier y ahora se había estropeado todo. Estaba furiosa con su madre y con ella misma. Su orgullo le había podido. Si se hubiera callado, si no hubiera dicho nada y se hubiera cambiado de ropa, ahora estaría cenando abajo con todos. Pero había sido superior a ella.

Permaneció tumbada boca abajo sobre la colcha de piqué, limpiando su humillación y su rabia con lágrimas hasta que una insistente llamada a la puerta cortó su llanto.

—¡Servicio de habitaciones!

Elena se limpió la cara como con torpeza y abrió. El camarero traía una bandeja con un club sándwich, una botella de agua y una manzana.

—Déjelo ahí encima, gracias.

—¿Se encuentra bien? —preguntó el camarero al ver su aspecto.

—Sí, gracias.

Le dio una propina y el camarero se marchó. Elena miró la bandeja. No pensaba comer nada.

Fue al baño y se lavó la cara. Su imagen en el espejo trajo de nuevo las lágrimas a sus ojos, la congoja a la garganta; tenía un aspecto lamentable: los ojos enrojecidos rodeados de hollín, la mejilla inflamada surcada por finas líneas que peinaban el colorete aplicado con esmero horas atrás y el pelo alborotado la hicieron resignarse a su encierro. Tanto esfuerzo para nada. Iba a quitarse la ropa cuando le pareció oír un ruido. Salió del baño. La habitación estaba en penumbra, iluminada por la lamparita de la mesilla y el resplandor de la luna. El silencio era total, salvo por el ruido de fondo de las chicharras.

¡Clinc!

No, no eran imaginaciones suyas. Alguien arrojaba piedras contra la ventana. Se acercó con cuidado al balcón y se asomó.

—¡Elena! ¡Soy Javier!

Elena dio un paso atrás con rapidez. ¡Javier! ¡Y ella con esa cara! Se acercó de nuevo, sin asomarse del todo. La luz de la luna era un gran cañón luminoso, pero desde abajo no era probable que pudiera verla con nitidez.

—¡Javier! —susurró—. ¿Qué haces ahí?

—Vi que no bajabas a cenar y me preocupé. ¿Estás bien? No he querido preguntarle a tu madre, no parecía de muy buen humor.

—Tuvimos una pequeña discusión y se me quitó el apetito.

—¿Por qué no bajas?

—Ahora mismo no puedo. Mi madre tiene que subir a mi hermano, y si descubre que me he escapado se me puede caer el pelo. Pero cuando Gerard se duerma, podría bajar un momento... —Era increíble. ¿Cómo se había atrevido a decir algo así? El calor debía de haberle afectado el cerebro. Apenas lo conocía y ella nunca había hecho nada parecido.

—Buena idea. Te esperaré en las escaleras del pavo. En cuanto vea que suben a tu hermano me iré para allí. ¡Hasta ahora! No me dejes plantado, ¿eh?

Elena se fue derecha al baño. Tenía que volverse a arreglar y dejarse la cara perfecta. Sonrió, no pensaba cambiarse de ropa. Al final iba a salirse con la suya.

Dejó la puerta entreabierta para oír si llegaba alguien y una vez reparados los desperfectos se sentó en el tocador a esperar. Le estaba entrando apetito, como siempre que se ponía nerviosa. Sería mejor que comiera algo si no quería darle a Javier un concierto de tripas a la luz de la luna. Le hincó un buen bocado al sándwich. Estaba exquisito. Llevaba la mitad cuando oyó la aguda voz de su hermano protestando.

—Gigi, es tarde —replicaba Dolores—. Es la hora de los mayores y tú debes irte a la cama.

Elena soltó el sándwich, cerró la puerta sin hacer ruido, apagó la luz y se metió en la cama, de espaldas a la entrada, apoyando la cabeza con tanto cuidado como si fuera de porcelana china.

Su madre abrió la puerta con cuidado.

—No hagas ruido, Gerard, que tu hermana se ha dormido. El sueño la ayudará a tranquilizarse. Espero que haya aprendido la lección —murmuró para sí—. Hale, ponte el pijamita, lávate los dientes y a dormir. Un besito, mi vida.

—Buenas noches, mami. Hasta mañana.

Gerard siguió las instrucciones de su madre y se metió en la cama.

—Lenita, ¿estás despierta? —preguntó bajito una vez que su madre hubo salido.

Elena intentó respirar con sosiego, aunque el corazón latía desbocado. No respondió.

—Lenita —repitió forzando un susurro más alto—, ¿no me oyes? —Ante el silencio de su hermana, el pequeño comenzó a rezar en voz baja—. Con Dios me acuesto, con Dios me levanto, con la Virgen María y el Espíritu Santo... —Hizo una pequeña pausa, respiró hondo y continuó su letanía nocturna—. Jesusito de mi vida, eres niño como yo...

Elena sentía el corazón en la garganta y unas ganas irrefrenables de salir corriendo. Si tardaba mucho más cuando fuera a bajar Javier se habría ido, harto de esperar. Gerard rezó el padrenuestro y empezando el avemaría la voz fue perdiendo lucidez. Por fin se estaba durmiendo. Elena comenzó a girarse en la cama, cada movimiento un grado imperceptible, sin hacer ruido, hasta poderle ver de frente. Su aliada la luna le mostró la dulce cara de su hermano con los ojos cerrados. Parecía dormido. Ahora fue ella quien preguntó.

—Gigi —susurró lo bastante fuerte para que la oyera, pero no tanto como para despertarlo—, ¿estás despierto?

Un bufido suave por respuesta le confirmó que por fin dormía. Se levantó con sumo cuidado. No pudo evitar el crujido del somier, que la paralizó. En el silencio de la noche sonó como una comunidad de garzas peleándose. Gerard no se movió. Elena se sentó y sacó los zapatos que había escondido bajo la cama, pero no se los puso todavía. Frente al espejo se estiró el traje y se ahuecó el pelo. Cogió el bolso y la llave y se deslizó hasta la puerta donde, apoyada en el marco, se colocó los zapatos. Tenía taquicardia. La voz de su conciencia le susurraba que aquello no estaba bien y la del sentido común, que se iba a meter en un buen lío. Pero los gritos del corazón la empujaron a seguir adelante.

Salió al pasillo y bajó por la escalera. Las mullidas alfombras abrazaban sus zapatos ensordeciendo el repicar de los tacones. Se oían voces en la planta baja. Había ambiente, unos charlaban frente al bar y en la sala de juego había una concurrida partida de póquer. Tenía que cruzar el *hall* sin que la vieran. Su padre no debía de andar lejos.

Esperó unos segundos a que se despejara el horizonte y corrió a la puerta de la terraza. Por fin estaba fuera, corrió hacia las escaleras del pavo, pero conforme se acercaba al punto de encuentro fue frenando la carrera. No quería parecer ansiosa ni llegar jadeante, aunque apenas podía respirar.

Allí estaba Javier, sentado en el primer escalón, fumando con calma un cigarrillo. Al oírla llegar se levantó.

—Pensaba que ya no vendrías. Has tardado mucho.

—Ha sido por mi hermano. No había manera de que se durmiera.

—Ya, pero no creí que te atrevieras —dijo Javier admirado—. Te estás arriesgando mucho y siempre me pareciste más bien timorata. Sin embargo, aquí estás. No dejas de sorprenderme.

—Bueno, no estamos haciendo nada malo —apuntó Elena, aunque en realidad no conseguía convencerse de ello.

—Si nos pillan, no lo creerá nadie y estarás metida en un buen lío.

—Me estás poniendo nerviosa. No digas esas cosas.

—Siéntate aquí, a mi lado. —Dio unas palmadas en el escalón junto a él.

—¿No nos verán?

—Están todos dentro y aquí está más oscuro. ¿Por qué has venido?

—No estoy segura. —Ella se estaba haciendo la misma pregunta—. Necesitaba salir de mi habitación. Me sentía agobiada.

Javier le había pasado el brazo por la cintura. Elena se estremeció. Su voluntad luchaba entre quedarse y salir corriendo. No se movió.

—¿Solo ha sido por eso? ¡Qué desilusión! Yo llevaba todo el día esperando encontrarnos de nuevo. Y viendo que no bajabas para cenar he sentido que tenía que verte como fuera. Hasta le he dado una propina al de recepción para que me dijera cuál era el número de tu habitación.

Javier se acercó a su cara, sujetó con delicadeza su barbilla y la giró hacia él, hasta tenerla a menos de dos centímetros. El corazón de Elena era un tamtam en el silencio de la noche y en sus propias sienes; retumbaba con tal fuerza que temió que salieran del hotel para ver qué era aquel estruendo.

—¿Te he dicho que tienes los ojos más bellos que he visto nunca?

Se ruborizó. Estaban tan cerca que sentía su aroma dentro de ella, un perfume a deseo, peligro y fuerza que hacía temblar sus piernas a pesar de estar sentada. Se deslizaba por el borde de un pozo del que podría costarle mucho salir. Pero de momento no quería evitarlo.

—No será para tanto —contestó a la defensiva—. Tienes fama de casanova, seguro que les dices lo mismo a todas.

—Es cierto que conozco a muchas chicas, pero también es cierto que son los más bellos que he visto nunca, y sé de lo que hablo. —Hizo una pausa, clavados sus ojos en el verde profundo e indefenso de los de ella, y se acercó hasta que sus labios se fundieron con los de Elena. Fue su primer beso.

Elena sintió que se licuaba, como si se hubiera transmutado en otra sustancia. El beso fue largo, a pesar de la torpeza de Elena, pero a Javier le sobraba experiencia. Su mano se había deslizado desde su cintura hasta los botones del cuello del vestido, que se abrieron como por arte de magia. Le acarició la espalda con suavidad para seguir hacia el costado. La parte superior del vestido se deslizó. En ese momento, a ella le pudo el miedo.

—Javier, no, por favor, no sigas. Debo volver. Casi no nos conocemos, y esto... Esto no está bien.

—¿No estás a gusto? —retrocedió él, consciente de que se había precipitado.

—No es eso. Pero, bueno, esto me asusta. Vas muy deprisa. Será mejor que vuelva a mi habitación. Yo... —No se atrevió a decirle que nunca había besado a nadie. Intentó abrocharse el vestido; parecía que llevara guantes de boxeo.

—¿Puedes ayudarme? —suplicó.

—Claro, si me das un beso de despedida.

—Bueno, pero en la mejilla —consiguió decir por encima de su entrecortada respiración.

Le acercó la cara con temor pero él fue más rápido. Buscó la boca de ella con sus labios y la recorrió con su experta lengua. Sus manos aprovecharon para acariciar una vez más la espalda desnuda, se pararon un segundo en el broche del sujetador y, por fin, en los pequeños botones, abrochándolos con la misma facilidad con que los había desabrochado. Elena estaba a punto de desmayarse.

Concentró la poca voluntad que le quedaba para apartarlo de ella y dejar algo de espacio entre los dos. Estaba muy excitada, algo nuevo para ella. Su conciencia y su cuerpo le daban instrucciones contradictorias, pero el miedo hizo que la prudencia primara sobre la osadía. Había sido mucho para una sola noche.

Se levantó con dificultad, temblaba como un junco en la tormenta. Consiguió correr hacia el hotel, tan emocionada que no se preocupó de que la vieran. Cruzó el *hall* y subió las escaleras sin detenerse.

—¡Elena! ¡Elena! ¿De dónde vienes? Estás muy alterada.

Para su desgracia, era Luis.

—Luisito, por favor, no digas nada —suplicó—. Tú no me has visto, tengo que irme. Hasta mañana.

Luisito no tuvo tiempo de decir nada más. Elena desapareció. Se quedó en pie con la mano mesando su barbilla y un gesto de asombro que se transformó en preocupación al ver entrar a Javier por la misma puerta, arreglándose la corbata con cara de satisfacción. No sabía qué había pasado, pero la expresión de su rival lo hizo enrojecer.

Por fin en su cuarto Elena se sintió segura, en todos los sentidos. Las sensaciones que había experimentado resultaban inquietantes, adictivas, y le era imposible alejarse de aquello que la hacía sentirse así. Su voluntad parecía mantequilla al sol cuando estaba junto a Javier.

Iba a ser complicado dormirse en ese estado. Se dio una ducha fría, se puso el camisón y se acostó. No lograba describir cómo se sentía, pensaba que había hecho algo espantoso y maravilloso a la vez. En la serenidad de su habitación fue consciente de su osadía y del riesgo que había corrido con alguien que era casi un desconocido.

Amaneció más calmada. A la luz del día le pareció inverosímil lo de la noche anterior. Tal vez lo hubiera soñado. Bajó a desayunar con su hermano. No sabía si sus padres habrían bajado ya.

Luis la vio entrar y se fue directo a ella.

—Elena, ¿qué pasó anoche? —espetó por todo saludo.

—¿Pasó algo anoche? —Gigi los miró con interés.

—¡Luis! Buenos días. Me has asustado. —Elena le dio un pisotón mientras lo fulminaba con la mirada—. ¿De qué estás hablando?

—Esto... No sé, parece que hubo un castillo de fuegos artificiales y me preguntaba si sabíais por qué.

Elena miró unos segundos al cielo raso. Incluso la expresión de Luisito evidenciaba lo estúpido de aquella excusa.

—Pues nosotros no oímos nada, ¿verdad, Gigi?

—No, menos mal, durmiendo nos podía haber dado un buen susto.

—Bueno, Luis, ahora cuando terminemos el desayuno nos vemos, ¿te parece?

—Sí, ahora nos vemos.

Pues no había sido un sueño y como Luisito se fuera de la lengua tendría un problema. Había sido una imprudente. Se convenció de que no volvería a suceder algo así. Si Javier la quería, lo entendería.

Nada más terminar, Gigi se fue a jugar. Sus padres seguían sin aparecer y Elena pensó que era el momento para aclarar la cosas con aquel pequeño entrometido.

—Luis, tenemos que hablar.

—¿Así que ahora tenemos que hablar?

—Bueno, casi me metes en un lío sin venir a cuento.

—¿Te parece normal lo que pasó anoche? Tu madre me dijo que no bajabas porque te encontrabas mal y luego te sorprendo a las tantas, descompuesta, viniendo de la terraza.

—Necesitaba salir; y no estaba descompuesta, solo me acaloré al volver corriendo. No me di cuenta de la hora que era.

—Ya..., y Javier tampoco.

Elena se quedó muda.

—No me mires con esa cara. Entró detrás de ti con cara de gilipo... perdona, no quería decir eso. ¿Cómo se te ocurre? —preguntó golpeándose con el dedo índice en la sien de forma repetida.

—Luis, no pasa nada. Nos encontramos por casualidad y estuvimos charlando. Yo estaba disgustada porque había discutido con mi madre y necesitaba airearme.

—¿De verdad? Javier parecía muy satisfecho —le reprochó con retintín—. Se pasó un buen rato jugando al póquer y luego se largó.

—¿Se fue? ¿A esas horas? ¿Cómo? ¿Adónde?

—Cuánto interés... —se lamentó—. Elena, Javier es... Javier es... es un sinvergüenza.

—Eso dicen, pero yo creo que era por inmadurez. Ha cambiado.

—¡Pero qué va! A saber adónde se fue anoche. Elena, ¿es que no lo ves? Con lo que yo te quiero. Yo nunca me portaría como él.

—Luisito, yo lo siento mucho, de verdad, pero no puede ser.

—¡Ay! ¡Si lo sientes —exclamó juntando ambas manos— es que aún tengo alguna esperanza!

—Desde luego, la esperanza es lo último que se pierde —zanjó Elena—. No tienes remedio.

Después de aquel encuentro nocturno, Javier se ausentó por tres días. Por un lado, Elena estaba aliviada. Temía su siguiente encuentro con él. No sabía cómo actuar ni qué decirle. Por otro lado, estaba impaciente. Quería verlo, estar cerca de él, y le preocupaba dónde se habría metido. No se atrevió a preguntar, pero tuvo que hacer auténticos esfuerzos para no hacerlo. Seguro que había una explicación razonable para su ausencia.

Cuando apareció por fin, él sí que trató de acercarse a ella.

—Elena, ¿cómo estás?

—¿Yo? Bien, gracias. —Se moría de ganas de preguntarle dónde había estado esos tres interminables días, qué había hecho, por qué había desaparecido sin decirle nada... Pero no le iba a dar esa satisfacción. La ansiedad por verlo había sido desplazada por la rabia. ¡Se presentaba así, sin ninguna explicación!

—No seas tan fría conmigo. La otra noche estabas muy diferente. —Parecía seguro de que Elena le había estado esperando. Le cogió la mano, que ella retiró con decisión.

—La otra noche no era yo, Javier. Estaba rabiosa. Pero no te equivoques, yo nunca, nunca, había hecho nada parecido.

—No lo dudo. Esa es una de las cosas que me gustan de ti. ¿Te he dicho lo guapa que estás?

—No me adules. Me pone nerviosa.

—Me extraña que no me hagas preguntas.

—¿Tendría que hacerlas? No tienes por qué darme explicaciones.

—Pero quiero hacerlo. He tenido que resolver unos asuntos de mi padre. Como te fuiste tan deprisa, no pude decírtelo.

—Ya...

En ese momento aparecieron sus padres en la piscina.

—Buenos días, Elena. Buenos días...

—Javier. Javier Granados. Creo que nos conocemos.

—Sí, es cierto. Sobre todo a tu padre —saludó cáustica Dolores—. Pensábamos que te habías ido ya.

—Pues no, he vuelto. Solo tenía que arreglar unos asuntos.

—Ahora lo llaman así. Qué bien.

—¡Mamá! —Elena estaba abochornada.

—Javier, no se lo tengas en cuenta a mi mujer. Soy Gerard Lamarc. Anoche jugué unas manos con tu padre; un gran tipo.

—Por mi bien, espero que ganara él —contestó Javier.

—Por desgracia no ganamos ninguno de los dos —bromeó Gerard.

—Gerard, si os vais a quedar hablando toda la mañana, Elena y yo nos vamos a dar un paseo —cortó Lolo tomando a Elena de un brazo.

—Mamá, ahora no —suplicó ella.

—Elena, nos vamos a pasear. —El énfasis de sus palabras no dejó lugar a dudas. No era una proposición, era una orden.

—Gigi se va a quedar solo en la piscina.

—No te preocupes por tu hermano, le pediré a Sita que lo vigile.

Como siempre, no había opción. Fue un paseo desagradable. Dolores dejó sentada su opinión sobre Javier y le prohibió verle.

—Mamá, estamos los dos aquí. ¿Qué quieres? ¿Que me encierre en mi cuarto y no salga? ¿Que lo echen a él del hotel?

—Pues no me extrañaría nada. Con lo que su padre perdió anoche hay para pasar aquí un mes. Un día de estos apostará la casa y, como se descuide, hasta a su mujer.

—No exageres. No me parece justo que juzgues a Javier por su padre.

—Elena, ese es un golfo que solo busca en ti una cosa. Es el tipo de hombre que utiliza a las mujeres. No le importas. ¿Cómo puedes creer que de verdad está interesado en una cría como tú?

—No quiero hablar de esto. —Su cabeza bajó lentamente hasta posar la vista en el suelo, zaherida por el comentario de su madre.

—Pues te aguantas.

La discusión continuó hasta que volvieron al hotel. Javier ya no estaba. Dolores se había salido con la suya, pero Elena confió en coincidir en la cena; ese día era de gala y no habría discusión sobre su atuendo.

El día se le hizo interminable. Solo pensaba en volver a verlo, en hablar con él. Se convenció de que su ausencia había estado justificada, le daría otra oportunidad.

La velada prometía. Las mesas iluminadas con velas del jardín creaban un ambiente muy romántico, casi mágico. Gigi había cenado antes; en esas ocasiones no se admitían niños y, como siempre, se quedó en la habitación renegando y muerto de miedo.

Los Lamarc compartirían mesa con los Leblanch y con otro matrimonio. Elena buscó con la mirada a Javier. Enseguida lo vio. No había nadie con su magnetismo. Su corazón volvía a palpitar con fuerza.

Durante la cena no escuchó nada. Su interés estaba más allá.

—Elena, ¿quieres dejar de mirar de esa forma? Das vergüenza ajena.

—Es normal, Lolo —dijo Sita mediando, como siempre hacía ante los duros comentarios de su amiga—. Está en la edad.

—¿Qué os pasa? ¿Hay algo que deba saber? —Gerard no había prestado atención a los cambios en la actitud de Elena.

—Nada, cosas nuestras.

Estaban en el café. Javier se volvió hacia Elena y le hizo un gesto con la cabeza. Ella sonrió radiante. Javier se levantó y se dirigió hacia su mesa. A Elena le entró miedo. Temía la reacción de su madre, aunque al no estar solos en la mesa confiaba en que se reprimiera un poco.

—Buenas noches. Ha sido una cena fantástica, ¿no creen?

—Cierto. ¿Necesitas alguna cosa? —Dolores lo miraba sin parpadear, su tono frío y cortante.

—Bueno, necesitar no es la palabra, pero me preguntaba si a Elena le apetecería tomar algo.

—Yo...

—No, Elena ha cenado estupendamente y no necesita tomar nada más. —Lolo seguía sin parpadear. Gerard la miraba divertido. Se preguntaba qué mosca le había picado. Sita y Chimo contemplaban la escena como el que asiste a un partido de tenis.

—Pues en realidad sí que tengo sed, pero no hace falta que me lo traigas, te acompaño. —Elena se levantó como si tuviera un resorte y salió disparada para evitar escuchar los ácidos comentarios de su madre.

—Has tenido valor —le susurró Javier mientras se alejaban—. Menuda es tu madre. Necesitaba hablar contigo y no sabía cómo.

—¿Y qué me querías decir? —Elena flotaba.

—Que nos vamos mañana a Valencia. Han surgido unos problemas en el negocio. Quería preguntarte si te importaría que siguiéramos viéndonos allí.

—¿Mañana? —Elena dejó de flotar—. Pues sí que lo siento. Claro que podremos vernos. Cuando quieras. —Estaba contrariada.

—Bien, dame tu dirección y tu teléfono y te prometo que te llamaré.

Así lo hizo, pero desde aquel momento, para Elena seguir en Formentor dejó de tener sentido.

19

Dolores no perdió la oportunidad de revelarle a Elena la causa real de la huida de los Granados. Los «problemas» que precipitaron el final de sus vacaciones no fueron otros que el dinero perdido en el juego. Los Granados no lo iban a reconocer, pero esta vez se habían pasado y habían sido invitados a abandonar el lugar.

Pero por mucho empeño que su madre pusiera en sus comentarios, para Elena no eran más que un molesto zumbido de moscas sobre su cabeza. Estaba acostumbrada a que su madre pintara de negro cualquier cosa que no resultara de su agrado, y nada podía influir en su deseo de que llegara el momento de regresar a casa para encontrarse con Javier. Estaba segura de que la llamaría; por primera vez en su vida se sentía optimista ante el futuro. El resto de su estancia en Formentor se redujo a la cuenta atrás de su vuelta a Valencia.

Llegaron a media tarde. Todavía había luz, aunque ya empezaba a notarse que los días se acortaban. Respiró feliz al traspasar el umbral de su casa. Era una sensación especial. Ver sus cosas en su sitio, tocar su cama, la colcha... Por buenas que fueran las vacaciones, por lujosa que fuera la habitación del hotel, siempre experimentaba la misma tranquilidad cuando volvía a casa y entraba en su cuarto, en su mundo. Esa noche el sueño vino nada más envolverse en las sábanas.

Al día siguiente se imponía volver a su placentera rutina. En la empresa todo seguía igual. Elena se asombraba de la inercia que llevaba el negocio. ¿Seguiría funcionando eternamente aunque no aparecieran por allí? Tal vez. No parecía muy complicado. Pero si fuera tan fácil, reflexionó, lo haría cualquiera.

Saludó a Pili. Estaba muy morena a pesar de que sus vacaciones hacía un mes que habían terminado. La verdad es que era muy guapa, aunque algo vulgar, pensó. Y, desde luego, bastante descarada.

El señor Solís, encorvado sobre su mesa de madera, no paraba de darle a la palanca de la calculadora. *Tiquitiquití, tiquitiquití, rrraca...* Parecía no haberse movido de allí desde la última vez que Elena estuvo en el taller. Reparó en que no sabía nada de su vida. ¿Estaría casado? ¿Tendría familia? Tampoco era asunto suyo, pensó, y aunque preguntar no es ofender, sí podía molestar.

La mañana transcurrió tranquila y por la tarde, al cerrar, quedó en acompañar a su madre a la tienda. Conforme se acercaba a Bebé Parisién, pensó por primera vez en Carlos. ¿Cómo habría pasado el verano? Su recuerdo era grato, pero diferente a cuando se fue, y le preocupaba qué pasaría si se lo encontraba. No sabía cómo iba a reaccionar al verlo. Su corazón parecía inclinarse por Javier, del que no sabía nada desde que abandonó el hotel.

Durante las últimas dos semanas, Carlos había pasado todas las tardes por Bebé Parisién con la esperanza de que Elena hubiera vuelto, y esa tarde por fin la vio. Dudó un momento pero entró. Después de tanto tiempo esperando no podía dejarlo pasar. La encontró preciosa, con un tono bronceado, luminoso, que hacía resaltar el verde de sus grandes ojos, a pesar de las gafas de pasta negra.

—¡Hola, Elena! ¡Por fin has vuelto! Creía que os quedabais a vivir en Formentor. ¡Menudas vacaciones!

—¡Hola, Carlos! —Elena se sobresaltó—. A mí también se me han hecho largas, aunque han sido más cortas que otros años. Al final es siempre lo mismo y terminas por aburrirte.

Dolores salió de la trastienda.

—Buenas tardes, señora Lamarc, ¿ha tenido unas buenas vacaciones?

—Hola, eres Carlos, ¿verdad? Pues sí, unas vacaciones estupendas. No sé qué decía Elena de aburrirse, pero no te lo creas. No ha parado.

—La verdad es que las dos han vuelto guapísimas.

—Muchas gracias. ¿Querías alguna cosa?

—No. Pasaba por la puerta y entré a saludar.

—Qué amable...

Se hizo un incómodo silencio. Dolores lo miraba cual esfinge, su fina nariz apuntando hacia el techo, su expresión fría, carente de emoción.

—Bueno..., pues me voy a casa. Ya nos veremos. Adiós, Elena. Adiós, señora Lamarc.

—Adiós, Carlos.

—Te llamaré —dijo con un guiño.

Carlos se fue con la misma desagradable sensación que experimentaba cada vez que se encontraba con la madre de Elena. Sintió la necesidad de olfatearse la axila por si olía mal, aunque supiera que no.

—Te buscas unos amigos... —soltó Lolo en cuanto desapareció—, a cuál peor.

—Mamá, no empecemos.

—Javier es un golfo que acabará arruinado si no lo está ya, y este es un guaperas que no tiene nada más que sus bonitos ojos azules. Un don nadie al que le vendría de perlas pillar una infeliz como tú.

—Ya me extrañaría que te gustara algún amigo mío. Quien te oiga pensará que lo único que vale de mí es mi posición. Si no te importa, mejor dejemos el tema. No estamos solas.

—No te preocupes, no necesitan oírme para sacar sus propias conclusiones. Resulta patético. Cualquiera de ellas sabe mejor que tú lo que le conviene.

Elena, como siempre que la conversación cogía esos derroteros, sintió la ira trepando desde su ombligo. Como si su madre pudiera dar lecciones. Menudo mirlo blanco había ido a escoger por marido. Si tenía el mismo ojo clínico con sus amigos que con su padre, todo iría bien.

No contestó, habría sido peor, y aunque le costaba callar, iba aprendiendo. Se dedicó a colocar las cosas en su sitio, o a cambiarlas de un lugar a otro, con movimientos bruscos y golpes secos.

Las dependientas fingían no enterarse y Dolores apretaba los labios, mostrando con su mirada el desagrado ante la reacción de Elena. Notaba cómo perdía el control sobre su hija, pero no consentiría que mantuviera una relación con ninguno de aquellos dos elementos.

Volvieron a casa en silencio. Ninguna de las dos quería dar su brazo a torcer y enterrar el hacha de guerra. Para Elena era una cuestión de orgullo. Además, volver a ver a Carlos le había alegrado la tarde. Era agradable, y tan guapo... Aunque al hacer la inevitable comparación con Javier llegó a la conclusión de que le faltaba algo. La atracción no era la misma. Con Javier se sentía segura, lo veía fuerte, con carácter, capaz de llevar las riendas. Pero eso no tenía por qué ser un obstáculo para continuar su amistad con Carlos.

Al llegar, Elena fue directa a preguntar a Clara si la había llamado alguien.

—No, señorita Elena.

—¿Esperas que te llame alguien? ¡Ja, qué bueno! —se burló su madre—. Pobre infeliz.

—Habéis tardado mucho en venir —dijo Gerard a modo de saludo—. Hoy quiero cenar pronto, estoy cansado.

—No te preocupes, enseguida preparan la cena.

—No os lo vais a creer, pero mi amigo Martín Domínguez, el director de *Las Provincias*, ha conseguido forzar el cambio de la parada del tranvía con sus artículos. Ahora está en la Bajada de San Fernando, casi frente a la puerta de Bebé Parisién. Tenemos que invitarle a cenar uno de estos días.

—¡Es estupendo! —A Lolo la noticia parecía haberle devuelto el buen humor—. No hay nada como tener amigos. No te preocupes que yo lo organizo.

—Elena, ¿quieres poner otra cara? No sé qué líos os traéis, pero resulta desagradable verte con ese gesto de hurón todo el rato. Se ve que no has tenido un buen día, pero no es mi problema, así que cambia-esa-cara.

—¿Así está bien? —Elena hizo una mueca, dibujando una sonrisa exagerada. Estaba decidida a no participar de la alegría familiar.

—Pensándolo mejor, vete a tu cuarto.

Elena se fue refunfuñando. Se cruzó con el pequeño Gerard por el pasillo y casi lo tumba.

—Mira por dónde andas, renacuajo.

—¿No vienes a cenar? —preguntó Gerard.

—Déjame en paz. —Anduvo dos pasos en el pasillo y se paró—. Gigi, lo siento. Esto no va contigo. Luego te veo, ¿vale?

Se sentó ante su escritorio y cogió un libro, pero no llegó a abrirlo. Le preocupaba no recibir noticias de Javier. Claro que él no tenía por qué saber que ya habían vuelto. Tal vez podría llamarle ella. Pero no, eso no era lo correcto. Debía tener paciencia.

Mucha paciencia, sí, porque pasados quince días desde el regreso seguía sin saber nada de él.

Carlos, por el contrario, se había pasado varios días por la tienda. Elena se mostraba fría y reservada. Aunque le caía muy bien y se sentía muy a gusto a su lado, no quería darle falsas esperanzas.

Él acusó el cambio, pero lo achacó a la timidez de Elena y al tiempo que habían pasado sin verse. Confiaba en que las cosas cambiaran. Lo suyo no era forzar las situaciones.

El último domingo de septiembre coincidieron con los Granados en el Casino de la Agricultura. Los Lamarc iban allí con frecuencia. Se comía bien, era económico para los socios y podían ver y dejarse ver, además de ser el punto de reunión de lo más granado de la sociedad valenciana. Era un coto reservado a una élite, a la que se preciaban de pertenecer.

Al entrar en el comedor, Dolores vio de inmediato que junto a la gran chimenea estaba Javier con su familia, pero no hizo ningún gesto. Miró con disimulo a su hija y esbozó una sonrisa imperceptible; no se había percatado de su presencia.

Se sentaron a una mesa junto a la ventana y Elena quedó de espaldas a ellos y frente al gran portón de entrada.

La mesa de los Granados estaba envuelta por un halo de tensión que se percibía desde lejos. Algo pasaba. Se los veía absortos en su conversación, con el gesto crispado, y ajenos a los que los rodeaban. Dolores los observó con disimulo. Los rumores de Formentor debían de ser ciertos, pero pronto se desentendió de ellos para disfrutar del almuerzo.

La comida transcurrió tranquila, sin demasiada conversación. Alguna leve reprimenda a Gerard por hacer ruido al beber, entre discretos saludos a este o aquel conocido. Llegado el postre, Elena vislumbró la conocida silueta de Javier saliendo de la sala. El corazón le dio un vuelco. No parecía haberla visto. Y ella no podía levantarse para saludarlo. Tenía que hacer algo.

—¿Puedo ir un momento al baño?

—No has terminado el postre.

—Ya. Es que no puedo más. Hemos comido mucho.

—Si te esperas, podemos ir juntas.

Maldijo su mala suerte. No le iba a salir bien. Si insistía, su madre notaría algo, y si se daba cuenta, la discusión estaba servida.

—Bien, pero aún os falta el café.

—No —respondió Lolo—, lo tomaremos en el bar. A las cuatro y media tengo la partida de *bridge* en el segundo piso. Vosotros volveréis a casa con papá.

No había nada que hacer. Solo esperar a que él la viera, aunque con su madre cerca, el desastre estaba asegurado.

—Mamá, yo también quiero ir al baño.

—¿No te puedes esperar, Gigi?

—No, mami —urgió el niño.

—Bueeno, pues que te acompañe tu hermana y así va ella también.

Dios era bueno. Pero como no se dieran prisa, Javier volvería antes de que ellos salieran.

—Hala, Gerard, vamos.

Elena se apresuró, aunque sin correr.

—Pasa, que yo te espero fuera.

—Y tú, ¿no vas al baño?

—Sí, claro, pero quedamos aquí fuera.

Conforme Gerard entraba, Javier salía.

—¡Elena! ¿Qué haces aquí?

—Hola, Javier —contestó con una indiferencia que no sentía—. Supongo que comer, como todo el mundo.

—No me malinterpretes, me refiero a que no esperaba verte.

—No te preocupes, puedes hacer como que no me has visto.

—No seas mala conmigo. No he podido llamarte. Hemos tenido muchos problemas. Mi padre... Bueno, es largo de explicar. ¿Cuándo podría hablar contigo?

—Ahora no. Mis padres están terminando de comer y ya sabes la poca gracia que les hace que nos veamos. Mi madre tiene partida, y nosotros iremos a casa. Llámame y veré cuándo podemos quedar.

En ese momento salió Gerard. Elena lo cogió de la mano y se fue sin decir nada más. Al llegar a la mesa, a su hermano le faltó tiempo para contar su encuentro con el joven Granados. Para él era lo más emocionante de la comida en aquel restaurante de abuelos.

—¡Hemos visto a un amigo de Elena! —exclamó, emocionado por su primicia—. ¡Un chico de Formentor!

Elena lo fulminó con la mirada y le asestó un puntapié que lo dejó blanco.

—Sí, están los Granados. —Era el día de aparentar indiferencia—. No los había visto.

—Qué casualidad que hayáis coincidido en el baño —observó Dolores—. ¿Qué te ha dicho?

—Nada, casi no hemos hablado. Lo he visto justo al salir.

—Ya...

—Señoras, ¿un café? —cortó Gerard.

—Bien.

—Pues si os parece lo tomaremos en el bar.

La mesa de los Granados estaba entre la chimenea y la puerta del bar. Pasaron por su lado y Gerard se paró a saludar. Dolores, sin detenerse, hizo un gesto imperceptible. Elena siguió a su madre.

Unos minutos más tarde, Gerard se reunió con ellas.

—Dolores, ¿qué mosca te ha picado? Lo que has hecho es una grosería.

—Perdona, pero ni son mis amigos ni ganas. Los he saludado con la cabeza, suficiente para unos meros conocidos, que para más inri me parecen impresentables.

—No sé qué te han hecho. Parece que tienen problemas serios. He visto preocupado a Granados y eso no es habitual.

—Se lo ha buscado —sentenció Lolo—. Son una pareja de sinvergüenzas tanto el padre como el hijo; su mujer sí que me da pena. Era una chica tan mona, de una familia estupenda, y ahora está irreconocible. Ha envejecido diez años en poco tiempo. Debe de ser del sufrimiento de convivir con esos dos golfos.

En ese momento entró Javier seguido de sus padres. Se dirigieron a la barra y pidieron un café y un coñac.

—Yo creo que me voy a subir a jugar. No tardaréis en iros, ¿verdad?

—No lo sé. Tal vez me quede charlando un rato. Elena y Gerard pueden volver a casa solos.

—Pues entonces, Elena, ya os podéis ir. Este no es sitio para tu hermano y si tu padre se queda no hace falta que lo esperéis.

—No tenemos prisa, mamá. En un poquito nos vamos.

—Sí, mami, porfa..., me gusta estar con los mayores. —El bar era el único sitio interesante para el menor de los Lamarc.

—Gigi, en cinco minutos a casa. Los niños no pueden estar aquí, nos llamarán la atención.

—Jo, qué rollo. —Se irguió cuanto pudo—. Ya no soy tan pequeño.

Dolores salió y Gerard se acercó a Alberto Granados. Su mujer parecía abatida, derrumbada en uno de los asientos que se alineaban contra la pared. Javier estaba sentado junto a ella, le hablaba al oído. Se volvió hacia Elena y le hizo ademán de que esperara.

—Elena, es hora de que os vayáis —dijo Gerard—. Yo me quedo con Alberto.

—¿No podemos quedarnos un poco más? —Elena no perdía la esperanza de hablar con Javier.

—No.

—¿Os vais ya? —preguntó Javier, que se había acercado a ellos.

—Eso parece.

—Señor Lamarc, ¿le importa que acompañe a sus hijos hasta su casa?

—No, claro. Mejor así.

—Pues entonces, papá, nos vemos en casa. —A Elena le había cambiado la cara.

—Sí, no te preocupes.

Salieron los tres, Elena, Gigi y Javier. Su hermano andaba un poquito más adelantado, con las manos en los bolsillos, buscando objetos a los que poder chutar, y Elena y Javier le seguían de cerca. Anduvieron en silencio durante unos metros. Elena no quería ser la primera en hablar. Pero temía que se acabara el camino y no hubieran dicho nada.

—Siento no haberte llamado antes —dijo Javier para romper el hielo—, pero hemos tenido muchos problemas. No puedo explicártelo con detalle, atravesamos una situación difícil. Mi madre lo lleva muy mal, y mi padre aparenta tranquilidad, pero no es como en otras ocasiones. Me preocupa. Está distinto. Él, que siempre ha sido animoso y despreocupado, está ahora nervioso y taciturno.

—Pero Javier, ¿qué dices? Las cosas no pueden estar tan mal. ¿Qué tipo de problemas son?

—En parte económicos, pero eso es lo de menos. No es solo cuestión de dinero. Puede que su vida... esté en peligro. Mejor no hablemos de ello.

—¡Por Dios! ¡Eso es terrible! Deberíais acudir a la policía. Mi padre tiene buenos amigos en comisaría.

—Eres muy ingenua, Elena. No sabes cómo funciona esto. No podemos acudir a la policía. Nos matarían. Ni hablar de ello.

—Tal vez si yo le llamara... Ya, qué tontería. ¡O mejor mi padre! Parece que congenia con el tuyo. ¿Te importa? De verdad me gustaría ayudaros.

—No creo que le haga ninguna gracia saber que te he hablado de esto. Pero ¿qué puedo perder? —La cogió de la mano—. Eres un ángel.

—Pues tú no —contestó Elena con una media sonrisa aceptando su mano.

Habían llegado al portón de su casa.

—Ojalá las cosas mejoren. Si necesitas ayuda, dímelo. Seguro que el comisario Lafuente puede hacer algo, y si se lo pide mi padre lo hará. Ahora tengo que subir. Me he alegrado mucho de verte.

—Yo también. —Estudió su rostro, se acercó unos centímetros y se frenó. Entre Formentor y aquel portal parecía existir un abismo.

Elena le leyó el pensamiento. Miró alrededor. Gerard jugaba subiendo y bajando los escalones de la portería, sin prestarles atención.

—Javier, no me malinterpretes. En Formentor no sé lo que me pasó. No era yo. Luego me sentí muy mal. —Quería decirlo todo sin interrupciones—. Creo que debemos ir más despacio. Tú estás muy seguro de ti. Se nota que tienes mucha experiencia, pero para mí todo esto es nuevo y me desconcierta.

—Como tú quieras. Iremos a tu ritmo, si puedo contenerme —quiso bromear—. Hasta mañana, Elena. Adiós, Gerard.

—Adiós, Javier.

Elena subió a casa emocionada. Esta vez las cosas se habían hecho a su manera y se había quitado un peso de su conciencia. Su aventura en Formentor le había ocasionado serios remordimientos, y desde entonces necesitaba aclarar las cosas, colocarlas en el sitio del que no deberían haber salido. Nada más volver de Formentor se había ido directa a hablar con su padre espiritual, el jesuita López Manrique, la única persona con la que era capaz de sincerarse y hablar con el corazón en la mano. Llegó agobiada, su conciencia a punto de explotar. Pero, para su sorpresa, el padre López Manrique le hizo ver las cosas de otra forma. Hombre de mentalidad mucho más abierta que la mayoría de sus contemporáneos, le transmitió tranquilidad, sosiego y paz de espíritu. Lo sucedido no era tan raro ni tan grave, aunque debía controlarse en el futuro. Y estaba en el camino de conseguirlo.

La cocinera libraba el domingo y Clara estaba guardando la ropa de plancha cuando Elena entró en casa.

—¿Te ayudo?

—No, Elena. Ya está todo. La veo contenta.

—Lo estoy, Clara, lo estoy —suspiró.

Dolores llegó pasadas las nueve. Entró con brusquedad. No reparó en Elena, que leía en el salón. Dejó las llaves en la bandeja, tiró el abrigo en un sillón y fue a servirse un whisky.

—Hola, mamá. ¿Estás bien? Pareces muy sofocada.

—¡Es un maldito desgraciado! Tu padre... No sé cuánto más podré aguantar.

—Pero ¿qué ha pasado? ¿No estabas jugando la partida?

—Así es. Y pocas veces me he sentido más humillada. —Se desplomó y comenzó a llorar—. Nos tocó jugar con una mujer que no conocemos demasiado. Nos presentaron, y al oír que yo era la señora de Lamarc se quedó parada, con cara de extrañeza. «El otro día conocí a otra señora de Lamarc. Debe de ser familia suya.» Resulta que es joyera, y la semana pasada Gerard le compró unos pendientes para la «otra» señora Lamarc. Una joven morena, muy guapa y no muy alta, según contó. Ella había pensado que era su hija, pero le aclaró ¡que era su mujer! ¡Cómo puede tener tanto descaro! ¡Tan poca vergüenza! No sabía dónde meterme ni qué decir. ¡Ha sido horrible!

—Y papá, ¿dónde está?

—No lo sé. Cuando bajé no lo vi. Pensé que habría vuelto a casa con vosotros.

Se enjugó las lágrimas. El pequeño Gerard entró en el salón y se acercó a saludar a su madre.

—Mami, ¿estás llorando?

—No, qué va, es que he bostezado y cuando bostezo me brillan los ojos. Solo estoy cansada.

Elena supo de inmediato quién era la joven morena, pero decírselo a su madre no iba a mejorar las cosas. Qué más daba, si no era Pili sería otra. Su padre no tenía remedio.

—¿Y papá? ¿No ha venido contigo? Tengo hambre —siguió el niño.

—No, Gerard, se ha quedado en la Agricultura. Pero no te preocupes, no le vamos a esperar para cenar.

—¡Bien! Voy a lavarme las manos. ¿Quieres que se lo diga a Clara?

—Sí, anda, dile que sirva ya la cena.

Elena esperó a que saliera Gerard y se dirigió a su madre.

—Mamá, Gigi tiene que ir dándose cuenta de lo que pasa en casa. Ya tiene edad. Y tarde o temprano esto va a explotar.

—Lo sé, Elena, pero es tan pequeño. No quiero que sufra. Cuanto más tarde en enterarse, mejor.

—Perdonen que las interrumpa, ¿esperamos al señor?

—No, Clara, vamos a cenar ya.

—¿Quito entonces su cubierto?

—¿Por qué pregunta tanto? —espetó con aspereza—. Y yo qué sé. Déjelo por si acaso. No ha llamado, ¿verdad?

—No, no señora.

Se oyeron las llaves en la puerta. Dolores miró a Elena en busca de ayuda. No quería verlo y temía su propia reacción. No tenía fuerzas para discutir.

—No te preocupes, mamá. —Elena le puso una mano en la rodilla—. Todo va a salir bien. Clara, cenaremos todos juntos.

—¿Qué tal ha ido la partida, querida? —saludó Gerard.

—Por lo que me ha contado, muy bien, papá. ¿Y tú? ¿También has estado jugando? —le dijo Elena muy seca.

Dolores fue a coger el abrigo que había dejado en el sofá.

—Voy a guardar el abrigo en el armario.

—Tienes mala cara, Dolores. ¿Te encuentras mal? —Le hablaba a su esposa, pero observaba a Elena.

—Sí, estoy un poco indispuesta. —Intentó no mirarlo—. Algo no me ha sentado bien.

Dolores desapareció y Elena se levantó aguantando la mirada de pedernal de su padre.

—Y a ti, ¿qué te pasa? Cada día estás más insoportable. ¿Es que Javier te ha dado calabazas?

—Es increíble tu cinismo. Vas por toda Valencia paseando del brazo a Pili como si fuera tu mujer, sin importarte que te vea gente que nos conoce. Humillas a mamá sin pestañear y luego apareces como si no pasara nada. Eres detestable.

—Te la estás jugando, Elena. No sé a qué viene esto ahora, espero que no estés envenenando a tu madre con tus comentarios insidiosos. Tienes una imaginación maligna. La he visto muy indispuesta, y espero que tus mentiras no sean la causa.

—No, yo no miento. Ojalá fuera mentira —replicó Elena con valentía.

—¡Cállate! Una palabra más y no vuelves a Lamarc.

—Amenázame cuanto quieras, eso no cambia nada —continuó, sin arredrarse.

Elena marchó hacia el comedor. Sentarse a la mesa iba a ser un trago, como tantos otros días. ¡Qué ganas tenía de salir de aquella casa llena de insidias y traiciones! Tenía que independizarse a cualquier precio, y para eso debía seguir trabajando. Había mucho que aprender.

Como era de esperar, la tensión se mascaba en la mesa. Solo hablaba Gerard —a quien la situación parecía no afectarle—, de las cosas que le habían contado esa tarde. Elena tenía la mirada perdida en su plato y Dolores no la apartaba de su marido.

—¿Y adónde has ido al salir del Casino de la Agricultura? —preguntó Dolores.

Se hizo el silencio. Lolo no había podido resistir la tentación de preguntar.

—¿A qué viene esa pregunta? Me fui con Granados al poco de irse Elena. Está pasando un mal momento y me ha pedido que le ayude en unos negocios que quiere hacer en Francia.

—Ya. Lo que nos faltaba. Ese es capaz de robar a su madre, ni se te ocurra meterte en ningún negocio con él.

—Bueno, tal vez Elena tenga novedades que contarnos. Javier la ha acompañado hasta casa. Parece que se llevan muy bien.

—¡¿Qué dices?! ¡Eso no es posible! —Dolores se volvió hacia Elena, como un resorte—. ¿Cómo no me has dicho nada? Tú, ahí, con esa cara de mosquita muerta, como si no pasara nada, dejándome hablar, y resulta que has vuelto a casa con ese sinvergüenza. ¡Te prohibí que lo vieras! ¡Nunca me obedeces! —Dolores gritaba de forma exagerada.

—Pero mamá...

—¡Ni peros ni nada! ¡Maldita niña! No me respetas, me has engañado y desobedecido. ¡No quiero verte!

Sus palabras podían haber ido dirigidas al amoral de su marido, pero sin embargo eran a Elena a la que zaherían.

—Dolores, cálmate, no es para tanto —intercedió Gerard, con cinismo—. No entiendo a qué viene este escándalo. El joven me pidió permiso a mí y yo se lo di. Además, no iban solos, iban con el niño.

Dolores no gritaba solo por Elena. Gritaba su impotencia. Tenía que desahogarse. Lo de Javier no le gustaba nada. Y Elena, sabiéndolo, lo había hecho y no se lo había contado. Tenía excusa suficiente para abrir la espita de su desesperación.

—¡Mamá, esto no es justo! Yo no he hecho nada y no tengo la culpa de que tengas un mal día.

Gerard las contemplaba divertido. Había conseguido derramar sobre Elena la ira de Dolores, que había estado a punto de estallarle en la cara. Dentro de un rato, Lolo se habría desinflado como un *soufflé* y él tendría la noche en paz.

—Yo... yo... yo no tengo un mal día, maleducada. ¡Pero quién te has creído que eres! —articuló, desencajada.

—Pero mi padre me había dado permiso...

—¡Vete a tu cuarto! Tú sabías que yo no te lo habría permitido. Y ni siquiera te has dignado contármelo. Y no tengo por qué darte explicaciones. Repito, ¡a tu cuarto!

Elena, como tantos otros días en su vida, se fue a la cama sin terminar la cena y sin comprender por qué siempre acababa siendo el centro de todas las iras.

Su hermano no se atrevía ni a respirar. Él tampoco entendía por qué se armaba semejante revuelo tan solo porque Javier les hubiera acompañado a casa. A él le parecía simpático.

—Bueno, otra agradable cena en casa de los Lamarc —sentenció Gerard con sorna—. De verdad, Dolores, deberías ir al médico, a ver si te da alguna pastillita que te tranquilice un poco. Tus reacciones son desproporcionadas. Total, porque un joven la acompañe a casa...

Gerard ignoraba que Dolores llevaba meses atiborrándose de pastillas. A pesar de ello, su sistema nervioso se deterioraba cada día más. Dolores lo miró con los ojos bañados por la amargura.

—Me voy a la cama. Estoy muy cansada. Un besito, mi vida. No tardes en acostarte.

El pequeño Gerard palideció. Se quedaba a solas con su padre. Terminó rapidito para huir a su dormitorio. Pero antes se acabó el postre, era lo mejor de la cena.

20

Al día siguiente Elena se levantó tratando de no pensar en la bronca de la noche pasada; era imposible. ¿Cómo podía tratarla así su madre? Se arregló deprisa y desayunó en la cocina. Tenía un hambre espantosa. No vio a su madre y aunque le pareció oír a su padre en el baño, prefirió marcharse sola hacia Lamarc. No podría soportar hacer el trayecto junto a él. El trabajo se había convertido en una especie de terapia, gracias a que conseguía esquivar a su padre. Le ayudaría a pasar el día con la cabeza ocupada en algo que no fuera su desastrosa familia.

Preocupada por las cuentas, seguía investigando. Empezaba a valorar la idea de montar algo por su cuenta como una posibilidad para el futuro, y sus pesquisas en Lamarc le daban a la vez argumentos y conocimientos para salir de allí. Iba a ser complicado encontrar fondos para empezar y dudaba de que sus padres lo aprobaran, pero su instinto le decía que aquella situación estallaría tarde o temprano y más valía que estuviera preparada. Mientras contabilizaba facturas junto al señor Solís, se decidió a interrogarle sobre cómo montar un negocio.

—Señor Solís, cuando alguien quiere montar un negocio y no tiene suficiente dinero, ¿qué hace?

—Lo habitual es pedirlo prestado a un banco. Pero necesita tener algún bien para ofrecerlo como garantía o alguien que lo avale. ¿Por qué lo pregunta?

—Tengo un amigo —improvisó sin levantar la vista de los estadillos— que está pensando en montar algo y no tiene mucho ahorrado.

—Pues ya es raro —replicó mirándola con sus pequeños ojillos afilados asomando por encima de sus gafas—, porque sus amigos, si me permite el comentario, son todos de una posición envidiable y sus padres, salvo que sea alguna locura, les apoyarán sin problemas. —Entrecerró aún más los ojos sondeando los de ella, que por fin había levantado tímidamente la cabeza—. No estará pensando... Por si no lo sabe, las mujeres no pueden pedir un crédito sin la autorización firmada de su marido. La verdad es que si es soltera y mayor de edad no sé cómo funciona. Nunca me lo he preguntado. Pero ¿qué soltera querría montar un negocio? Es absurdo.

—No tengo ningún interés personal. —Su mano dibujó con insistencia un gesto de negación—. Ya le he dicho que es por un amigo. Y no todos mis amigos tienen tanto. Pero hay algo que no entiendo. ¿Cómo que una mujer no puede pedir un crédito sin la autorización del marido? —preguntó con las cejas arqueadas—. No es posible.

—Pues lo es. No se lo tome a mal, pero a las mujeres se las considera económicamente incapaces.

—¡Qué barbaridad! ¡Eso sí que es ridículo! ¿Quién se ha inventado eso?

—Bueno, bueno, no se altere. Es usted muy joven para entender esas cosas, y de momento no le afectan, así que no se lo tome tan en serio. Solo falta que se nos convierta en una sufragista como las inglesas.

—¿Qué es eso?

—Cuanto más hablo, más la lío. Quién me manda a mí... —murmuró Solís en un suspiro—. No debería estar hablando de esto. Como se entere su padre, me despide.

—Pero ¿qué es una sufragista?

—Son mujeres que lucharon por el derecho al voto. Hay países en los que existe un régimen político en que se vota a quién se quiere que sean sus representantes. Al principio las mujeres no podían votar. Salieron a manifestarse para reclamar ese derecho, y lo consiguieron.

—¿Como en la República?

—Pero ¿por qué me pregunta esas cosas? —Solís hizo crujir

sus nudillos y se pasó un dedo por el cuello de la camisa—. Mejor cambiemos de tema, ya está bien. Como aparezca su padre y escuche la conversación, me puede caer una gorda.

—Lo siento. No quería importunarle. —Elena aguantó unos segundos callada mordisqueando el lápiz, pero pronto volvió a la carga—. ¿Cuántos proveedores tenemos?

—Uf, tendría que contarlos. —Respiró aliviado ante el cambio de tema y sus dedos fueron contando—. Unos cuarenta, creo.

—¿Y cómo les pagamos?

—Depende. —Se enjugó el sudor que perlaba su frente con un pañuelo y se reclinó en la silla—. No todos tienen las mismas condiciones de pago. La mayoría, como nos conocen de muchos años, nos permiten pagar con letras a treinta, sesenta y noventa días. Siempre que hemos contactado con alguno nuevo nos ha exigido que el pago fuera al contado, pero en cuanto ha obtenido referencias nuestras, ha aceptado las condiciones habituales. Nos sentimos orgullosos de no haber devuelto nunca una letra.

—Eso está muy bien. Y los clientes —siguió preguntando; cuando Elena se ponía, era como un buldócer—, ¿a cuánto pagan?

—Menudo interrogatorio. —El alivio de momentos antes se había esfumado tan rápido como llegó—. ¿Qué está tramando?

—Nada, señor Solís, nada, de verdad —respondió sonriendo con picardía antes de proseguir—, pero tal vez algún día monte yo mi propio negocio.

—Señorita Elena, como le he dicho, eso es muy complicado. —Solís negó con la cabeza aunque correspondió a su sonrisa—. No son solo los proveedores. Están los gastos de estructura, las nóminas... En esta empresa trabajamos veinticinco personas. Hace falta mucho dinero para mantener el negocio. Parece fácil, pero llegar hasta aquí es un camino duro y difícil. Además, ¿de qué se preocupa? El día de mañana este negocio será suyo y de su hermano; con la diferencia de edad que se llevan y lo despierta, si me permite, que es usted, lo lógico es que lo lleve hasta que su hermano crezca. Eso si no se casa y se dedica a cuidar de su marido, como es natural.

Elena no estaba muy de acuerdo con ninguna de esas afirmaciones, salvo con la que hacía referencia a su capacidad intelectual. No coincidía con la visión de futuro de Solís.

—Ojalá no se equivoque, señor Solís. Pero algo me dice que las cosas no van a ser tan simples. —Suspiró—. La contabilidad de la tienda debe de ser más sencilla, ¿verdad?

—Por supuesto. Tres empleados, doce proveedores, uno de ellos este mismo negocio, y unos gastos fijos conocidos. Ahí la gracia está en conseguir que la gente entre. Y en el caso de Bebé Parisién está garantizado. Es la mejor tienda de su clase, ubicada en un sitio privilegiado, y sus padres están muy bien relacionados. La tienda siempre está llena, y por si fuera poco le han puesto la parada del tranvía delante.

En ese momento llegó Gerard. Era mejor no encontrarse con él. Quería bajar al almacén para ver cómo iba la preparación de pedidos, pero tampoco quería toparse con Pili. Estaba decidida a hablar con ella cuando su padre no anduviera cerca.

Pasó todo el día en la empresa. Se había llevado un sándwich para no tener que volver a casa. Su padre acostumbraba almorzar fuera, bien en casa, bien en algún restaurante de la zona, pero ella tenía mucho en que pensar y prefería estar sola. Le venía a la cabeza la discusión de la noche anterior y solo se tranquilizaba pensando en Javier. Tenía que ayudarle. Si su padre estaba en peligro tal vez él también lo estuviera. Concentrarse en los problemas de los demás era lo mejor que sabía hacer para que no le dolieran los propios.

El padre de Javier iba por las tardes a Chacalay, justo enfrente de Lamarc, y se le había ocurrido que tal vez pudiera hacerse la encontradiza con él. Luego ya vería por dónde iba la conversación. Lo complicado era esperar a que se hicieran más de las seis para pasarse por Chacalay. Tendría que inventarse alguna excusa. Tampoco podría ir a Bebé Parisién, pero lo más complicado sería averiguar qué intenciones tenía su padre cuando saliera de Lamarc. No podía arriesgarse a que la encontrara con Alberto Granados. No le iba a quedar más remedio que hablar con él y superar la aprensión que le daba.

La oportunidad se la dio un proveedor al que ella tuvo que atender. Quería avisarles de un retraso en el plazo de entrega. No eran buenas noticias para aparecer delante de su padre, pero había conseguido un acuerdo ventajoso de un envío parcial para salir del paso, y un descuento por demora sobre el pedido completo. Esperaba que le pareciera bien.

—Papá, han llamado de Hilaturas Bau. No pueden servir completo el pedido de la semana que viene. He quedado en que nos envíen lo que tengan, que es algo más de la mitad de lo que pediste.

—¿Tú estás tonta? ¿Por qué no me lo has pasado? Ese tipo de decisiones solo las tomo yo.

—Espera, no he terminado. He acordado con él un descuento de un cinco por ciento sobre el total del pedido por la demora.

—Pero ¿qué pretendes? —le recriminó, exasperado—. ¿Darme lecciones? Me parece que esto se te está subiendo a la cabeza.

—Lo siento, papá. Intenté pasarte la llamada pero comunicabas, así que lo atendí. Pero si quieres, ahora le llamas y negocias otra cosa. Solo pretendía ayudar. —Su disculpa distaba mucho de ser humilde, ni en el tono ni en la forma.

—¡Ya! Ayudar... y tocar las narices también. Es tu costumbre. Como anoche. ¿A santo de qué me soltaste ese sermón?

Elena palideció y dio un pequeño paso atrás, pero tras la sorpresa respiró hondo y se creció.

—Sé que estás liado con Pili y pronto se enterará mamá, si no lo sabe ya —le dijo sin pestañear, a pesar de que sentía auténtico miedo—. No porque yo le haya dicho nada, que no lo he hecho —se apresuró a aclarar—, sino por tu falta de discreción. La paseas por tiendas y restaurantes sin ningún pudor. Es una humillación que mamá no se merece y no sé si podrá aguantarlo. —Tragó saliva antes de proseguir; necesitaba saber qué iba a hacer Gerard esa tarde, y la única alternativa era preguntárselo sin rodeos—. ¿Hoy también te vas a encontrar con ella?

—¡Pero qué te has creído! Me tienes harto. ¡No quiero verte ni un día más por aquí! —le dijo en tono amenazador.

—¿Acaso no es cierto? —insistió—. Creo que lo mejor será hablar con Pili. Seguro que se cree que es la primera y única. Pobre infeliz.

—¡Como te acerques a ella, te mato! ¿Me oyes? ¡Te mato!

No parecía una forma de hablar. Ahora sí que le superó el miedo. Tal vez se había extralimitado y las consecuencias podían ser terribles. Pero seguía sin saber qué iba a hacer esa tarde. Decidió echarle un órdago.

—Si decides que yo no vuelva a Lamarc tendrás que darle muchas explicaciones a mamá. No creo que te convenga —contestó, mostrando un aplomo inexistente.

—¿Me estás amenazando?

Las piernas de Elena se aflojaron y su mente luchó por encontrar un argumento para salir ilesa de la zarza en la que se había metido.

—No, solo digo la verdad. Yo no se lo voy a contar a mamá. Podría haberlo hecho hace mucho y no lo hice. Por desgracia te quiere demasiado y esto le haría mucho daño. —Dulcificó un poco el tono al recordar el deterioro de su madre—. Lo está pasando muy mal, vas a acabar con ella.

—Tu madre tenía muy mala cara ayer. Hoy tenía pensado llegar pronto a casa. No sé qué demonios le has dicho, pero estaba como ida.

—Te repito que yo no le conté nada —suspiró cansada—. No hace falta. Fueron las amigas durante la partida en la Agricultura. Te han visto comprándole joyas a Pili y haciéndola pasar por tu esposa. Según tú, ¿cómo debería estar?

Primer obstáculo salvado. Esperaba que no fuera otra de sus mentiras o que cambiara de opinión. Tendría que asegurarse de que no le quedaba ningún aliciente en Lamarc para quedarse.

—Te lo aviso, Elena, te la estás jugando. En lo único que puede que esté de acuerdo con tu madre es en que no hay quien te aguante. Que sea la última vez que te metes en mis asuntos. Y aquí, ni se te ocurra tomar ni una decisión del tipo que sea. Vamos, ni la marca del papel higiénico. ¿Te ha quedado claro?

—Muy claro, papá. —Respiró hondo.

—¿Volverás conmigo hacia casa para ir a Bebé Parisién?

—No, tengo clase de dibujo. Me quedaré un rato más trabajando y luego me iré a la academia.

—Mejor, no soportaría tu presencia. Quítate de mi vista.

No le dio la satisfacción de demostrarle cuánto le dolían esos comentarios. Prefirió concentrarse en su objetivo. Por suerte, su padre no tenía ni idea de qué días tenía clase. Solo faltaba quitarse a Pili de en medio para garantizar que no habría sorpresas. Cualquiera se fiaba.

Bajó al almacén y enseguida la vio, junto con otras tres operarias.

—¿Cómo va todo por aquí?

—Muy bien, señorita Elena.

—Lleva un recogido muy bonito, Pili —dijo en un tono poco halagador.

—Muchas gracias —respondió desconcertada.

—Se lo hace con horquillas, ¿verdad? —remarcó Elena—. De las negras.

—Sí... Claro —Pili sabía que algo no iba bien.

—A lo mejor —sacó tres horquillas de su bolsillo y bajó la voz— estas son suyas.

—¿Mías? —Las manos de Pili se inmovilizaron mientras hablaba con Elena, pero no se atrevió a mirarla.

—Sí, es curioso, las encontré en el *Capricornio* este verano y nuestras no son. Las gastamos rubias, no negras, ¿sabe?

A Pili la traicionó el repentino enrojecimiento de sus mejillas.

—No tienen por qué ser mías —replicó azorada—. No soy la única que utiliza estas horquillas.

—Ya, claro. ¿Hoy también se va a quedar haciendo labores «extra»? —La dureza de su mirada confirmó el doble sentido de aquellas palabras—. Porque mi madre pensaba pasarse para comprobar por qué mi padre vuelve siempre tan tarde a casa.

Pili tragó saliva.

—Eso no es cosa mía. Y creo que usted tampoco debería meterse.

—Tal vez no, pero como mi madre sepa quién es la joven morena a la que mi padre le compró unos pendientes en la joyería Pastor, diciendo que era la señora de Lamarc, sí que puede ser asunto suyo, ¿verdad?

Sonó la sirena. A Pili le temblaban hasta las pestañas.

—Si me disculpa, he terminado mi jornada.

—¿Tan pronto? —preguntó con ironía.

—Sí, tengo cosas que hacer.

Oyeron a su padre despidiéndose. Elena se apresuró a alejarse de Pili.

—Adiós a todos. Hasta mañana. Elena, nos vemos en casa, y piensa en lo que te he dicho. Pili, ¿se queda usted hoy?

—No, señor Lamarc. Mi madre no se encuentra bien.

—Buena chica.

Segundo obstáculo eliminado. Ahora solo le quedaba que Alberto Granados apareciera por Chacalay. Elena no se paró a pensar en lo que imaginaría la gente al verla entrando sola en un bar. O peor, hablando con un señor que podía ser su padre. En Chacalay los conocían todos los camareros, a ella y a sus padres. Confiaba en la famosa discreción de los barman, veían muchas cosas y nunca les había oído ningún comentario respecto de nadie.

En Manufacturas Lamarc solo quedaban Solís y ella. El contable terminó a las seis menos veinte; tenía que cerrar.

—Señorita Elena, no me puedo quedar más. Seguro que eso se puede terminar mañana.

—Tiene razón. Además, ya estoy cansada. Vámonos.

El señor Solís se ofreció a acompañarla a casa, pero ella se zafó diciendo que tenía pendientes unos recados. Cruzó hacia la plaza del Patriarca buscando una esquina desde la que pudiera ver la puerta de Chacalay sin llamar mucho la atención. Se mordía las uñas.

Nunca había hablado con Alberto Granados, todo lo más se habían saludado en alguno de sus encuentros en Formentor. Además, aunque lo conociera, la situación era difícil. No quería agobiarlo ni espantarlo. No, no iba a ser nada fácil. Pero a sus idealistas diecisiete años todo le parecía posible y, si conseguía ayudarlo, Javier le quedaría muy agradecido.

Lo vio llegar, con sombrero y traje gris; daban las seis y media en las campanas de las iglesias cercanas. Elena se arregló un poco el pelo, se pellizcó las mejillas y se mordió los labios. Quería tener buen aspecto. Si resultaba atractiva conseguiría captar mejor su atención. No solía maquillarse y poco más podía hacer. Cruzó la plaza con decisión y entró.

Alberto Granados estaba sentado en la barra, con un whisky

delante y la mirada fija. Elena titubeó. No sabía cómo abordarle. ¿Qué podía decirle? Fue hacia la barra y se sentó cerca.

—Buenas tardes, señorita Lamarc. ¿Viene sola hoy?

—Buenas tardes, Pepe. Pues sí, vengo sola. Acabo de salir de la empresa y me apetecía tomar un refresco. Ha sido un día muy pesado, parecía que no se acababa nunca. —Sintió la necesidad de justificar su presencia allí—. He quedado con una amiga un poquito más tarde.

Alberto Granados no se inmutó, abstraído en sus pensamientos, y justo cuando Elena al fin se armó de valor para saludarlo, él se levantó de la barra para sentarse a la mesa de un hombre que acababa de llegar. Parecía que lo esperaba.

El desconocido era bastante mal encarado a pesar del impecable corte de su traje. Tal vez fuera uno de esos a los que se rumoreaba que Granados les debía dinero. No había contado con ese contratiempo. El reloj avanzaba y cada vez estaba más indecisa. No sabía si esperar o irse. Se entretuvo fingiendo mirar unos papeles que llevaba, pero pasada media hora su presencia allí se le antojó absurda. Iba a marcharse cuando al fin se quedó solo. Respiró hondo y dio un paso al frente.

—Señor Granados. ¿Me recuerda? Soy Elena Lamarc. Nos conocemos de Formentor.

—Ah, sí. Perdone, no la había visto —contestó con poco interés y la educación justa.

—¿Está solo? —Tenía que seguir insistiendo para poder comenzar una conversación.

—Pues... sí. Eso parece. —Su tono mostraba una cierta irritación.

—Estoy esperando a una amiga, pero no me gusta estar sola en la barra. ¿Le importa que le haga compañía mientras espero? —El atrevimiento rayaba en lo indecente, pero de momento la cosa no iba bien y había que improvisar.

—No creo que sea una compañía adecuada para usted. ¿Tiene algún problema?

—¿Yo? No. —Los tenía, pero prefirió no pensar en ellos—. ¿Y usted? ¿Se encuentra bien?

—Pues no lo sé —se desentendió Granados.

—Bueno, mejor eso a estar convencido de que se está muy mal —apuntó optimista Elena.

Alberto, por fin, sonrió.

—Es verdad. No se me había ocurrido verlo de esa forma.

—Entonces es que no está tan mal. Además, por lo que veo, su problema no parece de salud y esos son los únicos de verdad importantes.

—Bueno, hay otros problemas que no son de salud y también pueden ser muy graves. Pero no sé por qué le estoy contando esto.

—Tal vez porque estoy aquí. Dicen que se me da bien escuchar. —Elena volvió a sonreírle con dulzura.

—No me extraña que mi hijo la vaya rondando. Es usted encantadora, señorita. Pero tenga cuidado, Javier no es de fiar. Creo que terminará superándome.

—¿Cómo puede hablar así? Usted es un triunfador, un hombre de éxito. Parece haber llegado donde quería.

—Puede ser. Aunque ahora mismo las cosas andan muy negras.

Su expresión volvía a ser grave y sombría. Su tez parecía gris bajo la sombra de su propio entrecejo.

—Ya... He oído que se ha metido en líos de dinero.

—Es usted un poco indiscreta, ¿no cree? ¿Dónde lo ha oído? Seguro que ha sido el gilipollas de mi hijo haciéndose el interesante. Disculpe mi vocabulario, pero mi hijo me exaspera.

—No, no, en realidad lo oí comentar en la Agricultura.

—¿Qué pasa, que somos la comidilla de la ciudad?

—Estas cosas se saben —dijo Elena—. Como las historias de mi padre. Cada uno tiene su ración de cotilleo.

—Es cierto —Granados rio entre dientes—. Con algo tienen que entretenerse.

—Pero ¿es cierto o no?

—No es asunto suyo. —Hizo ademán de sacar su cartera—. Me tengo que ir. Mañana salgo de viaje temprano.

—¿Y adónde va?

—Pero qué preguntona es, Elena.

—Solo un poco curiosa.

—A Barcelona, por negocios. En fin, me voy. Ha sido un placer.

—Nosotros también vamos con frecuencia. —Miró el reloj. Eran casi las ocho. Tendría que darse prisa en volver. No parecía posible hacer nada—. Es tarde, yo también me tengo que ir.

—¿No había quedado con una amiga?

—¡Es verdad! Se me pasó el tiempo sin darme cuenta. —Se le había olvidado su excusa por completo—. Seguro que se ha hartado de esperarme. Habíamos quedado en la esquina.

—Pues vámonos antes de que nos metamos los dos en un lío.

Elena salió con paso ligero. Había refrescado y sintió un leve escalofrío. La cabeza le bullía. Javier tenía razón, su padre estaba metido en problemas, pero ella no había conseguido nada. Era una estúpida. ¿Qué demonios pensaba que le podía decir o hacer? Eso le pasaba por leer tantas novelas de heroínas.

Cuando llegó a casa todo parecía tranquilo, pero no era así.

—¿Dónde has estado? —le preguntó su madre—. Es casi la hora de cenar. ¿Te has pensado que esto es una pensión? Siempre haces lo que te da la gana.

—Lo siento, no me di cuenta —se disculpó—. Me entretuve al acabar la clase.

—Ve a lavarte las manos. En diez minutos cenamos.

—¿Y papá? —Se preguntaba si habría vuelto a casa o no.

—En la habitación. Hoy ha llegado muy pronto. Y además estaba muy cariñoso. —No parecía que eso la aliviara lo más mínimo—. No entiendo nada. Acabaré volviéndome loca. No paro de darle vueltas. ¿Quién será la nueva? —La miró, inquisidora—. Tú lo sabes, ¿verdad?

—No. —Desvió la mirada y volvió a mentir, como tantas veces—. Yo no sé nada.

—Tengo un mal presentimiento. Para presentarla como su mujer con ese descaro es que tiene que ser algo muy serio. Tengo que acabar con ello ¡como sea!

—Mamá, por favor, no te tortures más. No consigues nada. Estás sufriendo mucho. —Se acercó para pasarle el brazo por su hombro.

—Ya, con tu inestimable ayuda. —Dolores se apartó.

—Pero ¿por qué la tomas conmigo? Yo no tengo la culpa.

—¿Acaso me ayudas en algo? Hicimos un trato. Tú lo vigilarías, lo mantendrías a raya. —La voz le temblaba—. Todo esto es culpa tuya.

—Mira, mamá, por mucho que te empeñes, yo no puedo hacer nada. ¿Qué crees que podría hacer yo? —Tenía un nudo en la garganta—. Y aun así, consigues que me sienta fatal.

—¿Tú te sientes fatal? ¿Y yo? ¿Sabes cómo estoy yo? —Los temblores le fueron a más—. ¡Se me está cayendo el pelo! ¡A mechones! —Echó mano a su cabeza y arrancó un puñado de cabello.

—¿Cómo? —Elena la miró consternada.

—¡No lo sé! Pero se me está cayendo. Yo creo que es de los nervios —sollozó.

—Intenta tranquilizarte. Sé que es difícil, pero está empezando a afectar a tu salud de forma seria. Y él no se lo merece, mamá.

—¡Déjame en paz y no digas más tonterías!

—Voy a lavarme las manos. —Mejor salir de allí lo antes posible.

A su vuelta ya estaban sentados a la mesa y su madre la recibió furiosa. El retraso era imperdonable para aquella mujer cuyos nervios llevaban mucho tiempo tensos como la piel de un tambor. Elena aguantó el chaparrón sin rechistar, pero cada día le costaba más. La histeria comenzaba a ser una constante.

La cena fue escenario de una nueva gresca. Elena no podía soportarlo. Acabaría loca ella también. Si su padre no se iba, tendría que marcharse ella. Aunque era una insensatez. ¿Adónde iba a ir? No tenía dinero. Siguió con la mirada en su plato.

Estaban terminando de cenar; al niño ya lo habían enviado a la cama, y de pronto Dolores lo soltó:

—Elena me ha dicho que tienes una querida.

La aludida se atragantó. Gerard la miró con furia.

—Pues Elena miente —contestó él sin mover un músculo de la cara, los ojos clavados en su hija, que se había quedado petrificada.

—Díselo, Elena. Dile lo que me has dicho. ¡No puedo más!

—Pero, pero... —balbuceó—. Eso... ¡eso es mentira! Yo no he dicho nada. ¿Por qué me haces esto? —preguntó angustiada.

—¡Ahora no te echos atrás, cobarde! Me tienes que apoyar. No puedes dejarme sola ahora. —En sus ojos se podía leer la desesperada súplica de una mente trastornada. Apoyó la cabeza entre sus manos sollozando.

Elena, muda, miró aturdida a su madre. El dolor de verla en ese estado iba empatado con el miedo a su padre y la rabia por lo injusto de aquella situación.

—Elena, esta vez te has pasado. ¡Mira lo que le has hecho a tu madre! ¡Déjanos solos! —ordenó su padre.

Elena bajó la cabeza sin fuerzas para luchar. Comenzó a separar su silla para levantarse de la mesa.

—¡No, no te vayas! —le imploró Dolores—. ¡Necesito que me apoyes en esto!

Se quedó inmóvil. La angustia la atenazaba.

—Quiero-que-te-va-yas —repitió su padre con odio—, y mañana ni se te ocurra poner los pies en Lamarc. No quiero embusteras intrigantes a mi alrededor.

Elena se volvió hacia su padre. Las lágrimas arrasaban sus ojos. Giró hacia su madre, suplicante.

—¡Si me dejas sola ahora, Elena, es que no me quieres!

Elena explotó. Se levantó de golpe y comenzó a gritar.

—¡No puedo más! ¡Os odio! ¡A los dos! Sois malos, no me queréis, ninguno, ni me habéis querido nunca. Me utilizáis para vuestro interés. ¡Os arrepentiréis, os lo juro!

Corrió a su habitación, ella también desquiciada con todo aquello. En la oscuridad de su cuarto y apabullada por su dolor no podía pensar. Lloró sobre la cama durante largo rato hasta que parecieron agotársele las reservas de su organismo. Pequeñas convulsiones la sacudían, el desahogo había contribuido a liberar parte de la tensión y comenzaba a escuchar sus pensamientos. Pensamientos dolorosos. Parecía que su cabeza volvía a funcionar a impulsos racionales. Reflexionó sobre su situación.

Su madre la utilizaba, hacía que se sintiera culpable de todo y la azuzaba para que se enfrentara a su padre. No la quería, no la había querido nunca, mientras que para ella era lo más importante del mundo. Y su padre nunca había querido a nadie más que a sí mismo, y los enfrentamientos continuos entre ellos no habían ayudado. Ella tampoco lo podía soportar. Y ahora le prohibía volver a Lamarc, que era su único aliciente. La razón por la que se levantaba cada mañana.

Lo tenía claro, no podía seguir así. Tenía que irse de su casa, como fuera. Y entonces se le ocurrió.

Tal vez ella no hubiera ayudado a Alberto Granados, pero quizás él pudiera ayudarla a ella. ¿No le había dicho que se iba a Barcelona? Tenía que intentarlo.

21

Elena amaneció muy temprano y llamó a casa de Javier Granados. No sabía a qué hora se iría su padre y no quería que se le escapara. Le respondió Alberto Granados en persona.

—¿Diga? —contestó con extrañeza.

—¿Señor Granados?

—Sí. ¿Quién llama?

—Soy... Elena Lamarc. Estuvimos hablando ayer, ¿se acuerda? —habló en voz muy baja aunque en su cabeza las palabras tronaban.

—¡¿Sabe qué hora es, jovencita?!

—Sí, lo siento, pero temía que se hubiera ido ya.

—¿Y eso qué le puede importar?

—Recordé que se iba a Barcelona, y resulta que yo también tengo que ir. Pensé que a lo mejor no le importaba llevarme.

La casa estaba en silencio. Todavía no se había levantado nadie.

—¡Pero cómo va a venir conmigo! ¿Lo saben sus padres?

—Me iba a ir en autobús, pero no me gustaba la idea. Son cosas de la empresa y no me enteré hasta llegar a casa después de vernos. —Tragó saliva y aguantó la respiración—. Por favor. No le molestaré. Prometo ir callada todo el viaje.

—Mire que es usted pesada. Me ha pillado por los pelos. —Sus dudas traspasaban el auricular.

—¿Entonces...?

Granados se tomó un tiempo para contestar, tiempo en el que Elena aguantó la respiración.

—La recojo en diez minutos, pero en Barcelona no quiero verla. Además, yo seguiré viaje a Francia. Así que no podré traerla de regreso.

—No importa, volvería en autobús como estaba previsto. ¡Gracias! ¡Muchísimas gracias!

Hasta ese momento Elena había hablado en susurros, pero con la emoción elevó el tono. Se dio cuenta y se despidió con un murmullo imperceptible mirando a ambos lados del pasillo.

Alberto Granados colgó el auricular con la sensación de que estaba a punto de cometer una estupidez, pero tampoco a él le apetecía ir solo. Los últimos días habían sido muy amargos y la presencia de aquella jovencita parecía un regalo.

Elena no perdió el tiempo. Se vistió con rapidez, cogió una bolsa de mano, un par de mudas, los artículos de aseo y un camisón. Tenía dinero ahorrado merced al acuerdo que había llegado con su padre. No le pagaba mucho, pero como no gastaba nada había reunido una cantidad modesta que, junto con las estrenas de los últimos años, esperaba que fuera suficiente para empezar en otro lugar. Cogió también su carpeta de dibujos. Tal vez le fueran útiles y le darían un aire más profesional.

Al salir de su cuarto se topó con Clara.

—¡Pero señorita Elena! ¿Adónde va tan temprano? ¿Sabe qué hora es? —Se fijó en la bolsa de mano.

—No puedo decírtelo, Clara. Te metería en un buen lío. —Tenía los ojos hinchados del llanto nocturno y de las pocas horas de sueño—. Si te preguntan, no me has visto salir.

Clara la miró apenada. Aquello no iba a traer nada bueno. Pero descubrirla tal vez fuera peor. Meneó la cabeza, compasiva, la última discusión había sido horrible. Todos habían escuchado los gritos.

—Esto es una locura. Nos meteremos las dos en un lío. ¡Ande, váyase antes de que me arrepienta! —Cruzó sus manos sobre el pecho en gesto de plegaria, mientras farfullaba algo ininteligible.

—¡Gracias, Clara! Estaré bien.

Bajó por la escalera. Volaba. Para su desgracia, en la calle ya esperaba el chófer. Llegaba a las ocho por si su padre necesitaba de sus servicios. Dolores nunca salía antes de las once.

—Buenos días, Paco —saludó Elena intentando aparentar normalidad.

—Buenos días, señorita Elena. ¿La llevo a algún sitio? —preguntó poniéndose firme—. Su padre no me dijo que tuviera ningún servicio con usted a primera hora.

—No, no se preocupe. Me vienen a recoger. —Intentó ocultar su bolsa como pudo. Ese día la suerte no estaba de su lado.

—¿Sus padres no la acompañan? —La voz de Paco, el chófer, mostraba su preocupación.

—No. Hoy no —contestó hermética. No estaba dispuesta a dar más explicaciones.

Alberto Granados no tardó en aparecer.

—Vamos, tengo prisa —le dijo desde la ventanilla sin bajar del coche.

—Sí, yo también —contestó emocionada—. Adiós, Paco.

Elena subió al coche con su bolsa y su carpeta de dibujos, ante el estupor del chófer, que no entendía nada, y salieron rumbo a Barcelona. Su corazón iba a mil por hora.

—¿Era el chófer de su padre? —preguntó Alberto con curiosidad.

—Sí, pero ha venido a por mi padre, que también tiene un viaje esta mañana. A Murcia, creo. Me ha dado recuerdos para usted. Está muy agradecido de que haya aceptado llevarme. Dice que le debe una. —Le costaba mentir, pero era importante que su acompañante no desconfiara.

—¡Ja! Pues que me la pague bien, que falta me hace. Un gran tipo, su padre. —Fijó su atención en la carpeta que Elena llevaba sobre la falda—. ¿Qué es eso que lleva ahí?

—Dibujos. Tengo que ver unas telas en Barcelona para los bocetos que he hecho. Preferimos no esperar y que nos las aparten en exclusiva. —Empezaba a gustarle aquello de inventar historias—. Estos diseños son míos y me gusta elegir las telas personalmente.

Siguieron hablando de intrascendencias, Elena a la velocidad que le marcaba su corazón alborotado y Alberto apostillando de vez en cuando la locuacidad de su acompañante, pero al cabo de una media hora, conforme Valencia quedaba atrás sin que nadie los detuviera, Elena comenzó a serenarse y el silencio ganó presencia. Respiró hondo. Pero la tranquilidad le duró muy poco. El silencio le dejó escuchar sus propios pensamientos y aquilatar la envergadura de su decisión. Le entró pánico. ¿De qué iba a vivir? ¿Y si no conseguía salir adelante? Era tarde para arrepentirse y constatarlo le hizo exhalar un fuerte suspiro.

Alberto Granados la miró intrigado con el rabillo del ojo.

—Se me hace raro llevarla —comentó.

—Pues no sabe cómo se lo agradezco. Odio los autobuses.

—¿Te importa si te tuteo? Podrías ser mi hija y el viaje es largo.

—No, por supuesto.

—¿Dónde te vas a alojar?

La pregunta la pilló por sorpresa. Tenía que ganar tiempo.

—Pues todavía no lo sé.

—¿No lo sabes? —preguntó extrañado.

—Ha sido un viaje repentino y no me ha dado tiempo a buscar hotel. Suele hacerlo el señor Solís, el contable, pero cuando se decidió el viaje, él ya no estaba. Como tengo que visitar a un par de proveedores, me comentó mi padre que ellos me buscarían uno. Les iba a llamar esta mañana antes de salir.

—Así que vas a ver proveedores y elegir telas. Parece interesante. Para lo jovencita que eres es mucha responsabilidad —reflexionó en voz alta—. Se ve que tu padre te valora. —Se mantuvieron en silencio durante un rato y fue él quien prosiguió el interrogatorio—. La verdad es que es extraordinario que te manden sola a Barcelona. No le hacía a tu padre tan moderno.

—Pues no sé por qué —contestó Elena, intentando sonar natural—. Las mujeres de nuestra familia siempre han trabajado desde jovencitas. ¿Sabía que fue mi abuela quien comenzó el negocio? —A Elena comenzaba a invadirle una sensación de náusea con tanta reflexión sobre las decisiones y planteamientos de su padre, así que prefirió alejar el peso de la conversación de su persona—. Y usted, señor Granados, ¿por qué va?

—Tengo negocios que resolver. Luego iré a Francia. Precisamente tu padre me ha facilitado algunos contactos.

Siguieron conversando durante una hora más. Pararon a repostar y a tomar un café, y al reanudar el viaje Elena se durmió, agotada por la tensión nerviosa y el escaso descanso nocturno.

Mientras, sus padres ya se habían levantado. Al ver que Elena no estaba, le preguntaron a Clara.

—La oí salir muy temprano. No desayunó —les dijo afanándose en llevar y traer cosas de un sitio a otro—. Parecía tener prisa.

—Le prohibí que volviera a Lamarc, pero sigue haciendo lo que le da la gana. Cualquiera diría que la empresa es suya. Cuando la vea, se va a enterar —masculló Gerard.

Pero, para su sorpresa, Elena no estaba en Lamarc.

—¿No ha venido mi hija?

—No, señor Lamarc.

—¿Y tampoco ha llamado?

—No, que yo sepa.

—Tal vez haya ido a Bebé Parisién, aunque... a la hora que salió todavía no estaba abierto. Bueno, da igual. Le dije que no quería verla por aquí y por una vez parece que ha obedecido. Ya aparecerá, pero luego que no venga con aires de marquesa como si fuera la piedra angular del negocio. Y usted, ¿qué mira? ¡A trabajar!

A la hora de comer se reunieron en casa Gerard y Dolores. Clara estaba pálida y el pulso le temblaba.

—Nati, no puedo salir. Sirve tú la comida. No me encuentro bien.

—Eso no me corresponde a mí, bonica. Yo soy la cocinera.

—¡Arg! Cómo eres. Como *pa* pedirte un favor.

Por fin salió con la bandeja.

—Clara, ¿la señorita Elena no ha venido todavía?

—No, señora.

—¿No dijo adónde iba?

—No, señora. —El pulso de Clara empeoró.

—Gerard, ¿tú tampoco sabes nada de ella?

—Pues no. Lo digo siempre. Hace lo que le da la gana.

—Anoche se acostó un poco afectada. —Dolores movía la cuchara sobre el mantel, borrando arrugas que no existían—. Esto no es normal, ni siquiera para ella. ¿Dónde se habrá metido? Voy a llamar a sus amigas por si estuviera con alguna de ellas. Seguro que saben algo.

Llamó a Berta, a Isabel, a María... Ninguna supo decirle nada. Era muy extraño.

—Cuando venga, voy a darle un buen escarmiento. ¡No presentarse ni a comer! —Para Gerard, aquella jovencita había colmado su paciencia.

—¿Y si le ha pasado algo? —preguntó Dolores angustiada.

—¿Qué le va a pasar? Que tiene la cara muy dura, eso es lo que pasa.

—Si dentro de dos horas no tenemos noticias, llamaré a la policía.

A Clara, que acababa de entrar, casi se le cae la bandeja.

—Señora, disculpe, me pareció ver un sobre cerrado en su cuarto. No me fijé, pero tal vez sea una nota.

—Tráigamelo de inmediato. ¿Cómo no lo ha dicho antes?

—Enseguida...

Clara regresó con el sobre.

—¡Démelo!

Contenía una nota, diciendo que no quería seguir siendo un estorbo y que no podía más. Cuando llegara a su destino, llamaría.

A Dolores le dio un vahído.

—Clara, traiga las sales. Y deme la carta. —Gerard la leyó. Aquello era una pesadilla—. Hay que llamar a la policía ahora mismo. Tienen que localizarla. No dice adónde iba. Clara, mire si se ha llevado algo.

—Sí, señor. —Clara se retiró aliviada.

—Dolores, no me montes una escena. Yo me voy al despacho. Llamaré al comisario y él se encargará. Ernesto la encontrará, esté donde esté, pero cuando la encuentre, ¡preferirá estar muerta! —Descargó su puño sobre la mesa con tal fuerza que no había duda de que hablaba en serio.

—Gerard, no digas barbaridades. Si tienes alguna noticia, llámame. No me voy a mover de aquí.

Clara volvió de la habitación de Elena consternada, aunque poder exteriorizar su preocupación fue un alivio.

—Falta una bolsa de viaje, un camisón y las cosas de aseo. La ropa parece estar toda, aunque puede que falte alguna camisa.

—¡Pero adónde puede haber ido! Y ¿con quién? ¿Ha hablado con alguien esta mañana?

Clara veía cómo negros nubarrones se cernían sobre su futuro. Después de tantos años en aquella casa, este podía ser el final. Pensó con rapidez qué decir. Elena no la delataría, y si decía que había llamado por teléfono a primera hora de la mañana y había quedado con alguien para irse, estaba muerta. Su mejor opción era callar.

—No, no señora. Solo se levantó temprano y se fue.

—¿Y no le extrañó? ¿No le pareció raro?

Clara se encogió de hombros y tragó saliva.

—¿Puedo hacer algo más por usted, señora Lamarc?

—No, retírese.

Gerard llamó a Ernesto. El comisario se quedó estupefacto al oír las explicaciones de su viejo amigo. Elena siempre le había parecido una joven discreta y modosa, aunque en su larga vida como policía había visto cosas más raras.

—No te preocupes. No costará mucho localizarla. En cuanto sepa algo te llamo.

No fue así. No encontraba ninguna pista. El comisario decidió hablar con los miembros del servicio de los Lamarc. Paco, el chófer, arrojó algo de luz sobre el asunto; para entonces ya eran las seis de la tarde. La joven se había ido con un hombre, y pudo dar una descripción y la marca del vehículo. Ernesto llamó a Gerard y le informó.

—Es un poco delicado. No sé cómo decírtelo, pero según me han explicado ha partido con un hombre que por la edad podría ser su padre. Moreno, corpulento, y conducía un Buick negro. ¿Se te ocurre quién puede ser?

—¡No es posible! La descripción y el coche coinciden con Alberto Granados, pero no tiene sentido. Elena es muy amiga de su hijo Javier, pero con el padre...

—Si es Alberto Granados, lo conozco bien, es un tipo de cuidado. Y tienes razón; coincide con la descripción que nos ha dado tu chófer. Pero no es su estilo hacer algo así. ¿Tienes idea de por qué se han ido juntos?

—No puede ser. No entiendo nada. Ella está obsesionada con su hijo, pero... el padre... ¿qué pinta el padre?

—No sé, a lo mejor el hijo ya está esperándolos en algún sitio.

—No digas esas cosas, Ernesto, ni en broma. ¿Qué hacemos ahora?

—Bueno, tu hija es menor de edad. Podemos considerarlo corrupción de menores y detenerlos. Pero primero hay que encontrarlos.

El comisario no perdió el tiempo. Se presentó en casa de los Granados y para su sorpresa comprobó que Javier estaba allí. Únicamente sabía que su padre se había ido temprano a Barcelona, pero creía que viajaba solo. Les dio los datos del hotel en que solía alojarse sin que hiciera falta insistir demasiado.

El comisario habló de nuevo con Gerard y le expuso sus hallazgos.

—Ya sé todo lo que necesito. Solo tengo que hacer una llamada.

—¡Qué escándalo! ¿Cómo se lo digo a Dolores? Le va a dar un ataque y a mí también. Es una vergüenza. Gracias, Ernesto. Haz lo que tengas que hacer, pero tráela de vuelta y a ser posible con la mayor discreción. Te debo una.

—No te preocupes, me la cobraré —contestó Ernesto por quitar hierro a la situación.

Gerard estaba ciego de furia. En el círculo en el que se movía, si aquello trascendía sería una ignominia y tema de conversación para mucho tiempo, además de que la reputación de su hija quedaría manchada para hacer una boda medio decente. Aunque nunca le importó la opinión de sus amistades sobre sus propias andanzas, no sentía lo mismo respecto a las de su hija. Llamó a Dolores. Hubiese preferido no decirle nada, pero no parecía posible tal como estaban las cosas.

—¿Dolores? Soy yo. Tranquilízate. La hemos localizado y está bien. Se... se ha ido a Barcelona.

—¿A Barcelona? —preguntó Lolo con tono ahogado—. Pero ¿qué dices? ¿Cómo? ¿Con quién?

—No me preguntes cómo, pero se ha ido en coche. No es seguro, pero todo apunta a que se ha ido con... —Hizo una pausa, sabía que se lo iba a tomar muy mal—... Se ha ido con Alberto Granados.

Lo siguiente que oyó fue el golpe seco del teléfono al caer de la mano de Dolores y chocar contra la mesa. O tal vez fuera la propia Dolores que se había desplomado.

22

Alberto y Elena llegaron a Barcelona a primera hora de la tarde. Aparcaron y se dirigieron al Hotel La Florida. Alberto podía estar en las últimas pero, como solía decir, moriría con las botas puestas. Elena no había tenido tiempo de pensar dónde alojarse y tampoco tenía dinero suficiente para pagarse una habitación en aquel hotel, pero Alberto se ofreció.

—¡Qué más da! Ya puestos, un poco más no va a empeorar mi situación. Además, creo que me vas a dar suerte. —Como buen jugador, tenía sus pequeñas supersticiones, y todo para él tenía una razón de ser, una influencia en su fortuna.

—No te preocupes, Alberto, seguro que en Tejidos Dalmau me pueden encontrar algún sitio.

—¿Estás segura? —Alberto escrutó la temerosa cara de su acompañante, que no parecía muy convencida de sus propias palabras—. Puedes quedarte hoy aquí y mañana ver qué te dicen. Dudo que esta tarde y a estas horas te reciba nadie.

Elena aceptó. Qué remedio, no podía hacer otra cosa y mejor en aquel hotel que en cualquier pensión de mala muerte. No era momento para ponerse digna, ya tendría tiempo de apañárselas sola. Alberto siguió hablando.

—Quiero que una vez aquí, sigas tu camino. Tengo asuntos que resolver y no son muy recomendables para una señorita bien como tú.

Elena tragó saliva aunque aguantó con expresión serena, incluso de suficiencia. Se suponía que estaba allí por trabajo, pero en realidad eso era lo que necesitaba y no tenía, un trabajo, o no duraría en Barcelona con sus exiguos ahorros más de un par de días. Era lógico que Alberto tuviera planes para su estancia, pero no se lo había querido plantear todavía y hubiera preferido que tardara al menos una semana en llegar el momento de hacerlo.

—No te burles. Seguro que no haces nada que mi padre no haya hecho ya. Estoy curada de espanto. Tal vez pueda ayudarte durante el tiempo que me quede aquí. —A pesar de sus esfuerzos por mostrar seguridad no sonó muy convencida.

—¿Qué edad tienes?

A Elena la pilló desprevenida. Tenía diecisiete, pero no los aparentaba. Si decía su edad, Granados la enviaría de vuelta a Valencia de un puntapié.

—Pues... veeeinte —comentó con un hilo de voz para rectificar de inmediato—: ¡Huy, no, veintiuno!

—¿No sabes cuántos años tienes?

—Es que no me acostumbro. Los cumplí hace poco.

—Hummm... Eres muy joven para ser tan sensata. Pero no, no creo que puedas ayudarme.

En el hotel se extrañaron de la llegada de la peculiar pareja. A él lo conocían, se había alojado muchas veces allí, casi siempre bien acompañado, pero nunca se lo hubieran imaginado con alguien tan joven. Cosas más raras habían visto, y a fin de cuentas habían pedido habitaciones separadas, nada que objetar. Pusieron algún problema por la falta de documentación de Elena, pero para un buen cliente como Granados podían obviar ciertos trámites.

Cada uno se fue a su habitación. Elena sacó las escasas pertenencias que traía y pensó en llamar a su casa. No sabía qué decirles, y no podía gastarse lo poco que llevaba en llamadas telefónicas. Imaginó que debían de estar preocupados, aunque quizá no. Tal vez estuvieran aliviados de haberla perdido de vista. ¡Malditos nervios! Le estaba entrando un hambre...

Habían quedado en bajar a cenar en el propio hotel, entre unas cosas y otras se había hecho tarde. Les dieron una mesa junto a la cristalera. Estaban casi solos en el enorme comedor. El *maître* les recomendó la bullabesa. Comentaban el segundo plato cuando sucedió: antes de que se decidieran, aparecieron dos agentes de uniforme, se dirigieron a su mesa y, después de identificarse y confirmar que se trataba de Alberto Granados y Elena Lamarc, ante su estupor y el de los pocos comensales que ocupaban el comedor, les informaron de que estaban detenidos. En el tranquilo salón se elevó un murmullo ahogado mientras los camareros arremolinados en una esquina se miraban unos a otros con incredulidad e intercambiaban comentarios por lo bajo.

Granados mantuvo la calma hasta que abandonaron el comedor, pero una vez fuera y lejos de la mirada de los otros huéspedes se opuso con firmeza a lo que calificó como un atropello y un lamentable error. No comprendía nada y no sabía de qué se le acusaba. Trató de explicarles que tan solo estaba cenando con una joven conocida, mayor de edad, con la que había coincidido en el viaje y no había hecho nada que fuera delito. Aunque no lo dijo, por su mente debió de cruzar la idea de que había hecho cosas mucho más gordas y nunca lo habían detenido ni había sufrido un bochorno semejante. Pero sus airadas protestas no sirvieron de nada. Lo metieron en un coche a empujones y sin explicación alguna.

Trasladados a comisaría, los separaron y les tomaron declaración por el procedimiento de someterlos a un interrogatorio en el que se repetían de manera machacona las mismas preguntas.

—Entonces, ¿me va a decir de una vez cómo consiguió convencer a esa joven para que se escapara de su casa?

—Ya le he dicho que yo no la convencí. Me llamó ella para preguntarme si podía traerla a Barcelona. Además, no se ha escapado de ningún sitio. Ha venido representando a su padre y él sabe que se venía conmigo.

—Ya, ¿y no le parece raro?

—Pues sí, pero ella insistió en que tenía que arreglar unos asuntos de trabajo en Barcelona y que su padre prefería que viniera conmigo. Su familia se dedica a la confección y tienen muchos proveedores aquí. No le costará demasiado averiguarlo. Y si la excusa no era cierta, no es mi problema.

—Se equivoca —afirmó el policía que le interrogaba mientras se ponía de pie y se acercaba a él levantando poco a poco la voz—. *Es* su problema. Y muy grave. Usted ha coaccionado a una menor

para que abandone su casa, ¡con intención clara de abusar de ella!
—Descargó un golpe seco con la palma de la mano muy cerca de las del detenido, que reposaban esposadas sobre la mesa.

Alberto comenzaba a verle el lado gracioso al asunto y no pudo evitar que se le escapara una risa escéptica.

—Me halaga usted. ¿Cree de veras que esa joven puede querer algo con un tipo como yo? ¡Pero si la pobre infeliz está loca por mi hijo! No me haga reír, hombre. Yo no le he puesto una mano encima. Además, que yo sepa, es mayor de edad.

—Creo que su situación no tiene ninguna gracia. La señorita Lamarc tiene diecisiete años y se ha escapado de su casa sin el consentimiento de sus padres. —El interrogador acercó su cara a la de Granados, que perdía color por segundos, y masticó cada palabra—. El estupro es un delito muy grave.

A Alberto le cambió la cara. Si pensaba que su situación personal no podía empeorar, acababa de darse cuenta de que se equivocaba.

Elena, en otra sala, también sufría el implacable cuestionario, aunque en tono más conciliador.

—No tenga miedo, señorita Lamarc. No le va a pasar nada, pero necesitamos saber cómo la convenció ese hombre para que viniera.

—¡Pero en qué idioma quiere que se lo diga! ¡No me ha convencido nadie! He venido porque he querido.

—Puede que usted lo crea así, pero un hombre de esa edad puede manipular con facilidad a una joven incauta como usted. No es el primer caso que hemos visto.

—¿Se cree que soy tonta? El señor Granados no sabía que yo me había escapado de casa y en ningún momento ha intentado nada de lo que lleva media hora insinuando.

—Pues o me da una buena razón para el follón que ha montado —amenazó— o terminarán pasando los dos la noche en el calabozo.

Elena intentaba mantenerse digna y no mostrar miedo. Solo faltaba que terminaran metiendo a Granados en la cárcel por su culpa. Perdería a Javier y Alberto tendría un problema más que añadir a su lista de complicaciones. ¿Cómo había podido creer ni por un segundo que podría salir airosa de una escapada tan absurda? La soberbia le había podido y ese era el castigo a su osadía, se reprochó con amargura. Al menos tenía que evitar que lo llevaran a la cárcel.

—Se lo contaré todo, desde el principio —concedió, agotada.

—Ya era hora. —Su interrogador respiró aliviado, tomando asiento frente a la joven—. La escucho.

Elena contó toda la historia, desde el principio y sin omitir ningún detalle. Los líos de su padre, las discusiones, los desprecios..., todo lo que la había empujado a lanzarse a aquella aventura. Explicó cómo se enteró del viaje de Granados y cómo lo engañó para que la llevara.

Su interlocutor estaba desconcertado. De puro absurdo parecía verídico, a pesar de que aquella jovencita no daba el perfil de las que se van con lo puesto de un hogar problemático. Pero estaba demasiado asustada como para inventarse semejante historia.

Salió de la sala de interrogatorios y se reunió con su compañero. Después de unos minutos, regresó ante una Elena que parecía ausente.

—Señorita Lamarc, es posible que diga la verdad pero debemos cerciorarnos de que no ha pasado nada. —Hizo una pausa y llamó su atención con un chasquido de dedos—. Me entiende, ¿verdad? La van a acompañar a un centro médico para que la examinen.

—Pero... ¿qué dice? —Negó con la cabeza, prefería no entenderle—. No necesito que me examinen. Estoy perfectamente. Ya se lo he dicho.

—Eso parece, pero un médico forense lo comprobará.

—No quiero ver a nadie. —El horror abrasó sus ojos—. Le he dicho que no me ha puesto la mano encima.

El policía ya se dirigía a la puerta y llamaba para que se la llevaran. Elena quiso resistirse pero fue inútil.

Lo que pasó a continuación fue lo más brutal y humillante de su joven vida. La llevaron a un hospital, una enfermera con aspecto de celadora carcelaria le indicó que se quitase la ropa y se pusiese una escueta bata. La sala, no muy amplia, estaba forrada de frías baldosas hasta media altura, azulejos verde náusea como el color que empezaba a apoderarse de sus mejillas. La luz que caía desde una solitaria perilla de escasos vatios teñía de amarillo los objetos que la rodeaban.

Desprovista de su ropa y con aquella minúscula prenda, esperó temblorosa, indefensa. Entró un hombre con bata blanca y estetoscopio colgado del cuello. «Malditas lecturas y maldita imaginación», pensó Elena tragando saliva ante el que le pareció la encarnación del doctor Moreau de Wells. El médico ordenó que se subiera al potro. Con solo oír esa palabra se sintió desfallecer. ¿Quién era aquel hombre para obligarla a sentarse allí? No, no iba a subir. Pero subió. La enfermera la cogió de un brazo y la guio como si Elena se hubiera dejado la voluntad escondida detrás del biombo.

Sus piernas fueron colocadas en los estribos del potro y su pudor abierto de par en par; el doctor enfocó una luz y metió la cabeza entre sus piernas. El calor de la lámpara incandescente reptó por su bajo vientre. Intentó juntar las piernas, pero el forense y la enfermera se las sujetaron con fuerza. Las mandíbulas de Elena se tensaron y con ellas el resto de su cuerpo inspeccionado. Intentó pensar en otra cosa. Sus dibujos... sus nuevos diseños... la carpeta llena... Pero no podía apartar su mente de lo que sucedía más allá de sus rodillas. Fue humillante e incomprensible. Le estaban haciendo pasar aquello que temían le hubieran hecho. La sala estaba helada y Elena notaba el involuntario temblor de su cuerpo, único movimiento que parecía ser capaz de realizar. Su doctor Moreau fue haciendo inventario, centímetro a centímetro. Tiritaba, de frío o de miedo. Mientras el médico recitaba de forma mecánica sus impresiones, la enfermera tomaba notas, ahora que la voluntad de Elena estaba hecha añicos. No fue capaz de calibrar cuánto duró, pero le pareció interminable. «Ningún indicio destacable», fue el resumen brutal.

Cuando acabaron, ya no le quedaba rastro de valor. Ni de orgullo. Hacía rato que había cerrado los ojos tratando de evadirse. Su único anhelo era que todo hubiera sido una pesadilla y se despertara en la seguridad de su habitación, en su casa.

—Vístase —le ordenó la enfermera.

Abrió los párpados con dificultad. Se levantó muy despacio y fue hacia el biombo tras el que estaba su ropa. Se sentó para ponerse las bragas y, conforme las cogía, comenzó a llorar. Un llanto sordo, casi seco. Poco a poco las lágrimas fueron tomando fuerza. No podía parar. La arrastró un llanto convulsivo, desbordado. Siguió llorando durante un buen rato hasta que la enfermera volvió a asomarse.

—La están esperando. Haga el favor de vestirse. Es muy tarde y tenemos trabajo todavía.

Pasó una pierna. Luego la otra. Cada extremidad, una tonelada. Se levantó para terminar de subirse las bragas. Se puso el sujetador, no tenía fuerzas para abrocharlo. Se le soltó dos veces antes de conseguir enganchar los corchetes y tuvo que sentarse. Terminó de vestirse sentada en la banqueta y sacó un pequeño espejo de su bolso. Estaba horrible, por fuera y por dentro. Tragó saliva, se limpió la cara con un pañuelo de algodón en el que aparecían bordadas en rojo sus iniciales y se peinó. El horror de su alma no había forma de limpiarlo.

El policía que la había acompañado la esperaba de pie junto al coche. Le abrió la puerta.

—Tengo el informe preliminar del forense que confirma su versión, aunque tal vez solo ha sido cuestión de tiempo. Ha obrado muy mal. Sus padres están muy preocupados.

—¿Les han... llamado? —No le salía la voz.

—Por supuesto.

—¿Qué han dicho?

—Ya se enterará, pero contentos no están. —Llegaron a su hotel pasadas las doce—. Mañana a las ocho la recogerá un coche de policía para llevarla de vuelta. Agradézcaselo al comisario Lafuente.

—¿Y el señor Granados? —No había vuelto a pensar en él, y la perspectiva del viaje de regreso le devolvió la imagen de su malogrado chófer en el viaje de ida—. No ha hecho nada, toda la culpa es mía.

—Ya es mayorcito como para saber que esto no podía acabar bien. Pasará la noche en el calabozo. Pesa sobre él una acusación de estupro.

—¡Pero si ya han visto que no ha pasado nada! ¡Qué más necesitan! ¡Todo ha sido culpa mía!

Se echó a llorar de nuevo. Nada había salido como imaginó. Estaba agotada, febril. En el trayecto al hotel se quedó dormida.

Las informaciones sobre la detención de Alberto y Elena aliviaron a los Lamarc, aunque su preocupación por lo ocurrido en aquellas horas no disminuyó.

—Esta vez se ha pasado. ¡Mira la mosquita muerta! —Gerard caminaba por la estancia a ritmo pausado pero sin dejar de fumar—. Parecía tonta. Como esto trascienda... ¡Qué vergüenza!

—Todavía no puedo creerme lo que ha hecho. Nunca había cometido una locura semejante. Siempre ha tenido mucho carácter, es muy suya, pero también era prudente, sensata. ¿Cómo ha sido capaz de cometer una indiscreción social como esta?

—Si tuviera otra edad la mandaba interna a un convento en Suiza.

—¿Te ha dicho el comisario si ha averiguado algo más? —En el tono se adivinaba por dónde iba la pregunta de Dolores.

—Ernesto insiste en que no ha pasado nada. Elena ha contado que se escapó por la discusión. ¿Quién se habrá creído que es? ¿Es que ya no puede uno ni enderezar a sus hijos?

—¿Tú lo crees? Me refiero a lo de que «no ha pasado nada».

—¿Qué más da si lo creo? Mañana, cuando la vea, se va a acordar de esto.

—Seguro que el niñato ese de Javier está detrás. Ha montado esta farsa para reunirse con ella en Barcelona y llevársela a la cama. ¡Menudo sinvergüenza! Y tú haciéndole el caldo gordo, empujándola a sus brazos.

—Ya me ha tocado en el reparto. Pero ¿qué tengo yo que ver en esta película?

—Mucho. En lugar de apoyarme y poner a Elena en su lugar, marcando distancias con esos impresentables, permitiste que la acompañara a casa. ¡Cómo pudiste! Claro, como son de tu calaña, te parecen estupendos.

—Haré como que no te he oído. Me voy a dormir. Mañana será un día duro.

El viaje de vuelta se le hizo agobiante. Elena estaba aterrada ante su regreso, pero también añoraba la seguridad de su habitación después de todo lo pasado. Había intentado saber qué iba a sucederle a Granados, pero la ignoraron.

Le parecía que habían pasado meses desde la mañana anterior. Habían sido las veinticuatro horas más intensas y horribles de su vida y ahora apenas apreciaba el cambio de actitud de la policía, más amable que la víspera. Se notaba que el comisario Lafuente estaba detrás y, tal vez aclaradas las cosas, se sintieran incómodos.

Mirando el paisaje por la ventanilla pensó en sus padres. Su fuga había sido una barbaridad, pero había llegado a un punto en el que no creía que a ellos les importara nada relacionado con ella; se convenció de que pronto pasaría el temporal. Con un poco de suerte la historia no habría trascendido, que era lo único que de verdad les iba a doler. Total, solo habían sido unas horas y nadie salvo los Granados y su familia sabían de la escapada. Y a ninguno de ellos les convenía pregonarlo.

Pero se equivocaba. Las llamadas de su madre a casa de sus amigas habían levantado la liebre.

Todos esperaban el regreso de Elena, cada uno con un ánimo diferente. Su hermano sabía que había pasado algo terrible, aunque nadie se lo hubiera dicho. Su hermana se había escapado con un señor y eso era algo tan malo que había intervenido hasta la policía. Para él era una auténtica hazaña. ¡Cómo iba a fardar cuando se lo contara a sus amigos!

Clara llevaba la angustia dibujada bajo la cofia aunque tratara de disimularlo. Nati no paraba de hacerle preguntas impertinentes sobre los detalles de lo ocurrido, y Dolores y Gerard se movían nerviosos sin que nadie de la casa se atreviera a acercarse.

La policía acompañó a la fugitiva hasta la mismísima puerta de su casa. No se iban a arriesgar a que volviera a escaparse. Subieron hasta su piso sin que se oyera nada más que el traqueteo del ascensor y el crujir de la cabina de madera barnizada. Elena estaba asustada. Llamaron a la puerta y, tras un intercambio de saludos y de disculpas por parte de Gerard por las molestias que su hija había ocasionado, los policías se fueron. Elena entró. No llevaba más que su pequeña bolsa, los dibujos y un montón de preocupaciones a su espalda. Su padre cerró la puerta tras ella sin dirigirle la palabra. Elena tampoco dijo nada.

Dejó su bolsa en el suelo para quitarse la chaqueta y conforme se incorporó, sin mediar palabra, su padre le cruzó la cara de un bofetón. El golpe la estampó contra la pared. Las gafas salieron volando y le empezó a sangrar la nariz. Su hermano Gerard, que había acudido a abrir con su padre, dio un paso atrás. Su garganta se había comprimido, dejando pasar una cantidad mínima de aire. Elena reaccionó con lentitud, aturdida por el golpe hasta el punto de no sentir el dolor. Se palpó la cara. Notaba el calor de la sangre sobre su labio superior. Sus gafas. No sabía dónde estaban. No se atrevió a agacharse a buscarlas.

—Papá...

El pequeño Gerard había ido retrocediendo hasta salir de allí. Clara y Nati acudieron al oír el golpe. Clara llegó la primera por el pasillo de la cocina y se quedó petrificada. Nati captó el gesto que Clara le hizo con la mano en su espalda para que frenara.

Dolores, que había preferido esperarla en el salón, también se acercó al oír el golpe sin saber a qué se debía. Elena se sacó el pañuelo con las iniciales rojas de la manga de su jersey y se limpió la sangre. Al verla frente a ella, la furia y la rabia almacenada a lo largo del día esperando su llegada se concentraron en el brazo de Dolores, que lo blandió en el aire y descargó otra terrible bofetada.

Elena no se movió. Había perdido sus gafas y sus ojos estaban inundados de lágrimas. Si las fuerzas no le hubieran fallado, habría salido huyendo otra vez.

Todo pasó en segundos. Clara fue la única que tuvo el valor de intervenir. Tenía que sacar a la niña de allí. Sabía que no era la primera bofetada, pero sí era la primera vez que ella lo presenciaba y estaba segura de que nunca le habían dado tan fuerte.

—Voy a llevar su bolsa a la habitación. Si me acompaña le prepararé un baño, debe de estar cansada —dijo mirándola con cariño.

—¡Clara! ¿Quién le ha dado vela en este entierro? Haga el favor de meterse en sus cosas. La señorita Elena no necesita nada en estos momentos.

—Lo siento, señor Lamarc, yo creí...

—Usted no cree nada. No me interesan sus opiniones ni le pago para pensar. ¡Largo!

—Sí, Clara, ahora es mejor que se vaya. —Dolores intentó suavizar el tono. No había visto a Clara en la esquina del recibidor, y al ser consciente de su presencia se sintió incómoda.

Elena se agachó para coger su bolsa, que seguía junto a su pie. Echó a andar hacia su cuarto, conteniendo un sollozo que luchaba por salir. Le dolía la cabeza y las mejillas le ardían.

Su madre la siguió con la mirada:

—¿Quién te ha dado permiso para irte? —espetó sin un ápice de calor en su voz—. Tenemos que hablar, esto no se va a quedar así.

—Ahora no... no puedo hablar —balbuceó Elena.

Su padre solo hizo un gesto con la mano en dirección al salón y allí se encaminaron los tres. Nadie recogió sus gafas. Su madre se sentó y Gerard permaneció de pie junto al sofá, quedando Elena frente a ellos.

—Esta vez te has pasado. De aquí en adelante no saldrás de casa si no es acompañada. A ningún sitio. —Su padre había cogido la palabra y no parecía tener intención de acabar; el porte de Elena, de natural arrogante, se había esfumado—. Las clases de dibujo se han acabado. Teniendo en cuenta el desprecio que has mostrado hacia tu familia, a partir de hoy comerás y cenarás en la cocina con el servicio. ¿Está claro? Ah, se me olvidaba. No podrás recibir llamadas telefónicas ni llamar a nadie, bajo ningún concepto. Si es algo importante, nos lo tendrás que decir y nosotros decidiremos. —Elena asintió con la cabeza. No podía hablar. Pero el chaparrón no había acabado—. Y por supuesto, la familia Granados para ti no existe. Están muertos. ¿Has entendido? ¡Muertos!

—Elena, nunca creí que llegara a decirte esto, pero me avergüenzo de ti. Eres una vergüenza de hija. —Dolores no iba a quedarse callada—. Te hemos aguantado mucho y durante muchos años, pero esta vez has llegado demasiado lejos. No eres digna de pertenecer a esta familia, aunque por desgracia tendremos que soportarlo y seguir conviviendo. Es nuestra obligación. Espero que cambies e intentes hacerte digna de nosotros.

Sonó el teléfono. Elena se sintió aliviada. El mundo no se había parado. Seguía girando. Aunque ella no se atrevió a moverse.

La llamada vino a caldear más el ambiente. Era una de las amigas de Elena preguntando si ya había aparecido. ¿Dónde había estado? Esa era la gran pregunta. No lo iban a decir, aunque Valencia era un pueblo y tarde o temprano todo se sabría. Su padre colgó el teléfono después de aclarar que se trataba de un malentendido.

—Por cierto, de tus andanzas en Barcelona, ¡ni una palabra a nadie! —Dolores se retorcía las manos. Aquella llamada dejaba claro que no iba a ser sencillo ocultar lo ocurrido.

—Es posible que esto se sepa. Molestamos a mucha gente intentando saber dónde cojones te habías metido y Ernesto ha interrogado hasta a las piedras. Va a ser muy embarazoso.

Elena no podía más, iba a desvanecerse de un momento a otro; y sin embargo cuando parecía que las fuerzas la abandonaban, conseguía permanecer allí plantada, sostenida por algún hilo invisible.

—Si alguien pregunta, has estado en casa de tu abuela, en Alicante, porque no se encontraba bien —añadió Dolores—. La única salida airosa es que nos vean en público lo antes posible, como si no hubiera pasado nada. Si nos ven juntas no se atreverán a comentar nada. Aunque no tengo ningunas ganas, este domingo tendremos que ir a comer a la Agricultura. Vete a tu cuarto.

Elena dio media vuelta, despacio, bajando en su mente los peldaños de su cadalso particular, agradecida de su próxima soledad. No le habían dado ninguna opción. No le habían preguntado nada. Sabía que había sido una locura, pero había actuado por un impulso y ya era bastante duro todo lo vivido. Pero escuchar de labios de su madre todo aquello, después de cómo ella la había apoyado y defendido, le había dolido más que los golpes de bienvenida. Pensó, con la boca inundada de un sabor amargo y seco, que era una pena que no hubiera tenido éxito en su escapada. Dudaba que si hubiera matado a alguien la reacción de sus padres hubiera sido peor. Toda su preocupación era que aquello llegara a difundirse. Se tumbó en la cama, llorando desconsolada. Tal vez lo mejor hubiera sido desaparecer... pero del todo. Nadie la echaría de menos.

Al abrir el cajón de su mesilla, le pareció ver sus gafas, aunque algo deformadas. Era la forma que Clara tenía de demostrarle su afecto. La única persona que le había tendido una mano en aquella noche de final de su juventud.

23

A las siete, Elena se despertó. Oía ruidos metálicos que parecían venir de la cocina. Se quedó mirando al techo y subió un poco más el embozo. Le dolía la cara. Muchísimo. Notaba el ojo izquierdo hinchado. No estaba segura, pero le parecía que lo tenía cerrado. Le fallaba el ánimo para salir de la cama y no tenía muy claro que valiera la pena el esfuerzo. Levantarse, ¿para qué? Lo malo era que no le dejarían quedarse en la cama todo el día. Recapacitó. Era mejor levantarse ya, antes de que lo hicieran sus padres. Desayunando pensaría qué hacer. Parecía que había pasado una eternidad desde que salió de casa hacia Barcelona, aunque solo habían transcurrido dos días.

Se incorporó despacio, tratando de que las piezas sueltas de su dolorida cabeza no golpearan unas contra otras más de lo necesario. Le pareció que tenía un solo ojo operativo. Fue a lavarse la cara a tientas. El espejo le devolvió un rostro deforme y amoratado. ¡Qué dolor! El agua fría pareció aliviarla, pero lo del ojo... Necesitaba ponerle algo para rebajar aquella hinchazón. No podía salir así. No le dejarían.

Entró en la cocina.

—Buenos días —susurró.

—¡Virgen santa, señorita Elena! —exclamó Clara, llevándose la mano a la boca—. ¿Le duele mucho?

—¡Pero qué bestias! Con perdón... —Nati se volvió de inmediato para seguir amasando.

—Duele bastante. No sé qué ponerme.

—En mi pueblo se ponen un filete —sentenció Nati convencida.

—Y tú hablas de bestias... Ahora buscaré una crema que baje la hinchazón y el cardenal. ¿Quiere una aspirina? Le aliviará el dolor de cabeza.

—Lo que sea, Clara —respondió Elena agradecida.

—Nati, ponle su café con leche. Yo voy al botiquín.

Clara salió de la cocina meneando la cabeza. El botiquín estaba en el baño de servicio. Había visto crecer a esa niña y le tenía cariño. También a ella la zurraban de pequeña y había presenciado muchas bofetadas, pero nunca habían llegado a semejante brutalidad. Lo que más le impresionó a Clara no fue el golpe en sí mismo. Lo que de verdad la estremeció fue la frialdad del señor Lamarc. No se inmutó. Su gesto después de arrearle a la niña era el mismo que cuando tomaba la sopa, no mostró la menor emoción.

Mientras tanto, Nati había calentado la leche y el café borboteaba abrazando a Elena con su cálido aroma. Le encantaba el olor del café recién hecho y del pan y los bollos en el horno. Era acogedor. Todos los días Nati hacía pan, ensaimadas y *brioches* para el desayuno, perfumando la casa con la suavidad de la bollería casera.

—¿Le pongo el desayuno en el comedor, señorita Elena?

—No, desayunaré aquí. Y creo que también comeré aquí.

Se hizo un silencio en el que solo se escuchó el ruido sordo de la masa estrangulada en las manos de Nati al golpear contra el mármol.

—¿Encontró lo que fue a buscar? —preguntó la cocinera sin apartar la vista de la harina—. Salió así, sin avisar, y nos dio un susto de muerte. —No iba a dejar pasar la oportunidad de conocer de primera mano qué oscura aventura había corrido la señorita Elena.

—Le aseguro, Nati, que encontré lo que no esperaba. —Se la veía como ida, con la mirada extraviada.

—Pero ¿adónde fue? —presionó.

En ese momento entró Clara con la crema y las aspirinas.

—Nati, no es asunto nuestro. Desayune tranquila, Elena, que cuando termine le pongo la crema y se echa otro ratito en la cama.

—Me voy a subir por las paredes. Casi no puedo ver, ni siquiera con las gafas, así que no podré leer ni pintar. No creo que me dejen volver a Lamarc o a la tienda; y más con la cara hecha un poema.

—Si quiere puede oír la radionovela con nosotras —le sugirió Nati—. Está muy interesante. Va de una joven huérfana que la acogen en una familia muy rica y...

—¡Nati! ¿Quieres dejarlo ya? A la señorita Elena no creo que le interesen esas historias.

Elena terminó su desayuno arropada por disputas intrascendentes entre Nati y Clara y volvió a su cuarto. Sus padres seguían sin aparecer.

Esperaría a que se fueran. Tal vez pudiera llamar a alguna amiga para que viniera, aunque también le habían prohibido hablar por teléfono.

De nuevo en la cama, el peso del cansancio la aplastó aunque había dormido de un tirón. Poco a poco fue quedándose traspuesta. La despertó la voz de su madre.

—¡Elena! ¡Son las diez! ¿Qué haces todavía en la cama?

Aunque las contraventanas estaban entreabiertas, la habitación se encontraba en penumbra. Dolores encendió la luz. Y entonces vio la cara de Elena.

—Pero ¿qué te ha pasado? Bueno... quiero decir... No fue para tanto.

—Ya... —Para qué dar explicaciones. Era evidente lo sucedido.

—Así no puedes salir a la calle. Voy a decirle a Clara que te ponga algo.

—No hace falta, ya me puso una crema cuando fui a desayunar, pero no me encontraba bien y me volví a la cama.

—Yo tengo cosas que hacer. Me iré con Nati al mercado y luego a la peluquería. Volveré a la hora de comer. No llames a nadie, ¿oído? He dado instrucciones para ponerte la comida en la cocina, pero ni se te ocurra chismorrear con el servicio. Espero volver un poco antes. Quiero que me cuentes de principio a fin qué pasó en Barcelona.

—No pasó nada... —masculló Elena.

—Piensa bien lo que dices. Hicieras lo que hicieras, no me voy a escandalizar más de lo que ya lo estoy. Y si te has metido en algún lío, soy la única que puede ayudarte. Ya me entiendes.

—Ya te he dicho que no hice nada. —Sin sus gafas y con un ojo abierto apenas distinguía la silueta de su madre aunque los movimientos los apreciaba duros y decididos.

—¡Qué tozuda! Hablaremos cuando vuelva. Y vístete. No hay motivo para que te pases el día holgazaneando en bata.

Elena asintió. Le costaba hablar y no estaba para discusiones. Otra vez las ganas de llorar... Daba igual que se explicara, no la iba a creer; pero no podía culparla. Hasta a ella le sonaba inverosímil el que se hubiera escapado sin más con un hombre que podría ser su padre, al que apenas conocía, tan solo por una discusión familiar. Visto con perspectiva, incluso a ella le parecía injustificable.

Sonó el teléfono y Dolores dio un respingo.

—Clara, ya me pongo yo —alzó la voz Dolores, perentoria.

Elena quería levantarse para saber quién llamaba, pero no pudo. La conversación fue breve y el tono duro. Fuera quien fuese, no había sido una llamada bien recibida. Tras colgar, Dolores volvió a aparecer en la habitación de Elena con la cara encendida.

—Es increíble. Era tu amiguito Javier Granados. ¡Cómo puede tener la desfachatez de llamar a esta casa, después de lo que ha hecho! Le he dejado las cosas muy claras. No creo que se le ocurra volver a intentarlo. —Dio media vuelta y se fue, para volver al segundo—. Y levántate de una vez, ¡ya!

Elena no podía soportarlo. Necesitaba hablar con Javier, verlo, tocarlo... De pronto se acordó de Alberto. ¿Qué habría sido de él? Lo último que supo fue que había pasado la noche en un calabozo acusado de estupro. Pero después del humillante reconocimiento médico, no creía que pudieran mantener los cargos. ¿Seguiría en Barcelona? ¿En Francia? ¿O habría vuelto a Valencia? ¿Y si después de todo no había podido solucionar los asuntos que le llevaron a Barcelona? ¿Y si lo encontraban y le hacían algo? El corazón se le fue acelerando conforme las preguntas se agolpaban y esos negros pensamientos la invadían. Si le había pasado algo a Alberto Granados no podría sobrellevarlo. Sería culpa suya por meterlo en un lío mucho mayor que aquel en el que ya estaba.

Mientras Elena intentaba sobreponerse a sus pensamientos,

su padre recibía una incómoda llamada. Según le comentó un conocido, proveedor de la casa en Barcelona, el diario local había sacado en portada la detención de un «conocido empresario valenciano y de su joven acompañante» en un reputado hotel de la ciudad. No aparecían nombres, aunque sí las iniciales y su vinculación con una familia relacionada con el mundo de la confección. Y había llegado a la conclusión de que la joven «E. L.» podría tratarse de la hija de los Lamarc, con la que había hablado alguna vez por teléfono. Gerard se lo desmintió, negando que su hija hubiera estado en ningún sitio fuera de Valencia en las últimas semanas y agradeciéndole el interés.

Pero esa llamada no auguraba nada bueno. Si ya había salido en la prensa de Barcelona, no tardaría en aparecer en los rotativos locales. Era de esas noticias que vendían.

Decidió localizar a su buen amigo Martín Domínguez, director de *Las Provincias*. Ya le debía una, pero tenía que pedirle otro favor; y esta vez era de verdad importante.

Llamó al periódico, pero le dijeron que el director se encontraba en una reunión. No quedaba más remedio que esperar a que le llamara, aunque quizá fuera más efectivo pasarse por la redacción y hablar cara a cara. Decidió que sería lo mejor.

Cogió su sombrero y la cartera y salió. Solís hizo ademán de dirigirse a él, pero no le dio tiempo. Le soltó un escueto «adiós» y desapareció.

Solís sabía que algo grave había pasado con Elena. Los dos días anteriores habían sido un caos. Llamadas telefónicas, policía, gritos... Esperaba que estuviera bien. Poco a poco le había cogido aprecio a aquella jovencita altiva y concienzuda. Tal vez algo más que aprecio. A pesar de ser la hija del jefe se tomaba muy en serio su trabajo y escuchaba con respeto y atención cada palabra suya. Había conseguido que él se sintiera importante después de muchos años de no ser más que otro mueble en aquella oficina.

Que no hubiera ido esa mañana era mala señal, tanto si había aparecido como si no. Conocía cómo se las gastaba el señor Lamarc y se le arrugaron las entrañas. Solís no imaginaba que ese momento ya había pasado y que Elena estaba en cama tratando de recobrar su entereza y disimular los golpes.

Nati regresó del mercado pasadas las once con un cesto cargado hasta los topes y Dolores llegó a la una y media con la melena esculpida a golpe de cepillo y laca. Pasó por la cocina, dio órdenes para preparar la comida y se dirigió a la habitación de Elena. Para su sorpresa, no la encontró.

Fue al salón. Allí, en su rincón bañado por la luz del sol, como cuando era niña, Elena sujetaba un libro en un intento por leer, por ocupar sus pensamientos en algo distinto a su dolor y humillación, aunque las gafas apenas podían sujetarse empujadas por su inflamada mejilla y un ojo que parecía un buñuelo de chocolate.

—No podrás leer con el ojo así.

—Lo intento, necesito hacer algo pero tienes razón, me cuesta.

—Ya has hecho bastante, ¿no crees? —puntualizó irónica—. Aunque te aburras un rato no pasará nada. ¿Vas a contarme lo que pasó?

—¿Para qué? No me creerías.

—Lo que sucede es que te avergüenzas y no te atreves a contarlo. Motivos tienes para avergonzarte.

—Qué poco me conoces. —La voz de Elena era fría, carente de emociones.

—Te conozco demasiado. Ahora, con tanta misa y tanto rosario, lo último que me imaginaba es que fueras capaz de largarte con un tipo que podría ser tu padre. Eres una impertinente y caprichosa, que se cree más lista y más buena que nadie, cuando no eres más que una estúpida, incapaz de ver cómo la manejan.

—¿Aún no me has dicho bastante? —Las palabras de su madre comprimieron la garganta de Elena como una tenaza—. Sé que estuvo mal y tenéis motivos para estar enfadados y castigarme. De verdad que lo siento, no sabéis cuánto, pero creo que os habéis pasado. Solo quería escapar de todo esto, de las broncas, los celos... Nada más.

—Tú sigue erre que erre. Ya que no quieres contármelo, no lo hagas, pero si temes que puedas estar embarazada, hay formas sencillas de malograrlo. Aunque tendrás que avisarme antes de que se note.

Elena la miró asqueada. La pesadilla parecía que no iba a acabar nunca. ¿Embarazada? ¿Acaso no le habían dado el informe del forense? ¿Para qué la habían obligado a sufrir aquella humillación? Y ¿cómo podía pensar que se había acostado con Alberto Granados? Y si lo había hecho, ¿qué estaba insinuando? Las pocas fuerzas que aún retenía escaparon de su cuerpo, cada vez más denso y pesado.

Se oyeron las llaves en la puerta.

—Hola, cariño. —Gerard entró y le dio un mecánico beso a Dolores; Elena era una prolongación del sillón en el que estaba sentada—. Vengo del periódico. He estado con Martín Domínguez y tengo malas noticias. En Barcelona han publicado la detención de Alberto y Elena. —Se encendió un cigarrillo y aspiró con fuerza—. Solo salían las iniciales. El contacto de Martín llamó para darle la noticia y publicarla.

Dolores se levantó nerviosa.

—¡Qué desastre!

—No te preocupes. He hablado con él y no sacará nada, pero es probable que otros periódicos lo hagan. Es de esas cosas que alimentan el morbo y eso vende. Lo bueno es que no pueden publicar los nombres. El de Elena porque es menor y el de Alberto porque se han retirado los cargos. Parece ser que a Granados lo dejaron ir y, según informó a la policía, seguía hacia la frontera.

Elena respiró aliviada.

—Hay que actuar rápido. —Dolores se retiró el cabello de la cara con ambas manos, despejando sus ideas—. Debemos mostrarnos en público lo antes posible, aunque con ese ojo... Cuando salgamos actuaremos con completa normalidad. Tendrás que acompañarme a todas partes hasta que amaine la tormenta. No se atreverán a cotillear si nos ven juntas.

—Le pones un poco de maquillaje y arreando —resolvió Gerard reparando en la presencia de Elena en ese momento y apurando su cigarrillo—. Y si no, decís que se ha dado un golpe con cualquier cosa. Es tan torpe que a nadie le va a extrañar.

Elena, encogida en la silla, escuchó aquello como si fuera una sentencia de prisión incondicional; no tenía ganas de salir a ninguna parte y mucho menos con sus padres, pero no era momento de oponerse. Durante una temporada le tocaría aguantar y tragar. Siempre quedaba la esperanza de cruzarse con Javier.

A la hora de comer, tal y como le habían ordenado, Elena apareció en la cocina. Nati no entendía nada y a Clara le incomodaba comer en su compañía. La joven, en cambio, agradeció el cambio de escenario. Era más grato comer con ellas y hablar de tonterías que permanecer muda mientras escuchaba los hirientes comentarios de sus padres.

Por la tarde, Dolores fue a Bebé Parisién. Por supuesto ni la encargada ni ninguna de las dependientas osaron preguntar por Elena, aunque hacía dos días que no iba por la tienda y los rumores corrían de boca en boca. Dolores tampoco dio lugar a ello. Con su rotundo «buenas tardes» dejó bien claro que no había nada que comentar.

La tarde pasó como siempre, con el ir y venir de las clientas, sacando género, doblando, guardando. Hasta poco después de las seis, cuando entró Carlos. Pasaba todos los días y este era el tercero en que no veía a Elena. Su ceño se frunció preocupado. Miró en el interior y no vio tampoco a Dolores, así que se decidió a entrar y preguntar.

—Hola, buenas tardes. ¿Ha venido la señorita Lamarc?

Las dependientas se acercaron a él. Era un fenómeno habitual cuando Carlos disponía de público femenino.

—Hola, buenas tardes —le contestaron encantadas—. No, la señorita Lamarc no ha venido.

—¿Está enferma? ¿Le ha pasado algo?

—*Chsss*, no podemos hablar ahora. Su madre está en la trastienda. —Señalaron la pequeña cortina a sus espaldas—. Pero que nosotras sepamos, enferma no está. —Se rieron por lo bajo, con cierto nerviosismo.

—¿Me pueden explicar algo más? —preguntó despistado.

Las dependientas se miraron entre sí, indecisas. Miraron la puerta de la trastienda para comprobar que Dolores no andaba cerca, y bajaron la voz para ponerle al día:

—Se rumorea que se fugó con un chico y ha tenido que ir a buscarla la policía.

Carlos se quedó petrificado.

—¿Están seguras?

—Hombre, seguras, seguras, no —le susurraron—, pero es lo que se comenta por el barrio. No se habla de otra cosa.

Oyeron los tacones de Dolores repicando sobre el pasillo de mármol y todas se apresuraron a volver a su sitio. Carlos no se movió. Necesitaba saber más y aunque no le hacía ninguna gracia encontrarse con la señora Lamarc no le quedaba más remedio. Tal vez consiguiera que le dejaran contactar con Elena.

—¿Qué tal, señora Lamarc?

—Bien. —Siempre le contestaba con monosílabos.

—Hace días que no veo a Elena por la tienda —titubeó un segundo pero siguió con decisión— y me preguntaba si se encuentra enferma.

—Está muy bien, gracias. Ha estado visitando a su abuela unos días.

—Me alegro... ¿No va a venir por aquí?

—Hoy no.

—Ya... Tal vez pueda pasarme a verla, si no le molesta.

—Será mejor que no. No nos gusta que reciba visitas en casa.

—Pues dele recuerdos de mi parte.

—Bien.

Tuvo claro que no le sacaría nada más a la señora Lamarc. Lo mejor sería llamar a Elena y hablar con ella. Salió de la tienda y subió a su casa corriendo para aprovechar antes de que los Lamarc regresaran. Como siempre, Clara cogió el teléfono pero, al contrario que otras veces, su respuesta fue que Elena no podía ponerse. Al preguntar si se encontraba bien, notó que titubeaba. Sí, claro, Elena estaba bien.

Carlos comenzó a ponerse nervioso. Algo había pasado y todos trataban de ocultarlo.

Cuando Clara colgó, Elena se interesó por la llamada. Sabía que habían preguntado por ella porque había oído a Clara decir su nombre. Tal vez fuera Javier. Clara no sabía si contárselo o no. Solo le habían prohibido que Elena se pusiera al teléfono, no que le informara de quién llamaba.

—Era don Carlos Company.

—¡Carlos! —Aunque Elena no había pensado en él en los últimos días, la inundó una cálida sensación de bienestar. Al menos él se había acordado de ella—. ¿Te ha dicho qué quería?

—Estaba preocupado por usted. Hace días que no la ve por Bebé Parisién y pensaba que podía estar enferma.

Unas lágrimas diminutas y díscolas se asomaron a sus pupilas.

—Si vuelve a llamar, ¿me dejas que hable con él? —le suplicó.

—Bien sabe que no puedo. Imagine si llegaran a enterarse.

—Pero necesito hablar con alguien.

—Ya lo imagino, y todo se andará, pero de momento están las cosas demasiado recientes.

—¿Cómo va mi ojo?

—Mejor, pero todavía está hinchado, y el moratón durará tiempo.

—¿Se nota mucho con las gafas puestas?

—Pues sí, *pa* qué le voy a mentir. Sus gafas son pequeñas y le sobresale el moratón por arriba y por abajo.

—Me hubiese gustado ir a ver al padre López Manrique. No creo que a mi madre le pareciera mal, pero con la cara así...

—De todas formas, tendría que preguntárselo.

—¿Y si la llamas?

—¿Ahora? —Clara no pudo disimular su desacuerdo.

—Sí, claro.

—Hágame caso y espérese a mañana. Se lo pregunta a su madre esta noche y si la deja, me organizo para acompañarla. Pero deje que se enfríe todo un poco.

Elena no confiaba en las probabilidades de que su madre la dejara ir a ningún lado, y no se sentía con fuerzas de plantearle nada, pero tendría que echarle valor si no quería quedarse enclaustrada por más tiempo. Aquellas paredes la oprimían.

Dolores llegó, como siempre, al cerrar Bebé Parisién. No solía entretenerse por el camino. Su padre, también como casi siempre, no había llegado. Elena maduró cómo planteárselo. El mejor momento hubiera sido durante la cena, pero ahora estaba desterrada en la cocina. Tal vez tuviera alguna oportunidad antes.

Esperó sentada en el salón. Su madre no tardó en presentarse.

—Me ha dicho Clara que ha llamado Carlos Company. Estuvo en la tienda esta tarde. No quiero que lo veas ni que hables con él. ¿Te ha quedado claro?

—No puedo estar toda la vida encerrada y si salgo es posible que nos lo encontremos.

—Pues entonces ya veremos. En cualquier caso, ni se te ocurra contarle nada.

—No, mamá. Había pensado, si te parece bien, acercarme mañana a ver al padre López Manrique.

—Supongo que no te iría nada mal, a pesar de que ese jesuita tiene unas ideas muy raras. Ojalá te hiciera reflexionar, aunque después de ver cómo te has comportado, me parece que te ha servido de poco tanto padre espiritual. Desde luego, no quiero que vayas sola y yo no te puedo acompañar.

—A lo mejor Clara puede.

—Por la mañana no, hay mucho que hacer. Además, tendrás que llamarle primero, ¿no?

—¿Puedo?

—¿Si puedes qué?

—Llamarle por teléfono.

—Me avisas y le llamas delante de mí.

—Gracias —suspiró. Aquello ya era algo.

Al día siguiente Elena le recordó la llamada a su madre. Quedó con el sacerdote a las cuatro y media de la tarde. No la podía recibir antes.

—Ponte un poco de maquillaje en el ojo. Ya no está tan hinchado, pero sigue morado. Y ni se te ocurra contarle lo de la bofetada. Vas a hablarle de lo que *tú* has hecho, que ya es bastante, y bajo secreto de confesión.

Elena asintió. Con tal de salir y hablar con alguien, todo le parecía bien.

—Después me quedaré un rato en la iglesia.

—Clara no puede perder toda la tarde porque a ti te apetezca. Y sola no vas a ir a ningún lado durante un tiempo.

—¿Y si llamo a Berta Aguilar? —Se le acababa de ocurrir y tal vez colara—. A lo mejor quiere acompañarme.

—Seguro que sí. Con lo beata que es... Desde luego con ella estoy tranquila, aunque también tú parecías una mosquita muerta, y ya ves.

Dolores reflexionó. Elena tendría que salir tarde o temprano, y ella no podía acompañarla todo el tiempo. Y si la que lo hacía era Clara, tendría que postergar alguna de las tareas domésticas habituales. No le pagaba para pasearse con Elena. Berta era una buena opción. Según había oído, estaba considerando la posibilidad de meterse en el noviciado. Lolo no estaba muy segura de si era auténtica vocación o una huida hacia delante para quitarle gastos a su madre. Desde la muerte de su padre, su nivel de vida había caído en picado.

—No me parece mal. Yo la llamaré y te la paso. Pero te digo lo mismo que con los demás. Ni una palabra de tu escapadita.

Llamaron a Berta. Por supuesto que la acompañaría. Si salían pronto de la Casa de los Jesuitas podrían acercarse a la basílica, y bla, bla, bla... Parecía un plan perfecto y nada peligroso. Dolores accedió. Elena estaba emocionada, aunque la perspectiva no fuera ideal. Al menos podría salir.

Berta se presentó a las cuatro. Había estado muchas veces en aquella casa, la conocía bien. Clara la hizo pasar y ella se dirigió presurosa al cuarto de su amiga.

—¿Puedo pasar? —preguntó con su voz cantarina y almibarada.

—Sí, Berta, claro, adelante. Estoy terminando de vestirme. —Berta entró y revisó con rapidez cada rincón de la habitación.

No era guapa. Vestía siempre con austeridad y desde que su padre murió apenas si se había comprado un par de zapatos. Elena lo sabía y siempre que podía le regalaba algo. Tenía más ropa y zapatos de los que podría ponerse jamás, y además desde que adelgazó Berta y ella usaban casi la misma talla. Cualquier excusa era buena para hacerle un obsequio.

—No sé qué zapatos ponerme. Creo que me ha crecido el pie. Estos son muy bonitos pero me aprietan. Tal vez a ti te vengan. Están nuevos.

—No sé... —titubeó Berta.

—Pruébatelos, anda. Si te vienen, te los llevas —le insistió Elena.

—De acuerdo. Total, a ti te dará igual tener treinta y tres pares que treinta y dos.

Para Elena fue como otra bofetada. Nunca se había parado a

pensar cuántos pares de zapatos tenía, pero por lo visto Berta se los sabía de memoria. Acababa de tomar conciencia: lo que para ella era ayudar a una amiga, para Berta era una humillación.

Intentó hacer como que no había oído el comentario, aunque estaba dolida.

—Ya estoy.

—¿Qué te ha pasado en el ojo? —Berta acababa de verla de frente y la observaba con curiosidad.

—Nada, me caí —respondió Elena disimulando— y me di con la mesilla.

—¿Y qué ha pasado?

—¿A qué te refieres?

—Bueno, ha habido muchos rumores. A mi madre le han contado muchas historias, pero claro, yo no me he creído ninguna. —Su tono cargado de insidia no avalaba sus palabras.

—Haces bien —cortó Elena—. Anda, vámonos o llegaremos tarde.

Salieron en silencio. Elena con el estómago como un acerico y los dientes apretados. Había percibido satisfacción en el tono con que la había interrogado, como si Berta se alegrara de los comentarios que había escuchado.

—Decías que habías estado fuera...

—No he dicho nada, Berta. Pero si quieres saberlo, estuve en Alicante. Con mi abuela. No se encuentra muy bien. —Apretó el paso hasta el punto de llevar a Berta sin resuello tras ella—. ¿Qué se dice?

—¡Cómo es la gente! —Berta hizo una pausa para darle más dramatismo a sus informaciones y tomar aire. Lo estaba disfrutando a pesar de la carrera—. No sé si decírtelo. Es muy gordo.

—Será mejor que lo sepa. —Estaba harta de aquel juego—. No creo que pueda ser tan malo.

—Se ha corrido el rumor de que te habías escapado con Javier Granados a Barcelona. Y que la policía... Me da vergüenza decirlo...

—No seas mojigata, ¡sigue! —Elena apretó los puños. Veía su expresión de triunfo por el rabillo del ojo.

—Por supuesto, yo no me he creído nada —se apresuró a asegurar Berta—. Lo que dicen es que la policía... —siguió, tragando saliva de manera ostentosa— os encontró en la cama y os detuvieron a los dos. ¡Qué barbaridad! ¡Ave María Purísima! —Berta se santiguó antes de proseguir—. Fíjate que a mi madre le han dicho que ha salido incluso en la prensa. ¿Cómo pueden inventarse algo así de una joven como tú? —Su cara de fingido asombro no engañaba a nadie.

—¡Qué imaginación tiene la gente! —contestó Elena sin perder el aplomo a pesar del ácido del estómago que ascendía por su garganta.

—Sí, parece mentira. La verdad es que me extrañó que me llamaras para acompañarte. Últimamente no nos vemos mucho...

—Es cierto, por eso te llamé. ¿Qué harás mientras yo estoy con el padre?

—Estaré en la capilla.

—Eso, reza, que te hará bien. —La miró con furia y Berta prefirió callarse.

Se encontraban ante la escalinata de la Casa Principal de los Jesuitas.

La conversación con López Manrique dejó a Elena aliviada. Por lo menos su guía espiritual la escuchaba, y si tenía que recriminarle algo lo hacía con dulzura, sosiego y de forma razonada. La había ayudado en muchas ocasiones a mantenerse entera y a no derrumbarse ante el caos emocional en el que vivía.

Se despidió de él con afecto y pasó por la capilla para recoger a Berta. De buena gana la habría dejado allí, orando, a ver si la gracia divina le limpiaba aquellos malos instintos que acababa de descubrirle. Nunca se le ocurrió que su desprendimiento y generosidad fueran malinterpretados.

Prefirió apartar aquellos pensamientos. Así se lo había prometido al padre López Manrique. No tener en cuenta esas actitudes sería otra forma de generosidad, lo malo era que eso le costaba más que regalar zapatos.

—Berta, ¿nos vamos?

—Sí, sí, perdona. No había visto la hora que era. ¿Crees que llegaremos al rosario?

—En la basílica no, pero en San Andrés creo que es algo más

tarde. A mí me pilla más cerca de casa. Pero puede que a ti no te venga bien.

—La verdad es que sería un poco tarde para volver a casa sola.

—No hace falta que me acompañes, si no te viene bien.

—Pero le dije a tu madre que te acompañaría. Me dejó muy claro —recalcó Berta, con los ojos muy abiertos— que confiaba en que no te perdiera de vista. Me pareció rarísimo, pero le di mi palabra. Si quieres, en los Santos Juanes es a las siete, y está de camino a mi casa y a la tuya.

—Es cierto. Pues no nos entretengamos o llegaremos a las letanías.

Se pusieron en camino, en silencio, una al lado de la otra. Elena se dio cuenta de que al terminar el rosario estaría muy cerca de Bebé Parisién y sería casi la hora de cierre. En circunstancias normales se pasaría a recoger a su madre, pero esta vez no sabía qué hacer.

Cuando salieron de la iglesia ya había caído la noche. Faltaba un cuarto para las ocho, se aproximaban a la tienda. «Me paso, no me paso, me paso, no me paso...» A cada loseta de la acera, Elena cambiaba de opinión. Tan ensimismada estaba en sus pensamientos que no se fijó en quien venía de frente por la misma acera.

Carlos llegaba a su casa, como siempre, a grandes pasos; divisó a dos jóvenes entre las que le pareció reconocer la añorada silueta de Elena acompañada de alguien más. A Dios gracias, no era su madre. Pasó de largo su portal para encontrarse con ella antes de que llegaran a la esquina de Bebé Parisién.

—¡Elena, cuánto tiempo! He pasado por la tienda un par de veces y te he llamado a casa, pero no ha habido forma de hablar contigo. ¿Ha pasado algo?

—Hola, Carlos. Te presento a Berta, una amiga. No, nada. Solo estuve unos días en Alicante. —Con él sí que hubiera hablado, pero no delante de Berta.

—Encantado —saludó Carlos. Para disgusto de Berta, no le prestó más atención—. Huy, ¿y tu ojo? ¿Qué le ha pasado?

—Me caí en mi cuarto y me di con la mesilla de noche.

—Pero ¿estás bien? —insistió preocupado—. ¿Seguro?

—Sí, seguro. —Lo miró suplicante. No podía hablar, tenía que darse cuenta.

—¿Cuándo nos podríamos ver?

—No lo sé. Las cosas andan un poco revueltas en casa y no sé cuándo podré salir.

—¿Y a la tienda? Ya no vienes, ¿verdad?

—Bueno, quiero venir. Pero con el ojo así no era plan. A partir del lunes intentaré ir a Lamarc por la mañana, y a Bebé Parisién por la tarde. —No sabía si le dejarían, pero no podía decir otra cosa sin dar más explicaciones.

—Tal vez pueda acompañarte cuando salgas de un sitio para ir al otro —propuso Carlos esperanzado.

—Buena idea, pero no sé cómo se lo tomarán mis padres. Ya sabes la poca gracia que les hace.

Berta los observaba como quien asiste a un partido de tenis. Se preguntaba por qué a ella no le pasaban cosas así de emocionantes.

—Llegaremos tarde al rosario —interrumpió Berta con sequedad.

—Ahora debemos irnos. —Elena estaba cada vez más nerviosa.

—Ya, claro. —Carlos suspiró—. Te veré el lunes.

Anduvieron juntos hasta la portería de Carlos y se despidieron.

—¿Quieres pasar por la tienda de tus padres? —preguntó Berta, sin ocultar su fastidio.

—Mejor que no. Se ha hecho muy tarde y ya debería estar en casa.

—No me habías hablado de Carlos. Es muy guapo.

—Sí, lo es.

—¿Hace mucho que le conoces?

—Desde que éramos pequeños.

—Pues qué callado te lo tenías. Creía que éramos amigas.

—Es que no tiene importancia. Tampoco yo sé de todas las personas que conoces.

—¿Qué le parece a tu madre? —preguntó Berta hostigándola, con ese tono insidioso que Elena acababa de descubrir en su supuesta amiga—. Me ha dado la impresión de que no aprueba vuestra amistad, ¿qué problema tiene?

Elena se puso a la defensiva.

—No se trata de Carlos. Es algo general. No le gusta que hable con chicos o que se me acerquen. Así que de esto, ni una palabra —le advirtió con dureza.

Qué mala suerte haberse encontrado con Carlos yendo con Berta. Tenía la sensación de que haría lo posible para que su madre se enterara. De momento no habría ocasión. Esa era una de las razones por las que ya tenía claro que no quería pasar por Bebé Parisién, no se le fuera a escapar a Berta «sin querer» que se habían tropezado con Carlos.

De vuelta en su casa se sintió mejor. No solo había conseguido salir a la calle, sino que había podido hablar con personas que la escuchaban y la apreciaban, aunque no creía que fuera bueno relatarle a Carlos cuál era el motivo de su encierro. Desde luego, a Berta, ni una palabra. En unas pocas horas la había visto con mucha más claridad que en los últimos diez años y no le había gustado, aunque la siguiera apreciando.

Se preguntó por qué las personas siguen queriendo a amigos, novios o maridos después de llegar a la conclusión de que no les gusta cómo son. Era irracional. Su caso con Berta era irrelevante, pero el de su madre con su padre era grave. Aun así, una tontería como la que había pasado con Berta le hizo comprender, salvando las distancias, el que su madre siguiera queriendo a su padre a pesar de todo. Ella no podía evitar seguir sintiendo cariño por Berta; le inspiraba compasión y ternura.

Su madre llegó poco después. Dio las instrucciones de costumbre y se fue al salón.

—¿Hace mucho que has llegado?

—Un ratito.

—¿Y qué has hecho? Sé más precisa.

—Fui con Berta a la Casa Principal de los Jesuitas, luego fuimos al rosario a los Santos Juanes y volvimos.

—Bien. ¿No le habrás contado tu escapada?

—No, mamá. Por supuesto que no. No te preocupes.

—Esa Berta no es de fiar. Y tú tampoco.

—Ya me he dado cuenta.

—¿Ah, sí? Te estás volviendo muy perspicaz. Es una pena que no tengas la misma sagacidad con otras personas.

Estuvo a punto de contestarle que tampoco ella era el colmo de la agudeza, pero se mordió la lengua. No necesitaba más problemas de los que ya tenía.

—Mañana hay un concierto y cena en el Ateneo. Asistiremos todos juntos. Y el domingo ya he reservado mesa en la Agricultura, así que iremos a la peluquería. Quiero que estés radiante.

—Lo veo difícil, dado cómo tengo el ojo.

—Ya casi no está hinchado y ahora que llevas un poco de maquillaje, el morado pasa desapercibido.

—Si tú lo dices... —Recordó las palabras de Carlos al verla y se encogió de hombros—. Estoy cansada, ¿puedo ir a cenar?

—Sí. Yo esperaré a tu padre. Ojalá no tarde.

Elena entró en la cocina.

—¿Va a cenar ya, señorita Elena?

—Sí, Nati. Estoy cansada y tengo hambre. ¿Está la cena?

—He preparado cardos. Y de segundo le puedo hacer una tortilla de champiñones. Los señores tomarán merluza a la vasca, si lo prefiere.

—No, la tortilla está bien.

Cuando terminó de cenar, fue a dar las buenas noches a su madre, que seguía sola.

—Me voy a dormir, mamá. Buenas noches.

—Ya es muy tarde. ¿No ha llamado tu padre? —interrogó Dolores, su mano nerviosa alisando arrugas inexistentes en el mantel.

—Mientras yo he estado en casa, no. Mejor pregúntale a Clara.

—¿No puedes preguntárselo tú? No me gusta indagar sobre tu padre.

—Pondría la mano en el fuego a que no ha llamado. Pero lo preguntaré.

—Tú siempre tan positiva —resopló Dolores.

Elena desapareció y volvió enseguida.

—No ha llamado ni dejó dicho nada a la hora de comer. Nati me ha preguntado si vas a cenar ya o seguirás esperándole.

—Siempre preguntando, siempre preguntando... Estoy harta de dar explicaciones. No sé, creo que cenaré.

Era algo que cada vez se repetía con mayor frecuencia. Gerard no aparecía hasta la madrugada, sin previo aviso. Era ya una costumbre. Hacía tiempo que Dolores lo esperaba la media hora de rigor para cenar, pero no más. Era una fase superada, aunque le seguía doliendo de la misma forma.

Elena no quiso escuchar más. En otros tiempos se habría quedado acompañando a su madre, intentando tranquilizarla, pero también esa fase estaba superada. Si iban a tener un fin de semana de exhibición social más le valía descansar, guardar fuerzas y rezar para que no se desatara una batalla.

24

Elena no tardó en dormirse, un cansancio profundo la vencía al caer la noche y no oyó llegar a su padre. Si lo hubiera oído, tampoco se habría levantado.

Gerard llegó muy tarde. Al entrar hizo un quiebro para enfilar el pasillo y chocó con la pequeña consola francesa que se apoyaba sobre una de las paredes, una bella pieza de anticuario en madera de caoba con apliques de porcelana. Las esquinas, talladas con profusión, eran puntiagudas como salientes en la roca. Soltó un grito de dolor.

—¡Mierda! ¿Quién ha *puedssto*... este *trasssto* en el pasillo?

Dolores salió alarmada de su habitación.

—Lleva ahí toda la vida. —Su inquietud inicial dio paso a un profundo disgusto.

—*Puej* mañana... lo quitas.

Dolores lo miró con un inmenso desprecio. Su aspecto era patético: el cuello de la camisa desabrochado, la corbata torcida y descolgada, los ojos vidriosos.

—Tal vez si no estuvieras como una cuba no tendríamos que cambiar los muebles de sitio. Das pena.

—Estoy *perfectamente*. —Gerard se tambaleó—. Qué noche... más *esssstupenda*.

—Prefiero que no me lo cuentes. Ha sido una semana muy dura y no creo que pueda soportarlo.

—*Puej* yo sí tengo ganas de *hablad*.

La voz pastosa, cascada, se arrastraba por los muebles como

una serpiente perezosa. Gerard avanzó a trompicones hacia su habitación.

—Anda, Mari, ponme *otda* copa.

—No... soy... Mari... Me voy a dormir, Gerard. —Dolores no quería llorar, pero las lágrimas llamaban a su puerta.

—*Dueeermes* mucho. —Hablaba con la misma dificultad con que avanzaba por el largo pasillo—. Hay que vivir más... —dijo, y luego eructó—, y dormir menos.

Dolores no respondió. Ya se había dado la vuelta camino de su cuarto con una garra helada comprimiéndole el pecho. Parecía que su nombre hubiera sido una premonición: Dolores. ¿Tendría que sufrir toda la vida? No estaba segura de albergar fuerzas para aguantar aquella situación por mucho más tiempo.

Su caso no era extraordinario. Muchas de sus amigas soportaban situaciones parecidas. Pero había una diferencia de peso. Mientras el resto eran discretos, no daban escándalos en público ni paseaban a la querida por los sitios que frecuentaban sus amistades, Gerard no tenía ningún pudor. Cada vez con mayor frecuencia le llegaban comentarios de haberlo visto cenando en El Romeral o comiendo en La Marcelina. Lugares frecuentados por muchos conocidos que acudían a comer en familia, y se sorprendían al ver a Gerard con una joven cuyo comportamiento no les hacía pensar que fuera una sobrina.

Dolores había optado por no pensar en ello y restarle importancia cuando se lo comentaban. La humillación le socavaba el ánimo. Y para colmo, tenía que hacer frente a la vergüenza de Elena. ¿Por qué tenía que sufrir tanta ignominia? Menos mal que Gigi era su consuelo y su alegría. Pensar en él mitigaba su pena, incluso en ese momento notó cómo se relajaba su rostro ante su recuerdo. Debía aguantar por él. Elena era fuerte y pronto volaría sola. Algo le decía que no tardaría en escapar de verdad de aquel agobiante manicomio en que se había convertido Villa Lamarc. Gigi aún era muy pequeño, tenía que seguir estudiando y para ello, Dolores debía mantener su posición. Para su desgracia, su marido había propuesto internar al niño en San Lorenzo de El Escorial. Era un magnífico colegio, pero Dolores no se decidía a separarse de Gigi, su única alegría.

Se acostó pensando en su hijo e intentando olvidar a Gerard, que no tardó en llegar. Un par de traspiés más y se desplomó en la cama. Incapaz hasta de quitarse los zapatos. Dolores no pudo soportar el tufo agrio y espeso que desprendía y sus ronquidos de borracho. Asqueada, se levantó, fue al cuarto de su hijo y se acurrucó a su lado.

A la mañana siguiente, Gerard se despertó sobresaltado. Seguía con la ropa y los zapatos puestos. Dolores no estaba a su lado y ella nunca se levantaba tan temprano. No recordaba demasiado de la noche anterior salvo que se había cruzado con Dolores, pero temía lo que pudiera haber dicho.

Le dolía la cabeza y, por razones que desconocía, el muslo izquierdo. Se levantó y al instante una profunda náusea se apoderó de él. Trastabilló hasta el baño y vomitó. No recordaba haber bebido tanto, mucho debía de haber sido porque su resistencia al alcohol era famosa; hacía tiempo que no tenía un amanecer semejante.

Había cenado con Pili en un restaurante del puerto, donde cayó una generosa botella de vino tinto y un coñac. A Pili un buen tinto la ayudaba a entrar en calor. A las diez fueron al *Capricornio*, que se había convertido en el picadero oficial. Tenía que pagar el amarre de todas formas, era discreto y se ahorraba mantener un pisito como algunos de sus amigos. Era una forma estupenda de amortizarlo. Allí vaciaron un par de botellas de champán, que a Pili la volvía loca. Un buen polvo y a casa, que ella siempre madrugaba. Acababan de dar las doce y Gerard quería seguir la fiesta. Decidió darse una vuelta por El Molino Rojo. Le habían comentado que había «carne fresca», y era un buen día para echar un vistazo. Cambiaban de ballet cada dos o tres semanas, como él decía, caras y culitos nuevos con frecuencia.

Llegó alegre y más generoso que de costumbre. Las habituales no perdieron la ocasión y se cebaron con él. Eran especialistas en el descorche y él, menos fresco que en otras ocasiones, perdió la cuenta de cuántas botellas desfilaron. Mari, veterana como era, supo aprovechar la ocasión. Gerard ni siquiera era capaz de recordar las caras de las nuevas. Esta vez se había pasado y se temía que la broma le hubiera costado una fortuna.

Volvió al presente. ¿Dónde estaría Dolores? No recordaba

haber mantenido ninguna gran bronca y habían pasado noches peores. Se encogió de hombros, ya aparecería.

Después de vomitar se sentía algo mejor, aunque le torturaba la acidez y le molestaba la luz. Necesitaba una ducha. El agua lo despejó y pudo ver con claridad el cardenal que adornaba su muslo. El agua hizo su efecto, empezaba a encajarse. Se vistió y fue a la cocina. Allí tampoco encontró a Dolores.

—Buenos días, señor Lamarc. Se ha levantado pronto. ¿Quiere que le ponga el desayuno? —preguntó Clara, sorprendida. No era habitual ver en la cocina al señor de la casa.

—Buenos días, Clara. No, no se preocupe, no tengo hambre. Me tomaré un café más tarde. ¿La señora se ha ido ya?

—No, señor. ¿No está en su cuarto?

—Pues no. Pensé que se habría levantado para ir a algún sitio.

—¿Ha mirado con el señorito? A veces tiene miedo y va a hacerle compañía.

—¿Puede comprobarlo usted?

—Sí, por supuesto.

Clara salió rumbo a la habitación de Gigi. Cada día entendía menos lo que pasaba en aquella casa. No había oído nada, ya era raro que la señora no hubiera dormido en su cuarto, y más aún que el señor Lamarc no supiera dónde andaba. Se asomó a la habitación del niño y observó con ternura la imagen de Dolores abrazada a su hijo. Después de todo, no pasaba nada extraño. Esperó a que el señor Lamarc abandonara su cuarto para informarle.

—Señor, está durmiendo con el pequeño.

—Muy bien, no la despierte. Déjela que descanse. Yo voy a comprar el periódico y volveré en un rato. Que no me espere para desayunar.

—Muy bien, señor. —Clara se colocó un mechón bajo la cofia sin levantar la vista ante la atenta mirada de su patrón—. La señora me dijo que hoy comían en casa. ¿Usted también?

—Sí, claro —respondió enarcando las cejas—. No sé por qué lo pregunta.

Clara se retiró deprisa y con la cabeza baja. Dos minutos de conversación con el señor Lamarc y sus nervios se resentían.

Gerard se fue. No tenía ganas de ver a Dolores y soportar sus interminables reproches. Prefirió bajar al café y hojear el periódico sin que le molestaran. De momento la noticia de las andanzas de Elena y Alberto no aparecía en la prensa.

Dolores y Elena se levantaron casi a la vez. A Elena le extrañó ver salir a su madre de la habitación de su hermano, aunque no era la primera vez que dormía con él.

—Buenos días, mamá. ¿Qué tal has dormido?

—Bien. Me fui a dormir con tu hermano.

—Ya lo veo. ¿Se encuentra mal? —preguntó sin mirarla.

—No, pero tu padre llegó tarde, borracho como una cuba, y no pude soportar su compañía. ¿Sabes si se ha levantado ya?

—No. Yo también acabo de levantarme.

—Clara, buenos días. ¿Se ha levantado el señor?

—Sí, señora. Se fue a comprar el periódico. No quiso desayunar y me pidió que le dijera que no le esperara.

—Qué amable por su parte —dijo sarcástica—. Gracias. Yo desayunaré ahora.

—¿Y la señorita Elena?

—Bueno, claro, ella también —afirmó algo confundida.

—Ya, pero... —la doncella titubeó.

A Elena empezaba a divertirle aquel diálogo de besugos.

—Mamá, Clara quiere saber si desayuno contigo o sigo desterrada en la cocina. —Miró a su madre con cara de guasa.

—Conmigo —respondió seca, y cuando Clara desapareció reconoció—: No quiero desayunar sola.

—Tienes a Gigi —contestó Elena.

—No seas impertinente y siéntate.

Elena no replicó. Su hermano acababa de llegar y se sentó con ellas a la mesa. No preguntó por su padre. Prefería no verlo. Elena no sabía si interesarse o dejarlo estar. La curiosidad le pudo.

—Papá ha llegado tarde muchas veces —comentó untando mantequilla en la tostada— y nunca te habías ido a otra habitación.

—Ahora no, Elena, está tu hermano.

—Mamá, ya lo hemos hablado muchas veces. No es tonto. Sabe que papá no es un santo. ¿Verdad, Gerard?

—Bueno, yo... —Las miró a las dos con un rápido gesto de cabeza—. No, un santo no es.

—¿Lo ves, mamá?

—¿Quieres dejarlo en paz? No quiero que sufra. Mi pobre niño. Tal vez no sea mala idea que vaya a El Escorial, teniendo en cuenta cómo se están poniendo aquí las cosas.

—¿A El Escorial? ¿Qué es eso? —preguntó Gerard—. Me suena.

—Un colegio fantástico. Está en Madrid, y van niños de las mejores familias de España; la educación es excelente, aunque tiene fama de severo.

Gerard tragó con dificultad el buche de leche con chocolate y arrugó su pequeña nariz.

—Qué suerte tienes, Gigi. ¡Estudiar en Madrid! A mí me habría encantado.

—Pero podré venir a casa a dormir, ¿no?

—¡Pues claro que no! Es un internado y está en Madrid. Va a ser que sí que estás bobo.

—No te metas con tu hermano, Elena. —Dolores miró con dulzura a su hijo—. Todavía no es seguro, Gerard, pero si al final te enviáramos, estate tranquilo que nosotros iríamos a verte siempre que pudiéramos.

—¡Pero yo no quiero ir! —replicó el pequeño, al borde de las lágrimas.

—No me montes un número, por favor, ahora no. Tú no. Cambiemos de tema.

—Bueno —dijo Elena con retintín—, pues si no podemos hablar de papá, ni del colegio de Gigi, ni de dónde me ponen el desayuno..., ¿qué tema sacamos que sea soportable para esta peculiar familia? ¿Qué tiempo hace hoy?

—Eres inaguantable, Elena. Deberías haber desayunado en la cocina.

—Sí, yo también lo creo —suspiró—. Todo es más natural y sencillo en la cocina.

A partir de ese momento no volvieron a hablar, cada uno de ellos removiendo sus propios fantasmas con la cucharilla. Ya terminaban cuando se oyó la puerta y el ambiente se tensó más.

—¡Buenos días! ¡Cuánto tiempo sin veros a todos reunidos! Y además tan contentos. ¿Quién se ha muerto? —preguntó, jovial, Gerard.

Nadie respondió. Los tres intentaron no mirarle a la cara, hasta que por fin habló Dolores.

—Estás tan poco acostumbrado a la paz y la armonía que lo confundes con un funeral.

—Brillante apreciación, querida. Pero no discutamos, que estoy de buen humor. ¡Hace un día estupendo!

Era desconcertante. No sabían si lo decía de verdad o de broma. En esas situaciones se quedaban fuera de juego y lo mejor era hacer mutis por el foro. Pero antes de eso Gerard reparó en su hija.

—Elena, ¿qué haces desayunando fuera de la cocina? ¿Te han levantado el castigo y no me he enterado?

Elena lo miró de frente.

—Mamá prefirió que la acompañara en el desayuno, ya que tú no estabas.

—Bien, entonces tienes claro que ha sido una excepción. Para comer, no quiero verte aquí.

Su hermano Gerard tenía ganas de preguntar por qué no quería que Elena comiera con ellos, pero no se atrevió.

Al mediodía, Elena y Dolores tenían hora en la peluquería. Iba a ser la primera salida «oficial» de Elena desde su escapada y estaba nerviosa. Fue su madre quien eligió la ropa que debería ponerse.

—Tienes que ir impecable y con un punto de atrevimiento. Que no parezca que quieres pasar desapercibida. —Abrió su armario y corrió las perchas con decisión—. ¡Este es fantástico! Póntelo —dijo tendiéndole la prenda con energía—, y píntate un poco, lo justo. Algo de colorete y carmín, que tengas buena cara, pero muy discreto. La cabeza, bien alta. Y date prisa, no quiero llegar tarde.

A Dolores se la veía segura ante la situación. Tenía práctica en fingir que en su matrimonio no pasaba nada, a pesar de los desmanes que su marido hacía en público. Lo de su hija no iba a ser diferente.

Cuando llegaron a la peluquería se hizo un silencio incómodo, y todas las miradas se clavaron en ellas. Se dirigieron al mostrador de la entrada con paso firme y una amplia sonrisa.

Mientras hablaban con la encargada, los codazos y los cuchicheos se sucedían.

—*¡Ha venido con su hija! Pero si decían que la habían internado en un convento.*

—*Pues se ve que no.*

—*A mí me dijeron que se había fugado con alguien y no había vuelto.*

—*¡No! ¡Qué va! La detuvo la policía, ¡robando! Que lo sé de primera mano.*

—*¿Robando?* —cuchicheó otra—. *¿Y cómo es que está aquí?*

—*No sé, habrán sobornado a alguien para que la soltaran.*

—*Mi hija la vio ayer paseando con la niña de Aguilar. Salían del rosario.*

—*No entiendo nada. Eso no cuadra mucho con lo que contáis.*

—*Y con el carácter que tiene su madre. Yo no la miraría a la cara si hubiera hecho algo así y, ya veis, están tan contentas.*

Muchas de las clientas que se encontraban en el salón de belleza eran conocidas suyas y estarían esa noche en el Ateneo. Dolores era consciente de que los cuchicheos iban por ellas y estaba decidida a que se acabaran. Se acercó al oído de Elena y le dijo en un susurro:

—Cuando nos sentemos, sígueme la conversación.

Se ubicaron en el incómodo sofá de la entrada para esperar su turno. Elena cogió una revista. Dolores comenzó a hablar como si continuara una conversación interrumpida.

—No sé qué pasa cuando vas a Alicante que siempre engordas.

Elena levantó la cabeza de la revista como si le hubieran dado un derecho de mandíbula. ¿A su madre no se le ocurría nada más agradable?

—¿Tú crees? —Enarcó las cejas y miró con disimulo alrededor.

—Sí, has ganado un par de kilos. Menos mal que ahora estás estupenda y te lo puedes permitir. Pero tu abuela es incorregible.

A Elena esas cosas se le daban fatal; notó que le sudaba el labio superior. Con seguridad las cotillas esas se iban a dar cuenta de que era una pantomima, pero mantuvo el tipo y trató de seguir a su madre.

—Sabes que le gusta mimarme. Y a mí que me mime. —Estaba más pendiente de la reacción del resto de las clientas que de su madre.

—¿Qué tal la has encontrado? —continuó Dolores.

Había que echarle desparpajo e imaginación.

—Algo pachucha. Aunque es muy fuerte y creo que se pondrá bien.

—¿Tuviste tiempo para hablar con tu primo, el policía? —Elena estaba despistada. ¿Qué primo era ese? Su madre le llevaba dos o tres cuerpos de ventaja en aquella historia. Dolores prosiguió como si tal cosa ante el silencio de Elena—. Cuando llamé a la abuela para ver si habías llegado bien, me dijo que todavía no pero que tu primo Javier, el policía, se había acercado a recogerte a la estación. Siempre me pareció un chico encantador, digno hijo de mi hermano.

—Sí, llegó a recogerme. Está muy cambiado. Se ha casado y tiene un niño pequeño. —Sonrió ante su propio atrevimiento, pero la ceja enhiesta de su madre le hizo perder confianza.

—Sí, claro, ya lo sabía. La pena es que hayas estado tan poco tiempo en Alicante, pero tu hermano necesita que sigas dándole las clases antes de irse a El Escorial.

En ese momento la encargada interrumpió su conversación.

—Señora Lamarc, pase, por favor, y póngase la bata. Ahora traigo otra para su hija.

—Gracias, Matilde. Vamos, Elena.

Los cuchicheos habían enmudecido hacía un rato, pendientes de la conversación que madre e hija mantenían en un tono discreto pero algo más elevado de lo normal. Al levantarse y avanzar por el salón, los susurros se reanudaron.

—*Esta mujer siempre se mete con su hija. Con lo mona que es y le dice que ha engordado. Mira que es antipática.*

—*¿Ha dicho que estaba en Alicante?*

—*Sí, con su abuela y un primo policía, me ha parecido escuchar.*

—*¿Entonces no la han detenido?*

Mientras a unas las marcaban con rulos, las que salían del secador se ponían al corriente de las últimas novedades. Dolores y Elena no necesitaron prolongar la conversación. La confusión y la duda estaban creadas y eso era un buen comienzo.

Cuando salieron de la peluquería, cada una de las presentes tenía una versión de lo ocurrido, pero menos peligrosa que cualquiera que tuvieran antes de su llegada.

Elena se sintió más tranquila y también agradecida a su madre. Sospechaba que aquel apoyo público no era desinteresado, sino más bien por salvar su propia cara, pero en cualquier caso lo agradecía. Afrontar la cena en el Ateneo se le antojaba una tarea más sencilla, aunque seguía sin ganas de exhibirse en público.

Sin embargo, empezaba a ver una salida y, después de su caída, volvía a remontar el vuelo.

25

Carlos seguía con la venta de motores y le iba bien. Acababa de regresar de Onteniente, donde había quedado con uno de los amigos que había hecho durante sus visitas. Era el dueño del hotel del pueblo y se habían convertido en íntimos. Los fines de semana, cuando no quería estar con su tío y no tenía plan en Valencia, iba a pasar el día con él y su peña.

—¡Hola, hermanita! ¡¿Qué tenemos de cena?!

—Hervido —respondió Lucía—, y luego lo que quieras.

—¿Y el tío? ¿No está?

—Sí, pero no se encontraba bien y se acostó. Cenaremos los dos solos.

—¡Qué bien! —Carlos se acercó a la mesa—. Bueno, pobre, no porque esté malo, sino porque cenaremos solitos. ¿Qué tal día has tenido tú?

—¡Fantástico! He recibido carta de Klaus. Desde Canadá. Me dice unas cosas tan bonitas... —Suspiró con la mirada en vilo.

—¡Tú estás enamorada! Anda, que vaya ojo tienes. Tenía que llamarse Klaus, ser alemán y vivir en Canadá. Te gustan las cosas difíciles.

—Menos guasa. Y tú, ¿qué me cuentas?

—¡Bah! Nada especial. Lo de siempre. Unos chatos, unas risas y poco más. He visto a Puri, la peluquera de Onteniente. Desde que dejé la venta de productos de peluquería que no la había vuelto a ver. Ha estado muy cariñosa —concluyó con una sonrisa luminosa y un brillo pícaro en los ojos.

—Ya, como todas. Ahórrame los detalles —bromeó—. ¡Huy! Casi se me olvida. Ya sabes que odio los chismes, pero este te cae muy cercano. —Torció el gesto como si no hubiera debido decirlo—. No sé si contártelo.

—Me intrigas. ¿Qué ha pasado? —Se apoyó en el banco de la cocina sin perder de vista a su hermana.

—Bueno, según me han comentado, tu amiguita Lamarc se ha metido en un buen lío. Quita de ahí, anda, que tengo que sacar el aceite.

—Algo me ha llegado. La vi ayer y me dijo que había estado en Alicante, pero la noté rara. Y en la tienda no saqué nada en claro.

—La historia es confusa y hay muchas versiones, pero dicen... es una barbaridad... que se fugó con un hombre a Barcelona, y que los detuvo la policía en plena faena. —Lo miró turbada—. Ya me entiendes. Y parecía una monjita. Luego hay variantes de la historia, que si los pillaron robando, que si era un señor mayor, que si la obligaron, que la pegaba... Nadie sabe a ciencia cierta dónde estuvo o qué hizo, pero algo ha pasado —enfatizó—. Una bola así no surge de la nada.

—No me lo creo. No le pega nada. Todo debe de tener una explicación lógica. He intentado hablar con ella pero iba con una amiga y me di cuenta de que no quería contarme nada delante de ella. La verdad es que aunque intentaba disimularlo, llevaba un ojo amoratado.

—Hace tiempo que te veo demasiado intrigado con sus andanzas. Ten cuidado. No es una familia para nosotros. Se creen superiores, nos miran por encima del hombro y la niña esa es una esnob. Siempre con sus modelitos y sus aires de marquesa.

—Estás celosa, hermanita.

—Puede que un poquito. —Lucía le esquivó la mirada y sacó unos limones que cortó por la mitad—. Pero es que me parece tonta y vacua.

—¿Vacua? Bonita palabra, me la apunto. ¿Y tú la llamas esnob? ¿Eso qué es? ¡Ja, ja, ja! —Su hermana intentó darle un pescozón pero no llegó—. No deberías juzgarla sin conocerla. Además, a mí no me importa. Anda que si mañana me pidieran a mí cuentas de todo lo que he hecho, estaba apañado.

—La verdad es que sí —afirmó Lucía riendo también—. ¡Menudo estás hecho!

—El lunes he quedado en ir a recogerla a la empresa de su padre, aunque me dio la impresión de que no estaba muy segura de que fuera a ir. Espero poder hablar con ella. La vi preocupada.

—Pero si trabaja y todo. ¡Qué mayor! —apostilló burlona—. No me hagas caso. Solo lo digo para hacerte rabiar. Puede que tengas razón. La verdad es que hay gente muy mala y muy cotilla. Fíjate todo lo que se ha dicho de mí y de nuestro tío. No debería hacer caso a esos rumores.

—Es inevitable. Pero a nosotros no hay rumor que nos separe.

—No, hermanito. Ni lo habrá —aseguró mientras se afanaba en sacar unos platos de la alacena—. Pero no te quedes ahí parado y échame una mano, gandul.

—Venga, cuéntame qué te dice tu Klaus. —Colocó los platos que le tendió y sacó de la fresquera lo que le iba indicando—. Parece que va en serio.

—Eso creo, aunque es todo tan complicado... Yo aquí, él en Canadá, nuestro tío... Pero sé que me iré de España. Aquí las mujeres somos un cero a la izquierda. Yo quiero trabajar, quiero ser alguien, depender de mí misma.

—Ser libre.

—Sí —suspiró.

—Pero ya trabajas.

—Estoy contenta en la cátedra, pero de ayudante no se gana mucho. Me estoy preparando para sacarme el doctorado y en cuanto lo tenga...

—¡Lucía! —La cascada voz de su tío rasgó sus sueños, gritando desde su cuarto—. ¡Lucía!

—¡Ya voy! —contestó apurada—. Hablando, hablando, se me olvidó que el tío esperaba la cena. Quiere que se la lleve a la cama. Hoy me ha hecho ir a cobrar a los inquilinos. Lo he pasado fatal.

—Ve y no te preocupes, ya me ocupo yo de ver qué podemos tomar para acompañar el hervido.

El lunes Elena por fin pudo ir a Lamarc. El fin de semana transcurrió mejor de lo esperado. Su madre tuvo razón: su aparición en la peluquería, junto con la estudiada conversación que allí mantuvieron, allanó el camino. No les pasó por alto que gran parte de los asistentes al Ateneo habían estado pendientes de ellas. Nunca pasaban desapercibidas, pero esa noche era evidente que la expectación era superior a la habitual. Ellas hicieron caso omiso y su actuación fue similar a la de la mañana.

Parecían la familia perfecta. Risas, charlas... Todo muy normal. La duda se apoderó de la sala. Aquellas habladurías no podían ser ciertas. Nada daba a entender que tuvieran ningún tipo de desavenencia o que hubieran pasado una situación vergonzante. Si los rumores fueran ciertos, a buen seguro que a Elena la habrían internado en algún sitio o al menos no le hablarían. Y, desde luego, no estarían allí cenando. Había que tener mucho valor o muy poca vergüenza para aparecer en sociedad como si nada.

Dependiendo de la mayor o menor antipatía de los asistentes hacia los Lamarc, cada uno construyó su propia versión de lo sucedido, pero el gran escándalo, la comidilla de los últimos días, se desinfló como un globo viejo.

Las consecuencias de aquella cena no se limitaron a lo social. Repercutió también sobre el ambiente familiar. Dolores se relajó, Elena estaba más tranquila y ahora, además, podía reincorporarse al trabajo que tanto le gustaba y que le haría olvidar todo lo sucedido. Muy a pesar de su padre, frente a la alternativa de quedarse las horas muertas en casa sin hacer nada y permanentemente vigilada por Clara, parecía la mejor opción. Por primera vez se habían unido todos por una causa, salvar el honor de la familia frente a los rancios y estrictos convencionalismos del mundo en el que se movían, como si el desliz de Elena fuera el único oprobio de la familia, y eso creó un extraño sentimiento de unidad.

Caminando de buena mañana hacia Manufacturas Lamarc, Elena lo recordó reconfortada. El aire fresco de noviembre le despejó las ideas y animó su cuerpo. Nada iba mal para siempre. Todo tenía solución. Lo único negativo desde el punto de vista de Elena era que no sabía nada de los Granados y, para su disgusto, no estuvieron en la cena del Ateneo. Desde que volviera de su acciden tada fuga no había tenido ninguna noticia de ellos, salvo que Javier llamó y tuvo la desgracia de que fuera su madre quien cogiera el teléfono. Le preocupaba saber cómo habría afectado aquel desagradable incidente a Alberto Granados y su familia. Pero iba a ser muy complicado volver a verlos. Se abrazó para protegerse de un frío que descosía las costuras de su abrigo y para consolarse de sus certezas.

Llegó a Lamarc diez minutos antes de las nueve. Entró con timidez, pero feliz. Cuando Solís la vio llegar se le iluminó la cara, de natural mortecina. La miró embobado. Solo habían transcurrido unos días, pero la había echado muchísimo de menos. Intentó sin éxito que la emoción no trasluciera.

No le pasó desapercibida la marca de su ojo, aunque ya no era ni sombra de lo que fue y el maquillaje la disimulara casi por completo.

—Buenos días, señorita Lamarc —saludó con un dejo de ligero reproche—. Dichosos los ojos.

—Buenos días, señor Solís. No sabe las ganas que tenía de venir —contestó Elena, risueña. Era su vuelta a la normalidad, como si nada hubiera sucedido.

—Este es un trabajo muy serio y no puede uno ausentarse sin más explicaciones —le reconvino Solís sin perder la sonrisa—, si me permite que se lo diga. No avisó que iba a ausentarse.

—Lo siento, tiene razón. Es que no lo sabía —enfatizó—. Surgió un problema repentino... muy grave... y fui demasiado impulsiva. Debí avisar, le aseguro que no volverá a suceder.

El señor Solís no pudo contener su preocupación, a pesar de que la marca en el ojo de Elena no era reciente. Dudó si preguntar o no, pero cada vez que levantaba la cabeza se quedaba mirando el cerco morado.

—¿Le ha pasado algo en el ojo?

—¿Por qué lo pregunta? —respondió incómoda. Estaba cansada de que volvieran a preguntarle lo mismo.

—Lo tiene un poco... amoratado. Como si se hubiera golpeado.

—¡Ah, eso! Fue hace días, me golpeé sin darme cuenta, pero no es nada.

—Ya, menos mal. —No la creyó, pero no era prudente insistir más—. ¿No ha venido con su padre?

—No, él vendrá más tarde. —Elena removió los papeles de la mesa, tratando de recuperar el hilo de sus últimas actividades, pero aún le costaba un poco concentrarse—. No sé por dónde me quedé. Necesitaré su ayuda, señor Solís —dijo mirándolo con dulzura.

—Pues venga, a trabajar que ya es hora —ordenó con firmeza en la voz y gesto cariñoso.

Elena respiró aliviada. Aquello le encantaba y la mantendría ocupada. Se había llevado un sándwich para no tener que comer en su casa. Algunos días lo hacía y compartía ese momento con Solís, que siempre llevaba la tartera preparada por su mujer, con la consiguiente alegría mal disimulada por parte de este.

La tarde pasó con rapidez, casi sin darse cuenta.

—Bueno, hora de irse.

—Se me ha pasado volando —dijo Elena con tristeza, estirándose.

—La verdad es que tiene facilidad para llevar los temas del negocio. ¿No se ha planteado nunca estudiar?

—No me hable, no me hable. ¡Claro que me lo he planteado! Pero mi padre no me deja. Dice que eso no es para mujeres.

—Usted no es una mujer corriente. —En su tono se adivinaba admiración y respeto.

—Muchas gracias, señor Solís, es usted tan amable... Pero eso no me sirve —suspiró mientras recogía su bolso—. En mi casa no opinan igual y yo no puedo hacer nada. —Levantó los hombros con más desesperanza que resignación—. Me voy. Mañana, más.

—Hasta mañana.

No esperó a saber qué iba a hacer su padre. Ni le importaba ni tenía interés en volver a casa en su compañía. Salió de Lamarc tan absorta en sus pensamientos que no se dio cuenta de que Carlos estaba enfrente, esperándola.

—¡Elena! —llamó saludándola con la mano—. ¡Elena!

—¡Carlos! —No pudo evitar mirar a todas partes—. ¿Qué haces aquí? Como nos vean tendremos un problema.

—Siempre me haces igual, ¿no te acuerdas que quedamos en que te acompañaría a casa? Tampoco es tan grave, ¿no?

—¡Es verdad! Es que he pasado unos días, cómo te diría..., complicados... y se me olvidan las cosas. ¡Me alegro de verte! —exclamó sincera, corroborando sus palabras con una enorme sonrisa.

Comenzaron a andar uno junto al otro.

—Bueno, la verdad es que han corrido muchas historias. Pero yo no me creo ninguna —afirmó Carlos con vehemencia—. Además, no es asunto mío.

—Yo también he oído esas historias, al menos algunas de ellas, y en parte son ciertas, aunque la realidad no es tan grave como se ha dicho por ahí —intentó explicar Elena, apurada.

—No tienes por qué contármelo, si no quieres.

—Sí que quiero. Necesito contarle a alguien la verdad de lo ocurrido. —Hizo una pausa, necesitaba hablar. Respiró hondo y prosiguió—: La versión oficial es que estuve en Alicante con mi abuela, pero no fue así. ¿Conoces a la familia Granados?

—De oídas. —Carlos levantó una ceja y apretó los dientes.

—Hace tiempo que las cosas en casa están muy mal. Cada día hay una discusión, una bronca, y todas terminan volviéndose contra mí. Da igual el motivo, siempre la pago yo. Y en la última exploté, no podía más, me dijeron cosas horribles y sentí la necesidad de huir. —Hizo una nueva pausa para coger aire—. Como soy... —siguió, pero enseguida se interrumpió; no sabía cómo explicarle a Carlos la relación que había entre Javier y ella; tampoco sabía muy bien cuál era su relación, ¿qué eran?—... soy muy amiga de Javier Granados, sabía que su padre se iba a Barcelona por unos problemas suyos y, sin pensarlo dos veces, le llamé para que me dejara ir con él.

Carlos se metió las manos en los bolsillos, incómodo. Él también había oído historias sobre los Granados y con Javier había coincidido en varias ocasiones. Lo tenía por un prepotente, chuleta y fanfarrón, al que parecía que le chorreaban los millones. No le agradaba que Elena le hablara de él en ese tono, pero calló. Ella prosiguió.

—Conseguí hablar con él; con el padre, me refiero, y le conté un cuento de que tenía que ir por trabajo. Fue una auténtica locura.

—¿Quieres decir que, sin comentarlo con nadie, te largaste con el padre de Javier Granados a Barcelona?

—Sí. —Estaba muy nerviosa; rectificó—: Bueno, no. Es cierto que no se lo dije a nadie pero ¿a quién podía decirle algo así? No quería que me encontraran, tenía que ser alguien de fuera de mi entorno y tampoco conozco tanta gente. Fue una oportunidad. No me largué con él. —Se volvió un instante a Carlos buscando su comprensión—. Eso suena fatal. Alberto, bueno, el señor Granados, no sabía cuáles eran mis intenciones. Le engañé diciendo que iba a resolver unos temas del negocio. Yo solo quería huir. Barcelona me pareció un buen sitio. Al principio puede que no me creyera, pero estaba intrigado y yo insistí tanto en que mi padre le estaría muy agradecido de que me ayudara, que al final tampoco sospechó nada. Se convenció de que mi padre lo sabía y que estaba de acuerdo. Te prometo que se portó como un caballero. Como le comenté que no tenía habitación reservada, y además llevaba muy poco dinero, me invitó a su hotel. —Al ver el asombro dibujado en la cara de Carlos se apresuró a puntualizar—: En una habitación aparte, por supuesto. De hecho, no estaban ni tan siquiera en la misma planta, aunque con lo que pasó después, habría dado igual. —Su voz se desvaneció al final de la frase.

—¿Con lo que pasó después? —Carlos estaba intrigado.

Elena había pasado de relatar sus recuerdos a vivirlos y comenzó a sentirse mal. No había vuelto a recordar los detalles de aquella sórdida noche, aunque todavía tenía pesadillas, y dudaba que Carlos fuera la mejor opción para desahogarse, pero tampoco tenía muchos candidatos. Había comenzado su relato y lo terminaría. Tenía que enfrentarse a ello.

Siguió relatando desde el momento de su detención hasta que volvió al hotel, sin omitir el más mínimo detalle, incluso el terrible reconocimiento. Era como si hablara sola, para sí. La voz se le quebró y las lágrimas rodaron por sus mejillas. Como si fueran sogas que la amarraran al suelo, no pudo seguir andando. Su llanto explotó, convulso y desbordado. El llanto que debía haberla vencido días atrás.

Carlos estaba impresionado tanto por el relato como por el

sufrimiento que percibía en Elena. No dudó de la veracidad ni de lo aterradora que debió de ser la experiencia. Fue a pasarle un brazo por los hombros pero lo retiró. Lo mismo ocurrió con su mano, que quiso acariciar su cabeza. Al final se decidió y la abrazó con fuerza. Elena lo abrazó también. Era el primer gesto de ternura que recibía desde que se escapó.

—Ven, no es bueno que nos vean. —Carlos la llevó hacia un portal cercano—. Solo falta que ahora te vean aquí, en medio de la calle, en mis brazos. A este paso ascenderás de mosquita muerta a Mata Hari en menos que canta un gallo.

Entre lágrimas, Elena se rio. Tenía razón.

—Imagino que tus padres estarían muy enfadados, pero al contarles todo esto no se habrán pasado mucho —le dijo con ternura—. Ya has sufrido bastante castigo.

—No he podido contárselo. Dan por hecho que me fugué con Alberto para reunirme con su hijo y liarme con él, o con los dos o yo qué sé. No me han dado ni una oportunidad. Cuando llegué, mi padre me dio tal golpe que me estampó contra la pared y se me saltaron las gafas, y enseguida lo repitió mi madre. Fue horrible. Me sentí morir.

—Pobrecita mía. Ya entiendo lo de tu ojo. —La volvió a abrazar con fuerza y la besó en el pelo.

Elena se sintió protegida por primera vez en mucho tiempo.

—Carlos, siento haberme puesto así. Pensarás que soy una histérica. No suelo perder los papeles de esta manera —se disculpó con torpeza, limpiándose la cara humedecida—. Qué vergüenza.

—¿Cómo voy a pensar eso, después de lo que me has contado? Lo que creo es que tus padres son unos bestias. No es de extrañar que quisieras huir. —Volvió a abrazarla—. Es natural que llores.

—Es signo de debilidad —se recriminó Elena con dureza.

—No, es signo de humanidad.

—Lo peor de todo es que me siento fatal. Me merecía un castigo. Lo que hice fue una barbaridad, pero no lo pensé. Actué por impulso.

—Bueno, no le des más vueltas. Todos cometemos errores.

—Será mejor que siga yo sola. Me han prohibido hablar o ver

a nadie y si me ven contigo tendré problemas. Y puede que tú también.

—Ahora que lo dices, ¿sabes por qué no le gusto a tu madre?

—No eres tú. No le gusta nadie. Al menos nadie que se me acerque.

—¿Qué espera, que te quedes para vestir santos?

—Tal vez. O que me case con un marqués. Eso le encantaría.

—Pues yo puedo ser un marqués. El marqués de la Vía del Tren —dijo engolando la voz y haciéndole una reverencia.

Volvieron a reír.

—Ahora debo irme. Volveremos a vernos, ¿verdad? —suplicó.

—Cuando quieras. Tengo algún viaje de trabajo pendiente, pero la semana que viene volveré a buscarte igual que hoy, ¿te parece bien?

—Sí. Muy bien. —Lo abrazó con fuerza—. Gracias por escucharme. Me siento mejor.

—De nada.

Se soltaron sin querer separarse y cada uno siguió por su lado.

Carlos la vio partir, impresionado. El valor y la determinación que había mostrado en aquella infantil peripecia habían provocado en Carlos una mezcla de admiración y profunda ternura. Después de todo, aquella jovencita esnob, como su hermana la definía, era en realidad alguien como él: una persona obligada a vivir en un mundo que no le gustaba y del que intentaba escapar. Se sintió unido a ella sin remedio.

Elena anduvo el resto del camino con sus pensamientos centrados en Carlos. Se había sentido muy a gusto con él. Había sido tan dulce, tan cariñoso, tan correcto. No había sentido la misma pasión que cuando se le acercara Javier, pero le aportaba tranquilidad y en esos momentos era lo que más necesitaba su espíritu. Era un hombre sensible y no había tenido muchos así a su alrededor. Tal vez debiera escuchar más a su cabeza y menos a su corazón.

De vuelta en casa, por primera vez en mucho tiempo volvió a poner su tocadiscos. Cantaba. Por fin, cantaba. Un día de trabajo, un paseo con alguien que parecía preocuparse por ella, una casa tranquila y todo parecía diferente.

Su madre tardaría en llegar, y su padre... cualquiera sabía. Ahora que lo pensaba, no había visto a Pili en todo el día. Qué raro. Había estado la mayor parte del tiempo en administración, pero había ido unas cuantas veces al almacén y su cabeza morena no estaba en su sitio habitual. Siguió cantando, pero tuvo que parar. Le pareció oír unos sollozos que venían de la habitación de su hermano. Se fue hacia allí.

—¿Gigi?

—¡No me llames así! ¡Estoy harto!

—Bueno, bueno —se disculpó—. ¿Puedo pasar?

—Sí, pasa. Pero no vuelvas a llamarme Gigi. ¡Nunca más!

—Trato hecho, Gerard, aunque el nombre se me hace duro. Me recuerda a papá. —Se le torció la boca al nombrarlo—. A ver, dime, ¿qué ha pasado?

—¡Me mandan a El Escorial! Me lo han dicho a la hora de comer —la informó compungido—. Me voy el lunes que viene.

—No te das cuenta, Gerard, pero tienes muchísima suerte.

—Es un sitio horrible. En Formentor conozco a un niño que va allí y dice que da miedo. Los curas les pegan en la palma de la mano, la comida es espantosa. Están todo el día estudiando y hace un frío...

—No seas blando, o te volveré a llamar Gigi. Podrás terminar tus estudios y prepararte para entrar en la universidad. El Escorial tiene fama de que los jóvenes salen muy bien preparados. Fíjate en mí. No me han dejado estudiar y mis posibilidades de independizarme son nulas.

—¿Para qué quieres independizarte? Aquí vives muy bien.

—¿Tú crees?

—Bueno, la verdad es que a veces cuesta respirar, pero debe de ser así en todas partes. Tampoco se está tan mal.

—Yo sí creo que estoy mal. Pronto saldré de aquí, tendré mi propio negocio. Y si llego a formar una familia, reinará la paz y la armonía.

—Tampoco discuten tanto.

—Es que cuando estás tú, mamá lo tapa. Creía que te dabas cuenta.

—Bueno, sí. Pero prefiero no verlo.

—Pues mira, de eso que te libras si te vas a El Escorial.

—¡No me lo recuerdes, que se me había *olvidao*!

—Olvidado, Gigi, olvidado. ¿Ves como tienes que ir a El Escorial?

Gigi volvió a estallar en sollozos.

26

Elena tenía razón respecto a la ausencia de Pili. No volvió a verla. Nunca más. Le preguntó al señor Solís haciéndose la despistada y solo pudo averiguar que había tenido un problema familiar y se había vuelto al pueblo. Eso sí, el horario de su padre seguía siendo el mismo, aunque ahora no tuviera claro qué hacía en sus ausencias. Mejor dicho, tenía claro el qué, pero no con quién.

No le habían pasado desapercibidas las grandes salidas de dinero de caja sin justificar y sabía que a su casa no había llegado. Debía de haber alguna nueva beneficiaria. Aun así, el relevo de Pili supuso un alivio. Era muy violento verla todos los días en el trabajo; Elena no era de las que se callaban y casi a diario tenían algún enfrentamiento. Sabía ser muy mordaz, pero a pesar de la frialdad que mostraba, sufría.

Por lo demás, la vida continuaba. Carlos seguía recogiéndola en la tienda sin que sus padres se enteraran, aunque ahora Elena sí que acudía por las tardes a Bebé Parisién. Se despedían un par de manzanas antes de llegar. Se sentía bien con él, pero su conciencia no le daba tregua. Su relación con Carlos parecía avanzar, pero la sombra de Javier aún se dibujaba sutil en su memoria. Carlos había pasado a convertirse en su única opción, merced a la extraña y, sobre todo, secreta relación que mantenían.

Al mismo tiempo, la relación de sus padres se hundía, era un barco de junco perdido en una tormenta de olas gigantescas que no paraba de dar bandazos hasta que llegaba una calma breve, antes de la siguiente embestida. Los gritos y las discusiones se sucedían sin disimulo. Clara y Nati salían de la cocina lo imprescindible, atrincheradas en su búnker, y Elena intentaba parar en casa lo justo.

El pequeño Gerard había vuelto de El Escorial. Durante su forzoso destierro en Madrid llamaba casi a diario, llorando. Decía que se mareaba. Según contaba, pasaba hambre y frío, y apenas era capaz de conciliar el sueño. Al final Dolores había ido a por él, temerosa de que su frágil salud se resintiera. Ni seis meses había aguantado. A Elena le pareció bochornoso, pero su opinión no contaba.

Y por si no fuera bastante, ahora tenían que aguantar también las cada vez más acusadas manías de su padre. Siempre había sido algo hipocondríaco, pero con la edad ese rasgo se le había agudizado. Un resfriado era una neumonía, un dolor de estómago se transformaba en un posible cólico biliar, y así con cualquier pequeña molestia. Lo más que había llegado a tener era gota, por sus excesos, pero con frecuencia requería que le atendieran de forma urgente ante cualquier síntoma real o imaginario.

El médico de la familia estaba más que harto, hasta el punto de que una de las veces que Dolores y Gerard acudieron a su consulta por un hormigueo en la mano derecha, le había recetado pastillas para dormir pero a Dolores, para que no le oyera quejarse. El panorama era o bronca, o quejido. Para Elena lo mejor era no poner un pie en casa y pasar todo el tiempo que pudiera trabajando, aunque ni sepultándose bajo toneladas de estadillos y libros de cuentas se le iba de la cabeza la situación. Se temía lo peor, llevaban muchos años sin que su madre se decidiera a tomar ninguna decisión drástica, pero la cuerda ya no podía tensarse más sin romperse.

Su padre seguía dando la nota en toda la ciudad como si nadie le conociera, gastando sin pudor en compañía de su última víctima. Por las noticias que les habían llegado, y que eran del dominio público, se trataba de una mujer castaña, algo gruesa para los gustos tradicionales de Lamarc y de grandes ojos negros. Elena aún no sabía de quién se trataba y prefería no enterarse, pero al menos esta vez no tenía que tragársela a diario. Habían pasado dos años desde que Pili salió de escena, así que a la nueva ya la podían considerar «fija».

Para su cumpleaños lo tuvo claro. Estaba decidida a montar su propia tienda, si era posible con la ayuda de sus padres, y si no, sin ella. Ya se las apañaría, aunque desde luego sería más complicado.

Había visto un local no muy grande y bastante económico gracias a que, aunque estaba situado en una calle muy céntrica, la mayor parte de la superficie estaba en el sótano.

Calculó la inversión inicial necesaria, los gastos fijos y los posibles ingresos, y estaba segura de que por mal que le fuera le reportaría ganancias antes de dos ejercicios.

El problema iba a ser cómo plantearlo. Le convenía hacerlo con el apoyo de sus padres, si no económico al menos moral. Lo mejor era hablar con su madre y tratar de convencerla. Su padre era impredecible. Igual podía oponerse con rotundidad que ignorarla por completo. Lo único seguro era que no le iba a entusiasmar la idea. Elena pasaba las noches sin dormir pensando cómo y cuándo proponerlo, y al final encontró el momento.

Le expuso la idea a su madre una tarde de sábado. Dolores y ella se quedaron solas y salieron a tomar el té. Elena fue directa al grano y se lo expuso sin rodeos.

—Mamá, llevo tiempo pensando... —comenzó, su estómago un amasijo de fluidos lacerantes.

—¡Huy! Qué miedo. Cuando te pones a pensar...

—No te burles, que esto es serio. Le he dado muchas vueltas, y no me gustaría pasarme la vida como segundona de Solís. Papá nunca me dejará llevar la empresa, aunque estoy capacitada para ello. Si sobrevive a su gestión, será para Gerard, y a mí me gustaría hacer algo por mí misma.

—¿Si sobrevive a su gestión? —La taza de té había interrumpido su camino hacia la boca perfilada de Dolores—. ¿Qué quieres decir?

—Nada... El negocio va bien, no te preocupes —rectificó—, pero papá cada día está más descentrado. Lo que quiero decir es que me gustaría montar algo por mi cuenta. Una tienda.

—Ya tenemos Bebé Parisién. —La desconfianza se deslizó en aquellas palabras.

—Esta sería mucho más pequeña, solo vendería ropa de bebé

y lencería de cuna. Ofrecería productos de Lamarc y la abuela también me podría suministrar juegos hechos a mano. Podría empezar con eso.

—Lo que te propones es muy complicado. No creo que puedas tú sola y necesitarás dinero. ¿De dónde piensas sacarlo?

—Lo tengo previsto. Hablé con la abuela Elvira, ella estaría dispuesta a invertir cincuenta mil pesetas a cambio de un porcentaje. Le ha gustado mucho el proyecto. Además, como me suministraría género, se lo podría pagar conforme lo vendiera. Y si tú quisieras, podrías hacer lo mismo. De esa forma, si todo va bien, siempre tendrías algo tuyo donde agarrarte.

—Das miedo. Es la segunda vez que hablas como si estuviéramos a punto de irnos a pique.

Elena no quería decirlo, pero en las últimas discusiones su padre había repetido con demasiada frecuencia que lo iba a mandar todo a la mierda y se iban a quedar en la calle. Podían ser amenazas vanas, pero por desgracia estaba convencida de que su padre estaba lo bastante desequilibrado como para llevarlo a cabo, a pesar de no haber devuelto una letra en su vida. Aun así, no quiso preocupar a su madre antes de tiempo.

—Solo lo digo porque ese dinero te lo podrías gastar en tus caprichos —dijo tratando de disimular—, sin darle explicaciones a nadie.

—Ya me gasto cuanto quiero —manifestó obstinada su madre— en lo que quiero.

—Cierto —dijo Elena desilusionada; ya no se le ocurrían muchos argumentos más—. Si no quieres participar, no pasa nada. Puedo comenzar solo con lo de la abuela y pedir el resto prestado al banco. Pero, por lo que me han dicho, necesitaré que al menos papá o alguien me avale y autorice.

—Lo que no entiendo es esa manía tuya de meterte a trabajar por obligación. Ya trabajas. Te entretienes, como yo. No necesitas más.

—Creo que he salido a la abuela Elvira —se justificó—. Me pica el gusanillo.

Mejor decir eso a reconocer que la empujaba la opresión continua que sentía en su pecho, la sensación de soledad, la falta de aire que la ahogaba a diario. Necesitaba independizarse, salir de aquella casa, escapar, pero esta vez de verdad, y la única manera era empezar una vida nueva al margen de su familia.

—Tu padre aún no sabe nada, ¿verdad?

—¡Por supuesto que no!

—Pues no sé cómo se lo va a tomar. Pero me temo que no le va a gustar lo más mínimo.

—¿Me apoyarás, mamá? —La miró con temor—. Te necesito.

—Lo intentaré. —Aunque a Dolores no le gustara la idea, algo le decía que aquello tenía sentido y que tarde o temprano sería necesario.

Dieron un paseo antes de volver. En aquellos pequeños e infrecuentes momentos en que conseguían estar juntas sin tensiones ni roces, compartiendo ilusiones y penas, Elena se sentía acariciar el cielo. Y ahora, además, vislumbraba la posibilidad de lograr su independencia.

Cuando se lo plantearon a Gerard, la apreciación de su padre distó de ser positiva. Estaba sorprendido a la par que escéptico. Su primera reacción fue una sonora carcajada. A la niña se le había subido el negocio a la cabeza.

—¡Esto es fantástico! Unos meses jugando a los vestiditos y ya se cree toda una empresaria. ¿Qué te hace pensar que puedes volar tú sola? ¡Lamarc soy yo! —remarcó—, y sin mí no sería nada. Tú sola no sobrevivirás ni un mes.

Elena se mordió la lengua. No era momento para orgullos ni discusiones.

—Claro, papá, en eso tienes razón. No es que me crea nada. Solo quiero montar una tienda pequeñita. No tiene nada que ver con Manufacturas Lamarc, ni con Bebé Parisién. Sería algo mucho más modesto. En Lamarc siento que no tengo un lugar concreto, y además así no tendrías que pasarme ninguna cantidad.

—Esto es tronchante. ¿Tú crees que vas a empezar ganando dinero? —Forzó una risa de desprecio—. Pobrecita, está peor de lo que pensaba.

—Déjame que te explique la idea. Tengo hecho un estudio...

—¡Esto es el colmo! ¡Ahora me quiere dar lecciones!

—Solo quiero tu consejo. —Tenía que hacerle cambiar de actitud, como fuera—. Tú tienes mucha experiencia y puedes decirme si el proyecto es viable o no. Al menos míralo y luego opina.

Acertó. Aquello aplacó la soberbia de su padre. Si quería su consejo, se lo daría. Elena trajo su proyecto. Por el camino iba rezando. Sería muy complicado llevarlo a cabo con una oposición frontal. Pero estaba decidida a hacerlo en cualquier caso, aunque no supiera cómo. Sacó su cuaderno con manos temblorosas y se lo fue explicando, tratando de ser comedida y prudente en sus planteamientos. Cuando terminó su exposición, lo miró expectante. Ahora sí que no le quedaban más bazas para defender su futuro.

—Solo necesito tu firma para pedir un crédito en el banco.

—Hummm... ¿Qué es eso que he visto de Elvira Llaneza?

—Bueno, hace tiempo le conté la idea a la abuela y le encantó. Decía que le recordaba a ella cuando tenía mi edad y me aseguró que podía contar con un empujoncito por su parte. La idea es que tenga una participación en el negocio, que le pague beneficios cuando los haya y le devuelva el capital cuando pueda hacerme cargo del negocio yo sola.

—Así que ya se lo habías contado a mi madre, a la tuya, y hasta al sursuncorda, y yo no sabía nada. Esto es un golpe bajo —refunfuñó—. Con la abuela de cara, como sea yo el que me oponga es capaz de desheredarme, y a estas alturas solo me faltaba eso.

—Entonces, ¿cuento con tu ayuda? —imploró Elena juntando sus manos.

—Bueno. Ayuda, lo que se dice ayuda... —La miró con una mueca burlona—. Si te atreves, lánzate, pero conmigo no cuentes para nada. ¿No lo tienes todo tan bien pensado? Bastante que te lo autorizo. —Se levantó sin más y se fue.

La desilusión se adueñó del rostro de Elena. Era frustrante. Su madre se había mantenido al margen de la discusión y la miraba con una expresión extraña. Al quedarse a solas, su madre se decidió a hablar:

—Elena, le he dado muchas vueltas, porque me temía la reacción de tu padre y puede que yo sepa quién te puede ayudar.

—¿De verdad?

—Creo que sí, aunque no puedo asegurarlo. Primero tendría que hablar con él.

—¿Con «él»? —preguntó intrigada—. ¿Con quién?

—Sí, tú lo conoces. Todi Alpuente, el arquitecto. Si hablo con él, y sabiendo el aprecio que me... —hizo una pausa, dubitativa—... que nos tiene, tal vez se aviniera a avalarte. ¿Seguro que tu proyecto es viable?

—Mamá, ¿acaso no me conoces? ¡No tiene un fallo! —La abrazó con fuerza—. ¡Gracias, mamá! ¡Gracias, gracias, gracias!

—Venga, vale, ya está bien, que me vas a despeinar. —Se emocionó por la reacción de su hija. Ya nadie la abrazaba así. Y además, algo en su interior le decía que aquel negocio podía ser clave en el futuro.

Elena quería llorar de felicidad. No era mucho lo conseguido, pero se sentía con fuerzas para comerse el mundo. Dolores la contempló con cierta preocupación. Era pronto para cantar victoria. De repente, mirándola, cayó en la cuenta de que al leer el informe no se había mencionado su posible participación en el negocio y sí la de su suegra.

—Elena, me extraña que tu padre no haya dicho nada sobre mi participación en el negocio.

—Es que en el informe no aparece. No sabía seguro si al final querrías participar o no, pero aunque así fuera, creo que es mejor que papá no lo sepa. Será nuestro secreto.

—Eso me gusta. —Sonrió, al fin, complacida.

Como Dolores había anticipado, su gran amigo Todi Alpuente cedió. Estaba loco por ella y nunca se negaría a nada que le pidiera. Y además, era un auténtico caballero, no tendría que devolverle el favor en ningún sentido. Aun así, convencerle no fue fácil, pero Dolores le mostró el proyecto de Elena y, como ella había dicho, no tenía ni un fallo.

—La verdad es que leyendo esto es difícil negarse. Y pidiéndomelo tú, imposible. —Todi la miró a los ojos, esperando ver en aquel frío azul un destello de reciprocidad que nunca llegaba a brillar—. La acompañaré mañana al banco, si te parece —comentó empujado a la realidad—, y creo que es mejor que vayamos ella y yo solos.

—Lo que tú digas. Muchísimas gracias, Todi. Nunca olvidaré esto. —Le alargó su fina mano con elegancia para despedirse y él la besó con ternura, aguantándola sin querer soltarla para prolongar aquel contacto, pero Dolores se desasió. Muchas veces se había preguntado por qué no se habría enamorado de un hombre así. Pero era tarde para lamentarse.

Cuando se lo contó a Elena, casi estalla de felicidad. Acordaron no decirle nada a su padre. Solo sabría que el banco le había concedido el crédito y nada más, y le llevarían los papeles para autorizarla a firmar el crédito. A Elena le resultó muy complicado dormir, tantas eran las emociones y las ideas que se agolpaban en su cabeza.

A la mañana siguiente saltó de la cama con una fuerza y una vitalidad desconocidas. Tenía que elegir su vestuario con inteligencia. Sobrio pero sensual. Había aprendido de su madre que los hombres nunca dejarían de ver en ellas un bonito trozo de carne, e iba a sacarle partido. Sería más difícil que le pusieran problemas si les entraba por el ojo. En una mano su proyecto y en la otra un gesto de coquetería.

Su madre la acompañó hasta la puerta del Banco Español de Crédito, donde ya esperaba Alpuente, y se despidió. El botones los saludó ceremonioso, al igual que el resto de los empleados con los que se fueron cruzando. Llegaron ante la puerta del director.

—Buenos días, queríamos ver a don Juan. Dígale que está aquí el señor Alpuente.

El director, buen amigo y agradecido compañero de inversiones inmobiliarias, salió a recibirlo.

—¡Teodoro! Pasa, hombre, pasa —le saludó, asestándole unas sonoras palmadas en la espalda—. ¿Qué te trae por aquí... —preguntó mirando de arriba abajo a Elena— tan bien acompañado?

El primer objetivo estaba conseguido. Juan le dio un codazo a Teodoro y le hizo un gesto con la cabeza en dirección a la joven.

—¡Venga, Juan, que es la hija de Lolo! ¿No la conocías? —le preguntó entre risas.

—Ya me extrañaba a mí. Perdone, señorita —se disculpó—,

pero me tiene usted deslumbrado. No acostumbro ver a mis clientes en tan buena compañía y se ve que su padre la tiene a buen recaudo. Pasad a mi despacho y contadme qué os trae por aquí. Me tenéis intrigado.

La reunión duró casi una hora. Por muy amigos que fueran, el negocio era el negocio y Juan no estaba acostumbrado a conceder créditos a jovencitas ociosas; de entrada obtuvieron una cortés negativa. No parecía tomarla muy en serio. Fue Elena quien defendió su proyecto con vehemencia. Sacó el *dossier* de su plan y lo explicó con detalle. Estaba muy bien fundamentado y había pecado de prudente en sus cálculos. No quería dar la sensación de que estaba vendiendo aire.

Después de mucho discutir y argumentar Elena lo miró a los ojos, y con una tierna sonrisa le hizo una sencilla reflexión:

—¿Qué puede perder, señor director? Si sale bien, que saldrá, tendrá un nuevo cliente en su banco. Y si sale mal, el señor Alpuente, que parece ver mi proyecto con muy buenos ojos —dijo volviéndose para buscar su apoyo—, me avala. Si yo no cumplo, él se hace cargo. Usted siempre gana.

—Condenada chiquilla. ¡Ja, ja, ja! Sabe defender sus ideas, Todi. Menuda familia de negociantes, los Lamarc. Tiene razón, jovencita. Los intereses del banco están cubiertos. ¡Trato hecho!

—¡Gracias, señor Ortega, gracias! —Tuvo que contenerse para no saltarle al cuello—. No sabe lo que esto significa para mí.

—No me las des a mí, dáselas a Teodoro. Como te vaya mal es el único que va a perder. Y tu padre tendrá que autorizarte, no lo olvides.

—Creo que él sabe que no me va a salir mal. —Lo miró con gratitud.

—Lo mismo pienso yo. —Juan parecía satisfecho—. Muy seguro debe de estar, o no habría venido.

—Bueno, pues como parece que soy el invitado de piedra —terció Todi—, ya me avisaréis cuando tenga algo que firmar. Vámonos ya, Elena. Un abrazo, Juan, y muchas gracias. Seguro que no nos arrepentiremos. Ya nos vemos.

Al salir del banco, Elena no sabía qué decir. La generosidad de Teodoro la abrumaba. Nadie había tenido un gesto tan desprendido con ella, nunca. Pero estaba tranquila, tenía la certeza de que iba a salir bien. Se lo agradeció de corazón, sin pararse a pensar por qué aquel apuesto caballero, que no era ni de la familia, había hecho algo semejante.

A la semana siguiente lo tuvo todo firmado. Salió con una cuenta a su nombre, el crédito concedido y un talonario de cheques. Era su primer talonario; se sintió distinta. No podía explicarlo, pero aquel pequeño rectángulo de papel y cartoncillo le había dado más seguridad en sí misma que ninguna otra cosa hasta ese momento. Era su billete hacia el futuro, hacia su independencia.

Lo primero que quería hacer era contratar el local. Tal vez ya se hubiera alquilado. Aquello podría dar al traste con los plazos que se había marcado y lo cierto era que había visto el cartel hacía tiempo. Llamó por teléfono, cruzando los dedos. Seguía sin ocupar. Dio un salto de alegría. Ella no lo había visto, pero la portera le había facilitado toda la información que necesitaba. Quedó con el propietario a primera hora de la tarde para ir a ver el inmueble con su madre.

A las cuatro en punto estaban en la puerta. El dueño aún no había llegado. Al verlo, a Dolores se le cayó el alma a los pies.

—¿Es... aquí? —preguntó esperando alguna alternativa. Sus ojos parpadearon como si el aleteo pudiera borrar la penosa realidad que tenía enfrente.

—Sí, ¿a que el sitio es fantástico? —contestó Elena, impermeable al desaliento.

—Hombre, la calle es buena. Pero el local está hecho una cochambre, además de que a la altura de la calzada no hay nada de nada. ¿Seguro que debajo hay algo? ¿Las catacumbas, tal vez?

—No seas derrotista, mamá. ¡Es todo escaparate! Fíjate, da a las dos calles. Todos los que pasean por aquí para ir a los teatros la verán. Y el sótano es muy amplio. Además, aquí arriba hay sitio suficiente para dejar los carritos, que es importante.

Dolores seguía sin convencerse a pesar de las animosas apreciaciones de su hija.

—De todas formas, si aceptas un consejo de tu madre —dijo subiéndose el cuello del abrigo con altivez—, no demuestres mucho entusiasmo.

—Ya lo sé, mamá. No te preocupes. Llevo mucho tiempo preparándome para esto.

El dueño se hizo esperar. Era un hombre bajo, algo grueso y con poco pelo. Las miró con sorpresa.

—Buenas tardes..., ¿señoras? —Miró alrededor buscando a alguien más.

—Llega usted con retraso. ¿No sabe que eso es una grosería? —espetó Dolores en tono áspero.

—Bueno, lo siento. Por lo que veo, su jefe aún no ha venido —contestó extendiendo la mano a modo de saludo, que solo Elena estrechó.

—¿Qué jefe? —Dolores enarcó una ceja.

—Me dijeron que querían ver el local para montar un negocio y pensé...

—Pues no piense tanto —le cortó Dolores.

—Tenemos prisa. Hemos quedado en otros locales y ya se nos ha hecho bastante tarde. —A Elena no le gustaron el aspecto ni el tono del propietario, pero aquel local tenía que ser suyo y como dejara que su madre siguiera llevando la voz cantante, acabarían a bofetadas.

—Síganme y cuidado dónde ponen los pies —les indicó el hombre de mala gana.

Bajaron la escalera. El sótano seguía la tónica del piso superior. Las paredes desconchadas, la iluminación pobre, la trastienda era una cueva... Nada que pudiera evocar el alegre mundo de la infancia al que tendría que dedicarse.

—¡Buf! Esto es espantoso, Elena. No creo que se le pueda sacar ningún partido. ¿Has visto cómo está todo?

—Está peor de lo que imaginaba. —La joven anduvo meditabunda, calibrando cada rincón, cada centímetro. Era desolador. Entró en la trastienda—. ¡Aaaahh!

—¡Elena! ¡¿Qué ha pasado?!

—Nada, mamá. Una rata. Me ha dado un susto de muerte.

—¡Qué asco! ¡Vámonos!

—Todavía no. ¿Qué es esto? —Elena señaló una estructura metálica oxidada.

—Es el montacargas. Da a Convento Santa Clara.

—¿Funciona? Porque si es por el aspecto...

—¡Pues claro que funciona! —contestó el propietario exasperado, pulsando el botón de marcha—. Solo necesita una manita de pintura.

—¡Qué estruendo! Párelo, que un poco de aceite parece que tampoco le vendría mal. —A Dolores le estaban hartando las maneras del propietario—. Ahora tenemos que irnos. Si nos dice las condiciones económicas, tomaré nota y ya le diremos algo cuando nos decidamos.

—Mire, sé que no está en muy buenas condiciones y la gente huye de los sótanos para locales comerciales. A ustedes se las ve gente honesta. Así que no nos andemos con rodeos. Díganme un precio, que si es razonable se lo alquilo ya. —Se pasó la mano por sus escasos cabellos.

Las dos se miraron. La portera había informado a Elena de cuánto pedía de alquiler y decidió jugársela, bajándole un tanto considerable.

—¡Pero eso es muy bajo! —exclamó el propietario contrariado—. ¡Usted no sabe lo que dice!

—Y además quiero dos meses de carencia hasta que pueda tener esto en condiciones —continuó Elena.

—¿Dos meses? —le espetó su madre mientras miraba con horror paredes y techos—. Elena, tú estás loca. ¡Esto no estará en condiciones ni en un año!

—Dos meses —insistió Elena, sin hacer caso al comentario de su madre—. ¿Trato hecho?

El hombre se rascó la cabeza y volvió a repasarlas de arriba abajo.

—Trato hecho —rezongó, volviendo a colocarse los escasos pelos que cruzaban su cabeza de lado a lado.

Cuando salieron de allí, Dolores felicitó a Elena.

—Bien llevado, hija. El hombre estaba convencido de que como viéramos otro local más se quedaba otros dos años con el suyo colgado. Pero está muy mal. ¿Estás segura de que en dos meses lo podrás tener en marcha?

—¡Claro! Solo necesita una buena limpieza, una mano de pintura, buena iluminación y muchos espejos, desde la calle hasta el sótano, que rodeen toda la escalera. Ya lo verás.

—Los que nos hicieron la obra de Bebé Parisién son muy formales y conocen cómo me gustan las cosas. ¿Quieres que los llame? Tengo experiencia en dirigir reformas.

—¿Quiere eso decir que entras en el proyecto? —preguntó con una amplia sonrisa.

—¡Por supuesto! —Se abrazaron emocionadas—. Pero como me sugeriste, prefiero que no se lo digas a tu padre. —A Dolores aquel proyecto también le estaba devolviendo la fe en el futuro.

—Gracias, mamá. No te arrepentirás.

La sociedad quedó constituida el 5 de octubre de 1954 bajo el nombre de Confecciones Lena, con su madre y su abuela como socias. No se arrepentirían de su inversión.

Carlos se sintió marginado de todo aquel proyecto. Aunque Elena se lo comentó y a él le pareció una buena idea desde un principio, poco a poco descubrió que no tenía nada que opinar. Se limitó a escuchar y a aportar alguna idea que no creyó que fuera a ser tomada en consideración, dado el ímpetu y la vehemencia con que Elena exponía las suyas.

Se dijo que algún día él también haría realidad sus sueños y entonces las cosas se harían a su manera.

27

La vida de Elena había dado un giro copernicano. Desde que comenzó con la tienda no tenía tiempo ni para respirar. Lo llevaba todo: hacía las compras, colocaba el material, llevaba las cuentas... Perfeccionista y controladora, no dejaba que se le escapara ni un detalle. Pero tenía sus limitaciones. Al cabo de seis meses se dio cuenta de que no podía abarcar tanto. Necesitaba una dependienta que atendiera a las clientas o ayudara en la trastienda. Su madre le había sugerido pasarle a una de las que ya estaban en Bebé Parisién y contratar ella a alguien nuevo. Era un buen detalle por parte de su madre. Se decidió por Isabel, una mujer de confianza y con experiencia. Elena no tuvo que formarla y le descargó de varias obligaciones. Aun así, se pasaba el día en la tienda, y cuando cerraba se dedicaba a pasar las cuentas, revisar las existencias y controlar las llegadas pendientes.

No solo en lo laboral había cambiado su vida. También en lo personal, a pesar del poco tiempo libre. Sus paseos esporádicos con Carlos habían continuado hasta convertirse en diarios. Y habían dejado de caminar uno junto al otro para hacerlo tomados de la mano, y de ahí al primer beso. Todavía no se lo había contado a su madre y el día que lo hiciera temía que fuera un drama. La opinión que su madre tenía de Carlos, sumada a la estabilidad emocional de Dolores, eran una combinación explosiva. Esa era una de las pocas cosas que no habían mejorado, el ambiente familiar.

Su padre había llegado a un punto en que vivía a caballo entre su casa y algún otro lugar. Se ausentaba sin dar explicaciones y volvía como si nunca se hubiera ido. La situación era grotesca. Su madre, aunque seguía fiel a sus principios haciendo de tripas corazón y fingiendo que no pasaba nada, cada vez se encontraba más desequilibrada y lo pagaba con quien se le pusiera delante, ya fuera Clara, Nati o Elena. El joven Gerard apenas se libraba. En uno de sus últimos arranques de ira, Nati no había aguantado más y había renunciado al empleo.

Con aquel panorama, Elena no veía el momento adecuado para anunciarle a su madre que estaba saliendo con Carlos Company. Él le había comentado en varias ocasiones que debía entrevistarse con los padres de ella y pedirles su consentimiento para formalizar la relación. Tenía la sensación de que Elena se avergonzaba de él. Pero ella siempre le decía que esperara, que ya llegaría el momento.

Faltaba un mes para la Feria de Julio y Carlos, buen aficionado a los toros, le propuso a Elena que lo acompañara a la corrida del sábado. El cartel prometía, con toros de la reputada ganadería de Pilar Sánchez Cobaleda. Como espadas, Aparicio, César Girón y Chicuelo II, que había tomado la alternativa el año anterior con gran éxito. Elena no era muy aficionada, pero le encantaba el ambiente que se respiraba en la plaza. Además, sabía que Carlos tenía buenos amigos en el mundillo y siempre conseguía las mejores entradas. Aceptó encantada.

—¡Qué bien! Podemos quedar en la esquina del Cobijano, un poco antes de que empiece.

—Perdona, Elena —la interrumpió Carlos, con gesto serio—, a la plaza no vamos si primero no se lo decimos a tus padres. Además, yo había pensado que fuéramos a comer juntos y luego a los toros.

Elena palideció.

—No creo que sea buena idea. ¿Para qué se lo tenemos que decir tan pronto?

—¿Tan pronto? ¿Estás de broma? —dijo irritado—. Habrá un montón de gente conocida. Seguro que alguien nos ve y solo falta que les vayan con el cuento. Tenemos tiempo de aquí a entonces para decírselo.

—Tampoco hace falta que vayamos a los toros —rezongó Elena.

—Parece que te dé vergüenza que te vean conmigo. Llevamos más de un año viéndonos casi en secreto y, la verdad, no lo comprendo. ¡Estoy harto!

Elena se daba cuenta de que aquello no podía continuar así. Suspiró.

—Sería todo mucho más fácil —intentó explicar— si tu familia fuera amiga de la mía.

A Carlos la conversación se le estaba atragantando.

—Lo fueron —contestó con amargura—, al menos lo suficiente como para que tus padres y vosotros vinierais muchos veranos a la casa de mi tío. Entonces éramos lo bastante buenos como para compartir mesa y mantel. Pero debemos de haber perdido lustre con el tiempo.

—No me refiero a eso —se apresuró a corregir Elena—. Una cosa es conocerse y otra muy distinta ser del mismo círculo de amistades. Sabía que no lo ibas a entender.

—Mira, yo no tengo por qué seguir escondiéndome. O te decides, o lo dejamos. —Era un ultimátum. Elena lo había mantenido a raya más tiempo del que estaba acostumbrado y la paciencia no era una de sus virtudes—. Creo que será mejor que vuelvas sola a casa y pienses sobre ello. Llámame cuando te aclares. Yo no volveré a hacerlo hasta que sepas lo que quieres.

—Carlos, no te pongas así —suplicó Elena—. Deberías entenderlo. Yo te quiero, de verdad, pero es mejor evitar problemas, ya sabes...

Carlos la cortó.

—... *cómo es tu familia* —dijo imitando el tono de Elena—. No sigas, ya lo hemos hablado muchas veces, Elena. Adiós.

Había tenido demasiada paciencia. Las muchachas hacían cola en su puerta y él seguía esperando por alguien que no se atrevía a que los vieran juntos. ¿Quiénes se creerían que eran en esa familia?, murmuraba por lo bajo. Estaba hastiado. Durante el año que llevaba saliendo con Elena había tenido otros líos, pero nada de consideración, lo normal. Nunca se había tomado una relación tan en serio como aquella. Estaba convencido de su amor por Elena, algo nuevo para él.

Llegó a su casa más pronto que de costumbre. Cerró la puerta con tal fuerza que hizo retumbar las paredes.

—¡Carlos! ¡Qué forma de entrar es esa! —La voz áspera de su tío resonó en la estancia.

—Lo siento, tío, no pretendía dar un portazo. No he tenido un buen día.

—Pues no sé qué problemas puedes tener tú. No haces más que holgazanear, paseándote por ahí en tu motocicleta y tonteando con las niñas. —Carraspeó antes de proseguir—. Por cierto, ¿sabes dónde anda tu hermana? Cada día está más díscola. Se escribe con un extranjero, un tal Klaus. —Su voz era inquieta—. Está tramando algo. ¿A ti no te ha contado nada?

Arrastraba las palabras, la voz baja como si temiera que alguien pudiera oírlo.

—No, tío Francisco, no me ha dicho nada. Pero es normal que tenga amigos. —Carlos pensó en Lucía, tan convencida de lo que quería y tan dispuesta a defenderlo.

—Ese Klaus no me gusta. Los extranjeros no me gustan. Y tu hermana debería habérmelo contado.

—Y si Lucía no se lo ha contado —dijo Carlos mirándolo con más detenimiento—, ¿cómo se ha enterado usted?

—Le escribe. He leído sus cartas —contestó sin apenas vocalizar.

—¿Que ha hecho qué? —Carlos estaba indignado.

—Cumplo con mi obligación —respondió, muy digno, poniéndose a la defensiva—. ¡Debo velar por su futuro y por su reputación!

—¡Esto es increíble! ¡Esas cartas son personales! Usted no puede leerlas. Como se entere Lucía...

—¡Ni se te ocurra contárselo! —exclamó, su nudoso dedo índice señalándolo.

Se oyó girar la llave en la puerta. Lucía regresaba de la universidad.

—¡Buenas noches! —saludó con su voz cantarina y alegre.

No obtuvo respuesta. Percibió un silencio espeso.

—¿Ya estamos otra vez de líos? Pues no me los contéis, que vengo muy contenta. Enseguida pongo la mesa y cenamos. —Tarareando fue a su cuarto a dejar sus cosas, se lavó las manos y se dirigió a la cocina. Carlos la siguió—. ¿Qué pasa, Carlos? Estáis muy serios.

—No sé si decírtelo —reflexionó.

—¿Tan grave es? —Lo miró preocupada.

—Tú dirás. El tío ha estado leyendo las cartas de Klaus.

—¡Ah! Era eso —respondió aliviada, mientras continuaba partiendo tomates—. No te preocupes. Lo sé hace tiempo y no me importa. Así irá haciéndose a la idea.

—¿Ya lo sabías? —Los ojos de Carlos se abrieron.

—Sí, pero no valía la pena decir nada. Si le digo que lo sé, me pedirá explicaciones y discutiremos. Si no le digo nada, él no puede preguntarme por ello sin delatarse. Y además, como se siente culpable, me trata mejor. —Dejó el cuchillo en el fregadero y buscó el aceite, con una risita divertida—. Él solito se mortifica.

—Pero qué lista eres —suspiró con tal fuerza que se voló la lista de la compra que descansaba en la mesa—. Ojalá tuviera yo las ideas tan claras.

—¿Y a ti qué te pasa?

—Elena...

—¿Habéis discutido?

—No es eso. Bueno, sí. Seguimos viéndonos en secreto, nuestra relación se reduce a acompañarla de la tienda a casa. Y eso con sumo cuidado de despedirnos antes para evitar que puedan vernos. Le he dicho que quiero hablar con sus padres, pero no la veo decidida. Siempre me pone excusas y estoy harto.

—Te dije que esa familia no era para nosotros.

—Pero Elena me quiere.

—Pues si te quiere, hará lo que debe. Con la edad que tenéis no vais a estar eternamente escondidos por los rincones.

—No sé. He decidido no llamarla hasta que hable con sus padres. Se lo he dicho.

—Por cierto, hablando de llamar... —Frunció el ceño—. A mediodía llamaron Charo y Amparete. Vamos, que tampoco estoy yo muy segura de lo en serio que vas tú con Elena.

—Lo has dicho tú: han llamado ellas, no yo. ¿Qué culpa tengo si me llaman? —dijo con una sonrisa resignada—. Bromas aparte, eso no tiene nada que ver. Lo de Elena es distinto, aunque salga con otras amigas a pasar un rato. Yo la quiero.

—No sé si ella opinaría igual si lo supiera. A mí no me haría ni pizca de gracia.

—Pues Klaus tampoco debe de estar cantando en el coro de una iglesia en Canadá —dijo para picarla.

—Eres malo. *Cree el ladrón que todos son de su condición*. Además, lo nuestro es diferente. De momento no tenemos ningún compromiso.

—Nosotros tampoco, y al paso que vamos no lo habrá nunca.

Por distintas que fueran sus opiniones, Carlos y Lucía nunca llegaban a discutir.

Elena regresó preocupada. Se sentía entre la espada y la pared. Salvo las complicaciones de verse a escondidas, para ella la relación resultaba cómoda. Nadie le pedía explicaciones, ni tenía que justificarse. Tampoco se veía presionada para que la unión fuera más lejos, algo que todavía no tenía claro. No necesitaba comprometerse. Lo pasaban bien juntos. ¿Por qué tenía que cambiar todo eso?

Pero conocía a Carlos, no bromeaba. Era bueno, pero no tonto, tenía mucho carácter y era orgulloso. O movía ficha o lo perdería, y eso era de lo poco que tenía claro que no quería que pasara. Tendría que hablar con sus padres.

Cuando su madre llegó, Elena trató de entablar una conversación distendida con ella. La seguía a unos pasos en sus movimientos, comentando banalidades. Podía haberle contado muchas de las cosas que habían ocurrido en la tienda, ya que cada día era una batalla. Pero no siempre compartían puntos de vista y podían llegar a enzarzarse en una discusión por cualquier tontería, así que optó por no hacerlo. No quería que hubiera tensiones antes de tiempo; en cuanto comenzara a hablar de su relación, estas aparecerían solas. Buscaba la forma de sacar el tema de Carlos, pero no se le ocurría ninguna. Después de encadenar varias simplezas, fue Dolores quien abrió fuego, con su habitual acidez:

—¿Cuánto tiempo vas a seguir agobiándome, dando vueltas a

mi alrededor sin soltar lo que me quieres decir? —Su tono era displicente—. Anda, desembucha.

Elena se puso en guardia.

—No sé a qué te refieres. —Era la peor respuesta que podía elegir, pero le daba rabia que su madre la viera venir con esa claridad.

—Llevas media hora contándome naderías y siguiéndome como un perrito faldero. Eso solo lo haces cuando me tienes que decir algo que sabes que no me va a gustar. Estoy cansada de llevarte pegada a mis talones, así que suéltalo ya.

—Hace tiempo que estoy saliendo con un chico... —Lo soltó de un tirón, pero titubeó al final; aún no quería decir de quién se trataba—. Nos llevamos muy bien y él quería... venir a casa para hablar con vosotros y hacerlo un poco más... oficial. —El dolor de estómago la estaba matando.

Dolores arqueó sus finas cejas.

—Vaya sorpresa. —En los últimos dos años Elena apenas había tenido vida social—. ¿Lo conozco?

—Sí.

Dolores frunció el ceño, concentrada, sin que le viniera ningún nombre a la mente.

—Continúa, no me dejes así —la apremió—. Para eso has comenzado esta conversación.

—Es Carlos Company. —Se quedó muy quieta, como el que espera un revés.

—¡¿Cóoomo?!

—Sabía que te iba a parecer mal —suspiró aliviada después de quitarse ese peso de encima—. Por eso no he dicho nada hasta ahora, pero él se ha empeñado. Es un buen chico, mamá, y me quiere.

En la cara de Dolores se había dibujado una mueca de desagrado tras la sorpresa.

—¿Y cuánto tiempo lleváis liados? —preguntó con toda la serenidad de que fue capaz.

—No seas ordinaria, mamá. En el último año me ha estado acompañando a casa al salir de la tienda casi todos los días.

—Y no me habías dicho nada.

—Te lo estoy diciendo ahora.

—¿Y para qué me lo dices, si se puede saber, si hasta ahora has hecho lo que te ha dado la gana? —Dolores comenzaba su juego. Si lo decía, malo, y si no lo decía peor.

—Parece que no me escuchas. Carlos quiere venir a casa y hablar con vosotros. Quiere vuestra aprobación. No le parece correcto seguir viéndose conmigo sin vuestro conocimiento. —Obvió de forma intencionada la palabra «consentimiento», ya que tenía serias dudas de que se lo dieran.

—Eso le honra, porque lo que es a ti, no parece importarte demasiado habernos engañado desde hace tanto tiempo. Y a él hasta ahora tampoco le había importado.

—Fui yo la que se empeñó en no deciros nada. Temía vuestra reacción —afirmó Elena.

—Pues tenías razón. No cuentes con mi aprobación.

—Pero ¿por qué le tienes tanta manía?

—No es manía. Es muy sencillo, no es de tu clase. Es un don nadie sin oficio ni beneficio, además de tener fama de casanova.

—A mí no me importa ninguna de esas cosas. No sé qué problema le ves a su familia. Antes íbamos a veranear a casa de su tío y te parecía fenomenal.

—¡Pero si sus tíos son más de pueblo que las avutardas! Eran otros tiempos. Ellos estaban agradecidos y necesitaban devolvernos el favor. No podíamos negarnos.

—Eres mala, mamá.

—Tú no entiendes de estas cosas. A tu candidato le falta una buena capa de barniz. Aparte que no sé cómo piensa mantenerte al ritmo que estás acostumbrada. ¡Ja, qué risa me da!

—Por si no te has dado cuenta, ya no necesito que me mantenga nadie. La tienda va muy bien y no pienso dejar de trabajar. Además, de momento nadie ha hablado de boda.

—Pero hablará, ya lo creo que hablará. Menudo braguetazo quiere pegar el señor Ojos Azules.

—¡Ya está bien! ¿Qué pasa? ¿Que nadie puede acercarse a mí por mí misma? ¿Por lo único que puede quererme alguien es por mi posición?

—¡Qué va! Si eres una perita en dulce —contestó Dolores con ironía—. Ideal para pasearte del brazo y lucirte con los amigos. Porque mona, ahora estás muy mona —concedió repasándola de arriba abajo—. Aunque un poco sosa. Pero no hay quien te aguante, hija. Así que dudo que sus sentimientos sean tan nobles.

Elena se reprimió para no soltar algo de lo que arrepentirse después. Esta era la conversación que temía y que hubiera preferido no llegar a tener. Se armó de valor para zanjar el tema.

—Bueno, yo solo te lo he dicho porque él ha insistido y quiere que le diga qué día puede venir a hablar con vosotros. Pero si tú no quieres, no hay más que hablar. Con tu aprobación o sin ella voy a seguir viéndole. Tú dirás.

Dolores reflexionó. Elena tenía veintidós años y le gustara más o menos tendría que tragar con aquello.

—Bien. Lo hablaré con tu padre. Pero no esperes que además me tenga que gustar.

Había sido tal y como se imaginó. Quería a su madre con locura, y sin embargo en situaciones como esa un odio viscoso se apoderaba de ella.

A pesar de lo mal que había ido todo, se sintió aliviada, al menos en parte. Ya estaba hecho. Pero ¿adónde conduciría aquello? Carlos tenía muy claras sus intenciones, pero no así ella. Si el matrimonio era lo visto en su casa, más valía no probarlo.

Cuando llegó su padre, Elena esperó a que fuera su madre quien le pusiera en antecedentes. Si había intercambio de descalificaciones prefería no estar delante.

Durante la cena, su padre tomó la palabra.

—Ya me he enterado de que estamos de enhorabuena. Qué calladito te lo tenías —bromeó—. Tu madre me ha dicho que Carlos Company quiere venir a presentarnos sus respetos. —Su padre no parecía compartir la aversión de su madre hacia Carlos. Nunca se había tomado sus relaciones o amistades muy en serio. Elena se sintió aliviada—. Dile que venga el sábado a comer. Tendré que hacerle unas cuantas preguntas, a ver si hay suerte y te perdemos pronto de vista.

—No sé qué idea tenéis de él, pero es un chico estupendo. Trabaja mucho y tiene un montón de ideas para montar posibles negocios.

—Sí, seguro —intervino rápida su madre—. ¿Con tu dinero o con el suyo?

—Lolo, no seas mordaz —contemporizó Gerard—. Habrá que darle una oportunidad al muchacho.

—Lo que tú digas... —concedió persiguiendo un guisante con el tenedor.

—¿Eso es que Lenita tiene novio? —preguntó su hermano.

—No me llames Lenita, Gigi. Y no es asunto tuyo —cortó Elena.

—Y tú no me llames Gigi.

—¡Se acabó! —Gerard puso el punto final a la conversación—. Tengamos la cena en paz.

Ya solo quedaba avisar a Carlos. Era tarde para llamar. Además, no quería decirle que el mismo día en que habían discutido había hablado con sus padres. Le haría esperar.

28

Los dos días siguientes se dedicó a trabajar con ahínco. Las cosas le iban bien, aunque su pequeño sótano no fuera comparable a Bebé Parisién. Devolvía con puntualidad la cuota del crédito bancario junto con los intereses y pagaba a los proveedores a tiempo. Responsable y perfeccionista, la posibilidad de retrasarse en una factura llegaba a quitarle el sueño. Así que cada día al cerrar la tienda cuadraba la caja, punteaba los pagos pendientes y revisaba las fechas de vencimiento. Había sobrevivido al primer año y, aunque no había beneficios, tampoco había sufrido pérdidas. Menos mal que sus accionistas eran pacientes y no esperaban hacerse ricas con su participación. Le dolía en su amor propio el no haber sido capaz de repartir ni un céntimo a su madre y su abuela. Pero tenía el firme propósito de que de ese año no iba a pasar.

El día había sido agotador como pocos. No había parado de entrar gente a Confecciones Lena. Miró la hora. Por fin podía cerrar. Terminó de guardar un par de prendas, cogió sus cosas y subió la escalera. Conforme su cabeza asomaba a la altura de la calzada, deseó que Carlos se hubiera arrepentido y estuviera esperándola. La oscuridad de la noche envolvía las aceras y no le gustaba volver sola a pesar de que era una calle bulliciosa. No hubo suerte. Carlos no estaba. Emprendió el camino de regreso desilusionada, paseando con lentitud. Aprovechaba la vuelta a casa para ver los escaparates que le pillaban de camino. Al pasar por la puerta de Hungaria se dio cuenta de que no había comido nada, ni siquiera un bocadillo. Era día de entrega y había aprovechado la hora de comer para revisar todas las prendas recibidas. Se llevó una mano al estómago. ¿Por qué no entrar y tomarse uno de sus famosos batidos de chocolate?

Hungaria era una cafetería-restaurante muy concurrida. Hacían comidas caseras, platos combinados, tapas y bocadillos. La barra era larga y alegre, de gresite multicolor. Con sus tapas a la vista y sus vitrinas transparentes, invitaba a pedir. Era famosa por su plancha: tostadas, sándwiches, tortitas, incluso los huevos salían perfectos de aquella superficie metálica, por la gracia de quien manejaba los fogones.

Entró como quien va al médico en busca de la receta mágica. Algunos matrimonios picaban algo. Era horario de cines y teatros, y la costumbre era dar un bocado antes de que comenzara el espectáculo. Un par de grupos bebían cervezas y reían con ganas. En uno de esos grupos, a mitad de la barra, destacaba una cabeza que le era muy conocida: Javier Granados. El corazón se le desplomó. Hubiese salido huyendo de no ser porque una amiga que estaba en el mismo grupo la llamó. Levantó la frente, irguió el pecho y se aproximó a ellos con sugerentes movimientos. ¿Por qué no se habría retocado antes de salir de la tienda como solía hacer su madre? A ella nunca se le ocurrían esas cosas.

—¡Elena! ¡Cuánto tiempo sin verte! Estás muy cambiada.

—Hola, Carmen. Sí, hacía mucho que no nos veíamos.

—¿Te tomas algo con nosotros? —Carmen hizo un gesto hacia los presentes—. Creo que los conoces a casi todos.

Javier se mantuvo callado, observándola con una mueca a medio camino entre la satisfacción contenida y el reproche.

—No puedo, solo he entrado para ver si veía a un amigo. Quedé con él aquí algo más tarde, pero he terminado antes de lo que pensaba. —Elena fingió ignorar a Javier. No quería mirar hacia donde sabía que se encontraba, pero no perdía detalle.

—Entonces, ¿te quedas un rato?

—Gracias, estoy cansada. Ya nos veremos. —Le dio dos besos a Carmen y se despidió del resto con un gesto de su mano antes de dar media vuelta y dirigirse hacia la puerta.

A los pocos pasos notó que la sujetaban por el brazo a la vez que una voz familiar le susurraba con ironía:

—¿Serás capaz de irte sin decirme nada?

Elena reconoció la voz al instante.

—Perdona —cortó con frialdad—, pensé que estabas en otras cosas y no quería molestar. Además, tengo prisa.

—Pues te acompaño.

—No, gracias.

—Después de tantos años, ¿no me guardarás rencor?

—No, pero debo irme. —Estaba empezando a perder su aplomo. Lo tenía tan cerca que le faltaba el aire. Notaba su aroma, todavía familiar a pesar del tiempo transcurrido. Su corazón se aceleró, transpiraba. ¿Qué poder tenía ese hombre sobre ella para descomponerla de esa forma? Su instinto la impelió a irse cuanto antes—. Mira, Javier, no te lo tomes a mal, pero las cosas han cambiado. Prefiero irme sola, gracias. Espero que tu familia esté bien. Adiós. —Echó a andar sin darse la vuelta, rezando para que no insistiera. Y él no insistió.

Salió a la calle confusa y con una sensación de calor sobre la piel. Y seguía teniendo hambre, al final se había quedado sin su batido. ¿Qué le había pasado? Estaba convencida de haber superado la relación con Javier, y un pequeño roce había bastado para situarla en aquel lejano verano de Formentor.

Cuanto antes llamara a Carlos, mejor. Se sentía como si lo hubiera traicionado. En cuanto llegó, se tragó su orgullo y le llamó.

Para Carlos fue una sorpresa. Albergaba pocas esperanzas en la reacción de Elena.

—Mi padre quiere que vengas a comer el sábado.

—¿De verdad? Creí que no te atreverías a decirles nada. —Sin darse cuenta una sonrisa afloró a sus ojos, tristes hasta hacía pocos segundos.

—Pues sí que tienes confianza en mí —protestó, sabiendo que tampoco ella había tenido demasiada.

—No es eso, es que te veía muy reacia.

—Entonces, ¿vendrás?

—¡Por supuesto! —Su alegría traspasó el auricular—. Con lo que ha costado, no voy a dejar escapar la oportunidad. Allí estaré.

—¿Qué te pondrás?

—Ya estamos. ¿Qué coméis, de chaqué? —preguntó con sorna.

—No, qué tonterías dices. Será una comida informal.

—Pues entonces no te preocupes, no te dejaré en mal lugar.

Aunque sonara frívolo, Elena sabía que de la primera impresión dependería mucho la futura relación de sus padres, o más bien de su madre, con Carlos. Al colgar respiró aliviada. Ya estaba hecho y había conseguido alejar el fantasma de Javier.

La semana se hizo larga. Los días parecían interminables, pero Carlos había vuelto a recogerla a la salida de la tienda y todo parecía volver a la normalidad.

Por fin llegó el sábado. Carlos no aguantaba los nervios. Lucía lo miró compasiva.

—Cualquiera diría que vas al matadero.

—Algo parecido. ¿Y si meto la pata?

—No es tan complicado. Solo tienes que comer y seguir con discreción la conversación que ellos lleven.

—¿Y si no hablan de nada? —La preocupación asomaba bajo su fruncido ceño—. Elena me ha contado que cuando la situación está tensa pueden quedarse sin hablar durante horas. El aire se le hace irrespirable.

—No creo que hoy sea así. —Lucía le estiró bien la chaqueta con un par de tironcitos—. Imagino que te interrogarán, querrán saber cosas de ti. Cuando no estés seguro sobre qué responder, no respondas nada. La gente tiende a contestarse sola si no obtiene una respuesta. Y sabrás qué es lo que esperan oír —aconsejó Lucía.

—Pues me voy, hermanita. Deséame suerte.

—Espero que vuelvas entero de la guerra. Estás muy guapo, como siempre. —Le besó, y sus manos le alisaron las solapas del traje, mientras lo miraba con admiración.

Carlos se dirigió hacia la casa de Elena. Solía caminar a grandes zancadas, aunque no tuviera prisa. Presumía de tener una gran seguridad en sí mismo y no le preocupaban las opiniones ajenas. Siempre había hecho su voluntad, se había metido en líos, había salido de ellos... Pero, por alguna razón que no alcanzaba a entender, con los Lamarc se sentía frágil, vulnerable. ¿Sería por aquella forma despectiva de mirar? Se dio ánimos pensando que allí estaría Elena para apoyarle.

Llegó al portal. Imponía. Subió en el ascensor, estirándose el cuello de la camisa que, visto en el espejo, se le antojó muy arrugado. De pie, delante de la puerta, respiró hondo antes de llamar al timbre.

—Buenas tardes, señor —Clara lo saludó con una sonrisa afable—. Pase, le están esperando. ¿Me permite su chaqueta?

—No, no se preocupe, prefiero llevarla puesta. —Pensó que con ella se vería más presentable, o al menos se sentiría más seguro. Se estaba encogiendo por momentos.

—Sígame, por favor.

Carlos la siguió hasta el salón. Nunca había visto una casa tan grande. Aquellos techos... Parecía un palacio. Gerard, de pie junto a la mesa de los licores, servía un jerez mientras Dolores permanecía sentada en una gran butaca, muy tiesa. Parecía una esfinge, hermosa y fría.

El recién llegado buscó a Elena con la mirada para tener un báculo en el que apoyarse, pero no la vio. No le quedaba más remedio que presentarse sin más.

—Buenas tardes, señora Lamarc. —Se aproximó a ella, que le tendió la mano con descuido. Carlos hizo un gesto con la cabeza sin besar su mano y se giró hacia el señor Lamarc.

—Señor Lamarc... —Ahora fue Gerard quien se acercó a Carlos con gesto campechano.

—Hacía mucho que no te veía, Carlos. Estás hecho todo un hombre.

Cuando escuchó el sonido metálico de la campana de la puerta, a Elena se le juntaron el cielo y la tierra. Estaba terminando de arreglarse, pero se había cambiado tres veces de vestido, se había enganchado las medias, teniendo que cambiárselas, y el pelo no terminaba de vérselo bien. Era un día diferente, importante. Quería que Carlos estuviera seguro de que valía la pena dar el paso. Pero lo que la angustiaba era cómo se iba a comportar su madre. Tenía que salir ya o se armaría la tercera guerra mundial.

Se apresuró hacia el salón y entró como un torbellino.

—¡Hola, Carlos! ¡Ya estás aquí! Perdona que no haya salido

antes, pero no me he dado cuenta de la hora que era. ¿Ya os habéis presentado? ¡Qué tontería! Ya os conocéis, claro, tantos veranos... ¿Te pongo algo de beber? ¿Jerez? ¿Un vermú?

Dolores la interrumpió, como de costumbre.

—Aunque no lo parezca, ha ido a un colegio de monjas, pero no le quedó claro cuándo debía callarse. —Dio un pequeño sorbo a su jerez.

Elena enrojeció. Podía haberse ahorrado el colorete.

—Hola, Elena. Estás preciosa. —Carlos iba a acercarse a darle un beso, pero se frenó. Todo aquello le resultaba muy incómodo.

Fue Gerard, que se encontraba más distendido, quien retomó una conversación más pacífica.

—Pues sí, como dice Elena, nos conocemos de hace tiempo, pero la verdad es que sabemos poco de ti. Elena me ha dicho que trabajas en una empresa de motores, como comercial.

—Sí, llevo toda la zona de Levante, hasta Murcia.

Dolores agitó la campanilla con la que llamaba al servicio. Clara acudió al momento.

—¿Está la comida?

—Sí, señora. Cuando lo dispongan pueden pasar al comedor.

—Bien. Dígale al señorito Gerard que haga el favor de venir. Tenemos una visita y está siendo muy poco cortés. Elena, vamos pasando al comedor.

Elena y Carlos fueron delante y Dolores los siguió. Los contempló con frialdad. Saltaba a la vista que hacían buena pareja. Elena tenía muy buen gusto, reconoció. Primero Javier y ahora, Carlos. Los dos altos, atractivos, bien plantados..., vagos y mujeriegos. Tal era su visión. Los hombres así no podían ser tomados en serio; lo sabía por experiencia.

A Carlos la comida, aunque exquisita, se le hizo difícil de tragar. El señor Lamarc le estaba haciendo un interrogatorio en toda regla, tal y como su hermana había intuido. Y la señora Lamarc siempre tenía a punto alguna apostilla poco grata a cualquiera de sus explicaciones. Qué difícil debía de ser tener contenta a aquella mujer. Al menos Gerard Lamarc parecía interesarse por sus proyectos. Carlos, complacido, no entendía la mala fama que le achacaban.

—Es interesante esa idea tuya de fabricar servilletas impregnadas en colonia. Pero el problema es que se evaporaría. Tienes muy buenas ideas, Carlos.

—Y cuando viajas a Murcia, ¿vas en la Lambretta? Elena me ha contado que tienes una motocicleta.

—No, claro que no —respondió molesto—. Voy con la furgoneta de la empresa.

—La furgoneta... —repitió Dolores con languidez.

—Sí, viajo con la furgoneta. —Carlos comenzaba a hartarse de aquella conversación. Ya estaba aquel tono de disgusto, seguido de ese gesto con la nariz, como si oliera mal—. A veces llevo motores que son grandes y pesados.

La comida prosiguió con sus tiras y aflojas; Elena intentó echar algún capote que otro. Llegó el café, que tomaron en la biblioteca. Era el momento de hablar del asunto que le había llevado hasta allí.

—Señor Lamarc, le pedí a Elena que me dieran la oportunidad de venir a hablar con ustedes, porque llevo un tiempo viendo a su hija y... siento un gran aprecio por ella... Bueno, algo más que aprecio. Pero no quería seguir adelante sin que ustedes nos dieran su aprobación.

—Bueno, ya sois mayorcitos los dos. Y por lo que Elena me ha contado, ella está de acuerdo. No importa mucho lo que opinemos nosotros, ¿verdad? —Dolores no se lo iba a poner fácil.

—Pues claro, hombre, ¿por qué nos iba a importar? ¿Verdad, Dolores? —exclamó Gerard como si no la hubiera oído.

—Ya, claro. Elena ya tiene edad para saber lo que quiere —aceptó ella de mala gana—, y me parece bien que hayas venido a hablar con nosotros... Aunque hayas tardado casi dos años.

Con lo principal dicho, Carlos prefirió cambiar de tercio.

—Tengo entradas para los toros. La corrida es dentro de dos semanas y le he pedido a Elena que me acompañe, si a ustedes les parece bien.

—¡Cómo no! —Gerard parecía complacido—. Por supuesto. Nosotros también iremos. Hemos sacado un abono para toda la Feria de Julio, seguro que coincidimos.

—Gracias, señor Lamarc. Estén seguros de que la cuidaré bien.

—Lo que deberías hacer es buscar un empleo mejor remunerado. —Dolores no lo iba a dejar escapar ileso—. Elena tiene gustos muy caros y con unas entradas para los toros no tienes ni para empezar, ¿verdad, querido?

—Bien, bien, no hagas mucho caso a Dolores; le gusta asustar a la gente. —Su esposa lo miró con desdén—. De todas formas hablaré con algunos amigos por si tuvieran algún puesto vacante para un joven despierto y emprendedor como tú.

—Gracias, papá. Ahora tenemos que irnos —intervino Elena perpleja. Su padre era una caja de sorpresas; lo mismo era un déspota cruel, que se mostraba como un perfecto anfitrión desplegando todos sus encantos. Desde luego, mejor así—. Hemos quedado con unos amigos. No volveré tarde —cortó con rapidez. No quería que se volvieran a enzarzar, mejor no tentar a la suerte. A cada segundo que permanecieran todos bajo el mismo techo, mayores posibilidades había de que aquello derivara en algún tipo de tragedia.

—Gracias por todo, han sido muy amables —remató Carlos con una sonrisa de alivio. Algo tenía que decir. Estaba como si acabara de correr la maratón.

Nada más salir de casa, Carlos preguntó:

—¿Cómo lo soportas?

—Años de entrenamiento. Te curtes —contestó impávida—. ¿Ha sido muy duro?

—Pues la verdad es que sí, pero ya está hecho. —Movió los hombros y el cuello para desentumecerse. Se notaba agarrotado—. Y ahora que por fin lo saben, me siento feliz. —La cogió por los hombros y unió sus labios a los de Elena en un beso largo y dulce. Por primera vez desde que comenzó su relación con Carlos, Elena sintió ese cosquilleo interior que había despertado aquel verano en Formentor. Se dejó llevar por sus sensaciones, invadida de un nuevo sentimiento de felicidad, y correspondió apasionada aquel beso espontáneo. Ahora estaba segura. No se había equivocado. Carlos la haría feliz.

PARTE III

MADUREZ

29

Faltaban tres meses para el gran día. Los preparativos avanzaban con determinación a pesar de las circunstancias, cada vez más complicadas. Todo empezó meses atrás con el protocolo propio de esas situaciones. Carlos pidió en matrimonio a Elena y ella aceptó con el consentimiento familiar. La noticia, aunque esperada, cayó muy mal en casa de los Lamarc. En realidad le cayó muy mal a la señora de la casa. Las discusiones se sucedieron con los mismos argumentos de siempre, pero eso era algo que en su familia podía considerarse dentro de lo normal y todos asumieron que el enlace de Carlos y Elena era el final lógico e inevitable de aquella relación, por mucho que Dolores protestara. Y una vez asumido lo evidente, incluso Dolores se tomó con buen ánimo la preparación de un acontecimiento que seguro volvería a situarla en la primera plana social.

Las circunstancias que lastraron la buena marcha de un acontecimiento que en hogares más convencionales era motivo de alegría fueron ajenas a los futuros consortes, si bien era previsible que, más tarde o más temprano, sucediera. Los devaneos de Gerard habían subido varios grados. Mantenía una intensa relación con una enfermera, en la que Elena sospechaba se distraían gran parte de los beneficios de la empresa. Dolores seguía empeñada en no ver, ni oír, pero no podía dejar de sentir. Rabia, ira, frustración, incluso vergüenza, cada vez más vergüenza ante las frecuentes humillaciones públicas, e intentaba llevarlas con la mayor discreción, porque dignidad le quedaba poca y entereza, menos. La tensión era una gelatina que llenaba todos los rincones del hogar de los Lamarc y sus moradores se movían abriéndose paso en ella con la sensación de que algo iba a suceder muy pronto.

Y a tres meses del feliz acontecimiento todo saltó por los aires.

Dolores llevaba dos días sin ver a su marido, que tenía previsto permanecer en Barcelona por negocios hasta el sábado. Aprovechando su ausencia, quedó con unas amigas para comer en un restaurante céntrico.

El día anunciaba el cercano verano, con un sol feliz y condescendiente, y un cielo tintado de un azul intenso. Siempre puntual, esperó en la puerta fumando con languidez un cigarrillo hasta que llegara el resto y, tras los saludos de rigor y besos al aire para no estropear el maquillaje, con la impaciencia de la espera acumulada, abrió camino hacia el restaurante seguida de las demás. Nada más cruzar la puerta, lo vio. Gerard, al que suponía en Barcelona trabajando, acariciaba la mejilla de la joven castaña de la que tanto había oído hablar. Allí la tenía, frente a ella, sonriendo, coronada por un flamante moño italiano y adornada con unos pendientes que podía reconocer de entre alguno de los que ella misma se había probado en una conocida joyería. También a ella la reconoció sin dificultad. Era la enfermera del médico de cabecera de la familia, aquel al que tanto habían visitado en los últimos tiempos para que solventara las enfermedades imaginarias de su marido.

Sintió pánico y un dolor lacerante en el pecho. El calor acumulado en la espera se desvaneció como si la sangre de su cuerpo hubiera empezado a derramarse a gran velocidad y el frío de la muerte la invadiera; hasta las flores de su vestido estampado parecieron palidecer.

Sus amigas, que iban un paso por detrás, frenaron en seco. Una de ellas la sujetó con suavidad del brazo por el que ascendían leves sacudidas y la instó a que se fueran a otro sitio. Pero ella no se movió. No podía apartar la vista de allí y las piernas, clavadas al suelo por el estupor y la ausencia de vida, no le respondían.

A Gerard le costó un poco reaccionar, embelesado como estaba con su acompañante, pero el ligero murmullo suscitado, seguido de un silencio general en el que tan solo destacó el golpear de algún cubierto al caer en la loza blanca, le hizo levantar la cabeza y mirar hacia donde el resto tenía puesta su atención aguantando la respiración.

Al ver a su esposa, Gerard ni se inmutó. Cogió su copa de vino, le dio un estudiado sorbo deleitándose en aquel pequeño gesto como si no la hubiera visto y volvió al punto en que se encontraba antes de que su curiosidad le hiciera alzar la mirada.

Lotita tiró de nuevo del brazo de Dolores. Las convulsiones que lo recorrían eran más fuertes. Tenían que salir de allí y evitar un enfrentamiento en público. Dolores volvió en sí lo suficiente para, con dificultad, desandar el camino marcha atrás hasta salir del local. Sus amigas se dedicaron a consolarla, pero ella no escuchaba. El sol seguía acariciando clemente la vida, pero ella no lo notaba. Y el cielo no había perdido el tinte azul aunque a los ojos de Dolores era un velo de plomo. Daría su vida por no haberlos visto. Ojos que no ven, ojos que no ven, se repetía, ¿por qué había tenido que ver? Su comprimida garganta no le dejaba expresar ningún sonido. Se había quedado muda, más ante la vergüenza y la humillación que ante la sorpresa.

Las amigas la acompañaron a su casa y le sirvieron un jerez; el apetito propio de esa hora se había llenado de angustia y oprobio, y sus bocas solo se abrieron para demostrar desprecio ante aquella afrenta, aunque en el fuero de su conciencia no pudieron evitar sentirse afortunadas ante la discreción de sus propios maridos. Dejaron a Dolores una hora después, algo más tranquila aunque abatida, y decidida a hablar con su marido.

Esperó su llegada, preparó el discurso, pero Gerard no se presentó. Dolores se pasó los días esperando y las noches llorando, con Elena, como siempre, de muleta y hombro en el que encontrar consuelo, pero no había mucho que su hija pudiera decir. Lo sucedido no tenía paliativos, pero su madre no contemplaba hablar de una separación mientras que Elena no entendía qué otra cosa podía hacerse en una situación así. ¿Qué más necesitaba su madre para verlo claro?

Para cuando Gerard apareció, cumplido el plazo de su imaginario viaje a Barcelona, Dolores se había atiborrado de pastillas, que al menos aletargaron sus emociones y la ayudaron a conciliar un sueño que no venía por sí solo. Lo recibió en un primer momento con más calma de la que ninguno de los tres podía suponer, agotada y vencida de antemano. Aun así la discusión, tarde o temprano, tenía que llegar, era inevitable, y cuando comenzó, nada pudo contener la furia acumulada en el cuerpo debilitado de Dolores, que como animal herido arremetió sin calibrar las consecuencias. Los insultos salieron por su boca como un torrente, desplegando un vocabulario que nadie podía imaginar en aquellos refinados labios; le dedicó todo tipo de improperios a su casanova particular y a su acompañante. Y si bien a Gerard no le hacían mella los ataques hacia su persona, cuando los insultos embarraron a su pareja clandestina no lo consintió y se enfrentó sin tapujos a Dolores para defender a Maica, que en vista de su reacción resultó ser algo más que un pasatiempo como lo habían sido tantas otras con anterioridad. En el fragor de la discusión, Gerard amenazó con lo único que Dolores no podía soportar oír: marcharse de casa «y dejarlos en la puta calle».

En un arranque de valor inconsciente Dolores le gritó que si la abandonaba, la mitad de la fortuna familiar sería suya. Pero como muy bien sabía Gerard, la mitad de cero era cero; y aun si quedara algo que repartir, mientras estuvieran legalmente casados su esposa no podría disponer de nada sin su autorización. No dudó en explicarle con crudeza cuál era su situación real, la que la ley amparaba. Los azulados ojos de Lolo se fueron abriendo y la sorpresa la hizo enmudecer. Un escalofrío recorrió su cuerpo conforme tomó conciencia de la realidad y de nuevo la sangre abandonó su organismo, o se congeló, dejándola sin vida.

Elena lo escuchó todo desde su cuarto, donde se refugió en cuanto la discusión comenzó a subir de tono, y sus ganas de salir y apoyar a su madre en aquella contienda se debatían con permanecer en su cuarto, como recomendaba la prudencia más elemental.

Mientras Elena dudaba si salir o no, y su padre seguía con sus amenazas, percibió cómo la discusión cambiaba. Las amenazas burlonas de Gerard habían calado en el ánimo de su madre que ahora, para su asombro, suplicaba. Lloraba con fuerza y Elena se acercó al vano y aguzó el oído. Parecía que tenía algo que ver con la boda. Su madre temía que su padre diera la campanada, largándose antes del enlace y dejándolas en evidencia ante familiares y amigos.

Elena no se lo podía creer. ¡Su madre estaba suplicando a su padre que no se fuera, al menos hasta celebrada la boda! ¡Después de todo lo que había pasado! De buena gana lo mandaba ella a algún lugar del que no volviera. Pero a pesar de su indignación, no se movió. Había aprendido, a fuerza de golpes, que no servía de nada meterse en medio.

A ella le importaba poco cómo fuera la boda, le bastaba con Carlos y un lugar tranquilo, pero a sus padres no y no iba a repetir la hazaña de Barcelona escapándose otra vez, aunque fuera para casarse. Todas sus amistades esperaban el acontecimiento y contaban con que su padre fuera el padrino, como mandaba la tradición. A su madre no le quedaban fuerzas para afrontar más humillaciones públicas. Decidió esperar y ver cómo evolucionaba la discusión, agarrotada por los nervios y la incertidumbre.

Su padre fue suavizando el tono. Él no lo iba a reconocer, pero tampoco le convenía montar un número semejante. La boda ya era de conocimiento público; habían hablado con algunos amigos sobre los preparativos, amigos influyentes que no entenderían una suspensión repentina de la boda o que esta se celebrara «en la más estricta intimidad», como les gustaba decir a los que no podían hacer otra cosa. Al final llegaron a un acuerdo. Seguirían como si nada hasta que pasara el enlace, y después ya verían.

Para Dolores, la fecha de la boda se convirtió en algo así como el día de su ejecución. Su vida tal y como la conocía cambiaría a partir de ese momento salvo que sucediera un milagro; la incertidumbre la reconcomía pero prefirió no pensar en ello, convencida de que al final del túnel habría una luz.

Acordaron seguir como si nada hubiera ocurrido y Dolores se centró en organizar una boda *comme il faut*, evitando enfrentarse al probable futuro.

Las amenazas de Gerard respecto al negocio no eran nuevas pero Elena, que no había perdido el contacto con Manufacturas Lamarc y con el bueno del señor Solís, sabía que su padre se estaba desentendiendo del negocio y que la liquidez disminuía de forma peligrosa.

Por suerte, Confecciones Lena iba muy bien. Tal y como se había prometido a sí misma, en el segundo año no solo había hecho frente a los intereses y pagos del ejercicio, sino que repartió beneficios a sus dos accionistas, aunque fueron mínimos. Le costó mucho sacrificio, muchas horas de trabajo y falta de sueño, pero lo consiguió. Su abuela Elvira se sentía orgullosa de ella, como siempre, y así se lo dijo cuando le llegó el giro. Se veía reflejada en aquella jovencita decidida y trabajadora. Su madre lo recibió como si le hubiera tocado la lotería y, aplicando el sentido común que otras veces le había faltado, decidió guardarlo donde Gerard no pudiera encontrarlo. Las cosas no estaban para tonterías.

El pequeño negocio de Elena se convirtió en el seguro de su familia, como se imaginó desde el principio. Sin embargo, esa tranquilidad que le daba su empresa tenía una mancha, algo que le preocupaba en lo más hondo, extendiéndose como aceite en algodón conforme se aproximaba la fecha de su boda.

El negocio era suyo, y necesitaba que siguiera siéndolo. Sabía que si no hacía algo, eso cambiaría en el momento en que se casara. Era la única cosa sobre la que tenía poder de decisión y de ejecución, la que le daba una auténtica sensación de seguridad, y si su padre llevaba adelante su amenaza, aquel negocio sería el único medio de supervivencia de su familia. No estaba dispuesta a padecer lo mismo que su madre, no le daría opción al incierto futuro a terminar en la misma tesitura. Nunca dependería de nadie. No paraba de darle vueltas, noche y día, a la necesidad de hacer algo para evitar lo que se consideraba normal entonces, pasar a depender de su marido, poniendo su vida y su patrimonio en sus manos. Pero no sabía cómo planteárselo a Carlos.

Estuvo haciendo averiguaciones mucho antes de que la palabra «boda» se hiciera común en su vocabulario, mucho antes de que su padre formulara su amenaza. Esas cosas llevaban sus trámites y ella se anticipó para saber los pasos que había que dar sin levantar recelos. No se lo comentó a nadie. ¿En quién podía confiar?

Contactó con el abogado que le llevaba los temas del negocio, a quien le había presentado su mentor, Todi Alpuente, para que le preparara un documento de capitulaciones matrimoniales. Quería que especificara su propiedad sobre el negocio, así como su capacidad para disponer sobre él. Según se describía en el borrador que habían redactado, el matrimonio se regiría por el sistema de separación de bienes, por lo que, como allí constaba, «cada uno de los esposos conservará el dominio, la administración y el disfrute de los bienes que les pertenezcan o adquieran en lo sucesivo». Elena estaba emocionada. Ese documento la convertiría en una persona adulta e independiente y podría ayudar a su familia, si llegaba el caso, sin necesitar consultarlo con nadie.

Le parecía absurdo que por el hecho de ser mujer se la considerara menor de edad de por vida, sin capacidad para decidir o disponer sobre sus bienes y su destino. Solo faltaba decírselo a Carlos, pero estaba segura de que lo entendería. Siempre había compartido sus posiciones; tenía una mentalidad abierta, rebelde y poco convencional. Ella quería tener derecho a lo mismo que él, nada más, y tener la garantía de que nunca, nadie, la amenazaría con «dejarla en la puta calle», como tantas veces se lo había oído escupir a su padre, aunque eso no se lo iba a decir. La elaboración del documento le resultó bochornosa. Algo había hablado con Solís, pero aquello la superó. Conocer en profundidad las limitaciones legales que como mujer tenía para desarrollar ciertas actividades, le supuso una afrenta contra la que se rebeló desde lo más profundo de su ser. Y fue en ese momento, en que el abogado empezó a enumerar los derechos que se incluían en las capitulaciones, cuando tomó conciencia del negro futuro que le esperaba a su madre. Estaba sometida a los desmanes de su padre sin ninguna opción de salir con bien, salvo que se separase legalmente, e incluso en ese caso la situación sería difícil; aunque Elena empezaba a sospechar que ese supuesto no entraba en los planes de su imprevisible padre.

Revisó por última vez el documento que le facilitó su abogado, satisfecha. Se especificaba que ella, Elena Lamarc Atienza, quedaba facultada para ejercer por sí sola, sin necesidad de obtener en cada caso licencia marital, todas las acciones y derechos inherentes a la administración dentro del matrimonio y, lo más importante de todo, para continuar el ejercicio del comercio mediante la explotación del negocio de confección que tanto esfuerzo le había costado levantar. Todo aquello que su madre no había podido y dudaba que pudiera hacer algún día. Lo estrechó contra su pecho, como si fuera un escudo.

Guardó dos copias en la cartera de mano y salió del despacho con la felicidad iluminando su rostro. Si Carlos la quería de verdad, no le importaría.

La primera a quien se lo contó fue a su madre, aprovechando una tarde que fueron a hacer la prueba del traje de novia. Al salir pararon a merendar y le explicó los detalles.

—No sé si eres muy lista, hija, o estás rematadamente loca. Pero siento decirte que Carlos no firmará esos papeles.

—No sé por qué. Es un acuerdo justo —afirmó, y cogiendo aire casi más para sí misma que para su madre añadió—: Lo entenderá.

—No conoces a los hombres. Es parte de su poder, dominarnos. Para cualquiera sería una humillación, pero además a este el braguetazo se le va por el aire —sentenció en tono jocoso—. No habrá boda. Te lo digo yo.

—¿Cómo puedes volver con esto a un mes de la boda? —replicó con amargura—. Carlos me quiere, no está conmigo por dinero. Además, no nos queda otra salida, mamá. Si papá se larga y cierra el negocio, no tendrás de qué vivir. Yo podré ayudarte con total libertad si el negocio sigue siendo mío. No tendré que justificarme o dar explicaciones.

—No, si a mí no me tienes que convencer. —Apuró su Nacional y la miró a los ojos con frialdad—. Pero ya me contarás cómo te va con Carlos. Tú sabrás más que yo de negocios, pero de hombres sé yo bastante más que tú.

La conversación resquebrajó el ánimo de Elena. Ella no lo había analizado desde ese punto de vista. Pero conocía a Carlos, se dijo para tranquilizarse. No tenía prejuicios y los convencionalismos se la traían al pairo. Seguro que no le daba importancia. La duda comenzaba a hacer mella en su recién adquirida seguridad.

El viernes por la tarde habían quedado para ultimar los detalles del viaje de novios. Se iban a París. Fueron a la agencia y recogieron el itinerario. Al salir, se acercaron al Parterre. Aquellos bancos rodeados de vetustos magnolios habían sido testigos de sus momentos románticos. Se sentaron a la sombra para ver los folletos con tranquilidad y comentar el resto de los detalles de la boda. Ya estaba todo claro. La lista de invitados había costado un poco. No iban a ser muchos, pero había una enorme desproporción entre el número de invitados por parte de Carlos y por la de Elena. A Carlos no le importó demasiado. A fin de cuentas, el banquete era cosa del padrino y tampoco tenía muchos compromisos. La madrina iba a ser su hermana Lucía. Siempre había sido su apoyo y en ese día tan importante volvería a serlo de una forma muy especial. En cuanto al ágape, lo había organizado todo Dolores. Se haría en casa de los Lamarc, tipo bufé aprovechando la inmensa terraza, y lo cierto era que no podrían haber encontrado anfitriona más experta que su madre.

—Ya solo nos queda pasar por la notaría —sentenció Elena desviando la mirada. Era el momento de coger el toro por los cuernos.

—¿Hay que hacer algo en la notaría? —preguntó Carlos, extrañado.

—Sí. He preparado un documento con mi abogado para definir el régimen del matrimonio. —No sabía cómo explicarlo, todas las palabras le sonaban horribles—. Yo tengo la tienda y tú el dinero que os dejó tu tía —explicó, tratando de equilibrar—. Se trata de firmar un documento especificando los bienes de cada uno. La tienda me ha costado mucho sacarla adelante y quiero seguir llevándola yo, aunque luego compartamos los beneficios. Es solo una formalidad.

—Pues claro, pero para eso no hace falta firmar nada. —El entrecejo de Carlos se comprimió hasta casi sepultar sus ojos.

—Sí, mira. —Carraspeó un poco y se retiró el pelo de la cara antes de mostrarle los papeles—. Este es un borrador de las capitulaciones. Te he traído una copia para que lo leas con calma. Es un documento muy sencillo, no tiene la menor importancia.

—¿Has estado preparando estos documentos sin decirme nada? —preguntó Carlos, ofendido. Se incorporó, retirando el brazo con el que cubría los hombros de Elena—. ¿Cuánto hace que le estás dando vueltas a esta idea?

—Hablas como si te hubiera traicionado. Solo quiero asegurar mi futuro y tener los mismos derechos que puedas tener tú.

—¿Por si soy un golfo como tu padre? ¿Esa es la confianza que tienes en mí?

—Yo no he dicho eso. Lo que estoy pidiendo es justo. Yo aporto mucho más que tú al matrimonio y no me importa, pero Confecciones Lena la he montado yo, mi madre y mi abuela tienen una pequeña parte, y no quiero tener que pedir permiso a nadie para comprar, vender, cobrar o lo que sea.

—Claro, y yo ¿qué soy? ¿Un muerto de hambre? ¿Un pelele al que vas a ordenarle lo que tiene que hacer? Tengo mi trabajo, el dinero que mi tía me dejó y muchas ideas. No necesito ni tu dinero ni tu negocio, así que puedes estar tranquila. Ahora, creía que íbamos a formar una familia y que compartiríamos lo bueno y lo malo. Ya veo que no es así. —Se levantó, furioso—. Me ves con los mismos ojos que tu madre.

Elena también se puso en pie. No podía dejarlo ir así.

—Carlos, esto no es justo. Ni siquiera lo has leído. Toma —dijo tendiéndole la copia—, léelo con calma y verás como no es tan malo. —Elena se lo rogó con lágrimas en los ojos.

—Sé sincera, Elena. ¿Tú me quieres? —preguntó, dolido.

—¡Claro que te quiero! ¿Cómo puedes dudarlo?

—Porque si me quisieras, no me humillarías de esta manera. —La miró con dureza, desafiante—. ¿Y si no lo firmo?

—Carlos, por favor, no digas eso. Tal vez seas tú el que no me quiera... —Se frenó antes de liberar sus pensamientos; la machacona insistencia de su madre en la idea de que solo estaba con ella por su dinero se paseó por el borde de sus labios sin llegar a salir—. Porque si me quisieras, firmarías con los ojos cerrados.

—Me voy. Necesito pensar. —Carlos le arrebató los papeles y se alejó cabizbajo, sin mirar a Elena, que en pie le suplicaba que lo entendiera.

Estaba destrozado. No asimilaba por qué le había montado aquel número. Era evidente que Elena lo tenía planeado desde hacía meses, porque un documento así, hecho por abogados, no se improvisaba en una tarde y sin embargo todo lo había hecho a sus espaldas. Tenía ganas de llorar, estaba desorientado. La sensación de inseguridad ante el futuro le dio vértigo.

Elena se desplomó en el mismo banco en que habían estado

sentados. Los magnolios, más grandes y sombríos que al llegar, parecían querer atraparla con sus grandes raíces colgantes. ¿Por qué todo era tan complicado? Faltaban solo tres semanas para la boda. Incapaz de predecir la reacción de Carlos, ella también sintió vértigo y sus piernas parecían no tener ya huesos que la soportaran. Hizo un gran esfuerzo para levantarse y echar a andar.

Carlos llegó a casa, entró a su cuarto y, por primera vez en muchísimo tiempo, rompió a llorar desbordado por la amargura. Lucía lo oyó y se acercó a su habitación, asustada. Tan discreta como siempre, llamó dos veces sin obtener respuesta. Pero el llanto de su hermano traspasaba con claridad los finos tablones de la puerta, un llanto que no recordaba haber oído nunca. Tenía que haber pasado algo muy gordo para que estuviera así. No lo dudó y entró.

Carlos trató de recuperar su entereza y comenzó a relatarle a Lucía los detalles de lo ocurrido y en la cara de su hermana la indignación contrajo todos sus músculos. Siempre creyó que Elena no era muy diferente a su familia y esta era la prueba. ¿Cómo podía haber insinuado que su hermano pretendía hacerse con su negocio? Carlos le entregó la arrugada copia del documento a Lucía. Ella se aclaraba mejor con esas cosas y necesitaba escuchar su opinión.

Lucía lo empezó a leer bastante alterada, pero con detenimiento. Y línea a línea su ira se fue aplacando. El documento no incluía nada grave a sus ojos. De hecho, le pareció tremendo que en 1956 fueran necesarios un papel y una firma ante notario para que una mujer pudiera ejercer algunos de los derechos que allí se enumeraban.

—Bueno, yo, si algún día me caso, no haré un documento igual, porque con la persona que me case podré hacer todo esto sin que me ponga ningún problema. La verdad es que me esperaba otra cosa, pero después de leerlo incluso lo encuentro razonable. Lo que no me gusta es que parece desconfiar, pero yo también querría conservar esos derechos. Este país está en la Edad Media.

—Dice que su padre los va a dejar en la calle y que ella no quiere que le pase lo mismo.

—¡Pero cómo te compara con su padre! Si te ve así, no entiendo por qué se quiere casar contigo.

—Dice que no es por mí. Es por su madre. Si su padre desaparece...

—¿Desaparece?

—Sí, ha amenazado con largarse sin más después de la boda.

—¿Pedir la separación? ¡Ostras! Eso es muy gordo.

—Sí, sería un escándalo. Elena está convencida de que tendrá que mantener a su madre y a su hermano, y no quiere que nada ni nadie se lo impida.

—Pero es que, si eso es así, tú no te opondrías. Debería saberlo.

—Ya, pero es orgullosa y no quiere depender de nadie.

—Bueno, creo que viendo cómo defiendes sus argumentos, la cosa está bastante clara. La quieres demasiado —reflexionó con dulzura—. Tendrás que tragarte tu orgullo y acceder a firmar el documento. Como te he dicho, no es tan grave. Ánimo, hermanito. Lo que hagas, bien hecho estará y yo te apoyaré.

Tras serenarse y reflexionar sobre las palabras de su hermana, Carlos llamó a Elena, y aun sin estar de acuerdo con aquello ni con la forma en que lo había hecho, le dijo que la quería demasiado como para no acceder a su petición. Firmaría aquellos malditos papeles.

Solo quedaba un trámite por pasar. Habían apalabrado una casa de nueva construcción, y estaba pendiente de redactarse el contrato de compraventa. Elena pensó que sería una buena ocasión para demostrarle a Carlos que sí confiaba en él, y que las capitulaciones no eran tan importantes. Desde el primer momento dejó claro que la casa estaría a nombre de él, aunque la entrada la iban a pagar entre los dos, y con ello pareció que Carlos recuperaba algo de la confianza perdida.

El último nubarrón para que la boda se celebrara se había disipado, pero el ambiente no quedó sereno y soleado después de la tormenta. Nada volvió a ser igual, y una espesa niebla se adueñó del alma de los futuros esposos.

30

Y llegó el día de la boda. La casa de Elena era una locura de idas y venidas, entre camareros, platos, flores y familiares venidos de fuera que se alojarían con ellos.

La novia, en pie en medio de esa vorágine, esperaba el momento de partir hacia la iglesia. El traje era muy hermoso, con una amplia falda de organza de seda natural bordada con pequeñas hojas, apenas perceptibles, que se fruncía en su por fin minúscula cintura. El cuerpo, en el mismo tejido liso y muy entallado, resaltaba su silueta. Iba forrado hasta cubrir el pecho, donde la organza mantenía su transparencia cubriendo el escote y prolongándose hacia unas delicadas mangas que se acoplaban a sus brazos sin que se apreciaran costuras. Una obra maestra que su altura y porte lucían.

Sin embargo, su rostro no reflejaba la alegría y belleza que se le presupone a toda novia. Su madre se empeñó en que no se maquillara: las novias decentes iban con la cara lavada, le había dicho. Su faz quedó pálida, como un lienzo sin estrenar tan solo manchado por signos de cansancio. Llevaba días sin dormir bien. La tensión se mascaba en casa y lo mismo ocurría en sus encuentros con Carlos, mucho más fríos que hacía algunos meses. Tenía las ojeras marcadas y sus ojos verdes reflejaban tristeza. Agradeció el velo que la cubría y se preguntó si no podría dejárselo durante todo el día.

—Elena, a ver si alegras esa cara, que es el día de tu boda y al novio lo has elegido tú, no yo.

—No me pongas más nerviosa, mamá. Estoy horrible, parezco un cadáver.

—Un poco pálida sí que estás, pero no es día para maquillajes, ya lo sabes. —Se volvió para contemplarse en el inmenso espejo que cubría la pared del salón—. Estoy guapa, ¿verdad, hija? Este traje es divino. —Miró el carillón—. Es hora de irnos. ¿Dónde se habrá metido tu padre?

—Estoy aquí —dijo Gerard asomándose—. Cuando queráis nos vamos. El chófer está en la puerta.

—Y yo, ¿con quién voy? —Gigi no encontraba su lugar en aquel tumulto.

—Con tu tío Javier. Está abajo, esperando con la abuela. Venga, vámonos ya. Elena, no te dejes el ramo. —Salieron hacia la iglesia en silencio, cada uno ensimismado en sus pensamientos.

En casa de Carlos las cosas andaban parecidas. Lucía se había comprado un modelo muy elegante y sobrio, y como era la madrina y no quería pasar desapercibida, había completado su atuendo con un atrevido sombrero de plumas de marabú muy sofisticado. Carlos estaba guapísimo, enfundado en su chaqué como marcaba el protocolo, aunque no terminaba de acoplarse en él, a pesar de su excelente confección. Lucía lo miró maravillada.

—¡Qué suerte tiene Elena! ¡Estás de cortar el hipo! Y eso que se te ve un poquito pálido.

—Estoy nervioso. ¿No crees que me aprieta? Me siento incómodo... —Carlos se calló unos segundos. Miró a Lucía con ternura, pidiendo su ayuda—. Lucía, tú crees que me equivoco, ¿verdad?

—Yo creo que estás a punto de casarte con la mujer que quieres y que deseo que te haga tan feliz como te mereces —afirmó, intentando transmitirle la confianza que les estaba faltando a ambos.

Lo abrazó con fuerza. Se oían las voces de Carmencita y Roberto. Habían venido para la boda y estaban muy excitados con todos los preparativos. Carmen estaba muy guapa, con un bonito moño italiano y un traje azul plomo. Roberto también se había casado hacía un par de años y su joven esposa los miraba divertida mientras iban y venían. El que no parecía contagiarse de aquella alegría era el tío Francisco, pero estaban acostumbrados a su semblante duro. Para él, disfrutar debía de ser pecado. Roberto no había vuelto a ver a su tío desde que se casó. Su relación nunca se recuperó después de los muchos encontronazos habidos y para su tío, verle allí con su esposa —que acababan de presentarle— no le hizo ninguna gracia. Aunque Roberto lo invitó a su boda, Francisco no se había dignado ir.

La iglesia estaba próxima. Roberto, su esposa y Carmencita partieron a pie. Les apetecía ver la ciudad y aprovechar aquella mañana soleada. Carmencita no había vuelto a Valencia desde que entrara como cocinera en un convento de Alicante, y para ella era una aventura maravillosa. Carlos, Lucía y Francisco lo hicieron en el coche de su tío, como correspondía al novio y la madrina.

Llegaron puntuales a la iglesia y, por indicación del sacristán, entraron. Carlos se encogió sobrecogido, pero Lucía lo asió con fuerza, apretó su brazo con un gesto cómplice y emprendieron el corto pasillo hasta el altar. Aun así, a Carlos se le hizo interminable; apenas pudo esbozar una sonrisa al cruzar la mirada con sus hermanos, situados en los bancos de los testigos. Lucía iba sonriendo a todo el que la miraba, caminando muy derecha y orgullosa del brazo de su imponente hermano. Todo era bello, se sentía segura y más bonita que nunca, transportada a los cuentos que leyó de niña.

La novia llegó cinco minutos después del novio. La comitiva la abrió Dolores acompañada por Francisco, del que parecía ir sujeta aunque no lo tocaba. Era bastante más mayor que ella, o esa impresión le daba, y mucho más bajito; la desproporción dificultaba cualquier contacto. Tampoco la simpatía o la confianza les animaban a otro gesto.

Tras ellos entró Elena del brazo de su padre. Parapetada tras el cómplice velo de tul, pudo apreciar los gestos de admiración de los invitados conforme avanzaba por la alfombra carmesí. La protección del velo, tras el que ocultaba su miedo, le dio fuerzas para proseguir, porque su cabeza no paraba de repetir una pregunta: ¿qué estaba haciendo? Las dudas la atenazaban. No había tenido un amanecer tranquilo y seguía caminando sobre alfileres. Continuó la lenta marcha por la alfombra del brazo de su padre, que sonreía a diestra y siniestra, perfecto en su papel.

La pequeña capilla del Corpus Christi, adornada con sencillas flores para no distraer la atención de los frescos que cuajaban las paredes, rebosaba de invitados. En las caras de algunos se apreciaba cierto sofoco, como consecuencia del espeso calor. Alguna señora se abanicaba. A pesar de ello, las manos de Elena estaban heladas.

Carlos aguardaba en el altar acompañado por Lucía y por el padre Daniel Martín, el sacerdote que los iba a casar y que era de la familia Company. Carlos contempló admirado la entrada de la novia junto a su padre. El sacerdote hizo un gesto de aprobación ante el porte de Elena.

—Eres afortunado —le susurró a su sobrino, ajeno a la marejada que se había desatado durante los preparativos.

Carlos asintió, emocionado ante la presencia de Elena. En aquel momento los nervios y dudas se evaporaron. El cuello de la camisa de su chaqué dejó de oprimir su garganta por unos momentos. Elena era la mujer más hermosa que había visto jamás.

La novia llegó temblorosa al altar, pero la limpia mirada de Carlos al cruzarse con la suya le devolvió el calor que le había faltado hasta ese momento. La quería, lo podía ver en sus ojos. En ese instante deseó compartir el futuro con él. Tenía que salir bien. Alargó su mano hacia la que Carlos le tendía y avanzó hacia el altar. Él acarició el dorso de la mano de su futura esposa con el pulgar y tras el velo de tul el verde de sus ojos se empañó; era el primer gesto de ternura que recibía en un día tan importante. Se sobrepuso y apretó los dientes. En su primer día de camino hacia la felicidad, las lágrimas no serían sus compañeras de viaje, ni aunque fueran de dicha.

La ceremonia y el banquete transcurrieron según lo previsto. Del sol solo quedaba una cortina púrpura bañando el cielo cuando por fin los invitados comenzaron a desaparecer. Carlos apenas conocía a nadie y Elena a unos más que a otros. Cuando se acercó a despedirse un hombre grueso de pelo aceitoso, acompañado por su obesa mujer, la recién casada dio un respingo. Recordaba bien aquella cara oronda y sudorosa, a pesar de los años que habían pasado.

—Adiós, Elena. Ha sido una velada formidable, como todas las que organizan tus padres —le dijo el hombre extendiendo su mano—. Soy Julián Gaytán, un buen amigo de tu padre, y esta es mi señora. No sé si me recordarás.

—Sí, claro que le recuerdo. Salude... —Elena respiró hondo para proseguir—. Salude a su hijo de nuestra parte. Adiós y muchas gracias por venir —se despidió con dos besos que quedaron suspendidos en el aire.

—¿Quiénes son? —preguntó Carlos cuando se alejaron, limpiándose la mano con un pañuelo—. Parece que has visto un fantasma. Aunque no me extraña, porque da grima el tipo.

—Algún día te lo contaré. Es un amigo de mi padre, nada recomendable, al que hace años le hizo un favor. En realidad a su hijo. No sé por qué los habrá invitado. Creía que ya no tenía relación con él.

Se fueron despidiendo de los grupos que aún quedaban. La comida se había alargado hasta enlazar con la hora de la cena. Como el copioso bufé no tenía fin, los más allegados no mostraban ninguna prisa por marcharse. Estaban acostumbrados a prolongar las tertulias en casa de los Lamarc hasta bien entrada la madrugada. Carlos y Elena partirían hacia París la tarde siguiente y esa noche la pasarían en un hotel. Estaban agotados después de todo el día y con ganas de retirarse de una vez. Elena se fue a cambiar y regresó con el segundo traje. Era hora de despedirse.

—Qué guapa estás, Elena —dijo Carlos al verla salir.

—Gracias. Debo de tener mala cara. Estoy muy cansada.

—¡Qué va! Estás preciosa. ¿Crees que podremos irnos ya? Parece que algunos se van a quedar hasta el desayuno —bromeó.

Elena se rio, relajándose un poco. La idea de ir al hotel la turbaba.

—Hija, ¿ya os vais? —Dolores miró su reloj—. ¡Huy! ¡Si es muy tarde! No sé cómo quitarme de encima a estos pesados, pero me las arreglaré. Así que no os preocupéis.

Se dirigió a los invitados que estaban más próximos.

—Mis hijos se van. —Parecía feliz, asumida su nueva situación de madre política.

Se despidieron de todos. Su madre les dio un par de besos a

cada uno y les recordó los sitios que visitar en París que ya les había indicado cien veces. Gerard le asestó unas sonoras palmadas en la espalda a Carlos y le dijo un escueto «adiós» a su hija por toda despedida.

Clara se apresuró a la puerta.

—Adiós, señorita Elena. Cuídese mucho. Cuídemela —le imploró a Carlos con las manos entrelazadas sobre la pechera de su delantal blanco.

—Lo haré, Clara, no se preocupe.

—Deme un abrazo, Clara —le dijo Elena, emocionada.

Se abrazaron con fuerza. Clara comenzó a llorar.

—Venga, Clara, que me va a hacer llorar a mí también. —Las lágrimas ya asomaban rebeldes en la esquina del lagrimal—. Dentro de cuatro días estamos aquí de vuelta. Ni se va a enterar.

Al contemplarlas, Carlos no pudo evitar comparar la escena con la fría despedida de hacía unos segundos. Extraña familia.

Él se había despedido de su hermana horas antes; había sido un adiós doloroso y tierno aunque, cabezota como era, Lucía se había empeñado en acudir al aeropuerto al día siguiente.

El coche esperaba para trasladarlos al hotel. Sus maletas ya estaban allí. El chófer le abrió la puerta a Elena, y Carlos subió por el otro lado. Apenas se atrevieron a hablar durante el recorrido. Iban cogidos de la mano, cada uno mirando por su ventanilla.

Llegaron al hotel en cinco minutos. Podrían haber ido caminando, pero estaba previsto que fueran en coche. Elena estaba asustada. Muy asustada. Sentía pudor ante la idea de compartir su cuerpo con Carlos; también tenía curiosidad. Pero de momento los nervios ganaban la batalla. Intentó pensar en todo lo leído en las novelas románticas. La noche de bodas siempre aparecía como algo especial y maravilloso. Pero en su fuero interno algo le decía que mucho tenían que cambiar las cosas para que se cumplieran aquellas fantasías.

Carlos tampoco estaba muy tranquilo. Había sido una jornada incómoda. Relegado a un segundo plano, como el resto de la escasa familia que le había acompañado, se había sentido escrutado, al igual que sus hermanos, y, aunque Elena se mostró dulce y cariñosa, el distanciamiento entre ellos desde que discutieran también le pesaba. Las cosas no habían vuelto a ser iguales.

Aunque Elena y él habían evitado comentar el tema de las capitulaciones matrimoniales una vez firmadas ante el notario, estas habían estado presentes en sus encuentros, más distantes y menos cariñosos que antaño. Habría que romper el hielo esa noche y se temía que Elena no iba a poner mucho de su parte. Carlos tenía experiencia, pero nunca había intimado con nadie que le importara de verdad. Siempre había sido algo físico, sin ningún compromiso, y se lo habían puesto muy fácil. Esta vez era distinto, la tensión no le dejaba comportarse con naturalidad.

El recepcionista del hotel les facilitó la llave de la habitación con una sonrisa cómplice que a Elena todavía la incomodó más. En el ascensor, optó por hablar de las veces que había estado en el hotel, de lo agradable que era el personal, de todo lo que se le ocurrió, hasta que Carlos le puso un dedo en los labios para callarla, y la besó.

—Nos van a ver —advirtió Elena azorada, interponiendo sus manos entre los dos.

—Son casi las doce, seguro que no hay nadie. Además, a quien le moleste, que no mire. —La contemplaba orgulloso—. Ahora soy tu marido.

Ella rio nerviosa. Entraron en la habitación y mientras Elena cambiaba algunas cosas de sitio y sacaba lo imprescindible, su flamante marido pasó al baño, se duchó y se puso el pijama. Cuando salió, lo ocupó Elena.

Carlos esperó largo rato en la cama; Elena permaneció encerrada, entretenida con mil tonterías sin atreverse a salir, mientras los nervios de su ya esposo crecían como la levadura.

Estaba dudando si llamar a la puerta del baño por si le había pasado algo cuando por fin apareció. Apenas cubierta por un diminuto camisón de encaje blanco y una bata a juego igual de reveladora, sus largas y torneadas piernas quedaban desnudas y Carlos pudo adivinar la plenitud y belleza de su esposa. La timidez le daba un aire infantil, con las mejillas sonrosadas de pudor, que provocaron en él una reacción inmediata de deseo.

—Ven a mi lado, anda, que cuanto antes se pase el mal trago

mejor —fue lo único que acertó a decir ante la cara de susto de Elena. Se arrepintió en el acto al ver el cambio de expresión de la recién casada y hasta él fue consciente de que su frase había sonado muy mal.

La cara de Elena se había mimetizado con el color del camisón. ¿El mal trago? ¿Eso era para él la noche de bodas con ella? Se sintió desfallecer. Esperaba alguna palabra de cariño, un gesto dulce que la hiciera sentirse cómoda y perder la vergüenza. ¿Cómo podía decirle eso? ¿Y si fuera cierto lo que su madre decía y en realidad no la quisiera? Tal vez ni siquiera le atraía. Pensó en su mínimo camisón, se sintió ridícula y trató de taparse con las manos, presa del pánico y la desesperación.

—¿Has dicho «el mal trago»? Pensaba que para ti... esto... era otra cosa —balbuceó—. ¿Cómo puedes decirme eso en este momento? Yo, yo... —La vergüenza y el dolor la enmudecieron. No sabía si volver al baño y echarse a llorar o salir corriendo.

Él también estaba nervioso y su intento por tranquilizar a Elena le había salido muy mal.

—Elena, no he querido decir eso, de verdad. Estás preciosa, es solo que te veo tan nerviosa que he pensado que para ti era un mal rato. Ven conmigo, por favor, no discutamos. —Le tendió la mano y le hizo hueco en la cama—. Nada deseo con más fuerza que estar contigo. Si vienes, lo comprobarás —le insinuó con una sonrisa suplicante.

Elena aceptó sin convicción; la opción de empezar su matrimonio escapando de su flamante marido la mismísima noche de bodas se le antojaba mucho peor. Iba a ser una noche larga y dura, pero pondría todo de su parte para que aquello comenzara bien.

Su primer paso hacia la felicidad no podía acabar en esa primera noche.

31

Al día siguiente partieron hacia París como estaba planeado. Aunque la famosa noche de bodas no se hubiera semejado en nada a las fantasías de Elena durante sus lecturas de adolescente, después del tropiezo inicial Carlos consiguió suavizar la situación. Pero para ella, aquella primera experiencia conllevó más dolor que placer. Fue necesaria toda la habilidad amatoria de Carlos y las dulces palabras que por fin consiguió enlazar después de su falta de tacto inicial, para derribar el muro que tensaba hasta el más íntimo tendón de la que era su esposa, y superar el «mal trago», como él lo bautizó.

Ahora, camino de París, estaba convencida de que todo iba a cambiar y los temores y desconfianzas se quedarían en tierra, lejos de todo aquello que podía suponer una interferencia en su relación. Por algo la llamaban la ciudad de la luz y del amor. Tenían toda una vida para amarse y su destino parecía el lugar más adecuado para ponerse a ello.

Los días fueron agotadores. Elena quería verlo todo, museos, iglesias, barrios, y cómo no, la Torre Eiffel. Pero Carlos era impaciente e inquieto. Al cabo de dos horas recorriendo el Louvre, los cuadros se le atragantaban. Prefería callejear, pasear por los *quartiers*, visitar comercios, mercados, lugares llenos de vida y color. A Elena también le gustaba esa otra faceta de la ciudad pero la dejaba para terminar el día; a Carlos le molestaba esperar e insistía en acelerar las visitas artístico-culturales ante el desagrado de Elena, que todo quería prolongarlo hasta la extenuación. Había pasado tan malos momentos, que disfrutaba de los buenos con una pasión e intensidad ilimitadas.

Y si los días eran agotadores, las noches no les fueron a la zaga. A pesar de su recatada educación, Elena se mostró abierta y liberal. El Lido y el Follies la deslumbraron con sus rutilantes espectáculos, en los que las plumas apenas cubrían los desnudos cuerpos de las *vedettes* y hombres que parecían bellas mujeres cantaban emulando a Edith Piaf o la Callas. Pero ella, lejos de escandalizarse, se sentía emocionada. Todo era excitante y bello, aunque algo atrevido para su mentalidad provinciana.

A Carlos le divertía ver la espontánea alegría de Elena. No era aquella jovencita esnob como decía su hermana, un poco de vuelta de todo. Era una niña en una pastelería y se estaba comiendo el mostrador entero sin recato. De vuelta en el hotel con el alma rebosante de emociones les faltaba tiempo, tras los primeros días de titubeos, para arrancarse la ropa y saltar entre risas y besos sobre la cama. Por fin se amaban sin temores, sin pudor y con total entrega. Para Elena era algo nuevo y en cierta forma para él también. Sentir el amor a través de la respuesta que le ofrecía cada centímetro de la piel de su amada era algo que no había conocido y que le hacía estremecer.

Fueron unos días inolvidables que, como todo lo bueno, tocaron a su fin. Tenían que regresar de aquel paraíso y la realidad que les esperaba no les ilusionaba nada. Aunque habían comprado una casa, no tendrían las llaves hasta dentro de seis meses. Elena propuso que vivieran en casa de sus padres hasta entonces. A él no le hizo ni pizca de gracia, pero no tenían muchas alternativas. En casa de su tío estarían menos cómodos y el ambiente tampoco era el ideal para unos recién casados.

A su llegada todo parecía tranquilo, envuelto en esa aparente normalidad bajo tensión, característica del hogar de los Lamarc. Gigi había regresado a El Escorial, en un último intento de que continuara sus estudios, y los fines de semana volvía para pasarlos en familia. Clara seguía al frente de la casa y habían vuelto a encontrar una buena cocinera. Dolores se mostraba tranquila, aunque seguía con fuertes dosis de medicación que no conseguían moderar su afilada lengua. Y el señor de la casa seguía apareciendo y desapareciendo sin que a nadie pareciera importarle. Aquello a Carlos le desconcertaba, actuaban como si Gerard fuera invisible o más bien un personaje de quita y pon en la casa. Cuando estaba, existía y formaba parte de la familia y cuando no estaba, no. Ni se le nombraba, ni se preguntaba por él. En fin, todo seguía dentro de la rutina densa de aquella familia.

Dolores había acondicionado el antiguo cuarto de Elena con dos camas gemelas para que lo ocuparan los recién casados hasta que su nuevo piso estuviera terminado. Carlos hubiera preferido una cama de matrimonio, pero no se atrevió a decir nada.

Ahora debían volver a sus ocupaciones. Se les hizo raro salir juntos por la mañana cada uno hacia sus trabajos respectivos. Carlos entraba temprano y a Elena, aunque lo odiaba, no le quedaba más remedio que madrugar para organizar las cosas antes de abrir la tienda. Además, tenía que llegar antes que Isabel; no quería darle las llaves y tampoco le gustaba hacerla esperar. Ese rato de paseo y su tierna despedida con un beso era uno de los momentos dulces del día para ella. A partir de ahí todo era trabajo duro, preocupaciones y responsabilidades.

Carlos acudía a primera hora a las oficinas de la empresa aunque casi siempre terminaba por emprender viaje. A veces no dormía en casa, para intranquilidad de Elena. Su experiencia le decía que un hombre solo lejos de casa podía hacer barbaridades, y aunque Carlos no parecía de esos, tampoco lo parecían algunos amigos de su padre y había que verlos.

Por la noche, cuando se quedaban solos en su habitación, Elena hablaba sin parar de los problemas de la tienda y de sus nuevos proyectos. Pensaba abrir otra. La actual ya iba muy bien y se había labrado una cierta reputación. Pero el proyecto que más le ilusionaba era la posibilidad de fabricar sus propias prendas. El viaje a París le había dado una perspectiva distinta de la moda, mucho más moderna. Incluso ella había cambiado su forma de vestir. En la ciudad no había ninguna tienda que vendiera ese tipo de ropa y tampoco ningún fabricante se la había ofrecido. Tenía ideas y ya había diseñado cuando trabajó con su padre.

Carlos la escuchaba con admiración y cierta envidia, sin atreverse a opinar sobre aquel negocio que Elena había dejado tan claro que quería que fuera solo de ella. Era un tema que le dolía. Él también intentaba hablar de su trabajo, pero cuando contaba algún problema o desacuerdo con la forma de llevar el negocio que tenía su jefe, Elena siempre le contestaba que se despidiera de allí y montara algo por su cuenta. Además, sus avatares de comercial le parecían niñerías en comparación con las tensiones y responsabilidades a las que se enfrentaba Elena a diario. Quería hacer algo importante, pero ¿qué? Carlos tenía algunos proyectos, pero no estaba seguro de cuál emprender. Empezar de cero implicaba que hasta que su negocio arrancara tendrían que mantenerse con los ingresos de Elena, y prefería no pasar por ahí.

A las tres semanas de volver parecía que llevaban toda la vida siguiendo aquella rutina, salvo por los comentarios sarcásticos de Dolores, que eran continuos y a los que Carlos no terminaba de acostumbrarse. Le estaban agriando el humor poco a poco.

«¡Carlos! No seas ordinario y baja los pies de esa mesa. ¡Es del siglo XVIII, ignorante!», bramaba Dolores al ver a Carlos con sus largas piernas y su cuarenta y cinco de pie reposando sobre el pequeño mueble gustaviano que servía de mesa de centro en la biblioteca. «Y ten cuidado con la ceniza, no vayas a quemar la tapicería.»

«¡Carlos! ¿Nadie te ha dicho que la pala de pescado no puede llevarse a la boca? Hija, a ver si lo educas. No puedo soportar algo así. ¿Acabas de volver de la selva?», reprochaba durante la comida, ante la mirada furibunda de Elena, que repelía los comentarios de su madre recriminándole su propia falta de educación al expresarse de esa forma.

«¡Carlos!...»

Sentía que se le desgastaba el nombre de tantas veces que se veía increpado por su suegra. Nada era de su agrado. Si llegaba pronto de viaje, volvía a casa, se daba una buena ducha y se sentaba a escuchar la radio. Le encantaban los programas de deportes. A veces, Elena todavía no había vuelto y aquella volvía a la carga.

«Mira que tienes cachaza. Ahí, todo repantigado, mientras Elena sigue en la tienda trabajando como una negra. Tú sí que vives bien.»

A Carlos le costaba un esfuerzo sobrehumano no replicar a los hirientes comentarios de Dolores. Sobre todo cuando no se recataba en hacerlos delante de Elena, Clara o cualquiera que estuviera presente; y que Elena siempre le defendiera no bastaba para calmar sus ánimos. Empezaba a hartarse.

Para terminar de caldear el ambiente, conforme la presencia de Carlos se fue haciendo familiar, las discusiones entre Dolores y Gerard cuando este se dignaba aparecer por casa volvieron a tomar cuerpo. Motivos para ello había más que sobrados, y ya no era necesario disimular ante el nuevo residente de Villa Lamarc. Él era uno más de la familia y los trapos sucios ya no era necesario esconderlos bajo la alfombra.

Lo peor eran los fines de semana. Carlos estaba cansado de viajar y le gustaba quedarse en casa o salir a tomar unas cervezas con los amigos. Y sin embargo a Elena la casa se le caía encima. Estaba acostumbrada a buscar oxígeno fuera de aquellas paredes adamascadas y opresivas. Cualquier cosa antes que quedarse en casa. Nunca se ponían de acuerdo.

Si se quedaban en casa Elena refunfuñaba, y si salían era él quien hacía evidente su apatía. A veces quedaban con otros tres matrimonios, aportados por Carlos a su círculo de amistades y, a pesar de las desavenencias que llegaban a traslucirse, ellos eran la envidia de todos. Guapos, ricos y con clase, Carlos y Elena eran el centro de atención, no siempre para bien.

Vivían envueltos en una maraña de tensión, imperceptible para Elena pero cada vez más insoportable para Carlos. Veía pasar los meses contando los días que restaban para la entrega de llaves de su nueva casa, con la sensación de que si no se quitaba aquella soga que le iba ciñendo cada vez con más fuerza terminaría por no poder respirar y moriría ahogado.

La dedicación obsesiva de Elena a su negocio aumentaba día a día. El tiempo compartido se redujo al intervalo entre el final de la cena y el inicio del sueño, y al paseo matutino para acudir al trabajo. La idea de montar otra tienda iba tomando cuerpo, pero ello requería recursos que Elena esperaba salieran de su tienda actual sin tener que pedir ayuda a nadie. No quería volver a depender de terceros y el volumen de trabajo era tal que debería haber contratado otra dependienta, pero eso hubiera sido otro sueldo y no estaba dispuesta a pagarlo. Ella suplía esa carencia, su única alternativa para ampliar el negocio era trabajar, trabajar y trabajar.

Cada mañana salía disparada hacia la tienda, lloviera o tronara. Y cómo llovía. Estaban en otoño y la llegada de lluvias torrenciales era tradición. Las de aquel 13 de octubre de 1957 parecían no tener fin. No había parado en todo el día y por la radio informaron de inundaciones en algunos pueblos de los alrededores. Los truenos no paraban de azotar las ventanas y los relámpagos iluminaban las calles ensombrecidas.

Elena, sobrecogida por la fuerza de la lluvia decidió, aunque era domingo, acudir a la tienda para dejar las cosas en alto por si entraba agua. Ya había ocurrido otras veces. Terminó pasadas las cuatro de la tarde, pero todo el género quedó ubicado sobre los mostradores o en la parte alta de los estantes. Estaba agotada. Isabel, la dependienta, no había ido; no perdonaba un minuto en la hora de salida y Elena prefirió no llamarla en domingo. Se secó las gotas de sudor que perlaban su frente y miró hacia la calle. La idea de salir bajo aquella oscura tormenta la asustaba, pero urgía volver a casa antes de que empeorara. Subió la escalera con decisión, cerró la puerta de cristal con llave y corrió la verja metálica, sosteniendo con fuerza el paraguas. De poco le sirvió aquel pequeño artefacto. El agua caía en todas direcciones, empapándola sin remedio. A duras penas consiguió cerrar el candado de la verja. Miró hacia atrás con preocupación. Aquello pintaba mal. En la calle no había un alma.

A la mañana siguiente la lluvia no había cesado. Elena se despertó sola, Carlos no había vuelto de Benicarló. Llamó el sábado por la mañana para decir que la carretera estaba cortada y por lo visto no había mejorado. Ella se vistió con rapidez y sin desayunar salió hacia la tienda. Se había puesto unas botas de goma, la calle se vislumbraba anegada por completo. Su madre insistió en que no saliera pero no hizo caso, tenía que ir a la tienda y comprobar que todo estuviera bien. Además, Isabel acudiría más tarde y tendría que estar allí para abrirle, como siempre.

Anduvo despacio, ya que el agua cubría sus pies en algunos

tramos. Las alcantarillas se esforzaban con poco éxito en tragar el agua que las alimentaba. Cuando llegó a la tienda comprobó que se estaba filtrando algo de agua por las escaleras. Otra vez, pensó angustiada. Entró y bajó con cuidado de no resbalar. Tenía que coger el cubo y empezar a recoger el agua antes de que llegara a los mostradores de madera. Puso la radio. Las noticias de la noche anterior y de primera hora de la mañana hablaban de desbordamientos en las zonas del Alto Palancia. Estaba preocupada y quería mantenerse al tanto de la situación.

Isabel llegó algo más tarde de su hora, con cara de susto.

—¿Hace mucho que está aquí, doña Elena?

—Sí, vine temprano —le contestó sin dejar de darle a la fregona. Le costaba mucho escurrirla en aquellos duros rodillos. Era el invento de moda, pero se le antojaba que no duraría por lo antipático de su manejo.

—A mí me ha costado mucho llegar —se disculpó Isabel, quitándose el impermeable con cuidado. Miró a su alrededor y vio toda la mercancía a buen recaudo—. Al final vino ayer y consiguió dejarlo todo en alto. Menos mal. —En su tono se percibía un ligero remordimiento.

—Pues sí. Y usted, ¿ha descansado? —respondió Elena molesta.

—Sí, gracias —contestó sin mirarla a la cara—. ¡Buf! Hace un día de perros. No creo que hoy venga nadie.

—Puede ser, Isabel, pero si entra agua hay que irla recogiendo para evitar que los muebles se estropeen —apuntó, trasladando el cubo a otra parte de la tienda—, así que, ¡será por trabajo!

—Sí, claro. —Isabel se puso en movimiento. La jefa no estaba para tonterías.

—Vaya buscando otro cubo y donde vea agua la recoge. Yo voy a revisar el almacén.

En la radio continuaban hablando de la crecida del Turia a su paso por la ciudad. En el puente de la Trinidad el agua ya llegaba a los arcos, amenazando con desbordarse. Y entonces, el locutor subió el tono y con voz grave anunció la llegada de una onda de crecida y el desbordamiento del río.

—¡Doña Elena, nos tenemos que ir! Esto se está poniendo muy feo —exclamó Isabel.

—¡Ya está bien, Isabel! No ha parado de lamentarse desde que llegó. ¡Váyase a casa si quiere! Yo me quedo. Pero si decide quedarse, deje de lloriquear y haga algo útil, ¡por el amor de Dios!

—¡Pero doña Elena, es peligroso!

—Ya me ha oído. Yo me quedo. Si veo que hay problemas, me iré.

Isabel, con la cabeza gacha, volvió a embutirse en su chubasquero y se fue. Doña Elena le daba miedo, pero la posibilidad de una riada la asustaba aún más.

El agua no tardó en anegar el Paseo de Ruzafa. Era una avalancha que entraba por todas partes. Elena la vio descender como una cascada por las escaleras de mármol. No iba a ser suficiente con poner las cosas sobre el mostrador, y recoger el agua era tarea imposible; le llegaba ya a la altura de la rodilla. Como pudo, volvió a mover las cajas buscando sitio en los estantes más altos. La escalera de mano apenas se sostenía.

De pronto le asaltó una preocupación. ¡La caja! ¡No había vaciado la caja! Fue a la trastienda para ver con horror cómo el agua superaba la altura de la puerta de la caja fuerte en la que guardaba los documentos de la tienda y el dinero de las ventas. Estaba tan nerviosa que no acertaba a abrirla, pero al final dominó su pulso incierto y lo consiguió. El agua entró a raudales, mientras Elena intentaba salvar el contenido antes de que se empapara por completo. Lo metió todo junto, papeles y dinero, en una bolsa de basura, la cerró bien con un nudo y volvió a salir justo en el momento en que la luz se hizo cómplice de la tormenta y la dejó a oscuras.

El agua seguía ascendiendo, ya le ceñía la cintura. No quería dejarse vencer por el pánico, pero la situación la superaba. Ya nada podía hacer allí, pero subir a la calle... Miró hacia el hueco de la escalera, y el dantesco espectáculo la hizo reaccionar. El agua bajaba a gran velocidad, como una catarata infernal y sucia. Tenía que salir sin demora. Comenzó a subir la escalera, convertida en un resbaladizo torrente de agua y barro, agarrándose con todas sus fuerzas a la barandilla. La furia del agua la succionaba, pero ella iba ganando terreno barrote a barrote asida a la barandilla. Resbaló y se golpeó la espinilla contra el mármol. Ahogó un grito, pero siguió aferrada al pasamanos. Si se soltaba, la fuerza de la corriente se la tragaría. Sosteniéndose con ambas manos y con la bolsa de basura colgada de su muñeca se incorporó como pudo y continuó subiendo. Nunca aquella escalera le había parecido tan larga, ni su cuerpo tan pesado. Avalanchas de barro la abrazaban con fuerza empujándola hacia abajo; ella se resistía, luchando peldaño a peldaño por llegar al exterior. Cuando por fin alcanzó el nivel de la calzada y comenzó a avanzar hacia la calle, llegó la segunda onda.

El agua subió con rapidez hasta alcanzar sus rodillas. Se echó a llorar. Aquello no era posible. Se mantuvo agarrada con dificultad a los salientes de la pared y a un manojo de cables. La fuerza del agua era tremenda, la sentía en sus piernas como un azote que quisiera levantarla del suelo. No sabía si mirar atrás. Si el agua en la calle estaba a esa altura, su tienda tenía que estar sumergida. Bajo la lluvia impertinente se volvió con lentitud. Sus ojos contemplaron la procesión de cajas de cartón que salían flotando de la tienda. No había cerrado la puerta, habría sido inútil intentarlo, y todas las cosas que con tanto esfuerzo y dedicación había ido subiendo a las partes altas de las estanterías, salían al exterior desde aquella horrible Atlántida, vomitadas por una fuerza brutal. La escalera por la que minutos antes había ascendido era un volcán que escupía todo aquello que con esmero había colocado para protegerlo del agua. En una de aquellas cajas, como una mortaja, su traje de novia navegaba a la deriva rumbo al sur. Lo vio alejarse subiendo y bajando sobre las sucias aguas, su blanco destello un faro sombrío.

Desde un balcón alguien le dio un grito.

—¡Eh! ¡Usted, la de ahí abajo! ¡Suba! ¡Rápido! ¡Dese prisa!

Elena reaccionó y luchó por llegar al portal que le abrían en ese momento. Pegada a la pared y agarrándose adonde podía, lo consiguió.

—¿Está usted loca? ¿Qué hace en la calle? —se interesó el hombre que abrió la puerta. La portería estaba inundada y había tenido que meterse en el agua hasta la cintura para poder abrir una puerta que no podría volver a cerrar.

—Es... todo lo que tengo... —balbuceó Elena entre lágrimas, sin soltar su bolsa de basura.

—Pues si se queda en la calle va a tener mucho más que lamentar —le contestó expeditivo aquel desconocido, mientras la sujetaba del brazo para evitar que cayera.

Subieron a la casa. Sus benefactores eran un matrimonio mayor que parecía vivir solo. Elena no sabía quiénes eran. En cambio, ellos sí que la conocían de vista. Aquella joven alta, rubia y decidida no pasaba inadvertida, y en esa jornada habían seguido sus peripecias desde la ventana.

—Venga, pase al baño, quítese la ropa y póngase esto seco. —La mujer le tendió una especie de bata, una rebeca de lana y unas zapatillas—. Puede que le esté algo grande, pero entrará en calor. Está empapada.

—Muchas gracias, son muy amables, pero tengo que avisar primero a casa. ¿Tienen teléfono?

—Sí, no se preocupe y llame. Es probable que pronto ya no haya comunicación. El agua sigue creciendo.

Tuvo que pasar allí la noche. Estaba agradecida a aquella buena gente, pero su obsesión era volver a la tienda. No podía apartar de su mente la imagen de aquellas cajas flotando rumbo a la nada. En especial, ver su traje de novia a la deriva se le antojó un augurio funesto. La tienda debía de ser siniestro total y el seguro no cubría las inundaciones. No pegó ojo en toda la noche.

A la mañana siguiente le ofrecieron un agradable desayuno y le preguntaron si necesitaba que la acompañaran a casa. Elena estaba tan emocionada que no sabía cómo darles las gracias.

—Me han salvado la vida.

—No, mujer, no ha sido para tanto. Pero otra vez sea más prudente y no se la juegue.

—Acepten esto, por las molestias. —Metió la mano en su bolsa de basura, sacó un montón de billetes arrugados y se los ofreció.

—¡Ni se le ocurra! —la detuvo el hombre—. Nos ofende.

—Pero tengo que compensarles de alguna forma —insistió.

—Solo hemos hecho lo que debíamos. Usted habría hecho lo mismo.

Elena observó un retrato de un niño pequeño, de unos dos años.

—¿Quién es? —preguntó interesada.

—Es nuestro nieto. Va a cumplir tres años. Es el primero y estamos entusiasmados —le contestó orgullosa la mujer—. Y usted, ¿tiene hijos?

—Juana, no seas indiscreta —la reprendió su marido—. Además, tendrá ganas de volver a su casa.

—No se preocupe, he empezado yo. No, no tengo hijos todavía, pero me gustaría —reconoció con sinceridad—. Su nieto es muy guapo. Gracias por todo.

Elena tomó buena nota. Lo primero que haría, en cuanto pudiera, sería preparar un paquete de ropa para aquel niño. No podría dormir si no devolvía el favor. Eso si algún día volvía a tener una tienda.

Cuando las aguas volvieron a su cauce, la ciudad quedó cubierta de barro, escombros y coches amontonados. En algunas zonas se desplazaban en barca. Elena pudo contemplar desde la altura de la calle la desoladora imagen que ofrecía la que hasta hacía dos días era su ilusión, su esperanza de futuro. La quebró una enorme tristeza, pero algo en su interior, una rabia más fuerte que la pena comenzó a rebelarse desde su estómago. No se podía rendir, y lamentarse no le iba a servir de nada. Aquella tienda renacería. Apretó los dientes y echó a andar.

Cuando entró en su casa, Clara corrió a abrazarla. Estaba ojerosa y pálida.

—¡Doña Elena! ¡Menos mal que ya está en casa! No sabe lo preocupadas que nos ha tenido.

—Ha sido terrible, Clara, terrible. ¿Ha vuelto el señor de Benicarló?

—No, llamó por teléfono preguntando por usted, muy preocupado. Salía esta mañana de vuelta.

—¿Y mi madre?

—Está durmiendo. Ayer le dio un ataque, esperando su vuelta. Se enfadó mucho cuando descubrió que a pesar de la lluvia se había ido, y luego empezó a dar vueltas mientras escuchaba el diario *hablao*. Se metió en su cuarto y creo que se tomó una de esas pastillas que la dejan... Bueno, que no está muy espabilada.

—Pobre, lo está pasando tan mal... No sé cómo decirle lo sucedido. —Se emocionó al recordarlo—. Clara, se ha perdido todo.

—Pero ¿cómo no se vino en cuanto empezó a entrar agua?

—No lo sé. Creí que podría evitar el desastre, aunque nunca hubiera imaginado tal magnitud. —Se había quitado su chubasquero y las botas, pero seguía sin soltar la bolsa de basura—. Voy a verla; es muy tarde y no es bueno que se pase el día durmiendo. —Entonces reparó en algo: Clara no había mencionado a su padre en ningún momento—. Por cierto, ¿y mi padre?

—El señor hace dos días que está fuera. Las lluvias también le han pillado en algún sitio del que era difícil volver. —Era fascinante cómo todos habían aprendido a explicar con lógica lo injustificable.

—¿Sabe si las inundaciones han afectado a Bebé Parisién o al taller?

—Parece ser que la tienda se ha librado por los pelos. Ha entrado algo de agua, pero nada importante. En el taller creo que la cosa ha ido peor. Llamó el señor Solís preguntando por alguno de ustedes, y al ver que no podía hablar con ninguno, me puso al corriente para que les informara cuando volvieran.

—Bueno, menos mal. Ahora lo importante es ver cómo salimos de esta.

Poco a poco la vida fue volviendo a la normalidad. Carlos se sobrecogió cuando contempló el estado en que había quedado la tienda, que tardó más de una semana en ser transitable. Había barro hasta en el techo. No se había salvado nada. Lo que las aguas no se llevaron quedó convertido en un amasijo informe. Tendrían que entrar con palas y carretillas para sacar escombros, barro, muebles..., todo. Viendo aquel horror, pensó en Elena. No dejaba de sorprenderle. Le propuso dirigir él las labores de desescombro, para ella sería muy doloroso hacerlo. Luego habría que esperar a que se secara, pintar, comprar muebles, género... Volver a empezar.

Lo peor era que para todo eso iba a hacer falta dinero, billete sobre billete y, aunque el negocio iba bien, la liquidez de Elena no llegaba para tanto y él no podía contribuir con mucho más. Todavía tenía el dinero que había heredado de su tía, pero no era una cantidad tan grande y además, después de todo, la tienda no era suya. A Carlos se le ocurrió hablar con su suegro, se llevaba bien con él y tal vez si él se lo pedía estuviera dispuesto a ayudar a Elena.

En casa no se hablaba de otra cosa. Los demás negocios de la familia no se habían visto tan afectados ya que, aunque había entrado agua en Manufacturas Lamarc, que era la que se había llevado la peor parte, apenas había sobrepasado los mostradores y la víspera habían subido a la primera planta todo lo de las zonas bajas. Así que las pérdidas eran mínimas; algunas mesas, algunas balas de tejido y poco más. Por eso todo giraba en torno a Confecciones Lena, y cómo había sido engullida por la furia del río. Gigi, que había vuelto para el fin de semana, estaba asombrado con todo lo ocurrido y con la aventura de su hermana. Hablaban de ella como de una heroína luchando contra los elementos.

En la comida, el patriarca de la familia los sorprendió a todos. No era dado a halagos salvo a su propia persona, pero ante el asombro general sentenció con su voz engolada:

—Elena, has demostrado mucho valor y es una pena que tanto esfuerzo se haya echado a perder. Has luchado mucho por tu negocio y eso es algo que respeto, además de que, para mi sorpresa, has sido capaz de sacarlo adelante. Lo ocurrido es una desgracia. He considerado darte una cantidad para que puedas comenzar con la reparación de la tienda.

Todas las manos se quedaron paralizadas sin terminar el movimiento iniciado. Estaban atónitos, pero sobre todo Elena, hasta el punto de que no pudo reprimirse y comenzó a llorar. No sabía cuánto le daría, pero en ese momento no le importó. Todos guardaron un respetuoso silencio, hasta que Gigi, muy serio, intervino en la conversación.

—Eso está muy bien, papá, pero lo mismo que le des a Elena me lo tendrás que dar a mí, ¿no? Yo también soy tu hijo y lo justo es que si la ayudas a ella, lo hagas conmigo también.

Elena parpadeó y clavó la vista en su hermano, desconcertada.

—¡Cómo puedes decir eso en estos momentos! Enano envidioso y egoísta. —Elena masticó cada letra, clavándolas en la inexpresiva cara de su hermano—. ¿Eres consciente de lo que he pasado? Lo he perdido todo, ¿lo entiendes? ¡Todo! Mientras tú estabas tan tranquilo, como un señorito estudiando en El Escorial; una oportunidad que yo nunca tuve. Me das vergüenza.

—¡Elena! ¡Ya está bien! —Dolores saltó en defensa de su

hijo—. No es para tanto, y en cierto modo el niño tiene razón aunque no haya sido muy delicado.

—Mira, mamá, esto es lo último que me faltaba por ver. Me voy a mi cuarto. Hoy no hace falta que me mandes tú. Gracias, papá, de verdad, hagas lo que hagas, tu apoyo en este momento es muy importante para mí. Y estate seguro de que te devolveré hasta la última peseta. ¿Lo harías tú, pequeño monstruo?

Elena se levantó sin mirar a su hermano. Carlos dudó un instante, pero su lugar estaba junto a Elena.

—Si me disculpáis, creo que será mejor que vaya con ella. —Se levantó y la siguió.

—¿Qué he dicho yo? —se defendió Gigi—. No es culpa mía que haya tenido una desgracia, y por eso no tiene que salir beneficiada. Yo solo he pedido lo que es justo porque...

—¡Cállate! —Fue su padre quien reaccionó con una sonora palmada en la mesa—. Por una vez estoy de acuerdo con Elena. Me avergüenzo de ti. Has hecho un buen trabajo, Dolores.

Gerard también se levantó de la mesa. Dolores y su hijo se quedaron solos, mirándose. Gigi hizo ademán de volver a la carga, pero su madre le hizo un leve gesto con la cabeza.

—Déjalo, Gerard, no has sido muy oportuno. Eres joven y no comprendes la magnitud de esta tragedia.

—Entonces, ¿no crees justo que me dé lo mismo que a Elena?

Dolores suspiró. Ese hijo suyo no tenía remedio.

Gerard cumplió su palabra y aunque no fue una cantidad excesiva, sirvió para alzar el vuelo una vez más. Fue un soplo de esperanza en medio de la devastación.

Confecciones Lena necesitó tres meses para volver a abrir las puertas. Pero aquella desgracia permitió a Elena ser consciente de la confianza y el respeto que había conseguido entre sus proveedores.

Por supuesto que los que eran familia, como su abuela o su padre, no le preocupaban. Confiaba en que no le exigirían los pagos hasta que se recuperara. Pero el resto de los proveedores era otro cantar. Sin embargo, todos le dijeron lo mismo: no había problema, esperarían. Nunca había devuelto una letra, ni se había retrasado un día en los pagos; a un cliente así y, después de tamaña tragedia, podían fiarle, qué menos. Alguno se ofreció a enviarle restos de *stock* a precio de coste para que pudiera abrir la tienda con algo de mercancía.

Todo aquello para Elena fue una experiencia única. Había tocado fondo y, como el ave Fénix, volvía a remontar el vuelo con el apoyo de gente a la que apenas conocía. No lo olvidaría. No debía olvidarlo.

Tampoco olvidó a aquel matrimonio que la rescató de las aguas. En cuanto tuvo mercancía, seleccionó lo mejor, lo metió en una caja, lo envolvió con un precioso papel blanco y rojo y les escribió una tarjeta. Se le daba bien escribir, sobre todo cuando tenía que expresar sentimientos. No se atrevió a llevarlo en persona. Temía que no lo aceptaran. Tampoco quería que se lo agradecieran. Se sentía en deuda y aquello no compensaba ni en una pequeña parte su gratitud. Prefirió enviar a Isabel.

En diciembre la tienda estuvo en condiciones de abrir, más blanca y luminosa que antes. Elena intentó que nada evocara a la antigua tienda tragada por la riada. Qué duro iba a ser volver a empezar. Pero pronto descubrió el espíritu solidario de su ciudad, cuya esencia era casi desconocida para ella, siempre moviéndose en el mismo círculo.

Se había corrido la voz sobre los estragos de la riada en aquella pequeña tienda en un sótano del Paseo de Ruzafa. Junto con un estudio de fotografía que también era un sótano, fue la más afectada de la calle y la gente se volcó. El día que abrió sus puertas las clientas pedían la vez como en el mercado. Tanto era el trabajo, que ni tiempo para emocionarse tuvo. Era un sueño, algo increíble. Cuando cerró las puertas, exhausta, pudo contar el dinero. Ningún día desde que abriera la tienda había hecho una caja semejante. Y lo más increíble era que había vendido cosas que creía que jamás podría vender. Su abuela y su padre le habían enviado género de otras temporadas que estaba perfecto, pero algunos proveedores le mandaron cosas muy poco previsibles y de dudoso gusto, y sin embargo también se vendieron. No sabía a quién darle las gracias. A Dios, tal vez.

Poco a poco fue recuperando tanto su economía como su confianza en el futuro. Pronto pudo afrontar los pagos pendientes. La ayuda de su padre, aunque no cubrió la restauración de la tienda, sí que supuso un alivio, un punto de partida; eso, sus ahorros y las ayudas que se repartieron a los damnificados, que también la beneficiaron. Dios aprieta, pero no ahoga —pensó—, aunque podía apretar un poco menos.

32

Desde que Carlos y Elena se casaron, planeaba sobre los Lamarc la duda de si Gerard llevaría a término las amenazas lanzadas antes de la boda; para alivio general, parecían haberse disuelto como un azucarillo en agua. Su apoyo tras la riada nadie lo esperaba y les hizo pensar que tal vez estuviera cambiando, aunque sus ausencias lo desmintiesen. Pero, pasado el primer momento de impresión ante su generoso ofrecimiento para ayudar a Elena, su actitud había vuelto a ser tan fría y distante como siempre, y solo se comunicaba con cordialidad con Carlos.

Dolores parecía abocada a aguantar. Ver, oír y callar, como en otros tiempos, pero con un sistema nervioso ya muy desgastado. El ambiente empeoraba y era cuestión de tiempo que todo saltara por los aires.

Carlos estaba fuera. Había quedado en que dormiría en casa, pero no se le esperaba hasta muy tarde. Fue Elena la que al regresar de la tienda encontró a su madre presa de un ataque de histeria, en su cuarto, tijera en ristre, haciendo jirones toda la ropa de Gerard.

—¡Mamá! ¿Qué ha pasado? —preguntó horrorizada.

—¡Se va! ¡Dice que se va!

—Pero ¿qué ha pasado? —repitió Elena. Se hacía una idea, pero quería saber qué había ocurrido que no hubiera sucedido con anterioridad para provocar semejante reacción.

—¡Pero si se marcha, no se va a llevar nada! —continuó su madre. Dolores no escuchaba. Seguía rasgando con las tijeras camisas, jerséis, pantalones... con los ojos desorbitados y el pelo enmarañado, poseída por una bestia destructora.

Elena se acercó con cuidado, tendiéndole la mano. La cara desencajada de su madre y la locura en su mirada aconsejaban desistir de arrancarle las tijeras por la fuerza.

—Mamá..., por favor..., dame las tijeras —le ordenó con suavidad.

Dolores se volvió con violencia, blandiendo las tijeras bien apretadas en su puño delante de la cara de Elena, sus pupilas azules destellando y la boca tensa, invisible.

—¡Túuu! —Avanzó hacia Elena con lentitud, mientras las palabras luchaban por salir de su contraída garganta—. ¡Tú tienes la culpa de todo! ¡Maldita niña! ¡Tú! ¿Por qué tuviste que nacer? Yo era tan joven..., tan bonita... —comenzó a balbucear. Se desmoronaba.

Elena, que se había ido acercando poco a poco, se frenó en seco. Las palabras de su madre la aturdieron más que la pavorosa situación que contemplaba. Se sintió desfallecer. No sabía a santo de qué venía aquel exabrupto, si bien no era nuevo para ella. Intentó sobreponerse al dolor. Su madre no estaba en sus cabales y no era momento de razonar.

—Dame las tijeras, mamá —repitió serena. Su dulzura se había congelado.

—Me va a dejar... —logró decir Dolores—. Dice que no va a volver. ¡Es horrible! —gritó, rompiendo a llorar. Elena, aprovechando que con el llanto se había debilitado y había bajado la cabeza, le arrebató las tijeras de la mano.

—No es la primera vez que pasa, madre, y siempre vuelve. —Su tono, aunque tranquilo, era duro. Solo la llamaba madre cuando los abismos entre ellas se abrían—. Tranquilízate, intenta descansar y mañana veremos qué pasa.

—¡¡No!! ¡Tengo que encontrarlo! ¡Lo voy a matar! —La virulenta reacción le duró poco, volviendo a sumirse en la desesperación conforme terminaba la frase—. ¡Me quiero morir!

—No digas barbaridades. No vas a ir a ninguna parte. Lo que tienes que hacer es tranquilizarte. Yo también necesito serenarme. Mañana veremos cómo amanece el día en esta casa de locos.

Elena se fue hacia el baño de su madre, revisó las cajas de las medicinas, sacó un tranquilizante y lo dejó en el lavabo junto al vaso de agua, recogió el resto de los medicamentos junto con todo aquello que le pareció peligroso, lo metió en una bolsa de aseo y salió. No creía que su madre se planteara en serio lo de suicidarse, pero darles un susto sí que entraba dentro de lo posible. Mejor evitar riesgos.

—Buenas noches, mamá —le dijo taciturna; querría haberla abrazado, darle un beso, algo que la hubiera consolado en su desesperación, pero sus sentimientos se habían helado ante las duras palabras de su madre; solo sentía frío y el temor a recibir otra puñalada.

Era el momento esperado y temido desde el día de su boda. Su padre lo había dejado muy claro y no era persona que amenazara en vano. El espejismo en el que habían vivido se evaporaba a medida que avanzaban los días.

Elena intentó concentrarse en las consecuencias que aquello traería para la familia y no hurgar en sus sentimientos, tan maltrechos en esos momentos.

¿Qué pensaría hacer su padre? Lo lógico sería separarse, pero su padre no era lógico. Siempre había dicho que los dejaría, pero no parecía dispuesto a solicitar la separación legal. Se avecinaban tiempos difíciles, seguro. La majestuosa casa en la que vivían era alquilada, y aunque Carlos y ella ya tenían las llaves de su nuevo piso, todavía estaban terminando de acondicionarlo. Con los gastos de la riada, su futuro hogar había quedado relegado a un segundo plano. El primer análisis de la situación le atenazó el estómago.

Cenó sola, su madre parecía dormir. Al terminar pasó a la biblioteca donde, con pluma y papel, comenzó a enumerar todos los gastos a los que tendría que hacer frente si aquello terminaba por ser definitivo.

Cuando Carlos llegó, Elena seguía concentrada en la biblioteca.

—Buenas noches, cariño. ¿Cómo estás? —Se acercó a darle un beso—. Yo estoy muerto. No sé los kilómetros que me he hecho hoy.

—Hola. Tenemos un pequeño problema. —El problema no era pequeño, pero no sabía qué decir.

—¿Ha pasado algo? —preguntó, hojeando el periódico que reposaba en el aparador.

—La verdad es que eres de un perspicaz que me asombra. ¿Crees que tengo esta cara normalmente? —La crispación de Elena saltaba a la vista.

—No empecemos. —Carlos cerró el periódico y la miró—. Dime qué ha ocurrido.

—Es mi padre. Parece que se ha ido —sentenció Elena, solemne.

—¿Adónde?

La expresión en la cara de Elena dejaba claro que la pregunta era incorrecta.

—¿Te haces el gracioso? Se ha ido. ¿Lo entiendes? —Había vuelto a adoptar un tono recriminatorio, como si él fuera responsable de algo.

—Pero ¿para siempre? —preguntó, incrédulo.

—Eso cree mi madre. No sé qué es lo que ha pasado, yo no estaba. Pero si te digo la verdad... —dijo respirando hondo—, a estas alturas me da igual. Tenía que llegar.

—¿Y cómo está ella? —se interesó Carlos.

—Menuda pregunta estúpida. ¿Cómo quieres que esté? Fatal. Está como loca. Le he dejado un tranquilizante, espero que se lo haya tomado. Me ha parecido que dormía.

—Debe llevar cuidado con las pastillas —apuntó Carlos. Se fijó en los papeles que Elena tenía delante—. Y tú, ¿qué estás haciendo?

—Una lista de temas por solucionar. El mantenimiento de esta casa es muy costoso y los gastos que vamos a tener que afrontar son innumerables: está el colegio de mi hermano, el servicio, el coche, Manufacturas Lamarc, la tienda... Hay mucho que organizar si mi padre de verdad no vuelve y no queremos terminar en la calle.

—Eres increíble. Qué fortaleza tienes. ¿Cómo puedes pensar ahora en todo eso?

—Es un mecanismo de autodefensa como otro cualquiera. Si me concentro en algo útil, no me desespero. Me mantengo a flote.

—Pero ¿tú crees que no volverá?

—Y yo qué sé... —Se llevó las manos a la cabeza, retirándose el pelo con lentitud—. Esto es la historia de nunca acabar. Mañana debería acercarme a Lamarc para ver cómo están las cosas por allí.

—¿Y la tienda? —le recordó Carlos—. Isabel no tiene llaves.

—¿No podrías ir tú? —le rogó desfallecida.

—No sé; mañana tenía que ir a Orihuela...

—¡Pero si ya has estado hoy en Alicante!

—No te pongas así, que no es culpa mía. Yo no organizo las visitas. —En realidad sí que podía hacer algo, pero le daba rabia que Elena no valorara su trabajo y siempre sacaba su lado más arisco; recapacitó—. Bueno, podría acercarme a abrirle a Isabel y por la tarde intentar volver para cerrar.

—Ese trabajo tuyo es una mierda —le espetó recalcando las sílabas—. Y para lo que ganas no sé por qué continúas allí. Podrías estar conmigo en la tienda y ayudarme a montar la nueva. Me faltan manos.

—Ya, en TU tienda —saltó Carlos molesto.

—Cambiemos de tema. No es el momento, ¿no te parece?

—Será mejor. —Era un asunto que siempre los abocaba a una discusión; llevaban muchas a sus espaldas por ese motivo—. Tal vez yo podría intentar hablar con tu padre.

—Si lo encuentras... —respondió Elena, escéptica—. No ha dicho adónde se iba y no sé dónde está. Parece que contigo congenia. —Lo miró inquisitiva—. ¿Tú no sabrías nada de esto, verdad?

—¡Pero qué dices! —Carlos trató de mantener la calma—. Intentaré encontrarlo. Y no te preocupes, mañana iré a la tienda para abrirle a Isabel. —No le hacía ninguna gracia, pero Elena tenía razón.

Pasaron los días; esta vez Gerard no volvió salvo para recoger las pocas cosas que le habían quedado enteras. Dolores se sumió en una profunda depresión. Comenzó a caérsele el pelo a mechones, como ya sucediera tiempo atrás, y su salud se deterioró. Los raros momentos en que se levantaba de la cama, vagaba por la casa como alma en pena.

Elena se sentía muy presionada. Abrir la nueva tienda ya no

era una opción sino una necesidad, merced a los nuevos aconteci-mientos. Disponía de capacidad económica para montarla. Pero si además tenía que cargar con su familia iba a necesitar exprimir sus recursos al límite. De momento, Carlos había conseguido con-tactar con su suegro y este le aseguró que les pasaría una cantidad suficiente para mantener a su madre y cubrir las necesidades eco-nómicas, incluida la educación del joven Gerard, pero Elena no estaba muy convencida de que aquella buena voluntad de su padre durara mucho tiempo. Algo le decía que debía tomar decisiones y rápido.

Su nuevo piso estaba casi terminado. Era pequeño, pero lumi-noso, un ático en una finca de ocho plantas. La decoración era muy moderna para la España de la época. Se esforzó para que nada evocara el rancio y elegante estilo de su casa paterna, ni las angus-tiosas tardes vividas entre sedas y porcelanas. Pero era pequeño para su madre, y la convivencia sería opresiva si terminaban los cuatro embutidos allí.

La nueva tienda la montaron en un pasaje comercial. Se había puesto de moda y era lugar de paso obligado. Compartían corre-dor una joyería, varias tiendas de ropa, una de muñecas... Comen-zó con fuerza, gracias al nombre que ya se había hecho Confec-ciones Lena, y las dos estaban muy cerca, podía ir de la una a la otra en poco tiempo.

En esta, como la trastienda era más grande, Elena montó un pequeño taller de confección para crear sus propios diseños. Ella dibujaba y, con la ayuda de una modista, sacaba los patrones y entre las dos cosían los modelos. Tenían muy buena acogida, pero le faltaba surtido para atender las peticiones de su numerosa clien-tela. Su capacidad productiva era mínima y no podía abarcar mu-chas tallas o colores, por horas que le echaran; pero por algo tenía que empezar para llegar a lo que ya tomaba forma en su inquieta cabeza.

Con el piso por terminar de montar, la nueva tienda en marcha, la antigua a pleno rendimiento y el exhaustivo control de gastos domésticos en que se había sumergido, a Elena no le quedaba tiempo para nada. Se daba cuenta de que necesitaba el apoyo de Carlos, pero él no parecía dispuesto a dárselo sin más y ella era demasiado orgullosa para pedírselo.

Su padre cumplió su promesa de pasar un dinero todos los meses pero de poco sirvió ya que Dolores, en una especie de insensata huida hacia delante, mantuvo su desmesurado ritmo de gasto como si tratara de demostrar que nada había cambiado.

Carlos continuaba en la empresa de motores, pero intentaba organizarse para ayudar a Elena en la tienda, consciente de que si no lo hacía su mujer acabaría reventando; pero su ayuda dependía de que no le comprometiera su tiempo y se limitara a un favor ocasional. Como buen comercial y despierto como era, poco a poco fue entendiendo de tejidos, hechuras y prendas infantiles. Elena disfrutaba viéndolo junto a ella; parecía que esos días compartidos actuaban de bálsamo en su cada vez más tensa y escasa relación.

Para sorpresa de todos, Manufacturas Lamarc seguía funcionando con su padre al frente, pero Elena no confiaba en que durara mucho. Se alojaba en un lujoso hotel del centro, el mismo en el que Carlos y Elena vivieron su primera noche juntos, y el precio por día no tardaría en vaciar las arcas de la empresa. Elena ni se acercaba por Lamarc, pero llamaba de vez en cuando a Solís para saber si había novedades importantes.

Al colgar la invadía una rabia sorda, pues eso era justo lo que necesitaba: una empresa mediana y bien establecida en la que poder fabricar sus creaciones. Conocía Manufacturas Lamarc como los pliegues de su cara. Pero su padre se lo había dejado muy claro, nunca le cedería el negocio y ahora ella tampoco lo quería. Eso, si quedaba algo de él.

Montaría su propia fábrica, se dijo, aunque le faltaran manos. Cuando algo se le metía en la cabeza, luchaba por ello y lo conseguía, por difícil que fuera.

Le llevó algún tiempo, pero lo tuvo claro. Las dos tiendas le habían reportado liquidez y la demanda le daba confianza para plantearse un reto mayor: esta vez lo haría a lo grande, nada de pequeños locales en alquiler. Iba a ser el negocio de su vida y si era necesario se dejaría en él hasta su último aliento.

Conforme sus negocios progresaban, la relación con Carlos se enfriaba. Apenas se veían. Unos días porque Elena llegaba muy tarde a casa, otros porque Carlos estaba de viaje o había salido con sus amigos, y si coincidían en casa era peor.

Los reproches de Elena ante la falta de decisión de Carlos para cambiar de trabajo eran cada vez más frecuentes y desagradables. Con las dos tiendas y la fábrica en marcha los ingresos de Elena, en el peor de los casos, triplicaban los de Carlos, algo que ninguno de los dos toleraba bien. La habían educado en el convencimiento de que el marido debía mantener a la esposa y la realidad había resultado ser la contraria. No era la diferencia de ingresos lo que molestaba a Elena, sino el conformismo de Carlos con esa situación. Tal y como ella lo veía, se había acomodado, trabajaba lo justo, cobraba a final de mes y disponía de la cuenta corriente común con excesiva alegría. Elena era una hormiguita, ahorrativa y trabajadora, y Carlos era una cigarra, que gastaba lo que no ganaba y se divertía con los amigos mientras Elena se dejaba las pestañas en alguna de sus muchas obligaciones. El reparto no le parecía equitativo y no ahorraba comentarios para ponerlo de manifiesto en un tono que recordaba demasiado al de su madre. Aquello tenía que cambiar.

Con la nueva fábrica en pleno apogeo y habiéndose metido en una hipoteca que le quitaba el sueño, Elena aprovechó una de esas raras ocasiones en que coincidían los dos al acostarse para darle un ultimátum:

—Carlos, no puedo más. Mientras tú vas a tu marcha, con un par de viajecitos a la semana y el resto de días los terminando a las seis, yo trabajo catorce horas. No llego a todo. Creo que deberías dejar de una vez ese empleo y comenzar a trabajar conmigo.

—¿Contigo, o para ti? —preguntó Carlos, mirando al techo. La discusión ya era vieja.

—No empecemos —imploró Elena; tenía una propuesta que hacerle y no quería que se torcieran las cosas—. He hablado con la abuela Elvira y está dispuesta a venderte su parte del negocio. De esa forma serías accionista, como yo. Seríamos socios. No trabajarías para mí. Trabajaríamos para nosotros. —Elena calló, expectante.

—La verdad es que no me esperaba tu ofrecimiento, pero no

creo que pueda comprar las acciones. —Sus pobladas cejas, fruncido el ceño, ocultaban sus pensativos ojos azules.

—Tienes el dinero que heredaste de tu tía —le recordó, volviéndose para mirarlo.

—Ya, pero quería comprarme un coche —contestó sin pensar.

—¡Eres increíble! Para ti es más importante un coche que nuestro futuro —le reprochó Elena, incapaz de contenerse. Se dejó caer de nuevo sobre su espalda. Ese era el tipo de argumentos que conseguían exasperarla.

—No tergiverses las cosas. Solo he dicho que era la idea que tenía. No podía saber lo que tú me ibas a proponer —contemporizó Carlos, mientras intentaba asimilar a toda prisa la propuesta.

—Bueno, y ¿qué piensas? —le apremió Elena, más en tono de súplica que de pregunta.

—No lo sé. ¿De verdad crees que podríamos trabajar juntos? —Carlos no lo veía claro. Elena tenía un carácter difícil y autoritario. No dejaba mucha cancha a nadie.

—¿Por qué no? Tú llevarías la parte comercial. Eres un buen vendedor. El mejor. Y ayudándome en la tienda has aprendido de tejidos y confección. Yo dirigiré la empresa y tú la red comercial y así...

—Espera, espera... Según dices, ¿tú serías mi jefa? —Se había incorporado sobre uno de sus brazos para verla de frente.

—Técnicamente, sí... —respondió; le estaba resultando más difícil de lo esperado—, pero las decisiones las tomaríamos entre los dos. Pasaríamos más tiempo juntos. Ahora casi no nos vemos. ¿Qué te parece? —Elena se decidió a mostrar sus debilidades con tal de llegar a un acuerdo. Veía a Carlos a la defensiva.

—Se me hace raro verte como mi jefa —reconoció.

—Ya, pero no se te hace raro que vivamos con mi dinero. —La paciencia de Elena se agotaba—. Lo que tú ganas, te lo gastas en tus salidas, tabaco, ropa... —Había vuelto a sus reproches. No entendía que tuviera tanto orgullo para unas cosas y tan poco para otras.

—¡Me tienes harto! —exclamó, sentándose en la cama—. Te pasas la vida juzgándome, fiscalizándome. Eso es lo que me asusta de ponerme a trabajar para ti, bueno, contigo. Juntos. —Hizo un movimiento para levantarse pero ella lo sujetó del brazo.

—Te equivocas, Carlos. Es la situación actual la que me pone de los nervios. Si trabajáramos juntos, todo podría cambiar. —Trató de dulcificar su tono; había vuelto a perder terreno. Su intransigencia le estaba vallando el camino, así no llegaría a ningún sitio—. Te lo estoy suplicando, Carlos, y sabes lo que me cuesta. Ya son tres las empleadas que tengo que controlar en las tiendas. La fábrica funcionará a pleno rendimiento en un par de semanas. Están las mesas de corte, preciosas, de madera machihembrada, las máquinas de coser, las estanterías... Tú podrías ayudarme a organizarlo todo. No podré sola y hasta que tenga una persona de confianza puede pasar mucho tiempo. —En realidad sí creía que podría sola, pero si lo decía, Carlos no aceptaría.

—Ya... —de espaldas a Elena, sentado en la cama, fijó la vista en sus zapatillas.

—Por favor, Carlos, de verdad, te necesito. —Hizo ademán de subir la mano hasta el hombro, pero hacía tanto que no se tocaban que su gesto se quedó a medio camino para acabar soltando el brazo que sujetaba.

—Si me lo pides así, no podré decirte que no. —Se volvió para mirarla e hizo una mueca entre divertida y resignada; aquello era infrecuente en Elena y cuando lo miraba con ojos tiernos, a pesar de sus desavenencias, le costaba negarle nada—. Compraré la participación de tu abuela y, si quieres, la de tu madre.

—¿De verdad? ¡Gracias! —Por fin, saltó de la cama y lo abrazó—. Pero la de mi madre será mejor que no. La va a necesitar.

—¡Pero si tu padre os está pasando una barbaridad de dinero!

—No durará mucho, ya lo verás. Lo conozco bien. En el primer momento quiere quedar como un señor y se muestra espléndido, magnánimo. Se mira al espejo, orgulloso de lo bien que lo ha hecho. Pero, poco a poco, le puede su lado mezquino y le da rabia seguir favoreciendo a quien ya no le importa nada. ¿O no recuerdas con qué frialdad me intentó cobrar intereses por su ayuda para reflotar la tienda tras la riada? Me hubiera salido más barato pedirle el dinero a un banco —renegó enfadada—. Ese momento llegará y más pronto de lo que imaginas. Será duro, mi madre sigue gastando como si no hubiera cambiado nada.

—Bueno, pues entonces compraré la de tu abuela —aceptó.

—¡No te arrepentirás! ¡Te lo prometo! —se lo dijo de corazón, abrazándolo con toda la fuerza de que fue capaz. El abrazo llevó a una caricia y la caricia a un beso. Por primera vez en las dos últimas semanas, esa noche el espacio entre ellos volvió a desvanecerse hasta fundirse en un solo cuerpo.

33

Carlos, con muchas dudas sobre lo acertado de su decisión, dejó su trabajo en la empresa de motores para dedicarse a tiempo completo a Confecciones Lena. Comenzaron con diez empleados a los que Elena dirigía con una decisión y firmeza que a su abuelo Gonzalo, del que hacía años que no sabía nada, le habrían resultado familiares. Como Carlos se temió, no encontraba su lugar en aquel maremágnum de actividades. Aunque Elena le hizo responsable de la red comercial, quería supervisarlo todo. No se contrataba un representante sin que lo entrevistara ella, y si no le gustaba la contratación se hacía difícil y trabajosa, imposible en realidad. Elena se apoyaba en su mayor experiencia en el ramo, pero Carlos consideraba que sus tiempos de comercial, aunque fueran en cosas tan dispares como productos de peluquería y motores, le avalaban para imponer su criterio por encima del de su mujer.

La primera colección fue un auténtico éxito. Carlos viajó por toda España llevando el muestrario y acompañando a los distintos representantes. Por fin se había comprado el coche que tanto había soñado, y vaya si le estaba haciendo kilómetros. Esa fue la primera discusión fuerte entre los nuevos socios. Elena le echó una bronca monumental. Carlos, aprovechando los poderes que le había firmado al entrar en la sociedad, eligió el coche sin consultarle y no fue uno cualquiera. Fue un Citroën DS, un *Tiburón*, que se salía de las expectativas que Elena tenía para un vehículo de empresa. Aunque para ella, ajena por completo al mundo del automóvil, cualquier coche le hubiera parecido un exceso, este, dada su situación, lo era con creces. Y le hubiera gustado que su marido se lo comentara antes de comprarlo sin más. Los detalles de ese tipo se sucedían y no aportaban nada bueno a la convivencia.

Por fin se habían trasladado a vivir a su nuevo piso, algo que para Carlos era ya una necesidad, incapaz de soportar a su suegra. De momento, Dolores y su hijo, que se había visto obligado a dejar los estudios —ahora que por fin se había adaptado a los rigores del monasterio—, continuaban en la casa familiar. Pero se vieron obligados a despedir a la cocinera y la situación comenzaba a ser muy precaria.

Su padre, como predijo Elena, se fue retrasando cada vez más en el pago acordado y, lo que era peor, los rumores apuntaban a una quiebra cercana en Manufacturas Lamarc. Los proveedores llamaban a Elena para preguntar por la situación de la empresa de su padre. De pronto, y por primera vez en su historia, se estaba demorando en los pagos. Su madre no era la única que se había quedado sin recibir su talón.

Elena, por conversaciones con Solís, dedujo que no aguantarían mucho más. La dejadez de su padre en el cumplimiento de los pagos no iba a ser temporal, sino definitiva. Gerard había vendido el *Capricornio* a un amigo de la familia y eso era señal de que estaba tocando fondo. Vivir en un hotel de lujo a todo tren no era algo asumible por tiempo indefinido, sobre todo cuando uno dejaba de preocuparse por lo que mantenía ese estatus.

Dolores seguía negándose a ver la realidad, resistiéndose a dejar su castillo. Como siempre, fue Elena la que tuvo que tomar las decisiones.

—Mamá, no puedes seguir viviendo aquí. Es un gasto que no puedes afrontar.

—¡Pero tú estás loca! ¿Adónde vamos a ir?

—A mi casa, por supuesto.

—¿A ese cuchitril multicolor que tú llamas «casa»? No podría soportarlo. —Las circunstancias podían cambiar, pero su madre no—. Es de un mal gusto que me altera los nervios.

—Pues cuánto lo siento, mamá, porque no te va a quedar más remedio. Le debes tres meses a Clara, no has podido pagar el alquiler de este mes, en muchas tiendas ya no te fían y Gigi ha tenido que dejar el colegio. El dinero que yo te doy no es suficiente para mantener todo eso. Si dejas esta casa, al menos nos ahorraremos el alquiler.

—¡Ya! Tú lo ves todo muy fácil. ¿Y qué hago con mis muebles? —Sus gestos eran violentos, pero en sus ojos se adivinaba el miedo—. ¿Y mi ropa? En tu minicirco no caben. ¿Y qué les digo a mis amistades?

—A mi minicirco, como tú lo llamas, traerás lo imprescindible. Los muebles y objetos de valor los llevaremos a un guardamuebles —replicó exasperada mientras se encendía un cigarrillo, algo que nunca hacía delante de su madre—. En cuanto a tus amistades, te aseguro que ahora es lo que menos me preocupa.

—Eres una alarmista. —Dolores no paraba de caminar por la habitación—. Llevas años intentando asustarme con que el negocio va mal. El negocio de tu padre sigue funcionando como lo ha hecho siempre. ¡Si va solo! Seguro que hay una explicación razonable para que se haya retrasado un poco, pero volverá a mandar el dinero en cuanto pueda. No se atreverá a dejarnos en esta situación. Y deja de fumar, sabes que me molesta.

—Mamá, créeme. Esta vez la cosa es muy seria. Está llevando el negocio a la ruina. Los proveedores no cobran desde hace tiempo y ayer me llamó el señor Solís muy asustado. No sabe dónde está papá. Hace tres semanas que no tiene noticias suyas. Desapareció, dejó todas las cuentas bancarias y la caja a cero. No hay dinero ni para pagar las nóminas y los acreedores no paran de telefonear. Me están llamando a mí para preguntar. Están en quiebra. ¿Lo entiendes?

—Pero ¿y Bebé Parisién? Bebé Parisién sigue funcionando y podemos...

—¡Apenas tienen género! —le cortó Elena exasperada—. Lamarc no está sirviendo los pedidos, y del resto de los proveedores ni te hablo. Lo mejor sería traspasarla antes de que se corra la voz y se hunda. Aún tiene cierto prestigio.

—¡Pero Bebé Parisién es mía! ¡Es mi obra! ¡*No puedo* traspasarla!

Su hermano Gerard había permanecido callado durante la discusión, escuchando visiblemente preocupado la exposición de su hermana sobre la situación familiar, y al final intervino:

—Mamá, Elena tiene razón. No podemos seguir así. Yo puedo ir a Lamarc para intentar ver cómo están las cosas y si es posible salvar algo. Pero Bebé Parisién es mejor traspasarla. Y esta casa... —dijo alzando la vista, recorriendo los ornamentados techos con la mirada— es preciosa, mamá, pero no podemos seguir aquí. Ya no podemos permitírnosla.

—Gigi, mi vida, no te preocupes. Tú eres muy joven para soportar todo esto. Nosotras lo solucionaremos, seguro, ya lo verás —le dijo mesándole los rizados cabellos con dulzura, pero Gerard se revolvió.

—¡Ya está bien, mamá! Ya no soy ningún niño, ni tampoco soy idiota. Soy consciente de la mierda en la que estamos metidos y que tenemos que salir de ella cuanto antes, así que despierta de una vez, reacciona y acepta el ofrecimiento de Elena. Es lo mejor que ahora mismo tenemos.

—Pero... Gerard... nunca me habías hablado así —balbuceó Dolores, aturdida por la sorpresa—. ¿Qué lenguaje es ese? ¿Eso te han enseñado en El Escorial? Tú eres un joven de la alta sociedad y no...

—¡Mamá! Pero ¿en qué mundo vives? ¿A quién quieres engañar? Ahora mismo somos el hazmerreír de nuestros conocidos. ¡Y el resto nos tienen lástima! Baja de tu pedestal y pisa la tierra —remató con dureza.

Dolores nunca había oído a su hijo hablar con tal claridad.

—Entonces... todos pensáis que debo cerrar esta casa.

—¡Sí! —contestaron al unísono.

Elena, tras la sorpresa ante la reacción de su hermano, se sintió aliviada al compartir el peso de la situación, por poco que pudiera hacer.

—Gerard, creo que debes ir a Lamarc como has dicho. Yo no puedo. Entre las tiendas y la fábrica voy de cabeza, y no es momento de descuidarlas. Anuncia el traspaso. Podemos sacar una buena cantidad de dinero. El señor Solís tiene algunos poderes firmados. Léelos bien para ver hasta dónde puede firmar y qué capacidad operativa tenemos. Yo intentaré averiguar cómo salir de este atolladero si nuestro padre no aparece. Y tú, mamá, ocúpate del guardamuebles; tienes mucho que empaquetar. Selecciona la ropa que vas a traerte a casa y el resto guárdala bien. Como podrás comprender, allí no cabe ni la mitad de lo que tienes y... —añadió mirándola con ternura, encogiéndose de hombros—, tampoco te va a hacer falta.

Una vez más Elena se había hecho cargo de la situación, organizando y ordenando. Pero en esta ocasión, para variar, reconfortada por el inesperado paso al frente de su hermano. El frío de El Escorial parecía haberle hecho madurar tanto como los años.

Gerard y Dolores respiraron algo más tranquilos, una vez claros los pasos por dar. Había alguien al frente y eso les dio seguridad.

Todo se hizo conforme al plan marcado por Elena. Bebé Parisién se traspasó. Confecciones Lamarc, tras los infructuosos esfuerzos del joven Gerard por aguantarla, tuvo que cerrar. Consiguió salvarla de una quiebra fraudulenta gracias al dinero del traspaso y a la venta de hasta el último mueble y estantería de la empresa. Elena intentó quedarse con cuanto pudo, siempre que le hicieran buen papel en alguno de sus negocios. Y aquella casa, a la que habían llegado hacía veinte años pisando fuerte, quedó vacía, desnuda hasta el último rincón. Lámparas, mesas, incluso puertas que fueron arrancadas de sus goznes, fueron a parar a un guardamuebles. Dolores, una vez asumido lo inevitable, recuperó parte de su dignidad y organizó aquel desalojo con su característica, aunque largo tiempo ausente, autoridad.

Solo quedaba un doloroso trance que también asumió Elena. El de comunicarle a Clara el traslado y que ella no podría acompañarlos. Era algo esperado. Ella se habría vuelto al pueblo hacía muchos años, de no ser por el afecto que la unía a Elena y que la hizo mantenerse siempre cerca de ella. Pero sabía que su tiempo había concluido y le pesaban los años de trabajo. Elena liquidó lo pendiente y le dio una generosa compensación por los años de dedicación, aunque dudaba que aquello pagara nada de lo soportado por Clara. Jamás un abrazo fue tan largo y tan sentido para Elena. Era un adiós definitivo y lo sabían. Igual que sabían que el cariño entre las dos era el único sincero que hubo en aquella casa durante muchos años. Dolores se despidió con afecto y cierta vergüenza. Aquella separación era una derrota. Perdía su posición, y con ella sus privilegios. Era el adiós a la vida que disfrutó.

Cuando volvió de su periplo comercial, Carlos se encontró a su suegra y a su cuñado instalados en su casa. No fue una sorpresa, era algo largamente hablado y que él aceptó a regañadientes como un mal inevitable. Pero la realidad resultó incluso más desagradable de lo temido.

Convivir de nuevo con la altiva Dolores Atienza iba a ser complicado. Aunque ahora era ella la que estaba en *su* casa y él no aguantaría los comentarios que se tuvo que tragar en el pasado. Con su cuñado Gerard, en cambio, se llevaba muy bien. Era un joven educado y agradable, aunque egoísta, y siempre le había tratado con respeto. Incluso percibía cierta admiración por su parte. Debía de ser el único Lamarc que admiraba algo en él.

En cuanto a monsieur Lamarc, nadie sabía dónde estaba, pero se lo debía de estar pasando en grande, habida cuenta de la cantidad de dinero que se había llevado. Tras vivir durante casi un año en el hotel, corrían rumores de que había vuelto a Francia, acompañado, pero nadie lo sabía a ciencia cierta. Eso hacía imposible una separación legal y a Dolores, una vez resignada, ya le dio igual.

Carlos no se equivocó en su apreciación sobre la vida en común con sus nuevos inquilinos. El piso resultaba demasiado pequeño para una convivencia tranquila. No era un problema de espacio físico, sino psicológico. Las comidas, tremendas, recordaban aquellas de recién casados. Desaparecido Gerard y sin apenas vida social, Dolores no encontraba muchos temas de conversación, y la ausencia de un embarazo en el ya largo matrimonio se convirtió en uno de sus dardos recurrentes. Los mordaces comentarios de Dolores hacían blanco en cualquier cosa, incluso llegaban a poner en duda la virilidad de Carlos. Cuatro años de casados, sin rastro de embarazo, era algo inaceptable para los años sesenta, con España en pleno *baby boom*.

Ante el irrespirable ambiente que se estaba adueñando de su

pequeño hogar, Carlos optó por permanecer entre aquellas paredes el menor tiempo posible. Echaba de menos a su hermana. Lucía siempre sabía cómo enfocar las situaciones y seguro que le habría dado ideas para torear al miura que comía a su mesa. Para su desgracia, por fin se había ido de España. Estaba contento por ella, era su sueño y su libertad, pero él se sentía solo.

Lucía había conseguido una recomendación para ocupar un cargo de profesora en un colegio en Cincinnati y, valiente como era, no se lo pensó. Escapó de su tío para siempre, y además así estaba más cerca de Klaus, que trabajaba en Canadá. Habían mantenido una tierna relación por correspondencia y él había venido a verla algún verano, demostrando que aquellas románticas cartas iban muy en serio. Se amaban y Lucía no perdió la oportunidad de cruzar el charco para reunirse con él cuando las circunstancias lo permitieran. Pronto habría boda, según las noticias que Carlos tenía de su hermana, siempre dispuesta a escribirle unas líneas.

Carlos admiraba su valor y aplaudía su decisión, pero en esos momentos su ausencia le resultaba muy dolorosa. No así la de su tío, que había preferido volver a Onteniente al verse abandonado por Lucía, evitándole a Carlos la obligación de visitarlo con una frecuencia que no deseaba. En realidad, ahora a Carlos solo le quedaba Elena, pero sentía que estaban muy lejos el uno del otro.

Cuando se planteó su entrada en Confecciones Lena, superada su reticencia inicial, se quiso convencer de que aquello los uniría más. La realidad fue muy distinta. Una cosa era ayudar en la tienda, donde todos andaban ocupados, y otra muy diferente tener un lugar definido en aquella empresa hecha a la medida de su mujer. Una vez terminada la temporada y con los pedidos en marcha, Carlos no tenía demasiado que hacer. Y Elena tampoco le cedía terreno.

En la toma de decisiones Carlos era impulsivo, *pensat i fet* que decían en su pueblo. En cambio, ella era metódica y reflexiva. Le gustaba analizarlo todo antes de tomar una decisión. Así que, cada vez que ella se daba de bruces con la política de hechos consumados de Carlos, tenía que hacer enormes esfuerzos para no estallar por no haberle consultado, o al menos por no haber valorado otras alternativas. Las conversaciones se reiteraban: «¿Por qué has hecho esto?» «Porque sí.» Y la discusión estaba servida. Tampoco solían estar de acuerdo cuando tenían que decidir algo entre los dos. Rara vez coincidían. Elena, perspicaz en otras situaciones, no llegaba a darse cuenta de lo mal que Carlos llevaba su ordeno y mando, centrada en la marcha del negocio y tan acostumbrada a bregar en soledad como estaba.

Incluso en cómo tratar a las empleadas eran antagónicos. Carlos era cercano, simpático, bromeaba con todas. Elena era mucho más formal y distante, aunque se mantenía informada de los problemas de cada una y ellas sabían que podían contar con ella ante cualquier dificultad. Pero Elena era «la jefa», infundía respeto y temor. Nadie se atrevía a llevarle la contraria.

Esto incomodaba a Elena, a la que no le pasaba desapercibido el cariño que Carlos se había granjeado en poco tiempo por parte de sus empleadas. Pero cada vez tenía menos problemas en ese sentido, ya que Carlos apenas iba por allí. Se pasaba los días con los amigos. Los invitaba a comer, salían de copas y, como mucho, asomaba un par de horas por Confecciones Lena para ver cómo iban las cosas.

A Elena le pesaba la soledad, no por falta de capacidad para llevar las riendas, sino por la ausencia de apoyo de la persona que más necesitaba. Siempre llegaba a primera hora, revisaba el correo y se reunía con su contable.

Uno de esos días, a mitad de la reunión, sonó el interfono:

—Doña Elena, tiene una visita.

Era un fastidio. No le gustaba que la interrumpieran durante la reunión matinal, y mucho menos que se presentaran sin cita previa. Que ella supiera, no tenía ninguna esa mañana. Tal vez quisieran ver a Carlos, pensó, aunque era raro, tan temprano.

—Pregunte quién es —contestó enfadada—. Y le avisa de que estoy reunida y no sé lo que tardaré.

Se hizo un breve silencio y el interfono volvió a pitar.

—Lo siento, doña Elena, pero no me han dado tiempo... Están subiendo la escalera aunque he intentado impedírselo. —La voz de la recepcionista delataba intranquilidad—. ¿Quiere que llame a la policía?

—¿A la policía? Pero ¿qué dice?

En ese momento llamaron con los nudillos a la puerta y entraron sin esperar a que Elena contestara.

—¡Buenos días, querida Elena! ¡Cuánto tiempo sin vernos! —exclamó campechano el mayor de los visitantes.

El contable contempló la escena sin saber muy bien qué hacer. Aquellos hombres tenían un aspecto desagradable pero parecían viejos conocidos de su jefa. La miró esperando instrucciones.

—Ehhh... Buenos días, ¿señor Gaytán? —Estaba atónita. ¿Qué hacía aquel hombre allí?—. Don José, no se preocupe, seguiremos más tarde.

El contable se levantó agradecido y desapareció con rapidez. Julián Gaytán, que exhibía una sonrisa que era una mueca de sus gruesos labios, no venía solo. Le acompañaban su hijo, al que Elena recordaba, y otro hombre de aspecto tosco, corpulento y mal encarado. Trató de averiguar por qué se habían presentado allí, aunque su instinto le adelantaba que por nada bueno.

—Estarás sorprendida, imagino. ¿Recuerdas a mi hijo? Júnior, ven aquí y saluda a Elena. —Julián Gaytán se había sentado en uno de los incómodos sillones que Elena tenía para las visitas y, mientras él hablaba, su hijo y el otro acompañante se paseaban con movimientos lentos y estudiados por la estancia, cogiendo una foto aquí, moviendo un cenicero allá.

El joven se volvió ante la indicación de su padre. Elena asintió sin entusiasmo.

—Sí, lo recuerdo vagamente. Creo que coincidimos en una cena, poco antes de casarme. —En esos momentos dio gracias de que nadie supiera que ella había sido testigo de la entrega del arma con la que aquel niñato ebrio había cometido un asesinato, pero recordarlo le hizo sentir un escalofrío y notó cómo se le humedecían las palmas de las manos. No pudo mirarlo a la cara. Encendió un cigarrillo, nerviosa—. ¿Fuman?

—Sí, gracias, pero prefiero del mío. —Gaytán padre sacó una ostentosa pitillera, donde guardaba unos cigarrillos sin boquilla, chasqueó los dedos y el hombretón anónimo se apresuró a darle fuego—. Tienes un bonito negocio. Y por lo que he oído, te va muy bien. Debe de ser por eso por lo que estás tan guapa. ¿No estás de acuerdo, Júnior?

—Será por eso... —contestó el hijo clavándole una mirada que la hizo estremecer de asco.

Aun sin saber qué pasaba, tuvo claro que pronto tendría problemas.

—¿Y tu padre? ¿Cómo está el bueno de mi amigo Gerard? —Nada en su gesto o en su tono delataba una sincera curiosidad—. Hace mucho que no sé nada de él.

—Como todos —respondió; empezaban a encajar las piezas del puzle—. Nadie sabe nada de él.

—Ya me extraña, querida. El ritmo de vida que lleváis no creo que sea gracias a tus bonitas tiendas y este localito de tres al cuarto que te has montado. —Cualquier indicio de camaradería se había evaporado junto con la falsa sonrisa, para mostrar un gesto duro, más acorde con la mirada que escrutaba a Elena desde su llegada.

Se levantó asustada, intuyendo la razón de su visita. Solo tenía una salida, y era mostrar con decisión que no tenía nada que ver con su padre. Lo cual era cierto.

—Pues si su visita ha sido para tener noticias de mi padre, me hace el favor y, cuando lo encuentre, le dice de mi parte que se vaya al infierno. —Se asustó de la fiereza de su propia voz—. Así que si venían pensando que yo les podía ayudar, ya se pueden marchar. —Fue hacia la puerta intentando mantener la calma y no apresurarse, pero los dos hombres que seguían en pie le cerraron el paso.

—¡Adónde vas, querida Elena! Tenemos un recadito que dejarte —siseó Júnior.

Ella retrocedió despacio, aterrada. Pensó en gritar, pero supo que en cuanto abriera la boca para intentarlo se lo impedirían de una forma u otra y prefería no averiguar qué sistema utilizarían.

—No sé qué quieren de mí. Yo no sé nada de mi padre. —Estaba arrinconada y Julián Gaytán se había levantado hasta quedarse a unos pasos de ella mientras el matón la retenía por el brazo.

Su hijo, apoyado el antebrazo en la pared contra la que se comprimía Elena, estaba desagradablemente cerca de ella. Tanto que la agitada respiración de Elena hacía que su pecho tocara el de él al henchirse y el aliento de aquel hombre bañaba su mejilla. Julián Gaytán prosiguió sin inmutarse.

—Tal vez sí, tal vez no. Tu padre me debe una considerable suma de dinero. Y no soy hombre que deje pasar estas cosas así como así. ¿Verdad, Ramos? —El matón sonrió con una mueca y abrió su chaqueta lo justo para dejar a la vista el arma que le acompañaba. Julián Gaytán continuó—: Le puedes decir a tu querido papá que me lo voy a cobrar, de una forma u otra.

Elena se estaba mareando. Su respiración era tan acelerada que no conseguía que el aire llenara sus pulmones y la cercanía de aquel hombre la obligaba a controlar sus movimientos para no tocarle, lo que agravaba la situación. El hijo de Gaytán le estaba acariciando la blusa con su dedo índice, desde la cintura hasta el cuello, en un gesto lento, pero con una presión inequívoca sobre su agitado cuerpo.

—Es guapa, ¿verdad, hijo? No como esas putillas que te tiras —rio el padre.

Las piernas de Elena comenzaron a flaquear. Julián hijo había pasado a sobarle la blusa con la mano abierta, regodeándose en su pecho. Ella estaba al borde de perder el conocimiento cuando sonó el interfono.

—¿Qué es eso? —se alarmó Gaytán.

Elena creyó que no iba a poder contestar, pero consiguió que un hilo de voz abandonara su cuerpo.

—El interfono. Me llaman de abajo —dijo, pensando con rapidez—. Debe de ser para avisarme de que Carlos ya está aquí.

—Contesta. Pero cuidado con lo que dices. —Hizo un gesto con la cabeza para que la dejaran salir de su encierro.

Llegó a la mesa sin que le dieran ni dos centímetros de espacio y se dejó caer en el sillón. Apretó el botón del interfono.

—María, dígale a don Carlos que bajaré en unos minutos. —No dejó que la recepcionista abriera la boca, y prosiguió—: Que don José le vaya explicando lo que hablamos esta mañana.

—Yo no soy tonto, guapa. Júnior, asómate a la escalera y dime si ha llegado alguien.

Elena rezó. No sabía por qué le había llamado María, pero nunca la avisaba si Carlos iba o venía. Pensó en él. ¿Por qué no estaría allí?

—Acaba de entrar el marido —susurró el hijo—. Está bromeando con la chica de recepción.

Elena abrió tanto los ojos que temió delatarse. Era un milagro.

—Pues nos vamos, pero ten presente nuestra visita y dale el recado a tu padre. Ya sabes que si no cobro yo de una forma, igual lo hace mi hijo de otra. Lo has entendido, ¿verdad, guapa?

—Le juro que no sé dónde está. Nos ha dejado en la ruina. ¿Por qué cree que habría montado esto si viviéramos de lo que nos pasa?

Los tres dieron media vuelta sin más comentarios y bajaron la escalera, desapareciendo de su vista. Poco a poco Elena comenzó a sentir temblores, se quebró y comenzó a sollozar. Había pasado auténtico pánico. Volvió a sonar el interfono. Apenas pudo apretar el botón para escuchar la voz de María.

—Doña Elena, ¿está bien?

No pudo contestar. A los pocos segundos apareció Carlos jovial, pero su expresión cambió al verla desmoronada sobre su mesa.

—Pero... ¿qué ha pasado? He visto salir a ese seboso amigo de tu padre con otros dos y María me ha dicho que estaba preocupada. ¿Qué te han hecho? —Era raro ver a Elena fuera de control, se alarmó de veras—. ¿Estás bien?

Elena levantó la cabeza y se dejó caer como un muñeco de trapo sobre el respaldo de su sillón.

—... ¿Dónde estabas? ¿Por qué no has estado aquí, conmigo? —La súplica en sus ojos aumentó el desasosiego del recién llegado.

—¡Pero dime qué ha pasado!

—Buscaban a mi padre. —Respiró hondo, con dificultad; comenzaba a reponerse después de soltar la tensión acumulada—. Les debe dinero y creen que yo sé dónde está. Me han amenazado.

Carlos dirigió entonces la mirada hacia la blusa de ella, su gesto se ensombreció y volvió a mirar a Elena a los ojos, aturdido. Elena reparó en que todos los botones estaban abiertos. No había sido capaz de mirar mientras aquel indeseable la manoseaba. Se apresuró a abrocharlos con manos temblorosas, la cabeza baja. Él se quedó mudo.

—Si llegas más tarde, no sé qué habría pasado.

—Lo siento, Elena, de verdad. No pude llegar antes. —Venía de su casa, hacía una hora Carlos aún dormía, y no pudo aguantar la mirada de Elena.

—Ya... —Tampoco ella se sintió con fuerzas de añadir nada más. Había sido una mañana como tantas otras, salvo por la inesperada visita—. De esto, ni una palabra en casa —fue lo único que pudo decir.

Aquel incidente sirvió para que Carlos modificara sus horarios, pero la fuerza de voluntad no le duró mucho. Elena se daba cuenta de que su marido se alejaba poco a poco e intentaba remediarlo como podía. En casa se esmeraba para ser la perfecta ama de casa. La cocina siempre se le había dado bien y se esforzaba por preparar las cosas que sabía que a Carlos más le gustaban. Pero en multitud de ocasiones se quedaba con la cena hecha y una ración de sobra. Cuando Carlos volvía no podía evitar reprocharle sus ausencias, y él arremetía con cualquier cosa relacionada con sus desacuerdos en el negocio. Dolores añadía su puntito de veneno y Gerard volvía a hacer como que no se enteraba de nada, en una vuelta a su infancia.

Carlos, incapaz de soportar más humillaciones por parte de su suegra, le dio un ultimátum. O Dolores controlaba su lengua, o se iba. Elena intentó defenderla, pero era consciente de que la situación no podía sostenerse mucho más. Hablaría con ella.

Para sorpresa de todos, fue la propia Dolores quien tomó la decisión. Tampoco ella se sentía a gusto viviendo allí, a costa de su hija. Le había estado dando vueltas y pensaba que lo mejor era irse de la ciudad, empezar de nuevo. Conocía mucha gente en Madrid, algunos amigos de sus hermanos que vivían allí la llamaban con frecuencia, y estaría arropada. Para eso tendría que trabajar y solo había una cosa que conocía bien. Ella había sido el alma de Bebé Parisién y volvería a serlo. De Bebé Parisién o de lo que fuera.

—Elena, he pensado que llevo demasiado tiempo aquí. Necesito cambiar de aires.

—¿A qué te refieres?

—A marcharme. Empezar de nuevo donde no me conozcan y pueda rehacer mi vida. En Madrid tengo amigos que no me juzgarán.

—Pero ¿cómo vivirías?

—Podría montar una tienda. Ya sabes que en eso tengo mucha experiencia.

—Necesitarás dinero —contestó Elena, práctica como siempre.

—Tengo mis joyas, los muebles y cuadros del piso. Algunos son muy valiosos. Buscaré quien me los compre. Y puedo venderte las acciones de Lena. Gracias a ellas he podido salir adelante sin ser una carga excesiva para ti, pero creo que ahora será mejor que lo invierta en mi propio negocio.

—Yo te podría ayudar, como hiciste tú conmigo, invirtiendo a cambio de un pequeño porcentaje, y podría suministrarte ropa —la animó. Era la solución para todos.

—¿Lo harías? —preguntó conmovida.

—Claro, mamá. ¿Cuándo he dejado yo de ayudarte?

—A tu marido no le gustará.

—Él no tiene nada que opinar y con franqueza, mamá, creo que agradecerá tu partida. Has puesto las cosas muy difíciles.

—Ellos siempre tienen que opinar, aunque como es un calzonazos... —Se encogió de hombros y obvió el comentario de su hija—. Pero deberías atarlo más corto. Cada vez sale más sin ti. Lleva el mismo camino que tu padre.

—Mira, mamá, yo te ayudaré, pero tú no te metas más en mi vida. Nos has hecho la convivencia muy complicada y tal vez por eso pase tan poco tiempo en casa. ¿No se te ha ocurrido? —El comentario se le había clavado en el alma—. Él no es como papá, aunque parece que te gustaría que lo fuera. Creo que cuanto antes pongamos esto en marcha, mejor para todos.

—Claro, así me perdéis de vista —murmuró con voz de mártir.

—¿Sabes de algún sitio donde alojarte? —A Elena ya no le afectaban esas artimañas.

—Me han comentado que hay una señora estupenda que quedó viuda y que para salir adelante ha convertido su casa en una pensión. Solo admite gente con recomendación. La casa está muy céntrica y es económica. Y bueno, Todi Alpuente está viviendo allí y puedo contar con él.

—Veo que lo tienes todo calculado, como siempre. Muy bien, pues decidido. Me tranquiliza saber lo de Todi.

Y así Dolores salió de sus vidas, soltando lastre para salir adelante. Vendió casi todas sus joyas, incluida la fabulosa *rivière* de brillantes firmada por Tiffany, la mayoría de los cuadros y algunas valiosas antigüedades. Vender su historia le facilitaría el camino hacia un nuevo futuro.

34

Con Dolores fuera de sus vidas parecía que las cosas se arreglarían. Sin embargo, en el trabajo la relación entre ambos era cada vez más tensa. Él se había convertido en una especie de relaciones públicas de Confecciones Lena, seguido desde hacía poco tiempo por su cuñado que había comenzado a trabajar con ellos y acompañaba a Carlos en sus viajes con el muestrario. El joven Gerard, educado, apuesto y algo esnob, causaba una estupenda impresión en los clientes y tenía buena disposición para aprender. Era el hijo que todos querrían tener. Elena creyó conveniente que comenzara a conocer los entresijos del negocio y a Carlos, por un lado le divertía su compañía pero por otro, al encargarse de algunas de sus tareas, todavía le restaba más posibilidades de actuación.

Él, en comparación con Elena, hacía poco y gastaba mucho. Cuando ya estaba todo el pescado vendido, se resignaba a que su papel allí no fuera de actor principal, por más que le pesara.

Su estilo de dirección era opuesto al de Elena y sus opiniones no coincidían en demasiadas ocasiones. Él era impulsivo, imaginativo, ambicioso y muy, muy cabezota. Elena, en cambio, era concienzuda, conservadora, reflexiva pero también cabezota hasta la exasperación. En resumen, en lo único que coincidían era en que ninguno de los dos cedía en su posición y eso hacía saltar chispas.

Carlos, después de muchos años, asumía que Elena era eficaz y que, aunque su opinión casi nunca prevaleciera sobre la de ella, el resultado al final era bueno para la empresa. Podría ser mejor si le hiciera caso, se decía, pero en definitiva era bueno así que, ¿para qué discutir? Había ido perdiendo fuerza e interés en la toma de decisiones. La idea de montar su propio negocio le tentaba, pero su situación actual había llegado a resultarle tan cómoda que, ¿para qué quería complicarse la vida? En Confecciones Lena, si creía que debía hacerse alguna cosa, había optado por llevarla a cabo primero y comentarla después. Si le preguntaba a Elena acabarían discutiendo, y una vez hecho era difícil deshacerlo. Pero eso se convertía en un nuevo foco de tensiones.

Había surgido un tema de discusión añadido, el más grave en realidad. Como el negocio iba tan bien y no había problemas económicos, Carlos disponía de fondos conforme le parecía. Elena se encontraba con problemas para cuadrar la caja; muchos días faltaba dinero y en su lugar encontraba papelitos firmados por Carlos con las cantidades dispuestas a cuenta sin ningún justificante. Estaba harta, decidió cerrar la caja y guardarla ella para impedir esas alegrías.

Uno de esos días en que Elena llegó sola como de costumbre a la empresa, tras su reunión matinal bajó al taller ubicado en el sótano para ver cómo iba la fabricación de los pedidos. Al avanzar, observó con sorpresa que la cadena de máquinas estaba desordenada, con las operarias amontonadas unas encima de otras en uno de los lados del sótano, dejando la otra mitad vacía.

—¿Quién ha cambiado las máquinas de coser de sitio? —Elena estaba roja de indignación, pero intentó no levantar la voz. No soportaba que tomaran decisiones por su cuenta y mucho menos tan absurdas como la que estaba viendo. Esperaba una explicación lógica, si es que la había.

Nadie se atrevió a contestar. Siguieron cosiendo, con la cabeza baja, la vibración de unas máquinas empujando a las otras.

—¿No me han oído? Estas máquinas no estaban así ayer. Quiero saber quién ha decidido cambiarlas y por qué. Se han embutido en la mitad de espacio y apenas se pueden mover. ¿Se puede saber de qué va todo esto? Encarni, ¡deje eso de una vez y hable!

Encarni, una mujer recia de baja estatura, era la encargada. Llevaba un rato afanándose en ordenar los ovillos como si no la oyera.

—Bueno, doña Elena —titubeó—, ha sido el señor Company.

Ha pedido que dejáramos ese hueco libre, pero no nos ha dicho para qué. Creía que usted lo sabía. —Volvió a enfrascarse en sus ovillos con mayor dedicación, sin atreverse a mirarla.

Elena sintió una punzada de indignación.

—No se preocupe —dijo esforzándose por mantener la calma—. Lo mejor será que, de momento, vuelvan a colocarlas como estaban. Así van a tener un percance. —Su disgusto era mayor que antes, pero hizo un esfuerzo por relajar la expresión de su cara y restarle importancia—. Es verdad, algo me comentó pero no lo recordaba —mintió.

Elena subió de dos en dos las escaleras del sótano, los tacones de sus botas blancas de charol resonando por el hueco de la escalera como las de un cabo de gastadores. ¿Cómo no le había comentado nada? Qué pregunta estúpida. En realidad nunca le comentaba nada. Y sin embargo, ella siempre lo compartía todo con él antes de tomar cualquier decisión. Le consultaba, lo discutían... aunque la verdad era que casi siempre terminaba haciéndose su voluntad. No se ponían de acuerdo, nunca, lo sabía. Tal vez por eso la ignoraba y la mayoría de las veces se enteraba de los cambios o decisiones de Carlos al darse de bruces con ellos. Como ese día. Se preguntaba para qué les habría ordenado semejante estupidez, apretarse como garbanzos en una malla.

Conforme Elena cruzaba el vano que daba al *hall*, Carlos entraba por la puerta, atropellándola. Él la miró con agrado, estaba muy guapa. Con un minúsculo pichi de cuadros escoceses y la rubia melena, su imagen no encajaba con la de una empresaria dura y decidida. Aún no la había visto ese día, hacía tiempo que no coincidían en los horarios. Sus salidas nocturnas no se habían moderado a pesar de que su suegra ya no estaba, se acostaba tarde y se levantaba tarde, sin prisa por llegar. A Carlos no le extrañó la expresión de disgusto de Elena y decidió usar su táctica para esas ocasiones: ser el primero en atacar.

—Un poco escaso el pichi, ¿no? Las rodillas no son lo mejor que tienes. —Miró esa parte de la anatomía de Elena con guasa, pero cortó sus comentarios burlones al comprobar su gesto desafiante—. ¿Ha pasado algo? Parece que has visto un fantasma. —Su despectivo comentario no parecía haber hecho mella en el aplomo de Elena.

—Además de tus desagradables comentarios, ¿no tienes nada que contarme? —Lo miró sin parpadear, como si intentara leer sus pensamientos.

A Carlos le ponía nervioso esa manía de Elena de preguntar cosas para las que ya parecía tener la respuesta, mientras que él no tenía ni idea de cuál era la correcta. Intentó recordar si había cogido dinero de la caja, pero no. ¿Cómo lo iba a coger, si la guardaba ella bajo llave? Volvió al presente.

—No juguemos a las adivinanzas. ¿Qué he hecho mal? —concluyó con una mueca. Eso era lo único que tenía claro, que la culpa de lo que fuera que hubiera pasado, era suya.

—No te hagas la víctima conmigo. Sabes a qué me refiero. —Elena siguió mirándolo con dureza, sin dar la más mínima pista.

—Mira, quiero dar una vuelta por el taller y no tengo ganas de jueguecitos, así que dime de qué va esto o me voy.

—Bien, no me lo has querido decir antes y ahora por lo que veo tampoco. Era de esperar. No cuentas conmigo para nada. —Elena comenzó a subir muy erguida al altillo donde se encontraba su despacho. Los despectivos comentarios sobre su físico, de un tiempo a esta parte muy habituales, la herían aunque lo disimulara. Se sintió humillada.

Carlos decidió no hacerle caso. Ya se le pasaría. Cuando empezaba con sus paranoias no podía soportarla. Pasó por la sección de corte, saludó con alegría a las cortadoras y patronistas, que miraron a su apuesto y joven patrón con devoción. La colección para el verano del próximo año estaba casi terminada y los pedidos para invierno, preparados para su envío. En agosto y septiembre tenían que servirlo todo. Resultaba agobiante entrar de la calle con el agradable sol de junio y ver las mesas llenas de lanas, terciopelos y franelas. Las caras de las operarias brillaban por el sudor y más de una bata mostraba marcas oscuras fruto del insoportable calor. Revisó los pedidos que se estaban preparando, gastó un par de bromas y siguió su recorrido.

Al bajar al sótano, le sorprendió ver que las máquinas seguían en su sitio. Les había dicho la tarde anterior que las cambiaran, dejando un espacio libre para las nuevas que había comprado. Se disponía a interrogar a Encarni, cuando su cara compungida, contraída en una mueca de disculpa, colocó todas las piezas en su sitio. Ya conocía el porqué del recibimiento de Elena. Había osado cambiar algo sin consultárselo primero. Debía haberlo hecho, pero se le olvidó. Esta vez no había sido intencionado, pero como casi no se veían...

Sin más comentario, le hizo un gesto de disculpa a la encargada y volvió a subir. Elena estaba en su despacho punteando la contabilidad. Cuando se alteraba, atemperaba sus nervios haciendo números.

—Elena —comenzó con cuidado—, lo siento, se me olvidó comentarte que he comprado unas máquinas de remallar nuevas y las van a traer esta tarde. Ya habíamos comentado que hacían falta. Vi una oportunidad y las compré. Por eso le pedí a Encarni que dejara hueco para poderlas colocar. Te lo iba a decir ayer, pero no te vi. Y esta mañana...

—... tampoco me has visto —apostilló Elena—. Ese es el problema. Tendrías que habérmelo dicho, pero para eso hay que coincidir. Acostarse juntos, levantarse juntos, esas cosas que hacen los matrimonios —terminó con amargura—. Como estaban hacinadas les he llamado la atención, pensando que lo habían hecho por su cuenta; sin embargo eras tú quien les había dado la orden. Ha sido muy desagradable. Todo el mundo se ha dado cuenta de que yo no sabía nada, cuando, además de ser marido y mujer, se supone que la que organiza el taller soy yo.

—Sí, claro. Y la que diseña, y la que lleva la contabilidad, y elige los tejidos... Y yo, ¿qué hago? —le reprochó, herido.

—No me dejas alternativa. No asumes responsabilidades, ni sigues un horario. Pero no cambies de tema. Tú llevas la red comercial y me ayudas en todo lo demás. —Su mirada era fría—. El problema es que cada día nos vemos y hablamos menos. Al final, lo de las máquinas no es más que una anécdota, una muestra de la penosa convivencia que mantenemos.

—Ya estamos sacando las cosas de quicio. ¡No dices más que tonterías! —Cada vez estaba más irritado; aquellas discusiones le superaban—. Nos vemos todos los días.

—Sí, claro... —suspiró cogiendo fuerzas para proseguir—. Cuando yo entro en casa, tú sales a tomar una cerveza con los amigos. Cuando vuelves, yo ya estoy durmiendo. Cuando me levanto, eres tú el que duerme...

—No dramatices —le cortó desviando la mirada—, que no es para tanto.

—Yo también quiero salir, me encanta salir. Pero contigo. Los fines de semana, si salimos, que es raro, solo lo hacemos con tus amigos. —Su tono era más de tristeza que de reproche—. Quiero que hablemos, que compartamos cosas, como cualquier pareja. Me siento... sola.

—¡Pero si hacemos todo eso! No sé qué problema tienes con mis amigos. Ellos están encantados contigo. No paran de echarte piropos.

—Sus mujeres me odian. No hay día que no me tiren alguna chinita; por no haberme quedado embarazada, por mi ropa, por el trabajo... ¿No te das cuenta de que no encajo?

—Le das demasiada importancia. No todos tienen hijos. Marisa y Jordi están como nosotros.

—Ya, pero llevan cinco años menos de casados y además yo tengo la suficiente educación y discreción como para no decirles nada. El último día, Marisa, con su sonrisa más cínica, me soltó: «El próximo año seguro que estaremos cada uno con nuestro bebé y Carlos y tú presidiendo la mesa.» Qué tía. No me gusta, es mala. ¿Esos son los amigos con los que tenemos que salir? —Hizo una pausa para tomar aire y mirarlo a los ojos—. Pero no es esa la cuestión. Nunca salimos solos. ¿Por qué? ¿Te aburres conmigo? ¿Ya no te gusto? Nunca me haces ningún comentario agradable —suspiró; el dolor que llevaba almacenado brotaba con demasiada fuerza, sus ojos volvieron a posarse en la hoja que tenía delante; su mano, bajo la mesa, acariciaba su rodilla con suavidad recordando el despectivo comentario de Carlos cuando la había visto, para a continuación estirarse el borde del pichi en un intento inútil por alargarlo—. Por no hablar de la última vez que me pusiste una mano encima...

Levantó de nuevo la cabeza y dejó que su amargura mirara de frente a Carlos, que a pesar de componer una mueca de dureza en su cara no consiguió evitar que el remordimiento nublara sus ojos. Nunca habían hablado de ello, pero era cierto. A pesar de que ella siempre esperaba a que Carlos volviera de sus escapadas nocturnas enfundada en sus prendas más sugerentes y tratando de mantenerse despierta, que la venciera el sueño se había convertido en la mejor terapia para no sufrir la humillación de que ni la mirara.

—Pero ¿qué estupideces dices? —reaccionó—. Ya sabes que eres preciosa. ¿Para qué te lo tengo que decir? —Aquellas palabras le dolían por lo certeras; pero desde pequeño se había defendido atacando—. Mira, no se puede hablar contigo. Siempre consigues hacer un drama de cualquier chorrada. Estábamos hablando de máquinas de coser y has terminado cuestionando nuestro matrimonio. Necesitas ayuda médica. Me voy —sentenció con desprecio.

—Eso, vete que ya has trabajado bastante —ironizó—. Mejor irse que contestar. Eres un cobarde. —Volvió a sus cuentas y sus papeles, firme en el tono y en el gesto, no así en el ánimo. Pero se protegió detrás de una coraza de frialdad, creyendo que la hacía menos vulnerable.

Carlos se marchó dando un portazo. No sabía cómo manejar esas situaciones. Todo era más sencillo en los tiempos en que se liaba a puñetazos con los amigos. Unos cuantos golpes, un par de moratones, unas palmadas en la espalda y amigos para siempre. Pero las mujeres... eran demasiado complicadas. Tanta verborrea lo mareaba y terminaba diciendo lo que no quería. La cabeza le bullía. En el fondo, Elena tenía razón y él lo sabía. No le prestaba atención y era mucha mujer para tenerla en el dique seco. Se sentía acobardado por ella. Era demasiado decidida, demasiado inteligente, demasiado independiente, demasiado... de todo. Era excesiva, como alguna vez le había confesado a su hermana Lucía. Las mujeres de sus amigos no eran así. No conocía a ninguna capaz de aguantarle la mirada más de dos segundos. Se dejaban llevar, o eso parecía, mientras que a Elena la veía capaz de cualquier cosa y eso resultaba incómodo, incluso para un hombre sin complejos como él.

Elena esperó a que se cerrara la puerta detrás de Carlos para romper a llorar. Cada vez estaba más convencida de que no la quería. Su primer pensamiento cada mañana era cómo arreglarse para impresionarlo. Elegía con esmero su ropa, su peinado, su maquillaje. Siempre a la última para estar preciosa para él; nunca conseguía arrancarle un comentario de admiración, ni siquiera de agrado. Parecía que no la viera o incluso que disfrutara humillándola.

Al principio de casados, entre bromas y veras, Carlos la había tachado de sosa, de monjil. Pero tras su viaje a París cambió. Se volvió atrevida, moderna, incluso transgresora. Muchos pensaban que era extranjera, con su pelo rubio, los ojos verdes y un aire cosmopolita alejado de las tendencias clásicas y puritanas que imperaban en la España franquista. Pero él no la miraba, ya no. Si se pusiera en la cabeza una de las macetas de la terraza no se daría cuenta, se repetía con desesperación. Encendió un cigarrillo. Hacía unos años que había empezado a fumar, también incitada por Carlos. «¡No seas aburrida! ¡Pruébalo! Si fuma todo el mundo», le había dicho.

Y ella adoptó aquel vicio para ser más moderna, menos aburrida. Ahora su inseguridad y el estrés la habían llevado a fumar de forma compulsiva. La ayudaba a serenarse, o al menos eso creía, y sustituía su antigua necesidad de comer cuando estaba nerviosa. Un paquete diario caía sin remedio. Mejor eso que uno de galletas, se consolaba.

Una idea le martilleaba la cabeza, reforzada por las burlas de sus «queridas amigas». Solo había una cosa que podía salvar su matrimonio: un hijo. Ese que nunca llegaba, después de casi diez años de vida conyugal. Pero ¿cómo iba a llegar, si apenas tenían contacto físico? Habían pasado meses desde la última vez que se acostaron. Para Elena, era evidente que su marido ya no sentía atracción por ella. La obsesión por su apariencia se alimentaba de la indiferencia de Carlos. No era atractiva y por eso no la tocaba, se repetía.

Desde su adolescencia había ido perdiendo peso, hasta quedarse muy delgada. Su oronda niñez era una pesadilla por la que no iba a volver a pasar y para alejar esa posibilidad vivía siempre a dieta, además de hacer ejercicio en casa al levantarse. Tenía numerosos libros de nutrición y de gimnasia, y se machacaba sin piedad tratando de eliminar lo que ya no existía más que en su mente. Pero de nada servía.

Aunque de camino al trabajo le llovían los piropos, a él solo le había nacido burlarse de sus rodillas. No debía haberse puesto la falda tan corta, se recriminó. Estaba convencida de que las tenía horribles, pero no había encontrado ningún ejercicio que las mejorara. Tal vez se las pudiera operar alguien. Si aún no lo había hecho era porque no podía permitirse el lujo de ausentarse del trabajo, y según se había informado, para una operación así tenía que irse a Brasil o a Estados Unidos.

Cuando empezaba a bajar por esa pendiente, su autoestima se contraía como el ojo de un caracol al tocarlo con la punta del dedo, hasta que el trabajo la devolvía a la realidad dejando a un lado sus destructivos razonamientos. Volvió a concentrarse en sus números. Al menos, el negocio iba bien. Tan bien que Carlos se permitía el lujo de sacar dinero a cuenta de los beneficios y comisiones que tenía que cobrar a final de temporada, para gastárselo con sus amigotes. Era increíble cómo gastaba. La rabia ocupó el espacio de la desesperación.

Acabó de comprobar los libros, se limpió un poco la cara y cogió su bolso para dirigirse a las tiendas. Pasaba por allí para cuadrar la caja antes de cerrar y revisar las existencias. Siempre llegaba tarde a casa. Hoy no fue distinto. Cuando entró por la puerta eran cerca de las nueve.

Carlos ya estaba duchado y perfumado.

—Hola. Ya te vas... —No era una pregunta.

—Sí, solo voy a tomar unas cervezas con Boro y Jordi. —Siempre procuraba irse antes de que llegara Elena para evitarse explicaciones, pero se había entretenido más de la cuenta con su cuñado.

—Pero acabo de llegar... —Intentó que no sonara a reproche. Necesitaba que se quedara con ella.

—Tu hermano te está esperando para cenar. Yo he picado algo en la cocina. No volveré tarde, no te preocupes. —Bajó unos segundos la cabeza, como si se le hubiera caído algo—. Ya sabes que es jueves. —Cogió la chaqueta y se fue.

No sucedía todos los días, pero eran demasiados. Para Elena era dolorosamente familiar. Incluso sentía el impulso de salir detrás de él y seguirle, pero se había prometido que nunca volvería a hacer aquello. Cuando regresaba, ella no notaba nada raro. Si llegaba muy tarde ya había optado por hacerse la dormida, aunque casi nunca lo estaba. Vigilaba sus movimientos, si se lavaba, si rompía papeles, su olor... Tenía olfato de perro pachón, decía su padre. Siempre olía a tabaco, a veces a cerveza o whisky. Parecían cosas de hombres y si había alguna mujer desde luego era muy discreta. Nunca había percibido que viniera de estar con otra. Era lo único que no habría podido soportar. Aun así, la duda la torturaba.

Al verlo partir trató de tranquilizarse pensando que iba con sus amigos de siempre y a las otras esposas no parecía importarles. Mejor no obsesionarse o acabaría como su madre, se dijo. Su hermano, que había contemplado la escena en silencio, se encogió de hombros y fue a lo práctico:

—¿No se cena en esta casa? —preguntó desde el sofá donde leía tranquilamente.

Elena suspiró, agotada.

—Yo no tengo ganas. Cena tú, si quieres. —Y se fue a su cuarto, dejando a su estupefacto y hambriento hermano con el reto por delante de entrar en la cocina a prepararse, él solo, la cena.

35

Carlos frecuentaba las cafeterías de moda en sus salidas con los amigos. En Lauria, Hungaria o Barrachina eran bien conocidos. Pero no solo de pan vive el hombre. El cabaré El Molino Rojo y la Sala Internacional eran los locales de alterne más populares de la ciudad. En El Molino Rojo cada mes llegaban bailarinas nuevas, «carne fresca» de paso, que decía su suegro, cliente asiduo durante largo tiempo.

Boro y Jordi eran los que echaban el ojo a las recién llegadas, pero igual que de solteros, al final era Carlos el que las tenía revoloteando a su alrededor sin necesidad de mover un dedo. Esta vez, el ballet de coristas venía de Barcelona, pero viendo sus evoluciones al son de la música no parecía que fueran a ganarse la vida bailando. Cada una iba por su lado en la pequeña pista central, siguiendo con poca gracia la melodía interpretada por una reducida orquesta.

—¡Ja! ¿De dónde las han sacado? ¡Parecen patos *mareaos*!

—Sí, pero la morenita del centro tiene un par de tetas que, ¿para qué quiere bailar? —Boro tenía predilección por las morenas de curvas generosas, muy del estilo de su propia esposa.

—¡Venga, tío, que eres un hombre casado! —rio Jordi—. A mí me gusta la pelirroja pequeñita. Mira qué culo. Se le salen las mollitas por los lados. ¡Hummm! ¡Me la pido, me la pido!

—Cuidado, que la última vez nos dejaron limpios y a duras penas llegamos a casa. Estas vendrán del pueblo, pero son más largas que nosotros tres juntos. —Boro, siendo el más lanzado, nunca perdía el sentido común, con los pies bien anclados en tierra.

Al terminar su número, las jóvenes se repartieron por el local. Era como de verdad ganaban dinero, cobrando por botella. Lo suyo era el descorche y si convencían a alguno para hacerle algún trabajito fuera del local, podían sacarse un dinerito extra. No todas estaban dispuestas, pero algunas no solo no ponían reparos, sino que acechaban a ver quién caía.

Las chicas se apresuraron a las mesas, excepto una de pelo castaño, delgaducha y de ojos diminutos que se acodó en la barra. Fue recorriendo con la mirada las distintas mesas blancas de la sala y a los clientes que allí se encontraban, como estudiando el percal. Era difícil adivinar su edad detrás de tanto maquillaje, pero parecía muy joven. Después de un buen rato charlando con el barman se dirigió con descaro a la mesa donde se encontraban ellos tres.

—¡Hola, guapos! Me puedo sentar, ¿verdad? —Con un gesto coqueto se ahuecó las plumas del pompis y se sentó—. ¿Me invitáis a un trago? Estoy seca —hablaba como si fueran amigos de toda la vida.

—Sí, claro, ¿qué quieres beber? —preguntó Jordi, jovial.

—Un whisky con agua. Ramón, el barman, ya lo sabe. Ahora traerá también una botella para vosotros.

—Parece que lo conoces mucho, pero se supone que acabáis de llegar. —A Boro tanta familiaridad le resultó excesiva y trató de frenarla; la había visto hablar con Ramón y repasar las mesas con detenimiento—. ¿Ya habías trabajado aquí antes?

—No, qué va. Llegamos ayer, pero como estas chicas son *mu* aburridas, Ramón se ofreció a enseñarme la ciudad.

—¿Ramón, la ciudad? ¡Ja! Menuda cara de turista tienes —dijo Jordi mirándola divertido—, y menudo guía es Ramón. Ese solo sabe un camino, y es igual en todas las ciudades. —Rio con estruendo su propia ocurrencia.

—Pues sí —enfatizó—. ¿Que no me creéis? —Apretó los morritos en un falso mohín de ofendida—. ¿Cómo os llamáis?

—Yo soy Jordi, este es Boro, y el mudo es Carlos.

—Pero ¿es mudo? —preguntó apoyando el dedo índice en sus labios.

—No, no soy mudo, pero siempre hablo el último. Y tú, ¿cómo te llamas?

—Soy la Vero. Bueno, me llamo Verónica, pero me llaman la Vero.

Le trajeron su whisky, una jarra con agua y una botella de champán que era la norma de la casa. Así, en un simple gesto de bandeja, caían ciento treinta pesetas a la cuenta de El Molino Rojo, que de eso se trataba. La Vero continuó hablando en su peculiar tono chillón.

—La verdad es que sois lo mejorcito que hay aquí. Guapos, simpáticos, con clase... ¡Qué suerte que tengo! Pero ¿qué hacen unos bombones como vosotros en un sitio como este?

—¿Tú qué crees? ¡Divertirnos! —contestó Jordi, que de los tres era el que estaba más parlanchín.

—Pues no os veo *mu animaos* que se diga. —Conforme terminó la frase, se levantó de un salto y se sentó en las rodillas de Carlos—. Venga, que os cuento unos chistes que os vais a descojonar.

La joven era como una máquina parlante, contaba un chiste detrás de otro con su aguda y estridente voz. Tenía gracia. Gesticulaba, exageraba, hacía muecas... Les estaba haciendo reír de veras. Y, por supuesto, beber, como era su obligación. Al cuarto de hora, la botella había caído, y ya tenían una de repuesto.

—Ahora, vamos a brindar por mi pueblo. ¡Por Zalabeña!

—¡Por Zalabeña, esté donde esté! —brindaron.

Ramón, el barman, los observaba desde el mostrador. Le caían bien aquellos tres y se temía que acabaran mal. La Vero era peligrosa. Antes de decidir dónde sentarse le había preguntado por la vida y milagros de todos los que estaban en la sala. Para lo joven que era, tenía un desparpajo y una desvergüenza dignos de una veterana. Según decía, tenía diecinueve años, pero cualquiera sabía. Tramaba algo, era evidente, pero Ramón no alcanzaba a adivinar el qué. La noche anterior se había acostado con él sin pensárselo demasiado, pero estaba más interesada en el tipo de gente que frecuentaba El Molino Rojo que en las actividades que se llevaban los dos entre las sábanas. Los miró con lástima, los iba a dejar en pelotas, pensó mientras volvía a repasar las copas de la barra.

—¿Y de dónde has salido tú, *salerossa*? —le preguntó Jordi, al que la lengua parecía haberle engordado.

—Pues he trabajado en Madrid y Barcelona. Siempre con grandes artistas —dijo; hablaba imprimiendo a su voz un aire serio, con gestos afectados—, pero tuve unos problemillas y mi carrera... cómo diría yo... se interrumpió. Ahora he intentado volver, pero en este mundillo hay mucha víbora suelta y no está siendo fácil. Solo pude irme de gira con este ballet, aunque no está a mi altura —afirmó poniendo sus brazos en jarras y levantando la barbilla.

—Pues, *sse* te da mejor contar *chissstes* que bailar —volvió a reír Jordi, mientras apuraba su copa de champán. Ya había perdido la cuenta de las que llevaba.

Ella le dio un cachete en el brazo fingiendo enfado.

—¿Acaso no os gusta cómo bailo? ¡Pero si soy la mejor! —Se levantó de un salto y les hizo unos pasos de claqué, volviendo a sentarse con agilidad.

—En eso tienes *rdazón*, eres la *mejodr*. —Jordi se escoraba y Carlos y Boro se turnaban para enderezarlo.

—Me parece que Jordi está tocando fondo —sentenció Boro con una mueca divertida—. A ver, repite conmigo: treinta y tres.

—*Tdreinta y tdressss*.

—Muy bien, creo que va siendo hora de que nos vayamos —decidió Carlos a la vista del estado de Jordi.

—¡Mira al cabrito este! Además de mudo, aguafiestas. ¡Con lo bien que nos lo estamos pasando! —Se dio la vuelta y se sentó a horcajadas encima de Carlos, con sus diminutos pechos muy cerca de su cara—. ¿Tienes prisa? —preguntó insinuante.

—Tenemos que irnos —se excusó Carlos, incómodo de tenerla encima, tan pegada a él.

—A un hombre como tú, no le llevaré la contraria —ronroneó melosa—, pero para dejarte marchar me tienes que pagar peaje y prometerme una cosa...

—¿Qué cosa? —refunfuñó impaciente.

—Me tienes que dar un beso y prometerme que mañana vendrás a verme —le ordenó.

—Ya, y los demás ¿qué? ¿No somos hijos de vecino? —A Boro le molestó tanto ordeno y mando por parte de aquella joven—. A mí me gusta la morenita aquella. Vendremos si te traes dos amigas, pero sin endosarnos más botellas, guapa, que a mí me gusta apreciar las cosas con los cinco sentidos y hoy nos la has clavado pero bien. —Boro le dio un cachete en el culo, que ella aprovechó para arrimarse aún más a Carlos, como si del golpe la hubiera empujado.

Carlos se sonrojó. Estaba empalmado y ella lo estaba notando.

—Me parece que aquí hay un pájaro que hace tiempo que no vuela —le susurró al oído mientras le mordía la oreja—. No sé qué tienes en esos ojos, pero me has hechizado. Si vuelves mañana, no te arrepentirás. —Se levantó contenta para besar a Jordi y Boro—. Muy bien, tenemos un trato, mañana yo os traigo a esas dos y vosotros me traéis al mudo.

Carlos se levantó moviéndose incómodo por la presión que abultaba su entrepierna y nada dijo, confundido por la situación y la bebida.

—¡Tío, la tienes en el bote! Es que no cambias, eres de raza. Igualito que hace diez años. —Boro se admiraba de la atracción que ejercía Carlos sobre las mujeres—. Mañana cae, seguro, pero que no se dé cuenta la jefa, no le gusta que se líen con los clientes. Da gracias a que hoy no estaba.

—Venga, vámonos ya. Esto está muy cargado. —Tenía prisa por salir a la calle y que le diera el aire—. Mañana no puedo venir, chicos. He reservado mesa para cenar con Elena. Es nuestro aniversario. —Nombrar a Elena y su aniversario en aquellas circunstancias le resultó vergonzante. El calor se intensificó en sus ya sonrojadas mejillas y la turgencia de su entrepierna se marchitó.

—¡Pero hombre, no nos hagas eso —protestó Boro, recolocando el brazo de Jordi sobre su hombro—, que nos dejas colgados!

—No pasa nada, Boro. Venid vosotros y ya me contaréis. Ya vendremos juntos otro día. Si a esta le da igual uno que otro.

—Pues para darle igual, casi te monta en medio de la sala. Deben de ser cosas de Zarandeña.

—Zalabeña —corrigió Carlos—. Era Zalabeña.

—Pues eso, Zalabeña. Parece que también tú le has prestado mucha atención —reflexionó Boro—. Venga, agarra fuerte a Jordi que como lo soltemos se escoña. Menuda tajada lleva el tío.

Después de que salieran, la Vero volvió a la barra.

—Ramón, ponme un vaso de agua, anda, que estoy *acalorá*.

—No me extraña, ya he visto cómo te lo trabajabas. Tienes suerte de que la jefa no esté. No le gustan esos rollos aquí dentro. Siempre traen problemas.

—Métete en tus cosas. Tenías razón, el Carlos ese es muy reservado, pero está buenísimo y encima con pasta. Al borracho no hay de dónde sacarle y el otro... demasiado largo. No me gusta.

—Pero ¿qué estás tramando?

—No es asunto tuyo. Además, tú ya has *disfrutao* lo tuyo, ¿o no? —le contestó desafiante—. Me parece que ese tío necesita cariño y yo se lo puedo dar. Volverá, seguro. Sé lo que me hago.

Carlos entró en casa sin hacer ruido. Solía encender la luz del pasillo para poder ver sin dar la del dormitorio, aunque se conocía la habitación palmo a palmo. Tenía práctica de muchas llegadas nocturnas a ciegas.

Elena, como siempre, parecía dormida aunque no lo estaba. Miró las manecillas fosforescentes de su despertador. Sin sus gafas no consiguió ver la hora, pero no hacía mucho que había apagado la radio y la última señal horaria que había escuchado era la una y media. Permaneció inmóvil, salvo por su nerviosa respiración, que intentaba dominar.

Carlos se metió en la cama con cuidado, todavía algo mareado, tratando de no despertarla. Elena, medio destapada, había dejado intencionadamente al descubierto sus largas piernas y parte del resto de su cuerpo, como tantas otras veces. Siempre usaba diminutos camisones. A Carlos esta vez no le pasaron desapercibidos sus encantos. Al contemplarla, durante un segundo fugaz, se preguntó por qué iba a sitios como El Molino Rojo. Solo allí, en la oscuridad, donde nadie podía leer sus pensamientos y tal vez ayudado por el alcohol, era capaz de reconocer el daño que estaba haciendo. Intentó acercarse a ella, acariciando con suavidad aquella piel aterciopelada.

Elena sintió su mano deslizándose por su espalda semidesnuda, pero la mezcla de olor a tabaco y alcohol, incluso un penetrante y desagradable tufo a perfume barato que creyó percibir, le revolvieron el estómago, muy a su pesar. Una oleada de náuseas se apoderó de ella. Debía hacer un esfuerzo y corresponder, se dijo. No eran frecuentes esos gestos de cariño. Sintió el abultado miembro de Carlos presionando contra su muslo. Había esperado tanto tiempo... Puso toda su voluntad en no moverse y dejarle hacer, pero le fue imposible. Aquel hedor le traía recuerdos de su infancia. Su padre chocando contra la consola del pasillo, los gritos, el llanto de su madre... La repugnancia y la rabia la invadieron, superando su voluntad. Remoloneando, se alejó de él mientras estiraba las sábanas para taparse mejor, consciente de que su desnudez no contribuiría a frenar los deseos de Carlos que, poco a poco, cesó en sus caricias para quedar tumbado de espaldas a ella.

Al día siguiente, Carlos hizo un esfuerzo por levantarse a la misma hora que su mujer.

—Buenos días. Qué pronto te has levantado —comentó Elena, sarcástica.

—Sí, no llegué muy tarde... —La respuesta le sonó a excusa culposa.

—Pues apestas. —La noche anterior había conseguido no decir nada, pero la rabia empujaba las palabras que la víspera se tragó—. Más vale que te des una ducha antes de ir a la fábrica.

—Tan agradable como siempre. No necesito que me des instrucciones.

—¿Cómo quieres que esté? ¿Cómo estarías tú si me voy con las amigas y vuelvo a las tantas apestando a whisky y a perfume barato?

—Creí que dormías... —Se supo pillado—. Solo tomamos unas copas en Barrachina y echamos unas risas. Tienes demasiada imaginación. Ya no se puede divertir uno sin que lo machaquen. —Se metió en el baño y abrió la ducha. No lo iba a admitir, por mucho que insistiera.

El día había empezado mal. Mientras se escuchaba el discurrir del agua deslizándose contra la cortina, Elena se reprochó sus ácidos comentarios, pero era incapaz de evitarlos. La situación la dominaba. Intentó serenarse y no desvariar. Si hubiera estado con otra, que era la duda que la corroía, no habría llegado con ganas, como era evidente que había sucedido. Fuera donde fuese que hubieran estado, la cosa no había pasado a mayores. Respiró hondo. Estaba dispuesta a echar el resto para salvar su matrimonio y ello pasaba por tragar, por aguantar y dar tregua. Como tantas veces había hecho su madre ante situaciones mucho más graves. Como su madre le contaba que la abuela Ascensión siempre le había aconsejado.

Cuando Carlos salió, Elena retomó la conversación intentando imprimirle otro tono. Él se mantuvo a la defensiva, pero fue bajando la guardia. No entendía el cambio de actitud de Elena; quizá fuera porque era el día de su aniversario. Él aún no le había dicho nada.

—Había reservado mesa para esta noche, por nuestro aniversario. Pero si no quieres...

—¿De verdad? ¿Te has acordado? —El comentario fue el bastón en el que apoyarse para seguir el camino que había elegido—. ¡Pues claro que quiero! Gracias, tenía tantas ganas de... —Se calló; no quería que sonara a reproche. Lo besó, y se estremeció. Sus contactos físicos eran tan escasos, que cada vez que volvían a tocarse era como una experiencia nueva y la sensación fugaz de su cuerpo presionando el de ella la noche anterior volvió a recorrer su espalda.

El día transcurrió tranquilo. Terminaban a las tres porque Elena se había empeñado en implantar la semana inglesa, todavía desconocida en España. Se fue a la peluquería buscando un milagro, aunque albergaba pocas esperanzas de que sirviera de algo. Carlos parecía incapaz de encontrarle ya ningún atractivo. Su aniversario lo merecía, suspiró. Si la noche anterior habían estado tan cerca...

También él hizo un esfuerzo.

—Te queda muy bien ese traje. —Le costó decirlo por la falta de costumbre, pero era cierto—. Estás muy guapa. Igual que hace nueve años. O mejor.

—¿De verdad? ¡Gracias! Me gusta que te guste. —Aquello fue como ver brotar la flor del cactus, algo que sucedía rara vez.

Durante la cena charlaron animados. Ambos habían comprado regalos que intercambiaron con tímida emoción. Eran tan poco frecuentes ese tipo de salidas a solas que fue como transportarse a sus primeros tiempos de casados. Como una pareja de enamorados tonteaban bajo el influjo de una botella de rioja gran reserva. A Elena siempre le había gustado el vino tinto y no paró de beber durante la cena. Feliz, aunque nerviosa, aquellos sorbos granates hacían cosquillas en sus temores, desarmándolos. Estaba disfrutando de una romántica velada después de mucho tiempo. Las tensiones parecían diluirse en los aromas del vino y en la dulce conversación.

Para cuando volvieron a casa, una alegría cómplice y brumosa los embargaba.

—¡*Chsss!* Calla, nos van a oír —susurró Elena, más divertida que preocupada.

—¿Quiénes? —preguntó intentando encajar la llave en la cerradura.

—Los González... —volvió a susurrar señalando la puerta contigua.

—¡Pues que nos oigan! —siguió Carlos con voz potente.

—Venga, calla, que no quiero despertar a Gerard.

—Si lo mismo no está en casa. Creo que se ha echado novia.

—¡Pero si es un crío!

Entraron a trompicones y fueron entre risas a su cuarto. Se besaron. Los dos estaban muy excitados y les faltaron manos para quitarse la ropa. Después de seis meses de sombría penumbra, el sol volvió a salir en aquella pequeña habitación.

El día siguiente amaneció con retraso. Al despertar, Elena irradiaba felicidad a pesar de la resaca y la esperanza llenaba sus ojos, más verdes que nunca.

Carlos también estaba contento. Hacía tiempo que no amanecía tan bien, tan seguro de sí. Canturreaba en el baño mientras se afeitaba.

—¡Uf! —gimió Elena—. Cómo me duele la cabeza.

—Es que no se te puede sacar de casa. Aunque si llego a saber el resultado, te hubiera sacado todos los días. —Por un momento pensó en sus correrías nocturnas de los últimos años y se miró con dureza en el espejo—. Como siempre, tenías razón.

—¿Me tengo que vestir? —ronroneó mientras se desperezaba.

—Pues será mejor que sí, o a tu hermano le vas a dar un buen susto —le dijo Carlos entre risas—. Recuerda que nos esperan para tomar el aperitivo a la una.

—¡Anda, Gerard! ¿Estaba cuando llegamos? No me acuerdo de nada.

—Sí, la puerta estaba abierta. Llegó antes que nosotros.

—¿Nos habrá oído?

—Me temo que a ti, sí. —Sonrió para sí, recordando los desbocados jadeos que aquel encendido cuerpo no había parado de emitir durante su prolongado encuentro nocturno.

—¡Qué vergüenza! —Se tapó con el embozo.

—Ya es mayorcito, no creo que se escandalice.

—¡Si es un crío!

—¡Ja! Déjalo ir al guaperas. Las lleva locas, que ya me he enterado.

—No me lo imagino, para mí siempre será un niño.

—Pareces su madre.

Así continuaron, como cualquier matrimonio bien avenido, hasta que salieron para reunirse con sus amigos.

Los estaban esperando. Ellos de pie en la barra y ellas sentadas a una mesa. Los miraron con curiosidad.

—Muy buenas. ¡Qué contentitos se os ve! —Era Marisa tocando las narices—. ¿Os ha tocado la lotería?

—Algo así —contestó Elena con un enigmático gesto mientras se sentaba con ellas. Hoy nada le iba a amargar el día. Ni siquiera aquella envidiosa de Marisa.

—Tío, ¿qué le has dado? ¡Está radiante! De normal ya es guapísima, pero esta mañana, joder. —Jordi miró a Carlos y la satisfecha expresión de su rostro le aclaró el misterio—. No me digas que vosotros... pero ¿cómo?... ¡Qué bien! —Las sonoras palmadas que le dio en la espalda resonaron en el local como si hubiera conseguido un récord en las olimpiadas—. Me alegro mucho.

—Yo también me alegro, campeón, pero tu nueva amiguita me parece que no —dijo Boro, misterioso.

—¿Qué amiguita? —preguntó Carlos, perplejo.

—El Molino. La Vero —susurró enarcando las cejas y abriendo las palmas de las manos—. ¿No te acuerdas? Volvimos anoche y ligamos con las dos, la morena y la pelirroja. Íbamos a pagar un par de botellas para llevárnoslas, ya me entiendes, cuando la tía esta apareció y casi nos echa de allí a patadas. Se puso histérica al ver que tú no estabas. Como si fuera una esposa despechada. Yo no sé qué les das, macho, pero pierden el juicio.

—Pero ¿qué dices? Ya será menos. ¡Si casi no me conoce!

—No exagera, Carlos, te lo aseguro. Menudo espectáculo nos lio. Le dijimos que tenías una cena de trabajo y se nos echó a llorar. Luego nos montó el numerito de que te habías burlado de ella, porque es una pobre chica de pueblo y tú un señorito rico. Tuvimos que prometerle que te llevaríamos otro día para que nos dejara en paz. Al final se puso chula y dijo que no nos quería volver a ver y agarró a las dos chavalas que estaban con nosotros y se las llevó diciendo que no éramos de fiar; habíamos pagado dos botellas. ¿Qué te parece?

—¡Pobres! —se burló divertido—. No sé qué se esperaba. Pero os aseguro que valió la pena no ir. Estamos intentando arreglar las cosas.

—¡Bah! Una cosa no tiene que ver con la otra. Mírame a mí. Yo adoro a Marisa, pero como pille bien a la pelirroja, le voy a meter un viaje... Y luego que se vaya a su pueblo o adonde quiera. Es lo bueno que tienen, no te complican la vida.

—Esta semana tienes que venir, o saldremos a gorrazos.

—Creo que no es buen momento. —Tanta insistencia le incomodó.

—No seas calzonazos, hombre. ¿Una noche romántica y nos dejas tirados? —A Jordi le divertía pincharle—. ¡Eso no es un amigo!

—¿Podemos hablar de otra cosa, pelmazos? —rogó Carlos con una mueca muy suya.

—Claro, hombre, cambiamos de tema. Pero el martes, nos acompañas.

Carlos le dio un capón a Boro y siguieron bromeando.

Fue un fin de semana relajado e íntimo. Parecía un mal sueño todo lo vivido en los últimos años. Aunque Elena sabía bien que no lo había soñado.

Los domingos seguía yendo a misa, sola o acompañada por su hermano, y ese no fue una excepción. Esta vez, a diferencia de las anteriores, la esperanza llenaba su corazón. Con la misma determinación y fuerza con que movía su vida, rezó. Rezó por el futuro de su matrimonio y para que se le concediera la gracia de un hijo. Ese era su mayor anhelo, la poción mágica que por fin aseguraría y protegería su pequeño mundo de la inestabilidad que le rodeaba, y en ese momento de su vida incluso su naturaleza lo pedía.

36

Desde la cena de aniversario las cosas iban mejor entre Carlos y Elena, pero los piques con sus amigos, la curiosidad por la reacción de la Vero y la necesidad de alimentar su vanidad empujaron a Carlos a volver a El Molino Rojo. Total, pensó, en unas semanas la perdería de vista tal y como Jordi había dicho.

La rutina fue la misma de siempre. Coger una buena mesa, seguir las evoluciones de las bailarinas entre risas y tragos, y esperar a que terminaran.

La Vero lo vio desde detrás de la cortina antes de salir a actuar. La sonrisa dibujada en su cara delató su convencimiento de que volvería. El numerito que les montó a sus amigos fue lo bastante exagerado como para que se lo hubieran contado. Cuando acabó su actuación fue primero a la barra y los observó un rato. Sus dos compañeras ya estaban allí, charlando con ellos. Boro y Jordi se hicieron un gesto cuando al fin la vieron aproximarse.

—Así que has venido —comenzó en tono de enfado—. ¡Qué bien! Entonces te perdono, porque pensaba que me habías tomado el pelo. —Su cambio fue tan radical que los dejó perplejos—. Pero no, yo sabía que tú no eras de esos. —Le agarró los carrillos con ambas manos y le estampó un sonoro beso.

—Pero ¿qué perra te ha cogido conmigo? —Se desembarazó de ella con poca convicción, entre halagado y perturbado—. Con la de hombres que pasan por aquí...

—¿Tú qué te crees? ¿Que me voy con cualquiera? —afirmó muy ofendida—. Pues no. Soy bailarina y voy a ser una gran estrella. Es solo que me habías caído bien, pareces distinto al *ganao* que se ve por aquí. Creí que me respetabas y me dolió que me tomaras el pelo.

—Una gran estrella... ¿tú? —Era una de sus compañeras que, de pie detrás de Carlos, escuchaba burlona aquel sainete—. ¡Ja! No me hagas reír. ¡Y yo voy a ser condesa!

Se rieron todos menos la Vero, que los miró desafiante.

—¡No os riáis! —estalló con su voz chillona—. ¡Es verdad! Yo solo trabajo aquí por *circustacias* de la vida —siguió melodramática, con dificultades para pronunciar su historiado discurso—. Pero ya veréis, ya, como llego lejos.

—Quién sabe —dijo Jordi apoyándola—. La verdad es que contando chistes eres única.

La joven observó cómo Carlos le rehuía la mirada; a pesar de su estudiada interpretación su actitud era menos receptiva que el primer día, y eso que aquel tampoco fue una fiesta. Algo había cambiado.

—Me dijeron que tenías un compromiso y por eso no *veniste* —siguió diciendo, abandonando su tono histérico para volver a actuar con normalidad—, pero no estaba segura de que fuera cierto. Parece que te fue bien, estás de mejor humor.

—Sí, así es. Estos dicen que te sentó muy mal y la verdad, no sé por qué.

—No es eso. Es que creí que te habías burlado de mí, siguiéndome la corriente para luego no venir. —Mientras ellos dos hablaban, sus amigos hacían lo propio—. Muchos se burlan de nosotras. Ya sé que es lo normal. Vienen un día y no vuelven —suspiró—. Nosotras nos iremos dentro de unas semanas, así que a nadie le importa... Pero me pareció que lo habíamos pasado muy bien. Esta vida es muy dura. —Su voz se quebró, mostrando cierta tristeza—. No hay muchos que sean educados y que nos respeten, como tú. —Le acarició la cara con suavidad—. Se creen que porque trabajamos en un cabaré somos basura. Ese amigo tuyo, el grandote, me mira como si fuera...

—No, qué va, yo no lo veo así —se apresuró a contestar Carlos, incómodo—. Y seguro que Boro tampoco. Solo es un poco seco.

—Eso me pareció. Por eso estaba tan a gustito el otro día contigo. Para mí, esto es solo temporal y no hago daño a *naide*. Pero tengo que enviar dinero a la familia y no sé hacer otra cosa. —Su gesto de tristeza había ido en aumento; sin embargo, cambió de repente—. Pero venga, que aquí has venido para divertirte. ¡Alegría, alegría! Aún no hemos brindado. ¿Por qué brindamos hoy, chicos?

Carlos, apesadumbrado, ya no tenía ganas de fiesta. Nunca se había planteado cómo era la vida de las chicas que se dedicaban al descorche. Observó con curiosidad y afecto a aquella jovencita de pasado desventurado, recordando su infancia y cómo podría haber acabado él.

La noche transcurrió tranquila y se fueron pronto. No fue la única noche que acudieron antes de que partieran. Aún volvieron dos veces más, en las que la Vero fue vendiéndole a Carlos nuevos fascículos de la trágica historia de su corta vida.

Lo que no le contó fue que de los tres hijos de su hermana, dos niñas y un niño, el niño en realidad era suyo y del terrateniente del pueblo con el que estuvo liada desde los dieciséis años. La afición del amo por las jovencitas era tan conocida como su generosidad con ellas. La primera que se sospechaba había pasado por su lecho regentaba una mercería, y la segunda se hizo con una pequeña parcela que ahora trabajaba de sol a sol pero que le daba buenos frutos para vivir de ella. Verónica fue la tercera en ganarse su favor. No fue fácil que se fijara en sus encantos, escasa de carnes como era, pero una tarde calurosa lo siguió hasta el río y sin pensarlo mucho se desnudó y se metió en el agua con él. Volvió montada en su caballo y le cedieron una habitación en la casa del servicio. Lo malo fue que al quedarse embarazada le faltó tiempo para pagarle el trayecto en autobús desde Zalabeña a Madrid, con un buen puñado de billetes, alejándola de su ya numerosa y legítima prole. Ella, sin pensárselo dos veces, siguió camino a Barcelona para reunirse con su hermana, que acababa de enviudar, quedándose sola con sus dos niñas pequeñas. No le costó convencerla para que fingiera que el niño era suyo. No era raro en la época.

Carlota, que así se llamaba su hermana, se fue al campo con ella —y con el dinero que a Verónica le dieron para abandonar el pueblo—, y allí permanecieron con las niñas, que por su corta edad no se enteraban de nada, hasta que Verónica dio a luz y Carlota volvió a Barcelona como si el niño fuera suyo. A nadie extrañó que pudiera haberse quedado embarazada antes de que falleciera su marido en trágico accidente; la gente se apiadó de aquella joven viuda que nunca había dado que hablar.

Por eso, cuando Verónica podía, enviaba algo de dinero a su hermana para ayudar a mantener al niño. En eso no había mentido. No es que mandara mucho, pues gastaba casi todo lo ganado; tenía un agujero en el bolsillo, como bromeaba con su hermana.

La víspera de su partida, Carlos fue a El Molino Rojo y en un momento en que se quedaron solos le entregó un sobre rectangular.

—¿Qué es? —preguntó ella, inocente.

—Nada, ya lo verás en el viaje.

—¡Lo quiero abrir! —exclamó emocionada.

—Será mejor que no. ¡O me lo llevo! —A Carlos le violentaba aquella situación, no quería estar delante cuando abriera el sobre y viera el dinero. Tampoco deseaba que sus amigos lo vieran.

—¡Muchas gracias, sea lo que sea! Nadie ha sido nunca tan bueno conmigo. Sabía que no me equivocaba. —En ese momento lo besó. Él se retiró confundido.

Ella, tal y como él le pidió, no lo abrió hasta más tarde, cuando estuvo sola. El sobre contenía diez mil pesetas que Carlos había ido sacando de la caja de Lena en los días anteriores, y una escueta nota. La Vero se había imaginado de inmediato cuál era el contenido del sobre, aunque no se atrevió a estimar la cuantía. Su estrategia había funcionado mejor de lo previsto; había encontrado un filón. Volvería pronto, en cuanto pudiera. No podía dejar que aquello se enfriara y le quedaba mucho trabajo por hacer con Carlos.

Habían pasado unos meses desde su romántica cena y las cosas parecían ir mejor entre el matrimonio Company. Pero lo más importante, lo que de verdad había cambiado la percepción del mundo de Elena, era que sus plegarias habían sido escuchadas. El embarazo era una realidad. En 1965 sería madre, por fin.

Cuando el ginecólogo se lo confirmó, unas lágrimas dulces refrescaron el rubor de sus mejillas. Fue sola, no quería decirlo todavía por si pasaba algo, pero ya estaba casi de tres meses. De todas formas, se esperaría un poquito más para hacerlo público. Se sentía tan feliz que temía que saliera mal, no estaba segura de la reacción de Carlos.

Las cosas habían mejorado, pero más por la voluntad de Elena que porque Carlos hubiera modificado sus hábitos. Ver que sus salidas nocturnas apenas habían cambiado la torturaba, si bien ahora volvía más pronto, de mejor humor, y le prestaba la atención que merecía. Habían roto una barrera importante; su acercamiento físico actuó como un lenitivo.

Pero seguía sin soportar verle holgazaneando mientras ella se mataba a trabajar. Percibía una clara desproporción entre la dedicación que cada uno aportaba al negocio, tanto física como intelectual. Parecía que solo estaba dispuesto a arrimar el hombro si las cosas se hacían como él decía y si no era así entonces prefería inhibirse, para disgusto de Elena, que consideraba esa actitud de un egoísmo hiriente.

Las ideas de Carlos, aunque brillantes, eran por lo general muy arriesgadas y ella no se la podía jugar. Era mucho más conservadora en sus planteamientos. Sentía el peso de la responsabilidad sobre sus espaldas y tenía frescos todavía los coletazos del cierre de Lamarc. Hacía años que ya no enviaba dinero a su madre, que había prosperado en Madrid con su nueva tienda, pero su hermano seguía viviendo con ellos. Temía cómo pudieran llegar a afectarle los desmanes de su padre. No había vuelto a tener noticias de Julián Gaytán, pero el incidente en su despacho le había afectado mucho.

Por si fuera poco, su hermano ahora parecía que tenía novia, de muy buena familia, y si llegaba el momento de casarse ella debería correr con los gastos, ¿quién si no? Tanta presión la hacía saltar. Pero ahora se mordía la lengua antes de decir nada. Su reconciliación le había hecho recobrar las esperanzas en su matrimonio, estaba dispuesta a luchar por él. Sobre todo ahora.

Llevaba tiempo pensando la manera de resolver aquella conflictiva convivencia profesional y creía tener la solución, pero con el embarazo se había echado atrás.

La respuesta a sus problemas pasaba por que Carlos, por fin, montara su propio negocio. Y se lo hubiera propuesto ya de no ser por su nuevo estado. Sería perfecto, cada uno haría y desharía a su manera en el suyo, y si las cosas iban bien, duplicarían sus ingresos. Ella se sentía capaz de tirar adelante sola aun estando embarazada, pero temía ser demasiado decidida y luego tener que arrepentirse. Tal vez necesitara más apoyo en los viajes y en la Feria, y no quería precipitarse.

Se había creado por primera vez en la ciudad la Feria de la Moda Infantil, frente a los jardines de Viveros, y Confecciones Lena iba a ser uno de los expositores. Ahí sí que había colaborado Carlos, asistiendo a las reuniones organizativas. Para Elena fue un alivio ya que en esas reuniones era con frecuencia la única mujer, con el inconveniente añadido de su juventud, y tenía que sacar su genio para conseguir que la respetaran, rozando a veces incluso la insolencia o la grosería para hacerse valer. Comenzaban mirándola con condescendencia, a veces con intenciones poco confesables acompañadas de comentarios incómodos, y se hacía respetar a fuerza de genio y dureza. Era agotador. Por eso había sido un alivio que Carlos se tomara esa parcela del negocio como algo propio; ella admiraba su facilidad para manejarse en esas reuniones. Negociaba con una naturalidad y eficacia dignas del mejor diplomático. No, no parecía buen momento para que Carlos volara solo y ella se hiciera cargo de todo eso.

Cuando Elena salió del ginecólogo, se dirigió a la fábrica. Había perdido un tiempo precioso, y cada segundo fuera del negocio era trabajo extra para más tarde. Al cerrar, como siempre, tuvo que pasar por las dos tiendas, para al final llegar a casa cerca de las nueve.

Elena entró. Se escuchaba la estentórea voz del locutor de televisión narrando un partido de fútbol. Carlos y Gerard compartían su afición por ese deporte. A veces parecían padre e hijo. Elena dejó las llaves en la repisa junto a la entrada y avanzó hacia el salón. Se sentía agotada, sin fuerzas. El cansancio se apoderaba de ella de una forma inusual desde poco después de saber de su embarazo, y ahora de nuevo perdía energía succionada por un ser invisible. Son tonterías —se repitió por enésima vez—, no te escuches tanto, que no tienes nada. Sin embargo, al segundo paso que dio sintió una sensación de frío, seguida de un ligero mareo, y lo único que consiguió hacer antes de desplomarse fue inclinar su cuerpo de forma instintiva hacia el sofá cercano en el que los hombres de la casa seguían concentrados en el partido. Recobró el conocimiento en pocos segundos, y al abrir los ojos vio los de Gerard y Carlos mirándola asustados mientras la abanicaban con un periódico.

—No me agobiéis, que estoy bien —farfulló mientras intentaba levantarse—. Dejadme respirar.

—Pero te has desmayado. Nunca te había pasado —dijo Gerard como si fuera algo tan extraño como una enfermedad tropical.

—Voy a llamar a un médico —decidió Carlos.

—No hace falta. Solo estoy cansada y con este calor...

—¿Cansada? ¿Tú? ¿Qué has hecho de especial? ¿Subir al Everest? —Gerard seguía pálido y con los ojos desbocados.

—¡Muy gracioso! —Todavía se sentía floja, pero la vida volvía a sus mejillas y a su voz—. Que no es nada; no os preocupéis, en serio.

—A ti no te pasan estas cosas. Mejor llamamos a un médico, como ha dicho Carlos, y nos quedamos tranquilos.

—Es normal, de verdad, no hay que llamar a nadie. Sois muy pesaditos, ¿eh?

—¿Cómo que normal? —Se miraron entre ellos con curiosidad. En Elena el cansancio era cualquier cosa menos normal, no digamos un desvanecimiento.

—Eso parece. En mi estado... —dijo, e hizo una pausa sin levantar la cabeza— les pasa a muchas mujeres.

—En... tu... estado... —Los ojos de Carlos se abrieron desmesurados—. ¿Quieres decir?

—Sí, eso, así que no le deis más importancia. —Había recuperado el color de golpe, apurada ante la mención de su embarazo en voz alta.

—A ver si me entero. ¿Estáis hablando en clave, o qué pasa? —Gerard seguía despistado.

—¡Tu hermana está embarazada! ¡Vamos a ser padres! —La cara de Carlos resplandecía de satisfacción y orgullo. Cayó sobre ella abrazándola con fuerza.

—Suéltame, que me ahogas y me voy a volver a desmayar.

—¿Y cómo te encuentras? ¿De cuánto tiempo estás? ¿Es seguro? —Ya incorporado, se movía indeciso de un lado a otro—. ¿Quieres un vaso de agua? ¿Tienes frío? ¿Una copa? No, claro, qué tontería...

—*Chsss*, frena que ahora eres tú el que se va a ahogar —dijo Elena riendo—. Estoy bien, de verdad, no te preocupes. Parece que estoy de casi tres meses, pero quería esperarme a decirlo cuando ya no hubiera riesgo.

—¿Riesgo? ¿Que algo va mal?

—No, no —le dijo en tono tranquilizador—, pero el ginecólogo me dijo que en los tres primeros meses puede haber problemas. A veces no están bien asentados y se pierden. No quería que os llevarais una desilusión.

—Soy el hombre más feliz del mundo —aseveró Carlos mirándola con dulzura.

—¿De verdad? —Ella sí que era la mujer más feliz del mundo.

—De verdad.

—Y yo voy a ser el mejor tío del mundo. ¡Qué bien, un sobrino!

—O sobrina —puntualizó Elena.

—Lo que sea, será bien recibido —afirmó Carlos con convicción mientras abrazaba de nuevo a Elena, esta vez con más delicadeza.

La noticia fue un nuevo bálsamo para todos. Parecía que por fin las cosas se iban a arreglar entre ellos. Carlos la colmaba de atenciones y lo mismo hacía Gerard. Casi demasiadas, teniendo en cuenta que a Elena no le gustaban las pamplinas.

Pero nada era sencillo en la vida de Elena.

A la mañana siguiente, al levantarse, comprobó con horror que estaba manchando. Los problemas que el ginecólogo le anunció que podrían aparecer en esos primeros meses se estaban produciendo. Tendría que acudir con urgencia a la consulta. El médico no le caía bien, pero se lo habían recomendado como uno de los mejores de la ciudad y era el que la trataba desde que se casó en las contadísimas ocasiones en que había tenido que visitar a un ginecólogo.

Esta vez la acompañó Carlos. La noticia, que recibieron con sus manos unidas con fuerza, fue demoledora. Después de examinarla y de hacerle una serie de preguntas les informó, con gran solemnidad, que se trataba de un embarazo *ectópico*,* lo que conllevaba un gran riesgo para ella si no abortaba enseguida, además de que el niño lo perdería seguro.

Elena no se lo podía creer. Después de diez años, cuando conseguía quedarse embarazada, le decían que tenía que abortar. ¿Cómo era posible? ¡No era justo! Su furia superaba a la tristeza. No podía ser. Tenía que estar equivocado. Vale, tenía dolores, pero tampoco era para tanto. Solo había sangrado un poco. Seguía con su mano asida a la de Carlos, con la misma fuerza con que apretaba los dientes.

El ginecólogo, hombre de aspecto pulcro y ademanes grandilocuentes, prosiguió su disertación explicándoles la evolución de un embarazo extrauterino y sus terribles estragos si no le ponían fin cuanto antes. Llamó a la enfermera y, tras atusarse su cuidado mostacho en un gesto que repetía con excesiva frecuencia, le indicó que les reservara habitación en el hospital para el lunes próximo y que, además, les anotara visita para que ese mismo viernes le llevaran los análisis que había pedido. Tras dejarlo todo organizado, los despidió con tal gesto de gravedad que Elena sintió un escalofrío.

Pero lejos de estar hundida, lo que estaba era indignada. Carlos intentó consolarla, diciendo que ya habría otro, pero ella no escuchaba.

—No me gusta ese médico. A mí no me duele nada, solo he sangrado un poco. ¿Cómo ha llegado a esa conclusión el muy majadero?

—Él sabrá, para eso ha estudiado una carrera.

—¡No! ¡No estoy de acuerdo! Voy a consultar con otro médico. Quiero una segunda opinión.

* Un embarazo ectópico es aquel que se desarrolla fuera del útero, ya sea en la trompa de Falopio (el más frecuente), en el ovario, en el canal cervical o en la cavidad pélvica o abdominal. Un embarazo ectópico constituye un riesgo para la vida y debe ser extirpado lo antes posible. Según algunas estadísticas, una de cada 826 mujeres con embarazos ectópicos muere por complicaciones. *(N. de la A.)*

—Si crees que es necesario... —le respondió Carlos, sin confianza.

—Sí. Antes de que ese matasanos me desgracie, necesito una segunda opinión. No perdemos nada. Tenemos que encontrar otro ginecólogo como sea, ya.

Así lo hicieron. Un par de llamadas y tuvieron varios nombres. Se decidieron por uno a toda velocidad, que les dio hora para el día siguiente gracias a la recomendación que llevaban y habida cuenta de la urgencia de la situación. Apenas pudieron dormir esa noche, cada uno sumergido en sus temores, igual de tristes, igual de angustiados.

El ginecólogo, hombre de edad y prominente calvicie, los recibió solícito; ya le habían puesto en antecedentes. Cuando le explicaron los síntomas, no pareció darle excesiva importancia.

—Veamos, dice que no tiene molestias, en ninguno de los dos lados.

—Así es —contestó rotunda Elena.

—¿Hoy no ha sangrado?

—No, doctor.

—Y cuando ocurrió, ¿cómo lo describiría?

—No sé, al despertar había una mancha grande, como diluida, pero luego ya no volví a ver nada.

—En principio —comenzó con cautela—, yo no veo razón para preocuparse demasiado. Está casi en el tercer mes y si fuera un embarazo ectópico notaría fuertes dolores. Creo que lo mejor es esperar, dado que parece que se encuentra bien. Debe hacer reposo durante unas semanas. De momento no ha vuelto a manchar y no tiene más molestias que las habituales así que, como le he dicho, haga reposo y si vuelve a sangrar, no dude en llamar a su médico o acudir al hospital. Creo que es paciente del doctor Llorca, según me ha dicho —había cierta incomodidad en su afirmación.

Comentaron un par de cosas más y salieron de la consulta dudando si podían alegrarse de nuevo. Parecía claro que, a pesar de la amabilidad con que este médico los había recibido, no le agradaba hacerse cargo de la paciente de otro colega.

—¿Y qué hacemos ahora con el doctor Llorca? —preguntó Carlos.

—De momento, nada. Vamos a esperar al viernes como dijo. Me haré los análisis, y a ver qué nos dice. Entonces decidiré.

—Todos dicen que es el mejor. Incluso tu madre, que ya es raro. Y hace diez años que te conoce. Un error lo tiene cualquiera, si es que se equivocó. —Su faz todavía reflejaba tensión—. La verdad es que los síntomas son engañosos. Pero si decides cambiar, pues se cambia.

—Este error, como tú dices, ha estado a punto de matar a nuestro hijo.

—Vamos a esperar al viernes. —No quería discutir; comprendía la ansiedad de Elena—. Haz reposo como te han dicho y veremos qué pasa.

Elena hizo reposo, a pesar de lo difícil que le resultó. Aprovechó para leer y para comenzar a tejer unos peúcos. De algo le iban a servir tantas lecciones para ser la perfecta esposa. Presentía que iba a ser niña, dijeran lo que dijesen los demás, así que los comenzó en rosa. Pero a pesar de sus labores y lecturas, la semana se le hizo eterna hasta el viernes.

Cuando fue a su ginecólogo estaba mucho más serena que la última vez, y también más cortante. El médico revisó los análisis y volvió a preguntarle en su tono afectado las mismas cosas que en la visita anterior. Elena fue categórica y rotunda en sus contestaciones. Era evidente que estaba enfadada. El doctor Llorca habló con cautela y fue reculando respecto a su primera versión.

—Veamos... —Examinó los resultados de los análisis—. Parece que los síntomas iniciales que tanto la preocupaban han remitido notablemente —dijo levantando las esquinas de su bigote con el dorso de su dedo índice.

—A *mí* no me preocupaban tanto —le corrigió Elena—, hasta que a *usted* le preocuparon tanto.

—Bueno, con estos días de reposo su aspecto y su estado general han mejorado. Parece que no es un embarazo extrauterino, ya que de ser así continuarían los síntomas. De todas formas, debe seguir guardando reposo; la mantendré bajo control semanal.

—Entonces, ¿estoy bien? —preguntó todavía intranquila—. ¿Todo está bien?

—Bueno, ha sangrado y eso no es buena señal —afirmó, adoptando de nuevo ese aire serio y pomposo que tanto le gustaba—. Por eso le recomiendo que haga reposo, que le ayuden con las tareas del hogar y esas cosas que hacen habitualmente las mujeres, si es posible.

—Ya..., con las tareas del hogar —repitió con ironía. La sacaba de quicio que la encasillaran en el papel de ama de casa. En tantos años siendo paciente suya, al doctor nunca le había preocupado a qué se dedicaba Elena, ni ella era muy dada tampoco a hablar de sus cosas.

—Muy bien, pues ya está todo claro —cortó Carlos raudo antes de que su esposa soltara uno de sus cáusticos comentarios—. Muchas gracias, doctor Llorca, ha sido muy amable.

Salieron de la consulta con Carlos tirando del brazo de Elena, que intentaba quedarse y terminar aquella conversación de otra forma.

—Voy a cambiar de ginecólogo —sentenció.

—Venga, Elena, no seas tonta. Ya lo hemos hablado mil veces y estamos de acuerdo en que es el mejor. Simplemente se precipitó, pero él mismo ha considerado que no había peligro y ha suspendido la intervención. Además, atiende los partos en La Cigüeña y su equipo es muy bueno.

—Ya. Y tendré que estar muy agradecida al matasanos engreído este. ¡Qué bien!

—¿No estás contenta? —le dijo dulcemente. En ese momento a Elena se le iluminó la cara. Su enfado le había impedido apreciarlo.

—Es cierto, qué tonta estoy. Casi consigue amargarme. ¡Estamos bien! Las dos estamos bien. —Se abrazó a Carlos con fuerza. Su sueño seguía adelante.

No tardó en volver al trabajo. Eran peor los nervios que pasaba en casa que los del trabajo, así que decidió continuar como siempre. Fueron los mejores meses de su vida, en todos los sentidos, con Carlos y Gerard pendientes de ella y el negocio prosperando por momentos.

Pero a un mes del parto, el ginecólogo les dio un nuevo disgusto.

—Todo indica que el bebé viene de nalgas. Se ha encajado en

la pelvis, no creo que pueda nacer de parto natural. Hay que hacer una cesárea.

—¿Está seguro? —Carlos ya no confiaba en los vaticinios del doctor Llorca.

Elena permaneció callada. Era algo que ya sabía. Notaba los pies del bebé pateando con fuerza contra su vejiga y su bajo vientre. Pateaba tanto que había desistido de la idea de que fuera una niña. Era niño e iba para futbolista. ¡Pena de ajuar rosa que le había preparado! Una niña no podía moverse así. Qué dolor tenía.

—Sí, Carlos. El doctor tiene razón. Lo noto. Los pies están abajo.

—De todas formas vamos a hacer una radiografía para cerciorarnos de la posición.

—¿Una radiografía? ¿No se quedará ciego? —se alarmó Elena.

—No. Existe cierto riesgo pero es mínimo y la radiación que se da en estos casos es muy baja. Solo necesitamos determinar la posición del bebé. No se preocupen, está todo controlado.

Ya, como en el embarazo extrauterino, pensó Elena mientras Carlos le pisaba un pie con disimulo para evitar que dijera aquello que sabía estaba pensando. Tendrían que esperar a la imagen para saberlo seguro.

Le hicieron la radiografía y allí estaban, los pies en la parte inferior y en la superior la cabeza, con una línea blanquecina rodeando la zona del cuello. Camino del médico, Carlos seguía discutiéndoselo a Elena. Le daba la vuelta a la radiografía y le insistía obcecado:

—Viene bien. ¡Lo ves como tengo razón! Todo está bien. Es evidente, aquí arriba están los pies y aquí abajo la cabeza. Este médico no se entera.

—No, Carlos, no. —Elena giró la radiografía—. La estás viendo al revés. Mira que eres cabezón.

—¡Pero qué dices! Eres tú la que la ve al revés. Es un parto natural, como todos.

—¡Que no! ¿No ves dónde está mi nombre escrito? Lo estás viendo al revés.

Llegaron a la consulta después de muchas discusiones, para que el doctor Llorca les confirmara lo evidente:

—¿Lo ven? Como me temía, viene de nalgas. —Su dedo índice, empujando con un leve gesto la comisura de su bigote, indicaba que la cosa no acababa ahí—. Además, lleva el cordón umbilical enrollado al cuello. En la posición que está, podrían rompérsele los brazos al sacarlo, y lo que es peor, podría quedar estrangulado por el cordón. Tendremos que hacer una cesárea y lo mejor será programarla para dentro de dos semanas, que estará cumplida. Hasta entonces, vida tranquila, no se vaya a poner de parto.

Los dos asintieron. Esta vez no había mucho que discutir. Las cosas pintaban negras.

37

El día acordado para la cesárea se trasladaron a la clínica con todo lo necesario. Los dos estaban muy nerviosos. A pesar de su fortaleza, el miedo se apoderó de Elena. Era un temor desconocido a cualquiera que hubiera experimentado antes. La intervención era arriesgada, pero no temía por ella. En realidad le atormentaba pensar qué sería de su futuro bebé si no salía del quirófano; el dolor que le causaría crecer sin madre, si ella moría en la operación, cosa que de la mano de aquel médico veía bastante factible. La angustia apenas la dejaba respirar, y la desconfianza en su médico no ayudaba en lo más mínimo. Rezó con fervor camino del quirófano.

La intervención fue larga. En la sala de espera, Carlos caminaba de un lado al otro y los paquetes de tabaco caían como las hojas en otoño sin que su cuñado apenas acertara a decir algo que mitigara la tensión. Eran los únicos familiares presentes, su madre aún no había llegado de Madrid y a su padre, ¿cómo lo iban a avisar? Según las últimas noticias seguía perdido en Francia y era al último a quien nadie deseaba ver allí.

Por fin salieron del quirófano. A pesar de apuntar maneras de futbolista, la premonición inicial de Elena se cumplió. Fue una niña, que nació muy blanca y rubia. Era perfecta, sin ninguno de los signos de sufrimiento de los bebés que nacían de parto natural. Pero ahí se acabaron las ventajas. La cesárea fue más complicada de lo esperado, o eso dijo el doctor Llorca. Tardó mucho en despertar de la anestesia, y cuando lo hizo se encontraba muy mal. Tenía una cremallera de grapas metálicas que llegaban hasta el ombligo y unas náuseas espantosas.

—¿Está entero? ¿Está bien? —fue lo primero que dijo al abrir los ojos. Las noticias sobre la nefasta talidomida* habían sido una pesadilla para muchas embarazadas de principios de los sesenta, y aunque el medicamento se había retirado, el temor persistía.

—Sí, está muy bien —le susurró Carlos, besándola con dulzura en la mejilla—. Es una niña, perfecta, como tú.

Los ojos se le empañaron. La podía ver y tocar; y estaba sana y entera. Las lágrimas se desbordaron, fruto de una extraña tristeza.

El tema del nombre ya lo habían hablado en casa. Si era niño, se llamaría Carlos; sin discusión. Y si era niña la cosa no estaba tan clara. Elena quería que se llamara Elvira, en honor a su abuela, que tanto la había apoyado. Y a Carlos le gustaba Lucía. Los dos nombres eran bonitos, así que al final fue Elena la que decidió ponerle los dos, Elvira Lucía Company Lamarc. Tener más de un nombre era lo habitual y así se contentaba a todos.

Pero cuando Carlos se vio ante la ventanilla del registro, no lo pudo evitar:

—Nombre de la niña.

—Esto... Lucía, Lucía de primero y Elvira de segundo.

—Muy bien, Lucía... Elvira... Company... Lamarc... —repitió el funcionario mientras escribía con su letra de redondilla el nom-

* La talidomida es un fármaco que fue comercializado entre los años 1958 y 1963 como sedante y como calmante de las náuseas durante los tres primeros meses de embarazo. Como sedante tuvo un gran éxito, ya que no causaba casi ningún efecto secundario, y en caso de ingestión masiva no era letal. Pero en el tratamiento de las náuseas provocó miles de nacimientos de bebés afectados de focomelia, anomalía congénita caracterizada por la carencia o excesiva cortedad de las extremidades. La talidomida afectaba a los fetos por dos vías: bien porque a la madre le hubieran administrado el medicamento directamente como sedante o calmante de náuseas; o bien porque el padre lo tomara, ya que afectaba al esperma y transmitía los efectos nocivos en el momento de la concepción. Cuando se comprobaron los efectos teratogénicos (que provocan malformaciones congénitas) del medicamento, este fue retirado con más o menos prisa en los países donde había sido comercializado bajo diferentes nombres. España fue uno de los últimos, al retirarlo en el año 1963. *(N. de la A.)*

bre de la niña en el Libro de Registro y en el Libro de Familia—. Pues ya está. Y ¡enhorabuena!

—¡Gracias! —Carlos salió contento y pensando la que se iba a montar cuando Elena viera que al final le había puesto Lucía. Pero ya estaba hecho. Sonrió satisfecho. Seguro que a su hermana le haría ilusión cuando lo supiera.

No se equivocó. A Elena le dio un ataque de furia, aunque bastante contenido dadas sus precarias condiciones. Lucía tampoco sonaba mal, pero ni en eso se habían puesto de acuerdo. No quiso darle muchas vueltas, ya estaba hecho y un acontecimiento tan feliz no se empañaría por un nombre. Miraron a la pequeña Lucía en su nido, tan blanca y rubia que parecía de porcelana. Contemplarla les daba paz, serenidad. Parecía la pieza del puzle que faltaba; la que haría que todo encajara.

Por fin llegó la madre de Elena. La niña ya podía abandonar el hospital pero no Elena, que confió en la llegada de Dolores para echarle una mano a su marido con la recién nacida. Carlos no estaba muy convencido de que su suegra fuera a ayudarle en algo; más bien pensaba que la mano se la iba a echar al cuello, pero accedió. No sabían cuánto tiempo permanecería Elena en el hospital. Estaba teniendo un posoperatorio horrible. Conforme su vientre comenzó a deshincharse y a recuperar su tamaño original, las grapas que antes estaban separadas se amontonaron hasta engancharse unas con otras, de forma que cualquier pequeño movimiento hacía que aquella infernal cremallera la hiciera gemir de dolor. Los enganchones entre las grapas producían tirones que le provocaban dolorosos desgarros. Por no hablar del lamentable aspecto que ofrecía su vientre. Pasada la euforia del primer día, una profunda tristeza se apoderó de ella. No tenía fuerzas, ni ánimos, se sentía incapaz de afrontar el futuro. Ella, que hasta hacía nada se comía el mundo, se veía ahora superada por las circunstancias.

No lo sabía entonces, y los médicos tampoco, pero estaba sumida en una honda depresión posparto, agravada por una fuerte anemia y un estado físico muy deteriorado. Tardó tres semanas en volver a casa y, al traspasar la puerta, miró a su alrededor con desesperación; dudó si no habría sido mejor quedarse en el hospital, de lo incapaz que se sintió.

Para su consuelo, Carlos era mañoso y solícito con la niña. Era tan pequeñita y él tan grande que casi se la manejaba con la palma de la mano. No era frecuente ver a un padre con su bebé en los brazos, y sin embargo Carlos fue el primero de la familia en arrullar a Lucía. Le hablaba, la dormía, le daba el biberón con agua o *llavoretes*... Dolores estaba en casa pero, viendo la pericia de Carlos, prefirió limitarse a dar consejos en la distancia. Tampoco ella tenía mucha práctica, a pesar de tener dos hijos, y no entendía por qué no habían contratado un ama de cría, como cualquier familia de bien.

Elena tardó aún varias semanas en poder moverse con normalidad. Le habían hecho una auténtica carnicería de la que le quedarían secuelas de por vida, entre ellas una espantosa cicatriz de dos dedos de ancho desde su ombligo hasta donde alcanzaba la vista. Se sentía inútil, dependiendo para todo de los demás y sin poder atender a su hija como le gustaría. No estaba acostumbrada a pedir ayuda ni a recibirla y ahora no tenía otra opción.

A su delicado estado, pronto se sumó que la niña lloraba desde que empezaba a anochecer hasta la mañana siguiente. Elena no tenía leche suficiente para alimentarla, según dijo el pediatra, pero si solo fuera eso con un biberón de apoyo se habría solucionado; no fue así.

Se sucedieron las noches sin dormir. Una semana, dos, tres... un mes. La niña la desquiciaba con su impertinente llanto, rompiendo el silencio de la noche como una sirena inagotable y penetrante que ululaba hasta el amanecer. A las tres semanas Elena se reincorporó a la empresa, era insustituible, y regresaba tarde, destrozada de unos días de duro trabajo, sin la contrapartida del descanso nocturno y con el remordimiento de no dedicarle a su hija todo el tiempo necesario.

Se llevaba a Lucía con ella en el capazo y la tenía en el despacho aprovechando que durante el día estaba tranquila. No podía dejarla con nadie ya que seguía dándole el pecho, empeñada en cumplir con alguna faceta del tradicional papel de madre que se presuponía debía desempeñar. Le daba el pecho en casa antes de salir y, ya en la empresa, a las doce, con escasos resultados ya que no tenía mucha leche y tenía que complementarlo con un biberón de ayuda que calentaba en un hornillo eléctrico traído de casa. Despachaba los últimos asuntos del día y poco antes de las dos caminaba hasta un restaurante vasco cercano donde Edurne, la dueña, le cedía gentil la mesita donde tenía la caja y mientras ella comía, en la cocina le lavaban y esterilizaban el biberón. Elena colocaba el capazo a su lado, comía rápido y de nuevo en el trabajo volvía a darle el pecho a eso de las tres, y repetía a las seis con el firme propósito de que la toma de las nueve la hiciera en casa. Regresaba exhausta y con los nervios destrozados tras la intensa jornada, y entonces empezaba el llanto.

Carlos, una vez pasados los primeros días, volvió a su ritmo habitual, sin apenas coincidir con Elena. Por las mañanas no se sabía dónde andaba hasta más o menos las doce. Pasaba por Lena, revisaba la entrada de pedidos y el correo, cogía algo de dinero, daba una vuelta por las distintas secciones y se volvía a ir. Eran muy pocos los días en que se quedaba a comer con ella.

Los nervios de Elena se deshilachaban como una cuerda vieja por la falta de sueño y por la lenta recuperación de su cesárea. Era cuestión de tiempo que las discusiones se reanudaran en el mismo punto en que se quedaron aquella noche de primavera que, entre vino y buenos deseos, terminó por traer al mundo a Lucía.

Los reproches de Elena eran más duros que antes. Agotada como estaba, necesitaba el apoyo de Carlos, su ayuda, más que nunca. Pero era incapaz de pedirla. En su lugar, lo atacaba con fuerza. Para evitar discusiones, Carlos procuró coincidir con ella lo menos posible, tanto en la fábrica como en casa, pero solo consiguió agravar la situación.

Cuando estaba en casa, su tiempo era para la pequeña Lucía, su debilidad. Aunque por las noches ni se acercaba a la niña. Se trasladó a dormir al salón para intentar no escuchar su agudo e imparable llanto, que se repetía noche tras noche sin explicación ni remisión. Elena había optado por dormir en una mecedora. Parecía que si mantenía erguida a la niña y la balanceaba, llegaba a consolarla durante breves lapsos de tiempo, en los que Elena conseguía también dar alguna cabezada que volvía a ser interrumpida sin remedio, primero por un extraño espasmo que recorría el pequeño cuerpo del bebé, transmitiéndose al de Elena, y, en breves segundos, por el agudo grito que le taladraba los oídos.

—¡Cállate! ¡Cállate de una vez! Vas a acabar conmigo —gritó más de una vez mientras la sujetaba contra el pecho, sus lágrimas cayendo sobre la cabeza de la niña que, ante aquellos gritos que no entendía, arreciaba su llanto espasmódico.

Así pasó muchas noches, en las que los mínimos momentos de paz no eran ni mucho menos suficientes para reparar el agotamiento que la iba clavando al suelo.

Estaba al límite de sus fuerzas y, vencida por la desesperación y la impotencia, solicitó los servicios de unas monjitas que se ofrecían para cuidar enfermos y que, a regañadientes ante sus desesperadas imploraciones, accedieron a quedarse una noche para ver si era tan complicado hacer dormir a aquella pequeña criatura de cara angelical. Fue la primera de muchas noches, de muchos meses, en que aquellas monjitas pasaron la velada acunando a Lucía en un pequeño cuartito de plancha, para que Elena consiguiera dormir.

Durante esos meses, cuando empezaban los lloros, Carlos salía disparado. Le ponían muy nervioso. A la niña la habían visto los mejores pediatras y ninguno sabía decir por qué lloraba o cómo conseguir que dejara de hacerlo. Así que prefería desaparecer con sus amigos hasta que hubiera llegado la monja de turno, que ya no se traía labor, ni libro de rezos —¿para qué?—, y se hubiera instalado en el cuartito, desde donde el llanto se escuchaba atenuado.

Carlos había seguido frecuentando El Molino Rojo con sus amigos durante los meses del embarazo, por si volvía el ballet de la Vero, no sin remordimientos. Aun no habiendo pasado nada, si Elena se enteraba no se lo perdonaría, a punto de ser padres. Pero a Carlos la historia de la Vero le había conmovido; tenía curiosidad por saber si aquellas diez mil pesetas habían cambiado la vida de esa pobre chica.

En las ocasiones en que a lo largo de aquellos nueve meses la Vero había coincidido con Carlos, se había esforzado por verlo fuera del cabaré, sin conseguirlo.

El Molino Rojo evitaba a toda costa que pudieran asociarlo con un negocio de prostitución, por lo que tenía terminantemente prohibido a las chicas liarse allí con los clientes. Algunos, los más atrevidos, incluso acudían con sus esposas cuando el espectáculo lo merecía o venía alguna *vedette* de renombre.

Pero una vez que el cliente había pagado la botella, podía irse del local con cualquiera de ellas y las chicas eran libres de «arreglarse» por su cuenta con los clientes.

Verónica había conseguido ganarse la confianza de Carlos y, entre la información que había ido recogiendo en el cabaré, y la sonsacada al interesado, tenía clara su estrategia. Carlos necesitaba una mujer sumisa, que valorara su opinión, que lo mimara y le dejara llevar el mando. Y en eso se afanó. Era su proyecto de futuro.

La noticia de su paternidad fue un jarro de agua fría. Era una piedra en el camino, pero no pensaba detenerse ante nada. En sus conversaciones había averiguado lo suficiente para saber que no lo iba a soltar.

—¿A qué te dedicas? —le había preguntado.

—Tenemos una fábrica de confección infantil.

—¡Qué bonito! Debes de tener muchísimo trabajo.

—Bueno, sí, aunque en realidad no es solo mía. También es de mi esposa. —Su voz se debilitó, nombrarla allí le daba reparo.

—¿Y eso? —Verónica había dado un respingo.

—Es una situación un poco particular. Trabajamos juntos —contestó Carlos. No le gustaba entrar en detalles.

Ella había oído algo al respecto, pero pensó que no fuera cierto. No era lo normal. Según le habían dicho, la que estaba al frente del negocio era su mujer y él lo llevaba muy mal.

—Tienes suerte de que tu esposa te apoye en tu trabajo y en tus cosas —le comentó con dulzura, sin perder de vista cualquier mínima reacción—. Debe de ser bonito tener una mujer a tu lado para darte ánimos cuando lo necesites. Y ella también tiene suerte. No sabes la envidia que me da, tener un hombre bueno, generoso y trabajador como tú, por esposo —suspiró con tristeza.

—Las cosas son complicadas —masculló Carlos—. Esa descripción no es muy acertada.

—Pero tú diriges la empresa —insistió la Vero— y ella te apoyará, es lo normal.

—No exactamente —fue su escueta aclaración.

—¿Cómo que no? ¡Pero eso no es justo! Eres el hombre, el que entiende de esas cosas. Y entonces... —Su contestación la había llenado de dudas—... Si la empresa es tuya, ¿por qué no cambias las cosas?

—En realidad yo tengo una pequeña participación. Funciona muy bien, aunque podría ir mejor si cambiara algunas cosas. Pero es tan cabezota, que por no discutir con ella...

—¿Y no podrías instalarte por tu cuenta? Tú vales mucho para depender de una mujer y parece que dinero no te falta —prosiguió.

—Eso me dice ella —contestó taciturno—. Y tal vez lo haga.

Jordi y Boro veían con inquietud aquellas serias y sesudas conversaciones entre burbujas y lamés, e intentaron prevenirle más de una vez. Poco a poco se estaba metiendo en un lío, pero Carlos solo veía en aquella jovencita desgarbada a una criatura indefensa necesitada de afecto a la que él podía proteger, y que parecía tenerle un sincero y desinteresado aprecio. Además, aquellas conversaciones alimentaban su ego. Recibía la admiración que en su casa no encontraba, sintiéndose valioso y necesario.

Elena casi no se daba cuenta de las ausencias de Carlos. Sabía que salía, como de costumbre, pero ella se iba a la cama muy pronto y se quedaba dormida al instante. Arrastraba un cansancio y una astenia que la hacían sumirse en un profundo sopor y no reparaba demasiado en las salidas de su marido o en cuándo regresaba. Ya no le oía llegar.

Por la mañana lo veía durmiendo y se levantaba sin hacer ruido para arreglarse y marcharse con la niña. No era nuevo, pero ahora dolía más.

Carlos, además de no parar ni en casa ni en el negocio, al menos en los mismos horarios que Elena, continuaba disponiendo del dinero de la caja y de la cuenta corriente según le venía en gana y sin explicación alguna. Para él, el negocio era de ambos y si necesitaba efectivo, lo cogía. Ya lo repondría más adelante para cuadrar las cuentas. Elena no quería recordar los frecuentes expolios a que su padre acostumbraba someter la sufrida caja de Manufacturas Lamarc, pero no podía evitarlo, y las continuas e injustificadas disposiciones de Carlos le hacían dudar sobre si esos fondos los dedicaría a lo mismo que su padre.

Ahora era ella la que tenía el control de la empresa y no estaba dispuesta a financiar con el sudor de su frente a ninguna «pajarita» que se cruzara en su camino o los vicios de su alegre y espléndido marido, siempre dispuesto a invitar a los amigos. Elena era de soluciones drásticas: decidió volver a ser la responsable de la caja, aunque cada vez tuvieran que acudir a ella para realizar cualquier pago. Pero además esta vez llegó más lejos, al retirar la autorización que Carlos tenía en las cuentas bancarias propias de la sociedad. O se ponía a trabajar en serio con ella, o montaba su propia empresa, o lo iba a pasar muy mal. Estaba decidida a hacerlo cambiar, por las buenas o por las malas.

Carlos se enteró de la peor manera, cuando fue a sacar dinero al banco y le dijeron que ya no estaba autorizado. Fue bochornoso. Y ni siquiera le había avisado. Se presentó en Lena como un miura. Elena estaba en su despacho, con el capazo de Lucía a su lado, dibujando modelos para el próximo muestrario, y continuó con ello a pesar de su violenta irrupción. Sabía que tarde o temprano ocurriría y no estaba dispuesta a perder la calma ni a ceder.

—¡¿Cómo te has atrevido?! —bramó, encolerizado—. ¡¿Quién te crees que eres para desautorizarme en la cuenta?!

—La que trabaja e ingresa dinero en esa cuenta —respondió Elena impertérrita.

—¡Eso es mentira! —Su puño golpeó con fuerza sobre la mesa. Elena levantó la cabeza sobresaltada.

—Si vas a seguir gritando ya puedes salir de mi despacho. —El leve temblor en su voz era el único signo que delataba los nervios que en ese momento la habitaban—. Vas a asustar a Lucía.

—¡A ver si te enteras de una vez! ¡La empresa es de los dos! ¡Yo también tengo mis derechos sobre este negocio!

—Eso es un decir. Yo trabajo y tú te gastas el dinero —afirmó con dureza, mirándolo de frente.

—¿Me acusas de no trabajar? ¿De que me estás manteniendo? —le preguntó indignado.

—¿Acaso no es así? —Estaba asombrada por su cinismo. Hacía semanas que no pasaba cuatro horas seguidas en la fábrica.

—¡Pero si no me has dejado hacer nada! ¿Qué esperabas? ¿Que me sentara a tu lado en una silla a hacer lo que me mandes?

—¡No! ¡Que trabajaras a mi lado, codo con codo! Y baja la voz. —Se levantó para taparla un poco y cerrar más la capota del capazo.

—¡Eso es imposible! ¡Contigo no se puede trabajar! Soy tu marido, no tu empleado, pero para ti no hay diferencia. Siempre intentas estar por encima de todos, sin excepción. Para ti no tengo una idea buena, no sirvo para nada; ni me respetas, ni me valoras. —Sus conversaciones con la Vero acudieron involuntarias a su discurso.

—Pero ¿qué dices? Eso son excusas absurdas. Hay muchas cosas que podrías hacer, pero prefieres pasarte el día por ahí. Y las noches. ¿Crees que no me doy cuenta? Desde que nació Lucía casi no nos vemos. Estamos otra vez como hace un año y no lo puedo soportar.

—¿Qué es lo que no puedes soportar? ¿Que me divierta? ¿Que no sea tu felpudo? Eres arrogante y dura.

—Pues se ve que no lo bastante —musitó con amargura—. En este mes llevas gastada una cantidad de dinero de la caja considerable y, la verdad, no sé ni en qué. Eso se ha acabado. He cerrado el grifo. Aquí el que no trabaja, no cobra. Si necesitas dinero, me lo tendrás que pedir.

—La cuenta privada todavía es de los dos —dijo Carlos con lentitud. La rabia era tal que le costaba articular palabra.

—Sí, pero he domiciliado todos mis ingresos en otra cuenta, así que pronto estará seca. Cuando tú cobres tus comisiones y beneficios, los puedes meter ahí o donde te dé la gana.

—¡Esto es vergonzoso! No me extraña que todas las empleadas te teman. —Sabía que era el tipo de comentario que a Elena le dolía. Entre el respeto y el temor había una importante diferencia y el respeto se lo había ganado a base de esfuerzo, trabajo y un sentido de la justicia incorruptible, aunque no siempre bien aceptado.

—Eso es un golpe bajo —musitó, dolida—. Mira, si no te gusta lo que hago, muévete. Monta tu propio negocio. ¿No tienes tantas ideas? ¿No te parece tan mal cómo llevo las cosas? ¡Pues échale narices!

—¡Sabes que el dinero que tenía lo invertí aquí! —Su dedo se clavó de nuevo con fuerza sobre los papeles de Elena.

—Y tú sabes que desde el principio has cobrado, íntegros, tus beneficios. —Elena bajó el tono, tratando de recuperar la calma—. Me comprometí a repartir un treinta por ciento de los beneficios que se obtuvieran y así lo hice. Es más, firmé que en caso de pérdidas las asumiría yo, en su totalidad. Si hubieras ahorrado, ahora tendrías una pequeña fortuna. Pero no te preocupes —le dijo decidida enfrentando su mirada—, te compraré tus acciones.

Pilló a Carlos por sorpresa, igual que cuando le propuso entrar en la sociedad. No había contado con semejante ofrecimiento y estaba demasiado ofuscado como para recibirlo de buen grado.

—Así, de repente. —Seguía furioso y ahora, además, confuso—. ¿Y qué se supone que tengo que hacer?

—Tú verás... —Elena, aunque asustada, sacó fuerzas de flaqueza para mantenerse serena e intentar ser positiva—. Yo te apoyaré.

—Lo único que conozco es este negocio. —Se había enderezado, con el semblante serio.

—Pues monta un negocio como este —contestó sin dudarlo.

Carlos no pudo evitar quedarse con la boca abierta. No podía haberla entendido bien.

—¡Ja! ¡Esta sí que es buena! ¿Y te hago la competencia? ¡Venga ya! ¡Estás de broma! Es lo que nos faltaba.

—¿Te parece que bromeo? España es muy grande; hay sitio para los dos y no tienes por qué hacer lo mismo que hago yo. Siempre me criticas, tu enfoque es distinto, más..., cómo diría yo..., popular. Si lo hicieras, yo te apoyaría, puedes estar seguro. —No se atrevió a tocarlo, pero se acercó a él—. Lo único que quiero es no llevar yo sola el peso de la familia. Necesito que me ayudes y la experiencia ha demostrado que estar los dos aquí no fue una buena idea. —Aunque no lo dijo, albergaba la esperanza de que teniendo su propio negocio tendría además los días ocupados en una actividad conocida.

—Lo pensaré —contestó algo más tranquilo—. Pero esto es un chantaje humillante.

—Tómatelo como quieras. Es lo que hay. Mientras tanto, ya sabes cómo están las cosas. —Volvió a su mesa, bajó la cabeza y siguió dibujando como si nada. Le temblaba el pulso, su corazón iba a mil por hora, pero estaba dispuesta a quemar sus naves. Tenía que reaccionar.

Carlos estaba herido en lo más hondo. No encontraba justificación a las humillaciones de Elena. Sí, cogía dinero, pero siempre lo devolvía cuando cobraba su parte. Le gustaba gastar, ¿y qué? Para eso era el dinero que ganaban. Además, la mayoría de las veces lo hacía para comprar cosas que hacían falta en la fábrica. Cuando no vendía, lo mismo reparaba las máquinas, que comía con clientes o visitaba otras empresas para buscar maquinaria que necesitaban a buen precio. Si por Elena fuera, no avanzarían nunca, siempre con lo mismo.

Pero por mucho que en el fondo de su alma estuviera de acuerdo con ella, aquel ultimátum lo había revuelto contra la solución lógica para todos. El sentimiento de oposición a Elena era más fuerte que la razón.

A partir de ese momento las cosas estaban claras, tal vez demasiado. Elena iba a llevar su amenaza hasta sus últimas consecuencias.

38

Después de la discusión, confuso y con mucha rabia acumulada, a Carlos no le quedaron ganas de encontrarse con Elena cuando volviera a casa. Necesitaba distraerse, divertirse. Entró y sin quitarse la chaqueta fue al teléfono a llamar a sus amigos. Saldrían pronto a picar algo y de allí irían a El Molino Rojo. Como tantos otros días.

Gerard lo vio arreglarse y salir casi a la misma velocidad con la que había llegado. No se atrevió a preguntarle nada a la vista de su gesto adusto. Era demasiado frecuente ver a su cuñado de mal humor y sabía que en esas circunstancias lo mejor era dejar reposar a la fiera. Se encogió de hombros y continuó viendo la televisión.

Llegaron al cabaré de los primeros. Verónica lo vio entrar. No le pasó desapercibido el gesto tenso y la faz congestionada; sus finos labios carmesí se estiraron en una sonrisa reprimida. Algo le decía que iba a ser un buen día.

Desde que Carlos le regalara el sobre con el dinero, el interés de la Vero por regresar a El Molino se transformó en obsesión. Pero no era tarea fácil, ella seguía de gira con el ballet y sus ausencias eran prolongadas. Su joven y nada alocada cabeza concentró todos sus pensamientos en una sola idea: trasladarse a vivir a Valencia para estar cerca de él.

Lo que la llevó a tomar esa importante decisión no fue solo el sobre que con tanta generosidad le regaló aquel día antes de su partida, sino la certeza de que, además de estar en buena posición, era vulnerable. El hecho de que al contarle su pequeña y adornada historia hubiera estado dispuesto a darle dinero sin pedirle nada a cambio era una prueba evidente de ello. De todos los hombres con los que se había encontrado en su corta pero azarosa vida —y eran muchos—, había sido el único lo bastante inocente como para preocuparse por su melodrama personal.

Pero una cosa era desear algo y otra conseguirlo. Vivir por sus propios medios no iba a ser fácil. Unas semanas con el ballet en el alojamiento pactado por la compañía era una cosa, pero trasladarse por su cuenta requería de unos fondos de los que ella no disponía, y además tendría que buscar la forma de conseguir un trabajo más estable para poder permanecer allí. Debía buscarse financiación rápida y suficiente para pagar ese traslado y aguantar una temporada, al menos hasta que fuera otro quien corriera con los gastos. Si quería hacer las cosas bien, no podía pedirle el dinero a Carlos, o se estropearía todo.

Siempre había salido adelante, incluso en peores circunstancias, y esta vez no sería diferente. Sabía lo que tenía que hacer para conseguirlo, era una experta. En su periplo por la geografía española con el ballet fue haciendo «horas extra» después de las actuaciones. No era agradable, pero lo tenía superado. Para ella al final todos eran iguales, padres de familia que tenían claro quiénes eran ellos y qué era ella. Pasaban el rato, pagaban y a otra cosa. Cada uno obtenía lo que quería y con alguno incluso disfrutaba de momentos memorables, aunque fueran los menos.

Con el dinero en el bolsillo, lo más difícil fue no gastárselo como solía hacer. Ahora tenía que ahorrar. Un fastidio teniendo en cuenta que no ganaba mucho y le encantaba comprar. La mitad se le iba en abalorios y ropa. Pero este proyecto era importante, en realidad una inversión; valía la pena el esfuerzo. Poco a poco fue reuniendo el dinero para poder quedarse, al menos, el tiempo que creía necesitar para conseguir su propósito, a costa de sacrificar sus caprichos y la obligación contraída con su hermana, que la acogía en su casa de Barcelona cuando no estaba de gira, de enviarle una cantidad. Ella se apañaría, se decía, siempre lo había hecho. Carlota era capaz de sacar de donde no había, de hacer bizcochos con pan duro y arroz con ropa vieja. No sería por mucho tiempo, al menos en eso confiaba, segura de que pronto su subsistencia no dependería de cuántos hombres pasaran entre sus piernas. Si se lo trabajaba bien, uno, solo uno, se ocuparía de todo.

No le costó llegar a un acuerdo con el propietario del cabaré para continuar de camarera y suplir a alguna bailarina cuando fuera necesario, y con el dinero ahorrado se instaló en la pequeña pensión contigua a El Molino Rojo.

De eso ya hacía un tiempo, pero sus planes no terminaban de cuajar ya que, para su enojo, no había conseguido ver a Carlos fuera del cabaré. Sus artes habían sido insuficientes hasta ese momento para hacerle traspasar el umbral que separaba el flirteo de la faena completa. Siempre se habían visto en el local, ya era hora de salir de allí y pasar de las palabras a la piel. Nunca pensó que se le resistiera tanto, con la fama que tenía de conquistador y lo que ella se había esforzado. Pero parecía que asociarla a aquel lugar le impedía abordarla.

Esa noche, al verlo entrar, lo supo. Había encontrado la ocasión que buscaba. Carlos llegó a El Molino Rojo desencajado. No dio muchas explicaciones, pero era evidente la furia que llevaba dentro. Su cara, roja y contraída, lo decía todo. Con disimulo, Verónica, tras apaciguarlo durante unos minutos aprovechando el descanso, le metió la mano en el bolsillo de su chaqueta y le susurró al oído:

—Creo que necesitas alguien que te mime. Te he *metío* en el bolsillo la llave de mi habitación. Sube y espérame. No te arrepentirás.

Carlos la miró con gesto de sorpresa.

—Tienes trabajo y yo no puedo quedarme hasta muy tarde —le contestó, seco.

—Ya te he dicho que no te preocupes por nada —insistió con dulzura, acariciándole la encarnada mejilla—. No tardaré.

Carlos agradeció el gesto. Necesitaba alguien con quien desahogarse. Tras dudar unos segundos, habló con Boro para que no le esperaran.

—Te está liando, compañero. Lleva cuidado con esa tía, que es muy lista. Menuda lagarta.

—¡No te consiento que hables así de ella! Es una chica estupenda. Ya me has oído. No me esperéis. Y métete en tus asuntos, joder. —Se levantó con brusquedad y los dejó allí murmurando.

Boro miró a Jordi con preocupación y este se encogió de hombros.

—Ya es mayorcito, Boro. No es cosa nuestra.

A los pocos minutos la Vero, que había vuelto con sus compañeras tras dejar a Carlos, sufrió un aparatoso desmayo mientras charlaba con dos de ellas. Se armó un gran revuelo a su alrededor.

—¿Qué te ha *pasao*, niña?

—No lo sé, estoy *mareá*. Debe de ser un bajón de tensión. Hace una calor aquí...

—¿Por qué no te vas y descansas? Así no vas a poder hacer *na*. Tu hueco lo tapamos entre la Chari y yo.

—Sí, será lo mejor —admitió con su mano apoyada en la frente y los ojos entrecerrados—. No estoy muy bien.

—Te acompaño —se ofreció solícita una compañera.

—No, no hace falta, no te preocupes. Me cambio y me voy, que tendréis que salir y dos huecos son más difíciles de cubrir. Gracias, guapa, no es *na*, de verdad.

Se incorporó despacio, esperó a que sus compañeras se dispersaran y se fue con rapidez a por sus cosas. Ni siquiera se quitó su maillot de lamé. Se puso una ligera gabardina encima, cogió su bolso y desapareció.

Subió a la habitación, emocionada. Por fin lo tenía donde quería, pensó mientras acudía a toda prisa a su cita. Pero al entrar, se descorazonó de nuevo por unos segundos. Carlos la estaba esperando sentado en la cama, con la cabeza entre las manos. La Vero lo miró con disgusto. Esperaba haberse encontrado el escenario más preparado, pero tendría que trabajárselo desde el principio. No le importó, el resultado iba a ser el mismo; tenía tiempo por delante y era toda una experta.

—Yo... no estoy seguro de esto —balbuceó Carlos en tono de disculpa, revolviéndose con timidez ante la cercanía de Verónica—. No tienes por qué hacerlo.

—*Chsss*. No digas nada —le dijo ella con dulzura mientras se arrodillaba frente a él—. Yo me encargo de *to*. No sé qué te ha *pasao*, pero tu cara me dice que hoy necesitas que alguien te cuide. Y yo quiero hacerlo...

Y así, por fin, comenzó su relación con Carlos. Tras esa primera vez, los encuentros se fueron haciendo más frecuentes. Ella aprovechaba sus conversaciones de alcoba para averiguar cuanto podía sobre su vida, y así supo cuál había sido el detonante del mal humor de Carlos aquel día: la insistencia de su mujer para que montara su propio negocio. A ella también le parecía una buena idea, pero de momento, si eso lo distanciaba de su mujer, sería mejor no comentarlo.

Durante un tiempo, Carlos se resistió a la propuesta de Elena. En realidad sí quería montar su propio negocio. Siempre lo había deseado. Pero hacerlo porque se lo ordenara Elena le resultaba humillante. Aquel ultimátum junto con la congelación de sus ingresos lo había desquiciado, haciéndole perder de vista el fondo de la cuestión, la posibilidad de llevar a cabo su sueño, afectando a su carácter en lo más profundo. En los últimos meses su actitud hacia Elena se fue embruteciendo. Casi no le hablaba y cuando lo hacía era con un desprecio infinito, en un intento por devolverle el que él había sentido.

La mayor parte del tiempo la ignoraba y en las raras ocasiones en que coincidían la ridiculizaba. Conocía los complejos e inseguridades de Elena y no perdía ocasión para burlarse de cualquier parte de su anatomía. Ella había conseguido recuperar su figura a fuerza de sacrificio, a excepción de una horrible cicatriz que, como un profundo canal, partía en dos montículos su vientre. Pero Carlos ya no la miraba, ni la tocaba; si hacía algún comentario, era de desprecio. Él se había sentido humillado y no lo podía olvidar. Arrastraba un rencor soterrado, inconsciente, que no conseguía aplacar más que en los brazos de Verónica.

Elena, aunque herida, no mostraba debilidad y devolvía desprecio con desprecio, en una peligrosa escalada.

Los portazos se habían convertido en una forma de comunicación. Significaban hola o adiós, según el momento del día en que se producían.

Para el joven Gerard, que seguía viviendo allí, se estaba repitiendo la historia vivida en su niñez, pero no quería saber nada de problemas. Elena era su hermana, pero adoraba a su cuñado. Se llevaba muy bien con él, bastante mejor que con Elena, siempre tan perfeccionista y exigente. No entendía el porqué de aquella tensión. ¿Que Carlos hacía su vida? ¿Y qué? ¿No era eso lo normal para la mayoría de los hombres? O por lo menos los que se lo podían permitir. ¡Pues no había aguantado su madre! Para él, Elena era demasiado quisquillosa y tenía un carácter del demonio. Prefirió mantenerse al margen, ya que si todo iba bien, no tardaría en casarse y salir de aquel nuevo manicomio.

Todo ello fue abriendo una profunda brecha en una relación siempre sometida a más tensiones de las necesarias.

Elena se mantuvo en su sitio, con las riendas del negocio y de las cuentas bien sujetas, a pesar de las andanadas que recibía a diario en su amor propio. Parecía de piedra, aunque su ánimo era un terrón de azúcar a punto de desmoronarse por una gota de agua. La situación económica de Carlos llegó a ser tan precaria que incluso tuvo que reducir sus salidas a El Molino al no poder disponer de dinero, hasta que le liquidaban su parte de comisiones. Durante meses, la tensión fue creciendo y alcanzó límites insoportables. Sus ausencias se hicieron más frecuentes, los insultos, más duros, y los silencios, más amargos. Pero Elena no cedió, ni siquiera al ver con desesperación cómo su hija iba creciendo entre portazos, broncas, silencios y sus propias lágrimas apenas escondidas, en una infancia que le recordaba a la suya más de lo que quisiera.

Cada nuevo enfrentamiento se convirtió en la argamasa de unión entre los amantes. Se veían en la pensión, sin pasar por el cabaré. Verónica, observadora, se daba cuenta de que Carlos había bajado el ritmo de gasto y, aunque él no se lo hubiera reconocido nunca, ella sospechaba que el control económico de Elena sobre el negocio tenía mucho que ver con las intermitencias en sus encuentros y el esquivar las copas de El Molino Rojo. Notaba a

Carlos incómodo al no poder hacer la vida de antes y comenzó a temer que aquello terminara por afectar a sus planes.

Tenía que convencerlo de que aceptara la propuesta de su mujer. Debía montar su propio negocio de una vez por todas. ¿No era lo que siempre había dicho que quería hacer? Era la mejor solución para todos. Incluida ella, que empezaba a hartarse de aquella relación cada vez más estancada y menos fructífera.

Fue cuestión de tiempo. Entre la presión de Elena, la de Verónica y sus ansias no reconocidas de tener algo propio donde no dejarse manejar por nadie, la decisión de montar su negocio fue adquiriendo forma, hasta convertirse en una realidad. Lo haría por él, era lo que siempre había querido. O de eso se convenció. En realidad la situación era insostenible.

La noticia de su decisión supuso un punto de inflexión para todos. El nuevo proyecto devolvió a Carlos la confianza en sí mismo y algo por lo que luchar.

Para Elena, la noticia se convirtió en un bálsamo, como si los meses anteriores no hubieran existido. Recobró la esperanza. Volvía a ser dulce y complaciente. Su principal motivo de disgusto se había desvanecido y a su lado tenía ahora un hombre decidido, ambicioso y trabajador. Había conseguido su objetivo: hacer reaccionar a Carlos, y a partir de ahí no escatimó esfuerzos para ayudarle a montar la empresa, ni en hacer que la convivencia volviera a unos cauces de los que nunca debería haberse alejado. A las malas, podía ser muy mala, pero a las buenas, era la mejor. Eran muchas las humillaciones que había tenido que soportar, pero el resultado le había merecido la pena.

Elena, tal y como le propusiera en su aciaga conversación, cumplió su palabra comprándole sus acciones a valor real y ayudándole en todo lo posible. Le presentó a los proveedores, con los que Carlos no había tenido oportunidad de relacionarse, más volcado siempre en los clientes, y planificaron juntos cómo enfocar el nuevo negocio para evitar problemas entre ellos. Era importante que no llegaran a los mismos mercados o volverían a entrar en conflicto.

Pronto lo tuvieron claro. Como Elena había dicho, el producto de Confecciones Lena se distinguía por su diseño y calidad e iba dirigido a un segmento medio-alto, mientras que Carlos siempre había pensado que el negocio estaba en los productos de masa, económicos y funcionales, y esa era la línea que iba a seguir. A priori, no tendrían por qué chocar.

Las facilidades que Elena le estaba dando y ver su proyecto ya cercano aplacó la irascibilidad del carácter de Carlos. Sus rencores pasados se evaporaron como un charco al sol ante quien con tanta generosidad y entusiasmo estaba haciendo posible el sueño de toda su vida. ¿Por qué se habría obcecado de esa forma, retrasando tanto una decisión tan lógica?, se preguntaba. Ahora sus rabietas pasadas le parecían niñerías desproporcionadas.

Poco a poco, sus vidas se ordenaban, cada resentimiento volvía al cajón del que nunca debería haber salido e incluso parecían dispuestos a echarles la llave. Aun así, algunas cosas no cambiaron. Carlos siguió quedando con sus amigos y, aunque a Elena esas ausencias nocturnas le dolían igual que antes, intentó no darle importancia.

Cuando Verónica tuvo la confirmación de que Carlos montaría su propia empresa, sintió el triunfo en sus manos. Pero le duró poco. Comenzó a percibir en sus conversaciones que la distancia entre él y su mujer, que en un principio empujó la entrada de Carlos en su cama, en lugar de ampliarse al tener cada uno su propio proyecto, se estaba reduciendo de forma peligrosa.

Para su sorpresa y disgusto, aquella extraña mujer que Carlos tenía por esposa le estaba ayudando. No lo entendía. Se suponía que no se llevaban bien. El final de aquella división, laboral y económica, debería haber sido también la sentimental. Pero este cambio de papeles era un contratiempo inesperado.

Intentó por todos los medios desacreditar aquella ayuda, aunque le resultaba complicado. Él no hablaba mucho, así que no le daba pie, pero ella era una experta en tirar de la lengua y poco a poco, con habilidad, le daba la vuelta a lo que Carlos le contaba, por mínimo que fuera.

—Esa mujer no te deja vivir. Eres demasiado bueno —le advertía—. ¿No ves que intenta hacerse con el control de tu nuevo negocio? Se mete en todo.

—No me gusta hablar de Elena —cortaba Carlos.

—Ya lo sé, pero me duele que te manipule así —insistía ella.

—¿Te he contado que Lucía ya dice papá? —Para Carlos, emocionado con ella, su hija era lo único personal de lo que no le importaba hablar.

Sin embargo, para Verónica era insoportable. Maldita niña, maldita niña, maldita niña, se repetía como un mantra. Según sus cálculos, estaba en este mundo por muy poco. Si aquella primera noche no le hubiera dejado escapar, seguro que las cosas habrían sido diferentes. Demasiado le cuadraban las fechas desde el día que la dejó plantada, después de conocerlo en El Molino Rojo, hasta el nacimiento de ese incordio. Estaba convencida de que el único vínculo entre Carlos y Elena era su hija. Tal vez también aquel extraño cambio de actitud de su mujer, que ahora parecía acordarse de que tenía un marido, solo por fastidiarla.

—Qué rica. Quieres mucho a esa niña, ¿verdad?

—Más que a mi vida. —A Carlos le cambiaba la expresión de la cara cuando hablaba de ella.

—Eres muy bueno. Tu mujer no te merece.

Verónica estaba teniendo que esperar demasiado, un contratiempo importante dado su escuálido estado financiero, pero no iba a renunciar a él ahora que había conseguido llegar hasta ahí. Había puesto mucho en juego y estaba segura de que su inversión valdría la pena. Esperaría aunque tuviera que malcomer.

Por su parte, Carlos vivía su relación con la Vero como subido en un tiovivo. Unos días estaba arriba, otros abajo, y siempre mareado dando vueltas con una pegadiza música de fondo. A ratos se sentía exultante de satisfacción y a ratos lo atormentaba el remordimiento.

Había tenido otras aventuras, pero nunca nada serio. Sábanas de un día o más bien de una noche. Pero esta vez era diferente. Su historia le había conmovido, se sentía vinculado de alguna forma a ella, responsable. Después de darle el dinero era normal que estuviera agradecida. Pero no era solo agradecimiento; parecía preocuparse mucho por sus cosas. Se sentía bien al tener a alguien tan pendiente, alguien a quien no tenía que demostrarle nada, que no competía con él. Habían sido tiempos duros junto a Elena, y Verónica había sido el remedio que necesitaba. La admiración se reflejaba en sus ojos pequeños y vivarachos cuando él le hablaba.

Pero ahora, por fin, también veía admiración y respeto en los de Elena. Habían tenido que pasar muchos años de desprecio mal disimulado para llegar ahí, pero había llegado.

El frenazo en el tiovivo llegó con la generosa ayuda de Elena. Ella no lo pretendió, ya que ignoraba la situación, pero con su desprendida actitud agravó los remordimientos de Carlos. Estaba colaboradora y pacífica. El alma de su negocio era él, pero no podía negar que sin la ayuda y los contactos de su mujer todo habría sido mucho más difícil. Podía haber exigido exclusivas con proveedores y agentes comerciales, pero no lo hizo. En lugar de eso, le facilitó el inicio de relaciones con todos ellos. Carlos no tenía nada que reprocharle. Tan pronto él se empezó a mover para montar el negocio ella le autorizó de nuevo en la cuenta, por no hablar del precio que le pagó por las acciones, que fue más que razonable. Las cosas no podían ir mejor. Estaban donde él siempre había querido que estuvieran.

Lo tenía todo para estar contento... pero no lo estaba. La sombra de Verónica planeaba como un ave rapaz al acecho de su nueva estabilidad, superados los malos momentos pasados.

Para Carlos la unión familiar era importante, él se crio sin apenas referentes y a su hija no le pasaría igual. Amaba a su mujer, y aunque paradójicamente también quería a Verónica —algo que le desconcertaba porque no lo creía posible—, si quería mantener su matrimonio, tendría que dejar a la Vero. No podía echarlo todo por la borda. Ni por ellos, ni por su hija. El problema era cómo hacerlo. Sería más fácil si Verónica continuara viajando con la compañía de variedades. No entendía por qué había decidido quedarse en Valencia, lejos de su familia. Pero aquella decisión lo había complicado todo.

De momento no se sentía capaz de solucionar *ese* problema. Prefirió durante un tiempo poner orden en su vida profesional y no tomar decisiones en lo personal, aunque distanciaría en lo posible sus visitas a Verónica.

El nuevo negocio iba tomando forma. Había encontrado un local muy amplio en las afueras, a un precio razonable. Lo compró con lo que Elena le había pagado a cambio de sus acciones de Confecciones Lena. Pero necesitaba solicitar un crédito para arrancar; con la entrada se había agotado su capital y el resto quedaba sujeto a una hipoteca. Lo único que tenía a su nombre de momento era el piso en el que vivían y no se lo podía jugar. Habían visto un apartamento de playa que Elena estaba empeñada en comprar, pero se lo estaban pensando y no sabía si al final estaría a su nombre o al de ella. El caso era que para pedir el crédito necesitaba algo que le diera confianza al banco para soltar el dinero y que no le obligara a poner en riesgo su patrimonio, algo casi imposible.

Mientras leía el periódico, un anuncio llamó su atención. Se liquidaba un taller de sastrería. Tal vez pudiera quedarse con máquinas o muebles a precio de saldo para su nueva empresa. Su ilusión era montarla con la última tecnología en maquinaria, pero si no sacaba dinero de algún sitio, tendría que conformarse con eso. Iría a verlo de inmediato, antes de que vendieran nada.

El taller de sastrería estaba en las afueras. Era una nave pequeña y oscura; se liquidaba todo, pero estaba en un estado lamentable. Tanto era así, que las máquinas de coser se vendían al peso, como chatarra. Apenas si funcionaba alguna. Carlos estaba muy decepcionado, cuando de repente, le vino una idea a la cabeza, descabellada pero genial. Para que el banco le diera el dinero, bastaba demostrar que su empresa funcionaba, que había un proyecto sólido en marcha. Si compraba aquellas máquinas de coser a precio de chatarra, las pintaba y les sacaba brillo, podría simular una cadena productiva completa. Y si no colaba, pues tampoco habría perdido tanto.

Dicho y hecho. Se puso manos a la obra. Solo necesitaban una manita de pintura, limpiarlas bien y parecerían otras. Al cabo de dos semanas tenía una completísima cadena de producción, inservible, pero con un aspecto impecable. Fue el momento de llamar al banco, para que se dieran una vueltecita por sus instalaciones. Se enfundó su mejor traje y preparó un estudiado recorrido.

Recibió a los dos representantes del banco con un fuerte apretón de manos y los fue guiando por el local.

—Aquí hemos montado las oficinas. Como ven, son amplias, aunque de momento no se va a utilizar todo el espacio. El altillo queda libre para necesidades futuras.

—Ya veo. Pero para comenzar a trabajar necesitará realizar inversiones en bienes de equipo, que son muy costosas.

—No se preocupe. Esas he podido acometerlas con el desembolso inicial de capital que he hecho. Acompáñenme por aquí —les indicó adelantándose unos pasos. Los dos hombres le siguieron por el amplio pasillo que daba a la nave principal—. Esta semana han terminado de traerme la maquinaria y ya estamos contratando personal, ya que lo fundamental es comenzar la explotación. —Su aplomo era impecable—. De hecho, pensaba ofrecérselas como garantía —terminó, señalando la hilera de maquinaria que se extendía frente a ellos.

—¡Es increíble! Ha montado una cadena de costura en un tiempo récord —exclamó asombrado su acompañante al acceder a la zona de producción donde se alineaban, relucientes, las máquinas de la sastrería—. ¿Cuántas máquinas hay?

—Veintidós —afirmó tajante—. Tenemos que empezar a fabricar ya el primer muestrario. Y para eso necesito el apoyo y la confianza de su banco en mi proyecto. Todavía tengo que comprar materiales, alguna máquina más, en fin, todo lo que conlleva el arranque de este negocio.

—Bien. Entre los informes que nos ha aportado y lo que estoy viendo aquí, no creo que tenga ningún problema para que le aprueben el crédito que nos ha solicitado. Puede poner la cadena de montaje como garantía.

—Muchas gracias. Le aseguro que no se equivoca —se despidió, aguantando una carcajada de felicidad.

Aquel montón de chatarra le había salvado. Consiguió hacerse con el crédito que necesitaba para montar la cadena de confección y las mesas de corte. Por supuesto no fueron veintidós máquinas las que compró, sino justo la mitad, pero para sus necesidades iniciales era más que suficiente y no se lo iba a contar a nadie. Bueno, a Elena sí se lo contó y le hizo mucha gracia.

—De verdad que eres ingenioso. Y valiente. Yo no habría sido capaz de aguantar el tipo con todo ese montón de chatarra inútil delante. Me habrían temblado las piernas.

—No lo creo. Los tienes cuadrados —le dijo, medio en broma, medio en serio.

—Pero para esas cosas, no. Voy siempre sobre seguro. ¿Y si te llega a pedir una demostración? A mí me hubiera dado algo. —Elena rio. Ella también estaba feliz.

—Se supone que yo no sé coser y allí todavía no había personal.

—Por cierto, ¿ya has pensado cuánta gente vas a contratar?

—De momento, a ocho operarias más dos personas en oficinas y un jefe de taller.

—¿Y las máquinas que te sobran?

—Bueno, algunas son especiales, para determinadas operaciones, por lo que no se usarán siempre y además, si hace falta, me pongo yo a coser, que no se me ha olvidado de cuando cosía albornoces con mi padre. Y al jefe de taller. ¡Y no pongo a coser al perro porque no se deja!

Elena lo miraba, emocionada. Ese era el hombre que ella quería. Valiente, decidido, ambicioso... Sabía que estaba allí dentro, escondido, y que tenía que hacerlo salir. Por fin lo había conseguido. Esto haría cambiar las cosas, pensó. En los meses anteriores la relación se había vuelto a enfriar y Carlos salía mucho. Pero siempre venía a dormir a casa. No lo creía capaz de tener un lío en esos momentos y confiaba en que con los nuevos aires, eso también mejorara; como lo habían hecho sus conversaciones, sus gestos, su día a día.

Carlos quería hacer una inauguración oficial, pero Elena le disuadió.

—No te conviene que los del banco vengan y vean tantas máquinas vacías. Además, se extrañarán de que hayas comprado más y de que las que vieron no las esté usando nadie.

—Tienes razón. Haremos la presentación oficial en la Feria. Qué lista eres, Elena.

—Será bonito que expongamos los dos juntos —apuntó ella con timidez—, ¿verdad?

—¡Sí! —contestó rotundo, para satisfacción de Elena—. ¡Puede ser genial!

Elena lo miró a los ojos, de una forma nueva.

—Estoy muy orgullosa de ti —afirmó sin parpadear. Su admiración era sincera.

—Nunca te había oído decirme eso —comentó Carlos con cierta amargura.

—Nunca lo había sentido como lo siento ahora —contestó Elena con franqueza, sin apartar la mirada.

Poco a poco Carlos se fue centrando en la nueva empresa, hasta que llegó a absorberle casi por completo. Trabajaba con entusiasmo, haciendo casi de todo, y volvía a casa reventado. Igual que Elena, que llegaba agotada. No le quedaba tiempo para nada más que para achuchar a la pequeña Lucía que con sus risas le borraba el cansancio. Por fin su ritmo vital y el de Elena seguían un mismo compás.

Su vida social se recuperó. Los fines de semana salían a cenar y al teatro, una de las aficiones de Elena, con mucha más frecuencia que en el pasado. La niña no era un problema. En esos agitados fines de semana la enviaban a casa de Encarni, la encargada de Confecciones Lena, que vivía con su madre y adoraba a la pequeña. La niña parecía feliz allí, en una casa de ambiente plácido y acogedor. Iba creciendo en continuo movimiento a pesar de su corta edad. Tenía dos años y había comenzado a ir al colegio, pero algún día la llevaban a la empresa, donde hacía las delicias de las operarias. La conocían desde que nació, siempre había estado yendo de casa a la empresa y de la empresa a casa, primero en un capazo, después en cochecito y ahora en carro. Encarni la adoraba y llevársela con ella y su madre los fines de semana lo consideraba un privilegio que, además, disfrutaba.

A pesar de que el ambiente hogareño había mejorado en los

últimos meses, para la pequeña Lucía, las luminosas y multicolores paredes que la rodeaban eran de un gris oscuro, casi negro, teñidas por los gritos y portazos que habían alimentado sus días desde el momento en que llegó allí. Tal vez por eso aceptaba con gusto aquellas salidas de sus padres que la transportaban a un hogar tranquilo y sin complicaciones, donde le consentían y mimaban en un ambiente de alegre armonía.

En medio de esos cambios, Carlos dejó por fin de ver a Verónica. Pensó que era el momento de cortar amarras, tenía clara su decisión. Se imponía distanciarse de ella para recuperar su matrimonio y disfrutar, al fin, de lo conseguido entre los dos. Y lo hizo sin dar explicaciones.

Aunque Carlos no le había dicho nada, Verónica no lo necesitó para darse cuenta de que poco a poco iba perdiendo todo el terreno ganado. Su contrariedad era mayúscula, aunque se esforzaba en disimularlo. El cántaro de leche sobre su cabeza del que dependían sus sueños amenazaba con caer y derramarse. No se estaban cumpliendo sus planes. El dinero que con tanto esfuerzo y malos ratos había reunido para el traslado se le había acabado y para poder quedarse en Valencia tuvo que buscar trabajo en la Sala Internacional —una conocida sala de alterne—, aunque a Carlos se lo ocultó. Podía haberle pedido el dinero a él, pero en su plan era importante que lo suyo no fuera una relación comercial.

Sola en su cuarto de la pensión fue presa de un ataque de furia en el que arrasó con sus pocas pertenencias. Lloró, gritó, apaleó el colchón consciente de su fracaso, y cuando se serenó se refugió en Ramón, el barman que otras veces la había consolado, con quien acabó entre las sábanas en un lance rabioso y violento que a él lo dejó exhausto y a ella le devolvió la serenidad perdida a resultas del agotamiento.

—Verónica, ¿estás bien? —Ramón permanecía en una nube entre el sopor y la impresión—. ¿Te ha pasado algo?

—Soy demasiado buena, Ramón. He sido demasiado paciente.

—Pero ¿de qué hablas, Vero? —La miró preocupado—. ¿Puedo ayudarte en algo?

—Ya lo has hecho, cariño —soltó entre risas mientras le daba un ligero apretón a sus partes—. Este polvo me ha dejado nueva. Voy a entrar a matar, como me llamo Verónica que esta partida la gano yo.

Ramón se encogió de hombros y quedó sumido en una placentera modorra.

Primero se presentó en la empresa de Carlos. Hacía dos semanas que no sabía nada de él. Se puso su mejor vestido y se plantó en la puerta. Necesitaba saber qué estaba pasando. Cuando a Carlos le indicaron por el interfono quién estaba en la entrada, palideció. ¿Cómo se había atrevido a acudir allí? ¿Y si estuviera Elena? Dudó si bajar o no. Pero él siempre daba la cara. Además, conocía a Verónica y era capaz de montar un escándalo en la puerta. Tal vez fuera el momento de aclarar las cosas.

—Buenos días, señor Company. Vengo por la oferta de trabajo que me comentó —dijo ella disimulando.

—Sí, pase —contestó incómodo, mirando a todas partes como para comprobar que nadie la hubiera visto y despachando a la joven de recepción que la había acompañado hasta su puerta—. ¿Qué haces aquí? ¿Cómo se te ocurre? —preguntó Carlos con brusquedad en cuanto la puerta se cerró tras ellos.

—No quería venir —gimió ella—, pero no sabía adónde acudir. No te enfades conmigo, por favor... —Se enjugó una lágrima inexistente—. Sabes que estaba buscando trabajo, así que esta mañana entré en un bar. Ponía en un cartel que buscaban camarera y pensé que sería mejor que seguir en el cabaré, como me habías dicho tantas veces. Pero cuando el dueño me vio, me dijo que si quería el trabajo, lo tenía hecho, pero que... —Hizo una dramática pausa—... Tenía que acostarme con él. —Comenzó a sollozar—. Ha sido horrible. Ha comenzado a sobarme, a tocarme... Yo no me atreví a moverme —siguió diciendo con la cara contraída en un gesto de desesperación—, hasta que ha entrado un ayudante suyo y he *salío* corriendo. —Tras dirigirle una rapidísima mirada de soslayo, lo abrazó, sofocando su llanto en su hombro.

—Cálmate, venga, tranquila. Yo no me podía imaginar... ¡Dime quién ha sido ese cerdo, que ahora mismo voy y...! —Su rabia era sincera. Pensar en semejante atropello le indignó.

—¡No! Prefiero olvidarlo. —Seguía hablando entre sollozos, aunque algo más calmada—. Me sentía tan mal... Necesitaba hablar con alguien, pero no tengo a nadie más que a ti.

—Aquí estás segura. No llores más. —Le acarició el pelo y ella se apretó contra él con más fuerza.

—Sé que me protegerás. Tú no dejarás que me hagan daño. Lo sé.

Mientras la abrazaba, Carlos pensó en Elena y en su propósito de los últimos días de terminar con aquella relación. ¿Cómo le decía que no podían seguir? Ahora era imposible, la veía demasiado vulnerable y necesitaba su consuelo. El aroma de su cabello, muy cercano a su nariz, le trajo además a la memoria deliciosos momentos no muy lejanos que todavía le hacían palpitar algo en su interior. Comenzaba a sentirse perturbado con el cuerpo de su amante tan encajado en el suyo.

Ella se secó las lágrimas y esbozó una tímida sonrisa.

—Al final, he ido a la Sala Internacional —sentenció—. Necesito dinero para enviárselo a mi familia y haré lo que sea por ellos, pero al menos no obligada por nadie.

—¡Pero Vero! Quedamos en que buscarías otro tipo de trabajo. Allí solo hay una salida. Sabes que si necesitas dinero no tienes más que pedírmelo.

—Ya, lo sé... pero no quiero abusar de ti. Quiero salir adelante por mí misma. —El llanto interrumpido regresó y se apretó aún más fuerte contra el corpulento tronco de Carlos—. Lo he intentado, pero ya ves...

Los pensamientos de Carlos se amontonaban con sus sentimientos. Pues no, no podía decírselo ahora. Pobre criatura desdichada, qué mala suerte tenía. La besó en la frente mientras sus brazos la abrazaban con ternura. Ella levantó el rostro para besarle en la boca. Tenía que rematar la faena, allí y en ese momento.

Carlos intentó pararla, horrorizado ante la situación, pero Verónica fue veloz de una a otra puerta y giró decidida ambos pestillos cerrando las puertas por dentro.

—¡No me digas que no! ¡Te necesito, ahora! Porque tú me amas, ¿verdad?

—Pero puede entrar alguien... —Carlos no pudo contestarle. Tragó saliva. La excitación ante lo transgresor de aquella situación le estaba venciendo, y el aroma de su piel y el sabor de sus besos produjeron en su cuerpo una reacción que no pudo evitar.

—Eres lo único que tengo —insistió mientras lo empujaba contra el sofá, sin que Carlos lograra oponer ninguna resistencia, más preocupado por evitar que los oyeran que por detenerla en algo que empezaba a desear tanto como ella.

Verónica no perdió el tiempo. En pocos segundos la cremallera de sus pantalones estaba abierta y su mano hizo el resto. Carlos no consintió un segundo más en que fuera ella la que llevara las riendas, y girando sobre sus posiciones la empujó contra el largo sofá, y sin apenas quitarle la ropa la tomó allí mismo, ahogando con sus besos y embestidas los gemidos que salían sin contención de la boca de Verónica.

Cuando terminaron, la expresión de satisfacción de Vero era completa. Pero de ahí a que Carlos dejara a su mujer había todavía una enorme distancia. De momento le había refrescado la memoria, pero no era suficiente.

—¿Vendrás a verme esta noche? —le rogó mientras cogía su bolso.

—No sé si podré. Salgo muy tarde —esquivó Carlos. Estaba extenuado por la tensión de la situación y el goce liberado, además de aturdido, sin saber muy bien cómo habían terminado en el sofá cuando, al verla llegar, su idea era decirle que la relación había finalizado.

—Bueno, no me importa. Sabes que siempre te espero. —Lo vio indeciso—. Eres mi aliento para seguir adelante. Si no fuera por ti, hace tiempo que habría hecho una tontería. —Bajó la cabeza con lentitud y clavó sus ojos en el suelo mientras terminaba de arreglarse la ropa.

Impresionado por aquella confesión, no supo negarse. La realidad era que no conseguía decirle que no a nada.

Cuando Verónica se fue, Carlos se quedó largo rato sentado en su mesa de despacho. ¿Cómo se había vuelto a liar? ¿Y si Elena se daba cuenta? Decidió darse una ducha. Tenía un baño completo en su despacho, aunque pensó que jamás llegaría a usar la ducha.

No podía arriesgarse a llegar a casa impregnado en los aromas de Verónica que notaba le envolvían. ¿Qué iba a hacer ahora? Él quería salvar su matrimonio, pero...

Llegó a casa, saludó a Elena desde lejos, sin atreverse a mirarla a la cara ni darle un beso, y como tantas otras noches, se volvió a ir. A Elena la rabia le retorció las tripas, pero intentó no demostrarlo. No quería tener problemas ahora que las aguas volvían a estar tranquilas y cada vez salía menos.

Pero esa noche, las cosas iban a ser distintas.

39

Cuando Elena se durmió, Lucía todavía lloraba en su cuarto. Tenía dos años cumplidos y ya no venían las monjas, pero seguía llorando con frecuencia por las noches. Elena ya no se levantaba; ahora la dejaba llorar como su nuevo pediatra le había recomendado. Le costaba conciliar el sueño con los sollozos de fondo, pero ya no se ponía tan nerviosa. Había comprobado que al final se calmaba, y el cansancio que la acompañaba a esas horas era suficiente para terminar de aislarla y abandonarse al sueño reparador que tanto necesitaba.

En medio de ese dulce sopor, comenzó a revolverse algo inquieta. Resonaban unas alarmas lejanas en su cabeza. Un impertinente martillear que no cesaba. Se movió un poco, sacudiendo la cabeza a derecha e izquierda tratando de eliminar ese molesto sonido de las brumas de su cabeza, pero al recuperar la conciencia, el ruido la golpeó con brusquedad. No era su cabeza. Era el teléfono. Elena se sobresaltó. No sabía qué hora era, pero muy tarde, seguro.

—¿Diga? —contestó preocupada y aturdida por el sueño.

—¿Con quién hablo? —preguntó una voz femenina y chillona.

—Elena Lamarc. ¿Quién llama? —Se restregó los ojos e intentó adivinar la hora que marcaban las manecillas de su despertador—. ¿Ha pasado algo?

—Está sola, ¿verdad? —prosiguió maliciosa la voz anónima. Era una voz estridente y aguda que le resultó desconocida.

—¿Cómo dice? —Elena, perpleja, no entendía nada. Consiguió ver la hora; aún no eran las dos.

—Está sola porque su marido se está follando a una tía que está como un tren. Y si no se lo cree pregúntele por Verónica. En estos momentos, Carlos descansa como un bebé después de haberle dado un buen meneo. Buenas noches.

Oyó el clic al otro lado de la línea. Elena se había despejado por completo. ¿Lo habría soñado? No, no era un sueño. ¿Cómo sabía, quien fuera que había llamado, que estaba sola? ¿Y cómo sabía su nombre? ¿Y el de Carlos? La incertidumbre y el desasosiego se apoderaron de ella. Conocía aquella sensación. Tuvo el impulso de vestirse y salir a la calle a buscarlo, pero ¿para ir adónde?

Se quedó en la cama, incorporada e inmóvil, esperando sin saber el qué. Lucía había dejado de llorar y la casa estaba envuelta en un denso silencio. Solo se oía el pesado *tac... tac... tac...* del segundero de su despertador. Dieron las dos. En su cabeza repasó cada salida de Carlos, cada regreso, cada frase... Hacía mucho tiempo que llevaba la misma rutina. ¿La estaría engañando desde el principio? Su corazón se heló.

Dieron las dos y media. Qué cinismo el suyo. Ella, ayudándole a montar su nuevo negocio, y él liado con una cualquiera; porque aquella llamada no era propia de una mujer normal. La había utilizado, como todos. Pero, sin embargo, se alegró tanto con el nacimiento de Lucía... Eso no lo podía haber fingido. ¿O sí? El dolor de su pecho era inhumano. Trató de conservar la calma. Hizo varias respiraciones y decidió que ya no era momento de lamentaciones. Se acabó. Ni una más.

A las tres escuchó girar la llave en la cerradura. Su corazón, que se había apaciguado, volvió a acelerarse muy a su pesar. No apagó la luz que mantenía encendida. Esta vez no podía fingir que dormía.

Cuando Carlos entró fue consciente de que algo había sucedido.

—¿De dónde vienes? —preguntó Elena a bocajarro.

Fatídica pregunta para la que ninguna respuesta era buena. Elena aparentaba tranquilidad, no era posible que supiera nada.

Carlos decidió mentir. Concluyó que mientras no reconociera nada, estaba salvado.

—Qué tonterías preguntas. Si ya lo sabes... Te dije que íbamos a tomar unas cervezas.

—¿Hasta las tres de la mañana? —Su gesto era duro. No había un atisbo de aflicción. Elena, cincelada a fuego, no demostró debilidad.

—Pues sí. ¿Tienes algún problema? —Carlos se puso chulo, atacando por instinto. Aquella frialdad no presagiaba nada bueno.

—¡Qué cara más dura tienes! Me parece vergonzoso que te vayas de putas y vengas aquí como si no hubiera pasado nada. Eres indigno.

—¡Pero ¿qué dices?! ¡Yo no voy de putas! No empieces a desvariar como tu madre.

—Deja a mi madre en paz —le dijo con lentitud—. Puede que desvariara, pero tenía motivos sobrados, como me temo que los tengo yo. ¿Quién es Verónica?

El corazón de Carlos dio un golpe brutal en su pecho y sus mejillas se encendieron. Tras un silencio ominoso por fin pudo hablar.

—¿Verónica? ¡No existe ninguna Verónica! —Su tono desprendía más rabia que vehemencia—. ¡Has perdido el juicio! —Aquello era una pesadilla que ni sus palabras ni sus gestos desmesurados conseguían borrar.

—No me grites. Yo no lo hago. —Elena escrutó sus ojos en busca de respuestas—. No estoy loca —vocalizó con lentitud—. Sé muy bien lo que digo, y tú también.

La discusión se prolongó, a cada minuto más agria y cada uno más enrocado en su posición, hasta que Carlos, exasperado y acorralado, decidió que lo mejor era irse. No tenía argumentos y la actitud de Elena le estaba desquiciando.

Tras el portazo con el que Carlos se despidió, a Elena le desapareció el suelo bajo los pies. Podía soportar las discusiones, las humillaciones diarias, la falta de afecto o de contacto físico; todo ello tenía marcha atrás. En los últimos tiempos incluso había llegado a creer que la relación volvía a su cauce. Pero el engaño, la pérdida de confianza, eran insalvables. No albergaba ninguna duda, Carlos mantenía una relación paralela desde Dios sabía cuándo, mientras ella se había volcado en ayudarle a montar su nueva empresa. Jamás podría volver a confiar en él. Su matrimonio estaba acabado.

¿Cómo había sido tan estúpida? Sus ausencias, sus salidas nocturnas, su falta de contacto sexual... Era evidente que aplacaba sus necesidades con otra mujer. La misma que, harta de que ella estuviera en el guindo, había decidido llamarla por teléfono para sacarla de su ignorancia. Se sintió patética, la humillación era una sustancia viscosa que se adueñaba de todos los órganos de su cuerpo y explotó en llanto.

Carlos regresó sobre sus pasos. Arrancó el coche y se dirigió hacia la pensión donde hacía una hora había dejado a Verónica. Condujo furioso, aferrando el volante con la fuerza de un timonel en plena galerna. La altiva imagen de Elena, mirándolo con desprecio infinito, clavada en la frente. Su mente repasó una y otra vez sus pasos, las huellas que pudiera haber dejado facilitando alguna pista a Elena, pero nada le daba luz. Justo cuando estaba a punto de terminar aquella historia para volver con ella, se iba todo por la borda. Frenó en seco en la desierta avenida del Puerto. Ya no había vuelta atrás, lo supo en ese momento. Su matrimonio era historia. Cuando arrancó, un enorme pesar le aflojó cada músculo de su cuerpo y lo que le quedaba de camino lo realizó empujado por la inercia de lo inevitable. Llegó a la pensión agotado y envejecido.

En medio de ese caos había una persona que se sentía feliz. La Vero. Su plan había funcionado como el engranaje de un reloj suizo. Carlos había acudido esa noche a El Molino, acompañado como siempre de sus inseparables amigos. Después de la actuación y de un buen rato de risas y copas, la había acompañado a su cuarto mientras Boro y Jordi lo esperaban abajo. Convencerlo para que pasara fue imposible, la rehuía. En cuanto la dejó en la puerta, corrió a llamar a Elena. Desde la calle subían las risas de Carlos y sus amigos; aún tardarían un rato en volver a casa, seguro.

A partir de ahí solo tuvo que tumbarse a esperar. Algo tenía que pasar. No era difícil imaginar que Elena no soportaría tamaña humillación. Verónica hubiera dado cualquier cosa por ver su cara de niña bien mientras asimilaba la cornamenta que llevaba puesta.

Pasada una hora oyó golpear con los nudillos en su puerta. Todo estaba saliendo según su guion.

—¡Carlos! ¿Qué pasa? —Le abrió con fingida sorpresa, restregándose los ojos con el dorso de la mano—. Acababa de dormirme. ¿Cómo es que estás aquí?

Carlos entró sin mediar palabra, se dirigió a la cama y se sentó con la cabeza entre las manos, los codos clavados en sus rodillas. Por fin, habló.

—No sé qué ha ocurrido. Cuando llegué me estaba esperando. Parece ser que se ha enterado de lo nuestro.

—Bueno, sabes, esto tenía que llegar. —Un brillo de felicidad iluminó su rostro al oír aquello de «lo nuestro»—. Lo siento, de verdad. Estaría hecha una furia...

Carlos no respondió. No, no sabía que eso tenía que llegar. En realidad, estaba convencido de que esa situación no llegaría nunca; y que las cosas con Elena se solucionarían; y que sus dos flamantes negocios serían un éxito; y que vivirían felices con Lucía...

—No tengo ganas de hablar, Vero. Por la mañana volveré a casa. Tengo que intentar arreglarlo. Tal vez no debiera haberme ido, pero no podía aguantar sus reproches ni su forma de mirarme. Me ha pillado tan descolocado que no he sabido qué decir. Se lo he negado todo.

Ella torció el gesto.

—Ahora descansa, mi vida, y no te preocupes por nada. Debe de haber sido muy duro. Por la mañana verás las cosas de otro color.

Pasaron la noche en la pensión, aunque la cama era pequeña e incómoda, y Carlos apenas consiguió dormir. A la mañana siguiente dudaba sobre qué hacer. Era violento volver a casa, pero tenía que hablar con Elena. Él seguía sin haber reconocido nada. Tal vez aún pudiera solucionar las cosas, aunque no tenía mucha confianza en ello. Pero debía volver, eso lo tenía claro.

Elena también pasó la noche en blanco, desesperada, pero como siempre que tocaba fondo se aferró a lo práctico. Tenía que pedir la separación cuanto antes y buscar una casa para ella y para su hija. Por desgracia esa estaba a nombre de Carlos, como todo salvo su empresa, así que si se separaba iba a necesitar un nuevo hogar. Le inquietaba saber qué sucedería al día siguiente, pero nada podía hacer ya.

De momento, tendrían que seguir viviendo juntos, y eso iba a ser duro. No daría un escándalo si podía evitarlo. Era cuestión de coincidir poco. En definitiva, ¿no habían estado viviendo así tanto tiempo?

Por la mañana, Carlos prefirió no encontrarse con Elena en casa. Por la hora ya debía de estar en la fábrica, así que se dirigió hacia allí. Su reencuentro fue desapacible, como cabía esperar. Carlos intentó justificarse, sin éxito. Elena estaba cerrada en banda y le dejó clara desde el principio su decisión.

—Quiero la separación.

Fue tan brusca y directa que Carlos encontró estúpidas todas las explicaciones que traía preparadas.

—¡No digas barbaridades! Estás exagerando. No sé qué te han contado o qué crees saber, pero no hay nada —afirmó intentando mostrar seguridad y cierto grado de indignación.

—¿Y adónde fuiste anoche al salir de casa? —La frialdad en su ironía no dejaba ni un resquicio de duda sobre la firmeza de su propósito—. Quiero la separación. Voy a contactar con un abogado para que prepare el expediente para el Tribunal Eclesiástico lo antes posible. Tú deberías hacer lo mismo. Hasta entonces, espero que podamos seguir viviendo bajo el mismo techo como hasta ahora, de forma civilizada. Al menos hasta que encuentre un lugar adonde ir. A fin de cuentas, hemos sido transparentes durante tanto tiempo, que por un poquito más...

—No hace falta que seas tan borde. Yo no te echaría de casa.

—No será por demasiado tiempo. En cuanto pueda me mudaré con la niña para no molestarte.

—¿Te vas a llevar a la niña?

—¿Qué te pensabas? ¿Que iba a vivir contigo y con quien sea que te acuestes? —preguntó asombrada—. Es mi hija.

—¡Y la mía! No puedes estar hablando en serio.

—No lo dudes. Y ahora, por favor, déjame trabajar. Tengo un negocio que sacar adelante.

—Eso es lo que tú te crees. Pediré la custodia, la ley está de mi parte. —Y dicho esto salió con un portazo.

Estaba hecho. El paso estaba dado y no había vuelta atrás. Carlos nunca se había imaginado las consecuencias de aquella aventura. Cómo se le había complicado la vida, justo cuando parecía que todo iba a mejorar. Pero lo que no podía asimilar era el hecho de que pudiera separarle de Lucía. Era su vida. No lo podría soportar.

Elena no perdió el tiempo. En dos meses encontró un piso perfecto en una zona nueva de la ciudad, frente al cauce de aquel río Turia que tanto sufrimiento le había provocado años atrás. La finca era nueva y el piso enorme. Tal vez demasiado grande para la soledad que se le avecinaba, pero necesitaba oxígeno, amplitud, espacio. Como si aquello le fuera a evitar la opresión que sentía en su pecho.

Lo que no fue tan sencillo fue el trámite de separación. Carlos no lo imaginó, pero el abogado de su mujer iba a ser su buen amigo Boro, porque así se lo pidió ella. Boro se vio entre la espada y la pared y no pudo decirle que no a Elena, dada la situación. Para su desgracia, sabía demasiado de aquella historia.

Preparó un documento con los cargos para presentarlo en el Tribunal Eclesiástico, pero como amigo de ambos que era, intentó obviar lo más escabroso. Tampoco Elena quería hacer pública su humillación, por lo que el tema del adulterio se quedó fuera de las alegaciones.

Para sorpresa de ambos, la respuesta que recibieron del vicario judicial, representante del Tribunal Eclesiástico, fue que no había motivos acreditados para concederle la separación, por lo que solicitaban que la demandante fuera a declarar. Y así lo hizo.

Le dieron cita en el Arzobispado con el vicario judicial una mañana de junio. Se vistió más clásica de lo que acostumbraba y se dirigió hacia allí, nerviosa. El secretario le indicó que se sentara unos minutos, hasta que la hizo pasar a un enorme despacho recorrido por una gran librería de madera abarrotada de libros. En el extremo, junto a la amplia ventana por la que entraba el sol a raudales, en pie tras una recia mesa de caoba lustrada con esmero, un hombre mayor enfundado en su negra sotana le hacía un ademán con la mano para que se aproximara y tomara asiento.

—Es usted Elena Lamarc, señora de Company —afirmó.

—Elena Lamarc Atienza —contestó orgullosa—. Sí.

—Y solicita la separación eclesiástica de su marido.

—Así es.

—El matrimonio no es fácil, jovencita. —El vicario, un hombre de cierta edad, algo grueso, de semblante amable pero con la mirada dura y penetrante, la observaba como un científico contempla un microbio tras el microscopio, y se dirigía a ella con condescendencia, en tono conciliador—. ¿Recuerda lo de *en lo bueno y en lo malo, en la riqueza y en la pobreza, en la salud y en la enfermedad...*?

—Por supuesto. ¿A qué viene esto?

—He leído con detenimiento sus alegaciones y no me parece que haya nada lo bastante grave como para tramitar su solicitud. Así viven miles de matrimonios.

—Me humilla, me insulta, no está nunca en casa, ¿todo eso le parece normal? —Acababa de empezar y Elena ya se estaba arrepintiendo de no haber incluido el adulterio.

—Nada importante. Todos los matrimonios tienen problemas y una buena esposa sabe cómo afrontarlos. Es la mujer la que hace el matrimonio.

—¿Está insinuando —preguntó Elena devolviéndole una mirada cargada de estupor; sus entrañas empezaban a revolverse— que no he sido una buena esposa?

—¡Dios me libre! —exclamó apaciguador—. Solo intento hacerla reflexionar sobre la esencia del sacramento. El matrimonio es aguante, es paciencia. No se puede romper un vínculo sagrado por una pataleta infantil.

—¿Pataleta infantil? No llevo dos días casada y he aguantado mucho. —La paciencia de Elena se estaba agotando—. ¡No puedo soportarlo más!

—Los hombres son irascibles. No tienen la fortaleza y entereza de la mujer. La mujer es la que sabe cómo centrar y aplacar al marido; cómo mantener la familia unida —la recriminó—. Es su responsabilidad.

—Para usted es muy fácil hablar, sentado ahí, sin saber lo que es compartir la vida y el dolor con nadie. —Elena estaba elevando el tono más de lo razonable. No había querido hacer un alegato demasiado crudo. Carlos era el padre de su hija y le dolía poner por escrito los detalles más dolorosos, además de la vergüenza que le suponía—. En estos años he sufrido humillaciones y desprecios de todo tipo. He luchado por mi matrimonio, intentando comprender por qué actuaba así y haciendo la vista gorda a sus ausencias. Durante años fui yo quien mantuvo a la familia, en todos los aspectos, afectivo, económico... ¡Y usted me dice que no he hecho lo suficiente! —Las uñas se clavaron en el diminuto bolso de piel negra que descansaba en su regazo.

—Tranquilícese, por favor. A la vista está que no ha hecho lo suficiente o no estaría aquí ahora mismo —contestó impertérrito alzando las palmas esponjosas de sus manos—. Creo que esta conversación no nos está llevando a ningún sitio. No veo motivos justificados para que este caso llegue al Tribunal de la Rota y si sigue en su empeño, es posible que pierda la custodia de su hija. No es habitual, pero una esposa obstinada en romper su matrimonio sin motivo no puede ser una buena madre. ¿Tiene testigos de esas situaciones que describe?

Elena no daba crédito. Aquello era una pesadilla. No solo le ponían pegas para tramitarle la separación, sino que la estaba amenazando con separarla de su hija si proseguía con la causa.

—Mi marido está liado con otra mujer —soltó al fin. Tenía que jugar todas sus cartas.

—Eso es una acusación muy grave. No lo ha incluido en las alegaciones.

—¡No creí que fuera necesario! Me parecía más que suficiente todo lo demás. Es muy... humillante. —Por fin, sus emociones estaban aflorando.

—¿Y tiene pruebas? —preguntó con gravedad. Su cordialidad había desaparecido.

—¡Pruebas! —Se desesperó—. Pero ¿qué pruebas quiere que tenga?

—Como comprenderá, no podemos juzgar sin pruebas. El adulterio es algo muy serio y no se puede acusar a alguien de algo así a la ligera. Además, entre un desliz y el adulterio hay una gran diferencia. ¡Ya se sabe cómo son los hombres! —Se encogió de hombros como si fuera algo inevitable—. Y las mujeres saben perdonar esas cosas.

—¿Me está pidiendo que mire para otro lado? ¿Que, además de todo lo que llevo pasado, soporte esta situación como si nada? —Estaba fuera de sí.

—Le estoy diciendo que, si quiere separarse y alegar adulterio, tendrá que demostrarlo o atenerse a las consecuencias.

—Está muy claro. Ustedes quieren que corra la sangre. —La ira se había apoderado de ella y su tono había perdido toda muestra de respeto—. ¡Pues no se preocupe, correrá! Si quiere pruebas, las tendrá. —Se levantó de golpe y salió de la sala dando un portazo.

Se sentía traicionada. Pero ya no solo por su marido, sino por algo más profundo. Su fe le había vuelto la espalda. Era la Iglesia a la que tanto había querido, la que tanto la había consolado de niña, la que ahora le negaba lo que más quería. Pero tenía claro lo que iba a hacer. Iba a conseguir esas malditas pruebas, fuera como fuese. Aunque a su abogado, de momento, no le diría nada. Esto era algo personal.

Tras dos reuniones más de su abogado con el representante del Tribunal de la Rota admitieron la solicitud de separación, pero la amenaza de perder a su hija seguía planeando sobre ella. Tal vez solo hubiera sido una bravuconada para hacerla desistir, pero tal vez no. Y esa posibilidad sí que no podía ni tan siquiera planteársela.

Pensó en hablar con su hermano. Le habían pedido testigos y, ¿quién mejor que él? Hacía poco que se había casado con una conocida joven de la alta sociedad, pero hasta ese día había vivido bajo el mismo techo que ellos. Él había visto las peleas, los portazos, las ausencias... Seguro que Gerard podría declarar a su favor, contar lo que había visto. Además, como trabajaba con ella en Confecciones Lena, también había podido comprobar lo que ocurría en el trabajo.

Quedó una tarde en su casa para explicarle la situación.

—¿Qué tal, Gerard? —le saludó con dos besos—. ¿Cómo estás?

—Muy bien, Elena.

—Hola, Charo. —Su cuñada la ayudó a quitarse la chaqueta y la hizo pasar al salón.

—Pasa. Nos has dejado preocupados con tu llamada.

—Sí, las cosas entre Carlos y yo están muy mal —dijo; no tenía tiempo ni ganas de andarse con rodeos—, y necesito la ayuda de Gerard.

Elena, fumando sin parar, les explicó que había iniciado los trámites de separación, la llamada nocturna, que Carlos tenía una querida... y, lo más importante, que necesitaba que Gerard declarara como testigo de parte y contara lo que había visto durante los años que convivió con ellos tanto en casa como en la empresa. Charo y Gerard cruzaron miradas de preocupación.

—Elena —su hermano tragó saliva y miró a su esposa buscando refuerzo—, esto es muy embarazoso. Después de la campanada que dieron nuestros padres, no puedo volver a implicarme en algo tan sórdido. Esto no nos puede salpicar a nosotros. Además —hizo un gesto de ignorancia elevando un poco los antebrazos—, en realidad yo no he visto nada fuera de lo corriente. Nunca lo vi con otra mujer.

—Pero... pero..., tú sabes bien cómo hemos vivido. Se iba todas las noches..., y a la fábrica no venía nunca y...

—Bueno, todos los días tampoco era. Y además luego volvía a dormir a casa. —Su nerviosismo era patente; el gesto contraído delataba una mezcla de vergüenza y temor, pero se mantuvo inflexible—. No era como papá, que no aparecía en tres días. Y conmigo siempre se ha portado bien...

—Compréndenos, Elena —intervino Charo con firmeza—. Nuestra boda ya ha sido lo bastante complicada. A mis padres les costó mucho asimilar... cómo lo diría... vuestra peculiar situación familiar. Gerard ha tenido que superar muchas dificultades y prejuicios hasta que lo han aceptado en nuestro círculo.

Elena los miró boquiabierta, sin poder reaccionar.

—Pero... yo te he apoyado en todo... Nunca te he pedido nada... y esto es muy importante para mí. ¡Me juego mucho!

—Saldrás adelante, como siempre. Eres muy fuerte, la más fuerte de la familia, y por más veces que toques fondo siempre vuelves a renacer, como el ave Fénix. —Bajó la vista, incapaz de mantenerle la mirada—. Nosotros estamos empezando nuestra vida y un escándalo así nos podría hacer mucho daño. Si de verdad tiene una querida como dices, no será necesario que vaya nadie a declarar. Caerá por su propio peso. —Parecía querer convencerse a sí mismo de sus propias palabras—. No tienes de qué preocuparte.

—No puedo creer lo que estoy oyendo. —La cabeza de Elena se movía a derecha e izquierda, incapaz de asimilar su respuesta.

—Elena, no te pongas así. Carlos es mi cuñado y le aprecio mucho. Habéis tenido muchas discusiones, pero en lo que yo he presenciado tú tampoco te has quedado manca. Si declaro, tendría que contarlo todo, y él también ha aguantado mucho. Le cortaste el acceso a la caja y a la cuenta de la empresa, y eso para un hombre...

—¡Pero sacaba el dinero para gastárselo con esa mujer! ¡Es lo mismo que hacía papá! ¿Qué tenía que hacer? ¿Dejar que lo hiciera sin más?

—Comprende que no puedo tomar partido. —Gerard era un frontón, no iba a cambiar de postura. Como Charo había explicado, le había costado muchísimo ser aceptado por sus suegros y hacerles olvidar la bochornosa situación en que su padre les había dejado. Y para colmo, su propio nombre era un pregón de quién había sido su padre, para que nadie lo olvidara. Ganarse el respeto de los allegados de su mujer había sido un logro que todavía se sostenía cogido por invisibles alfileres. No podía volver atrás.

—¡Cómo podéis hacerme esto! —Elena sintió cómo la cólera hendía sus entrañas dejando a su paso un dolor lacerante—. ¡Fui yo la que fue a pedir la mano de Charo! ¡La que hizo de cabeza de familia y dio la cara! ¡Yo compré tu pulsera de pedida! —Señaló a su cuñada con un índice tembloroso—. Te he mantenido y cobijado durante estos años, te he dado trabajo... Y ahora, cuando de verdad necesito tu ayuda, ¡me das la espalda! ¡Eres una vergüenza! Creo que ya no tenemos nada más que hablar. —Se giró para recoger su bolso y la chaqueta que descansaba en el sofá junto a ella.

—Elena, no te lo tomes así. —Su cuñada no soltaba la mano de Gerard, tratando de darle fuerzas para resistir aquella cascada de descalificaciones—. Entiéndenos... Ahora nosotros somos una familia y tenemos que salir adelante. Tú ya tienes tu vida hecha, pero Valencia es un pueblo e implicarnos en un juicio como este... Compréndelo, no es nada contra ti. Eres fuerte, saldrás adelante, ya lo verás. No nos necesitas para esto. Pídenos cualquier otra cosa y la haremos. Quedarnos con Lucía, ayudarte en la fábrica, lo que sea...

Elena ya no escuchaba a su cuñada. Se levantó y, sin despedirse, se dirigió a la puerta cerrándola de un portazo. Aquel maldito niño egoísta... No cambiaría nunca. Ahora sí que estaba perdida. Si ni siquiera su propio hermano, que había sido testigo directo durante años de las idas y venidas de su marido, quería declarar a su favor, ¿quién lo haría? Los del Tribunal de la Rota iban a acabar con ella. En el mejor de los casos no le concederían la separación, y en el peor se la darían quitándole la custodia de Lucía. La situación era desesperada.

Pero en algo tenía razón Gerard. Elena Lamarc no se rendía nunca. Había algo que sí podía hacer y que si le salía bien, le proporcionaría la sangre que le pedía aquel insensible sacerdote con el que se entrevistó.

Era una idea descabellada, pero necesitaba soluciones drásticas y esta lo era. Contrató a un detective privado para que siguiera a Carlos y, una vez que supiera quién era su querida, que la siguiera también a ella. No tenía ni idea de quién podía ser, pero su voz al teléfono y el lenguaje que empleó le dibujaron un perfil poco recomendable. Estaba convencida de que era una prostituta, y si estaba en lo cierto tenía que saberlo. Sería una buena baza en el juicio.

Al detective no le costó mucho trabajo localizar a la Vero y disponer de un esquema claro de la rutina que seguían. Sacó fotos, pero en ninguna de ellas se los veía en actitudes que pudieran tacharse de indecorosas. Elena estaba desesperada, aquello no le bastaba. Estudió los horarios de sus citas y los recorridos, y entonces encontró lo que buscaba. Comprobó con dolor cómo, aprovechando que ella estaba trabajando y que Lucía había empezado a ir al colegio, Carlos se había atrevido a llevarla a su casa. Siempre en jueves por la tarde, cuando libraba la chica. ¿Cómo podía hacerle esto? Le entraron ganas de vomitar. ¡En su propia casa! En su propia cama. Intentó calmarse. ¿Acaso no era eso lo que estaba buscando? Tragó saliva y le dijo al detective que para la próxima cita en su casa acudiría ella en persona con un testigo de su confianza y él debería llevar una cámara. Necesitaba fotos explícitas.

—¿Está segura de que quiere verlo? Puedo hacerles las fotos yo solo.

—Sí, quiero verles la cara. Además, necesito testigos y, no se lo tome a mal, de mejor reputación que la suya.

—No es lo habitual. Será muy desagradable y si me monta una escena antes de tiempo nos jugamos el resultado —le advirtió encogiéndose de hombros—. Usted verá lo que hace.

—No se preocupe por mí, lo aguantaré. He pasado mucho y siempre he salido adelante.

Los días en casa de los Company transcurrían en silencio. Ya no se hablaban y apenas se veían. Habían vuelto al lenguaje de los portazos. Esa mañana Elena estuvo tentada de preguntarle qué iba a hacer, pero prefirió callar, como los demás días. Era jueves.

Hacía un sol cegador y el detective, parapetado en su coche, esperaba para verlos llegar escuchando la radio. Harto de los comentarios sobre la intervención de Carrero Blanco en las Cortes, cambió el dial pensando que no le gustaban ese tipo de casos, pero había que comer.

La aterciopelada voz de Jeanette cantando *Cállate niña* con los Pic-Nic y una calada a su Celtas Selecto le ayudaron a relajarse. Estaba seguro de que aquella joven esposa se rajaría y no subiría con él. Lo prefería. Las histéricas le ponían nervioso, dificultaban su trabajo. Nunca se había visto en una situación parecida y así debería seguir siendo.

Habían quedado en que, si Carlos y Verónica aparecían, llamaría a Elena desde la cabina de la esquina y ella acudiría con su testigo. Y a las cuatro menos cuarto, tal y como había ocurrido en los dos jueves anteriores, aparecieron.

Carlos llegó primero, abrió el portal y subió. El portero no empezaba hasta las cuatro. Dejó la puerta abierta, poniendo un papel doblado entre el bofetón y el marco. A continuación, la Vero llegó al portal y abrió la puerta, quitando el papel que le aseguraba el paso. Llevaba un vistoso vestido rojo con el cuello y el cinturón blancos, estampado con grandes lunares también blancos y unos topolinos de gran tacón con los que a duras penas conseguía mantener el equilibrio. Desde luego no le preocupaba que la vieran. El detective sacó varias fotos, la observó cruzar el umbral y se apresuró a llamar a Elena.

—Acaban de llegar. Pero no es necesario que vengan, de verdad, puedo hacerlo solo.

Al otro lado del teléfono, Elena temblaba.

—Vamos para allá. No se mueva hasta que lleguemos.

Tardó quince minutos en llegar, acompañada de don José. Era su fiel contable, al que le había pedido que actuara como testigo. Aquel pobre hombre, padre de familia numerosa, estaba horrorizado, pero cualquiera le decía que no a su jefa de la forma en que se lo había pedido. Sin mediar palabra, se dirigieron al portal. Don José secándose el sudor con un aparatoso pañuelo, Elena atravesada por una vara de acero, tan erguida caminaba. El detective se les unió en silencio con la pesada cámara colgada del cuello, mirando con prevención a sus acompañantes.

—Buenas tardes, doña Elena. Qué pronto usted por aquí —saludó el portero, que acababa de llegar, sorprendido.

—Buenas tardes, Pepe.

Elena se preguntó si sabría algo. Interrogado más tarde, supo que había visto salir a la Vero un par de veces, pero no la había relacionado con ellos ya que justo en su mismo rellano, en el piso de al lado, vivía la querida de un afamado médico y de vez en cuando recibía la visita de alguna amiga, además de la de su benefactor, por lo que no le había dado importancia.

Subieron los tres en el ascensor, en absoluto silencio. Sus miradas se esquivaban en el pequeño recinto. Elena sacó sus llaves, temblorosa. Por un momento se quedó inmóvil. Estaba asustada; aquello iba a ser muy desagradable y cuando Carlos se enfurecía daba miedo. Fue a hacer ademán de santiguarse antes de abrir la cerradura, pero dejó el gesto a la mitad; empezaba a dudar de que Dios estuviera de su parte. Tragó saliva, respiró hondo, metió la llave en la cerradura y ordenó en voz baja:

—Es la segunda puerta de la izquierda. Quiero que sea el primero en entrar. Necesito que las fotos sean muy explícitas y no podemos darles tiempo a reaccionar. Pase lo que pase, no deje de disparar. —Se volvió hacia don José, cuya palidez hacía sospechar que tal vez no hubiera sido una buena elección—. Don José, le quiero a mi lado. Tendrá que testificar ante notario sobre todo lo que vea. Su testimonio será más válido que el mío al no ser parte implicada. Sé que no va a ser agradable, pero no pierda detalle. Vamos allá.

El detective entró sin hacer ruido. Se oían risas provenientes de la habitación. Preparó su cámara y le hizo un gesto al contable para que le abriera la puerta. Él iba a necesitar las dos manos.

Todo sucedió a gran velocidad. *¡Flash! ¡Flash! ¡Flash!* La habitación se convirtió en un caos. La Vero comenzó a gritar al ver los fogonazos de la cámara y Carlos se apresuró a taparla con la sábana.

Elena entró en la habitación, su habitación, tras el detective; la ropa se esparcía desordenada por el suelo. Se situó frente al lateral de la cama. Veía con claridad la furia y el odio en los ojos de Carlos. Posó los suyos en los de aquella mujer que hasta ese momento era una voz sin rostro. Después del desconcierto y la histeria inicial, pudo apreciar en su mirada una profunda satisfacción, un gesto de triunfo. Se había abrazado a Carlos sin dejar de mirar a Elena, acurrucándose bajo las sábanas.

—Don José, usted es testigo de que hemos encontrado a mi

marido, en mi cama, con otra mujer. —No pudo controlar el leve temblor de su voz—. Deberá identificarla, así que mírela bien.

Don José, turbado, apenas si se atrevía a mirar hacia el lecho conyugal donde yacían desnudos el marido de su jefa y su amante, escasamente cubiertos por la sábana. Nunca se había visto en una situación semejante y no sabía cómo se lo iba a explicar a su mujer. Aquello era una indecencia superior a lo que se sentía capaz de soportar.

—Dile a esa puta que se vista y que salga de mi casa. —Elena por fin se había dirigido a Carlos, que la miraba con odio.

—No me esperaba esto de ti. ¡Eres mala! ¡No tenías bastante con la separación y con haberme amargado la existencia! ¡Tenías que aplastarme! ¡Volver a humillarme! —comenzó a gritar, alzando su puño—. ¡Pues entérate! ¡Soy feliz! ¡Verónica me hace tremendamente feliz! ¡Algo que tú no has conocido ni conocerás en tu vida! ¡Y me alegro de que nos hayas encontrado, ya no tendremos que seguir escondiéndonos! Y por si no lo recuerdas, ¡la casa es mía!

Elena salió de la habitación al borde del colapso. Se estaba ahogando, tenía taquicardia, el pánico se apoderaba de ella. Fue el detective quien reaccionó.

—Vámonos ya. —Se dirigieron a la puerta—. Tiene lo que quería. Ha aguantado como yo no creía, pero ahora necesita poner distancia. Intente respirar más despacio, es normal que se sienta ahogada.

Nunca el ascensor le había parecido tan pequeño y eso que el detective se ofreció a bajar por las escaleras. Salieron a la calle y Elena se recostó contra la pared más cercana. Se llevó la mano al pecho. Le dolía. Intentó controlar la respiración, pero el ahogo la dominaba. Entre José y el detective la introdujeron en el coche, reclinaron el asiento, le aflojaron un par de botones de la blusa y el detective le colocó una bolsa sobre nariz y boca; estaba hiperventilando. Poco a poco se fue serenando, pero conforme recuperó oxígeno una profunda tristeza se apoderó de ella. Comenzó a llorar, al principio contenida, para poco a poco ir subiendo de intensidad. Sus sollozos eran desconsolados, desmesurados, y tan dolorosos que no brotaban lágrimas de sus ojos, en un llanto seco.

Pareció una eternidad. Cuando consiguió calmarse, dudó qué hacer. Subir a su casa le daba náuseas y no quería ver a Carlos. De pronto se incorporó sobresaltada. ¡Lucía! ¡Se había olvidado de Lucía! Tenía que recogerla en la parada del autobús a las cinco y media.

—¿Qué hora es? —preguntó acelerada arreglándose la blusa.

—No se preocupe por la hora. Esté tranquila.

—¡Necesito saber qué hora es! —Había bajado el parasol del acompañante para mirarse en el espejo. Estaba horrible.

—Son las cinco y veinte pasadas.

—¡Mi hija llega a y media! Tengo que ir a recogerla. —Se aseó la cara con un pañuelo, se puso un poco de colorete y salió del coche—. Prepáreme un informe incluyendo las fotos. Quiero que consten todos los locales en los que ha trabajado esa puta, las veces que se han visto, ¡todo! Y don José, gracias por venir. Siento haber tenido que hacerle pasar por esto, pero le aseguro que no tenía otra opción.

—¿Necesita que la acompañe a la parada del autobús? —preguntó solícito.

—No, por Dios, por hoy ya me ha ayudado bastante. Además, podrían sospechar que estamos liados —intentó bromear.

Don José correspondió a su sonrisa, más asustado que divertido. Aquello le superaba.

Se despidieron y Elena fue a recoger a su hija. Cuando la señorita del autobús se la entregó, las lágrimas acudieron por fin a sus ojos, pero se esforzó por no llorar. La abrazó con fuerza y comenzó a darle besos sin moverse del sitio. Miró el camino a su casa, indecisa. Su único hogar acababa de saltar por los aires y a pesar de ello tenía que volver. Su hija tenía todas sus cosas allí y, por supuesto, ella también. Tampoco había otra alternativa. Miró el reloj. Eran las seis menos cuarto. Habían pasado menos de dos horas desde su desagradable escenita. ¿Seguirían allí? No era probable. No conseguía apartar la expresión de satisfacción de aquella cara de pájaro. Era la única que había disfrutado en medio del caos.

Decidió que debía volver. La niña debía continuar con sus horarios, baño, cena... No tenía por qué alterar su rutina por culpa de lo sucedido.

Cuando entró en casa no quedaba nadie. Fue un alivio. Se dedicó a Lucía, sin querer entrar en su cuarto, pero al final no le quedó más remedio. La cama estaba deshecha. Volvieron a entrarle náuseas, pero se sobrepuso. No volvería a dormir en aquella cama. Recogió toda la ropa que pudo, sus cosas de aseo, y las metió en maletas. Hasta que hiciera la mudanza dormiría en la habitación de la niña.

Como era previsible, Carlos no volvió a dormir allí. Estaba muy afectado. Y avergonzado. Lo de Elena había sido un golpe bajo, teniendo en cuenta que ya estaban tramitando la separación y que él no se había opuesto. Pero llevar a Verónica a su casa no había sido una buena idea. Se le ocurrió a ella, la pensión era muy pequeña y el hotel salía caro.

—En tu casa hay días en que no hay nadie. Me duele que tengamos que vernos siempre en el hotel cuando no hay por qué. Si lo hacemos bien, no se enterará nadie.

Pero no, no había sido una buena idea. Al final tendría que trasladarse al hotel de todas formas. Recogió unas cuantas cosas en una bolsa de viaje antes de dejar la casa y se fue al Oltra, donde solían encontrarse. Los camareros, botones y demás empleados ya los conocían. No eran los únicos que utilizaban el hotel de picadero, así que a nadie le extrañó. Además Carlos, con su habitual camaradería, se había hecho buen amigo de alguno de ellos, que le echaba una mano en lo que podía.

—Miguel, creo que pasaré aquí una temporadita.

—No me diga, don Carlos. ¿Que le han tirado de casa?

—No, aunque para el caso es lo mismo.

—No se preocupe, aquí estará como un rey. ¿Doble o sencilla?

—Doble, claro.

El detective elaboró un documento muy completo. Elena revisó la carpeta con amargura, leyendo cada detalle de aquella sórdida historia a pesar de que su abogado le recomendó que no lo hiciera. ¿Cómo podía haberse liado con una mujer así? Esa duda la acompañaría el resto de sus días. Miró el abultado *dossier* que tenía en sus manos. De buena gana lo habría hecho pedazos. Pero con aquel informe, el Tribunal no tendría más remedio que darle la separación, junto con la custodia de su hija.

Sangre le habían pedido, y sangre les iba a llevar.

40

Los años que siguieron no fueron más fáciles para Elena. El destino estaba empeñado en llenar su maleta de lastre. El denso y complicado proceso de separación supuso tres años de largo calvario durante los cuales Elena saboreó de cerca la amargura de la soledad y la decepción. A las secuelas de su gélida y tormentosa infancia se sumaron las de un matrimonio conflictivo y la indiferencia cuando no el desprecio de su propia familia y amigos ante su situación.

Su madre la apoyó desde la distancia, pero con el «ya te lo dije» planeando en cada conversación; muy en su estilo. En el fondo parecía satisfecha con el final de aquella relación, como si Elena no mereciera ser feliz. Además, durante años no le perdonó el que osara darle una nieta, una vergüenza que Dolores ocultó mientras pudo.

Con su padre nunca tuvo contacto hasta que fue un anciano. Al principio parecía que se lo hubiera tragado la tierra. Le llegaban rumores de aquí y de allá. Supo que huyó a Francia —empujado por sus deudas y amenazado por sus amistades del pasado—, en compañía de su última y definitiva conquista. Y también supo que regresó cuando no le quedaron fondos, para pedirle ayuda a Carlos; una ayuda que a su ex marido le salió muy cara y de la que nunca quiso comentarle nada. A partir de ahí lo poco que supo de su padre fue por alguna vaga información que sus amigos de otros tiempos le dieron, en particular su antiguo médico, que era de los pocos que tenían noticias de él, y de la que durante años fue su enfermera en la consulta. En definitiva, Elena era una huérfana en vida de sus padres, algo que le pesaba aunque no lo quisiera reconocer, siempre segura, siempre autosuficiente.

Su hermano Gerard, tras la salida de Carlos de Confecciones Lena, se hizo cargo de su puesto de jefe de ventas. Pero la relación con su hermana estaba herida de muerte tras negarse a ayudarla en el proceso de separación. Todavía trabajó con ella durante un par de años más, en un ambiente en que las hostilidades estaban siempre en alto aunque no llegaran a desatarse. Gerard no entraba en peleas, siempre más frío que Elena y con una idea clara en la cabeza: salir de allí en cuanto supiera lo suficiente para montar su propia empresa. Aprendió, hizo contactos y, cuando estuvo preparado, se fue, dejándola con la campaña comercial colgada a mitad de temporada y saliendo a vender su propio muestrario a los mismos clientes que había conocido gracias a Confecciones Lena. Al contrario que cuando Carlos se independizó, Gerard creó el espejo del negocio de su hermana, una empresa siamesa que necesitaría de los mismos clientes y proveedores en una guerra abierta de la que ella saldría vencedora muchos años más tarde.

Para Elena fue una puñalada más. A pesar de no querer apoyarla en el juicio ella había permitido que siguiera en la empresa, en parte por inercia y falta de fuerzas para una ruptura más, para no cavar más hondo el hoyo de su soledad, y en parte por necesidad. Y así se lo había pagado. Teniendo en cuenta que en la confección se saca la reválida cada seis meses, pinchar en una campaña podía haberle supuesto la ruina, algo que él no ignoraba. El anuncio de su marcha a mitad de temporada dejando las rutas colgadas fue la herida de muerte de una relación enferma desde hacía mucho, tal vez desde que su primera tienda fue devorada por la furia de las aguas y un Gerard inmaduro e inconsciente no supo calibrar su desgracia. Elena, tras un ataque de cólera en el que vomitó sobre su hermano toda la inquina acumulada, lo extirpó de la empresa y de su vida como a un tumor maligno. En esos dos años de trabajo que aún compartieron en Confecciones Lena después de su entrevista por lo del juicio de separación, nunca habían vuelto a hablar de nada personal, pero en el momento de marcharse todo el veneno que había emponzoñado las entrañas de Elena salió de golpe en una reacción tan desproporcionada que ni su hermano ni su cuñada pudieron comprender en aquel momento la causa de su virulencia. Ellos solo querían independizarse, montar su propio negocio. ¿Qué mal había en ello? Para Elena quedó fuera de su mundo y sería muy difícil que volviera a entrar en él.

Los matrimonios con los que solía salir la dejaron de lado. Su presencia incomodaba a unos y a otras. Ella prefería hablar de política o economía antes que de papillas, productos de limpieza o del precio de las verduras en el mercado. Las mujeres la aburrían, y ella las intimidaba, la veían como una amenaza. Y a los hombres les incomodaba hablar de aquellas cosas con una mujer. Tal vez si hubiera sido como la famosa abuela Elvira, «más fea que Picio», no hubiera tenido tantos problemas. Pero Elena era muy diferente en ese aspecto, aunque en otros muchos la difunta Elvira Llaneza hubiera sido su inspiración. Fue el único familiar que la quiso de veras en su triste infancia. La admiración fue mutua desde muy pronto y el cariño entre ambas, sincero, a pesar de lo poco que se trataron. Incluso la pequeña Lucía recordaba haberla visitado en Alicante y haber sido recibida con un calor desconocido en sus tratos familiares, acompañado de grandes bolsas de peladillas. Fue una tristeza compartida el día que les anunciaron su muerte, por más que fuera algo esperado a los noventa y dos años. Sin embargo, del bisabuelo Gonzalo Atienza jamás supieron qué fue de él. Le perdieron la pista tras su cuarto matrimonio, cuando ya era apodado por propios y extraños como Barba Azul.

A Elena tan solo le quedó como referencia de su vida pasada un pequeño grupo de amigas, aquellas que eran viudas o cuyo matrimonio hacía aguas. Eran el clan de «mi marido, en paz descanse». Su hija Lucía las miraba con compasión, convencida de que todas eran viudas; hasta que un día, para su asombro, se lo escuchó a su madre en primera persona:

—Pero mamá. Papá no se ha muerto, ¿por qué dices eso?

—Para mí, sí —afirmó dejando un tres de picas en el pozo de los descartes—. Igual que para ellas. —Y todas rieron la ocurrencia.

Pero tampoco este grupo podía llenar sus vacíos. Todas eran diez años mayores que ella y, salvo su situación sentimental, tenían poco más en común con Elena.

La religión, que en otros tiempos tanto la consoló, podría haber sido una ayuda. Sin embargo, durante la separación llegó a pensar que Dios la había olvidado haciéndole pasar un vía crucis inhumano para conseguir lo que debería haber sido un trámite legal sin complicaciones. A lo largo del tortuoso proceso entendió en toda su extensión la popular frase de *con la Iglesia hemos topado*, sintiéndose víctima de una mentalidad y unos prejuicios arcaicos. Después de su encuentro con la Rota, y tras años de profunda devoción, se prometió no volver a pisar una iglesia. Si Dios existía, y eso no lo dudaba, no podía haber fundamentado su Obra sobre aquellos individuos.

Sin familia, casi sin amigos, ni religión en la que ampararse, Elena renació creando una vida nueva para ella y su hija. Buscó otros apoyos, aunque se vanagloriaba de no necesitar a nadie.

A nadie más que a su hija.

El primero fue el trabajo, como siempre había hecho. Y el segundo fue un nuevo entorno con el que procuró compensar a Lucía de los afectos que le faltaban, rodeándola de niños que suplieran esa carencia. Con el respaldo de una amiga azafata que en otro tiempo fue novia de su hermano, se fue haciendo un nuevo grupo de amigos saliendo del ostracismo al que estaba relegada. Aquel conjunto variopinto, formado en su mayoría por extranjeros —franceses, alemanes, suizos, noruegos—, le devolvió la alegría perdida. Eran liberales y cosmopolitas, algún pintor de vida bohemia, varios diplomáticos... Gente distinta a la que había tratado hasta entonces. Vistos desde la distancia que dan los años, mucho más parecidos a ella que cualquiera de sus conocidos del pasado. Con ellos se sentía segura y, lo que era más importante, no se sentía juzgada. No esperaba nada, solo ser una más en su pequeño mundo, y pudo ofrecerle a Lucía un universo afectivo «normal» donde poder compartir los ratos de ocio con otros niños sin que le echaran en cara su poco convencional familia. Con ello compensaba el sentimiento de culpa que la embargaba porque su hija no pudiera disfrutar de primos, tíos o abuelos como cualquier otro niño. Buscó y encontró familias que le dieran aquello que la suya les negaba.

Los años que siguieron, en su espléndida madurez, no fueron

un erial. Vivió con intensidad, hasta el exceso, como ella era. Obsesionada por sacar adelante su vida y la de su hija se encerró en el trabajo, pero buscando seguridad encontró el peligro. Su cabeza le exigía no bajar nunca la guardia, pero su corazón fue más débil y el destino, cruel y tramposo. No lo tuvo fácil y se arrepintió de esa debilidad con lágrimas de miedo y de dolor, pero esa fue otra historia.

41

Y ahora, después de los años y con la muerte a los pies de la cama, yo lo entendía todo. Repasando su vida hasta ese momento, la que ella me había contado en los últimos ocho años y la que yo misma había vivido a su lado, todo parecía tener sentido, una explicación lógica para tanta sinrazón, para tanta amargura alimentada, para tanta dureza sin límite.

Para ella no había sido fácil salir adelante, sola, con una niña pequeña. Mi abuela Dolores tuvo que huir a Madrid para librarse de las críticas y comentarios denigrantes de una puritana e hipócrita sociedad que prefería engañarse y mirar para otro lado a afrontar la realidad que la rodeaba. Y de eso no hacía tanto tiempo cuando mi madre se separó. El mundo no aceptaba a la gente como ellos y ella decidió plantarle cara a ese mundo. Era difícil reprocharle nada.

Tras una adolescencia y una juventud atípicas, en la edad adulta se había convertido en una inadaptada. No llevaba una letra escarlata grabada en su pecho, pero poco faltaba. Reflexioné. Tuvo que ser duro sentir el desprecio, tras la humillación. Yo era pequeña entonces y poco consciente de esas cosas. Pero me llegaban sus efectos.

Le costó encontrar su sitio, pero si algo había ganado con los años era aplomo y seguridad en sí misma. De eso yo podía dar fe —me parecía increíble cuando me comentaba que de pequeña estaba llena de complejos—. Si había que empezar de cero, lo haría, no se quedaría llorando en una esquina; valía demasiado para eso. Aunque la realidad era que llorar, lloraba, pero solo en la soledad de su habitación. Yo la oía sollozar desde mi cuarto, mientras en el tocadiscos sonaba *La Bohême* o *La Mamma* en la voz de Charles Aznavour, sin entender de dónde salía tanta amargura; ni alcanzar a comprender, como ahora lo hacía, que el llanto derramado era su única válvula de escape frente a una vida a presión. Mi mente infantil llegó a culpar a la música francesa y a mi ineptitud como hija de su tristeza.

Tal vez por eso no quería permanecer en casa, por miedo a abandonarse a la pena que invadía su alma. Si antes de separarse ya vivía consagrada a su trabajo, después de aquello se volcó todavía más.

Aunque su vida recobró cierta normalidad, cuando se quedaba a solas, las lágrimas volvían. Más tarde supe por qué. Era la pregunta sin respuesta. La que a mí misma me repetía, una y otra vez. ¿Alguna vez la querría alguien? Era una duda dolorosa que traté de contestar durante años sin que me escuchara. Un pensamiento tan recurrente y tan grabado en su ser, que estaba sorda a cualquier respuesta positiva. Estaba convencida de que nadie la había querido y todos la habían utilizado. Y viéndolo con perspectiva, en una parte fundamental de su vida, así había sido. ¿Cómo iba a confiar en el futuro? ¿Cómo iba a dejarse amar, si no sabía cómo?

Yo era su única esperanza y sería responsabilidad mía, desde mucho antes de tener uso de razón, el aportarle la dosis necesaria de afecto para mantenerse en vuelo y creer que la vida seguía mereciendo la pena. Asumida su situación, se sentía fuerte y libre, pero no era consciente de que el lastre que llevaba la hacía volar bajo, y yo no era la respuesta ni la solución. Esa coraza pesaba demasiado, oprimiendo su alma y su vida, e impregnando su ser de una tristeza nunca aceptada. Ella dirigía su vida, había ganado, tenía que ser feliz. Pero no lo era.

Para ella, nada era como se esperaba, sobre todo cuando lo que se espera no puede traspasar la barrera que uno mismo ha levantado a su alrededor. Tampoco yo fui capaz de traspasarla. Las circunstancias no nos lo pusieron fácil. La tumultuosa relación a tres bandas con mi padre, la Vero, a la que no podía evitar ver, y mi madre dio lugar a multitud de pruebas, a multitud de situaciones en las que dar testimonio de mi incondicional devoción por ella, cuyo resultado no siempre alcanzó el nivel esperado. Tampoco serví de apoyo cuando su corazón hizo hueco al que para mí solo fue un desagradable intruso y, aunque el tiempo me dio la razón, mi rechazo fue una decepción más en su agotado corazón.

A veces pensaba que disfrutaba en ese estado de continua tensión, de estrés permanente, como si una convivencia dulce y pacífica pudiera dejarla en un estado de indefensión del que no fuera capaz de salir. Había sufrido guerras, de las de verdad y de las psicológicas, y en ellas se encontraba en su medio. Cuando me paraba a pensar en cómo había vivido esos años, un sentimiento de admiración y amor sin límites me embargaba. Era una vida para ser contada.

Para mi disgusto, no fueron años de pacífica convivencia. Los altercados y trifulcas se multiplicaban. Siempre había motivos para reproches, para echar en cara lo que se había hecho, o dicho, o dejado de hacer. Y aunque nunca lo dijera, nos parecíamos demasiado y mi carácter fuerte no contribuyó a dulcificar los ánimos. Para sobrevivir, o me dejaba anular en una sumisión autodestructiva o me enfrentaba a todo y a todos, y lo de anularse no iba con mi carácter como tampoco había ido nunca con el de mi madre. La tensión era brutal en un mundo bipolar, sin válvula de escape ni nadie de quien echar mano.

Con una madre como la mía, para la que la perfección solo era un peldaño en el camino hacia el crecimiento personal, las faltas eran continuas y las oportunidades para defenderse constantes. Yo no era una luchadora torpe ni dócil. Pero rebelarme fue lo peor que pude hacer, aunque no lo hiciera de forma consciente. Tampoco sé si otra actitud habría conllevado un final diferente. Lo más probable es que no. Todas las relaciones de su vida habían ido escorando de forma enfermiza a extremos en los que la continuidad se hacía imposible. La dureza en los planteamientos, la intransigencia, ese acertar en todo o entonces no ser aceptable en nada, la encerraron en una soledad de piedra.

Como ocurriera en su relación con mi padre, se fue abriendo poco a poco una herida en las dos que nos marcó en nuestra relación adulta. Tal vez se hizo más profunda llegado el momento en que su vida se apaciguaba, después de años de actividad y emoción infinita, y la mía se aceleraba en una adolescencia y juventud anhelante de independencia y serena soledad, intentando huir de tanta presión y tristeza para encontrar otro mundo distinto al que conocía.

Los fantasmas de mi madre reaparecían como una migraña persistente. Pasaran los años que pasasen, nadie la iba a querer, al menos, como ella entendía el amor. Ni siquiera el mío le bastaría, convencida de que yo quería más a mi padre que a ella, como solía reprocharme. Su desconfianza creció a la vez que yo cumplía años, y su coraza se hizo más robusta, transformada en su chaleco antisufrimiento. En realidad, esa coraza funcionaba como unas gafas con cristales oscuros a través de las cuales el mundo se veía como un lugar inhóspito, frío, sin vida. Su dolor le pesaba demasiado, cegándola, matándola... Pero motivos tenía, pocas personas habían sufrido lo que ella en distintos momentos de su vida, aunque de muchos acontecimientos yo no me enteré hasta el final de sus días.

De puertas para fuera daba la imagen de una mujer vital y mundana; de puertas para dentro habitaba la tristeza. Su juventud se había marchitado y le fallaban las fuerzas. Podría considerarse que había triunfado en la vida, consiguiendo todo lo que se había propuesto, menos vencer su soledad, librarse del miedo y sentirse amada.

Tal vez yo era la única persona que la había querido, aunque ella me cerraba cada puerta que yo le abría. Lo suyo era una huida hacia ninguna parte. Qué soledad más grande sentía incapaz de percibir el amor que le profesaba, y lo peor es que entonces no me di cuenta de lo que sufría. La ignorancia no es excusa, debí ver más allá.

Para mi madre debió de ser muy duro pasar todos esos años sin contacto con ningún familiar. Aunque con el tiempo poco a poco se aproximaron geográficamente, en lo afectivo las distancias no se movieron un centímetro.

Mi abuela Dolores hacía años que había vuelto de Madrid y vivía tranquila en su casa tras un periplo conflictivo por casa de sus dos hijos. Dado su carácter, terminaron por preferir ayudarla complementando la pírrica pensión de huérfana de militar a la que tuvo derecho al divorciarse de su inhallable marido, con el que permaneció casada hasta entonces, cumplidos los setenta años, y que viviera por su cuenta. Ventajas de la modernidad. Pero su relación con su hija era la que había sido siempre, algo peculiar, y dependiente de ella en lo afectivo y en lo económico.

Gerard, su padre, mi innombrable abuelo, también acabó viviendo en la ciudad. Se casó, tras enterarse de que le habían concedido el divorcio, con aquella enfermera que resultó ser una relación seria. Por lo que supimos, lo hizo para complacerla ya que al poco tiempo moriría ella. A mi madrina Lolo no se lo dijimos. No sé cómo habría reaccionado, a sus años.

Durante años, ninguno de los dos, padre o hija, hicieron un movimiento para encontrarse; habría sido fácil, tenía una conocida galería de arte y solo hubiese tenido que pasar por allí. Pero a mi madre ni se le ocurrió. En lo que a ella se refería, su padre había muerto hacía años. Yo sí lo hice. No sé si porque las raíces tiran o por curiosidad morbosa. No me podía quedar sin conocer a un personaje como él.

Muchas amistades quedaron por el camino, y fueron sustituidas por otras; con los años y experiencia había conseguido una gran habilidad para conectar con la gente y su magnetismo era innegable. Con cada nuevo amigo que encontraba se volcaba en cuerpo y alma, como si se tratara de un miembro de esa familia que tanto ansiaba tener.

Pero nadie conseguía superar el listón y, tarde o temprano, cometían el fallo que probaba su falsedad, su falta de honestidad o su egoísmo, haciendo que dejaran de merecer su aprecio. El egoísmo era la única característica en común que Elena Lamarc veía en todo ser humano. Incluida yo.

La ruptura entre nosotras fue inevitable. Separarse o morir. Yo había formado una familia y ella se sintió apartada de mi mundo, en el que muchas veces se había sentido extraña. Ya no le quedaba nadie.

Fue dramático para las dos. La separación más dura que mi madre había tenido que afrontar, y habían sido muchas en su vida. El dolor la partió por la mitad; también a mí, pero yo empezaba una nueva vida, tenía un futuro prometedor por delante y mi propia familia, la que yo había formado, para sentirme protegida.

Ninguna lo sabíamos entonces, pero en su interior comenzó a crecer algo mortal. ¿Fruto del dolor? Imposible saberlo. Pero la sabiduría popular hablaba de los «malos humores» para referirse a fluidos insanos, y en ella se desataron.

Amaneció una mañana de agosto de 1997 con insoportables dolores en el bajo vientre. ¿Apendicitis? Imposible, estaba operada. Había visitado hasta en cuatro ocasiones al ginecólogo por dolores similares aunque no tan intensos y la había enviado a casa tratándola de histérica menopáusica. Hacía un año que le había recetado parches de estrógenos y, en su profunda sensibilidad y delicadeza, no entendía por qué aquella señora seguía dándole la lata.

Esta vez el dolor era increíble. Ella no era quejica y algo le dijo que aquello no era cosa de pedir hora sino de presentarse en Urgencias sin dilación. Llamó a un taxi y entró en el hospital por su propio pie, aunque los pinchazos eran insoportables y notaba un líquido tibio cayendo por sus piernas.

La ingresaron y le preguntaron por algún familiar al que avisar.

Según nos contó después la médico que la atendió, había sido casi imposible arrancarle un nombre.

—No sé... dónde están —le dijo con dificultad, tras pensar unos momentos.

—Pero a alguien se le podrá avisar.

—¿Qué ocurre? ¿Es muy grave?

La cara de la doctora que la interrogaba le preocupó tanto como el intenso dolor que seguía partiéndola en dos. Y tras la insistencia de aquella para hablar con algún allegado, al final se resignó:

—Tal vez mi madre pueda venir.

Cuando mi abuela recibió la llamada se quedó sin habla. Seguían en contacto y se veían con regularidad. Pero ¿en un hospital? ¿Elena? Todos la tenían por indestructible. Presintió la gravedad y le fallaron las fuerzas; no podía acudir sola pero si iba con su hijo, por enferma que estuviera podía mandarlos a la mierda a los dos, lo sabía bien. Aun así, no tenía opción. A sus setenta y muchos años no podía afrontar aquello sola. Llamó a Gerard.

Una vez terminadas las pruebas, el diagnóstico fue demoledor.

Cáncer de ovario en fase III que se extendía por toda la pared peritoneal. La operaron, según dijeron, para limpiarla; pero en realidad la abrieron y la cerraron tal cual. El espectáculo que se habían encontrado era terrible.

Al despertar de la anestesia comprobó que, además de su madre, su hermano también estaba allí. Pero no tenía fuerzas para discutir. Acababan de explicarles el diagnóstico y la ginecóloga que la había intervenido de urgencias la daba por muerta, lo vio en su cara. Las conversaciones las llevaba mi tío Gerard, ya que mi abuela no se sentía capaz y a ella tampoco quisieron decirle toda la verdad. Ante semejante perspectiva no quedaba otra salida que avisarme.

Como era agosto estábamos de vacaciones en la playa. Al coger el teléfono y escuchar la voz de mi madrina supe que algo terrible había pasado. Mi abuela Dolores nunca me llamaba, siempre era al revés.

Al colgar el teléfono me derrumbé. El año y medio que había estado sin verla me pesó en ese momento como una losa. Había pasado muchos momentos malos, pero aunque sonara horrible, mi vida en general y la de los que me rodeaban se había tranquilizado desde aquella dolorosa ruptura.

En una ocasión supe que se iba a hacer un chequeo a Navarra, por los problemas de pulmón que arrastraba desde hacía años. La llamé aunque con temor, para ofrecerme a acompañarla. No hubo forma, por más que le insistí solo obtuve desprecio y reproches. No quiso que la acompañara. Tal vez ahora ocurriera lo mismo, pero tenía que ir. Necesitaba ir.

No lo pensé. Cogí una pequeña bolsa con lo imprescindible, abracé a Mario y me fui. Cuando entré en la habitación me sorprendió ver a mi abuela y a mi tío Gerard. No recordaba haberlo visto desde hacía veinte años. La cosa debía de ser muy grave. Saludé con un gesto a los dos y fui a abrazar a mi madre que yacía en la cama, serena, con el rostro entristecido. No encontraba las palabras adecuadas, pero sentí la necesidad de tocarla, de besarla y tal vez fuera lo mejor que pudiera hacer en ese momento.

—¿Qué ha pasado? —pregunté mirando a mi abuela.

—El médico tiene que venir. La han operado y hace una hora que ha salido de reanimación. La operación ha sido muy rápida.

—Pero ¿ha ido todo bien? —pregunté preocupada. La expresión de circunstancias de mi abuela me aclaró poco, pero la cara de mi tío presagiaba un duelo cercano.

—No lo sabemos. Ya te he dicho que no ha pasado el médico —repitió asustada.

—¿Por qué has venido? Pedí que no te avisaran —fue lo primero que acertó a decirme mi madre. Sentí en mi pecho una sensación de vacío intenso, como si en un segundo me hubieran succionado la vida; era una sensación conocida pero que yacía olvidada en algún lugar profundo de mi ser.

Tragué saliva y desvié la mirada hacia mi abuela como si no la hubiera oído. Ella, nerviosa, se sintió en la obligación de disculparse por su atrevimiento:

—Tenía que llamarla. Debía saberlo —se justificó—. Es tu hija.

—Puede que tengas razón —concedió resignada—. Esto pinta muy mal. Parece que me han detectado un cáncer de ovario y si me voy a morir es mejor que lo sepa. Tendrá mucho que organizar.

Ahí estaba, la palabra maldita que iba salpicando familia tras familia, como una mancha de aceite invisible. Y era la propia afectada la que se había atrevido a pronunciarla. Esa era Elena Lamarc.

Se hizo el silencio. No valía la pena divagar con vanas esperanzas. Si decía que tenía un cáncer de ovario es que lo tenía, y pamplinas del estilo *no será nada, pueden haberse equivocado* solo servirían para irritarla.

Intenté averiguar todos los detalles, desde que notara las primeras molestias hasta que ingresó. Necesitaba información para saber qué podía hacer. En eso también me parecía a ella, ante los problemas mi tabla de salvamento era buscar soluciones y, si no las había, un camino a seguir.

La ginecóloga que la operó tardó casi dos horas en presentarse; se nos hicieron eternas. Entró con el rostro desencajado y una espantosa sonrisa fruto del nerviosismo.

—He hecho lo que he podido... lo que he podido. Lo he limpiado todo, pero estaba muy mal. Yo ya no puedo hacer nada.

—¿Qué quiere decir con que lo ha limpiado todo? —pregunté.

—Pues eso, todo —repitió retorciéndose las manos.

—Entonces, está mejor.

—... sí.

La doctora salió de la habitación, Gerard y yo salimos detrás de ella. Tenía muchas preguntas y no me atrevía a hacerlas delante de mi madre ni de mi abuela, muy afectada. Y entonces nos soltó la verdad sin anestesia. La situación era peor de lo que había dicho. Estaba extendido por toda la pared peritoneal. Comenzó a describirnos cómo iba a evolucionar con todo tipo de detalles médicos y fisiológicos, muy descriptivos. El panorama era aterrador. Una semana. Dos, todo lo más. Debíamos prepararnos y encargar el funeral, fue lo que dijo. Iban a ser días muy duros.

No podía ser. ¡Dos semanas! Sentí que me fallaban las piernas y Gerard estaba al borde de las lágrimas.

—Pobre... pobre... —no paraba de repetir, en una letanía involuntaria.

—¡Calla y reponte! —le ordené—. Tenemos que entrar ahí y aguantar el tipo.

Pero mi madre no era tonta. El tiempo que habíamos pasado fuera junto con nuestras caras al entrar en la habitación le dejaron claro que era un cadáver en proyecto.

—No desesperemos. Lo importante ahora es hablar con un especialista. Esta señora es ginecóloga y no entiende de esto —comencé, tratando de sobreponerme a la avalancha de información que me acababa de sepultar en un mar de angustia.

Esta vez fue mi tío quien dio un paso al frente. Estaba muy relacionado y uno de sus mejores amigos era cirujano y colaboraba con reputados oncólogos.

El especialista cambió el color de las cosas. La situación era complicada pero no estaba perdida. Había que hacer una valoración y ver posibles tratamientos.

En aquel momento, por primera vez, Elena supo que moriría de aquella enfermedad, y si era así, quería dejar las cosas claras.

—Doctor Millán, quiero pedirle un favor. Mejor dicho, dos. El primero es que quiero que no me engañe nunca. Yo soy su interlocutor y a mí me explicará la realidad de la situación, sin ocultarme nada. Y lo segundo es que si llega el momento, no quiero sufrir. Me entiende, ¿verdad?

—Sí, está claro, pero es prematuro hablar de eso. Tenemos

mucho tiempo por delante y muchas cosas que hacer, no piense ahora en eso.

Parecía que después de la bajada a los infiernos se abría una pequeña puerta a la esperanza. Otra vez se disponía a levantar el vuelo. En cualquier caso, nos daban tiempo. ¡Tiempo! Con todo el que yo había desperdiciado de estar con ella en el último año...

Fui consciente de que era un regalo extraño, que debía aprovecharlo para llegar a su corazón, el órgano más enfermo de su anatomía aunque ninguna prueba diagnóstica fuera capaz de visualizarlo. No consentiría que abandonara este mundo sin llegar a paladear el dulce sabor de saberse amada. Y a esa tarea me dedicaría mientras me quedara un minuto por compartir con ella. Se lo debía y no volvería a fracasar. Y no fracasé.

Epílogo

El empleado de la funeraria ya se había marchado. Por alguna extraña razón, me inundaba una inmensa paz. Tal vez fuera por el sentimiento de haber curado todas las heridas, de no dejar cuentas pendientes. Ocho años eran muchos y habían dado de sí lo suficiente como para que Elena, mi madre, se quitara al fin su coraza y dejara entrar el calor en su corazón. Había sido difícil, muy difícil. En algunos momentos pensé que nunca conseguiría hacerla feliz y mucho menos con una enfermedad semejante a cuestas. Pero me equivoqué.

Parecía que Dios se hubiera empeñado en dejarla en este mundo hasta que aquella cabezota fuera feliz. La sentencia de una muerte segura en un plazo de dos semanas se convirtió en ocho duros pero reconfortantes años, un milagro, un regalo. Aunque sonara paradójico, aquella enfermedad que había devastado su cuerpo, le curó el alma. ¿Merecía la pena haber pasado tanto sufrimiento? Es evidente que habría sido mejor no pasarlo, pero tal vez vivir un drama semejante fuera la única forma de lograr la paz de espíritu que tanto necesitaba, y eso valía mucho. Mirando atrás lo que había sido su vida, esa de la que tantas veces se había lamentado, podría asegurar que en esos ocho años había disfrutado de alguno de los momentos más felices de su existencia. Por supuesto que hubo otros cuando gozaba de buena salud, pero con la intensidad desnuda que solo la certeza de la muerte proporciona, ninguno.

En esos ocho años había pasado de todo. Los primeros cinco fueron horribles, llevando cada situación al límite. Tratamientos, operaciones, cambio de médico, desconfianza, recaída, negación, lucha... Al mirar hacia atrás me sorprendía lo que habíamos sido capaces de soportar, tanto ella como yo. Pero había valido la pena cada segundo de sufrimiento. Aquel aguante, para el que no sé de dónde saqué fuerzas, fue el testimonio que al fin le demostró a mi madre hasta qué punto la quería. Cada gesto mío, cada paño en sus heridas, fue quitando capas a su trabajada coraza, disolviéndolas una a una. Y a cada capa de sus temores que desaparecía, se reconciliaba con un trozo de su pasado. Ni el odio ni el rencor tenían ya sentido. El final del túnel estaba cerca y ese lastre no la iba a ayudar a traspasarlo en paz.

Su fe, recuperada tras años de rebeldía, había sido su fuerza, junto con mi apoyo y el del resto de la familia. La resignación con que aceptó la enfermedad, no exenta de espíritu de lucha, había sido admirable y en sus precarias condiciones algo poco habitual. El neumólogo que la vio en verano me confesó que le era imposible creer que mi madre conociera su estado real y mantuviera tal estado de ánimo y, si de verdad lo conocía, no estaba en su sano juicio. Nadie tenía semejante entereza de ánimo ante una realidad tan trágica, dura e irrevocable, máxime cuando las secuelas físicas eran tan notorias. Pero ella era así. Excesiva en todo. Y estaba preparada como nunca creyó estarlo para enfrentarse a su propia muerte.

En esos ocho años la familia cerró filas en torno a ella, en parte impulsados por la admiración y la pena, en parte por los remordimientos. Por el camino perdimos primero a mi invisible y decrépito abuelo, que murió prácticamente solo salvo por mi compañía y la de su último socio. Un año después, fue mi abuela la que cerró los ojos para siempre sin saber que era viuda. Mi madre, que cuando enfermó creyó que no sobreviviría a ninguno de ellos, tuvo que asistir a ambos funerales. Los dos murieron sin saber la gravedad real de la enfermedad de su hija, Dolores convencida de que los tratamientos la habían curado y el viejo Gerard ignorante de su dolencia.

La familia se redujo, pero también se acercó y concentró alrededor de ella. No fue fácil para nadie, pero por una vez todos estaban de acuerdo en que lo único importante era que Elena fuera feliz y lo demás quedó en un segundo plano. En sus últimos años disfrutó de una familia cariñosa y solícita, afectados todos por una amnesia sanadora; y nosotras alcanzamos una unión difícil de explicar con palabras.

Ahora, al saberla sin vida, pensaba en todo ello con una extraña sensación de paz. Me había enseñado tanto... Sobre el dolor, sobre la vida, sobre la muerte, el amor, la injusticia... Me había hecho más tolerante. Nada es lo que parece, nada es blanco ni negro. Nuestra complicada vida tenía una explicación lógica. Todo tenía su porqué, su razón de ser. Habíamos llegado hasta allí por un motivo.

El timbre de la puerta me sacó de mis ensoñaciones. Era mi padre. Le había llamado a una hora prudente para darle la noticia y me dijo que venía enseguida. Estaba al corriente de su enfermedad, aunque no supo de la gravedad hasta esa misma semana, por expreso deseo de mi madre.

Cuando le abrí la puerta, me abrazó. Una tristeza extraña se adivinaba en sus ojos. Como de palabras perdidas, de sentimientos recordados, de dolores causados. Su aspecto tampoco era bueno.

—Pasa, papá.

—¿Cómo estás, hija?

—Ahora mejor. Ha sido duro, pero me siento aliviada.

—¿Y las niñas?

—Aún no lo saben. Se fueron al colegio sin que les dijera nada. —Las lágrimas afloraron. Me cogió la mano con ternura y lo miré—. ¿Qué vas a hacer, papá?

—Creo que será mejor que no vaya. No me encuentro bien, estas cosas me afectan mucho —suspiró, esquivando mi mirada—. Además, muchos no lo entenderían.

Pensé en Verónica y el estómago se me encogió.

—Otros no entenderán que no vayas, pero es verdad que tienes mala cara. —Le apreté la mano nudosa—. No te preocupes, estaremos bien.

Mario se reunió con nosotros. Estuvimos hablando largo rato, recordando anécdotas y situaciones vividas que ya no causaban dolor. Me costaba despedirme de él. Me hubiera gustado tenerlo a mi lado, pero comprendí que no era sensato. Miré el reloj y me asusté. Quedaba mucho por hacer y muy poco tiempo. Nos despedimos con un abrazo intenso que traspasó el tiempo.

Hasta ese día, y a pesar de lo presente que teníamos la cercanía de la muerte, no me había planteado cómo sería su funeral. Era una de esas pequeñas supersticiones que mi madre me había contagiado. Pero ahora era una realidad y me correspondía a mí organizar una despedida digna de su vida y digna de su muerte. Sonaba absurdo. Qué más da, me decía la voz de la razón, ella ya no está aquí. Pero la voz del corazón me susurraba otra cosa. Sí que da. Sí que está. Sentía su presencia, hasta el punto de poder hablarle y sentir que contestaba. Sí que importaba. A mí me importaba y a ella, donde estuviera, seguro que le gustaría.

Cuidé todo, hasta el último detalle. Quería que el funeral fuera tal y como le hubiese gustado. Pero sobre todo, quería que su fuerza y su fe estuvieran presentes en aquel último adiós. No me valía una homilía de revista dominical. No había sido una mujer corriente y su despedida tampoco lo iba a ser.

No fue fácil. Tenía que localizar al sacerdote que iba a oficiar la misa, hablar con él y presentarle a mi madre; explicarle quién había sido, cómo había vivido y cómo había muerto, pero apenas quedaba tiempo. El suficiente, habría dicho mi madre.

Conseguí su teléfono, pero parecía que tenía un día muy complicado y no me podía recibir. Además, no acostumbraba personalizar las homilías. Intentaba consolar a la familia a través de la fe y del sentido que la muerte tenía para el cristiano. Veía que iba a ser imposible, pero no podía rendirme.

Entonces se me ocurrió: ¡la carta! Esa carta que había escrito en nuestra última madrugada; esa en la que se resumía en tres cuartillas todos los altibajos de su vida marcada por la decepción y en la que se sintetizaba todo lo bueno que mi madre había dejado en su camino. Aquella carta que arrancara una lágrima de los resecos y ya inexpresivos ojos de mi madre, en la penumbra de nuestra habitación. Solo necesitaba que la leyera.

Tanta fue mi insistencia, que accedió. El sacerdote me indicó un sitio para dejársela y allí se la llevé cerrada en un sobre, con la única condición de que me la devolviera. Lo que hiciera luego ya dependía de él. Pero me quedé tranquila, iba a conocer a mi madre, a la mujer que iba a enterrar, y seguro que no iba a quedarse indiferente. Y así fue.

A las siete de la tarde la iglesia era un hervidero. Elena nunca habría podido imaginar la cantidad de gente que acudió. Las muestras de aprecio se multiplicaban de tal forma que curaban toda tristeza. Sabía que ella estaba allí, viéndolo, y la sentía sonreír. Tanto amor había dado, que ahora, reunido todo en aquella capilla, se desbordaba por cada rincón incapaz de abarcarlo.

Durante el tiempo que duró la misa, el silencio fue una constante, solo interrumpido por los sones de un cuarteto de cuerda.

Tras el Evangelio, el sacerdote, un hombre de unos treinta años, no muy alto y con un pelo castaño algo más largo de lo que se suponía en alguien de su condición, me miró con serenidad y me hizo un leve gesto con la cabeza. Me pareció adivinar un brillo en sus ojos, como si una película de agua cubriera sus pupilas marrones. Y comenzó a hablar. Durante la homilía no se oyó ni la respiración de los asistentes. Tan solo algún sollozo ahogado en algún lugar a mi espalda.

Las lágrimas bañaron mis mejillas con dulzura, como si ella misma me acariciara, en un gesto suave y cálido. Ella estaba allí, presente, viva. Aquel sacerdote, en tres cuartillas, había atrapado la esencia de aquel ave Fénix que por fin volaba libre para no volver a arder jamás. Y su presencia, la sentimos todos.

Por fin, ahora sí, supe que descansaba en paz.

Nota de la autora

Esta es una edición especial, ya que ha nacido mucho tiempo después de que *El final del ave Fénix* fuera publicado por primera vez. Por el camino he tenido la oportunidad de conocer directamente de los lectores sus opiniones, inquietudes y dudas sobre esta obra y, tratando de satisfacerlas, he incluido este apartado que no existía en las anteriores ediciones en papel.

La primera pregunta, o la más frecuente, es si se trata de hechos autobiográficos. Como he comentado en muchas entrevistas que pueden verse en mi blog, el Prólogo y el Epílogo sí que están basados en hechos reales ya que esos hechos fueron lo que empujaron a comenzar a escribir, pero no así el resto de la novela. Lo que sí hice fue basarme en algunos escenarios y entornos cercanos que me facilitaban la ambientación y me permitieron sentirme cómoda con lo que escribía.

Las fuentes que utilicé para documentarme sobre hechos que por edad no tuve ocasión de vivir, como la Guerra Civil, fueron principalmente entrevistas directas con personas que pasaron su infancia y juventud en Valencia durante esa época, y así conté con los testimonios de José Luis B., Josefa M., Emilio F., Antonio E. y sobre todo Fina Q., a los que desde aquí quiero expresar mi agradecimiento por compartit sus vivencias, algunas muy personales. También visioné la colección de vídeos del NO-DO que abarcaban la época que me interesaba.

Todas las calles y locales mencionados existieron en su día, aunque la mayoría han desaparecido o cambiado de nombre. Algunos llegué a conocerlos, otros no, pero en Internet encontré suficiente información sobre ellos para poder hacer una recreación fidedigna y de nuevo conté con la ayuda inestimable de los que vivieron aquella época. Esto era importante, ya que la novela abarca un periodo que muchos han vivido y podían contrastar lo acertado o no de lo descrito en la novela y las incongruencias le quitarían verosimilitud al conjunto de la historia.

Uno de los episodios que más llaman la atención es el que narra la riada de 1957. Para escribirlo conté con un hallazgo de los que marcan la diferencia: la grabación radiofónica que narró en directo el desbordamiento del río Turia y el avance de la crecida. La dramatica voz del locutor me transmitió la envergadura de lo que estaba sucediendo tanto o más que la explicación de los propios hechos.

Investigando la parte legal referente a los derechos de la mujer en los años cincuenta y sesenta descubrí personajes fascinantes como Mercedes Fórmica que, si bien no aparece en la novela, me dio pie a perfilar una raza de mujeres que, sin ser parte de la oposición ni militar en partidos clandestinos, es más, formando parte del propio sistema, se rebelaron contra él desde dentro y no aceptaron la realidad que se les imponía.

En la novela hay algunos elementos que pueden chocar o despertar dudas respecto a su anacronismo. Solo me detendré a explicar aquellos que han sido objeto de curiosidad por los lectores. El primero es la aparición de una fregona (que no mocho). El mocho no se inventó hasta 1957, pero sí que existía una fregona de uso industrial consistente en un cubo metálico con dos rodillos que se accionaban de forma mecánica para escurrir el trapo, y que es el que Elena utiliza para recoger el agua.

Respecto a la bolsa de basura que utiliza también en la riada, el polietileno tal y como lo conocemos, que es el material con que se fabrican, apareció en 1933. La bolsa de basura como tal la inventaron en 1950 unos canadienses, y en 1967 ya era un problema ambiental en algunos países (no en España, pero sí por ejemplo en Chile), por lo que su uso debía de haberse generalizado a nivel mundial aunque aquí llegaría más tarde. No encontré nada específico sobre cuándo se empezaron a usar en España, pero también me comentaron que en la industria sí se usaban bolsas grandes en esa época, y los Lamarc son industriales. Desde 1933 hasta 1954 hubo tiempo para que en algún sector se empezaran a usar y de hecho encontré fotografías de fábricas de mediados de los cincuenta en las que aparecían bolsas de gran tamaño, por lo que me permití suponer que su uso era plausible en el contexto en que aparece.

Mi intención ha sido hacer una novela realista y humana, que retrate una pequeña parte de la España reciente con sus luces y sus sombras, y alejada de polémicas políticas. No es un libro sobre guerras, posguerras y dictaduras, sino sobre personas que sobreviven en el contexto histórico que les toca vivir y cuyos conflictos personales son la auténtica guerra que libran cada día. Soy consciente de que hubo muchas Españas más y que yo me he basado en una de ellas, pero creo que de esas otras Españas ya hay mucha literatura.

Agradecimientos

Cuando el dolor es curado con amor, pueden salir grandes cosas. Este libro es una prueba de ello. Nació del dolor y se alimentó y creció a la sombra del calor de los míos. Quiero agradecer, además de a mi familia, a todos los que me han ayudado en este difícil camino con su confianza y cariño. Son tantos que agotaría el santoral: amigas de la infancia; compañeros de tertulias, viajes y confidencias en las noches de verano; amigos que lo fueron antes de tener un rostro, a través de Internet, guiando mis pasos por el difícil mundo editorial con sus sabios consejos y con su ánimo... Sola no lo habría conseguido.

No quiero olvidarme de los médicos que me enseñaron a ver en el cáncer una enfermedad con esperanza, ni de los muchos enfermos que lo padecen y a los que quiero dedicarles también el libro, por su fortaleza y por darnos una lección de vida.

Tengo mucho que agradecer también a Internet, las redes sociales, a los lectores digitales y a mi amiga y escritora Antonia J. Corrales, ya que es muy posible que sin ellos esta nueva edición en papel no hubiera visto la luz. La edición que se publicó en Amazon pudo llegar a nuevos lectores y estos me apoyaron hasta llevar la novela al número uno de esa complicada lista durante mucho tiempo, el suficiente como para que Ediciones B considerara el título digno de formar parte del catálogo de B de Book. En ellos he encontrado un equipo profesional y arriesgado que ha apostado por mi obra sin fisuras, algo increíble en los tiempos que corren y que no puedo olvidar. Gracias a Andrés Molina, por hacerlo todo tan fácil y sacarle brillo a mi criatura. Gracias a Virginia, que creyó en mí y en mi obra, e hizo todo lo humanamente posible porque volviera a ver la luz.

Pero sobre todo gracias a una persona muy especial sin cuyo apoyo este libro no existiría. Fina, en cada momento, estarás conmigo.

Índice